dtv

Eigentlich könnte Hans Sievez glücklich sein. Er hat seine geliebte Schulfreundin Margje geheiratet, ist Vater zweier Söhne und hat einen Traum wahr gemacht: Er besitzt eine eigene Gärtnerei – einen wahren Paradiesgarten. Seine schwere Kindheit am Rande des Moors, sein streng religiöser, prügelnder Vater, der Tod der Mutter sind vergessen. Doch leicht ist dieses Dasein nicht, trotz allen Fleißes bleibt der wirtschaftliche Erfolg aus. Da taucht eines Tages ein Freund aus seiner Lehrzeit auf: Jozef Mieras, ein grobschlächtiger Außenseiter und Laienprediger der calvinistischen Freikirche, der Hans Sievez immer stärker in einen religiösen Wahn treibt – er entfremdet sich nicht nur seiner Frau, sondern bringt auch den Gärtnereibetrieb an den Rand des Ruins …

Jan Siebelink, geboren 1938 in Velp, wuchs in einem streng religiösen Umfeld auf. Nach dem Studium der Pädagogik und Romanistik war er als Lehrer in Ede tätig. Seit 1975 veröffentlicht er Romane, Erzählungen und Essays zur französischen Literatur. Er wurde unter anderem mit dem F. Bordewijk Prijs (2002) und dem AKO Literatuurprijs (2005) ausgezeichnet. ›Im Garten des Vaters‹ ist mit über 50 Auflagen einer der erfolgreichsten niederländischen Romane der Gegenwart. Jan Siebelink lebt in Ede.

Jan Siebelink

Im Garten des Vaters

Roman

Aus dem Niederländischen
von Bettina Bach

Deutscher Taschenbuch Verlag

Die Übersetzung erscheint mit freundlicher Unterstützung des
Nederlands Literair Productie- en Vertalingenfonds.

Für Kaj, Hanne, Teun, Alana

**Ausführliche Informationen über
unsere Autoren und Bücher
finden Sie auf unserer Website
www.dtv.de**

MIX
Papier aus verantwortungsvollen Quellen
FSC® C019821
FSC
www.fsc.org

2011
Deutscher Taschenbuch Verlag GmbH & Co. KG,
München

Die niederländische Originalausgabe erschien 2005
unter dem Titel ›Knielen op een bed violen‹
bei Uitgeverij De Bezige Bij, Amsterdam
Umschlagkonzept: Balk & Brumshagen
Umschlagbild: ›A Sunlit Garden‹ (1918) von Charles Ernest Butler
(bridgemanart.com/Private Collection)
Satz: Greiner & Reichel, Köln
Druck und Bindung: Druckerei C. H. Beck, Nördlingen
Gedruckt auf säurefreiem, chlorfrei gebleichtem Papier
Printed in Germany · ISBN 978-3-423-14034-8

... und hätte der Liebe nicht ...

1. Kor 13

Wer von Osten kommt, von der deutschen Grenze, erblickt schließlich im endlosen Moor einen grauen Streifen am Horizont, und wer die Strecke zum erstenmal zurücklegt und den Fluß überqueren möchte, glaubt sich der Fußgängerfähre und dem Veluwezoom, dem südlichen Rand der Veluwe, schon zu nähern. Doch der ahnungslose Reisende ist noch etliche Kilometer vom Fluß entfernt. In der flachen Moorlandschaft sieht er hier und da seltsame Verwerfungen, in der ersten Eiszeit entstandene Anhöhen, wie der Lehrer der christlich-staatlichen Koning Davidschool alljährlich seinen Schülern erklärt: ursprünglich ein Massiv, in dem sich später durch Erosion Täler bildeten.

Die Männer aus dem Veendersteeg, der Torfstechergasse, die in den Ziegeleien am Fluß arbeiten, und ihre Kinder, die in die Volksschule in Lathum gehen, steigen täglich auf kleinen Trampelpfaden, jahrhundertealten Trassen zu den durchwatbaren Stellen im Fluß, die Hügel auf der einen Seite hinauf und auf der anderen Seite wieder hinab. Sie merken es gar nicht, aber in Wirklichkeit gehen sie jedesmal ein bißchen weiter hinunter, als sie hochgestiegen sind. Auch dieses Phänomen kann der Lehrer und gleichzeitig Leiter der Zweiklassenschule erklären. In der Nähe des Flusses senkt sich der Boden durch den weicheren Untergrund mehr als an anderen Stellen.

So geleitet einen die Erde von selbst, ganz allmählich, immer weiter in die Tiefe. Das Dorf erweckt den Eindruck, als läge es in einer Senke, besonders durch den hohen Winterdeich, auf den die Einwohner von ihren Häusern aus blicken. Im Lauf der Jahrhunderte müssen sie das Gefühl bekommen haben, daß der Deich ein unüberwindliches Hindernis darstelle. Lathum ist arm, die Menschen sind kleine Pächter oder Ziegeleiarbeiter, und sie wagen es nur selten, ihr Heil am anderen Ufer des Flusses zu suchen.

Der sich wiegende, meist bläuliche Streifen knapp oberhalb des Deichs ist der Veluwezoom: das Gelobte Land, das Land Kanaan. Dorthin gehen sie nur, um ein Brautkleid oder einen Hochzeitsanzug zu kaufen. Die Fußgängerfähre nehmen hauptsächlich Reisende von weit her. Ihr Ziel dürfte die vornehme Provinzhauptstadt oder eines der reichen Dörfer in der Umgebung sein.

Das Moor ist eine Lagunenlandschaft mit Schilf, Wasserläufen und treibenden Inseln. Kommt man von dort, sieht man bei bestimmtem Licht das Dorf mit dem blauen Kirchturm aus dem 12. Jahrhundert wie eine Fata Morgana auftauchen.

Hinter dem Moor liegt ein kleiner Streifen Festland mit alten, verwilderten Weiden, überwucherten Pfaden und Wagenspuren, die nicht so aussehen, als würden sie irgendwohin führen.

Am Fuß der Kirche, dem kleinen Friedhof gegenüber, steht die Volksschule.

ERSTES BUCH

O selig sind, die in Aufrichtigkeit,
Vor ihrem Gott zu wandeln sich bestreben,
Die Sein Gesetz bewahren allezeit,
Die immer acht auf Gottes Zeugniß geben.
Heil wer Ihn sucht, von Herzen Ihm sich weiht,
Er findet Gott, und seine Seel wird leben.
Psalm 119,1

EINS

Kapitel 1

Der Schatten der schweren Tür glitt über die Bodenplatten des Schulhofs, die Fenster spiegelten den blauen Kirchturm von Lathum wider, die Kinder rannten schreiend die Stufen der hohen Eingangstreppe hinunter.

Hans Sievez aus der fünften Klasse rannte nicht und schrie auch nicht, er ging mit der alten Einkaufstasche seiner Mutter an seinen festen Platz etwas abseits vom Trubel zwischen dem Eingang und der Mauer, die den Schulhof umgab. Er zog ein paar bunte, ausgefranste Tücher aus seiner Tasche, breitete sie mit gewandten, routinierten Bewegungen vor sich auf dem Boden aus und stellte eine leere Kreideschachtel, die der Lehrer ihm gegeben hatte, an den Rand. Niemand machte ihm diesen Platz streitig. Das war nun einmal sein Territorium.

Er ließ sich Zeit und schob die Stoffstücke noch ein wenig hin und her, holte, soweit sein Asthma es zuließ, tief Luft, sah sich forschend um, die Hand zum Schutz vor dem grellen Licht über die Augen gelegt. In der Ecke bei der Blutbuche spielten die Mädchen Himmel und Hölle. Er wartete noch mit seiner Vorstellung, strich sich über den kahlen Schädel. Während ihrer gesamten Schulzeit waren die Jungen der Koning Davidschool kahlgeschoren. Danach waren sie alt genug, sich selbst zu entlausen. Für die Mädchen galt diese Regel nicht.

Er wartete noch immer. Bis auf ein paar Kinder aus den unteren Klassen hatte er kein Publikum. Von seinem Platz aus hatte er einen guten Blick über den Schulhof. Die Lehrerin und der Lehrer drehten ihre festen Runden, die Mädchen spielten Himmel und Hölle, die Jungen Fangen, der knotige Stamm eines toten Nußbaums diente ihnen zum Abschlagen.

Durch ihre Tracht – graue Kleider, graue Strümpfe – glichen die Mädchen einander. Eines aber stach heraus, weil es kurze rote Socken und einen Sonnenhut mit Bändern trug. Der Schatten des Huts fiel auf ihr Gesicht und ihre Arme, während sie in der Hocke saß und mit gelber Kreide einen Strich auf die Bodenplatten malte.

Hans zog eine Augenbraue etwas hoch, schien zu sich »Dann mal los« zu sagen, holte tief Luft, nahm die Position eines Wettläufers am Start ein, rannte, als würde sein Leben davon abhängen (aber richtig rennen, so wie die anderen, konnte er nicht), lief rot an, schnaufte, war auch im echten Leben bei der geringsten Anstrengung außer Atem, streckte triumphierend die dünnen Arme in die Luft, ließ sich dann in gespielter Erschöpfung zu Boden fallen.

Noch immer bekam er wenig Aufmerksamkeit. Immerhin hob der Lehrer in der Ferne die Hand in seine Richtung, und ein paar Kleinere klatschten. Er verbeugte sich, dankte mit einem kurzen Nicken, sah sich mit einem triumphierenden »Na, wie war ich?«-Blick um und wischte sich mit dem Ärmel den Schweiß von der Stirn. Es war heiß. Auch im Schatten der Mauer. Durch das niedrige Tor aus filigranem Schmiedeeisen, das den Blick auf das dampfende Moor freigab, drang kein kühler Wind.

Das Mädchen malte etwas dickere Kreidestriche, nun mit dem Rücken zu ihm. Warum sollte sie ihn auch beachten? Hans' Vater war Grubenmann in der Ziegelei. Ihr Vater wohnte auf dem Pachthof gegenüber der Fußgängerfähre von Lathum nach Velp, wo der Fluß eine scharfe Biegung machte. Schaute sie jetzt doch kurz auf? Ihr Blick wanderte umher, als würde sie jemanden suchen.

Hans streichelte ein Tier in seinen Armen. Es sprang weg, er hinterher. Der Junge lauschte, die Hand am Ohr. Es war nicht immer klar, was er darstellen wollte. Jetzt schien er einen Spaten in der Hand zu halten, tief und mühsam zu graben, Ton in einen Eimer zu schaufeln, den schweren Eimer zu schleppen (wieder das Keuchen), eine Leiter aus der tiefen Tongrube hinaufzusteigen, den Ton in eine Karre zu kippen, schwankend eine schmale Fährte entlang wegzufahren. Die wenigen Zuschauer begriffen. Er spielte seinen Vater. Ihre eigenen Väter waren auch Grubenmänner oder Lehmtreter. Lathum war ein sehr armes Deichdorf. Durch seine dünnen Schuhsohlen spürte Hans die Wärme der Bodenplatten.

Er spielte schon Theater, als er noch zu klein war, um zur Schule zu gehen, stand am Rand des verblichenen Teppichs in dem engen Veendersteeg (weil die Gasse vom Moor zum Deich hochführte), zog die alte Mütze gerade, die er im Stall hinter dem Haus gefunden hatte: »Na, wer bin ich, wer bin ich …?« Er war Ziegeleiarbeiter wie sein Vater, strich sich mit dem kleinen Finger schräg über die Lippen. Vaters weiße Narbe quer über seinem Mund. Was hielt er in der Hand? Einen Spaten. So hatte es angefangen. Mit seinem Spiel am Rand des Teppichs.

Nein, noch früher.

Aus dem Zimmer schaute man auf das Rouveen, das Rote Moor, das so hieß, weil im Frühling hier der Sauerampfer blühte. Zusammen mit seiner Mutter saß er in der Abenddämmerung am Fenster. Auf der Böschung am Wegrand stand die Ziege mit ihrem spitzen Widerrist und dem Bärtchen, das einem trockenen Grasbüschel glich. Mutter wartete noch mit dem Anzünden des Gasstrumpfs.

Zischen, Wiehern, Hufgetrappel – Spukgestalten schossen am Fenster vorbei. Eine schwarze Moorschlange. Pferde aus dem Moor, in vollem Galopp. Er hauchte Tieren, die nicht existierten, Leben ein.

Die Mutter schaute zu. »Laß dich nicht von Vater erwischen.«

Bis auf die Glühwürmchen war es jetzt vollkommen dunkel. Es gab keine Straßenlaternen. Die standen nur bei der Abzweigung zur Ziegelei und bei der Fähre.

Hans spielte wegfließendes Wasser. Moorwasser schien immer wegzufließen. Wohin? Wieder der über die Lippen streichende kleine Finger. Er hatte Angst vor der Narbe, Angst vor seinem Vater. In der Ferne heulte die Sirene der Ziegelei. In einer halben Stunde würde er zu Hause sein.

»Jetzt ist es genug«, sagte die Mutter. Er trat zu ihr, schaute sie an. Er konnte sie mit seinen hellblauen Augen auf eine ganz besondere Art ansehen, lieb, verträumt. Er wünschte, er hätte keinen Vater.

Die älteren Brüder von Hans waren in der Ziegelei bei einem Unfall mit dem Kippwagen ums Leben gekommen. Beide waren kräftige Jungen gewesen, mit Händen wie Pranken. Hans kannte sie nur von einem Foto. Er war ein Nachkömmling. Der schwächste. Mutters Liebling. Ihr Benjamin. Er war vor allem *ihr* Kind. Außer Atem legte Hans seinen glühenden Kopf in ihren Schoß.

Während sie über seinen schweißnassen Kopf strich, sagte sie, daß er sich ganz kaputtmache. Am Bauch seiner Mutter bewegte sich sein Gesicht sanft mit ihrem Atem auf und ab.

»Auf«, sagte sie, »Vater wird gleich dasein.« Sie stand auf, zündete den Gasstrumpf an, der weiß aufglühte, orange wurde und leise zu zischen begann.

Theaterspielen lag ihm im Blut. Heute war er in Form und hatte mehr Publikum. Und das Publikum spielte, daß es Geld in die Kreideschachtel warf. Seine Vorstellung war glaubwürdiger denn je. Im Kampf mit einem gefährlichen Rivalen schlug er gezielt zu, spielte voller Ernst, voller Überzeugung, vergaß sein zu kurzes Hemd, die völlig zerschlissene Hose, aus dem Hochzeitsanzug seines Vaters geschneidert und vom vielen Waschen ausgebleicht, vergaß den mageren Jungen mit den hohen Schultern eines Asthmatikers. Spielte übertrieben, als er sie in seine Richtung kommen sah. Stieß sich selbst unerwartet um und fiel zur Seite, ein angeschossener Vogel, der sich noch bewegte, dann wie tot liegen blieb, sich flügelschlagend aufrichtete, dann wieder verträumt vor sich hin starrte. Ein Possenreißer, dieser Hans Sievez, ein Schausteller. Auffallen, sich zum Narren machen.

Das Mädchen setzte sich auf die oberste Stufe vor der Schultür, den Sonnenhut neben sich. Von oben schaute sie auf ihn herab, das dunkle, von einem schmalen Band zusammengehaltene Haar leuchtete in der Sonne rot. Seelenruhig saß sie da und schaute ihm zu, als sei ihre Anwesenheit selbstverständlich. Sie gehörte dorthin.

Wenn er tief in Gedanken versunken war, berührten sich seine Augenbrauen fast, und er sah verstört aus. Er müßte ihr erzählen, daß er später zu einem Wandertheater wollte, auf keinen Fall in der Ziegelei arbeiten. Er schlug die Hände vors Gesicht, als hätte er sich erschreckt. Er mußte alle seine Künste aufbieten.

Sie beugte den Kopf etwas tiefer, und zwei Locken, dunkler als der Rest, lösten sich aus dem schmalen rot-blau karierten Band und fielen ihr ins Gesicht. Er spürte die warme Luft um seinen Körper.

Der Lehrer blies auf der Trillerpfeife. Hans packte seine Sachen zusammen und stopfte sie in die Tasche. Zu zweit nebeneinander gingen die Kinder in die Schule. Da trat er aus der Reihe und hängte die Tasche an den Garderobenhaken neben dem von Margje van Renes. Reiner Zufall, daß ihre Haken nebeneinander waren.

Kapitel 2

Der Lehrer schraubte seinen leuchtendroten Füller auf, schrieb etwas in sein Zensurenheft, trat an die Tafel, auf die er einen Deich im Querschnitt gezeichnet hatte, und begann mit dem Erdkundeunterricht.

Hans hörte den Lehrer noch sagen, die Ziegeleien am Fluß lägen auf alluvialen Ablagerungen, sogenannten Kuppen. Die bekannteste Ziegelei sei *De Koppenwaard* ... Er konnte den Blick nicht vom Füllfederhalter abwenden, spürte seinen Magen.

Vor ein paar Monaten. Der Vater hatte gerade das Tischgebet gesprochen, tunkte Brot in einen Teller mit Suppe. Weil die Fenster so klein waren, lag nur ein Teil des Zimmers im Abendlicht. Vater saß im Licht, Mutter nicht. Der Vater schnitt das dunkle Fleisch einer Krickente klein, die er im Moor gefangen hatte. Er trug ein kragenloses weißes Hemd, bis obenhin zugeknöpft. So fürchtete Hans sich noch mehr vor seinem Vater, wagte kaum, ihn anzuschauen. Als er sich auf seinem Stuhl bewegte, fiel der rote Füller des Lehrers aus seiner Tasche.

»Wo hast du den her?« Der Vater bückte sich und hob ihn auf.

»Ich habe ihn nicht weggenommen.«

»Wie kommt er in deine Tasche?« Die Narbe auf Vaters Mund schwoll an.

»Ich durfte nach dem Unterricht die Tafel putzen. Der Lehrer ist aus dem Klassenzimmer gegangen. Ich habe den Füller dort liegen sehen und wollte ihn nur kurz in die Hand nehmen.« Er rang nach Atem, bekam vor lauter Beklemmung keinen Ton mehr heraus.

»Laß uns erst zu Ende essen«, sagte die Mutter.

»Er bringt den Füller auf der Stelle zurück und beichtet den Diebstahl.«

»Vater«, sagte sie, »Hans wollte ihn bestimmt nicht stehlen.«

Die Mahlzeit wurde unterbrochen. Hans ging zum Haus des Lehrers gegenüber der Kirche und brachte den Füllfederhalter zurück. Der Lehrer war ihm nicht böse, nahm die Entschuldigung an. Danach setzten sie die Mahlzeit fort. Er bekam das inzwischen kalte und fast schwarze Krickentenfleisch nicht herunter. Der Vater las eine Stelle aus den Sprüchen Salomos über Diebe und Unzüchtige. Nach dem Gebet stand er auf und bedeutete Hans mitzukommen. Nervös begann die Mutter, den geäderten Fuß der Petroleumlampe mit dem Schürzenzipfel zu polieren.

Der Junge folgte seinem Vater. Sie berührte ihn leicht. »Sieh drüber weg, Vater«, sagte sie, doch er antwortete nicht, drehte sich nicht um, gab dem Jungen keine Zeit, seine Holzpantinen anzuziehen. Er ging hinter seinem Vater her nach draußen, unters Vordach, wo die schweren Arbeitsstiefel standen, über eine knarrende Planke quer durch den kleinen Garten hinterm Haus.

Die Mutter kam ihnen nach.

»Schließ ihn nicht im Stall ein. Diesmal nicht.« Sie flehte ihn an. Der Junge sah sich zu seiner Mutter um.

»Er soll die Sachen anderer Leute in Ruhe lassen«, rief der Vater, ohne sich umzuwenden. Er öffnete die Tür des Stalls.

Der Junge hatte nur Strümpfe an. Von der Eiseskälte auf dem Boden krümmten sich seine Zehen. Die Sonne schien kaum noch. Nur über dem Fluß schwebten ein paar ausgefranste blaue Stellen am Himmel.

»Mann«, sagte sie. »Wir haben November.«

Der Junge zögerte, konnte den scharfen Geruch rauhen Heustaubs und den durchdringenden des Schweins im Verschlag dahinter kaum ertragen. Der Vater schob ihn weiter in den Stall, zündete die Laterne an. Im Käfig neben der Pumpe saß das Kaninchen. Daneben stand die Ziege. Hans traute sich nicht hinzusehen. Das Schwein rieb sich an der Trennwand. Der Junge atmete stoßweise. Von allen Seiten drang der Geruch von Staub und Geschirrleder auf ihn ein. An einem Balken hing ein Kummet. Er wußte, daß seine Mutter hinter ihm stand, in der offenen Tür. »Mann«, sagte sie, »laß ihn bitte. Er wollte nicht stehlen. Der Füller war so schön rot gemasert. Er wollte ihn nur kurz in die Hand nehmen.«

Die Miene des Vaters war verschlossen. Langsam ging er zu einer Steinmauer, auf der Jutesäcke lagen. Die Mutter stand in der Tür, die Hände vor dem Schoß gefaltet, murmelte: »Er kann so hart sein.«

In einer Ecke lag Heu. Der Junge ging um einen Holzeimer herum. Seine Beine hoben sich vom dunklen Backsteinboden ab. Sein Vater wäre gern Former in der Ziegelei geworden. Am Formtisch stehen. Oder Lehmtreter. Barfuß den Ton durchtreten, bis jede Unebenheit verschwunden war und der Ton weich genug für den Former. Bei der Arbeit hatte der Vater sich vor nicht allzu langer Zeit einen Augenblick vor dem Regen untergestellt. Der Meister hatte es gesehen.

»Was machst du da?«

»Mir ist kalt.«

»Das geht allen so.«

Der Vater wartete, bis die Mutter sich von der Tür entfernt hatte. Der Junge schaute zu seinen Tieren. Die Ziege hob und senkte den Kopf. Still stand er bei der niedrigen, halb zerfallenen Mauer. Das Kaninchen sah ihn durch das Gitter an. Der Junge starrte auf die rauhe Stallwand voll Spinnweben.

Der Vater nahm ein Stück Seil in die Hand. Die Mutter kam zurück.

»Mann.« Er drehte sich nicht zu ihr um. Die Brise vom Moor wehte in kleinen Böen in den Stall, verbreitete den Gestank brackigen Wassers. Der Mann war gnadenlos, ebenso unbeugsam wie der harte Steinfußboden.

»Geh ins Haus. Mach die Tür zu.« Kreidebleich gehorchte sie. Der Vater wartete, bis sie fort war. Das Kaninchen nagte an den Gitterstäben. Er warf das Stück Seil beiseite, der Junge beugte sich über die niedrige Mauer, legte die Hände auf den rauhen Rand, schloß die dünnen nackten Beine. Er blieb völlig reglos stehen. Letzte Woche hatte der Vater gefragt, ob er den Winter durcharbeiten könne, doch sein Chef hatte geantwortet: »Geh doch nach Haus und piß da den Ofen aus!« Lehmtreter und Former behielten ihre Arbeit auch im Winter.

Er schlug mit der bloßen Hand zu, mit voller Kraft. Der Junge krallte sich in den harten Mauerrand, behielt die Augen offen. Die Mutter stand hinter der Tür. Mehr konnte sie nicht tun. Im Gebälk des niedrigen Dachs über ihm knackte es. Siebenmal schlug er zu.

»Mann«, rief sie, »jetzt ist es genug.«

Kurze, peitschende Schläge. Der Junge starrte mit weit aufgerissenen Augen auf den Boden. Schmerz. Keine Verwunderung, die Strafe schien ihn nicht zu treffen. Weh dem, der mit seinem Schöpfer hadert!

Sie rief etwas von der anderen Seite der Tür. Er sah nichts mehr, mußte sich übergeben, fiel der Länge nach gegen die rauhe Mauer und blieb regungslos liegen.

Kapitel 3

Das blitzsaubere Zimmer roch nach Sonntag. Das Fenster zum Veendersteeg hin stand offen, und die sauberen, überall gestopften Gardinen bewegten sich leicht. Das Schilf im Moor neigte sich tief, rauschte. Vom Moor fiel die Sonne auf den zu häufig gebürsteten Teppich mit den am Boden befestigten Fransen. Auf dem Frühstückstisch stand die letzte Kapuzinerkresse in einem Marmeladenglas, von einem leuchtenderen Orange als im Sommer. Vater trug seine Sonntagskleidung, eine schwarze Krawatte zu einem weißen Hemd. Der Junge war noch immer ganz durcheinander und bekam keinen Bissen herunter. Die Eltern und er saßen auf Holzstühlen, die Mutter sehr blaß und klein, so daß sie älter wirkte als der Vater, vornübergebeugt, eine Hand auf dem Magen.

Nach dem Frühstück las der Vater eine Passage aus dem Buch Hiob. Jedes einzelne Wort wurde laut geschrien: »Wie lange plagt ihr doch meine Seele?« Er betete vor.

Nach dem Abräumen folgten sie zu dritt, hintereinander, der jahrhundertealten Trasse durchs Moor. Der Vater meinte, eine Anhöhe in der Landschaft heiße Sinai. »Aber Mose bestieg den Berg Sinai und nahte sich dem Dunkel, darinnen Gott war.«

Die Hügel des Veluwezoom vor dem Hintergrund des Himmels wurden sichtbar. Davor tauchte der blaue Kirchturm auf. Der Vater führte die kleine Prozession an. Die Glocke begann zu läuten, und er lachte abfällig, machte eine wegwerfende Geste. Er hatte die reformierte Kirche von Lathum verlassen, hatte sich von ihr abgewandt. Seiner Meinung nach wurde dort eine Irrlehre verbreitet.

Der Vater war unter den Einfluß von Torfschiffern aus Ostfriesland geraten. Samstag nachmittags legten sie bei der Ziegelei an, weil sie sonntags nicht fahren wollten. Sie stammten von französischen Hugenotten ab, die im 17. Jahrhundert erst nach Antwerpen und dann nach Emden emigriert waren. Dort hing eine kleine Gruppe weiterhin der reinen Verkündigung des alten Glaubens an, weil nach ihnen die heutige Kirche die im Niederländischen Freiheitskampf so hart umkämpfte Wahrheit Gottes verleugnete.

Für eine kurze Zeit waren sie weiterhin in die Kirche gegangen, hatten sich jedoch in die hinterste Bank gesetzt. Dann sagte der Vater eines Sonntags nach dem Gottesdienst, er könne die Falschheit dieser Verkündigung nicht mehr ertragen. Wieder zu Hause, ging er das Schwein füttern. Die Mutter schenkte Kaffee ein, doch er kam nicht zurück.

»Schau mal nach, wo Vater bleibt.«

Sein Vater lag mit dem Gesicht nach unten auf der Eisenschwelle der Stalltür. Die Lippen voll Blut. Fast hätte er den eigenen Sohn nicht erkannt. Er sagte, Gott habe ihn geschlagen, ihn am Schlafittchen gepackt und zu Boden geworfen.

Nach diesem Ereignis waren sie nie mehr in die Kirche von Lathum gegangen. Sonntags sah er Margje van Renes nicht mehr. Die Vorstellung, daß sein Vater an Gott glaubte und doch nichts mehr von der Kirche wissen wollte, war seltsam und beunruhigend. Seine Mutter war nicht damit einverstanden, doch sie hatte, wie sie sagte, keine Lust und auch nicht genügend Kraft, sich mit ihm darüber zu streiten.

Vom Deich aus nahmen sie den steilen Weg zur Ziegelei

De Koppenwaard hinunter. Hinter den grauen Tonhaufen war die Anlegestelle. Dort lag eine kleine Flotte mit drei nach den Erzvätern benannten Schiffen: Abraham, Isaak und Jakob. Aus der Kajüte des mittleren Schiffs drang Gesang, dumpf, auf ganze Noten. Die Treffen mit den Emder Schiffern fanden immer auf der *Isaak* statt. Schon auf der Landungsbrücke stimmte Vater in den Gesang ein.

Dir, lieber Jesus, hafte ich an
Im Licht wie auch im Dunkeln.

Seine Mutter gab vor zu singen, doch sie bewegte nur die Lippen. Er ahmte sie nach.

Kapitel 4

Am nächsten Tag ging er nach dem Läuten nicht sofort nach Hause, blieb noch ein wenig auf dem Schulhof, stieg dann den Deich hinauf. Margje war von Freundinnen umringt.

Er starrte über den Fluß ans andere Ufer, zu den Hügeln des Veluwezoom, stellte sich vor, daß ein Auto auf dem Deich anhielte und der Fahrer ihn nach dem Weg fragte oder um Hilfe bat. Er wußte nur nicht, nach was für einem Weg er fragen oder welche Art Hilfe er brauchen könnte. Man konnte sich nicht verfahren. Es gab nur den Deich und den Pfad durchs Moor.

Hans gab die Hoffnung nicht auf. Hier in der Gegend hatte nur der Gutsbesitzer, der Herr auf Bingerden, der auf einem Gutshof wohnte und ganz Lathum besaß, ein Auto. Eine rote Limousine, einen neunsitzigen Panhard. Die Sitze waren richtige Sessel. Wenn der Herr mit dem Gutsverwalter kam, um die Pacht einzutreiben, ließ er den Wagen auf dem Deich halten. Der livrierte Chauffeur wartete geduldig. Herr und Verwalter kassierten das Geld von den Pachtbauern, bekamen etwas vom Geschlachteten ab, plauderten ein wenig.

Zusammen mit anderen Jungen strich Hans ums Auto. Einer von ihnen fragte den Chauffeur: »Wieviel PS hat der?«

»Sechsundzwanzig«, sagte dieser nonchalant. »Und sechs Gänge.«

»Was kostet ein Panhard?« fragte Hans.

»Da fragst du mich was, mein Junge. Das ist ein besonderes Modell. Mein Herr hat es beim Autosalon in Paris gekauft. Sechzigtausend, habe ich gehört. Schau mal, das Armaturenbrett – Nußholz.«

»Und man kann sogar im zweiten Gang anfahren«, sagte ein anderer.

Da sahen sie den Herrn in seinem Tweedanzug aus dem Bauernhof kommen. So reich und mächtig war er, daß er den Kirchturm aus Schiefer in Lathum gegen den Willen des Dorfs und des Kirchenrats blau hatte streichen lassen. Für Reisende, die von Osten, von der deutschen Grenze her, kamen, sollte der letzte Kirchturm vor dem Fluß schon aus großer Entfernung sichtbar sein.

Die Limousine fuhr geräuschlos an. Margje und ihre Freundinnen gingen Arm in Arm über den Deich, Richtung Fähre. Er würde sie später heiraten, doch sie drehte sich nicht um, schenkte ihm kein rasches, Vertrauen einflößendes Lächeln.

Hans öffnete das Gartentor, saugte eine letzte süße Petunie aus, streichelte die Ziege im Vorbeigehen, rückte das schiefe Schild zwischen den Gladiolen gerade:

PUPPENTHEATER FÜR ALLE GELEGENHEITEN
AUSKÜNFTE IM HAUS

Er hatte noch keine Kunden gehabt. In dieser abgelegenen Ecke gab es keine Passanten. Nur im Herbst kamen Männer auf der Jagd nach Hasen und Fasanen vorbei. Wo war Mutter? Im Haus wartete eine Schüssel Milch auf ihn. Er trank ein paar Schlucke. Die Milch schmeckte süß. Danach ging er in den Stall, holte das Kaninchen aus dem Käfig. Er hörte seine Mutter hinter dem Haus. Das Kaninchen an sich gedrückt, ging er zu ihr, sie nahm gerade Wäsche von der Leine, befühlte ein Kleidungsstück nach dem anderen.

Er glaubte, in der Ferne eine Autohupe zu hören. Der Chauffeur hupte bei der kleinsten Kurve. Wenn der Herr ihn doch nur einmal bemerkte und fragen würde: »Möchtest du nicht das Auto für mich putzen, mein Junge? Ich will dich auch gut dafür bezahlen.« Oder noch besser: »Meine Tochter hat bald Geburtstag. Würdest du bei mir im Landhaus eine Vorstellung geben?«

Hans setzte das Kaninchen auf den weißen Kies, band die in der Nacht zuvor vom Sturm abgerissene Wicke an das dünne Drahtgeflecht. In diesem warmen Herbst war sie in der dritten Blüte. Mutters Lieblingsblume, zusammen mit Kapuzinerkresse. Er schnitt einen kleinen Strauß für sie. Neben Theaterspielen tat er das am liebsten. Sträuße zusammenstellen und Ansteckblumen basteln, sie in Stanniolpapier einwickeln, an ihrem Kleid feststecken, als wäre sie eine Braut – seine Braut. Was er später werden wollte? Kein Ziegeleiarbeiter, kein Bauernknecht. Er wollte selbständig sein. Clown? Gärtner? Waren Gärtner selbständig?

»Hilf mir mal«, rief die Mutter. Er hob das Kaninchen hoch. Sie hatte die Wäsche ins Haus gebracht und wollte jetzt Zwiebeln ernten. Er band sie zusammen und hängte die Bunde zum Trocknen an Stangen auf. Als er damit fertig war, durfte er spielen gehen.

Das Moor ist der Rand des Nichts. Der Bauernhof etwas weiter hinter dem Berg Sinai hieß Nergena. Der Wind blies stark. Das Schilf wurde zu Boden gedrückt, das Moor war ein einziger wogender weißer Teppich mit unzähligen Fransen. Er lief, das Kaninchen an sich gedrückt, auf dem feuchten Trampelpfad, sprang über einen halbvermoderten Weidenstamm, ein hohes Büschel Sauergras, stieg dann auf die Bärenklauinsel hinüber und ließ sich zu Blutegel treiben. Oder sollte er sich lieber für die Sauerampferinsel entscheiden, die in einem schlammigen Wassergraben auf ihn zutrieb? Er war unterwegs nach Patmos. Um sich herum hörte er das leise Gluckern strömenden Wassers. Man hatte immer das Gefühl, daß das Moor abfloß.

Ein Hase kam vorbei.

»Warte«, sagte Hans.

»So jung bin ich nicht mehr«, sagte das Tier und rieb die Vorderpfoten aneinander. »Ich bereite mich auf mein Ende vor. Dafür brauche ich Zeit.« Es ähnelte dem Emder Schiffer, der sonntags bei den Versammlungen die Predigt hielt.

Der Hase verschwand. Hans pflückte Minze.

Das Wetter schlug um. An der Grenze zwischen Moor und Schilf, wo der Berg Sinai lag, wurde es dunkel. Gleich würde es um den höchsten Gipfel donnern und blitzen. »Aber Mose bestieg den Berg Sinai und nahte sich dem Dunkel, darinnen Gott war.« Laut ahmte er den Emder Schiffer nach, zu dem sein Vater so aufsah. Von der Sauerampferinsel sprang er auf einen treibenden Baumstamm, landete auf Taubnessel, schaffte es gerade noch, keine nassen Füße zu bekommen. Das Rouveen war ihm vertraut. Er kannte jeden Wassergraben und jeden Kanal, folgte Tierfährten, sammelte seltene Pflanzen wie das zweiblättrige Knabenkraut.

Der Hase kam wieder vorbei.

»Du wirst doch wohl von Henoch gehört haben?« fragte Hans.

»Sagt mir nichts.«

»Henoch zeugte Söhne und Töchter und wandelte mit Gott. Als er das Alter von dreihundertfünfundsechzig Jahren erreicht hatte, nahm Gott ihn hinweg, und er war nicht mehr. Henoch hat den Tod nicht gesehen.«

Der Hase schüttelte den Kopf. Hans schaute ihm nachdenklich hinterher. Das waren noch Zeiten! So alt wie Henoch zu werden und mit Gott zu wandeln. Zusammen mit Gott von Taubnessel auf Blutegel zu springen.

Noch ehe er Patmos erreichte, wo er seinen Unterschlupf hatte, eine ehemalige Jagdhütte, wurde es so dunkel, daß er kehrtmachte. Um den Gipfel des Sinai stürmte und blitzte es schon. Schau, Wolken und Nebelschwaden ziehen den steilen Hang hinauf. Da ist Mose und naht dem Dunkel, darinnen Gott ist.

Und Gott sprach zu Mose. Die Posaunen erklangen. Hans ließ den Berg toben und wüten. Mose stieg mit den beiden vom Finger Gottes beschriebenen Steintafeln aus der Wolke, sah erzürnt das Volk Israel das Goldene Kalb anbeten und zerbrach die Tafeln mit den Geboten auf den Felsen.

Aufpassen, die Sauerampferinsel kippte fast um. Ein Wäldchen Silberpappeln stand einen Augenblick in einem Sonnenstrahl in Flammen, brennender Dornbusch, das tiefschwarze Moorwasser spiegelte das offene Maul einer versunkenen Weide. Das Kaninchen an sich gedrückt, sprang er von Taubnessel auf Hirtentäschel und erreichte festen Boden.

Kapitel 5

Als Hans gegen halb fünf aus der Schule kam, fand er die Mutter auf dem Gartenweg beim Haus. Ihre Augen starrten zum Himmel. Mutters Arme und Beine waren steif. Die gesprenkelte Emaillekaffeekanne war ihr aus der Hand gefallen. Er rannte auf den Deich: »Mutter ist tot! Mutter ist tot!« Die Nachbarn sagten dem Vater Bescheid.

Von hoch oben im Nußbaum beim Anleger sah er auf dem Wasser den Fährmann mit seinem Vater. Mutter lag auf einer Planke quer über beide Bänke. Eine blasse Sonne trieb ums Ruderboot. Sein Vater hatte die Mutter auf einem niedrigen Karren zur Fähre gefahren. Am anderen Ufer wartete ein Krankenwagen.

Das Boot legte an. Mutter wurde zum Krankenwagen getragen, verschwand auf der Straße, die am Fährhaus vorbeiführte.

Hans kehrte nach Hause zurück und ging mit dem Kaninchen ins Moor. Mit seinen Schritten scheuchte er einige Vögel aus einer Krähenkolonie im nahen Silberpappelwäldchen auf, die einen toten Hasen gefunden hatten. Sie flogen tief über ihn hinweg, kreischten. Das weiche Kaninchen im Arm, zwischen den Schilfhalmen kauernd, den Blick auf den blauen Turm gerichtet, betete er unter Tränen: »Bitte, bitte laß sie zurückkommen!«

Die Nachbarin hatte sich laut gefragt: »Wie kann so etwas nur passieren?«

Hans wußte es. Es waren die bösen Geister, die Kinder Satans, Kinder Baals. Nachts kamen sie aus dem Moor, streiften um ihr kleines Haus. Vor nicht allzu langer Zeit hatte er Mutter im Traum schreien hören. Da war der Vater schon zur Ziegelei gegangen, und er hatte dessen Platz im Bett eingenommen. Mutter hatte sich an den Kopf gefaßt. Satan war eindeutig in ihr Haus eingedrungen. »Mutter, du wirst wieder gesund. Im Krankenhaus kann Baal dir nichts tun. Baal ist in den glühenden Ofen zurückgekehrt, aus dem er gekommen ist.«

Er stand auf. Der Sauerampfer blühte. Wind fuhr herab, eine Wolke Blütenstaub nahm ihm den Atem. Er stieg auf eine vorbeitreibende Insel, die er noch nie gesehen hatte und die daher namenlos war. Die Sonne brannte ihm im Nacken und auf der Haut unter dem dünnen Hemd. »Fürchte dich nicht vor dem großen Baal, Mutter.«

»Ach, mein Junge.« Doch Mutter konnte nicht mehr sprechen. Ihre Zunge war gelähmt. Sie glich dem Schaf, das verstummt vor seinem Scherer. Seine Insel versank allmählich. Vor Angst, im dreckigen Wasser zu landen, sprang er vorsichtig auf Hirtentäschel. Das Hirtentäschel, das Sauergras und der Wegerich sagten, daß seine Mutter wieder gesund werden würde.

Das glaubte er auch. Der weiche Boden unter seinen Füßen blubberte, versank gluckernd. Auf dem Grund eines kleinen Wasserlaufs, zwischen den Wurzeln einer verrotteten Weide, glaubte er ein Tier zu sehen. *Das* Tier. Er schrie. Plötzlich stieg es aus dem Wasser. War Satan wieder losgekommen aus seinem Gefängnis, um die Menschen mit hohem Fieber und Lähmungen zu quälen? »O HErr, vertreibe den Teufel, wirf ihn in den Pfuhl von Feuer und Schwefel, da auch das Tier und der falsche Prophet sind. Befreie uns, von Ewigkeit zu Ewigkeit.«

Unter seiner Insel hörte er das Wasser strömen – das Moor floß ab –, und er hörte den eigenen Herzschlag. Eine

Seerosenmatte wiegte sich sanft an ihm vorbei. Im Mai war das Moor rot von Sauerampfer und wilden Erdbeeren und weiß von Seerosen. Er näherte sich Patmos, seinem Unterschlupf.

Er drückte aus einem Stück morschem Holz den Stumpf eines Astes heraus und seufzte. Ob er seine Mutter im Krankenhaus besuchen durfte? Wenn er mitdurfte, würde er ihr erzählen, daß er für sie betete, daß die Frösche vor Verliebtheit quakten, daß er ein bißchen mit Margje van Renes ging, daß ... Nein, nicht alles erzählen. Den Hecht verschweigen, den er gestern im Moor gesehen hatte, halb an Land, halb im Wasser. Ein todkranker Hecht. Den freßgierigen Kopf hatte Hans mit Wasser besprenkelt, damit er nicht austrocknete, das halboffene Maul machte ihm angst. Tarnte Satan sich als sterbender Hecht? Er fing ein paar Eidechsen und einen Gründling, verfütterte sie ihm an einem Schilfrohrstengel. So krank er war, der Fisch fraß alles, was Hans ihm ins Maul warf. Ein Büschel feuchtes Torfmoos, einen toten Frosch, ein Sträußchen Sauergras, den Schnabel einer Rohrdommel. Der Hecht röchelte, schlug mit den Flossen, schnappte nach Luft. Mit einem Stock schob er ihn ins Wasser.

Voll Abscheu wich er zurück. Im Torfmoos war der Abdruck eines Bocksfußes zu sehen. Also doch. Satan. Baal. Oder einer der Makkabäer aus den apokryphen Büchern, von denen der Vater nichts wissen wollte. Er schätzte die Entfernung ab, sprang, landete auf Patmos. »Ich, Johannes, euer Bruder und Mitgenosse an der Trübsal und am Reich und im Ausharren bei Jesus, ich war auf der Insel Patmos, und der Geist kam über mich.« Patmos neigte sich gefährlich zur Seite, aber er brauchte sich vor nichts mehr zu fürchten. Die Gefahr war gebannt. Mutter ging es wieder besser. Doch die Angst blieb. Um diese zu betäuben, wandte er sich an einen Fasan. Um den Herrgott mild zu stimmen, befreite er ein bebendes Insekt aus einer Spinnwebe zwischen den Blättern einer Römischen Kamille. Sollte er sich an die Römische Kamille wenden? Mit den Römisch-Katholischen wollte Vater nichts zu tun haben. Katholen hatten keine Ahnung von der Heiligen Schrift, kannten weder Henoch noch Mose.

Das Kaninchen sprang auf den Tisch im Unterschlupf, neben das Heft mit Hans' Aufzeichnungen. Er las seine letzten Notizen. »Auf Bärenklau eine Feuerkröte gesehen. Sonnentau auf Sauerampfer.« Er schrieb: »Mutter im Krankenhaus.«

Er schaute hinaus. Rundherum erstreckte sich die Ebene voll wogenden Schilfs. Hier und da ragte, halb versunken, eine schwarze Pappel empor oder eine Knotenweide. Schwimmendes Gras trieb vorüber. Darunter wimmelte es von Satanskindern, die leise jammerten und bei Anbruch der Dämmerung Blut spuckten.

»Laß Mutter wieder gesund werden.«

Der Wind um die Hütte, der Wind im Sauerampfer, das Beten machten schläfrig. Verstört und todmüde setzte er sich an den Tisch, küßte das Kaninchen, streichelte es, schlief ein. »O Herr, Deine Scharen sind nicht zu zählen …«

Kapitel 6

Der Friedhof lag zwischen Schule und Kirche. Ein kalter Wind fegte über den Deich, wehte Spreu, dürres Laub auf einen Haufen. Das ganze Dorf schloß sich dem Zug an. Eine Nachbarin hatte dafür gesorgt, daß er eine Hose mit tadellosen Bügelfalten trug.

Der Wagen fuhr durch tiefe Pfützen, die Radspeichen waren mit breitem schwarzem Band umwickelt. Ob Mutter wußte, daß es regnete? Der Wagen mit dem Sarg spritzte Wasser auf. Der Regen fiel so dicht, daß das andere Ufer des Flusses und die Hügel des Veluwezoom unsichtbar waren. Hans ging neben seinem Vater.

Bei einer Biegung des Deiches drehte er sich um und erblickte Margje van Renes in einem dunklen Cape zwischen ihren Eltern. Er roch den Regen, die nasse, traurige Novembererde, Mutters totes Gesicht. Voll Angst und Ehrfurcht hatte er seine im Zimmer aufgebahrte Mutter betrachtet. In der Dämmerung hatte er am Fenster gestanden. Die Stille draußen im Moor war irgendwie verdächtig gewesen, die Pferde, die aus dem Schilf hervorschossen, hatten hochaufgerichtete Schwänze wie Skorpione mit scharfen Scheren. Erstarrt hatte er hingeschaut, ihm war schlecht geworden, doch zugleich hatte er erkannt, wie er jede Unruhe und alle Gedanken an seine Mutter vertrieben hatte: Seine Mutter war schon immer kränklich gewesen. Darum hatte er nur zwei Brüder gehabt.

Eine Kuh muhte, den schweren, braungescheckten Kopf hochgereckt. Der Sarg mit Mutter darin, auf einer dicken Strohschicht, hier und da mit einem Tannenzweig bedeckt, glänzte im Regen, genauso wie die grauen Tonhaufen der

Ziegelei. Der Totengräber von Lathum ging an der Spitze des Zuges, der Pferdeführer neben dem Wagen hielt die Zügel in der Hand. Das Pferd trug eine schwarze Decke. Die Prozession bewegte sich beim Läuten der Glocken über den Deich. Die Alten, die nicht mehr gehen konnten, schauten von der Schwelle eines Stalls aus zu.

Das Pferd schritt furchtbar langsam, grübelnd, als sei es in Gedanken versunken, schnaubte laut, als es sich dem Friedhof näherte, steifbeinig tat es einen Schritt zur Seite auf das Gras am Wegrand, scharrte über die Steine.

Der Sarg würde durchnäßt werden. Liebste Mutter. Im Krankenhaus hatte er sie ein einziges Mal gesehen. Ihr Schädel war kahlgeschoren, und ein Loch war hineingebohrt.

Hans bückte sich, zupfte einen Grashalm aus der Böschung und begann, heftig darauf zu kauen. Er schmeckte bitter wie Wermut. Vater neben ihm trug einen geliehenen Anzug, dessen Nähte zu platzen drohten. Jetzt waren sie an den unheimlich glänzenden Tonhaufen vorbei. Er trat wieder beiseite, trödelte, bückte sich, um seine Schnürsenkel zuzubinden.

»Weiter«, sagte sein Vater, »benimm dich.«

Heute morgen hätte er sich auch fast mit ihm gestritten. Er hatte das Kaninchen aus dem Stall geholt, wollte es auf den Friedhof mitnehmen.

»Weg mit dem Vieh!«

»Mutter wäre damit einverstanden.«

»Aber ein bißchen plötzlich!«

Vom Wagen spritzte Wasser an seine nackten Beine. Er lauschte dem Klang der Hufe auf den Steinen. Im Westen, über dem Fluß, klarte der Himmel auf, und eine blasse Sonne zeigte sich, doch der starke Wind, der den Regen brachte, blieb. Alle gingen gebeugt. Manche schienen kurz davor vornüberzufallen.

Der Zug kam an der Ziegelei vorbei. Er wollte später nicht in einer Ziegelei arbeiten. Zu sich selbst sagte er: »Später gehe ich aus Lathum weg, ich werde Margje heiraten.« Das Pferd mühte sich ab, schien kaum voranzukommen. Er lauschte dem durchdringenden Knirschen und Klappern der Räder.

Am Tag von Mutters Tod, am Tag ihrer Rückkehr nach Hause, an den Tagen vor der Beerdigung trug er zum großen Ärger seines Vaters das Kaninchen mit sich herum, vergrub sich in sein warmes Fell. Hatte Mutter gerufen, als sie auf den Kies gefallen war? Er starrte auf die Räder. Mutter, die ihn, wenn er keine Luft mehr bekam, heimlich zu sich ins Bett nahm, ihm zur Beruhigung sanft über den Bauch strich, bis er endlich einschlief.

Der Zug verließ den Deich, folgte der Kerkstraat zum Friedhof hinunter. Jetzt konnte er Margje wieder sehen. Sie hob die Hand. Ihr Regencape spiegelte sich im nassen Straßenbelag. Pferdeführer und Totengräber beratschlagten beim Eingang, das Pferd wurde am Zaun festgebunden, bekam ein Schulterklopfen und einen Sack Hafer. Die Leute verteilten sich zwischen den Gräbern, lasen die Namen laut vor. Alle, die hier lagen, kannte man. Über der Grube lag eine Leiter. Darauf wurde der Sarg abgestellt. Auch Margje bahnte sich einen Weg über die schmalen Pfade, kam auf ihn zu und blieb dicht bei ihm stehen. Liebe Margje. Er sah den Flaum an ihren Beinen.

Ein Emder Schiffer betete: »*O God.*« Das war unfair. Vater zuliebe war Mutter zu den Gottesdiensten auf dem Boot mitgegangen. Im Herzen gehörte sie noch immer der normalen reformierten Kirche an. Der Pastor ihrer Kirche hätte den Trauergottesdienst abhalten sollen. Es wurde gesungen:

> Ewig wird die Trauer nicht dauern
> Durch die Trümmer von Zions Mauern
> Wirft die Hoffnung frohen Schein.

Auf Wiedersehen, Mutter. Liebe Mutter. Ich weiß, daß du im Himmel bist. Das Mädchen rückte noch näher, ganz dicht zu ihm. Wenn er wollte, könnte er sie an den Zöpfen ziehen. *»… wir moeten befreit werden …«* Liebe Mutter, der Herr mit seinem roten Panhard ist auch da, liebe Mutter, es hat aufgehört zu regnen, der Kirchturm glänzt so blau. Im Krankenhaus haben sie dich kahlgeschoren, dir den Schädel aufgebohrt.

Er weinte. Wie Wassertropfen verbreitete der Wind das Läuten der Glocken. Er hatte das geisterhafte Echo der Pferdehufe noch im Ohr. *»O God, doe was gut ist in deine heilige Augen … Dood, wo ist ihre Stachel!«*

Hans stellte sich an den Rand der Grube, zwischen die Tannenzweige, die den Sand und Ton verbergen sollten. Bläulicher Flußlehm mit roten Sumpferzadern glitzerte durch die Zweige. Langsam wurden die Seile losgelassen. Quietschend und knarrend sank der Sarg hinab. Vater stand jeden Morgen um vier Uhr auf. Von da an lag Hans wach und wartete. Sobald Vater aus dem Haus war, schlüpfte er zu Mutter ins Bett, schmiegte sich an sie. *»… eine Strom Ongerechtigkeiten hatte die Overhand over mij.«* Er schaute immer weiter ins Grab, während die Leute aus dem Dorf hinter ihm vorbeizogen.

Kapitel 7

Am Schild im Vorgarten hatte sich eine Schraube gelöst. Es hing schief, schaukelte im Wind. Die verwitterten Buchstaben waren kaum noch zu lesen. Dabei hatte er es mit soviel Liebe hergestellt. Vater brachte altes Holz aus der Ziegelei mit. Er sägte, zimmerte, hobelte, schmirgelte das Schild selbst, malte es an, grub zwei Löcher für runde Pfähle im Vorgarten, möglichst nah am Weg, und hämmerte das Schild daran fest.

Heute morgen lag die Stille des ersten Frosts in der Luft. Stille, doch der Wind wogte im Moor, schlug mit dem Schwanz gegen das starre Gras, das kurz erschauerte, genau wie die Ziege in den ersten Sonnenstrahlen.

Was war das? Sein Vater, die nächste Zeit ohne Arbeit, war im Gemüsegarten hinter dem Stall, wo noch der letzte Wirsing stand. Mit wem redete er denn? Er war furchtbar zornig.

Hans ging um den Stall herum. Auf dem Feld glitzerte der Wirsing wie gefrorene Wäsche. Was tat Vater da? Er trat gegen einen von Rauhreif überzogenen Kohlkopf und schrie:

»Faul. Allesamt faul!«

Der Kohlkopf flog übers Feld in den Blumengarten. »Und der! Auch völlig verfault! Das ist das Böse. Überall lauert das Böse. Im Herzen des Kohlkopfs. Dabei haben wir so wenig zu essen. Der auch! Durch und durch faul und verdorben, von den Schnecken angefressen.«

Beim Schweinestall wuchs der Kohl besonders gut. Dorthin goß Vater das Schweineblut, das er nicht für Blutwurst und Panhas brauchte.

Sein Vater trug die schweren Arbeitsstiefel voll angetrocknetem Ton.

Vater bückte sich: »Und der?«

Ja, endlich ein schöner Kohlkopf, fest und grün, gut zum Einmachen, ein echter Eisenkopf. Trotzdem schleuderte er auch diesen in die Luft, fing ihn mit dem Schaufelblatt auf, zerhackte und zerschmetterte ihn. »Noch heil? Quatsch. Dich brauche ich auch nicht. Alles ist böse und verdorben. Ausmerzen sollte man diese Schneckenbrut. Dieses Otterngezücht! Dich auch, du Heuchler! Schön? Ein Dämon bist du mit deinem angeblich unbeschädigten Kopf und sonst gar nichts, pah! Alles böse und verdorben. Was soll ich mit dir? Ich schlage dich, wie ich einen Feind schlagen würde, wie ein Unbarmherziger züchtigt.«

Vater drehte vollkommen durch. Hans machte sich lieber davon. Noch ein schöner Kohlkopf landete auf der Schaufel, wurde wie eine Fliege an die Stallwand geklatscht.

Hans, das Kaninchen auf dem Schoß, hielt sich die Ohren zu, um das abscheuliche Quieken nicht zu hören. Er konnte nicht einmal an Mutter in ihrem Grab denken, weil das Schwein so laut war.

Jetzt wurde es still im Stall.

Vater suchte ihn, kam in die Küche, wischte die Klinge seines Lehmtretermessers am Hosenbein ab.

»Das Vieh kommt mir nicht ins Haus. Wie oft muß ich dir das noch sagen? Wo bleibst du? Du hörst doch, was ich tue.«

Er folgte Vater in den Stall. Das tote Schwein hing an einem Balken, aus seinem Hals rann Blut in einen Eimer. Auch auf den abgetretenen Steinfußboden tropfte Blut. Er steckte das Kaninchen wieder in seinen Käfig.

Vater begann, das Tier mit heißem Wasser abzuschrubben. Das Schwein dampfte, als würde es gekocht.

Hans schleppte heißes Wasser herbei. Er half seinem Vater geduldig, ohne etwas zu sagen. Eine große, bleiche Zunge hing dem Tier aus dem Maul.

Vater redete zwischen den Hängeohren des Schweins hindurch.

»Salz!«

Er schleppte die Kiste mit dem groben gelben Salz bis unter das Schwein, und das Pökeln begann. Die Schweinehaare knisterten wie trockenes Gras. Das Tier starrte Hans an. Man hätte meinen können, daß es noch atmete.

Laut, als wäre er sehr weit von ihm entfernt, rief Vater: »Stroh!«

Aus Angst, sich übergeben zu müssen, schluckte Hans. Jedesmal wurde ihm schlecht von dem Schwein am Balken. Er wollte nach draußen, der Ziege, die so süß duftete, Zärtlichkeiten zuflüstern, sie mit Kohlblättern füttern.

Er breitete das Stroh aus, schaute aus einer gewissen Entfernung zu. Vater ging in der Dämmerung um das baumelnde Tier herum. Hans dachte: Ich möchte gern groß und stark sein und aus Lathum weggehen. Aus Angst, daß sein Vater ihm diesen Wunsch ansah, senkte er den Blick.

Vor einigen Tagen hatte er aus den Augenwinkeln die Limousine des Herrn auf Bingerden gesehen. Neun Sitze aus weichem Leder hatte das Auto. Der Herr trug einen Siegelring an der linken Hand, der allein schon mehr wert war als Schwein und Ziege zusammen. Er malte sich aus, daß der Herr über den Deich fuhr und sich überall erkundigte: Ich bin auf der Suche nach diesem einen Burschen, der Junge sieht nach etwas Besonderem aus. Ich will ihn wie einen Sohn bei mir zu Hause aufnehmen, er wird neu eingekleidet, und er soll Fahrstunden bekommen. Ich kaufe mir in Paris einen neuen Panhard. Der rote ist für ihn.

Der Geruch des Schweins, vermischt mit dem des Salzes und des trockenen gehackten Strohs, stieg ihm in die Nase. Reglos sah er zu, verwirrt von seinem großartigen Traum.

Arme Mutter. Armes Vieh. Er übergab sich mit dem Rükken zum Tier, dachte nichts mehr. Nie mehr würde er etwas herunterbringen. Der widerliche Gestank würde in den nächsten Wochen immer schlimmer werden. Blutwurst, saure Sülze, Panhas. Das Kaninchen nagte leise an den Gitterstäben.

Vater bedeutete ihm, daß er gehen könne.

Er stürzte aus dem Stall ins Licht.

Kapitel 8

Schau mal, wenn man das zerreibt ...« Pfefferminzduft stieg auf. Sie roch an seiner Hand, er hörte sie langsam ausatmen.

»Wo gehen wir hin?«

Er wollte ihr alles zeigen, die Landzunge zum Sinai, die Jagdhütte, die schwimmenden und die nichtschwimmenden Inseln, die Matten mit den blühenden Seerosen, alle Kanäle und Wasserläufe.

Sie waren schon vor ein paar Jahren von der Schule abgegangen. Margje war zuerst bei ihrer Mutter zu Hause geblieben und arbeitete seit kurzem als Dienstmädchen in einem Fabrikantenhaushalt in Dieren. Hans erledigte leichte Arbeiten in der Ziegelei De Muggenwaard. In seiner Freizeit half er dem Fährmann, setzte über. Auf dem Wasser konnte er freier atmen. Wenn keine Fahrgäste da waren, saß er auf den Basaltsteinen auf der Buhne, träumte vom anderen Ufer, den Hügeln, den reichen Dörfern. Dort wohnen, ein eigenes Stück Land besitzen, selbständig sein. Er sah sein Glück so klar vor sich wie eine Erinnerung an reale Erlebnisse. Alles, was ihm Halt gab, das Ruderboot, die Limousine des Herrn, seine Träumereien, war wirklicher als das echte Leben. Verspürte niemand, der hier, in diesem ärmlichen, toten Nest, wohnte, den Drang wegzuziehen? Nach der Volksschulzeit hatte er den Kontakt zu Margje verloren. Sie hoben die Hand, wenn sie sich auf dem Deich begegneten, mehr nicht. Er traute sich nicht, sie anzusprechen, aus Angst, daß sie auf ihn herabsehen würde, weil er keine richtige Arbeit, keine Zukunft hatte. Sie hatte am anderen Ufer Arbeit. Gestern, als er auf der Fähre

Dienst tat, hatte er sie an ihrem ersten freien Wochenende nach drei Monaten Arbeit übergesetzt, sie ein Stück begleitet. Sie hatten sich nicht richtig miteinander verabredet.

Gerade wollte er auf Taubnessel springen, hielt inne. Da stand sie. Am Rand des Moors. Margje trug einen Schal aus rotem Stoff. Er fand, daß sie ein bißchen wie eine Zigeunerin aussah. Er schaute in ihre großen braunen Augen. Ihr Gesicht bestand einzig und allein aus Augen. Verwirrt deutete er zur eiszeitlichen Verwerfung am Horizont.

»Über dem Sinai regnet es schon.«

»Der Sinai?«

»So nenne ich den Berg. Der Regen kommt in unsere Richtung. Dann riecht das Moorwasser anders.« Er wollte andere Dinge sagen, schämte sich seiner Unsicherheit. Doch das Moor kannte er in- und auswendig, wollte ihr mit einemmal alles darüber erzählen. Da stand sie, am Rand eines schwarzen Sumpflochs, hielt den Blick auf ihn gerichtet und kniff eine Falte in ihr Kleid. Er streckte die Hand aus, sie sprang auf Taubnessel, dann ließen sie sich treiben, gelangten zur uralten Trasse, lange vor Christi Geburt entstanden, die einst zu einer durchwatbaren Stelle im Fluß führte. Sie gingen hintereinander her. Er blieb stehen, drehte sich um: »Phelipe ist ein altes Wort für durchwatbare Stelle. Daher kommt der Name Velp. Das hat der Lehrer erzählt.« Sie hatte es vergessen.

Der Pfad war wie auf Wasser angelegt, so feucht, so nachgiebig, daß er bei jedem Schritt federte. Es war besser, Schuhe und Strümpfe auszuziehen. Sie krempelte das Kleid bis zu den Knien hoch. Vom Pfad stiegen sie auf einen versunkenen Baumstamm, der umkippte. Dann auf Bärenklau. Die Strömung trieb sie in Richtung offenes Wasser. Er zeigte auf die Kreise im Wasser.

»Die Verbotene See.«

»Die Verbotene See?« Sie blies gegen eine dunkle Haarlocke, die ihr über die Lippen gefallen war.

»Hier ist alles voller böser Geister. Siehst du die langen bleichen Wurzeln da? Das sind Alraunwurzeln. Dort halten sie sich auf, in Kröten- oder Schlangengestalt. In ihren Augen lodern Flammen.« Er senkte die Stimme. »Wenn du ganz still bist, hörst du ihren Atem im Blubbern des Wassers. Meist sind sie in den Wurzeln gefangen, aber wenn sie freikommen, sind sie zu allem fähig, durchqueren Flüsse, breiten sich in der ganzen Welt aus, richten Böses an. Sie lassen sich durch nichts aufhalten, Margje.« Er tat, als habe er Angst und wage nicht, sich umzusehen.

Sie lachte. »Spaßvogel, du machst doch nur Blödsinn.«

Er schlug eine Mücke auf seinem Arm tot. Wind kam auf, kräuselte das Wasser, bog die Gräser. Das lange Haar des Mädchens flog in alle Richtungen. Sie machte einen Schritt, drohte im modrigen Boden einzusinken, er nahm sie bei der Hand. Zusammen kämpften sie sich durch den Schlamm.

Sie sagte, sie habe seinen Vater gesehen.

»Laß uns nach Patmos gehen«, sagte er. Er wollte nicht über den Vater reden. Am Samstagabend kamen die Schiffer zu ihnen und hielten ihre Andacht in der Stube ab. Am Sonntagmorgen ging Vater zur Anlegestelle hinter der Ziegelei. Es gelang Hans nur selten, sich zu drücken. Warum sollte er sie mit seinem Widerwillen dagegen langweilen?

»Ist die Moorhütte auf Patmos? Du hast mir mal eine Zeichnung geschenkt. Vielleicht habe ich sie sogar noch.« Er hatte es nicht vergessen.

Über Sauerampfer gelangten sie nach Patmos. Heftige Windstöße fegten übers Moor. Er ging ihr über den schwarzgeteerten, verzogenen Holzboden voran. Es gab einen Korbstuhl mit einem ausgefransten Loch mitten in der Sitzfläche. Sie setzte sich rittlings darauf, die Ellbogen auf der Rückenlehne. Durch ein halbrundes Fenster, wie in einem Stall, konnten sie das Dorf sehen. Nicht mehr als ein am Deich festgeklebter dunkler Fleck. Ihr Blick fiel auf sein Heft.

»Was schreibst du da hinein?«

»Ich sammle Pflanzen. Ich klebe sie ein, schreibe ihren Namen und die Fundstelle dazu. Du darfst es dir ansehen.«

Er gab es Margje, betrachtete sie, während sie vorsichtig umblätterte. Die Hütte knackte, sie hörten Sand gegen die Wand wehen. Er erklärte ihr, daß der Regen vom Sinai immer Sand mitführte.

»Du fühlst dich hier zu Hause, oder?«

Er zuckte die Achseln. »Manchmal.«

»Du bist hier ganz schön allein. Wie auf dem Schulhof.« Draußen verschwand das Licht im Wasser, die Gräben liefen voll. Unter der Hütte bewegte sich etwas.

»Was ist das?«

»Das Moor, das sich verschiebt.« Der Wind toste. Sie nahm seine Hand.

»Ich habe keine Angst.« Wieder bewegte sich die Erde unter ihnen. Er schaute auf die nasse Ebene, den Regen. Sein Territorium. Sie sagte: »Auf jeder Seite steht ›Mutter‹.«

»Mutter ist im Himmel. Die bösen Geister können ihr nichts mehr anhaben.«

»Das glaube ich auch.«

Er fragte sie nach ihrer Arbeit. Sie erzählte, daß sie in einem großen Haus mit Wintergarten wohnte. In der Familie gab es acht Kinder. Der Vater besaß eine Holzfabrik am Kanal zwischen Apeldoorn und Dieren und war viel unterwegs, zum Holzkaufen in Rußland und Sibirien. Seine Frau war nervenkrank und weinte tagaus, tagein. Margje sorgte dafür, daß die Kinder rechtzeitig am Frühstückstisch saßen. Sie brachte sie zur Schule. Manche waren älter als sie. Aber sie mußten auf sie hören.

Er sah, wie sie ihren nackten Fuß in ein weiches Stück Holz im Fußboden bohrte, spürte dann, daß ihr Blick auf ihm ruhte.

»Und du?«

Ja, er. Er wußte noch immer nicht, was er werden wollte, schämte sich, daß er noch immer auf dieser Seite des Flusses wohnte, er wollte weg, doch er sagte nichts. Anstatt ihr von seinen Träumen zu erzählen, ging er mit einem rostigen Stieltopf hinaus, schaute zum Regen hoch. Der Regen schlug gegen seine Zähne, bis zu seiner Kehle hinab. Als er wiederkam, saß sie auf dem Boden, die Knie angezogen, die Arme darum geschlungen. Er hatte Tränen in den Augen und hätte nicht einmal sagen können, ob sie ihn anschaute. Er goß Wasser auf ihre schmutzigen Füße.

»Nett von dir.«

Der Regen prasselte in dem Moment so stark auf das Wasser und die Wellblechplatten, daß er sie fast nicht hörte. Kräftige Schläge. Sie sah ihn erschrocken an.

»Die Fische springen aus dem Wasser.«

Einmal hatte er einen Karpfen gefangen oder einen Hecht, so ein Biest war das, von Hand! Er prahlte.

»Der hatte sich bestimmt in den Alraunwurzeln verfangen.«

Sie lachten.

Margje blätterte weiter in seinem Heft. Er schaute zu, wie sie atmete, sie atmete anders, in seinem Rhythmus mit. Die Haarlocke fiel ihr wieder über die Lippen. Sie blies dagegen. Margjes Haar flog in alle Richtungen. Sie schaute sich in der Hütte um. Er sah, daß sie den Fuß in den morschen Fußboden bohrte, als sei es Torfmoos. Eines Tages würde er dieses Mädchen heiraten.

»Hörst du?« Über dem Berg Sinai grollte der Donner. Das Gewitter kam in ihre Richtung. »Schau, Margje, das Moorwasser verfärbt sich. Es wird dunkler. Schwärzer. Ein Tümpel von ...« Ihre Lippen öffneten sich ein wenig, als wüßte sie, daß sie geküßt werden würde. Die Karpfen oder Hechte sprangen aus dem Wasser, fielen mit einem dumpfen Schlag wieder hinein.

»Und wir ...?« fragte sie. »Bei dem Gewitter?«

Ein Donnerschlag, ein Echo im Moor. Er stellte sich hinter sie, roch das Moorwasser in ihrem Haar. Der Sturm nahm zu, die Wellblechplatten schepperten. Er schrie nach seiner Mutter, sie rief etwas in den Sturm, nein, sie schrie, um den Sturm zu übertönen und das grelle Pfeifen um die Hütte und im Schilf. Wer schrie? Wer?

Sie rief ihn. In diesem Moment bestand keine Gefahr. Sie saß auf dem weichen, durch und durch morschen Boden, der süß nach Moorkräutern duftete. Sie rief seinen Namen, als habe sie Angst, im Moor zu versinken.

Wieder rief sie ihn, obwohl sie auf einer vergleichsweise festen, harten Stelle saß, doch sie mußte ihn rufen. Sie wollte brüllen, schreien, so inbrünstig wie möglich, als würde – abgesehen von ihrer Sicherheit in diesem Moment – etwas viel Wichtigeres davon abhängen.

Kapitel 9

Er kam nach Hause und sah auf der Schwelle, über die sein Vater einmal gefallen war, eine dunkle Blutlache, wie eine Mohnblume. Sein Vater stand im Stall.

»Was hast du vor?«

»Das Kaninchen füttern.«

Sein Vater stellte sich ihm in den Weg. Er durfte nicht hinein. Hans überrumpelte ihn, schlüpfte unter seinem Arm durch, sah den leeren Käfig.

»Wo ist das Kaninchen?«

»Der Händler kam vorbei.« Das Sonnenlicht fiel dicht und gelb wie Stroh durch die Türöffnung auf seinen Vater. Neben dem Haus die Ziege, fast blind, mit ihrem ausgedörrten Bärtchen. Das Blut stieg ihm in den Kopf. Hätte Mutter noch gelebt, wäre das nie passiert. Er sah das zu Tode verängstigte Tier vor sich, zusammengekauert, wie es sich in die hinterste Ecke des Käfigs drückte, um nicht entdeckt zu werden. Er sah seinen Vater (oder den Händler) das Tier am Nackenfell aus dem Käfig ziehen. Wer weiß, vielleicht hatte er ihm erst noch den Rücken gestreichelt, damit es sich beruhigte, und ihm dann mit derselben Bewegung den Hals umgedreht.

»Aber Vater …«, stammelte er, schluchzte, schluchzte noch einmal, bekam keine Luft mehr, spürte, wie seine Zehen sich verkrampften. »Mein Kaninchen hättest du in Ruhe lassen müssen.« Er sah seinen Vater, versuchte durch die Augen des Vaters hindurch auf eine Stelle in ihm zu schauen, sah den Futtereimer, das frische, glänzende Gras in seiner Hand, dann sah er nichts mehr, der Stall kippte um.

Er griff nach seiner Sparbüchse auf dem Küchenbord neben der Petroleumlampe. Darin waren Münzen von ein, zwei und fünf Cent, die seine Mutter ihm gegeben hatte, wenn sie Eier oder Gemüse verkaufte. Mit frischen Kräutern aus dem Moor hatte er noch etwas dazuverdient. Sein Vater war hinter dem Stall beschäftigt. Er hielt das Sparschwein mit dem Schlitz nach unten über den Tisch, schüttelte es hin und her, bis endlich ein paar Münzen herausfielen, zerschlug es schließlich kurz entschlossen auf einem Stein im Vorgarten.

Er wollte weg. Die Entscheidung war gefallen, als er die Blutlache auf der Schwelle sah und verstand. Er ging aus Lathum weg und würde nie wiederkommen. Was hatte er hier noch verloren? Die Frage war nur: Wann? Vater würde zu einer Versammlung der Emder Schiffer gehen. Also konnte er heute abend schon fortlaufen, doch das Risiko, ihm auf dem Deich zu begegnen, war zu groß. Nein, besser wäre es, den Morgen abzuwarten und dann den Fluß zu überqueren. Auf dieser Seite lag ein Ruderboot. Er kam inzwischen gut mit dem Gegenstrom zurecht und schaffte es, allein überzusetzen. Er suchte seine Kleidung zusammen, steckte sie in die alte Einkaufstasche seiner Mutter.

Die Vorhänge seines Schlafzimmers ließ er offen, um zeitig aufzuwachen. Er lag schon im Bett, als sein Vater nach Hause kam. Mondlicht fiel auf seine Decke.

Er hörte seinen Vater aus dem Haus gehen, zog sich rasch an, stieg die Treppe hinunter. Er betrachtete die Zimmerwände, inspizierte sie eine nach der anderen, spitzte die Ohren. Wie ein Ding hatte Mutter hier auf dem Bett gelegen. An einem Nagel hinter der Schranktür hing ihr Tuch. Er steckte es zu seiner Kleidung. Aus der Schublade der Anrichte nahm er eine Packung Nadeln, einen Wollknäuel.

Nebel hing vor den Fenstern. Er konnte nicht einmal den Pfad sehen. Aber über dem Nebel strahlte die Sonne. Es würde ein klarer Tag werden. Bald würde er alles deutlich erkennen können. Raben krächzten. Wenn man sie suchte, sah man sie nie. Geräuschlos öffnete er die Tür nach draußen, dann die Stalltür. Die Ziege blinzelte, traute sich nicht recht aus dem Schatten, wohl aus Angst vor dem ersten Licht. Oder ahnte sie, daß er sie zurücklassen wollte? Ihre Flanken waren so eingefallen. Ein paar Mücken brachten ihre verschrumpelten Euter zum Zittern.

»Komm!« Sie rührte sich nicht, dickköpfig fürchtete sie sich vor dem Morgenlicht. Es schien, als würde sie an den Dingen vorbeisehen. Das Tier drückte sich mit den Flanken gegen seine Seite. Während er es streichelte, schaute er auf ein ausgebreitetes Bund geerntete violette Zwiebeln und ein Bund weißen Lauch, wie einen frischen Flußfisch, im leeren Kaninchenkäfig. Die Ziege rieb ihre Schnauze an ihm, er sah sich um, blickte zu Boden, zu Vaters Stiefeln, zum Balken. Von hier aus gesehen, durch das staubige Fenster, war der Tag weich und grau wie Katzenfell.

Er betrachtete alles ruhig, ließ sich Zeit, weil er wußte, daß er nie mehr hierherkommen würde, sagte dann: »Ich gehe.«

Er brachte die Ziege zum Gras am Wegrand, band sie an einen Pflock in der ersten Sonne, warf ihr eine Kußhand zu, machte ein leises Geräusch mit den Lippen. Aus der Regenrinne tropfte Wasser in einen Eimer, der auf dem Kies zurückgelassen worden war. Hier hatte er Mutter gefunden, in ihren Augen den Blick eines Tiers, das in der Falle saß.

Er durchquerte den kleinen Vorgarten und sah das alte Schild. Es hatte keine Bedeutung mehr. Es schien, als seien beide Pfosten, so schief wie die dürren Stengel der Stockrose, von selbst aus der Erde gekommen. Dabei hatte er sich damals solche Mühe damit gegeben.

Sich jetzt nicht umdrehen. Das Tier würde traurig dastehen. Der Junge kehrte dem Haus den Rücken, brauchte nur in Richtung Fluß zu gehen und würde innerhalb einer Stunde bei der Lathumer Fähre sein. Ein Vogel begann zu zwitschern. Noch einer. Hinter dem Sinai leuchtete Licht.

Was war das? Lauerte Vater ihm auf? Nein, nichts, eine Weide. Eine Weide im Moor, im Zwielicht, grauer Schaum bei aufkommendem Wind.

Komm schon. Geh weiter. Jetzt geht es ums Ganze!

Und da? Das Schwarze? Die Augen geweitet vor Angst. Genau da, über dem Schilf. Vater, der ihn durchschaut hatte und ihm auflauerte? Was du nicht alles siehst! Er spähte über die weite Hochebene. Unter dem Himmel sah sie aus wie ein zweites Firmament, aber umgekehrt herum. Nur der Schatten einer toten Ulme, dunkel und mit langen Armen. Was sonst? Geschwätz junger Vögel. Wahrscheinlich ein Nest mit Elsternjungen.

Er hörte seine schmatzenden Schritte. Wenn er sich umdrehte, würde er das elterliche Haus gegen den heller werdenden Osten sehen können. Er drehte sich nicht um, wollte sich nicht in eine Salzsäule verwandeln. Endlich – das Dorf, die Kirche. Licht verteilte sich in Blitzen über die Kirchenfenster. Blutrote Engel und Apostel. Der Deich. Die Hoftore der Bauernhöfe waren weit geöffnet. Er ging an der Abzweigung zur Ziegelei vorbei, erkannte vage die Feueröfen, die furchterregenden Dampfkessel, den Kippwagen.

Nun konnte er allmählich mehr erkennen. Über dem

Fluß wurde es nie ganz dunkel. Die Sonne hatte es schon geschafft, genau über einem Obstgarten aufzugehen, ein Lichtstrahl fiel ihm vor die Füße.

Er band das Ruderboot los. Wie immer stand etwas Wasser im Boot. Die Proviantdose des Fährmanns trieb darauf. Er legte ab, zog, sich nach hinten lehnend, mit aller Kraft an den Riemen, ruderte mit Hilfe der Gegenströmung dicht am Ufer entlang fünfzig Meter stromabwärts. Dann erst setzte er über. Kleine Dunstwolken trieben mit der Strömung mit. Auf dem Fluß gingen lauter Lichtpünktchen gleichzeitig an und aus, und zusammen mit dem Geräusch des Wassers wirkten sie wie Gasstrümpfe.

Hans lauschte dem Klang der Riemen im Wasser, dem dumpfen Schaben der eisernen Ruderringe in den Halterungen im Bootsrand. Das Boot zerteilte die Wellen. Von dem fernen Ufer aus, das er hinter sich gelassen hatte, sah er sich selbst wie ein Scherenschnittmännchen.

Er zog das Boot auf den Sand. Einmal an diesem Ufer, hatte Hans den Eindruck – so leicht war es gegangen, wie von selbst –, daß jemand ihn hierhergetragen hatte.

Ruhig lief er den kurvigen Fährweg hinunter, zwischen Deichen aus dem Mittelalter, Richtung Velp. Er hatte die ganze Straße für sich allein. Sein Heimatdorf lag schon unendlich weit hinter ihm.

Ohne jeden Schutz trat Hans Sievez seine Reise durch die Welt an, und die Welt war groß. Er hatte Pläne für die Zukunft. Er sah sich mit einem siegesgewissen Lächeln um. Sein dunkles Haar bewegte sich sanft im leichten Wind. Seine Augen waren blau, seine Zähne strahlend weiß. Die Straße federte, sein Schritt war locker. Sein Leben würde Gestalt annehmen.

Heil Allen, die in Seinen Wegen geh'n,
Und folgen Gott, wie Er sie führt! im Stillen.
Kein Unrecht thun, und immer auf Ihn seh'n,
Und merken stets auf Seinen heil'gen Willen.
Herr Du gebeutst, laß, laß es uns versteh'n,
Dein Reichsgesetz mit Eifer zu erfüllen.
Psalm 119,2

ZWEI

Kapitel 10

Die Männer, die gerade Lauberde siebten, sahen einen Jungen mit einer Einkaufstasche die Gärtnerei De witte lelie an der Loosduinse Kade betreten. Trotz seiner ärmlichen Kleidung wirkte er gepflegt. Seine Schuhe waren sauber, die geflickte Hose hatte eine Bügelfalte, sein Haar war gekämmt. Ein Junge, dem etwas an seinem Äußeren lag. Die Männer unterbrachen ihre Arbeit.

Hans streckte die Hand aus, stellte sich vor.

»Sievez?« sagte einer, die Zigarette zwischen den Lippen. »Komischer Name. Den kennen wir hier nicht. Wo kommst du her?«

»Aus Lathum.«

Lathum kannten sie auch nicht.

Hans sagte, daß er Arbeit suche, das Handwerk erlernen wolle. Seine Stimme klang hell, entschieden.

»Da mußt du dich an den Vorarbeiter wenden.« Man schickte ihn ins Büro neben dem Kesselhaus. Einer der Männer sagte noch: »Wir dachten uns schon, daß du woanders herkommst. Hatten aber keine Ahnung, woher.«

»Sehe ich denn so anders aus?« Hans lächelte. Sie beäugten ihn von Kopf bis Fuß, wußten nicht, was sie sagen sollten. »Na, jedenfalls steht fest, daß du kein Gramm Speck zuviel auf den Rippen hast. Da gab es bestimmt nicht viel zu essen.«

»Dabei hatten wir jedes Jahr ein Schwein.«

Er meldete sich beim Vorarbeiter, der ihn fragte, ob er vorher schon als Gärtner gearbeitet habe. Nach einem kurzen Gespräch wurde er als Lehrling eingestellt. Hauptkultur des Betriebs waren Schwertliliengewächse, von der

Gladiole bis zur Florentiner Schwertlilie. Daneben wurden Farne und Gloxinien gezüchtet. Auf diese Weise würde er ein breites Spektrum an Kulturen kennenlernen. Er konnte schon am nächsten Tag anfangen. Gearbeitet wurde von sieben Uhr morgens bis sieben Uhr abends. Mittags gab es eine Stunde Pause. Samstags wurde das Tor um zwölf geschlossen. Dann wurde der Lohn ausgezahlt. Arbeitskleidung bekam er gestellt. Es war August. Er sollte sich bei einem Gartenbaukurs in Boskoop anmelden, der im September begann. Natürlich suchte er eine Bleibe. In der Tageszeitung *Het Vaderland* gebe es eine Rubrik, in der Zimmer angeboten wurden. Der Vorarbeiter könne ihm aber auch die Adresse einer Witwe an der Laan van Meerdervoort geben. Dorthin könne er sich zuerst wenden.

Hans fragte, ob er Überstunden machen dürfe. Er wollte soviel wie möglich verdienen.

Das war möglich. An Tagen, an denen er nicht zum Winterkurs ging, aber das sei etwas überstürzt. Es hänge davon ab, wie er sich mache.

Der Vorarbeiter sah die Adresse für ihn nach.

Jetzt ging er wieder über die kleine steile Brücke am Leyweg, wo er ausgestiegen war. In Arnheim hatte er auf gut Glück den Zug nach Den Haag genommen. Warum nicht gerade in der Stadt versuchen, Arbeit zu bekommen? Hatte der Lehrer in Lathum nicht tolle Geschichten von dem gelderländischen Feldherrn Maarten van Rossum erzählt, der im 16. Jahrhundert in Den Haag eingefallen und mit reicher Beute zurückgekehrt war, und von der Ermordung des Staatsmanns Johan de Witt und seines Bruders, des Marinekommandanten Cornelis, beim Den Haager Stadttor Gevangenpoort?

Beim Bahnhof Hollands Spoor hatte er die Dampfstraßenbahnlinie 5 in Richtung Westland genommen und war – wiederum auf gut Glück – bei der Haltestelle Leyweg ausgestiegen, hatte die kleine Brücke überquert, unter der gerade ein flacher Kahn mit Blumen hindurchfuhr, und vor dem Eingang einer Gärtnerei gestanden. Blumen mochte er, und er mußte Geld verdienen.

Kapitel 11

Von außen strömte das Haus Komfort und Reichtum aus. Rund um die Eingangstür aus Teakholz hingen Trauben von Blauregen in der zweiten Blüte. Auf einer Messingtafel unter einem vergitterten Fenster las er: »Rechtsanwalt G.A. Fleer.« Das Haus stand direkt am Bürgersteig. Eines der oberen Fenster des Erkers zur Straße hin war geöffnet. Die zugezogenen Gardinen verwehrten jeden Blick ins Haus.

Ihm schien, daß die Gardinen sich bewegten, er fühlte sich beobachtet, griff zu der Tasche, die er zu seinen Füßen abgestellt hatte, trat einen Schritt zurück. Er war sich fast sicher, jemanden zu sehen – jemanden, der ihn musterte. Aus Verlegenheit schaute er am Haus hoch. Im zweiten Stock war ein Balkon, wie bei allen anderen Häusern in der Straße. Wenn er das Zimmer mit Balkon bekommen könnte, hätte er einen schönen Blick auf die breite Straße mit den Straßenbahnen.

Er wagte es zu klingeln. In Lathum gab es keine Klingeln. Ein Junge aus Lathum auf der vornehmen Den Haager Laan van Meerdervoort. Er wollte schon davonrennen, da setzte sich der Schatten hinter der Gardine in Bewegung, resolute Schritte erklangen. In der Diele ging eine Glastür auf, jemand fingerte lange am Schloß herum, verschiedene Schlüssel wurden in Schlösser gesteckt. Endlich öffnete sich die Haustür.

»Ich kann es nicht anders sagen, du sprichst wirklich anständiges Niederländisch. Ich will es nicht verhehlen – ich hätte das nicht gedacht, als ich dich vor der Tür stehen sah.

Obwohl es gut zu hören ist, daß du nicht aus Den Haag kommst.« Sie drückte sich sehr gewählt aus. Ihre Stimme klang wie die des Herrn auf Lathum und Bingerden.

»Der Lehrer fand eigentlich, daß ich akzentfrei spreche. Ich durfte oft nach vorn kommen und meine Aufsätze vorlesen.«

Sie saßen sich in breiten Armsesseln gegenüber. Hans blickte vom Wintergarten in das große, hohe, nach hinten gelegene Zimmer, das in ein schmaleres Gartenzimmer mit weitgeöffneten Türen mündete. Ein riesiger Raum mit schwerem, dunklem Mobiliar, einem schwarzen reichverzierten Geschirrschrank, darauf ein Tablett mit Kristallkaraffen und Fotos in Lederrahmen. Auf dem Kaminsims im Wintergarten standen zwei chinesische Vasen. Hans dachte an das Haus im Moor, in dem er aufgewachsen war. Mevrouw Fleer mußte sehr wohlhabend sein. Warum holte sie sich Mieter ins Haus? Sie erriet seine Gedanken. Es gehe ihr nicht ums Geld. Es sei nicht gut, wenn in einem so großen Haus so viele Zimmer leer stünden.

»Du machst einen anständigen Eindruck. Ich habe ein Zimmer für dich. Laß deinen Tee nicht kalt werden. Wenn du ausgetrunken hast, gehen wir nach oben.« Jetzt klang ihre Stimme weniger gewählt. »Magst du Spritzgebäck?« Es lag auf einem Extrateller. »Spritzgebäck ist eine heikle Sache. Laß es dir schmecken. Du darfst ruhig krümeln. Dafür sind Staubsauger da. In der Fahrenheitstraat nicht weit von hier gibt es einen Konditor, der das beste Gebäck in ganz Den Haag macht. Mein Mann war ganz verrückt danach.« Während er vorsichtig in den Keks biß, ließ sie den Blick über seine Hose und seine Schuhe schweifen. »Du machst einen anständigen Eindruck, aber an deiner Kleidung müssen wir etwas ändern. Und an deinen dünnen

Armen.« Er spürte, daß ihr Blick auf seinem Hals lag. »Da darf ruhig ein bißchen mehr Fett dran.« Er stellte den kleinen Teller auf den niedrigen Tisch zurück, auf dem eine Zeitung lag, mit aufgeschlagenem Wirtschaftsteil. In einem Glas steckte ein Kopierstift. Er trank den Tee aus, sie verfolgte aufmerksam seine Bewegungen. »Es kann sein, daß dir das Zimmer nicht gefällt. Dann brauchen wir nicht weiterzureden. Komm mit. Vergiß deine Tasche nicht. Die hättest du besser im Flur stehenlassen.«

Sie nahm einen Schlüssel aus der Schublade der Anrichte, ging vor ihm her zum Flur. Auf dem Eckpfosten der steilen Treppe stand eine Aktskulptur aus Bronze, auf einem Zeh balancierend, in der Hand einen Leuchter mit einer halb heruntergebrannten Kerze.

Sie stieg die Treppe mit kräftigen, beinahe männlichen Schritten hinauf. Auf jeder Stufe lag eine Messingstange, die wie Gold glänzte. Draußen hörte er das leise Klingeln einer Straßenbahn. Kurz vor der letzten Stufe drehte sie sich zu ihm um. »Wie lange hast du vor zu bleiben, wenn dir das Zimmer gefällt?«

Diese Frage konnte er nicht beantworten. Sie gelangte auf den Treppenabsatz, stieg eine zweite Treppe hinauf, wartete, schaute über das Geländer zu ihm herunter: »Ich mag es nicht, wenn jemand nach einer Woche wieder auszieht.«

Er war sicher, daß das nicht der Fall sein würde. Sie ging weiter, wartete beim zweiten Treppenabsatz auf ihn. Wie ein ungeheuer großes, regloses Insekt hing ein Ventilator unter der hohen Decke.

Sie schloß eine Tür auf.

»Dieses Zimmer hatte ich für dich vorgesehen.« Sie drückte die Klinke herunter, öffnete die Tür. Es war das Balkonzimmer; Licht flutete durch die Balkontür. Er folgte ihr in den Raum, dessen auffälligstes Merkmal ein Doppelbett aus Messing war. Die Decken lagen über dem Fußende.

»Es wird eine warme Nacht. Ein Laken genügt.« Hans widersprach ihr lieber nicht. Er hatte schon verstanden, daß Mevrouw Fleer über alles und jeden eine feste Meinung hatte und keine Widerrede duldete. Aber sie war auch sehr zuvorkommend.

Sie begleitete ihn auf den Balkon.

»Schau, bei der Kreuzung biegt die Straßenbahn in die Fahrenheitstraat. In diese Richtung geht es zum Zentrum, in die andere nach Kijkduin. Warst du schon mal am Meer?«

»Nein, Mevrouw.«

»Das werden wir ändern. Ich habe ganz vergessen zu sagen: Es kann hier richtig heiß werden. Der Blick ist schön, aber wenn die Sonne sticht ... Ich sage immer: Alles hat seine guten und schlechten Seiten. Du kannst dich im Badezimmer im ersten Stock frischmachen. Da ist auch die Toilette. Und ich sage es am besten gleich: Beim kleinen Geschäft wird nicht gespült.« Auf einem Nachttisch stand eine Lampe mit einem braunen, tief heruntergezogenen Schirm. Sie zeigte ihm, wie man den Porzellanschalter mit der Schnur betätigte.

»Und?«

»Ich nehme es.«

»Du akzeptierst den Betrag, den ich dir genannt habe?«

»Ja, Mevrouw. Das Zimmer ist so schön. Gerade eben, draußen, habe ich gehofft, dieses hier zu bekommen.«

Sie musterte ihn eine Weile aufmerksam, schob dabei einen von der Sonne verblichenen blauen Wolläufer mit dem Fuß hin und her.

»Du wirkst mager und ärmlich. Nun gut …« Er hielt die Tasche noch immer in der Hand, stellte sie jetzt auf den Linoleumboden an die Wand. »Wenn du ausgepackt hast, erwarte ich dich unten. Bis dahin wird es Zeit sein zu essen. Du brauchst dich nicht zu beeilen. Ich habe genug zu tun. Du hast nichts dagegen, wenn wir zusammen essen?«

»Nein, ganz und gar nicht.«

»Eines noch. Wie du siehst, gibt es hier keinen Ofen. Im Winter darfst du nach unten kommen. Nochmals: Du brauchst dich nicht zu beeilen. Wenn das Essen fertig ist, läute ich die Tischglocke.«

Sie ließ ihn allein, zog die Tür seines Zimmers hinter sich zu. Einen Augenblick wußte er nicht, was er tun sollte, setzte sich an den Tisch mitten im Zimmer, erhob sich gleich wieder, ging zu dem kleinen Korbtisch in der Ecke, dessen Fuß aus einem Strauß geschälter und von Eisendraht zusammengehaltener Weidenruten bestand, betastete sie, legte sich, etwas benommen, probehalber auf das große Bett. Auch hier stieg ihm der ganz eigene, verwirrende Duft in die Nase, der überall im Haus hing – von dunklem Mobiliar, altem Teppichboden, Geranien und Fleißigen Lieschen, entfernt von Parfum oder Pelz, flüchtig, aber doch, jetzt schon, unauslöschlich.

Nach einigen Minuten sah er sich etwas ungenierter um. Das Zimmer war einfach eingerichtet. Bis auf den Stich des Hofvijver, eines Teichs im Herzen von Den Haag, waren die Wände kahl, das Glitzern des Teppichs rührte nicht von Silberfäden, sondern von stark zerschlissenen Stellen her.

Er zog die Jacke aus, lockerte die Krawatte, öffnete den obersten Hemdknopf.

Aus dem Seitenfach seiner Tasche holte er ein Jugendporträt seiner Mutter und stellte es auf den Nachttisch. Seine Kleidung hängte er in den Schrank. Die Taschenbibel, die er beim Abgang von der Volksschule bekommen hatte, legte er ebenfalls auf den Nachttisch. Die Tasche schob er unters Bett. Innerhalb weniger Minuten war er fertig. Er nahm das Porträt seiner Mutter in die Hand, sie lächelte ihn an. Als er in der Ferne eine Straßenbahn kommen hörte, trat er auf den Balkon, schaute auf die Baumwipfel unter sich, auf ein Kolonialwarengeschäft gegenüber, schaute der Straßenbahn bis in die Fahrenheitstraat hinterher, deren Fenster rot waren von der Sonne.

Er hörte die Tischglocke, eilte drei Stufen zugleich hinunter, blieb jedoch am Fuß der Treppe stehen, strich mit den Fingern über die zierliche Frauenfigur, ging zwei Stufen hoch, um ihre Stirn zu küssen, und dachte an Margje, die in diesem Augenblick bei der Fabrikantenfamilie in Dieren arbeitete. Beide schnupperten sie am Reichtum.

Das Abendessen wurde im hinteren Zimmer serviert. Sie wies ihm den Stuhl ihr gegenüber zu. Hier hätten bestimmt zehn Leute Platz gefunden. Das Tischtuch war zu drei Vierteln zurückgeschlagen.

»Guten Appetit, Hans.«

Er sagte, daß er es gewohnt sei, vor dem Essen zu beten. Sie nickte. Hans faltete die Hände im Schoß, murmelte halblaut das vertraute Gebet: »HErr, segne diese Speisen. Amen.« Mit geschlossenen Augen dachte er noch einen Moment an das Porträt seiner Mutter oben im Zimmer. Diese Frau könnte niemals seine Mutter sein. Als er die Augen wieder öffnete, richtete sie sich aus der nachlässigen Haltung auf, die sie während des Gebets eingenommen hatte.

»Nochmals: Guten Appetit.« Beim Essen betrachtete sie

ihn nachdenklich und bemerkte plötzlich: »Es freut mich, daß du schöne Dinge magst. Die Skulptur im Flur stellt eine Göttin dar. Mein Mann und ich haben nie herausgefunden, welche.«

Er wurde rot vor Scham.

Bevor er ins Bett schlüpfte, kniete er sich hin, wie er es von zu Hause gewohnt war. Er dankte Gott für diesen Tag, für seine Barmherzigkeit.

Er ließ die Vorhänge offen. Der Mond schien auf die gegenüberliegende Fußleiste. Runde Wolken schwebten am Mond vorbei. Unter sich hörte er seine Zimmerwirtin in ihrem Schlafzimmer hin und her gehen.

Kapitel 12

Hans Sievez, im grünen Arbeitsanzug mit hochgekrempelten Ärmeln, eine Zigarette zwischen den Lippen, seine Kollegen imitierend – er hatte vorher nie geraucht und konnte jetzt schon eine ganze Zigarette rauchen, ohne die Hände zu Hilfe zu nehmen –, zerkleinerte einen Brocken Torfmull auf dem Kulturtisch. Dann wässerte er den Torf, der sich vollsog, dunkel wurde von der Feuchtigkeit.

Eine Woche arbeitete er jetzt in De witte lelie. Seine Zimmerwirtin hatte ihm den Sattel des Fahrrads ihres verstorbenen Mannes herunterstellen lassen. Die ersten Tage hatte er auf dem Gladiolenfeld gearbeitet. Noch nie hatte er so große weiße Blumen gesehen. Es hätte nicht viel gefehlt, und ihm wären die Tränen gekommen. Er brach ein ordentliches Stück des von schmalen, biegsamen Latten und Draht zusammengehaltenen Torfballens ab. Gleich würde er junge, frisch bewurzelte Stechpalmenfarne im nassen Torf einpflanzen. Etwas zog seine Aufmerksamkeit auf sich. Das kurze Klicken der Tür des Gewächshauses weiter hinten vielleicht? Schon vorher hatte er geglaubt, ein leises Klopfen an der Scheibe zu hören. Er sah, wie sich aus dem Schatten eines Stapels Schilfmatten direkt vor dem Glashaus eine massige Gestalt löste, über die Schwelle trat, sich einen Augenblick an den Türpfosten lehnte, dann auf ihn zukam. Der Mann musterte Hans mit seinen ruhigen hellbraunen Augen, trat näher und streckte ihm über den Torfballen hinweg die Hand hin.

»Da bin ich! Du schaust überrascht, aber ich wußte, daß ich dich treffen würde. Das wirst du später verstehen. Ach, ich habe ganz vergessen, mich vorzustellen.« Noch immer hielt er Hans' Hand fest. Fast schon übertrieben förmlich sagte er: »Ich bin Jozef Mieras. Du bist erstaunt. Bestimmt denkst du: Was will der Kerl von mir?« Die ganze Zeit spielte ein freundliches, fast schüchternes Lächeln um den vollen Mund des Unbekannten. Er trug den grünen Anzug der Gärtnerei, arbeitete also auch hier. Dennoch hatte Hans ihn bisher nicht gesehen. »So, Hans, du bist also der Neue. Die anderen haben mir gesagt, daß ich dich hier finden würde. Hans Sievez. Deinen Namen kannte ich schon. Hans Sievez.« Der Mund in dem vollen, sommersprossigen Gesicht sprach seinen Namen langsam und mit großem Nachdruck aus, jede Silbe betonend. »Eine schöne Kombination, ehrlich. Ziemlich ungewöhnlich, der Nachname, in dieser Gegend.«

Er setzte sich auf den Torfballen, der ein bißchen unter seinem Gewicht nachgab, schien gründlich nachzudenken und sagte dann: »Ich habe hereingeschaut, sah dich angestrengt arbeiten, ganz und gar in deine Arbeit vertieft. Dir gefällt es hier anscheinend.«

Hans sagte, daß er sich sehr darüber freue, hier Arbeit gefunden zu haben. »Zuerst hatte ich ein bißchen Angst vor der feuchten heißen Luft in den Gewächshäusern. Ich habe immer schon Asthma gehabt, aber im Gegenteil, ich kann hier frei atmen.«

Jozef betrachtete ihn mit einem ernsten Lächeln.

»Ich habe dich nur gefragt, ob es dir gefällt, und du erzählst in ein paar Sätzen so viel über dich ... Du bist mir schon richtig vertraut.«

»Ach, ich habe doch nur gesagt, daß ich Asthma gehabt habe ...«

»Du brauchst dich nicht zu entschuldigen! Bitte nicht!«

Er machte ausholende Armbewegungen. »Hast du dich nicht gefragt, warum du mich hier noch nie gesehen hast?«

»Das wollte ich gerade tun.«

»Mir ging es nicht gut, und ich bin eine knappe Woche zu Hause geblieben. Aber ich will nicht von mir reden. Ich nehme an, du kommst aus dem Osten, du hast einen anderen Akzent.«

»Der Lehrer sagte, daß ich reines Niederländisch spreche. Ich durfte immer meine selbstgeschriebenen Theaterstücke vorlesen.«

Jozef legte Hans einen Augenblick väterlich beschützend die Hand auf den Arm.

»Habe ich eine empfindliche Stelle getroffen? Von einem Akzent kann kaum die Rede sein, ich wollte dich nicht kränken.« Er verzog schmollend den Mund. Sein volles, gutmütiges Gesicht bekam einen fast traurigen Ausdruck.

Sie hörten die Schritte des Vorarbeiters. Jozef ließ sich vom Torfballen heruntergleiten.

»Wir sehen uns gleich noch. Ich bin ein Stück weiter am Pikieren. Vorkeime. Heikle Sache. Nichts ist zarter und empfindlicher als ein Prothallium. Ich sehe es dir an. Das Wort kennst du nicht. Du mußt noch eine Menge lernen, ich will dir gern dabei helfen.« Er ging zur Tür, drehte sich auf halbem Weg um, schien noch etwas sagen zu wollen, überlegte es sich jedoch anders.

Jozef machte Hans aus der Ferne Zeichen. Dieser war mit Einpflanzen beschäftigt, wollte lieber mit der Arbeit weitermachen, war aber auch neugierig. Jozefs Interesse an ihm schmeichelte ihm. Hans ging zu ihm, Jozef faßte ihn beim Ellbogen, als wäre er gebrechlich, und sie betraten das Gewächshaus, in dem er arbeitete. Sie blieben stehen. »Ehrlich gesagt, finde ich dich nicht typisch für jemanden, der vom Land oder aus dem Osten kommt, Hans, deine Aussprache ist korrekt, dein Gesicht nicht rot, du bist zart gebaut, mager. Sieh mich dagegen an!« Mit Widerwillen sah er an sich hinunter. »Etwas überspitzt ausgedrückt: Du hättest in Den Haag geboren sein können. Ist das nicht ein tolles Kompliment?«

Er spreizte die dicklichen Finger und strich sich damit durch das Haar, das ihm sofort wieder in die Stirn fiel.

Hans bot ihm eine Zigarette an.

»Nein danke, ich rauche nicht. Aber laß dich nicht davon abhalten.« Hans nahm eine Zigarette aus einem Zehnerpäckchen, zündete sie an. Jozef beobachtete seine Gesten mit wehmütiger Aufmerksamkeit, als sei ihm etwas abhanden gekommen, das er nie besessen hatte. »Du bist schon ein perfekter Raucher.«

»Bevor ich hierherkam, habe ich noch nie eine Zigarette angerührt.«

»Du imitierst die anderen, und zwar richtig gut. Außer mir rauchen alle.« Er seufzte tief. »Ich muß dir etwas sagen. Ich habe dich heute beobachtet. Als heimlicher Zuschauer einer schönen Vorstellung. Du hast im Glashaus nebenan gearbeitet, bist gehüpft vor Freude, dann hast du sorgsam eine Zigarette zwischen die Lippen gesteckt, die Kollegen so genau wie möglich nachgeahmt. Ich war gerührt. Nein, du brauchst dich nicht zu schämen, es muß dir nicht peinlich sein. Du bist, der du bist.« Mit den Fingern zerrieb er einen Klumpen dunkler Erde. »Schon als ich krank zu Hause lag, habe ich vom Neuen in der Gärtnerei gehört und bin neugierig geworden. Man spricht von dir.«

»Von mir? Warum denn? Ich mache meine Arbeit, gehe nach Hause ...«

»Weißt du es wirklich nicht? Oder tust du nur so? Diese Woche hat sich doch jemand in der Mittagspause beim Apfelschälen verletzt und laut geflucht. Du hast dagegen protestiert. Sahst verstört aus. Fluchen kränkt dich. Oder etwa nicht? Die Geschichte habe ich zu Hause gehört. Schon in der Edisonstraat habe ich mir ein Bild von dir gemacht, und jetzt reden wir miteinander. Die Dinge können sich merkwürdig entwickeln. Ich sehe dich denken: Was will der von mir? Ein gewöhnlicher Gärtnergeselle, nicht viel älter als ich, der einfach so aus heiterem Himmel auftaucht. Stimmt das?«

…

»Du sagst nichts. Das kann ich verstehen. Aber ich bin mir sicher, daß wir Freunde werden. Ich für meinen Teil fände das gut. Ich habe dich auserkoren.«

Hans pflanzte Stechpalmenfarn. Jozef hatte ihn auserkoren, wollte sein Freund werden. Will ich das überhaupt? fragte er sich. Jozef, was für ein merkwürdig klingender Name für einen Niederländer. Ob er nach dem gerechten Ratsherrn benannt war, der Jesus' Leichnam nach der Kreuzigung in ein Leintuch wickelte und ins Felsengrab legte? Der Jozef hier hatte ihn zum Freund gewählt.

Als er sich eine Zigarette anzündete, sah er ihn auf dem sonnenbeschienenen Weg am Gewächshaus vorbeigehen. Er würde doch nicht etwa wieder zu ihm kommen? Hans wandte den Kopf ab, hörte ihn nicht hereinkommen, sah jedoch seinen gewaltigen Schatten. Nein, er konnte sich nicht vorstellen, warum dieser Jozef ihn als Freund gewählt haben sollte.

Im Lauf des Nachmittags kam der Vorarbeiter zu ihm. Hans fürchtete schon einen Tadel, etwa so: Zweimal schon habe ich heute beobachtet, wie du mit Mieras geredet hast, ziemlich lange. Abgesehen von der Zeit, die du vergeudest, will ich dich vor ihm warnen. Laß dich nicht von ihm einwickeln. Doch der Vorarbeiter lobte nur seine Arbeit. Bald würde er Überstunden machen dürfen. Ob er noch Fragen oder Anmerkungen habe? Hans erzählte, daß er sich für den Winterkurs »Stutzen in Ziergärten« angemeldet hatte. Der Unterricht fand dienstags und freitags ab sechs Uhr statt. Er erhielt die Erlaubnis, an diesen Tagen früher zu gehen.

Nach dem letzten Klingeln trat er in den Pausenraum, wusch sich und zog sich um, bürstete sich sorgfältig die Fingernägel und schob sein Fahrrad zum Tor. Jozef Mieras hatte er vergessen. Hans dachte an den Unterricht, der ihn in ein paar Wochen in Boskoop erwartete. Er wollte das Handwerk so gut wie möglich erlernen.

Jozef erwartete ihn am Tor.

»Ich habe gehört, daß du an der Laan van Meerdervoort wohnst. Ich lebe etwas bescheidener. Wir haben dieselbe Richtung.«

Jozef radelte sehr langsam. Bei der steilen kleinen Brücke stieg er sogar ab, schob sein Fahrrad.

»Wir müssen uns schon ein bißchen beeilen«, sagte Hans. »Ich will nicht zu spät zu Hause sein.«

Sein frischgebackener Freund erzählte, daß er nicht gern Fahrrad fuhr. Er war zu dick – und zu faul – dazu. Er verzog den Mund zu einem halb selbstzufriedenen, halb verächtlichen Grinsen.

An der Ecke der Laan van Meerdervoort und der Edisonstraat unterhielten sie sich noch einen Augenblick miteinander.

»Jetzt muß ich wirklich gehen. Meine Zimmerwirtin

erwartet mich zum Essen, Jozef.« Er erschrak, als er den Namen aussprach. Fast hätte er hinzugefügt: von Arimathäa.

»Du wirst gut versorgt. Du verdienst es. Deine Zimmerwirtin würde ich gern kennenlernen.«

Kapitel 13

Schon immer eine gute Adresse«, sagte Mevrouw Fleer. Sie standen vor dem Schaufenster eines Herrenausstatters in der vornehmen Straße Noordeinde.

»Kein billiges Geschäft. Teurer Kauf spart. Das Personal arbeitet schon seit Jahren hier und kennt mich. Es ist ein gutes Zeichen, wenn ein Laden sein Personal lang behält.« Sie ging ihm ins Geschäft voran. Die beiden Verkäufer steuerten sofort auf sie zu, gaben ihr die Hand. »Dieser junge Mann muß einmal ordentlich eingekleidet werden. So kann ich mich nicht mehr mit ihm sehen lassen.«

Sie kauften eine lange Hose, ein passendes Sakko, ein Hemd mit Krawatte. Sie bat um die Rechnung und bezahlte. Er protestierte höflich, weil diese Ausgaben sein Budget bei weitem überstiegen.

»Darüber reden wir später.«

Sie ließ ihren Blick auf dem Jungen ruhen, der die gerade erstandenen Sachen gleich anbehalten hatte. »So, mit der Bauernkleidung ist es jetzt passé.« Alter Plunder, reif für den Müll. »Das sitzt wie angegossen. Eine gute Adresse.«

»Alle haben Ihnen die Hand gegeben.«

»Wie ich gesagt habe. Tüchtiges Personal, das sich mit der Firma verbunden fühlt.«

Sie gingen die Straße Richtung Buitenhof entlang. Ihm war unbehaglich in seinen neuen Kleidern. Sie wirkte klein, mit Bluse und Schottenrock, lief forschen Schrittes und schwenkte die Handtasche hin und her.

»Was hältst du von einer Tasse Kaffee? Ich lade dich ein!«

»Aber jetzt bin ich eigentlich an der Reihe.«

Er hatte genügend Geld, um sie zu einer Tasse Kaffee und einem Stück Kuchen einzuladen.

»Das kommt nicht in Frage!«

Bei Maison Krul suchten sie sich einen Platz an einem Tisch neben der Balustrade und in der Nähe der Auslage, in der das Gebäck gekühlt wurde. Er dürfe sich etwas aussuchen, solle sich nicht vom Preis abschrecken lassen, sie nähme einen Mohrenkopf. Die seien hier immer ausgezeichnet. Lieber hätte er irgendwas mit Eierlikör genommen, doch die Mohrenköpfe waren am günstigsten. Er entschied sich ebenfalls dafür.

Sie ließen es sich schmecken, tranken guten Kaffee. Mit einem Nicken deutete sie auf seine Handgelenke, bemerkte: »Die Luft in Den Haag bekommt dir. Du hast schon zugenommen.« Seine von Natur aus schmalen, fast mädchenhaften Hände wurden kräftiger. Er konnte schon mühelos ein Holländerfenster über dem Kopf tragen. Sein Gesicht war von der verdoppelten Wirkung der Sonne zwischen alldem Glas gebräunt.

»Fest steht, daß man es dort gut mit dir meint.« Sie war einmal in der Gärtnerei gewesen, um ihm sein Mittagsbrot zu bringen.

Hans erzählte ihr, daß er sich mit einem seiner Kollegen ein wenig angefreundet habe.

»Wir fahren zusammen mit dem Fahrrad. Er wohnt in der Edisonstraat.«

»Keine gute Gegend. Ich würde ihn gern kennenlernen. Erzähl mir von ihm!« Hans wußte nur, daß er allein lebte. Sein Vater arbeitete für eine Ölgesellschaft und reiste durch die ganze Welt. Er hatte keinen Kontakt zu ihm, und seine Mutter war gestorben.

Sie drängte darauf, daß er ihn einmal mitbrachte.

Hans erzählte seiner Zimmerwirtin nicht, daß Jozef ihn vor kurzem zu einem Bittgottesdienst in einem Haus am Valkenbosplein eingeladen hatte. Er hatte einen Prospekt in seinem Arbeitsanzug gefunden. Es war eine Kirche ohne Namen. Ihre Mitglieder wollten sich als reine Anhänger Christi keinen Namen anmaßen. Jozef hatte ihn bei der Arbeit einige Male darauf angesprochen. Er glaube, daß Hans für diese Dinge offen sei. Doch es müsse aus eigenem Antrieb geschehen.

Mevrouw Fleer leckte ihren Löffel ab, schob die leeren Kaffeetassen und Kuchenteller beiseite.

»Hör mal, Hans, die Kleidung habe ich für dich bezahlt. Ich weiß, daß du nicht genügend Geld hast, um mir den Betrag auf einmal zurückzuzahlen. Ich schlage dir folgendes vor. Dein Lohn ist niedrig. Allein für das Seidenhemd müßtest du drei Monate arbeiten. Bist du damit einverstanden, jede Woche mehr Miete zu bezahlen?«

»Aber ... aber ich wollte die Kleidung doch selbst bezahlen!«

»Das weiß ich. Du bist gut erzogen. Also bleibt es dabei.«

Er war völlig verwirrt. Solch teure Kleidung hätte er sich nie ausgesucht, und jetzt sollte er sie auch noch selbst bezahlen. Dabei hatte er Margje gerade geschrieben, daß er Überstunden machen durfte, um mehr sparen zu können. Errötend, hastig erzählte er ihr, er habe heute Erde gedämpft.

»Schön.«

»Wußten Sie, daß Erde gedämpft wird?«

Das wußte sie nicht, aber man tat es bestimmt, um die Keime abzutöten.

Kapitel 14

Es gab Augenblicke, in denen Hans diesen Freund lieber nicht kennengelernt hätte. Da wußte er nichts mit ihm anzufangen, verabscheute seine Trägheit, seine Gutherzigkeit – als wollte Jozef immer allen im voraus alles vergeben –, wäre ihn am liebsten los. In anderen Momenten tat er ihm leid, wenn er sah, daß ihn niemand besonders leiden mochte. Jozef wurde nur geduldet. In einem solchen Augenblick gab Hans nach, lud ihn in die Laan van Meerdervoort ein. Jozef hatte mehrfach sehr nachdrücklich darauf gedrängt.

Er stellte Jozef Mieras seiner Zimmerwirtin vor.

»Ich falle Ihnen doch nicht zur Last?« fragte dieser und verbeugte sich leicht. »Hoffentlich hat Hans meinen Besuch angekündigt.«

»Ist schon in Ordnung! Komm rein. Such dir einen Platz im Wintergarten.«

»Sie wohnen hier sehr schön.«

»Wir können nicht klagen. Findet ihr es nicht sehr warm?« Ohne die Antwort abzuwarten, schaltete sie einen kleinen Ventilator auf der Anrichte ein, der sich nach links drehte und kurze Zeit später rechts Staub aufwirbelte. Jozef wiederholte ein paarmal, wie schön das Licht in den hohen Raum fiel.

Nach dem Tee sagte Mevrouw Fleer: »Ich habe noch eine Menge zu tun.« Dann wandte sie sich an Hans: »Du hast doch oben dein eigenes Zimmer. Ich schlage vor, du zeigst es deinem Freund. Ich könnte mir auch vorstellen, daß ihr euch über die Arbeit unterhalten wollt.«

Die beiden gingen hinauf. Hans schloß die Tür auf, ließ Jozef den Vortritt.

»Das Balkonzimmer. Du hast Glück gehabt.« Er ging zum Nachttisch. »Das freut mich aber.« Er nahm die Bibel in die Hand, blätterte darin. »Liest du täglich in Gottes Wort?«

»Nicht jeden Tag.« In der ersten Zeit, als er sich einsam fühlte, viel an seine Mutter denken mußte, hatte er dann und wann ein paar Zeilen gelesen, doch all die altbekannten Worte hatten ihm wenig gesagt und ihn noch weniger getröstet.

Jozef setzte sich aufs Bett, las laut eine Passage vor: »Also ist's geschrieben, daß Christus mußte leiden und auferstehen von den Toten am dritten Tage …« Hans dachte: Ich hätte ihn nicht einladen sollen. Wie lange er wohl bleiben wird? Ich will nicht, daß er meine Bibel in den Händen hält. Ich will nicht, daß er sich auf mein Bett setzt, in meinem Zimmer ist. Das ist das erste und letzte Mal.

»So, jetzt höre ich auf zu lesen …« Er legte das Buch zurück, starrte nach draußen, über die Flachdachhäuser der Edisonstraat. »Danach wirst du meine Bleibe jämmerlich finden, Hans.«

Langes Schweigen. Unter ihnen fuhren zwei Straßenbahnen aneinander vorbei. Auf dem Tisch lagen seine Fachbücher, ein Heft mit Aufzeichnungen.

»Kennst du Ihn? Jetzt traue ich mich, dich zu fragen.«

Hans schwieg. Sein Vater hatte die reformierte Kirche von Lathum verlassen. Seine Mutter war nicht damit einverstanden gewesen, hatte aber nicht gewagt, sich gegen ihren Mann aufzulehnen. »Ich will mich anders ausdrücken, Hans: Ist Christus für dich lebendig?« Er hätte Jozef niemals einladen sollen. Draußen schien die Sonne, eine Straßenbahn bog klingelnd in die Fahrenheitstraat. Wie seine Mutter glaubte auch er auf eine selbstverständliche, stille Weise, ohne sich groß Gedanken darüber zu machen. Er nahm an, daß das bei Margje genauso war. Sie würden später in der reformierten Kirche heiraten und ihre Kinder, wenn sie welche bekamen, dort taufen lassen. Er betete vor dem Essen, vorm Schlafengehen, manchmal ging er zu einem Gottesdienst in die reformierte Kirche am Lange Voorhout. »Du sagst noch immer nichts. Wir haben uns ja schon etwas aus unserem Leben erzählt. Du läufst eines Tages aus Lathum weg und landest nicht in Zwolle oder 's Graveland, sondern in Den Haag. Schon Den Haag ist groß. Überall wimmelt es von Gärtnereien. Und hier lernen wir uns kennen. Das ist kein Zufall. Es sollte so sein, daß sich unsere Wege kreuzen.«

Um sich von ihm, von seinen Worten zu befreien, trat Hans auf den Balkon. Gegenüber, vor dem Kolonialwarengeschäft, umarmte sich ein Liebespaar. Er dachte an Margje, der er jede Woche schrieb. Über sie würde er nie mit seinem Freund sprechen. Irgendwann würde sie bestimmt einmal nach Den Haag kommen. Er würde sie Jozef nicht vorstellen, obwohl er nicht genau sagen konnte, warum. Er ließ den Blick über die lange Laan van Meerdervoort schweifen, kam mit seinen Gedanken nicht weiter, wunderte sich nur über den großen Körper, der sich hinter ihm mit einem tiefen Seufzer auf das Messingbett fallen ließ. Er wartete auf die Tischglocke. Noch einen Moment und er wäre Jozef Mieras los. »Hans, ist Er für dich etwas Greifbares? Das würde ich gern wissen.« Seine Stimme klang leiser, schleppender.

Die Tischglocke läutete. Jozef erhob sich mühsam vom

Bett, streckte dabei so hilflos die Hand aus, daß Hans sie nicht ignorieren konnte.

Auf dem Treppenabsatz sagte er: »Würdest du dir diese Dinge durch den Kopf gehen lassen? Ich habe dich gebeten, einmal zu unserem Gottesdienst zu kommen. Jeden Samstagabend halte ich nach dir Ausschau.«

Er saß seiner Zimmerwirtin am ungedeckten Tisch gegenüber. Sie sagte: »Es ist noch nicht Essenszeit. Ich wollte dich nur von ihm erlösen. Oder habe ich mich getäuscht? Nein, sag nichts. Ich gebe ja zu, daß er höflich ist. Aber er taugt nichts. Er will etwas von dir. Oder …« Sie holte ihr Portemonnaie aus der Schublade in der Anrichte. »Ich habe eine bessere Idee. In der Fahrenheitstraat gibt es eine neue Imbißstube. Ein ordentlicher Laden. Wie ich gesehen habe, gibt es dort auch Vami-Eis. Darauf habe ich Lust. Es wird schon dunkel, ich weiß nicht, wie lange das Geschäft noch offen hat.« Sie gab ihm Geld.

Als er mit dem Eis zurückkam, brannte die Kerze auf dem Treppenpfosten, die Stangen auf dem Treppenläufer glänzten, einige Bilder und ein Spiegel mit Goldrahmen tauchten aus der Dunkelheit auf. Die Kerzen im Leuchter auf der Anrichte brannten. Die Flammen spiegelten sich in den Flakons und Karaffen.

Sie saßen sich im Wintergarten gegenüber. Die Laternen draußen beleuchteten die Straßenbahn und die Kurve zur Fahrenheitstraat mit ihren Geschäften. Seine Zimmerwirtin leckte sich die Lippen.

»Vami-Eis ist einfach gut. Laß es dir schmecken. Und es ist trocken. Wir können nicht klagen.« Als sie aufgegessen hatten, fragte sie: »Wie geht es mit deiner Ausbildung? Vielleicht mußt du ja oben noch etwas arbeiten, dann koche ich inzwischen. Aber ehe du hochgehst, möchte ich dir etwas sagen ... Du gefällst mir. Es sieht so aus, als würdest du vorläufig hierbleiben. Ich habe es mir gut überlegt. Ich möchte gern, daß du nicht mehr Mevrouw zu mir sagst, sondern Tante. Natürlich bin ich keine echte Tante. Überleg es dir in aller Ruhe.«

»Das brauche ich mir nicht lange zu überlegen. Ich fühle mich wohl hier. Ich möchte gern Tante zu Ihnen sagen.«

»Dann wäre das geklärt.«

Tante befeuchtete den Kopierstift mit den Lippen, strich Börsenkurse im Wirtschaftsteil an. Nach dem Essen holte er seine Lehrbücher herunter, setzte sich ihr gegenüber an den Tisch und arbeitete. Er studierte die Okulation von Rosen.

»Kannst du einen Augenblick unterbrechen, Hans?«

Sie legte den Stift zur Seite, leckte sich mit der Zunge über den Mund, das Violett zerfloß.

»Mein Leben wird einmal ein Ende haben, auch wenn ich mich jetzt noch gesund fühle. Was ich damit sagen will: Dieses Haus wird eines Tages geräumt werden. Aber die Göttin auf der Treppe ist für dich bestimmt. Dazu die beiden chinesischen Vasen im Wintergarten. In einer liegt ein Zettel, auf dem alles genau geschrieben steht. Und es gibt eine Büchse mit Bargeld, das du bekommen sollst. Auch das habe ich aufgeschrieben.«

Hans erhob sich, ging um den Tisch herum. »Bevor du dich bei mir bedankst, möchte ich dich bitten, dich von diesem Freund zu trennen. Mehr sage ich nicht dazu.«

Er wollte ihr die Hand geben, um sich zu bedanken, sie aber hielt ihm eine mit Rouge geschminkte Wange hin. Zögernd gab er Tante einen Kuß. Sie wollte noch einen, und er küßte sie auf die andere Wange. Mit rotem Kopf ging er an seinen Platz zurück. Es war lange her, daß er seine Mutter geküßt hatte.

Um seine Verwirrung zu verbergen, versuchte er, das Rätsel des Pfropfens zu ergründen, konnte sich aber nicht darauf konzentrieren und begann, lateinische Pflanzennamen auswendig zu lernen: *phlox*, *mirabilis*, *scabiosa* …

Kapitel 15

Jozef Mieras wartete vergeblich an der Ecke Laan van Meerdervoort und Fahrenheitstraat, klingelte schließlich bei Hans. Seine Zimmerwirtin öffnete die Tür. Hans sei zur gewohnten Zeit aus dem Haus gegangen. Sie müßten sich verpaßt haben. Jozef fuhr allein zur Arbeit. Hans war noch nicht da.

Um halb neun öffnete die Gärtnerei für Privatkunden. Die Straßenbahn hielt bei der Haltestelle Leyweg. Eine alte Frau in abgetragenem Mantel, mit Kopftuch, Stock und am Arm baumelnder Handtasche erklomm mühsam die steile Brücke, schaute auf einen mit Blumen vollbeladenen Deckkahn, der auf dem Weg zur Auktion war, hinab, näherte sich langsam den glänzenden Gewächshäusern von De witte lelie, trat durchs Tor. Der Vorarbeiter, der gerade aus dem Büro kam, wandte sich an sie, doch sie bedeutete ihm, daß sie nicht sprechen konnte. Er rief Jozef, der gerade Erde siebte.

»Bedienst du die Dame?«

Jozef kam auf ihn zu. In dem Moment hielt Hans seine Rolle nicht mehr durch, begann zu lachen, nahm Maske und Kopftuch ab. Jozef schaute ihn verdutzt an, der Vorarbeiter wußte den Spaß zu schätzen und sagte: »Im Frühling machen wir unseren Betriebsausflug. So einen Clown wie dich können wir dabei gut gebrauchen.«

Danach machten sich alle an die Arbeit. Mit Schilfmatten bedeckte Hans die Frühbeetkästen, in denen junge Kalanchoen standen – eine Pflanze, die nur dann Knospen ansetzte, wenn sie achtzehn von vierundzwanzig Stunden in völliger Dunkelheit verbrachte. Ein merkwürdiges Phänomen. Er mußte noch immer über seine Verkleidung lachen. Tante hatte sofort mitgemacht. Das ist ein Spaß, sagte sie. Sie werden staunen. In der Ferne sah er Jozef in einen Abstellraum gehen und mit einem Sack Kalk und der Kalkspritze wieder herauskommen. In der vergangenen Nacht hatte es geregnet, und an manchen Stellen war der Kalk von den Scheiben gespült.

Hans legte die Schilfmatten aus, zog sie gerade, damit kein Licht durch die Scheiben dringen konnte. Eine Kalanchoe, die nicht blühen würde, war unverkäuflich. Er sah, wie Jozef sich in den weißen Arbeitsanzug mit Kapuze zwängte und begann, Kalk in einem Eimer mit Wasser zu verdünnen.

»... *calceolaria*, Halskrausendahlie, die rote Pelargonie Königin Olga von Württemberg ...«, wiederholte er für die Klassenarbeit am Abend ... Schnabelgießkanne, Gießkanne mit Brausemundstück, die feinste Brause hat der Zerstäuber, dient dazu, einen zarten Schleier auf Blumensträuße zu sprühen ... Gestern abend hatte er Margje geschrieben. Tante hatte die Zimmermiete erhöht. Alle Preise waren gestiegen. Er würde noch viele Jahre brauchen, um so viel zu sparen, daß er ein Stück Land kaufen und sich selbständig machen konnte. Doch daß er irgendwann einen eigenen Betrieb haben würde, stand unumstößlich fest.

Jozef wedelte mit der Kalkspritze, um Hans' Aufmerksamkeit zu erregen. Der tat, als bemerkte er es nicht. Jozef schien ihm etwas sagen zu wollen. Hans bückte sich, schaute durchs Glas, ob manche Pflanzen schon Knospen ansetzten.

»Hans!« Jozef war auf einem Umweg von hinten auf ihn zugekommen. Eine himmlische Gestalt unter der weiten Kapuze voll nasser Kalkflecke, mit Kalkspritzern im Gesicht, ein aufgedunsener Engel, für einen Augenblick in der Gärtnerei gelandet.

»Hast du mich erschreckt.« Fast wäre er vornüber durch die Scheibe gefallen.

»Wenn hier einer Verwirrung stiftet ... Unfug treiben, das kannst du. Jemand anderen spielen, und alle fallen drauf herein. Ich habe gesehen, wie sehr du dich darüber gefreut hast. Späßchen machen und immerzu lachen, immerzu fröhlich sein. Das liegt dir im Blut. Na ja, es gelingt dir, das sehen alle, und das freut mich. Eine alte Dame ... Im nachhinein mußte ich schon auch lachen, ich bewundere dich. Sich verkleiden, verkleiden und nochmals verkleiden. Aber du verbirgst etwas dahinter. Du willst nicht du selbst sein ...«

Der Vorarbeiter erschien, und Jozef hastete zurück zum Treibhaus.

»Er läßt dich nicht in Ruhe, was?« Der Vorarbeiter schüttelte den Kopf. »Laß es dir nicht gefallen, wenn er dich belästigt. Du hast bestimmt gemerkt, daß die anderen nichts von seinem Geschwätz wissen wollen.«

Im Lauf des Tages sprach Jozef ihn erneut an: »Entschuldige, sag mir, wenn ich dir zu direkt bin. Ich merke es nicht immer. Du mußt wissen, daß ich dich in keiner Weise belästigen möchte.«

Langsam entfernte er sich, drehte sich zu Hans um und rief, daß er ihm dienen wolle.

Kapitel 16

Die Kursteilnehmer verteilten sich im Klassenraum. Auch diesmal setzte er sich nach vorn, wollte nichts verpassen. Der Lehrer hängte ein Plakat mit Farbdarstellungen der seltsamsten Spalierformen an die Tafel: schräger Kordon, doppelte U-Form, Verrier-Palmette. Hinter ihm ging regelmäßig die Tür auf, Nachzügler, die sich schnell einen Platz suchten. Der Lehrer hielt einen Augenblick in seiner Erklärung inne, machte aber niemandem Vorwürfe. Die Kursteilnehmer kamen von sehr weit her.

Der Zeigestock bewegte sich an den Seitentrieben entlang, den Gerüstästen. Begriffe wie »Entspitzen«, »Gabelung«, »starke Augen« wurden erläutert. Hans notierte sich alles fein säuberlich in seinem Heft. Noch ein Nachzügler, er machte beim Hinsetzen ziemlich viel Lärm. Der Lehrer sah verärgert aus, sagte jedoch nichts.

Der Unterricht hatte vor einer halben Stunde begonnen. Er erklärte, besseres Stutzen bringe mehr Früchte hervor. Je mehr man die Äste gegen die natürliche Wuchsrichtung biege – je größer also die Qual –, desto höher der Ertrag.

Die Kursteilnehmer sollten sich die Abbildung an der Tafel noch ein paar Minuten ansehen. Vor allem auf die höchstentwickelte Spalierform, den Spalierpfirsich, ließ sich die abgebildete Verrier-Palmette anwenden.

Und nun auswendig! Wer konnte diese Spalierform, die mindestens zehn Jahre brauchte, um sich vollständig zu entwickeln, an die Tafel malen?

Hans meldete sich, zeichnete mit gelber Kreide und fester Hand.

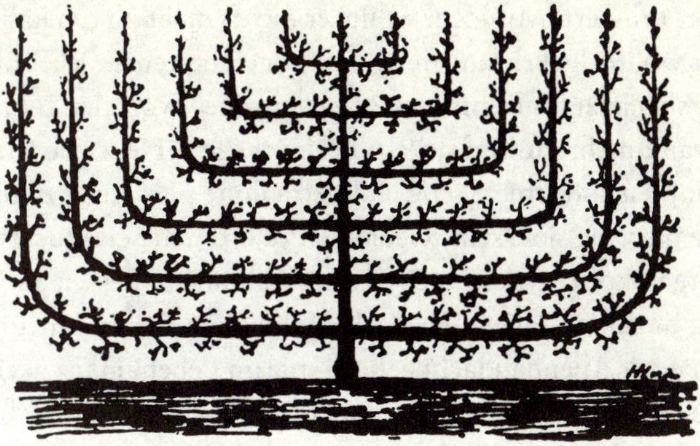

Der Lehrer war zufrieden, fragte ihn, wozu man diese ästhetisch ansprechende Form verwende.

»Zum Bedecken von Landhausmauern.« Er durfte sich setzen, der Lehrer machte sich einen Vermerk, lobte ihn nochmals. Hans schaute in die Klasse, freute sich über dieses Lob und errötete. In der hintersten Bank saß, groß und breit, Jozef, die dicken Beine im Gang, weil sie nicht unter die Bank paßten. Stolz hob er einen Daumen. Sein Freund und Beschützer, dem er nicht entkommen konnte. Jozef wußte, daß er heute abend Unterricht hatte, er mußte einen Bus und einen Zug nach Hans genommen haben. Verflixt. Jozef lief ihm sogar hierher nach. Verflixt, verflixt, ärgerte sich Hans im stillen. Er mußte diesen Mann loswerden. Der Tag würde kommen, an dem er seine Lehre bei De witte lelie beendete und sich woanders Arbeit suchte. Auf seine Einladung, an einem Gottesdienst teilzunehmen, war er noch immer nicht eingegangen. Hans vermutete, daß es ihn an die Versammlungen der Emder Schiffer erinnern würde. Wie weit Lathum doch weg war! Jetzt wurde er in diesem Boskooper Schulgebäude an die strafende Hand seines Vaters erinnert. Mit Jozef wollte er nichts mehr zu tun haben. Er wollte die Prüfung mit guten Noten bestehen. Wie sollte er sich jetzt konzentrieren? Kein einziges Wort des Lehrers drang mehr zu ihm durch. Er spürte sein Herz vor Ärger klopfen und atmete schwer. Er ermahnte sich, ruhig zu bleiben, zwang sich, seine Gedanken zu ordnen, bereute seinen Ärger, konzentrierte sich auf den Lehrer, auf dessen auffällig unruhige Augen. Das gelang ihm eine Weile. Mit Jozef zu einer Abendandacht gehen – nie im Leben. Hans dachte an ihren gemeinsamen Ausflug nach Scheveningen. Sie hatten am Pier auf der Terrasse gesessen. Hans bestellte sich ein Glas Bier, Jozef, der keinen Alkohol trank, nahm Sprudel mit Grenadinesirup. Die Wellen schlugen schäumend gegen die Pfähle unter ihnen. Was sagte Jozef da? »Hans, Er ist treu.« Ich will nicht, daß du das immer wieder sagst, Jozef! »Hans, Er ist treu. Er ruft auch dich.« Er nahm Hans beim Arm. »Vergib mir. Ich darf dir keinen Widerwillen einflößen.«

Der Lehrer beendete die Unterrichtsstunde. Nach der Pause würden sie im Praktikumsraum das Stutzen in der Praxis üben. Hans trödelte vorn in der Klasse herum, Jozef kam sofort zu ihm. Es ist mir lieber, wenn du mich im Unterricht in Ruhe läßt, mir nicht hinterherläufst. Der Stoff ist kompliziert genug. Ich muß meine fünf Sinne beisammenhaben. Doch Hans sprach die Worte nicht aus. Jozef faßte ihn an der Schulter.

»Ich wollte dir einen Gefallen tun. Wir können zusammen zurückfahren.« Sein Ton war ruhig, seine Stimme sanft. Hans zeigte sich nicht einmal ablehnend, sagte nur: »Ich hatte dich nicht erwartet.«

Der praktische Unterricht begann. Er beschnitt den Trieb einer Reineclaude, die nächstes Jahr Früchte tragen würde. Jozef, der diesen Kurs vor Jahren absolviert hatte, sah seine Unsicherheit, half ihm, korrigierte ihn.

Im Bus nach Gouda beruhigte er Hans. »Ich hatte mich für diesen Abend als Gasthörer angemeldet. Ich werde dir nicht mehr zur Last fallen.«

»Du fällst mir nicht zur Last. Ich hatte dich nur nicht erwartet.«

Im Zug nach Den Haag saßen sie sich gegenüber. Jozef lächelte seinen Freund an, zog ein Päckchen aus seiner Innentasche.

»Für dich.« Das Geschenk war in weißes Seidenpapier verpackt.

»Für mich?«

Jozef nickte.

Sollte das ein Scherz sein? War das ein ernstgemeintes Geschenk? Hans wickelte es langsam aus dem Seidenpapier, hielt einen fossilen Farnwedel in der Hand. Er fuhr mit dem Zeigefinger über die Adern, eine Bewegung, die Jozef aufmerksam verfolgte. Und so etwas verschenkte er einfach?

»Es ist im Maastal gefunden worden und stammt aus der Zeit, als hier tropisches Klima herrschte. Urmeere haben einmal dieses Gebiet bedeckt.«

»Ich freue mich sehr darüber.« Er gab Jozef die Hand. »Aber warum schenkst du es mir? Woher hast du es?«

»Darauf gebe ich dir keine Antwort. Es genügt, daß du dich darüber freust.«

Zu Hause ging er gleich nach oben, verbarg das Geschenk in seiner Tasche, stellte diese in den Schrank. Tante erzählte er voll Begeisterung vom Stutzen, von Pyramidenform, Palmetten, waagerechtem und senkrechtem Kordon. Jozefs Anwesenheit verschwieg er ihr.

Kurz bevor sie nach oben gingen, sagte Tante: »Ich habe mir noch einmal Gedanken über diesen Freund von dir gemacht. Ich sage dir: Laß von ihm ab. Aber was mische ich mich da ein, ich bin ja nicht einmal deine echte Tante.«

Kapitel 17

Strenger Frost ließ den Boden bersten, doch in den Treibhäusern war es behaglich warm. Das Glas dehnte sich knackend aus. Die Kessel im Heizungskeller glühten rot. Ein Förderband schaufelte ununterbrochen Koks, Braunkohle und Anthrazit von draußen herein. Hans zog mit einem langen Haken Schlacke aus der Feuerglut, leerte Aschekästen, legte neue Kohle aufs Feuer. Nebukadnezar hatte Schadrach, Meschach und Abed-Nego in einen glühenden Ofen geworfen, und das Feuer hatte ihnen nichts anhaben können. Nicht einmal ihr Haupthaar war versengt, und ihre Mäntel waren unversehrt geblieben. Ja, selbst Brandgeruch konnte man nicht an ihnen wahrnehmen. Als er die Geschichte zum erstenmal hörte, hatte er die drei Männer fast beneidet. So etwas würde er auch gern einmal erleben. Den Gedanken hatte er jedoch bald fallenlassen, als er bei den Emder Schiffern hörte, daß die Ungläubigen für immer in einer solchen Feuersbrunst brennen mußten, ohne je verzehrt zu werden. Ewig würden sie nach einem einzigen Tropfen Wasser lechzen. Er hörte, daß der Vorarbeiter seinen Namen rief. Sorgfältig verschloß er die Kessel, warf einen Blick aufs Thermometer und eilte die Treppe hinauf.

Der Vorarbeiter sagte, es sei eine Bestellung über zweihundert weiße Lilien hereingekommen. Die sollten noch vor Geschäftsschluß bei einem Blumendepot im Zentrum abgeliefert werden. Es eilte.

»Laß dir von Mieras helfen. Er ist bei den Zyklamen.« Im Halbdunkel des Glashauses leuchtete es glutrot über den Kulturtischen, und aus der Nähe wurden die Blüten zu kleinen roten Lichtern, wie die Festbeleuchtung auf dem Pier. In diesem Gewächshaus wuchs eine neue Sorte, auf die man große Hoffnungen setzte: eine Zyklame mit gekerbten Blüten. Als er die Tür öffnen wollte, sah er Jozef reglos im Glashaus stehen, hielt inne. Zum Schutz vor dem verfremdenden roten Licht legte Hans die Hand über die Augen. Bei dem Frost waren Bretterwände mit Vordach vor den Türen angebracht, damit möglichst wenig Kälte hereinkam. Jozef streckte die Hand nach einer Pflanze aus, rupfte deren Blüte mit einem kurzen Ruck ab, rupfte noch eine ab und noch eine – Pflanzen, die mit einer Menge Extrakohlen zum Blühen gebracht worden waren –, drückte die samtweichen Blüten an den Mund, feuchte rote Spuren zeichneten sich auf seinem Kinn ab. Er knetete die Reste in seinen großen, dicklichen Händen, strich sich damit übers Gesicht, rupfte weitere Blüten ab, gleich büschelweise – mit so viel Mühe aus sorgsam ausgewähltem Saatgut gezogen –, zerdrückte sie an seinen Lippen. Hans öffnete die Tür so vorsichtig wie möglich. Er hörte Jozef laut einatmen. Sein Freund jammerte, ächzte: »O Gott ...« Die Abertausenden von Pflanzen blendeten, so sehr leuchteten sie, Jozefs Gesicht sah grau und bekümmert aus, war fleckig und violett vom Pflanzensaft. Mit dem Absatz bohrte er ein Loch in den Weg, warf die Überreste der ausgerissenen Blumen hinein, stampfte den Boden mit seinen großen Füßen wieder fest, stampfte auf eine wilde, gierige Weise, wischte sich mit dem Ärmel das Gesicht sauber, blieb totenstill stehen. Er, der immerzu sanft lächelte, beim Eintopfen, Pikieren, Erdedämpfen, ja sogar beim Auspacken seines Pausenbrots. Jetzt lächelte er nicht. An seinen Mundwinkeln bildete sich eine scharfe und traurige Falte. Behutsam schloß Hans die Tür. Die Bestellung würde er allein fertig machen.

Kapitel 18

Lieber Hans, es führt kein Weg daran vorbei, ich muß die Miete für das Zimmer wieder erhöhen.« Zorn fuhr ihm in die Glieder. Aus Angst vor einer zu heftigen Reaktion mitten in der Teestube – ein unverzeihlicher Fehler –, wandte er sich von seiner Zimmerwirtin ab, schaute stumm zum Fenster hinaus, sagte nichts. Sie mußte gesehen haben, daß die Muskeln um seinen Mund sich anspannten und er weiß um die Nase wurde. In der peinlichen Stille reichte sie ihm höflich die Karte. Er durfte sich aussuchen, was er wollte, sie bezahlte. Er hätte am liebsten gebrüllt, daß er ihre Einladung nicht brauchte, ihm fiel die teure Kleidung ein, die sie ihm aufgedrängt hatte, beinahe hätte er jetzt noch eine Bemerkung darüber fallenlassen, er biß sich auf die Zunge. Auf ihre Weise liebte sie ihn, sorgte sie für ihn. In manchen Augenblicken hatte er den Verlust seiner Mutter weniger stark empfunden.

Er blieb ruhig, weil er wußte, daß er bald aus der Laan van Meerdervoort weggehen würde. Seine Zeit hier war vorbei, erfüllt, wie Jozef Mieras vielleicht sagen würde. Doch er hatte keine Lust, Mevrouw Fleer etwas zu erklären, sich mit ihr auf eine Diskussion einzulassen.

Hans lächelte. Zum erstenmal fühlte er sich ihr mindestens ebenbürtig. Sie – die immer alles besser wußte. Er – nicht mehr der gefügige Junge, der zu allem ja und amen sagte. Er hatte den Entschluß gefaßt, sie zu verlassen. Nach Kaffee und Kuchen beugte er sich auch nicht wie sonst zu ihr, um ihr mit einem Kuß zu danken. Er bestand darauf zu bezahlen.

Hans arbeitete draußen, warf warme, schwere Klumpen dunkler Erde hoch. In einem ruhigen Tempo. Beim Umgraben darf man sich nicht beeilen, sonst hält man nicht einmal eine Stunde durch. Herrliches Wetter, ein paar flockige Wolken am Himmel, ein Stich in die Erde, Zigarette im Mund, ruhig den Rhythmus beibehalten, in Gedanken bei der Zukunft, die Erde beherrscht im weiten Bogen zur Seite werfen, frohgemut, die Zeit vergessen, frei atmen. Keiner von den Kollegen in Sicht. Er, allein unter freiem Himmel, weit weg von den Treibhäusern, in der Nähe der Loosduinse Vaart. Die Felder voll gelber Primeln flackerten wie Flammen, die Stiefmütterchen, Aalsmeer-Riesen, nach Farben geordnet angepflanzt, wirkten, wie sie da im Licht badeten, alle blau. Allein mit diesen Düften, die aufstiegen, ihn berauschten und ein heftiges Verlangen nach Margje weckten.

Ein Räuspern hinter ihm. Jozef. Hans schleuderte die Erde etwas weniger beherrscht einen Meter weiter weg, blieb mit dem Rücken zu ihm stehen.

»Du meidest mich.« Das ließ sich nicht leugnen. Gestern hatte Hans sich nicht einmal getraut, das Licht in seinem Zimmer einzuschalten, aus Angst, daß Jozef von der Straße aus versuchen würde, auf sich aufmerksam zu machen. Bei Tante war Jozef nicht willkommen, sie ließ ihn nicht herein.

»Warum gehst du mir aus dem Weg? Womit habe ich das verdient? Darüber möchte ich mit dir reden. Hier sind wir ungestört.«

»Laß mich in Ruhe«, sagte Hans leise und bereute seine Worte sofort, weil es besser war, nichts zu sagen, ihn zu ignorieren. Um ihm nicht zu nahe zu treten, holte er tief Luft, er mußte sich beherrschen. Da fing Jozef von dem Zwischenfall auf der Betriebsfeier an. »Mensch, warst du da in Fahrt. Schon auf dem Pier wurdest du laut, wolltest einen Stuhl ins Meer werfen, wurdest aber rechtzeitig zurückgehalten. Spieltest dich ganz schön auf. Wolltest Eindruck schinden, auffallen. Später, im dunklen Zelt hinter dem Kurhaus, wußtest du nicht, wohin mit dir. Hast ein Glas gegen die Wand geschmettert. Plötzlich war es mucksmäuschenstill. Alle schauten zu, wie das Bier an der Wand hinunterlief. Nach dem einen Glas noch eins. Und noch eins. Du warst regelrecht entfesselt. Du hast mich gesehen, mich, der ich am Rand stand und dich vorwurfsvoll anschaute. Da hast du dich ganz und gar vergessen, bist völlig durchgedreht, wolltest alles kurz und klein schlagen. Hast du da dein wahres Gesicht gezeigt? Zum erstenmal? Du, der du sonst so bescheiden bist? Ich habe nichts gesagt, dich nur angeschaut. Schließlich hat jemand eingegriffen. Ich glaube nicht, daß es dir leid getan hat. Am Tag danach hast du alles heruntergespielt. Aber es steckte mehr dahinter. Es ging um mich. Du wußtest, daß ich dich verurteilte. Ich sollte verletzt, zerstört werden. Du willst mich loswerden – endgültig.« Schweißtropfen rannen über Jozefs Wangen, seine Stimme war nicht laut, aber sie schwankte, war unvermittelt hoch und dann wieder tief. Sein Freund redete noch immer, doch Hans konnte ihn nicht mehr verstehen und kaum noch sehen. Es schien, als hätten sich Nebelschwaden über seine Augen gelegt. Aber sich selbst hörte er. »Was sagst du da für Sachen? Hm, Jozef? Was sagst du da?« Er rammte den Spaten tief in die Erde, schubste seinen Freund an. »Was willst du eigentlich von mir? Ich soll wohl gerettet werden, was? Wieso? Sehe ich so aus, als hätte ich das nötig?«

Jozef verlor das Gleichgewicht. Sein träger Körper schlug mitten im Primelbeet auf dem Boden auf. »Nein, du hast ganz recht. Mit dir will ich nichts zu tun haben. Das hast du richtig erkannt.«

Hans schlug hart und gezielt zu, bewußt und beherrscht, wie ein Erwachsener, dem klar war, daß er diesen klebrigen Evangelisten mit seiner Religiosität und seinem Bekehrungseifer zu seinem eigenen Besten endgültig hinter sich lassen sollte. Hans war drahtiger, stärker geworden, doch seine Figur war zart geblieben. Hier schlug ein Mann voll Selbstvertrauen zu, voll geballter Gier nach einer Zukunft, in der er von niemandem abhängig war, von niemandem belästigt wurde.

Jozef wehrte sich nicht, ungeschickt versuchte er, den Schlägen auszuweichen. Sein sanftmütiges Gesicht verzog sich vor Schmerz und vor Trauer. Er schielte.

Der Vorarbeiter und die Kollegen kamen angerannt. Jozef flüsterte: »Ich vergebe dir.« Blut strömte über seine dicken Lippen.

Hans zuckte die Achseln. Noch vor einer Sekunde hatte er dieses Gesicht zerschmettern wollen, doch nun war seine Wut verflogen.

»Ich bin dir nicht böse«, sagte Jozef. »Ich wußte, daß du unbarmherzig sein kannst. Du hättest mich umbringen können. Du bist dazu in der Lage. Ich sehe, daß du jetzt am ganzen Körper zitterst. Du hast zugeschlagen, als gäbe es etwas zu begleichen. Ich wollte dir nicht zur Last fallen. Ich wollte mich deiner annehmen, weil du schwach warst. Ich habe es getan, weil es sein mußte. Wenn du glauben solltest, daß ich etwas anderes von dir wollte, wenn du das glaubst: Ich habe aus reiner Güte gehandelt. Du hättest besser daran getan, dich in meine Hände zu begeben. Ich fordere dich auf: Bete. Das Gebet errettet.« Er wurde zum Hauptweg geführt, drehte sich um. »Bete. Bete.«

O möcht' mein Weg Dir ganz geheiligt seyn,
Und ich hier stets nach Deinen Rechten wallen!
Ich will mich Dir von ganzem Herzen weih'n,
Richt' meinen Gang, nach Deinem Wohlgefallen.
Sieht, HErr, mein Aug' auf Dein Gesetz allein,
So werd' ich nie in Spott und Schande fallen.
Psalm 119,3

DREI

Kapitel 19

Hochsommer. Hans und Margje standen auf dem kleinen Lathumer Friedhof. Der Prediger, ein Emder Schiffer, ein kräftiger, braungebrannter Mann mit Grübchen in den Wangen, rief, daß der Todestag für ein *Kind van God* der beste *Dag* sei, der fröhlichste *Dag*, der *grote Jubeldag*, eine *selige Verändering.* »*Oh, glückliche Morgen für diese Mensch, diese Gast, diese Fremdeling auf die Erde, nu, da er sein Reisekleid hat abgelegt.*« Ewigen Gewinn brachte einem das.

Seile wurden langsam losgelassen, ein Tannenzweig fiel in die Grube auf das, was noch von Mutters Sarg übrig war. Ächzend und knarrend sank der Sarg mit Hans' Vater hinab.

Der Prediger betete: »Er hat Anrecht auf sechs Fuß von Gottes Erdboden. O Herrgott, wir bringen dieses Kind in die Grube der Vernichtung.«

Nach der Zeremonie besuchten sie das Grab ihrer Eltern, die kurz nacheinander gestorben waren. Margje war Einzelkind, im Grunde genommen genau wie Hans. Sie sagte, indem sie ihn an sich zog: »Wenn dir etwas zustößt … Ich kann nirgendwo hin, ich habe keine richtige Familie mehr.«

»Wenn dir etwas zustößt«, sagte er, »bin ich auch allein.« Doch was sollte ihnen schon zustoßen? Arm in Arm liefen sie zur Fußgängerfähre. Sie schlug ihm vor, noch ins Moor zu gehen, um zu schauen, was aus seinem Unterschlupf geworden war. Doch um dorthin zu kommen, hätten sie am Haus im Veendersteeg vorbeigehen müssen. Auch seinen aufgebahrten Vater hatte er nicht sehen wollen.

Die Grüppchen aus Weiden im Deichvorland waren hellgrüne Tüllgardinen; eine Brise schob sie einen Augenblick zur Seite, und sie sahen den Fluß, das andere Ufer, auf den Buhnen die rotweißen Körbe der Baken für die Schiffahrt.

Sie sagte: »Ich muß immerzu an die Worte am Grab denken. Mir ist ganz komisch geworden. War das bei deiner Mutter auch so? Ich kann mich nicht daran erinnern. Es waren keine Worte des Trostes. Für niemanden. Ich kann das nicht aushalten. Es ist so anders als alles, was man mir zu Hause beigebracht hat. Man könnte fast meinen, dieser Glaube ist mit den Jahren noch strenger geworden.« Statt zu antworten, blieb er stehen und küßte sie leidenschaftlich, als wollte er ihr damit sagen, daß er mit dieser Welt nichts zu tun hatte, daß er aus dem Dorf so schnell wie möglich wieder wegwollte. Vom Deich rannten sie über den schmalen Trampelpfad zur Fähre. Bei der Anlegestelle lag ein Boot. Hans brauchte keinen Fährmann. Er lauschte dem leisen Geräusch ihrer Schuhe auf den losen Planken, half ihr ins Ruderboot. Mitten auf dem Fluß ließ er die Riemen los. Die Welt war wie ein stilles, ruhiges Wasser, in das sie eingetaucht waren, der Himmel über ihnen eine Flut von Blau. Er bedeckte sie mit Küssen. Sie lagen mitten im Strom, Wasser rauschte ums Boot. Ein vorbeifahrender Rheinkahn war das einzige, was die blaue Stille durchbrach.

Im Fährhaus zogen sie sich um. Er war aus dem Westen des Landes gekommen, sie aus Dieren. Am Velper Bahnhof hatte er Fahrräder gemietet. Er wartete draußen, im Garten hinterm Haus. Sie tauchte einen Augenblick später auf, in ihrem blauen Sommerkleid mit den großen aufgenähten Taschen, flache Stoffschuhe an den Füßen, den roten Lippenstift, den er ihr geschickt hatte, auf dem Mund.

»Komm mit«, sagte Margje. »Ich will dir etwas zeigen.« Er dachte, daß sie nach Dieren fahren würden, daß sie ihm zeigen wollte, wo sie arbeitete, ihn der Familie vorstellen wollte. Doch sie radelten in Richtung der Ortschaft Velp, sie legte ihre Hand auf seine, auf dem Lenker. Im gleißenden Licht waren ihre Augen noch größer und dunkler als sonst – ihr Gesicht bestand nur noch aus Augen –, als hätte sie sich übermäßig geschminkt. Seltsam aufgeregt fuhren sie in den Ort, sie zielstrebiger als er.

»Du hast keine Ahnung?« fragte sie. Er ahnte zwar etwas, doch er schüttelte den Kopf, wollte an nichts denken, nur hinter ihr herradeln. Sie konnte sich kaum beherrschen, sagte, daß sie etwas entdeckt hätte … Er würde schon sehen. »Aber vielleicht ist es eine Enttäuschung für dich.« Nein, er würde nicht enttäuscht sein. Schließlich hatte sie eine Überraschung für ihn. Insgeheim, ohne allzuviel davon zu sprechen, waren sie seit Jahren auf der Suche … »Wart's ab. Wir sind fast da.«

Sie bogen in eine Straße ein, fuhren eine andere entlang, radelten bergauf und wieder bergab, weil Velp am Rand der Hügel des Veluwezoom liegt, kamen über die Rozendaalselaan und die Wilhelminastraat auf den steilen Bergweg, vorbei an einem halbrunden Platz mit zwei hohen Blutbuchen und zwei kleinen grauen Grabkapellen.

»Noch ein Friedhof, entschuldige. Wir hätten lieber einen anderen Weg nehmen sollen«, sagte sie frotzelnd. Sofort tat es ihr leid, weil ihr Ton unpassend war. »Wir sind gleich da.« Sie stieg ab. »Vielleicht sollten wir heute gar nicht hingehen, fällt mir da ein.« Doch er konnte ihrer Stimme anhören, daß sie es nicht ernst meinte. Die Fahrräder schiebend, liefen sie noch fünfzig Meter weiter, bis sie vor einem breiten Weg standen, der mit unerwartet scharfen Kurven zwischen Wohnhäusern hindurchführte. Ein Schild: »Grundstück zu verkaufen«. »Ich habe es mir schon angesehen«, gab sie zu, »schon zweimal diese Woche. Der Besitzer wohnt in Nummer siebzehn«, sagte sie dann und zeigte mit dem Finger auf das kleine freistehende, über und über mit Wein bedeckte Häuschen. Sie lehnten ihre Fahrräder aneinander. Der Weg führte auf ein von allen Seiten eingeschlossenes Grundstück, einen verwahrlosten, zugewachsenen Park. Sie ging vor ihm her, wollte ihm das Gelände zeigen, bahnte sich einen Weg auf überwucherten Pfaden mit Adlerfarn, wildwachsenden Holunderbüschen und Brombeersträuchern. Das Gelände stieg leicht an. In einem Tannenwald auf dem höchsten Punkt blieben sie vor einem verfallenen Gartenhaus mit ein paar verwitterten Liegestühlen stehen. Von dort aus hatte man einen guten Überblick über das rundum von dichten Hekken und alten, zerfallenen Mauern eingeschlossene Stück Land. Eine weiße Figur, ein gekreuzigter Christus im Schatten einer Trauerbirke, überragte eine der Hecken. Da lag der Friedhof, an dem sie vorbeigekommen waren. Den Blutbuchen standen auf dieser Seite der Hecke zwei Mammutbäume gegenüber. Hüter der Schwelle. Ja, auf der Schwelle nur zu stehn ... ist größer, als lang in stolzer Ruh der Welt zu wohnen in der Bösen Zelt ... Eine dunkle Psalmzeile, die ihm unvermittelt in den Sinn kam. Margje erklärte ihm, daß der breite Hauptweg dort hinten, wo die alte Mauer aufhörte, eine scharfe Biegung machte und in den Schonenbergsingel mündete. Im 19. Jahrhundert hatte es ein Landgut mit Namen Schonenberg gegeben, das später parzelliert wurde.

In der breiten Regenrinne am runden Dach des Gartenhauses sahen sie etwas Rotes und Spitzes aus den welken Blättern ragen. Er machte eine Räuberleiter, sie setzte den Fuß auf seine Hände, lehnte sich einen Augenblick leicht an ihn, bog dann den Kopf so weit nach hinten, daß ihre Halsmuskeln sich anspannten, er stemmte sie höher, fast über sich hinaus, zur Regenrinne. Sie entdeckte einen kleinen Spielzeugflieger, der vor langer Zeit hier gelandet war. Vorsichtig, als sei es ein kostbarer Gegenstand, legten sie ihn ins Gartenhaus und dachten beide dasselbe.

Von dort hatten sie auch einen guten Ausblick auf die Südmauer mit einer Orangerie ohne ein einziges heiles Fenster. An den Eisenpfosten und verrosteten Dachfenstern rankte ein Traubenstock empor.

Die Orangerie würde leicht wieder instand zu setzen sein. Er konnte Kübel mit Zitruspflanzen dort unterbringen, eine empfindliche Birne wie die Herzogin von Angoulême oder eine englische Haferpflaume. Nicht für den Verkauf. Für den Eigenbedarf. Hingerissen sah er sie an.

»Aber was ist mit dem Geld? Können wir es bezahlen?«

Sie hatte sich schon erkundigt. Sie konnten das Grundstück direkt vom Besitzer kaufen. Dann sparten sie die Maklergebühr. Dem Mann war klar, daß das Gelände zu roden viel Geld kosten würde, daß sie knapp bei Kasse waren. »Er will nur sechstausend Gulden dafür. ›Gute Frau‹, hat er zu mir gesagt, ›es ist ein schönes Stück Land, eine Enklave, hier ist man ganz für sich und trotzdem nicht weit vom Ortskern entfernt, nach so etwas leckt man sich alle zehn Finger.‹« Er tue es nur um ihrer schönen Augen willen, habe er gesagt.

Wenn sie alle Ersparnisse zusammenlegten, kamen sie auf das Doppelte. Von der anderen Hälfte des Geldes würden sie eine ganze Gärtnerei auf die Beine stellen müssen. Sie sagte, sie würde vorläufig ihre Stelle behalten.

Er dachte an Mevrouw Fleer. Als er ihr seinen Auszug ankündigte, hatte sie ziemlich kühl gesagt: »Das habe ich mir schon gedacht«, und beim Abschied giftig hinzugefügt: »Es würde mich nicht wundern, wenn du unter den Einfluß dieses Jozef Mieras geraten wärst.« Nach De witte lelie hatte es Hans in eine Gärtnerei in 's Graveland verschlagen, und er hatte eine neue Unterkunft gefunden. Kurz nachdem er ausgezogen war, kam sie wegen eines Schlaganfalls ins Bronovo-Krankenhaus. Hans ging sie sofort besuchen. Mit ihrem schiefen Mund bekam sie kein verständliches Wort mehr heraus. Vielleicht wollte sie ihm mitteilen, wo sie das zugesagte Geld, die versprochenen Erbstücke aufbewahrte.

Die Beerdigung seiner Zimmerwirtin fand auf dem Friedhof Oud Eik en Duinen statt. Der Leichenzug bestand nur aus einem einzigen Wagen. Darin saß eine entfernte Verwandte, die er noch nie gesehen hatte. Er erwartete eine Nachricht des in der Todesanzeige genannten Testamentsvollstreckers. Schließlich nahm er selbst Kontakt zu ihm auf. Der Mann wollte nicht mehr sagen, als daß Hans nicht im Testament erwähnt wurde. Von zugesagtem Bargeld war ihm nichts bekannt; es war kein Zettel in einer Vase gefunden worden, über eine Bronzefigur konnte er ihm keine Auskunft erteilen.

Seither hatte Hans die Erinnerung an jene Zeit so gut wie möglich verdrängt, obwohl er nicht genau wußte, wem er das alles anlasten sollte, und er bereute sein Verhalten Jozef Mieras gegenüber fast, weil es zum Teil von ihr beeinflußt gewesen war.

»Und das Wohnhaus?«

Das würde in einem Jahr frei werden.

»Dann haben wir das Vorkaufsrecht. Und wenn wir zu der Zeit kein Geld haben, können wir es mieten.«

Er schaute zum roten Ziegeldach, das zwischen den Bäumen hervorschaute. »Machen wir es?« Sie hatten sich schon entschieden, daß sie es kaufen würden, hatten sich in das große Grundstück verliebt. Sie sagte: »Aber du mußt bedenken, daß es nicht die einzige Gärtnerei in der Gegend sein wird. Ich habe auf den ersten Blick allein vier Landschaftsgärtner gezählt.«

Er, unbesorgt: »Landschaftsgärtner. Die kümmern sich um Gärten. Velp ist ein vornehmer Ort mit vielen Villen. Dafür braucht man Landschaftsgärtner. Ich werde Blumen züchten, ich bin Florist, richte mich an eine andere Kundschaft.« Natürlich würde es Konkurrenz geben. Aber Risiko gehörte zum Geschäft.

»Also machen wir es?«

»Wir machen es.«

Sie hatte für denselben Nachmittag schon ein Treffen mit dem Besitzer vereinbart. »Ein Arzt im Ruhestand, ein ziemlich komischer Kauz, der mit einer Wäscheklammer am Hosenbein auf einem Sportrad herumfährt. Du wirst ja sehen.«

Nachdem er sich Hans' Pläne angehört hatte, sagte der alte Mann: »Eine Idee ist immer gut, wenn sie etwas in Bewegung bringt, selbst wenn man sie verkehrt umsetzt.« Wirklich ein komischer Kauz. Mit diesem Gedankengang konnten sie nichts anfangen. Verkehrt umsetzen? Wer sprach von verkehrter Umsetzung? Aber es stimmte, daß sie nicht gerade den leichtesten Weg wählten.

Margje sagte: »Wenn wir uns jetzt entscheiden und Ihnen einen Vorschuß zahlen, würden Sie mit dem Preis noch etwas heruntergehen? Wir müssen viel investieren.« Sie handelte dreihundert Gulden herunter. Der Mann setzte mit lila Tinte einen Vertrag auf einem Rezeptblock auf. Sie hatte siebenhundertfünfzig Gulden als Vorschuß dabei, sie bezahlte in Zehnguldenscheinen von ihrem Ersparten.

Als sie wieder draußen standen, sagte er leise: »Du hattest schon alles geregelt.«

»Ich habe noch mehr geregelt. Das Gebäude war bei der Eerste Onderlinge gegen Schäden durch Feuer und Glasbruch versichert. Die Versicherung konnte ich fast kostenlos übernehmen. Wenn wir neue Gewächshäuser bauen, sind sie automatisch mit versichert, die Prämie muß nur angepaßt werden.«

Sie gingen den Bergweg hinunter, bogen rechts in die Wilhelminastraat ein und gelangten auf die Hoofdstraat. In einer Konditorei an der Bushaltestelle in Richtung Arnheim, neben einem Blumenladen – vielleicht einem zukünftigen Kunden, da Hans Privatkunden und Geschäfte beliefern wollte (letztere würden größere Mengen abnehmen) –, kauften sie sich zwei Cremeschnittchen. Draußen öffneten sie die Schachtel, leckten gleichzeitig die rosa Glasur ab, spürten die Sonne, die ihnen auf den Kopf brannte. Sie sah seine schlanken, kräftigen, sonnengebräunten Hände. Sie spürte seinen Körper, er den ihren. Noch nie war ein Sommer so erfüllt gewesen.

In dem zum Hotel-Restaurant Naeff gehörenden Garten auf der gegenüberliegenden Straßenseite, weiter in Richtung Zentrum, fanden sie einen Platz am Teich, an einem weißen Eisentischchen mit geschwungenen Füßen. Sie bestellte einen Anislikör, er einen Zitronengenever. Sie schlug vor, daß er das Gartenhaus mit wenig Aufwand zu einer provisorischen Unterkunft umbauen sollte, eine Art Junggesellenwohnung. Jemand mußte das Land schließlich beaufsichtigen.

»Darf ich bei der Gestaltung der Gärtnerei auch ein Wörtchen mitreden? Ich glaube doch, daß ich dazu das Recht habe, oder?« Sie stupste ihn an. »Und jeden Abend nach der Arbeit komme ich aus Dieren her und besuche dich.« Er ließ die Hand über die filigrane Tischplatte gleiten, ahmte mit den Fingern ihren Gang über das Grundstück am Nachmittag nach, stolpernd, einander festhaltend, ließ die Hand vom Tisch fallen, und sie sahen sich an. Sie begann zu lachen, er lachte mit, sie hatten Tränen in den Augen, lachten der Zukunft entgegen, wurden plötzlich wieder ernst. Er strich mit dem Finger über ihre Augenbrauen, ihre Schläfe; sie sagten nichts. Schließlich hatten sie heute jemanden beerdigt.

Am selben Tag, an ihrem ersten Abend mit eigenem Grund und Boden, blieben sie auf der Straße vor dem Wohnhaus stehen. Eine Straßenlaterne warf einen Lichtstrahl in das dunkle Zimmer zur Straße, beleuchtete vage die Schiebetüren zur Stube hin. Sie schauten die Straße hinauf und hinunter und gingen dann ums Haus herum, um sich die anderen Fenster anzusehen. Die Schlafzimmerfenster, die des Kinderzimmers. In ihrer Phantasie wohnten sie schon dort, schlief schon ein Kind in ihrem Haus, und sie sahen, wie das Fenster mit Blick aufs Grundstück sich öffnete – sie rief ihm etwas zu, er lachte. Sie durchquerten die ganze Gärtnerei, blieben bei der scharfen Kurve stehen, von wo aus der Weg direkt zum Singel führte.

»In dieser Biegung«, sagte er, »genau hier, pflanze ich

für mein erstes Kind einen frühen Pfirsich, einen *Précoce Béatrice.*«

»Du gehst einfach davon aus, daß es ein Mädchen wird.«

Was für ein wunderschönes Gelände! Gut dreitausend Quadratmeter groß. Genug, um eine Existenz zu gründen.

Kapitel 20

Alles gingen sie Punkt für Punkt zusammen durch – den Wiederaufbau von Gartenhaus und Orangerie, die Aufteilung des Geländes, wie viele Quadratmeter Gewächshäuser und wie viele Frühbeetkästen, wo der Lagerschuppen fürs Transport- und Lastenfahrrad hinkommen sollte, Heizungskeller, Wasserbecken, Unterstände für die Schilfmatten, die Blumentöpfe –, sie befreiten sich von einer ganzen Vergangenheit voller Träume und Phantasien. Zusammen reichten sie bei der Bauaufsichtsbehörde ihre ausgearbeiteten Pläne ein. Der Beamte zeigte sich erstaunt. Im Umkreis von einem halben Kilometer gebe es schon sage und schreibe fünf Gärtnereien, Floristen, Gartenbaubetriebe, wie sie auch immer hießen. Er ließ sie deutlich merken, wie unglaublich naiv er sie fand. Hans wiederholte, daß er sich nicht auf Gartengestaltung spezialisieren wolle, daß er ganz und gar keine Lust habe, »den Grund und Boden anderer umzugraben«, sondern auf seinem eigenen Land arbeiten wolle. Das sollte etwas hervorbringen. Man mußte auffallen. Sich unterscheiden. Sie ergänzte: »Wir glauben, daß wir damit gut über die Runden kommen können.« Dem fügte er noch hinzu: »Ich bediene vor allem den Zwischenhandel.«

Zu ihrer Überraschung brauchten sie nicht lange auf die Baugenehmigung zu warten. Margje vermutete, die Gemeinde sei froh, daß dieses vernachlässigte Stück Land kultiviert werden sollte, obwohl es abseits vom Ortskern lag.

Inzwischen nahm Hans Kontakt zu den Kollegen in der Umgebung auf. Man begegnete ihm nicht mit großer Begeisterung. Im Gegenteil. Er solle es bleibenlassen. Er komme zur falschen Zeit. Überall laufe das Geschäft schlecht, herrsche Arbeitslosigkeit. Die Lust, Blumen zu kaufen, sei gering. Immer noch ein Luxusartikel. Von jedem verdienten Gulden müßten beinahe zehn Cent Luxussteuer abgeführt werden. Einer der Kollegen, ein aktives Mitglied der örtlichen konservativen Anti-Revolutionaire Partij, die jeden Monat in einem Saal im oberen Stockwerk des Hotel-Restaurant Naeff tagte, schob es sogar auf die Unruhen in Deutschland. Das konnte sonstwohin führen. Es war noch im Schoß der Zukunft verborgen.

Einigermaßen verdattert, berichtete er Margje von diesen Reaktionen.

»Du bist nicht willkommen, sie fürchten sich vor dir.«

Abends ließ Hans sich von einem jungen Zimmermann aus der Straße helfen, der etwas dazuverdienen wollte. Vom Holzimporteur in Dieren, bei dem Margje weiterhin arbeitete, konnten sie Holz bekommen, brauchten nichts dafür zu bezahlen.

Das Gartenhaus wurde um eine Etage aufgestockt, und vor allem wurde es in einen außergewöhnlich schlanken Bau verwandelt. Durch sein weit vorstehendes Dach vermittelte es Geborgenheit. Eine Leiter mit geteerten Sprossen führte auf den Speicher, wo Schilfmatten, Glas, Töpfe mit Fensterkitt, Körbe für Blumenarrangements Platz fanden. Margje beizte den Dielenboden, richtete den einzigen Raum ein, machte zwei Zimmer daraus: ein kleines Büro mit Schreibtisch und einen Wohn- und Schlafbereich. An die kahlen Wände hängte sie seine gerahmten Prüfungsurkunden, einen Kalender, ein kleines Bild von einem Ententeich, die Zeichnung der Moorhütte, die er ihr geschenkt hatte, und Ansichtskarten, die sie ihm geschickt hatte, »Blick auf die Ijssel bei Dieren« und »Hotel de Engel« (wo sie am Wochenende als Zimmermädchen gearbeitet hatte, um mehr Geld sparen zu können). Sie befestigte sie mit Reißzwecken oder klemmte sie zwischen Türrahmen und Wand oder einfach hinter die Rahmen mit Urkunden. Auch ein Foto des ersten Betriebs, in dem er gearbeitet hatte, mit allen Gärtnergesellen und dem Vorarbeiter war dabei. Ihr fiel der dicke, lächelnde Mann neben Hans auf. »Wer ist das? Wie heißt er? Hast du mit ihm noch Kontakt?« Er blieb sehr vage. Mit keinem von ihnen hätte er noch Kontakt. Ebenso vage äußerte er sich über die Herkunft des fossilen Farns, den sie auf seinen Schreibtisch gestellt hatte. Er habe ihn einmal von jemandem geschenkt bekommen.

Sie strich die Fassade grün, die Läden rot. Seine Junggesellenwohnung. Ein Hänsel-und-Gretel-Häuschen. Ihr Märchenhaus. Ein funktionales Gebäude. Durch die Fenster konnte man das ganze Gelände überblicken, man sah den marmornen weißen Christus mit dem tränenüberströmten Gesicht über die Hecke ragen und noch weiter weg die beiden Kirchtürme, den der altreformierten Kirche in der Parkstraat, den der römisch-katholischen in der Emmastraat. Die niederländisch-reformierte Kirche in der Kerkstraat, zu der sie manchmal gingen – aber bei weitem nicht jeden Sonntag –, war nicht zu sehen.

»Ich habe etwas für dich.« Er hielt ein Päckchen in der Hand, forderte sie auf zu raten.

»Schon wieder? Ich habe doch schon so viel von dir bekommen.« Mit angezogenen Beinen auf dem Boden sitzend, öffnete sie das Geschenk. Eine schwarze, längliche Schachtel, eine Edelkorallenkette auf Satin. Sie war begeistert, sprang auf, küßte ihn, ließ ihn nicht mehr los. Doch sie würde noch zu spät kommen, rasch zog sie die Schuhe an, und zusammen gingen sie zur Bushaltestelle. Arm in Arm warteten sie. Er flüsterte ihr zu, daß er sich schon einen Namen für die Gärtnerei ausgedacht habe. Sie würde es nie erraten. »*Sempervirens.*« Sie fand, daß es gut klang. »Immergrün«, erklärte er. Die Hauptkultur würden Farne bilden, die immer grün blieben. Also würde sie ihren »Onkel« in Dieren bitten, ein schönes Schild anfertigen zu lassen. Nein, zwei schöne Schilder. Für jeden Eingang eines. Derart ineinander versunken, verpaßten sie den letzten Bus. Hand in Hand kehrten sie zurück, vorbei am Wasserbecken, das diese Woche fertig geworden war. Ein Teil davon war mit Brettern bedeckt. Darauf standen die Gießkannen, die Brausemundstücke von den Tüllen geschraubt. Robuste, kräftige Tüllen, die von den Zwölfliterkannen, und zartere, mit umgebogenem Rand zum Benetzen gerade erst aufgekeimter Prothallien. Im Mondlicht leuchteten sie weißgolden.

»Wie ein Stoppelfeld.«

»Oder wie Tiere mit hochgereckten Schnauzen.«

»Nein, mit weit aufgesperrten Nüstern.«

»Nein, Soldaten mit ihrem Gewehr.« Sie lachten. »Komm«, sagte sie. »Wir müssen morgen sehr früh aufstehen.«

Kapitel 21

Er nutzte die gegebenen Höhenunterschiede und legte Terrassen an, bestellte Rundholz, um sie zu begrenzen. Von Natur aus nicht ungeduldig, wartete er in aller Ruhe die Lieferung ab, schachtete inzwischen den Heizungskeller aus, der sechs Meter tief werden sollte. Als er das Holz bekam, machte er mit den Terrassen weiter, grenzte sie voneinander ab, brachte gute Erde darauf an, kaufte junges Pflanzgut.

Hans stand jeden Morgen um fünf Uhr auf, arbeitete ruhig durch, ohne sich zu hetzen, nahm sich auch die Zeit, die Arbeit zu überdenken. Er war sein eigener Herr, von niemandem abhängig. Bis in alle Ewigkeit, doch es würde bestimmt noch ein oder zwei Jahre dauern, ehe überhaupt von Einkünften die Rede sein konnte.

Fast alles machte er selbst, brachte sich das Mauern bei, konnte Glas auf die richtige Größe zuschneiden, Fensterscheiben einsetzen. Er war geschickt, konnte jedoch nicht sicher sein, ob eine Mauerkonstruktion zweckmäßig war. Er glaubte daran. Seine Hände waren braungebrannt, mit kleinen Wunden, Narben, Rissen übersät – von Glasscherben, Tonscherben, scharfen Steinen. Gesunde Hände, die schnell heilten. Beim Bau der Gewächshäuser und beim Verlegen der Heizungsrohre brauchte er Hilfe von Fachleuten. Der Stundenlohn von Bauunternehmern und Klempnern war hoch.

Was geliefert wurde – Bast, Bänder, Kitt, Vergoldung –, bezahlte er möglichst bar. Er wollte sich, wenn es irgend ging, nicht verschulden. Vor allem die Heizung war teurer als erwartet. Die zwei Kessel mit genügend Heizleistung für Gewächshäuser und Frühbeetkästen konnte er gebraucht bekommen. Aber nicht die Rohre und Leitungen. Von den Kesseln aus verliefen sie in einem komplizierten System durch die Gewächshäuser und verteilten sich dann mit sonderbaren unterirdischen Verzweigungen übers ganze Gelände. Der Klempner plädierte für einen dritten Kessel in einem gesonderten Keller. Auf ihrem langen Weg würden die Leitungen viel von ihrer kostbaren Wärme einbüßen. Das sah er ein. Es war kein Geld dafür da.

Bei der Boerenleenbank in der Hoofdstraat nahm er ein Darlehen über zweitausend Gulden auf, von dem er Margje nichts sagte. Es würde sich schon alles finden, wenn die Produktion erst in Gang gekommen war. Im *Vakblad voor de Bloemisterij* wurden Stecklinge eines neugezüchteten Ziersalbeis angeboten, einer blauen Sorte, *Blue Enigma*. Daneben war ein Bild abgedruckt. Ein mysteriöses, tiefes Blau, wie das Firmament. Er kaufte eine Partie, versprach sich viel davon. Als sie zusammen mit anderen bestellten Sorten aus Aalsmeer eintraf, pflanzte er sie sofort auf den Terrassen aus; Margje etikettierte die neuen Sorten mit schmalen gelben Streifen, auf die sie in ihrer runden, noch mädchenhaften Handschrift die Namen geschrieben hatte, in regenbeständiger Tinte. Die von Flechten blaue und gelbe Südmauer und die Orangerie wurden in den ursprünglichen Zustand zurückversetzt. Er pflanzte Spalierobst. Stutzen hatte er in Boskoop gelernt. Sie sprachen über den Betrieb wie über einen lieben Freund.

Die aus dem Nichts hervorgezauberte Gärtnerei war auch eine Vergeltung. Rache an dem Veendersteeg, an der Armut, an Lathum. Plötzlich, beim Anzünden einer Zigarette, in einer kurzen Verschnaufpause, schossen ihm Erinnerungen an diese Zeit wie gut gezielte Steinchen aus einem

Katapult durch den Kopf. Dann konnte er sich nicht gegen schreckliche Gedanken wehren. Und wieder hatte er den besonderen Duft im Haus seiner ehemaligen Zimmerwirtin in der Nase.

Noch ein kleines Darlehen bei der Bank. Dort kannten sie ihn inzwischen, waren bereit, ihm noch einmal entgegenzukommen. Er war bescheiden – und engagiert –, hatte jedoch kaum Sicherheiten zu bieten. Fünfhundert Gulden diesmal. Man mußte schließlich auch leben. Da waren die Fixkosten für Wasser, Strom, ein unaufhörlicher Fluß kleiner und größerer Rechnungen.

Beim Bau der Gewächshäuser – die Verstrebungen standen schon – erwartete er den Besuch der Beamten von der Bauaufsichtsbehörde zur Kontrolle. Hielt sich der junge Unternehmer an die Auflagen? Kein Mensch ließ sich blicken.

Margje bemerkte: »Sie vertrauen dir.«

Hans korrigierte sie: »Uns.«

Er dämpfte Erde in einer alten Schüssel, die Margje für ihn aufgetrieben hatte, füllte die Aussaatschale aus rotem Ton damit, säte selbstgesammelte Farnsporen aus. Er wusch Flußsand und ließ ihn durch die Finger auf das Saatgut rieseln, in einer hauchdünnen Schicht, um es nicht zu erstikken, benetzte es mit der kleinsten Gießkanne. Der Sand diente dazu, schnelles Austrocknen zu vermeiden. Er bedeckte die Aussaatschale mit einer Glasscheibe, ebenfalls damit die Erde feucht blieb.

Nach einigen Tagen war ein grüner Schleier zu sehen. Die Prothallien. Doch als er bemerkte, daß die zarten Vorkeime, die aus der Erde schauten – kaum als Pflanze zu bezeichnen, eher die Vorstufe einer Pflanze –, hier und da von Schimmel befallen waren, vermoderten, entfernte er schnell die Glasscheibe, löste etwas Anilin in Wasser auf, bespritzte die stark betroffenen Stellen, um so dem Vernichtungsprozeß Einhalt zu gebieten. Eine Woche später pikierte er die Vorkeime mit einem Halm, dessen eines Ende er angespitzt hatte. Genau in die Spitze machte er eine kleine Kerbe von wenigen Millimetern. Damit nahm er jeden Vorkeim einzeln aus der Aussaatschale und setzte ihn in eine Pikierkiste. Es machte ihm die größte Freude. Darum hatte er diesen Beruf gewählt.

Farne von der Spore zur ausgewachsenen Pflanze züchten – eine arbeitsintensive Kultur mit hohen Kosten und geringen Einkünften.

Kapitel 22

Am Sonntagmorgen gingen sie zum Gottesdienst in der reformierten Kirche. Es war herrliches Spätsommerwetter, und sie hatten keine große Lust. Dennoch gingen sie. An ihrem Verlobungstag hätten sie es als Versuchung Gottes empfunden, den Tag des Herrn lieber im Freien zu verbringen. Doch nach der Messe radelten sie gleich in Richtung Fluß und stiegen bei einem kleinen Strand zwischen zwei Buhnen zum Ufer hinunter. Vom Fahrradweg aus konnte keiner sie sehen, vom Fluß her nur die Schiffer, die sonntags unterwegs waren.

Sie tauschten schmale goldene Ringe aus, küßten sich, streckten sich auf dem warmen Sand aus. Im verschwenderischen Licht waren ihre Augen dunkle Schlitze. Sie machten sich nichts aus den Schiffern, die von ihrem Deck aus auf den Fingern pfiffen.

Später schauten sie den Booten nach, die vorbeituckerten. In der flimmernden Luft waren Schornstein und Lüftungsrohr seltsam verformt. Die Boote schienen sich durch den Fluß zu winden, das Wasser stand niedrig. Sie dösten vor sich hin; wenn sie jetzt etwas sagten, würde ihre Stimme vor Verzückung seltsam klingen. Er stützte sich auf den Ellbogen, um sich eine Zigarette anzuzünden, schaute auf das hell erleuchtete, blasse Gesicht neben sich. Sie wollte einmal ziehen, und er steckte ihr die Zigarette zwischen die Lippen. In der dunstigen Hitze sahen die Körbe der Baken auf den Buhnen aus wie weiße Turbane.

Vor diesem Augenblick war es ihm nie so klargewesen. Zehn Jahre lang hatte er sich als Geselle verdingt, um das Handwerk zu erlernen und Geld zu sparen, um sich endlich selbständig machen zu können. Diese zehn Jahre erschienen ihm jetzt schwindelerregend lang.

Am Montag morgen tauchten zwei Herren im Garten auf. Hans war gerade dabei, die Kanten und Verstrebungen eines Gewächshauses zuzukitten. Die Herren kamen von der Bauaufsichtsbehörde und wollten sich kurz umsehen.

»Jetzt, wo es fast fertig ist«, sagte Hans lachend, zeigte stolz auf alles. Die Glashäuser funkelten, und mit den gekitteten Streben und den sperrangelweit geöffneten, senkrecht nach oben stehenden Dachfenstern sahen sie von weitem aus wie eine Reihe schwarzweißer Sonnenschirme. Er machte sich keine Sorgen, sie hatten klare Vereinbarungen getroffen. Er hatte sich an die Auflagen gehalten. Höflich bot er ihnen Kaffee an, ließ sie gewähren. Sie maßen die Länge und Höhe der Gewächshäuser, notierten sich etwas in ein Büchlein, schritten übers ganze Gelände. Er wurde von einer leichten Unruhe erfaßt. Die Schnüffler hatten hier nichts zu suchen! Es war sein Grund und Boden. Sie taten so, als wären sie hier Herr und Meister.

Einige Tage später kam die Post, als er gerade in der Werkstatt war. Er öffnete den Brief der Bauaufsichtsbehörde und begann zu zittern. Der Abstand von der Flucht zum First durfte nicht mehr als vier Meter betragen. Aus den Messungen war eine Giebelhöhe von vier Meter zwanzig hervorgegangen. Die Gewächshäuser sollten abgerissen werden.

Er legte den Brief auf den Packtisch und wollte weiterarbeiten, den Brief mit der verhängnisvollen Nachricht ignorieren. Er war gerade dabei, Geranien zu ziehen. Die Stecklinge mußten schräg abgeschnitten werden, damit sie schneller wurzelten. Er hatte seine Hände nicht unter Kontrolle. Wie war das möglich? Warum passierte ihm das? Er konnte sich nicht daran erinnern, daß es eine Maximalhöhe gab. Er hatte nicht vor, zehn Meter hohe Palmen zu züchten, hätte die Gewächshäuser gut und gern zwanzig Zentimeter niedriger bauen können.

An diesem Abend traf Margje ihn resigniert an, doch sie gab sich nicht geschlagen. »Uns trifft keine Schuld. Die Beamten taugen nichts. Tun wir einfach so, als hätten wir den Brief nicht erhalten. Die Gewächshäuser stehen schon. Da steckt unser ganzes Geld drin. Wir hören einfach nicht auf sie, warten ab, was passiert. Die halten uns wohl für Millionäre. Wir reißen nichts ab. Wir sind im Recht.« Sie verstummte, wurde immer unsicherer.

Sie wollte, sollte für ihn das Wort ergreifen, aber Recht zu bekommen kostete Zeit und Geld. Konnte die Bauaufsichtsbehörde sich das nicht vorher überlegen? Sie würde Schadenersatz beantragen. Nirgends stand schwarz auf weiß, daß die Gewächshäuser nicht so hoch sein durften.

Ein Auto bog vom Bergweg in die Gärtnerei. Zwei Herren mit Aktentaschen stiegen aus, diesmal waren es andere.

»Jetzt gibt es Ärger«, sagte Hans.

»Bestimmt wollen sie uns sagen, daß wir unsere Verlobungsringe einschmelzen sollen!« Oder steckten Gärtner dahinter, denen es lieber gewesen wäre, wenn sie sich nicht hier niedergelassen hätten? Das konnten sie sich nicht vorstellen.

Den beiden Herren tat es furchtbar leid, sie entschuldigten sich vielmals, ihre Kollegen hätten sich auf eine Verordnung berufen, die schon lange nicht mehr in Kraft war. Derjenige, mit dem Hans zu tun gehabt habe, sei inzwischen im Ruhestand. Ein Mißverständnis nach dem anderen. Selbstverständlich bekämen sie als Ausgleich einen kleinen Zuschuß. Die ganze Unruhe brachte ihnen hundertfünfundzwanzig Gulden.

Er war wieder kindlich fröhlich und ausgelassen, ahmte mit verrückten Sprüngen Geister und Dämonen nach, hatte sich eines Abends, als sie in den Garten kam, als Hexe verkleidet. Hatte er nichts Besseres zu tun?

Er karrte Erde, dichtete Spalten in altem, rissigem Holz mit Fensterkitt ab, spannte Schrägseile an den hohen Schornstein, die in einem langen Bogen zu den vier äußersten Ecken des Geländes verliefen, baute einen überdachten Lagerschuppen. Vom Arbeiten inmitten des reflektierenden Glases nahm seine Haut eine tiefe Bräunung an. Nun war er ein Stück weiter damit beschäftigt, Polsterpflanzen zu teilen. Warum ließ er sich so schnell aus der Ruhe bringen? Zu sanft für das Alltagsleben. Oder zu wenig an Rückschläge gewöhnt?

Kapitel 23

Früher als vorgesehen kündigte der Besitzer des Wohnhauses seinen Auszug an. Geld, um das Haus zu kaufen, hatten sie nicht, und aus Angst vor einer zusätzlichen Belastung wagten sie auch nicht, noch mehr Geld aufzunehmen. Sie konnten das Haus zu einem fairen Preis mieten, fünfundzwanzig Gulden im Monat. Zu einem kleinen, fast symbolischen Preis bot er ihnen auch die Teppichböden, die Gardinen und das Mobiliar an. Gab ihnen noch einen Teetisch und die Anrichte sowie einige Bilder dazu.

Nicht alles, was sie von ihm übernahmen, wurde verwendet. Die ein Leben lang benutzten Teppichböden lagerte Hans im Schuppen. Sie konnten bei strengem Frost zum Abdecken der Glashäuser dienen. Margje polsterte die Stühle neu; die Gardinen weichte sie lange ein, wusch sie gründlich und hängte sie in den Wind. Die Decken wurden geweißt, die Holzeinbauten repariert. Besteck, Service und Wäsche hatte sie während ihrer Zeit in Dieren gekauft.

Noch ehe sie ins Haus zogen, heirateten sie in der niederländisch-reformierten Kirche in Velp. Der Bezirkspfarrer namens Israël – ein so ausgefallener Name, daß es nur ein gutes Zeichen sein konnte – kam sie besuchen. Sie vereinbarten, daß der erste Korintherbrief 13,2 das Thema der Predigt sein sollte. »… und hätte der Liebe nicht, so wäre ich nichts.«

Der Küster der reformierten Kirche wunderte sich sicher über die wenigen Gäste. Der »Onkel«, bei dem sie gearbeitet hatte, weigerte sich aus Prinzip, eine Kirche zu betreten. Margje hatte in Dieren in einem Chor gesungen. Es waren einige Freundinnen vom Chor da. Sie luden auch die nächsten Nachbarn ein. Nach der kirchlichen Trauung fand ein Empfang in einem der Räume oben im Hotel-Restaurant Naeff an der Hoofdstraat statt.

Sie kam zu ihm. Gestern nacht hatten sie zum erstenmal in ihrem eigenen Haus geschlafen. Sie näherte sich über den roten Schotter des Hauptwegs, barfuß, ihr dunkles, fast schwarzes Haar straff nach hinten gebunden, mit hohen Wangenknochen, die Haut von der Sonne tief gebräunt. Wegen der Hitze zwischen den Gewächshäusern trug er einen Strohhut mit breiter Krempe, tief ins Gesicht gezogen. Es sah exotisch aus. Er war gerade beim Graben, setzte sich jedoch auf den Rand des Wasserbeckens, als er sie sah. Sie trat zu ihm und legte ihm die Hand aufs Knie.

»Ich bin schwanger«, sagte sie. Ihm fielen nicht sofort die richtigen Worte ein, doch er stand auf und ging zu seinem alten Junggesellenhäuschen, kam mit einem Umschlag wieder.

»Geh heute nachmittag in die Stadt und kauf dir was Schönes.«

Sie standen auf dem Hauptweg zwischen Becken und Werkstatt. Ihre langen Schatten fielen auf das Wasser, die aufgereihten Gießkannen. Sie sagte, sie gehe jetzt wieder ins Haus. Bevor sie den Bus nahm, würde sie noch einmal im Garten vorbeischauen. Er schaute Margje hinterher, schien zu überlegen, was er nun tun sollte. Er nahm die Schaufel wieder zur Hand.

Sie bekam einen Sohn. Bei der Geburt ging alles gut. Die Hebamme lobte ihr breites Becken. Sie wollten ihn nicht nach jemandem benennen, wie in ihren beiden Familien üblich. Sie nannten ihn Ruben, nach dem erstgeborenen Sohn des Erzvaters Jakob. Nun war er in gewisser Weise doch nach jemandem benannt, aber der Name gefiel ihnen. Zwei Monate später wurde das Kind getauft. Es stand nicht zur Debatte, ihn taufen zu lassen, obwohl in reformierten Kreisen diskutiert wurde, ob die Taufe im Kindes- oder im Erwachsenenalter stattfinden sollte. Sie waren gläubig, ohne dogmatisch zu sein, gingen in die Kirche und zerbrachen sich nicht den Kopf über die Taufe als mysteriöse Einverleibung in die Gemeinde Christi. Sie waren sich sicher, daß Gott, der Gott Abrahams, Isaaks und Jakobs, um die Eltern – und das Kind – wußte, und auf diese Weise fühlten sie sich beschützt.

ZWEITES BUCH

Ich danke Dir, aus meines Herzens Grund,
Du selber willst Gerechtigkeit mich lehren.
Ich lerne nun das Recht aus Deinem Mund,
Wornach ich Dich in Deinem Reich soll ehren.
Ich richte mich nach Deinem Recht und Bund,
Verlaß mich nicht; ach wer kann Dich entbehren?
Psalm 119,4

VIER

Kapitel 24

Ein Feld Skabiosen wurde vom Wind geglättet, als streiche eine Riesenhand darüber. Blaues Licht schimmerte über dem Land. Hans Sievez betrachtete es mit großer Freude. Ruben auch. Fast neun Jahre alt war er. Sein Nachfolger. Wenn er nicht gerade in der Schule war, trieb sich der Junge immer bei seinem Vater herum. Die Skabiosen waren dieses Jahr besonders schön, ihr Blau sehr hell, ihre Blätter dicht und zart. Heute war noch kein Kunde gekommen. Das war schon enttäuschend: die extrem niedrigen Einkünfte, die der Betrieb abwarf. Hans hatte von langen Kundenschlangen geträumt. Ein Traum, den er noch immer hegte, der aber wohl nie in Erfüllung gehen würde. Er wurde immer versierter im Züchten bildschöner Pflanzen, doch der Verkauf hielt nicht Schritt. Wer auf die Felder für Selbstpflücker ging, war begeistert, aber es sprach sich nicht ausreichend herum. Die paar Sträuße täglich, für die man viel Platz brauchte, brachten im Verhältnis zu wenig. »Vielleicht solltest du annoncieren?« riet Margje ihm. Er schaltete eine Anzeige, um mehr Privatkunden anzulocken. Das kam ihn teuer zu stehen. Jetzt hatte er sich als Konkurrent der Blumenläden in der Umgebung, die nur von Privatkunden leben mußten, dargestellt. Einige Geschäfte wollten seither keine Pflanzen mehr von ihm beziehen. Seine Geschäftsidee war inkonsequent. Es lief einfach nicht.

Auch die geschützte Werkstatt in der Nachbarschaft, der eine große Gärtnerei angegliedert war, wirkte sich nachteilig für ihn aus. Dort verrichteten geistig Behinderte die Arbeit, so daß die Pflanzen weit unter Preis angeboten werden konnten. Wenn er über diese Dinge nachdachte, hatte er für einen Moment das Gefühl, daß er versagt hatte, nichts wert war. Doch er war von Natur aus zuversichtlich. Nur daß nach Abzug der Fixkosten kaum etwas zum Leben übrigblieb. Und das wenige, was sie sparen konnten, mußte beiseite gelegt werden, um die Kohlenschuld zu bezahlen. Er gab sich die größte Mühe, arbeitete von morgens früh bis abends spät. Mehr konnte er nicht tun.

Margje kam in den Garten. Sie hatte zwei Anrufe hintereinander bekommen. Weidema in Arnheim brauchte dreißig Gloxinien und eine Kiste gemischten Farn, Wieland an der Hoofdstraat wollte für vierzig Gulden Spitzenschleier. Beide Bestellungen waren eilig.

Eine gute Nachricht. Ruben fragte, ob er in die Stadt mitdurfte. Natürlich durfte er das. Hans war glücklich, wenn er den Jungen bei sich hatte. Margje bot an, den Spitzenschleier auszuliefern. Sie küßte ihren Mann, umarmte vor Erleichterung ihren Sohn, wischte sich die Tränen mit einem Schürzenzipfel weg. Die Miete hätte schon vor einer Woche bezahlt werden müssen. Sie hatte nicht gewußt, woher sie das Geld nehmen sollte. Sie würde die Rechnung mitnehmen, vielleicht bezahlte Wieland diesmal in bar. Trotz seines gutgehenden, schicken Geschäfts in der Ortsmitte war Wieland ein ausgesprochen säumiger Zahler. Er hatte noch rund sechshundert Gulden bei ihnen offen, die er in krummen Beträgen von achtzehn oder dreiunddreißig Gulden abstotterte. Natürlich völlig unerhört. Ihm des eigenen Geldes wegen hinterherlaufen zu müssen. Doch sie waren auf ihn angewiesen. Sein Bedarf war groß. Aus Angst, ihn als Kunden zu verlieren, trauten sie sich nicht, ihn zu bitten, direkt bei Lieferung zu bezahlen.

Ruben stand auf der kleinen Bank in der Werkstatt, griff

ins Regal über dem Topftisch, wo das extrem scharfe Tommymesser lag. Seine Mutter warnte ihn davor. Sie hatte Angst, daß er sich eines Tages noch damit verletzte.

Hinter einer Zwischentür lag das Treibhaus mit dem Zierspargel. Hans schnitt lange Ranken für den Brautstrauß und kurze für Ansteckstäußchen. Am Packtisch stehend, schrieb er die Rechnung. Als Margje gegangen war, suchte er zusammen mit Ruben die Gloxinien aus. Es waren schöne, buschige Pflanzen in voller Blüte. Er tauchte sie in einen Eimer mit lauwarmem Wasser, schrubbte den grünen Belag von den Töpfen, wickelte jede einzelne Blume, samtlila, in weißes Seidenpapier.

Pflanzen mit fleckigen Blüten waren unverkäuflich. Während Ruben die zerbrechlichen Stiele festhielt, packte er sie vorsichtig in Zeitungspapier, heftete es oben zu, damit der Wind nicht hineinwehen konnte. Sie stellten je zehn Stück in eine Kiste. Der kleine Ruben war genauso erleichtert wie seine Eltern. Zwei Bestellungen hintereinander. Hans strich dem Jungen übers Haar. Er durfte das Lastenfahrrad aus dem Lagerschuppen holen.

Danach suchten sie zusammen die Farne aus. Er schrieb die Rechnungen, tauschte seine Arbeitskleidung gegen einen guten Manchesteranzug, seine Holzpantinen gegen Straßenschuhe. Als sie sich gerade auf den Weg machen wollten, betrat eine Frau die Gärtnerei durch den Eingang am Schonenbergsingel. Sie wohnte in einer Villa am Singel und konnte von ihrem Fenster das Skabiosenfeld sehen. So atemberaubend schön. Ob sie sich einen Strauß schneiden dürfe? Unter einem Schutzdach, auf einem Tapeziertisch, kleine Messer, Bindfaden, Papier und Karten, bedruckt mit dem Text, den Margje sich ausgedacht hatte: »Der Überbringer dieses Blumenstraußes hat ihn bei der Gärtnerei

Sempervirens selbst gepflückt.« Sie warteten, bis sie fertig war, Hans kassierte ab. Sie lobte nochmals die schöne Gärtnerei. Hans steckte das Geld in sein Portemonnaie. Inzwischen kam Margje zurück. Wieland hatte es sehr eilig gehabt, die Rechnung werde er baldmöglichst bezahlen. Eine kleine Enttäuschung. Ruben nahm sein Fahrrad. Sie machten sich auf den Weg in die Stadt. Margje winkte ihnen, bis sie auf dem Hauptweg hinter der Biegung verschwunden waren.

Der Arnhemse Straatweg stieg leicht an. Zu beiden Seiten lagen weit weg von der Straße große weiße Villen im Kolonialstil mit Veranden. Nebeneinander herradelnd, kamen sie am Landgut Bronbeek mit der Statue des Generalgouverneurs Van Heutz vorbei. Auf den Wegen, im Schatten hoher Bäume, spazierten ehemalige Militärs in dunklen Uniformen mit orangefarbenen Tressen. Fast allen fehlte ein Arm oder ein Bein.

»Die haben doch in Niederländisch-Ostindien gekämpft, oder?« Ruben fragte nach etwas, was er längst wußte. »Und du, Vati, gegen die Deutschen, oder?«

»Nicht gekämpft.«

Hans war untergetaucht, hatte sich im Heizungskeller der Gärtnerei versteckt. Er war festgenommen worden und hatte bei der Stellung Westervoort Schützengräben ausheben müssen. Eines Tages war er zusammen mit einigen anderen frühmorgens geflohen.

»Papa, woher hast du das Tommymesser?«

Er hatte die Geschichte schon so oft erzählt. Der Junge konnte nicht genug davon bekommen.

»Es lag auf einer Weide.«

»Zwischen lauter erschossenen Kühen, oder?«

»Kühen, Kälbern, Hühnern.«

»Und von der ganzen Schießerei hing kein einziges Blatt mehr an den Bäumen …«

Nun ging es bergab, sie konnten die Fahrräder rollen lassen. Ruben sah zu seinem Vater auf. Sein Vater war ein Held.

Sie radelten durch die Unterführung. In der Steenstraat parkte Hans das Lastenfahrrad an der Bordsteinkante. Im Schaufenster waren der Ladenbesitzer und ein Angestellter gerade dabei, eine Rosenvase auf einen mit schwarzem Samt drapierten Sockel zu stellen. Dieses Geschäft war noch vornehmer als das von Wieland. Der große Strauß Rosen diente als Blickfang für die Passanten in der belebten Einkaufsstraße. Er war umgeben von niedrigen Würfeln, auf denen einzelne weiße Orchideen oder besondere Glaswaren standen.

Ruben hielt seinem Vater die Tür auf. Hans stellte die Kiste auf den Boden, grüßte höflich. Anstatt zurückzugrüßen, sagte Weidema: »Du kamst ja mit 'nem Affenzahn um die Ecke geschossen! Dabei sacht man doch: Eile mit Weile … Weißt schon!« Der Blumenhändler war ein selbstgefälliger, korpulenter Mann mit schütterem Haar und dem selbstverständlichen Hochmut derer, denen es gutgeht und die in ihrer Umgebung bewundert werden. Er sprach platten Arnheimer Dialekt. Der Angestellte, ein Blumenbinder mit blassem Gesicht, lachte schallend. Hans lachte ein bißchen mit. Was sollte er schon erwidern? Dagegen konnte man sich nicht zur Wehr setzen. Weidema brauchte viele Blumen und zahlte immer bar. Dafür mußte Hans sich das offenbar gefallen lassen. Und noch mehr.

Die Pflanzen waren abgeliefert, die leeren Kisten standen wieder auf dem Lastenfahrrad. Hans wartete, die Rechnung über achtundsechzig Gulden in der Hand. Ruben dicht neben ihm. Er spürte den warmen Körper seines Sohnes. Der Besitzer und der Angestellte standen mit dem Rücken zu ihnen am großen, mit Zink beschlagenen Tisch und entdornten Rosen. Hans hoffte, nicht allzulange warten zu müssen. Zu Hause gab es noch viel zu tun. Das mußte Weidema doch verstehen. Doch er traute sich nicht, etwas zu sagen. Da standen sie also, waren Luft für die beiden in ihre Arbeit vertieften Männer. Hans schämte sich vor Ruben.

Weidema arbeitete, eine Zigarre im Mund. Er bekam einen lang anhaltenden Hustenanfall, spuckte einen Brokken Schleim auf den Boden, schob ihn mit dem Fuß unter den Tisch, wo Pflanzenabfälle und Tonscherben lagen. Nach viel Gehuste steckte er sich die Zigarre wieder zwischen die Zähne.

»Ach, Sievez«, sagte er, mit dem Rücken zu Hans, »was da liegt, kannst du doch bestimmt für deinen Komposthaufen brauchen. Nimm's ruhig mit.« Hans wurde blaß. Den vollgespuckten Mist wollte er auf keinen Fall haben. Jetzt nur nicht protestieren. Weidema war schnell eingeschnappt, ließ Hans aber regelmäßig ordentliche Bestellungen zukommen. Und sie brauchten dringend Geld. Zusammen mit Ruben lud er den Abfall auf sein Lastenfahrrad. Hans bedeckte die vollen Kisten so gut wie möglich mit Zeitungspapier. Sie warteten.

Jetzt ging Weidema in einen spärlich beleuchteten Raum, wo auch die Kasse stand, und kam mit einem hohen Gesteck wieder. Er verpackte es sorgfältig, trug es nach draußen und stellte es zwischen die Kisten aufs Lastenfahrrad.

Er gab Hans die Adresse.

»Du kommst fast dran vorbei.« Das Gesteck sollte im

Stadtviertel Hoogkamp ausgeliefert werden, ein steiler Anstieg, bestimmt ein Umweg von einer Stunde. Dann fragte er nach der Rechnung. Aus der Innentasche seines grünen Kittels zog er ein Bündel Scheine. Das Geld, das er mit seinem Geschäft verdiente und einem immerzu unter die Nase rieb. Einfach so in seiner Innentasche, mindestens tausend Gulden. Bei jeder Lieferung zeigte er erneut, wie gut es ihm ging. Und es lief hervorragend für ihn. Er durfte als einziges Blumengeschäft das Hotel-Restaurant Royal am Willemsplein beliefern. Vor kurzem war das Theater hinzugekommen.

Er bezahlte achtundsechzig Gulden.

Weidemas Stimme mit dem platten Arnheimer Klang hallte in Hans' Ohren nach. Und zu allem Überfluß war der Kerl katholisch, allerdings ging er nicht mehr in die Kirche. So wie Margje es vorzog, in der Stadt bei protestantischen Häusern Kleidung zu kaufen – Peek & Cloppenburg –, hätte er am liebsten nur Geschäfte protestantischer Gesinnung beliefert. Doch der ganze Blumenhandel war in den Händen von Katholen.

Als sie wieder zu Hause waren, entluden sie das Lastenfahrrad. Er gab dem Jungen einen Gulden für sein Sparschwein.

»Ich brauche nicht so viel.«

»Du hast mir geholfen. Ich war froh, daß du bei mir warst.«

Margje kam heraus.

»Wo wart ihr denn so lange? Ich habe euch längst wieder zu Hause erwartet. Ich habe mir Sorgen gemacht. War es bei Weidema wieder so unangenehm?« Sie bemerkte die Pflanzenabfälle. Ruben sammelte gerade die Tonscherben heraus. »Der Kerl nutzt deine Gutmütigkeit aus. Du solltest dich weigern. Wenn das nur ginge!«

Sie saßen am Küchentisch, ließen den Hintereingang offen, damit sie den Garten im Blick behalten konnten. Margje steckte fünfundzwanzig Gulden in einen Umschlag. Ruben brachte die Miete weg.

»Gerade ist noch jemand für dich vorbeigekommen. Ich dachte, er wollte einen Blumenstrauß kaufen. ›Ich kann Sie auch bedienen‹, habe ich gesagt. Aber er wollte dich sprechen. Ich habe gefragt, ob ich dir etwas ausrichten kann. Er hat den Kopf geschüttelt.« Mein Mann kann jeden Moment wiederkommen, habe sie gesagt. »Sie können in der Gärtnerei warten oder hier in der Küche. Dann hat er sich in die Küche gesetzt, ich habe ihm eine Tasse Tee angeboten, und später noch eine. Er hatte einen großen Koffer dabei, vollgestopft mit irgendwelchen Sachen. Ein geflochtener Koffer mit Gurten aus Leder. Zuerst hatte ich ihn gar nicht gehört. Ich war hinten beschäftigt, als es vorn an der Haustür furchtbar lange klingelte. Wieder eine Spendensammlung, dachte ich noch. Ich hatte gerade erst was für *Vrij Ambon* gegeben. Also habe ich mir Zeit gelassen. Ich habe mir sogar überlegt, die Klingel einfach zu überhören, aber es hätte ja auch ein Kunde sein können, der dich sucht. Durch das kleine Fenster in der Eingangstür sah ich einen großen Mann. Ich verstehe gar nicht, weshalb, so bin ich sonst nicht, aber ich dachte: Diesmal mache ich nicht auf, und habe mich gebückt wieder rückwärts ins Zimmer geschlichen, als müßte ich mich im eigenen Haus verstecken. Dann dachte ich: Das ist ja völlig verrückt. Ich bin außen herum gegangen. Ein Schatten fiel quer über den Vorgarten. Auf der Eingangstreppe vor dem Haus dieser

Mann, schwer, massig, mit einem langen schwarzen Mantel und glänzenden Schnürstiefeln. Mantel und Stiefel sahen einigermaßen neu aus, aber der Koffer war alt und schäbig, mit abgestoßenen Lederecken. Ich bin erschrokken, Hans. Dieser große Mann in unserem winzigen Vorgarten. Ich weiß nicht genau, warum. War es ein Kunde? Ein Vertreter? Ganz bestimmt! Sonst hätte er nicht einen an allen Ecken und Enden überquellenden Koffer bei sich gehabt. Ich habe mich nicht getraut zu fragen, was er verkauft. Ich hätte auf Töpferware getippt. Einen Augenblick hatte ich ein schlechtes Gefühl, aber das verging wieder. Er war freundlich, liebenswürdig. Eher schüchtern. Nicht die Art von Vertreter, die ihre Sachen schon ausbreiten, bevor sie ein Wort gesagt haben. Aber es war natürlich trotzdem einer. Er tat mir leid. So ein trostloser Beruf. Leuten Dinge andrehen, die sie überhaupt nicht haben wollen. Er machte eine Bemerkung über den Spendenaufkleber am Türpfosten: *Vrij Ambon.* ›Aha‹, sagte er, ›Sie fragen bei einer Spendensammlung also immer erst nach, welche Konfession dahintersteckt.‹ Er hat sich vorgestellt, aber ich habe seinen Namen nicht verstanden. Erst ist er eine Weile hin und her gegangen, und dann kam er in die Küche. Mit seiner schwarzen Kleidung sah er fast aus wie ein Bußprediger, so jemand, der sich selbst geißelt, aber dafür war er zu gut genährt. Ich wußte nicht, was ich von ihm halten sollte. Ich habe gefragt, ob er dich kennt, und da lächelte er. Sanft, fast mitfühlend. Er kam mir sogar bekannt vor, als hätte ich ihn schon einmal irgendwo gesehen, aber mir fiel nicht ein, wo. Später ist er allein in den Garten gegangen, seinen schweren Koffer schleppte er mit sich. Da hatte ich wieder dieses komische Gefühl. Ich habe keine Angst gehabt, er wirkte nicht wie einer, der Böses im Sinn hat.

Aber dieser Mann in unserem Garten. Du nicht da, Ruben auch nicht. Vielleicht sehe ich ja Gespenster, weil ich schwanger bin.«

Kapitel 25

Derselbe Abend. Es war schon fast zu dunkel fürs Pikieren, und er machte die Lampe über dem Arbeitstisch an. Das Licht fiel nach draußen, bis zum Wasserbekken. Pikieren, eine Präzisionsarbeit. Er bewegte die Zigarette zwischen den Lippen, der Rauch kringelte sich nach oben, er inhalierte, ohne darauf zu achten. Mit dem Halm hob er einen Vorkeim aus der Aussaatschale, konnte kaum die Hand ruhig halten. Margje hatte heute nachmittag Jozef Mieras gegenübergestanden. Er zündete sich eine neue Zigarette an. Die Flamme des Feuerzeugs zitterte. Es war eine Begegnung, die er immer hatte verhindern wollen. Im vergangenen Monat hatte er bereits mehrere kurze Briefe auf seinem Packtisch vorgefunden.

Sein alter Freund aus Den Haag wollte wieder Kontakt zu ihm aufnehmen. Hans beantwortete die Briefe nicht. Sie erinnerten ihn zu sehr an seine Zimmerwirtin. Der Kauf der teuren Kleidung auf dem Noordeinde war ein sonderbarer Streich gewesen, von dem er Margje nie erzählt hatte. Was wollte Jozef? Wieder an die alte Freundschaft mit ihm anknüpfen? Hans hatte kein Bedürfnis danach. Aber beim zweiten Brief zögerte er doch. Die Demütigungen, die manche Ladenbesitzer ihm zufügten, trafen ihn tiefer, als er Margje zeigen und sich selbst eingestehen wollte. In letzter Zeit waren die Kränkungen zahlreicher geworden. Er ließ sie tatenlos über sich ergehen. Offenbar sollte es so sein. Hans litt darunter. Und dann dieses unbegreifliche Pech: Von der Lage und Größe her gleichwertige Gärtnereien, die er besichtigt hatte, um sich ein Bild zu machen, florierten. Es war ihm ein Rätsel. Lag es an ihm? In der Gärtnerei selbst fühlte er sich unangreifbar. Diese Erkenntnis war ein gewisser Ausgleich. Margje liebte er. Ruben würde später seine Nachfolge antreten. Es fehlte nicht viel zu seinem Glück.

Ein Schatten fiel auf das Glasdach über ihm. Eine massige Gestalt im Licht draußen. Jozef Mieras stand in der Werkstattür und musterte ihn, eine dickliche, mit Sommersprossen übersäte Hand auf der Türklinke, den Koffer zu seinen Füßen. Den klaren, einnehmenden Blick auf Hans geheftet. Sein Haar war dünner geworden, der Haaransatz weiter zurückgewichen. Er trug jetzt einen roten Schnauzbart, der das Traurige in seinem Gesicht unterstrich, doch das Gütige, Freundliche war geblieben.

»Da bin ich also. Leibhaftig. Es mußte einmal geschehen.«

Noch blieb er abwartend stehen, lächelte Hans zu, der die Zigarette fallen ließ und sie mit dem Holzschuh austrat.

»Ich bin doch willkommen?«

Er bedeutete Jozef Mieras mit einer Geste hereinzukommen, half ihm, den Koffer zu tragen. In der Werkstatt bot er ihm seine eigene kleine Bank an und nahm selbst auf einem umgedrehten Eimer Platz.

»Meine Frau hat mir erzählt, daß du da warst.« Jozef fand Hans fast unverändert; er sei schlanker geworden, das stünde ihm gut.

»Und du hast einen schönen Betrieb, mein Junge. Eines Tages, als du nicht da warst, habe ich mich in Ruhe umgesehen. Die Gärtnerei sieht gepflegt aus. Geharkte Wege, frei von Moos, die Beete in untadeligen Reihen, wie mit dem Lineal gezogen. Nimmst du dafür eine Richtschnur? Wie wir es in De witte lelie gelernt haben? Ich habe damals schon erkannt, daß du ein versierter Fachmann werden würdest. Als ich mich vor einer Woche kurz umgesehen habe – verzeih mein Herumschnüffeln, ich konnte es nicht lassen, ich war gerührt –, roch es in einem der Gewächshäuser nach reinem Nikotin. Hattest du eine Schneckenplage? Erinnerst du dich noch an das erste Mal, als wir das Ungeziefer zusammen bekämpft haben? Der Rauch drang beißend in unsere Lungen, und wir kamen gerade noch rechtzeitig aus dem Glashaus.« Er betrachtete ihn mit seinem liebenswürdigsten Lächeln. »Was meine Lunge angeht …« Er beendete den Satz nicht, doch als Hans ihm einen fragenden Blick zuwarf, fuhr er fort: »Dir kann ich es ja sagen, ich gehe damit nicht hausieren …« Er streckte die Hand aus und berührte Hans kurz am Arm. »Tb. Ich war über zwei Jahre in einem Sanatorium zur Kur. An der frischen Luft. Über mir war eine rote Plane gespannt. Vor kurzem bin ich gesund geschrieben worden. Während dieser langen Rekonvaleszenz habe ich mein Pniel erlebt, Hans. Gott hat sich mir offenbart. Ich dachte, Ihn zu kennen, doch tatsächlich ging ich zu der Zeit, als wir uns begegneten, irre und lebte allzu leichtfertig. Ich darf mich glücklich schätzen, nun in Seinem Dienst zu stehen. Ich bin Sein Jünger.«

Erstaunt dachte Hans: Allzu leichtfertig? Führte sein Freund damals ein so liederliches Leben?

»Arbeitest du nicht mehr als Gärtner?«

»Ich reise mit der Wahrheit durchs Land und hoffe, auf meinesgleichen zu treffen, auf jemanden mit einem offenen Herzen. Manchmal werde ich ein Buch los. Er, der getreu ist, ernährt mich. Ich bin noch nie zu kurz gekommen. Zusammen mit Gleichgesinnten feiern wir die Agape, wie die ersten Christen. Wir wollen keine Kirche. Wir bilden eine Gemeinde *extra muros*.«

Hans hoffte, daß Margje nicht in den Garten kommen und sie hier antreffen würde. Er konnte Jozef natürlich als ehemaligen Kollegen aus Den Haag vorstellen. Sie würde ihn sofort wiedererkennen, und, wenn er gegangen war, genau wissen wollen, weswegen er gekommen war, würde vielleicht bemerken: Der vom Foto? Was will der von dir?

»Gut, daß wir uns nach so langer Zeit wiedersehen.« Mit seiner dicklichen Hand berührte er Hans wieder kurz. Jozef kramte Erinnerungen an gemeinsame Radtouren aus, fragte, ob Hans noch Kontakt zu seiner Zimmerwirtin habe. Eine fidele Dame, die sich nichts bieten lasse. Ach, sie war gestorben? Nun, seiner Meinung nach war ihr nicht klar gewesen, daß sie in Gefahr war, ihre kostbare Seele zu verlieren. Er fragte, ob Hans Kinder habe.

»Wir haben einen Sohn, Ruben.«

Jozef fand den Namen wunderschön. Ruben, Jakobs Erstgeborener. Hans erzählte, daß seine Frau mit dem zweiten Kind schwanger sei und daß er auf ein Mädchen hoffe. Warum sagte er Mieras so etwas? Er nahm es sich übel, daß er es Jozef verraten hatte. Was ging das seinen früheren Freund an? Nicht einmal Margje wußte etwas von diesem Herzenswunsch. Diese Worte waren eine Art Verrat an ihr. Am liebsten wäre es ihm gewesen, wenn Jozef so schnell wie möglich wieder gegangen wäre.

Jozef meinte, nur Gott der Allmächtige sei in der Lage, einen solchen Wunsch zu erfüllen. Seine fleischigen Hände lagen übereinander in seinem Schoß. Hans schaute an ihm vorbei, reagierte nicht.

Jozef zog seinen Koffer zu sich heran, murmelte vor sich hin: »Nein, jetzt nicht. Es ist nicht die gerechte Zeit.« Er erhob sich. »Ich glaube, ich gehe mal wieder. Du willst mit deiner Arbeit fortfahren. Es ist gut, daß wir uns zu diesem

Zeitpunkt gesprochen haben. Du bist schweigsam, etwas verblüfft, nehme ich an. Kein Wunder. Steht dein alter Freund auf einmal vor deiner Nase. In den letzten Jahren habe ich oft an dich gedacht und mir gelegentlich Sorgen um dich gemacht. Ich finde, du siehst müde aus. Denk auch einmal an dich. Ich verstehe schon, ein Einmannbetrieb, die Sorgen nehmen kein Ende. Darf ich wieder hier vorbeikommen?«

Erleichtert hatte er am Arbeitstisch mit dem Pikieren weitergemacht, und in den Stunden danach war nur noch eine verschwommene Erinnerung an seinen Freund aus der Lehrzeit in Den Haag geblieben. Wenn er nie mehr auftauchte, würde Hans ihm keine Träne nachweinen. Daß Jozef in seiner Abwesenheit im Garten herumgeschnüffelt hatte, war ihm unangenehm. Jozef gehörte zu einem Teil seines Lebens, der weit hinter ihm lag.

Das alles konnte er sich in den folgenden Stunden noch einreden. Einen Tag später, in einem Beet kniend, beim Aussetzen junger Stiefmütterchen, wurde ihm klar, daß dieser Jozef, dessen Freundschaft er unsanft zurückgewiesen hatte – er hatte ihn mit Füßen getreten, hätte ihn umbringen können –, ihn dennoch besucht hatte. Nicht um sich an ihm zu rächen. Im Gegenteil, er hatte sich Sorgen um ihn gemacht. Jozef Mieras schien ihm nichts nachzutragen. Hans hätte ihm seine Treue lohnen sollen. Sein früherer Freund verdiente es, daß Hans Sievez sich bei einem nächsten Besuch etwas mehr Zeit für ihn nahm, ihn gastlicher empfing. Er hätte ihm weniger gleichgültig begegnen, ihm zeigen können, daß er den fossilen Farn aufbewahrt hatte.

Mit Zeige- und Mittelfinger grub Hans eine kleine Kuhle, setzte die Pflanze hinein, drückte die Erde mit dem

Daumen an, warf einen Blick aufs ganze Beet. Wenn er durcharbeitete, konnte er noch vor Einbruch der Dunkelheit fertig werden. Jozef hatte ein Bild von der Welt, der sichtbaren wie der unsichtbaren. Und eine klare Botschaft. Eine Lebensregel. Die Agape. Das alles rührte an Hans' Sehnsucht nach dem Verborgenen, nach ewiger Sicherheit. Auch seine warme, wohlklingende Stimme und die fließende, natürliche Redeweise hatten ihn angesprochen. Jozef zuzuhören war angenehm.

Hans steckte beide Finger in die lockere, dunkle Erde, setzte die junge Pflanze hinein, die völlig versank. Die Kuhle war zu tief. Er fischte die Pflanze wieder heraus, ihre hellgrünen Blätter waren geknickt. Aber Stiefmütterchen waren stark. Erst recht diese blaue Sorte: Aalsmeer-Riesen. Es würde sich wieder erholen. Im Frühling würde das Beet dunkelblau sein. Eine heimliche Unruhe ergriff von Hans Sievez Besitz.

Kapitel 26

»Oja, ich erinnere mich. Schön, daß du ihn noch immer hast.« Jozef legte den fossilen Farn vorsichtig auf den Packtisch.

Gut eine Woche später war er wieder in der Gärtnerei aufgetaucht. Hans hatte sich in den vergangenen Tagen dabei ertappt, daß er den breiten Weg in Richtung Schonenbergsingel hinunterstarrte, in der Hoffnung, Jozef um die Ecke biegen zu sehen. Es war auch vorgekommen, daß er sich umdrehte, weil er meinte, er stehe hinter ihm.

Mieras zog den schweren Koffer zu sich heran und begann, die Ledergurte zu lösen, schob die Metallriegel des Schlosses zur Seite, das mit einem Klick aufsprang, klappte den Deckel einen Spalt auf und holte mit den beschwörenden Gesten eines Zauberers ein altes dunkelbraunes Buch hervor, in so schlechtem Zustand, daß der zerfledderte Rücken von breiten Klebstoffstreifen zusammengehalten werden mußte. Seine Hände strichen über das eingerissene Pergament des Umschlags. Dann schlug er das Buch auf, berührte das vergilbte und mit Stockflecken überzogene Papier mit den Fingerspitzen und murmelte, während sich sein dünnes, flaumiges Haar, das ihm über die Ohren fiel, in einem Luftzug bewegte:

»Ein kostbares und wertvolles Buch. Ich kann mich noch erinnern, daß ich dich in Den Haag in deinem Zimmer besucht habe. Auf dem Nachttisch lag eine Bibel. Du hast mir erzählt, daß du manchmal darin liest, daß geistliche Dinge dich nicht unberührt lassen. Das hat mir gutgetan. Wie stehst du heute dazu?«

Hans sagte, daß er jeden Sonntagmorgen mit Margje in

die niederländisch-reformierte Kirche gehe, dort jedoch nicht finde, was er suche …

Genau so hatte Jozef es sich vorgestellt. Auf seinem Gesicht lag ein friedliches Lächeln. Fast hätte man meinen können, daß er im dämmrigen Licht der Werkstatt, dösig vom Abendwind, der über das Glasdach hinwegstrich, in einen Halbschlaf gesunken war.

Doch er klappte den Kofferdeckel ganz auf. Auf der Innenseite war eine kleine Kupfertafel mit der Abbildung eines lesenden Mannes, eines mageren, ausgezehrten Predigers mit langem Bart, zu sehen. Darunter standen die Initialen »J. M.«. Im Koffer lagen Bücher, in drei oder vier Schichten, ziemlich unordentlich übereinandergestapelt.

»Alles herrliche Werke, aber was ich dir gerade gegeben habe, ist unübertroffen, Hans. Lange vor Luther stellte Thomas von Kempen in seiner *Imitatio Christi* den gottlosen Katholizismus an den Pranger. Interessiert es dich? Warte, antworte nicht. Noch nicht. Ich will nur eine Kleinigkeit dafür haben. Ist es dir einen Zehner wert?«

Hans zog das flache Portemonnaie aus der hinteren Hosentasche. Darin steckten ein Zehnguldenschein und ein paar lose Münzen. Es schmerzte ihn, das Geld wegzugeben, doch er wollte Jozef nicht enttäuschen, und das Buch interessierte ihn. Zehn Gulden waren viel Geld. Dafür mußte er vierzig Farne oder zehn Gloxinien verkaufen.

Jozef steckte den Zehner ein.

»Laß mich ein kurzes Gebet sprechen. Betest du mit?« Beide falteten die Hände. Jozef bat Ihn, der auf dem Thron saß, diesem dürstenden Kind die Ohren zu öffnen. Möge das Buch auf fruchtbaren Boden fallen. Um Jesu willen. Amen.

Jozef verschloß den Koffer umständlich, zurrte die Gurte

fest, legte die Hände übereinander auf den Rand des Koffers. Die Sommersprossen auf seinen Händen und in seinem Gesicht hatten sich im Lauf der Jahre zu regelrechten braunen Flecken ausgewachsen. Er betrachtete ihn ernst: »Hans, wenn dich diese Lektüre berührt, will ich dich mit Huib Steffen, einem großen und begnadeten Laienprediger, bekannt machen. Es verpflichtet dich zu nichts. Wenn du das Bedürfnis danach verspürst, laß es mich wissen. Tust du das?«

Jozef Mieras erzählte von dem Prediger. Es war ein ehemaliger Metzgergeselle. Ein Laie, dem wie Aaron in biblischen Zeiten die sonderbare Gabe des Wortes verliehen worden war. Ein Berufener reinsten Wassers. Ein Gottesgesandter. Nach Mieras' Ansicht der einzige, der mit Gottes Hilfe in die unergründlichen Tiefen des menschlichen Herzens hinabsteigen konnte. Doch er hatte auch die höchsten Höhen des Himmels erklommen.

Jozef musterte Hans.

»Schau nicht so erschüttert, Hans. Aber ich überfalle dich ja auch mit so vielen Dingen … Zeig mir doch mal deinen Anzuchtschrank.«

Hans führte ihn in einen kleinen Anbau des Treibhauses, wo der Kanonenofen bullerte. Eine schwere, feuchte Hitze hing hier, die Glasscheiben auf den Aussaattöpfen waren beschlagen. Hans hob eine der Scheiben an, und Jozef schaute mit Kennerblick auf die in der Nacht entstandenen Vorkeime. »Der Brutkasten der Prothallien, die Brutkammer des Sichelfarns und der *pteris cretica*«, murmelte er. »Sehr schön. Richtig fachmännisch. Vorkeime in einer Aussaatschale aus rotem Ton. Daran hätte der HErr auf seiner Erdenwanderung seine Freude gehabt.«

Mit schweißnasser Stirn verabschiedete Jozef sich. Er riet

Hans, täglich in der *Nachfolge* zu lesen. Anfangs werde noch vieles dunkel sein.

»Lies jeden Tag ein kurzes Kapitel. Denk daran, daß Gott im Dunkel wohnt.« Hans solle doch lieber gleich eine Verabredung mit Steffen treffen. Er werde das für ihn regeln. Am einfachsten sei es vermutlich, wenn sie sich im Bahnhofsrestaurant in Arnheim trafen. Er werde Hans auf dem laufenden halten.

Hans blickte ihm nach. Kurz vor der Wegbiegung drehte Mieras sich um, winkte, Hans winkte zurück. Zwei alte Freunde.

Unter der Lampe betrachtete er das soeben erstandene Buch. Es war 1701 in Leiden veröffentlicht worden. *Von der Nachfolge Christi*.

Er verstaute es unter einem Zeitungsstapel. Den ersten Satz wollte er lesen, wenn er weniger aufgeregt war. Er ging zum Gartenhaus, um das Fossil auf seinen alten Schreibtisch zurückzustellen, betrachtete lange das in De witte lelie aufgenommene Foto, nahm es von der Wand und hielt sein brennendes Feuerzeug darunter.

Er versuchte, noch ein wenig weiterzuarbeiten, doch er verspürte keine rechte Lust mehr. Das Buch verdiente einen anderen Platz. Er holte es heraus, erwog, es im Gartenhaus oder im Keller zu verstecken, las den ersten Satz: »Wer mir nachfolgt, der wandelt nicht in der Finsternis, spricht der Herr« – ein Satz, der ihm ganz und gar nicht dunkel vorkam. Er entschied sich für den kleinen Schrank an der hinteren Wand, den er mit einem schweren Schloß hatte versehen lassen. Bevor er das Schränkchen öffnete, begann er, das erste Kapitel zu lesen, und wiederholte laut den zuletzt gelesenen Satz: »Also ist es Eitelkeit, sein

Herz an das hängen, was so schnell und unaufhaltsam vorübergeht, und nicht dorthin eilen, wo ewige Freude wohnt.«

Hans versteckte das Buch hinter der Dose Parathion mit dem Totenkopf und den zwei gekreuzten Knochen und schloß den Schrank wieder zu. Er lehnte sich mit dem Rücken an den Packtisch über dem Kellerloch, konnte von dort aus die Flammen hinter den Scheiben des Kanonenofens sehen, wiegte leicht den Kopf, sagte leise: »Von der Nachfolge Christi« und ging zum Treibhaus, um die Dachfenster zu schließen. Vom dunklen Gewächshaus schaute er zurück auf die erleuchtete Werkstatt, konnte sich nicht recht vorstellen, daß Jozef dort gestanden hatte.

Bevor er Margje unter die Augen trat, mußte er sich wieder in den Griff bekommen. So verwirrt, wie er war, konnte er nicht im Haus auftauchen. Er zündete sich eine Zigarette an, inhalierte tief, rang sich ein Lächeln ab, stellte sich vor, wie er mit diesem Lächeln auf den Lippen und einer interessierten Frage an Margje die Küche betrat. Er fühlte sich schuldig.

Aber gehörte ein so altes und ehrwürdiges Buch wie das dieses Thomas von Kempen wirklich in den Giftschrank, hinter eine rostige Dose Parathion? Er ging zurück, schloß den Schrank auf und stieg kurze Zeit später mit dem Buch die steile Leiter zum Heizungskeller hinab.

Im Haus wollte er die Küche gleich durchqueren, um sich an seinen Schreibtisch zu setzen. Margje musterte ihn aufmerksam und sagte, wobei sie die Lippen kaum bewegte, um ihren Worten keinen Nachdruck zu verleihen: »Ich rieche etwas an dir. Einen Geruch, den ich nicht kenne.«

Er zuckte die Achseln.

»Was kann das sein? Ich habe Erde gedämpft und sie länger als sonst im Topf gelassen. Vielleicht ist es das?«

Sie trat dicht zu ihm, schnupperte an seiner Jacke.

»Nein, das ist es nicht, ich kenne doch den Geruch gedämpfter Erde. Aber Hans, mir fällt plötzlich etwas ein: War der Mann mit dem Koffer noch mal da?«

»Nein ... Stimmt, darüber habe ich mich auch schon gewundert ...«

»Er wollte dich doch unbedingt sprechen?« Weil er nichts sagte, fuhr sie fort: »Heute nachmittag ist es mir plötzlich wieder eingefallen. Er ist auf dem Foto, das ich selbst im Gartenhaus aufgehängt habe. Er muß es sein.«

Er gab zu, daß ein Bekannter aus seiner Zeit in Den Haag zu Besuch gewesen sei. Sein Name sei Jozef Mieras. Ein Kollege aus der Gärtnerei. Aber das Foto sei schon eine Weile verschwunden.

»Ich habe es mir neulich noch anschauen wollen.«

»Wenn ich mich recht erinnere, war es vor kurzem noch da. Aber ich würde mich nicht darauf festnageln lassen. Es ist doch wirklich außergewöhnlich, Hans, daß ein alter Bekannter dich nach so langer Zeit besuchen kommt, oder?«

»Eine Zeitlang waren wir mehr oder weniger befreundet. Dann ging er eines Tages weg, und ich habe ihn aus den Augen verloren. Wir haben uns nur einen Augenblick unterhalten, er hat gesehen, daß ich viel zu tun habe.«

»Was war in dem Koffer?«

»Bücher. Antiquarisch. Für die hat er Stammkunden, auch hier in der Nähe.«

Margje musterte ihn forschend. Er konnte sich doch denken, daß sie neugierig war. »Warum erzählst du mir nicht von selbst, daß er dich besucht hat? Auf dem Foto, das weiß ich noch, stand er neben dir, einen Arm um deine Schultern gelegt, beschützend, fast wie ein Vater …«

Kapitel 27

Margje hatte zu ihm gesagt: »Du mußt aggressiver vorgehen. Geschäfte anrufen. Biete sie ihnen an, schlimmstenfalls mit Rabatt, wenn sie eine größere Menge abnehmen.« Keiner war interessiert gewesen. Mehr konnte er nicht tun. Von den Calceolarien, im Volksmund Pantoffelblumen genannt, in der Regel eine gefragte Sorte, hatte er nichts verkauft. Bei der anhaltenden Wärme waren sie alle gleichzeitig aufgeblüht. Sie wuchsen in einem Frühbeet, unter dessen Fenster er Holzklötze gestellt hatte, um nachts die Abkühlung zu fördern, ohne Erfolg. Jetzt klopfte er zusammen mit Ruben die wunderschönen Pflanzen über der Schubkarre aus den Töpfen, der Junge schob die Blumentöpfe zusammen. Auf dem meterhohen Komposthaufen war kein Platz mehr. Er karrte den Ramsch, in dem ein Jahr Arbeit steckte, in eine abgelegene Ecke auf der Grenze zum Friedhof.

Da stand noch immer der alte Apfelbaum, ein Zitronenapfelbaum, den er stehengelassen hatte, als er das Land vor dem Krieg kaufte. Er trug jedes Jahr Früchte. Margje schälte sie im Herbst, schnitt sie in Scheiben und ließ sie auf den Heizkesseln trocknen. Sonntags, im Winter, aßen sie heiße Dörräpfel mit Vanillepudding.

Hier, dicht bei der Hecke, gab es kaum Sonne. Der Baum hatte auf dieser Seite wenig Äste. Nur hier war die überall undurchdringliche Grenze des Grundstücks unten nicht bewachsen. Wenn Hans für einen Kunden ein Grab bepflanzen sollte, kroch er flach auf dem Bauch unter der Hecke durch. In diese Ecke brachte er das Jahr über Zweige und Stroh, mit dem er frostempfindliche Pflanzen abgedeckt hatte; vom Friedhof luden sie an dieser Stelle gegen seinen Willen vertrocknete Grabkränze ab. Er sagte lieber nichts, weil er für mehrere Gräber den Auftrag zur Pflege erhalten hatte. Vor kurzem hatte er unter dem Baum einen Weihwasserpinsel mit silbernem Griff gefunden. Er benutzte ihn, um mit den weichen Härchen den Flußsand in den Aussaatschalen glattzustreichen. Hans kippte die Blumen auf den Haufen, zu Hunderten, sie sackten durch das halb vermoderte Holz. Es tat ihm in der Seele weh. Darin steckte viel Arbeit, viel teurer Koks. Eine Kultur, die nichts eingebracht hatte. Es machte ihm mehr aus als sonst. Von weitem hätte man den Komposthaufen für ein kleines Feld verschwenderisch blühender Dotterblumen halten können.

Kopfschüttelnd stand er da und betrachtete ihn, hätte laut fluchen können. Als der Kasten abgeräumt war und die Töpfe ineinandergestapelt außen am Treibhaus standen, rief er Ruben von weitem zu, er solle die Petroleumkanne aus der Werkstatt mitbringen. Normalerweise verbrannte er den Stapel um Ostern herum, er ertrug den Anblick der unverkauften Ware nicht. Genierte sich für die weggeworfenen Pflanzen. So viel Mühe hatte er sich damit gegeben. Der Koks war noch nicht bezahlt. Mit der Kohlenrechnung war er ein Jahr im Verzug. Er kam nicht hinterher.

Ruben besprenkelte die Blumen mit Petroleum. Das Holz und das Stroh würden von selbst brennen. Er warf ein brennendes Streichholz auf die frischen Pflanzenabfälle, die Feuer fingen und sofort hoch aufloderten – bis über den Apfelbaum, über die Hecke. Das Laub des Apfelbaums wurde versengt, verschrumpelte. In der Sonne waren die Flammen beinahe weiß, und der Zitronenapfelbaum war unsichtbar, Ruben stocherte mit einem langen Stock im

Feuer, damit mehr Luft herankam. Die Flammen wurden kleiner, leckten noch an einigen Pflanzen, die zur Seite gerollt waren. Hans dachte: Der Junge darf später nicht mein Nachfolger werden. Dieser Betrieb bringt zu viele Sorgen mit sich. Es ist besser, wenn er nach der Schule weiterlernt und einen Beruf mit einem festen Einkommen ergreift. Mit den Holzschuhen trat er die letzten Flammen aus, harkte Erde darüber.

»Papa, da ist jemand für dich.«

Hans drehte sich um und sah Jozef auf dem Hauptweg stehen, diesmal ohne Koffer. Er kam auf sie zu und sagte, als er sie erreicht hatte: »Es kommt ein Tag, der brennen soll wie ein Ofen. Da werden alle Verächter und Gottlosen Stroh sein, und der kommende Tag wird sie anzünden.« Jozef Mieras trug seinen langen schwarzen Mantel, den schwarzen Hut nahm er ab. Er gab ihnen die Hand.

»Ach, dann mußt du Ruben sein.« Er wandte sich an Hans: »Der Text stammt aus Maleachi. Ein beeindruckender Prophet.«

Hans löschte erneut auflodernde Flammen. Ein kleiner Funkenregen. Jozef hatte er nicht erwartet. Er freute sich nicht über sein Kommen. Margje könnte am Schlafzimmerfenster stehen, sie sehen. Seine Hände waren schweißnaß. Ich habe Angst, dachte er, versuchte, sich zu beruhigen: Es gab eigentlich keinen Anlaß, Angst zu haben. Sollte Margje Jozef sehen, könnte er sagen, daß er selbst nicht glücklich war über sein Interesse an ihm und daß er sich in seiner Gegenwart höchst unbehaglich fühlte.

»Komm, laß uns woanders hingehen.«

»Von Steffen habe ich gehört, daß ihr beide ein gutes Gespräch geführt und sogar schon einen zweiten Termin vereinbart habt. Dann bin ich hoffentlich dabei.« Hans beschleunigte seinen Schritt, Mieras kam kaum hinterher. Ruben blieb beim Zitronenapfelbaum zurück. Nun waren sie beide außer Sichtweite des Schlafzimmerfensters, und Hans merkte, daß er nicht eine bestimmte Angst hegte, sondern eine unendliche Menge von Ängsten. Er war in der vagen, aber um so unangenehmeren Lage, etwas ungeschehen machen zu wollen. Aber was? Das Gespräch mit Huib Steffen im überhitzten Bahnhofsrestaurant? Ja, das! Doch es ließ sich nicht ungeschehen machen. In ein paar Tagen würde er ihn wiedersehen, am selben Ort.

Sie blieben im Schatten eines Schutzdachs mit Schilfmatten darunter stehen. Hans drehte sich um. Der Junge in der Ferne. Das Licht über den Gewächshäusern war gleißend. Gelbe und rote Feuerzungen leckten an den Dachfirsten.

Heute nacht hatte ein Sommerschauer hier und da Kalk von den Scheiben gewaschen. Das mußte er ausbessern, sonst würden die Jungpflanzen auf den Kulturtischen unter dem Glas verbrennen.

Es war fast Teezeit, Margje konnte jeden Augenblick in den Garten kommen, um ihn zu rufen, sie konnte schon auf dem Weg zu ihm sein. Sie mußte aufgehalten werden. Sollte er Ruben bitten, ihr entgegenzugehen, um auszurichten, daß Papa einen Kunden hatte und gleich kommen würde? Das würde vielleicht ihr Mißtrauen erregen. Die abgeräumten Calceolarien hatte er ganz vergessen.

Jozef sagte, Huib Steffen sei ein vertrauenerweckender Mann. Von Goes bis Genemuiden leite er Gesellschaften und sei wegen seiner Auslegungen berühmt. »Ihr hattet, so habe ich ihn verstanden, einen Draht zueinander. Sollte dir etwas zustoßen und ich bin nicht erreichbar, kannst du dich an ihn wenden.«

Hans drehte sich zu seinem Sohn um, der auf dem Boden lag und versuchte, das erloschene Feuer zu schüren.

»Du bist so schweigsam, Hans.« So kenne er ihn gar nicht, er erinnere sich an seine frühere Ausgelassenheit. Es sei eindeutig: Dinge geschahen mit ihm, die er noch nicht ganz verarbeiten könne. Gräben wurden gezogen, Kabel verlegt. »Spannung kommt auf die Drähte. Irgendwann springt der Funke über. Diese Dinge spielen sich immer im verborgenen ab. Ich war in der Nähe und wollte dir nur zur Ermutigung die Hand reichen. Mehr nicht.«

Hans warf ihm einen dankbaren Blick zu. Aber jetzt war es wichtig, daß er ging.

»Es ist viel zu tun. Die Scheiben müssen gekalkt werden. Ein anderes Mal habe ich mehr Zeit.«

»Du brauchst dich nicht zu entschuldigen. Wir kennen uns doch schon so lange. Schau, die Sonne auf den Fenstern. Es sieht aus, als würde dort Blut durchsickern. Und das erinnert mich an das Blutvergießen Christi, an das unbegreifliche Sühneopfer. Ach, HErr!« Er faltete kurz die Hände. »Wir sehen uns wieder, wenn uns die Zeit vergönnt ist.«

Hans schlüpfte in den Schutzanzug, den er zum Tünchen der Scheiben benutzte, setzte die Kapuze auf, mischte Wasser und Kalk in einem Eimer, stellte die Kalkspritze hinein, zog sie auf. In der Ferne sah er den Jungen auf den Knien sitzen, ins Feuer pusten und mit einem Stöckchen darin herumstochern. Hans stellte eine kurze Leiter mit acht Sprossen an die Wand des Glashauses. Von der höchsten Sprosse aus lehnte er eine längere Leiter, die bis zum Dach reichte, an die Streben, legte sich der Länge nach darauf, um sein Gewicht gleichmäßig zu verteilen. So konnte er einen ganzen Abschnitt der verglasten Fläche erreichen. Er spritzte Kalk aufs Gewächshaus, kletterte in der glühenden Hitze höher, konnte über den Dachfirst in die Küche des Wohnhauses schauen, sah eine kleine weiße Gestalt über den Weg auf ihn zukommen. Sie hob sich in der dunstigen Hitze von dem Hintergrund der Johannisbeersträucher ab. Jetzt verlor er sie aus den Augen, weil sie ums Glashaus herumging. Er setzte sich auf, wartete, bis er sie wiedersah. Er hob eine Hand, Kalk tropfte herunter. Margje lehnte sich mit den Armen an die Rinne, in der das Wasser für das Becken aufgefangen wurde. Sie sagte, sie habe immer Angst, daß er eines Tages durch die Scheiben krachte. Er schüttelte den Kopf. Die Leiter auf der Verstrebung trug sein Gewicht. Hinter ihr stand das leere Frühbeet, in dem die Calceolarien geblüht hatten. Heute morgen noch war es ein einziges Blütenmeer gewesen. Ein Jammer. Er war kurz davor zu sagen: Du mußt mir helfen, Margje. Du mußt etwas tun. Greif ein!

Er nahm die Kapuze ab.

»Das ist ja lebensgefährlich«, sagte sie, »so mit dem Kopf in der Sonne.«

Er schaute von oben zu ihr hinunter. In dem weißen Sommerkleid konnte man ihren Bauch schon ein bißchen sehen. Sie wußte, wohin er schaute, strich mit beiden Händen darüber und sagte, daß er runder sei als zur selben Zeit bei Ruben. Bei ihm hatte sie eher einen Spitzbauch gehabt.

»Ich glaube, es wird ein Mädchen.«

»Es wird ein Mädchen«, sagte er entschieden.

»Vielleicht sind es ja nur Ammenmärchen. Und man sieht auch noch gar nicht soviel. Kommst du? Der Tee ist fertig.« Sie entdeckte Ruben und ging zu ihm.

Kapitel 28

Wo warst du nur? Überall habe ich dich gesucht. Ich habe in den Gewächshäusern, im Lagerschuppen, hinten bei der Stechpalme nachgeschaut. Gerufen.«

Hans sagte, er habe den Garten nicht verlassen. Er log nicht, konnte ihr aber auch nicht die Wahrheit sagen. In der abgelegensten Ecke der Gärtnerei, unter dem Zitronenapfelbaum, bei der Hainbuche, hatte er ein ernstes Gespräch mit Mieras und Steffen geführt. Sie waren über eine Stunde geblieben. Der Laienprediger hatte ein Gebet im Freien gesprochen. Hans mußte an die *hagenpreken* im 16. Jahrhundert denken, die Predigten von verfolgten Anhängern der reformierten Kirche im Freien, von denen der Lehrer in der Volksschule erzählt hatte. Nach langer, inbrünstiger Anrufung hatte Jozef die Bemerkung fallenlassen, daß ein Gebet im Freien sofort zum Himmel aufsteige. Mitten im Gebet hatte Hans Margje rufen hören. Natürlich konnte er nicht hinter dem Holzstapel hervorkommen. Ihr Rufen hatte gestört. Hans hatte kurz die Augen geöffnet und eine leichte Verärgerung auf dem Gesicht des betenden Laienpredigers bemerkt.

Bei dem unerwarteten Besuch der beiden Glaubensbrüder hatte er gerade in der Werkstatt gearbeitet. Sie sahen zu, wie er mit dem Weihwasserpinsel eine dünne Schicht Flußsand auf den frisch gesäten Farnsporen glattstrich. Steffen identifizierte das Gerät sofort und betrachtete dieses verwerfliche papistische Werkzeug voll Abscheu. Lieber hätte er es gehabt, wenn es ihm nie unter die Augen gekommen wäre, aber es sei gut, daß es auf diese Weise zweckentfremdet werde. Jetzt noch, wenn er daran dachte, könne er sich über die 1566 beim Bildersturm angerichteten Verwüstungen freuen.

Nach dem Gebet verabschiedeten sich die beiden und entfernten sich auf Hans' Bitte hin durch den Ausgang am Schonenbergsingel. Steffen bemerkte, daß er eigentlich Einwände gegen diese Heimlichtuerei erheben müsse. Sicher, Gott wirke für gewöhnlich im verborgenen, aber der Mensch sollte seinen Glauben doch öffentlich bekunden können. Er sagte, im Licht der menschlichen Schwäche betrachtet, könne er Hans verstehen.

Jetzt saßen Margje und er am Rand des Wasserbeckens.

»Wo warst du denn nun? Ich habe später noch mal nach dir geschaut. Wieder rieche ich etwas an dir. Etwas, was ich nicht einordnen kann. Hast du etwas unter den Holzschuhen? Oder hast du Parathion gespritzt? Das kann so fies stinken.«

Nein, er hatte nichts Besonderes getan. Das Parathion hatte er schon seit Wochen nicht mehr benutzt.

Sie ließ nicht locker. »Trotzdem ist da etwas. Du hast mich gerade auf eine ganz besondere Weise angeschaut.« Sie wußte nicht genau, wie. Abwartend, nein, eher abweisend. Sie konnte nicht das richtige Wort dafür finden. Doch er blieb dabei, daß nichts war, daß er genauso war wie sonst ...

»Das finde ich nicht.«

Sie machte eine kleine Geste, um einen anderen Gedanken zu vertreiben, legte die Hand auf seinen Arm, sah ihn mit ihren dunklen Augen an. Schweigend, friedlich, saßen sie nebeneinander.

Kapitel 29

Margje hatte die Schiebetüren zum Vorderzimmer hin geöffnet, um mehr Licht ins Haus zu lassen. Sonntags frühstückten sie nicht in der Küche, sondern in der Stube. Nach dem Frühstück ging Hans in die Gärtnerei, um die Gewächshäuser zu lüften.

»Bleib nicht zu lange weg«, rief sie ihm hinterher. »Wir sind spät dran.« Der Gottesdienst begann um zehn Uhr. Im allgemeinen machten sie sich um halb zehn auf den Weg. Ruben holte die Fahrräder.

»Schau doch mal, wo Papa bleibt, Ruben.« Der Junge rannte in den Garten, fand seinen Vater auf dem Rand eines Treibkastens sitzend, den Kopf gesenkt, die Hände gefaltet. Er wollte seinen Vater nicht stören und blieb beim Wasserbecken stehen, betrachtete ihn aus der Ferne. Das Gesicht seines Vaters wirkte blaß und verzerrt.

Hans hörte ihn und beendete sein Gebet. Er erhob sich.

»Wir gehen gleich, Vati.«

»Ich gehe heute, glaube ich, nicht mit.«

»Bist du krank?«

»Nein ...« Krank war er nicht.

Ruben sagte, die Fahrräder stünden schon bereit, Mama habe das Haus abgeschlossen.

Hans trank einen Schluck vom Wasserhahn. Für ihn stand fest, daß er heute nicht zum Gottesdienst in der reformierten Kirche mitgehen würde, doch er war noch nicht soweit, es offen auszusprechen. Was sich in ihm abspielte, mußte er noch für sich behalten. Ihm würden nicht die richtigen Worte einfallen, wenn es überhaupt Worte dafür gab.

Zu Margje, die mit besorgter Miene auf ihn zukam, sagte er, er fühle sich zwar nicht richtig krank, aber auch nicht ganz wohl.

»Dann bleiben wir auch zu Hause.«

Es war ihm lieber, wenn sie gingen. Dann konnte er in aller Ruhe in der *Nachfolge Christi* lesen oder eine Predigt des ehemaligen Pfarrers Poort, die Steffen ihm beim letztenmal gegeben hatte. Er hatte nichts dafür haben wollen.

Margje sagte: »Es wurmt dich, daß der Lehrer sagt, Ruben sei keine Leuchte. Mach dir darüber keine Gedanken. Es wird sich schon alles einrenken.«

Er griff ihre Erklärung gern auf.

»Ihr müßt los. Ich gehe ein bißchen herum, kann in der Fachzeitschrift blättern.«

Als er sie den Bergweg hinunterradeln sah, eilte er wieder in den Garten. Er holte ein dünnes Büchlein mit einem braunen Schutzumschlag unter einem Zeitungsstapel hervor. Es enthielt die Predigt von Poort, gehalten am 12. November 1929 in der Grote Kerk von Middelburg. Mit seiner kleinen Bank ging er hinter das Sonnenblumenfeld, setzte sie unter dem Zitronenapfelbaum ab, dicht bei der Hecke. Er starrte auf eine frische Schneckenspur, auf eine kleine Schnecke mit Gehäuse auf einem abgeschnittenen Ast – auch ein Geschöpf Gottes, jedoch ohne eine Seele, die es verlieren konnte –, schlug die Schrift auf und las laut: »O anbetungswürdige höchste Majestät …« Im Dorf begannen die Glocken der reformierten, der altreformierten und der katholischen Kirche zu läuten. Er atmete tief ein, lauschte dem langsam verklingenden Läuten im lauen Morgenwind.

Die Gläubigen wurden zur Kirche gerufen, doch der wahre Glaube war dort nicht zu finden. Fast zwei Stunden hatte er für sich. Die blauen Skabiosen wiegten sich, das Feld mit Brennender Liebe war ein einziges rotes Meer. Hans beachtete das alles nicht, er hatte das Gesicht zum Himmel erhoben.

Er hörte Margje und Ruben nach Hause kommen, ging zum Wohnhaus. Sie sagte, es sei ein schöner Gottesdienst gewesen und sie hätten sich danach noch eine Weile nett unterhalten.

»Und wie geht es dir? Ich habe mir während des Gottesdiensts Sorgen um dich gemacht. Geht es dir ein bißchen besser?« Sie sah ihn forschend an. »Und ...«

»Laß mich es sagen, Mama. Du sollst nächste Woche einen Brautstrauß liefern und hundert Ansteckstäußchen!«

»Für eine vornehme Hochzeit im Naeff«, fügte Margje hinzu. »Ein Kirchenratsmitglied hat dafür gesorgt, daß du den Auftrag bekommst. Ich glaube, alles in allem springen für uns gut zweihundert Gulden heraus.«

Hans täuschte Freude vor. Über Geld wollte er sonntags nicht reden. Dazu war der Sonntag nicht da. Ruben merkte, daß die schöne Bestellung in diesem Moment nicht willkommen war.

»Wir waren so froh, als wir nach Hause geradelt sind«, sagte Margje noch. Sie fragte, was er die ganze Zeit getan habe.

Ach, er sei in den Garten gegangen und habe auf der Bank hinterm Haus gesessen. Er habe nichts besonderes getan, er verschwieg die außergewöhnlichen Worte, die er in dem dünnen Büchlein gelesen hatte. Margje breitete ein Tuch auf dem Gartentisch hinterm Haus aus, befestigte es mit drei Wäscheklammern. Er dachte an den heißen weißen Garten, wo er heute morgen auf seiner kleinen selbstgezimmerten Bank gesessen hatte. Die Bäume waren weiße Marmorstatuen gewesen, die über das ganze Gelände verteilten Unterstände für Schilfmatten mit ihren schrägen Schutzdächern seltsame Felsformationen. Margje schenkte Kaffee ein, Ruben naschte von den Schokoladenkeksen. Er steckte seinem Vater auf der Bank neben ihm zwei Kekse gleichzeitig in den Mund, bot an, ihm bei den Ansteckstäußchen zu helfen. Er werde sie kurz vor dem Ausliefern mit dem Zerstäuber besprühen. Ruben flüsterte seiner Mutter etwas ins Ohr.

»Das haben wir ganz vergessen«, sagte Margje (sie wollten unbedingt, daß er sich nachträglich doch noch für die Bestellung begeisterte!), »du darfst auch die Blumen für die Tische im Naeff liefern. Ich helfe dir beim Kräuseln der Manschetten. Alles in allem ein toller Auftrag.« Sie kniff ihn kurz in die Wange, küßte ihn, um den ernsten Zug von seinem Gesicht zu zaubern. Hans Sievez schenkte Frau und Sohn ein Lächeln, verschluckte sich fast am Kaffee, wischte sich den Mund ab. Margje sagte, er mache sich ja ganz verrückt, doch sie wußte wahrscheinlich selbst nicht genau, was sie damit meinte. Sie stand auf, um Mittagessen zu kochen. Im Vorbeigehen legte sie ihm kurz die Hand auf den Arm, sah ihn inständig und liebevoll an, er senkte den Blick.

Da ging Ruben in den Garten hinaus, die Blätter der Hainbuche bewegten sich und spiegelten sich im Glas. Hans sog die blauen und roten Düfte ein, über ihm flogen Vögel, scheinbar ohne jede Ordnung. Er begann zu lesen, und von den Tausenden von Alltagssorgen war nichts übrig.

Der Sommer. Es war nicht mehr derselbe Sommer. Er sah, daß Margje aus der Küche zu ihm herüberschaute, und währenddessen bewegten sich in seiner Erinnerung die Worte, die er gelesen hatte und die ihn zu einem unbekannten Ziel mitnahmen, zusammen mit dem Laub und dem Funkeln im Glas. »Es ist ein Wunder vor unsern Augen, wir sehen, aber ergründen es nicht.« Welch großes und herrliches Wunder vollzog sich in seinem Innern? Er faßte einen Entschluß, hätte ihn nicht vernünftig rechtfertigen können, doch er war nun mal kein rationaler Mensch. Er würde den Weg gehen, der ihm gezeigt wurde. Die Wahrheit hatte sich ihm, zumindest bruchstückhaft, in sprühenden Funken gezeigt.

Kapitel 30

Margje wickelte gekräuseltes Zierpapier um die Töpfe, weißes für die violetten Gloxinien, violettes für die weißen, und band eine Schleife in derselben Farbe drum herum. Es waren noch zwanzig Pflanzen zusätzlich bestellt worden. Insgesamt würde ihnen das gut zweihundert Gulden einbringen. Schade, daß sie das ganze Geld sofort zum Kohlenhändler bringen mußten.

»… aber diesmal möchte ich das nicht …«

»Was meinst du?«

Hans stellte gerade den Brautstrauß aus weißen Edelwikken zusammen, der, weil die Braut so klein war, auf keinen Fall zu groß ausfallen durfte.

»Ach, ich dachte gerade an das Geld, das wir hierfür bekommen. Du brauchst ein neues Sonntagshemd, Ruben neue Schuhe.«

Hans hatte auch schon darüber nachgedacht. Er war ganz ihrer Meinung. Die Hälfte war für die Kohlen, Ruben bekam etwas außer der Reihe, und der Rest war für sie. Der Junge wickelte neben seiner Mutter am Packtisch Stanniolpapier um die Ansteckssträußchen.

Sie waren heute morgen um fünf Uhr aufgestanden, hatten bei Lampenlicht gearbeitet. Nun begann der Himmel hinter den Mammutbäumen allmählich, feurig rot zu glühen, und das Glas über ihnen färbte sich rosa. Die Edelwicke war plötzlich nicht mehr rein weiß. Margje fand, daß man jede Woche einen solchen Auftrag bekommen sollte. Das würde einem das Leben leichter machen. Hans wies sie freundlich zurecht: So dürfe man das nicht sehen.

»Wann soll das ganze Arrangement im Naeff sein?«

Da er nicht antwortete – er hielt gerade den Strauß auf Armeslänge von sich, um die Form zu studieren –, wiederholte Ruben die Frage seiner Mutter. Auch er bekam keine Antwort.

»Papa ist ganz beeindruckt von dem vielen Geld, das wir heute verdienen werden«, stellte er fest.

»Nein«, sagte Margje, beide Hände auf ihrem dicken Bauch, »Papa konzentriert sich, er will den schönsten Brautstrauß abliefern, den er je gemacht hat.« Sie verbesserte sich. Den schönsten Strauß habe er zu ihrer eigenen Hochzeit gemacht. Aus Maiglöckchen. Hans nickte, bat sie, den Strauß kurz zu halten. Anmutig hielt sie ihn im Arm, mit dem Blick einer verliebten Braut. Er ordnete noch die Schleifen. Zufrieden betrachtete er das harmonische Ganze, bat Ruben, die Blumen und das Grün vorsichtig zu besprühen, um Morgentau anzudeuten. Ruben hatte Gespür dafür, trug einen leichten Schleier auf.

Gegen neun schob er das Lastenfahrrad aus dem Lagerschuppen. Den Brautstrauß legte er sorgsam in einen schmalen, flachen Karton, die Ansteckstäußchen wurden in einem Kreis darum drapiert, die Gloxinien in hohe Kisten gestellt. Er lud alles ruhig ein. Margje sah ihm zu. Zum Schluß stellte er noch eine kleine Kiste gemischte Farne auf die Ladefläche.

»Für wen sind die?« fragte sie erstaunt. »Bestimmt nicht für das Brautpaar, oder?«

»Nein, aber es kam noch eine kleine Bestellung von Weidema«, log er. »Wenn ich den Brautstrauß abgeliefert habe, fahre ich zur Steenstraat weiter.«

»Davon weiß ich ja gar nichts.«

»Na, ich mach mich dann mal auf den Weg.« Sie schaute

ihm nach, winkte. Noch bevor er um die Ecke gebogen war, rannte sie ihm hinterher. Das tat sie sonst nie. »Hans«, rief sie, und in ihrer Stimme lag leichte Panik. Er drehte sich um, blieb auf dem Hauptweg in der Kurve gegenüber der *Précoce Béatrice* stehen, die an Rubens Geburt erinnerte. Hatte er etwas vergessen?

»Ich wollte dir nur noch einen Kuß geben.« Er beugte sich zu ihr hinunter. Aber jetzt mußte er wirklich los. Sie bemerkte seinen guten Überzieher, die Sonntagsschuhe. »Du bist ja gekleidet, als wärst du selbst zur Hochzeit eingeladen.«

Der Bräutigam war mit dem Strauß und den Arrangements so zufrieden, daß er den Betrag auf zweihundertfünfzig Gulden aufrundete und bar bezahlte. Erleichtert bedankte sich Hans, kaufte ein Päckchen Gold Flake in einem Tabakladen und radelte weiter in Richtung Arnheim. Weidema hatte keine Farne bestellt. Auf dem Weg zu seiner Verabredung im Bahnhofsrestaurant kam er an dessen Geschäft vorbei und konnte versuchen, sie dort loszuwerden.

Er fuhr am Landgut Bronbeek vorbei, an der Kneipe Tivoli, radelte durch die Velperpoort-Unterführung, Sonne schien auf den Asphalt, das alles nahm er wahr, konnte sich jedoch später nicht mehr daran erinnern. Wie sollte er so unbedeutenden Dingen Aufmerksamkeit schenken? Es war ihm kaum bewußt, daß er sich unterwegs eine Zigarette mit der Glut der anderen angezündet hatte, am vornehmen Blumenladen vorbeigefahren war.

Auf Weidemas Zehner konnte er verzichten, außerdem lief er Gefahr, aufgehalten zu werden, eine Bestellung für das Hoogkamp-Viertel aufgehalst zu bekommen.

Es war eine beruhigende Vorstellung, daß Margje ihn in den nächsten Stunden nicht zu Hause erwartete.

Er fuhr auf den Bahnhofsvorplatz. Er hatte noch nicht einmal eine halbe Stunde gebraucht. Der Bus war kaum schneller. Er wischte sich den Schweiß vom Gesicht, suchte sich eine ruhige Ecke, um sein Fahrrad abzustellen, fuhr sich mit der Hand durchs Haar.

Noch während er vom Lastenfahrrad abstieg, erblickte er Huib Steffen von hinten. Der taubeneigroße Auswuchs an seinem Hals wurde von dem engen weißen Kragen hochgeschoben. Sein Hals bestand aus dicken, glatten Wülsten, schien an dieser Stelle wirbellos zu sein. Hans fühlte sich wegen seines kaum bezwingbaren körperlichen Widerwillens gegen diesen Mann Gottes schuldig. Doch er wußte, daß dieser Widerwille verschwand, sobald der Laienprediger anfing zu sprechen.

Steffen hob die Hand, als Hans das Lokal betrat.

Er begrüßte ihn mit den Worten: »Willkommen, Bruder«, und nachdem sie sich gesetzt hatten, folgte noch ein »O Gott von Ewigkeit zu Ewigkeit«, wobei Steffen seine linke Hand mit der rechten hochhob, als sei sie gelähmt. Beim ersten Treffen mit Huib Steffen hatte Hans gedacht, er wolle ihm die Hand geben. Vielleicht hatte er sich als Metzgergeselle den Arm verletzt. Hans wies sich zurecht: Er durfte sich von solchen Details nicht ablenken lassen.

Steffen teilte ihm mit, daß die anderen jeden Moment kommen würden. Hans traute sich nicht zu sagen, daß er nur wenig Zeit hatte. Steffen bestellte Kaffee, hob erneut die eine Hand mit der anderen. Das Innere der Hand war weiß und weich, doch die Knöchel waren verdickt, und ein Streifen knotiger gelber Hornhaut lief quer über den Handrücken. Auch das könnte mit seiner Vergangenheit als

Metzgergeselle zu tun haben. Nun streckte Steffen drei Finger in Richtung der Bedienung, als Mieras mit seinem Koffer hereinkam. Dieser begrüßte zunächst Steffen ausgiebig. Es war Hans inzwischen klargeworden, daß Steffen innerhalb dieser Gemeinschaft über Jozef stand und den Titel eines »Vaters der Gnade« trug. So hatte Mieras ihn gerade genannt. Jozef war auf der geistlichen Leiter zur vollendeten Verherrlichung nur ein »Mann der Gnade«. Hans war der geringste. Er war noch nichts, hatte die unterste Sprosse noch nicht erreicht, durfte sich nicht einmal als »Jüngling der Gnade« bezeichnen.

Mieras legte seinen Hut auf einen freien Stuhl neben dem des Laienpredigers. Er begrüßte Hans, hielt dessen Hand lange fest. »Gut, daß du da bist. Du hast es also doch geschafft zu kommen. Das freut mich.« Jozefs Körpergeruch war heute noch stärker als sonst. Diese besonderen Prediger im Weinberg des Herrn hatten offenbar alle einen körperlichen Mangel. Es war nicht recht, sich daran zu stören.

Steffen warf Mieras einen fragenden Blick zu. War Chris Ibel nicht mitgekommen? Nein, Ibel war verhindert. Steffen wandte sich an Hans: »Bruder Ibel möchte dich auch kennenlernen. Wenn uns die Zeit vergönnt ist, wird sich die Gelegenheit bestimmt noch ergeben. Ein ehemaliger Pfarrer. Seine theologischen Lehrbücher hat er in seinem Garten vergraben. Mit der sogenannten Gottesgelehrtheit will er nichts mehr zu tun haben. Er kleidet sich wie der ärmste Landarbeiter.« Hans nickte, aus den Augenwinkeln sah er hinaus zu seinem Lastenfahrrad mit der einsamen Kiste gemischter Farne. Mieras' Koffer quoll fast über, Jozef betrachtete den schmerzenden Abdruck in seiner Hand.

»Da war eine Bestellung aus der Stadt«, log Hans mit leiser Stimme. »Sonst hätte ich nicht kommen können. Ich kann nicht lange bleiben.«

Steffen nickte verständnisvoll. An einem Nebentisch wurde geflucht. Steffen und Mieras schauten verstört zur Seite, Hans schüttelte angewidert den Kopf. Steffen faltete ostentativ die Hände und schloß die Augen. Er bat um Gottes wunderbare Gnade für diese Versammlung und um Vergebung für Fluchende, Unzüchtige und Verächter des Gottesdienstes. Er sprach über die aufdeckende und durchbrechende Gnade und bat Ihn, nach dem Kind an diesem Tisch zu schauen, das die Botschaft erst kürzlich vernommen habe. Er zitierte den ersten Vers von Reimpsalm 119: »Selig sind, die in Aufrichtigkeit, vor ihrem Gott zu wandeln sich bestreben …« Zeilen, die nur eine Deutung zuließen.

Nach dem Gebet zitterte Steffen und wartete, ehe er einen Schluck Kaffee trank. Jozef bestellte drei Brötchen und betrachtete Hans liebevoll und ermutigend.

»Bruderfreund, wir haben uns wiedergefunden. Mögen wir Hochzeitsgäste auf dem Fest des HErrn sein.«

Huib Steffen zitterte noch immer. Die Brötchen kamen. Nach einigem Zögern nahm der Laienprediger eins in die Hand. Je näher es seinem Mund kam, desto mehr zitterte er. Dann schnappte er wie ein Raubtier zu, als hätte er Angst, daß man ihm das Brötchen wegnehmen könnte. Nun richtete er den Blick auf Hans, forderte ihn auf, sich zu beschreiben.

»Den Zustand, in dem die Seele sich befindet«, erläuterte er, nachdem er Mieras einen Blick zugeworfen hatte. Hans erklärte, daß er unruhig sei, sich nicht gut auf die Arbeit konzentrieren könne.

»Ich weiß nicht, was in mir vorgeht.«

Wieder ein Blick von Steffen zu Mieras. Letzterer löste ihn ab: »›Die Sein Gesetz bewahren allezeit.‹ Reimpsalm 119, ein herrliches Lied.«

In dem Moment fiel ein Glas zu Boden, und aus einer rauchigen Kehle ertönte ein »Herrgott noch mal ... Jesus, Maria und Josef ...«.

»Geschöpfe, die weder Gott noch Gebot kennen«, sagte Huib Steffen ziemlich laut.

»Auf Armeslänge von uns entfernt«, ergänzte Jozef und verrückte seinen Stuhl.

»Schrecklich«, sagte Hans. Er fühlte sich bedrängt und zugleich sehr sicher mit diesen starken Glaubensgenossen. Zusammen bildeten sie eine kräftige Bastion gegen die in Sünde lebende Welt.

Den Blick auf Hans gerichtet, fuhr Mieras fort: »Psalm 119, von David auf uns gekommen, der auf der Harfe dazu spielte. Nur der HErr weiß, was in deinem Innersten vor sich geht. Das bleibt einem Menschenkind verborgen. Fest steht, daß in dir gründliche Arbeit geleistet wird. Gott, das wissen wir aus der Schrift, wirkt am liebsten im verborgenen. Wichtig ist, keinen Widerstand zu leisten. Laß Ihn, der das All regiert, Sein Werk an dir verrichten. Du kennst doch bestimmt das Spiel, das wir Blindekuh nennen, Hans? Man verbindet dir die Augen, du wirst an den Schultern herumgeschoben, von unbekannten Händen in unbekannte Räume geführt. Wo wirst du landen? Es ist beängstigend und spannend zugleich. Habe ich dir das Problem so deutlich gemacht?«

Hans nickte erleichtert. Bei Jozefs Worten fühlte er sich sicherer.

Jozef fügte, noch immer mit demselben liebevollen

Blick, hinzu: »Wir bleiben im Gebet bei dir. Lies viel. Erforsche.«

Er öffnete den Koffer, holte nach einigem Suchen ein Buch heraus. Es waren die neun Predigten von Bernardus Smijtegelt, zu Lebzeiten Pfarrer in Middelburg. Er reichte es Hans.

»Ein ganz besonderes Buch. Darin wird von einem himmlischen Abgesandten gesprochen, der Smijtegelt beistand, als er in großer Gefahr war. Es kommt vor, allerdings sehr selten, daß der Herr der Heerscharen uns einen Engelwächter schickt.«

»Lies täglich darin«, ergänzte Huib. »Laß dich nicht davon abbringen. Die Unruhe wird zunehmen. Das Fundament für ein neues Leben wird in plötzlichen Schüben gelegt werden.«

Der Preis betrug fünfundzwanzig Gulden fünfzig. Hans holte den Fünfundzwanzigguldenschein heraus, den er vom Bräutigam bekommen hatte, und kramte nach fünfzig Cent.

»Laß nur«, sagte der Laienprediger. »Wir treffen eine neue Verabredung, und dann mußt du gehen.« In seiner Stimme lag Anteilnahme. Es war der mitfühlende Ton desjenigen, der Macht über andere hatte. Steffen notierte sich Datum und Uhrzeit auf einem Bierdeckel. Wenn ihnen die Zeit vergönnt war, würden sie sich bald wiedersehen.

Die Farne waren durcheinandergeweht. Er stellte sie in der kleinen Kiste aufrecht hin und legte das heilige Buch auf eine Zeitung. Ihm fiel auf, daß es sehr ramponiert aussah, aber es war ja auch jahrhundertealt. Es war schon etwas Besonderes, daß ein Buch überhaupt so lange hielt. Auf den ersten Blick sah er, daß Seiten fehlten. Dennoch hatten

Menschen in anderen Zeiten daraus Trost geschöpft, und inmitten der Leute auf der Straße fühlte er sich mit einer unsichtbaren Wolke von Zeugen verbunden.

Auf dem Velperplein bog er in die Steenstraat ein. Er erwog, die Farne jetzt noch dort an den Mann zu bringen. So könnte er einen Teil der für das Buch ausgegebenen fünfundzwanzig Gulden zurückverdienen. Er ließ es bleiben, aus Angst, daß Weidema ihn lange aufhielt und er mit einem Lastenfahrrad voller Abfälle nach Hause kam.

Er fuhr weiter, wandte sogar den Blick ab, als er an dem schicken Blumengeschäft vorbeikam. Es nieselte leicht. In der Velperpoort-Unterführung hielt er an, um das Buch unter eine Schicht Zeitungspapier zu stecken. Neben seinem Fahrrad stehend, blätterte er es kurz durch und stellte fest, daß ganze Kapitel fehlten. Das kurze Vorwort war allerdings vollständig, und darin las er, daß Smijtegelt bei seinen Predigten im Abteiturm De lange Jan in Middelburg von göttlichem Glanz umgeben war.

Er drehte sich um, sah auf der Uhr der katholischen Kirche, daß es fast drei war. Der Ausflug nach Arnheim hatte ihn beinahe einen halben Tag gekostet, dabei gab es zu Hause so viel zu tun. Im Regen verschwammen die Umrisse der Gebäude am Weg, doch der Gedanke an zu Hause wurde immer deutlicher. Er bereute die Fahrt. Es tat ihm leid um die fünfundzwanzig Gulden. Er sehnte sich nach seinem Zuhause. Die vage Unruhe, die er jetzt verspürte, war eine andere als die, von der die beiden Männer im Lokal gesprochen hatten.

Er trat, so kräftig er konnte, in die Pedale, flog fast durch den Teil zwischen Stadt und Dorf, die Vorstadt, wo die Villen immer größer wurden und immer weiter von der Straße entfernt lagen.

Von Huib Steffen, dem Laienprediger, hatte er sich, als Jozef das erste Mal von ihm erzählte, ein ganz anderes Bild gemacht, hatte eine erzväterliche Gestalt vor sich gesehen, stark israelitisch angehaucht, einen Mose, einen Abraham, einen Jakob. Nichtsdestoweniger war sein Leben in wunderbar glückliche Bahnen geleitet worden.

Als er sich der Gärtnerei näherte, kreisten seine Gedanken um Margje. Am Ende des Jahres würde ihr Kind geboren werden. Er war überzeugt davon, daß es ein Mädchen werden würde, und hatte sich schon einen Namen für sie ausgedacht. Sie würde Lisa heißen. Davon konnte nicht einmal Margje ihn abbringen.

Erleichtert bog er vom Singel in den Weg zur Gärtnerei ein. Unbemerkt würde er die naßgeregneten Kartons ins Schüttloch des Kellers werfen können, die durcheinandergewehten Farne wieder auf dem Kulturtisch einpflanzen, seine Arbeitskleidung anziehen und sich mit viel Wasser und grüner Seife waschen, damit Margje nichts roch.

Er kam zu Hause an und drosselte vor der Wegbiegung das Tempo. Er erschrak. Die Frage war ihm unterwegs schon gekommen. Diese Frage durfte nicht gestellt werden. War es noch möglich, nein zu sagen? War es noch möglich, Jozef Mieras und Huib Steffen loszuwerden? Ihm brach der Schweiß aus. Er wischte ihn, zusammen mit den Regentropfen, mit dem Ärmel seines Mantels von seinem Gesicht. Auf was für Gedanken kam er plötzlich? Sich der Wahrheit zu verschließen. Er war mit der Wahrheit in Berührung gekommen, und wenn er sie verächtlich beiseite schob, als minderwertig abtat, konnte er sich an den Fingern einer Hand abzählen, daß die Strafe von oben grausam wäre. Durchnäßt beugte er sich über den Lenker. Klein und nichtig. Es gab kein Zurück.

Kapitel 31

Ja, er sah die Treibhäuser, das Wohnhaus dahinter. Hatte er denn gedacht, daß sie verschwunden waren, verschluckt von einer zweiten Sintflut? Was stellte er sich bloß vor! Vom warmen Land stieg Dampf auf. Ein nasser Schleier lag auf den Primelbeeten. Die Erde war dunkel, fruchtbar. Ohne zu wissen, warum, war er unangenehm überrascht. Er hörte auf, in die Pedale zu treten, stieg ab, schob das Lastenfahrrad ein paar Meter weiter. Er schaute sich um, sah die wohl fünfzig Meter hohen Mammutbäume, den nassen Schornstein, der hoch über der Gärtnerei aufragte.

So klein, so unscheinbar und unwirklich war sie plötzlich. Die Gewächshäuser, der Lagerschuppen, das Junggesellenhäuschen, die Verschläge und Unterstände – es kam ihm alles vor wie eine Spielzeuggärtnerei, gepflegt, aber tot.

Lag es vielleicht daran, daß er Margje beim Wasserbecken erwartet hatte oder beim Eingang am Singel? Um zu sehen, wo er blieb. Inzwischen war es doch vier Uhr, und er war viel länger weggeblieben als angekündigt. »Da bist du endlich. Ich habe mir schon Sorgen gemacht.« Ihre Stimme und diese Worte wollte er hören.

Ein ruhiger, friedlicher Tag. Die Blumenfelder changierten, immer wieder in anderen Tönen, wie die Farbschattierungen von Samt. Es war auffallend still. Keine zwitschernden Vögel in der Stechpalmenhecke. Der Islandmohn wiegte sich geräuschlos, ebenso die schwer herabhängenden Schrägseile, die zu den vier äußersten Ecken des Gartens führten und dem Schornstein bei starkem

Wind Halt geben sollten. Die Dachfenster der Gewächshäuser waren sperrangelweit geöffnet. Ruben hatte vor kurzem gesagt, daß die schräg hochstehenden Fenster vom Haus aus wie Reiter zu Pferde aussahen und die schwarzen Eisenstangen, die zum Offenhalten der Fenster dienten, wie Zügel. Nun flog doch eine Schwalbe tief übers Wasserbecken hinweg, über die Gießkannen mit den kupfernen Brausemundstücken. Rasch entlud er das Lastenfahrrad, stellte es in den Lagerschuppen, räumte schnell, fast nachlässig das Buch weg, wie einen belanglosen Gegenstand.

Auch am Haus war es still.

Eine Katze kam aus den Johannisbeersträuchern, überquerte steifbeinig den Hauptweg und verschwand zwischen zwei Treibhäusern. Der Hintereingang war verschlossen. Dann war Margje also ins Dorf gegangen und hatte den Schlüssel unter den Stein beim Abfluß gelegt. Auch das Haus machte einen verlassenen, unscheinbaren Eindruck. Es lag kein Schlüssel da.

Hans nahm sich vor, die nächste Verabredung mit dem Laienprediger und Jozef abzusagen.

Er ging ums Haus herum, warf einen Blick durchs Fenster, sah im Halbdunkel den Tisch, die Anrichte.

Die Nachbarin von gegenüber rief etwas, stürzte eilig auf den Weg zum Haus:

»Margje ist im Krankenhaus. Ich habe selbst den Arzt gerufen. Sie hatte eine Fehlgeburt.«

Auf dem Weg zum Krankenhaus war er sicher: Er würde den beiden mitteilen, daß er das nächste Treffen bis auf weiteres verschieben wolle. Sie durften sich auch nicht mehr in der Gärtnerei blicken lassen. Das brachte nur Unglück.

Kapitel 32

Sie sah zu, wie er den Pikierhalm mit dem Messer anspitzte. Die Lampe über dem Arbeitstisch aus Holz brannte. Margje stützte sich mit den Armen auf seinen hohen Rand. Mit dem Halm hob er einen Vorkeim aus der Aussaatschale, ein winziges grünes Pünktchen, weiter nichts, setzte ihn in die handwarme Erde der Pikierkiste um, drückte ihn vorsichtig mit dem Daumen an.

Margje atmete den Duft gedämpfter Erde ein, der an warme Asche erinnerte, starrte auf das dunkle Kellerloch hinter ihm.

»Ich finde das Loch so unheimlich. Du brauchst nur einen Schritt zuviel nach hinten zu tun. Du hast mir schon so oft versprochen, einen neuen Lukendeckel anzubringen.« Sie legte den Kopf schräg und warf ihm einen zärtlichen Blick zu. Er arbeitete mit äußerster Aufmerksamkeit. »Es scheint gar nicht lange herzusein, daß ich dir im Krieg das Essen brachte, als du hier untergetaucht warst. Ruben durfte ich nicht mitnehmen, aus Angst, daß er seinen Freunden aus der Straße erzählt, daß du im Keller der Gärtnerei schläfst.«

Hans reagierte nicht auf ihre Worte. Er sah, daß sie glücklich und voll Hoffnung war. Noch am Tag der Fehlgeburt hatte er die Verabredung mit Mieras und Steffen abgesagt und einen zweiten kurzen Brief hinterhergeschickt, in dem er schrieb, daß er keinen Kontakt mehr mit ihnen haben wolle. Zu seinem Erstaunen kostete es ihn nicht einmal so viel Mühe. Vielleicht hatte der körperliche Abscheu, den er vor ihnen empfand, dazu beigetragen.

Er arbeitete noch immer so konzentriert wie möglich.

Draußen waren sechs Grad unter Null, die Heizungsrohre rauschten, die Kessel unter ihnen heulten, ein Wasserhahn tropfte, die ausgerollten Teppiche und Schilfmatten über ihnen würden heute nacht den angekündigten strengen Frost fernhalten. Wo die Schilfmatten nicht genau aneinanderlagen, fiel violettes Licht herein, das – nur für einen winzigen Augenblick – nach Sonnenuntergang am Himmel hängenblieb. Tagsüber war der Himmel von einem harten und durchsichtigen Blau gewesen. Heute nacht würde er zweimal hinausgehen müssen, um die Kessel zu kontrollieren.

Sie schwiegen beide, lauschten dem Knacken des Glases, das sich ausdehnte, dachten beide an das Kind, das sie verloren hatten. Sie begann zu sprechen: »Ich hatte Angst, daß ich auch dich verlieren würde. Es hat Momente gegeben ...« Sie suchte nach Worten. »Ich weiß noch immer nicht genau, was zu der Zeit mit dir los war. Du warst so ausweichend, hast kaum etwas gesagt, warst mit den Gedanken woanders. Manchmal hast du plötzlich ganz hastig gesprochen, und dann habe ich gewußt, daß etwas nicht stimmt ... daß du irgendwie nicht ehrlich bist ... Mehr will ich darüber nicht sagen ...«

Das Mondlicht fiel auf die Gießkannen beim Wasserbecken.

»Du hast schöne Augen«, sagte sie. Der Mond spiegelte sich darin.

Er hörte auf zu arbeiten, sie trat dicht zu ihm und legte ihm die Arme um den Hals. Sie flüsterte, daß sie wirklich Angst gehabt hätte, ihn zu verlieren. Zwei Briefe hatte er Mieras und Steffen geschrieben und keine Antwort darauf bekommen. Auch sonst hatte er nichts von ihnen gehört. Sie waren wie vom Erdboden verschluckt.

»Du lachst wieder«, sagte sie noch, »bist fröhlich, aber auch ein bißchen ernster als früher.«

Vergangenen Sonntag hatten sie nachmittags einen Spaziergang zum Schloß Rozendaal gemacht und im Teehaus etwas getrunken. In der Kirche waren sie schon lange nicht mehr gewesen.

Eine Windböe. Sie hörten den Schornstein heulen.

»Bist du heute morgen zu Koetsier gegangen?«

»Er hat mich in seinem Büro empfangen. Ich habe noch einmal Aufschub für die erste Rate vom letzten Jahr bekommen. Und er wird uns Koks liefern. Er sagte, er würde mich nicht im Stich lassen. Aber auf die Weise geraten wir natürlich immer mehr in Verzug.«

Dieses Jahr hatte es Anfang Dezember schon eine strenge Frostperiode gegeben. Jede Woche verheizte er vier Hektoliter Kohle.

»Mit dem Mann haben wir Glück. Andere Kohlenhändler sind nicht so verständnisvoll.« Sie schmiegte sich an ihn.

»Der Vorrat für diesen Winter ist schon fast aufgebraucht, dabei hat er noch gar nicht richtig angefangen.«

Sie schauten nach draußen. Der Himmel war hell und klar. Die Umrisse waren scharf, deutlicher als tagsüber. Die Gebäude, die Stechpalmensträucher standen in der Landschaft wie seltsame Statuen, kalt und steifgefroren. Sie setzten sich zusammen auf die kleine Werkbank. Margje musterte ihn mit einer gewissen Erwartung, doch er sagte nichts. Sie sagte, es werde schon wieder Zeit, Tannenzweige für Weihnachtsgestecke zu vergolden.

»Gut, daß du daran denkst«, sagte er. »Wir müssen auch noch Islandmoos bestellen.«

Er stand auf, um zu den Kesseln zu gehen. Er wollte noch vor dem Essen Asche und Schlacke auf den spiegelglatten

Weg streuen. Sie sagte, daß das Essen in einer Stunde fertig sei, verließ die Werkstatt, zog sorgfältig die Tür hinter sich zu, um die Wärme so gut wie möglich drinnen zu halten. Er hörte ihre Schritte auf dem gefrorenen Schnee verklingen, stieg die senkrechte Leiter in den Keller hinunter. Hans hatte vergessen, oben den Schalter umzulegen, doch durch die Schüttlöcher fiel genügend Licht herein. Mit einem langen Haken holte er meterlange, klumpige Schlacke aus der Glut, hackte sie in kleine Stücke und sammelte sie in Eimern, leerte den Aschenkasten, warf mit der Koksgabel neue Kohlen ins Feuer, schaute aufs Thermometer. Er hängte den Haken wieder an die Wand, sah zu, wie kleine blaue Flammen um die gerade aufgeschütteten Kohlen züngelten, fragte sich, was Mieras und Steffen wohl gedacht hatten, als sie seine Briefe bekamen. Fanden sie es nicht der Mühe wert, mit ihm Kontakt zu halten, hatten sie ihn fallenlassen? Er erwartete sie seit langem, wußte nicht, warum. Thomas von Kempen, Poort und Calvin las er noch immer. Das alles spukte ihm durch den Kopf, während er in die Tiefe des Kessels starrte. Sehnte er Huib Steffens Ankunft herbei? Das war zuviel gesagt. Vermißte er Jozef Mieras? Er gestand es sich ein.

Hans schürte das Feuer noch einmal, legte eine zusätzliche Schaufel Kohlen darauf, fühlte, ob die Leitungen warm genug waren, hörte die Außentür der Werkstatt über sich aufgehen. War Margje zurückgekommen? Margje, die noch nie etwas von Huib Steffen gehört hatte.

»Bist du es?« Er schaute nach oben, ins Gesicht eines Unbekannten. Doch ein Kunde. Der erste heute. Mit einem Eimer voll Asche und Schlacke stieg er die Leiter hoch, steckte den Kopf aus dem Kellerloch und konnte den Mann nun besser sehen. Er trug einen schwarzen Mantel mit hochgeklapptem Kragen, weit oben auf dem Hinterkopf saß eine schwarze Kappe aus glattem Stoff, tief ins Gesicht gezogen, bis knapp oberhalb der Augen. Er war sehr klein, fast ein Zwerg. Ein Rest Rot am Himmel klebte wie rotes Kreppapier am Glas.

»Sievez? Bruder Sievez?« Der Unbekannte rauchte eine dünne Zigarre, schnippte die Asche mit einem schmutzigen Finger ab, nahm einen Zug.

»Ibel. Vielleicht sagt dir der Name etwas. Ich bin auf der Durchreise. Bruder Mieras und Bruder Steffen lassen ausrichten, daß sie im Gebet bei dir sind.« Hans sagte nur, daß er gerade schließen und Asche und Schlacke auf dem Weg streuen wolle. Auf der Werkbank lag ein kleines Paket. Verwirrt schaute er darauf, dann zum Himmel hinauf, wo rote Sterne tanzten. Ibel setzte die Kappe ab, schob das Paket beiseite und setzte sich ungebeten hin. Zigarrenrauch schwebte um den kleinen Vogelkopf des Mannes. In der dämmrigen Ecke, wo er saß, trieb sein Kopf auf einem Meer aus Nebel. Hans konnte kaum etwas erkennen, blinzelte gegen die Tränen, hatte sich in seinem ganzen Leben noch nie so hilflos und unwohl gefühlt.

»Es wird nicht lange dauern.« Prahlerisch stellte er ein zu großes künstliches Gebiß zur Schau. In seinen Mundwinkeln hing Speichel. Der Anblick des Mannes erfüllte Hans mit einem nicht zu unterdrückenden Abscheu, ein Schauder lief ihm den Rücken hinunter. Ibel faltete die Hände über der Kappe in seinem Schoß, fragte, ob er kurz mit ihm beten dürfe.

Dann aber ganz kurz, hätte Hans am liebsten gesagt, doch er konnte sich des Gedankens nicht erwehren, daß diese Worte im Zusammenhang mit einem Gebet ein Sakrileg waren. Er hätte den Kerl sofort vor die Tür setzen sollen, ihm sagen, daß ihm sein Besuch gar nicht paßte, daß er im Augenblick seine ganze Aufmerksamkeit brauchte, um sich gegen den strengen Frost zur Wehr zu setzen. Zu nichts von alldem fähig, lehnte er sich mit dem Rücken an den Packtisch. Es herrschte eine so tiefe Stille, daß er kaum wagte zu atmen. Ibels Gesicht war ein dreieckiger weißer Fleck. Welkes Laub wehte gegen die Gewächshauswand, leichter Schnee wirbelte an den Fenstern vorbei. Schnee war gut. Bei trockenem Frost mußte mehr geheizt werden. Hans brachte es nicht fertig, die Augen zu schließen. Nur eines zählte: Diesen Mann aus der Gärtnerei wegzubekommen.

Der Prediger war in ein stilles Gebet versunken, Speichelbläschen in den Mundwinkeln. Ein paar dünne schwarze Haarsträhnen klebten an seiner knochigen Stirn. Von den Brüdern, die Hans bisher getroffen hatte, sah dieser am unappetitlichsten aus.

Er forderte Hans auf, näher zu kommen, nahm dessen Hände in die seinen und rief gellend, daß auch er gewartet habe. »Viele Jahre. Und Er hat es getan. Der HErr handelt. Er tut es. Es ist Sein Weg, den ich dir verkündige. Man darf Ihn nicht zur Eile zwingen.« Seine Augen schienen Hans eher einzuhüllen als anzusehen. Er sprach hastig, als würde er auswendig gelernte Sätze aufsagen.

Obwohl er beeindruckt war, hörte Hans nur mit halbem Ohr zu, achtete auf die Geräusche von draußen, schaute von dem Mann vor sich auf die alte Schüssel auf dem Gaskocher, in der er am Nachmittag Erde gedämpft hatte, heftete den Blick wieder auf das blutleere, unrasierte Gesicht des unerwünschten Besuchers, dann auf das kleine Paket.

Was wohl darin steckte?

Hans brauchte eine Zigarette, wandte einen Augenblick

den Blick ab, war kurz davor, den Monolog zu unterbrechen – ich kann jetzt wirklich nicht länger bleiben.

»Der HErr«, sagte Ibel. »Sprich mir nach.« Voll Ehrfurcht vor dem heiligen Namen wiegte der Mann den Kopf.

»Der HErr«, sagtest du dann, Hans Sievez, und ahmtest ihn perfekt nach.

»O anbetungswürdige höchste Majestät …«

»O anbetungswürdige höchste Majestät …«, und du fühltest dich auf seltsame Weise beruhigt. Er weckte nicht nur deine Neugier, sondern auch ein dunkles Verlangen, beschützt zu werden. Du schautest noch einen Moment auf das unverwandt auf dich gerichtete Gesicht mit dem undurchdringlichen Blick, dann senktest du den Kopf und lauschtest.

»… Da wir nun hier beisammen sind, an diesem bescheidenen, aber ach so herrlichen Ort, weil wir nur durch eine dünne Glasscheibe von Deinem herrlichen Himmel getrennt sind. Nicht für tausend Welten würde ich wagen, auch nur einen Augenblick außerhalb von Dir zu sein, denn genau dann könnte ich aufgerufen werden und wäre für immer und ewig getrennt von diesem Liebeswesen. Amen.«

»Amen«, ahmte ihn Hans Sievez nach.

Ibel kniff die Augen zusammen, nahm das kleine Paket auf den Schoß, holte eine dünne Decke heraus. »Das war gut«, sagte er leise. »Natürlich will ich dir nicht zur Last fallen. Im Lauf des Abends ziehe ich weiter. Gönne mir ein paar Stunden im Heizungskeller.« Er wartete Hans' Antwort nicht ab. »Geh nur ins Haus, zu deiner Frau, deinem Sohn. Ich finde mich schon zurecht.«

Kapitel 33

Jeden Morgen streute er Asche und Schlacke auf den Weg zu beiden Ausgängen. Die Asche wehte auf und verteilte sich auf dem gefrorenen Schnee. In der Dämmerung waren die Schlacken dunkle Vögel, die sich vor Kälte nicht bewegten.

Ein extrem langer Winter mit anhaltend strengem Frost, der bis weit in den März hinein dauerte. In den Zeitungen wurde scherzhaft von einer kleinen »zweiten Eiszeit« gesprochen. Die Gewächshäuser, in denen es durch die Schilfmatten auch tagsüber dämmrig war, ließen sich kaum frostfrei halten. Die Kälte war beim Hereinkommen spürbar. Der eisige Wind fand immer Ritzen zwischen Fugen und Glas. Die Pflanzen erfroren zwar nicht, aber sie wuchsen ebensowenig. Auf den Kulturtischen und Regalen tat sich beängstigend wenig, als gäbe es kein Leben mehr.

Verkauft wurde so gut wie nichts.

Eines Sonntagnachmittags fand Margje ihn an seinem Schreibtisch sitzend vor, derart in ein Buch versunken, daß er sie nicht hatte kommen hören.

»Was liest du da?« Sie hatte ihn noch nie mit einem Buch am Schreibtisch sitzen sehen. Dort machte er seine einfache Buchführung, schrieb Einnahmen und Ausgaben in ein Schulheft oder sah sich das *Vakblad voor de Bloemisterij* an.

Sie legte ihm die Hand auf die Schulter. Er empfand die Geste, ihre Anwesenheit, als störend, sah nicht zu ihr hoch, gab vor, das Löschpapier der Schreibtischunterlage neben dem Buch zu studieren, legte beide Hände auf das Buch. Sie hätte es gar nicht sehen dürfen, er hatte es in der Schublade verstecken wollen. Zwei Stunden hatte er in Ruhe lesen können.

»Laß mich«, sagte er unwillig.

»Aber ich möchte es jetzt wissen: Was ist das für ein Buch? Du kannst mir doch einfach antworten.« Er hätte das Buch in der Gärtnerei lassen sollen, es nicht mit ins Haus nehmen. Er hatte jedes Zeitgefühl verloren. Sie schaute ihm über die Schulter und las: »Der vertraute Umgang mit Gott allein und seinen Engeln sei immer der liebste Wunsch deines Herzens; den unnötigen Umgang mit Menschen aber meide.«

»Damit kann man doch niemals einverstanden sein!« Ihre Stimme war weder kalt noch warm, sie war ausdruckslos. »Wie heißt das Buch denn?«

»Ich habe keine Lust, darüber zu reden. Du kannst nur mit Spott reagieren.«

Sie zog es zu sich heran, um den Titel zu lesen, und stieß dabei den Tee um, den sie ihm hingestellt hatte, als sie ging, und der nun kalt geworden war.

Schnell holte sie ein Geschirrtuch.

»Das tut mir leid.« Der Tee hatte sich über das Buch ergossen und zog schnell in die spröden alten Seiten ein. »Ist es ein teures Buch?«

»Ich habe es kostenlos bekommen.«

»Kostenlos? Von wem?«

Wieder ein Fehler. Er hätte sagen können: Ich habe es in der Stadt auf dem Trödelmarkt gefunden. Sie fragte ihn nochmals: »Aber von wem denn? Von dem Mann, der damals mit seinem Koffer vorbeigekommen ist und dem ich in der Küche noch Tee angeboten habe? War es der?«

Er gab es zu. Er konnte nicht anders. Doch er wollte nicht reden, legte das Buch in die untere Schublade. Die obere war für die Buchführung bestimmt. Obwohl sie sehen mußte, daß er in großer Verlegenheit war, fragte sie: »Was wollte der Mann? Das war doch dein ehemaliger Kollege aus Den Haag, oder?« Sie schaute ihn von der Seite an. Er hatte nicht den Mut, ihr in die Augen zu sehen. »Der kommt einfach so und schenkt dir ein Buch? Warst du mit ihm verabredet?« Sie sah noch immer Mieras' Koffer vor sich, die schmalen Ledergurte, die abgestoßenen Ecken.

Sie hörten Ruben ums Haus gehen. Die Zeit reichte noch, um zu sagen: »Wenn du in dem Ton mit mir sprichst …«

Im Bett, als sie das Licht gelöscht hatten, fragte sie ihn an diesem Abend, ob der Mann … das Buch, das er geschenkt bekommen hatte … Ja, was sie davon halten solle. Mußte sie sich Sorgen machen? War etwas geschehen? Sorgen hatten sie schon genug. Konnte sie ihm bei etwas helfen, das ihn belastete?

Im Dunkeln streckte sie die Hand nach ihm aus, tastete nach seiner Hand. Beide waren in der Dunkelheit eingeschlossen wie seine Hand in der ihren.

»Ehrlich gesagt, Hans« – sie versuchte, es so beiläufig wie möglich zu sagen –, »das Buch sah trotz des Pergaments ziemlich schmuddelig aus. Ich fand es ein bißchen eklig. Wie viele Menschen haben wohl im Lauf der Jahrhunderte über dem Buch geatmet, gehustet oder noch andere Dinge getan?«

Na also. Genau der Kommentar, den er von ihr erwartet hatte. Ein banaler Kommentar über das Äußere, nicht über den Inhalt. Es hatte keinen Sinn, auf ihre Worte einzugehen, er wollte auch nicht länger, daß sie seine Hand hielt, löste sich von ihr.

Sie sagte, sie habe ihn nicht verletzen wollen. Ihre Blicke

waren irgendwo an die Decke gerichtet. Sie wußten, daß sie sich nicht anschauten, beide wußten sie es.

»Woran denkst du, Hans?«

»Was?«

»Woran du denkst.«

»An gar nichts.«

»Doch.«

»Nein, an nichts.«

Im Dunkeln war die Decke nicht glatt und eben, sondern sie hatte scharfe Ecken und Kanten. Wie ihre Gedanken.

Sie drängte ihn nicht weiter, seufzte. Also durfte sie ihm keine Fragen stellen? Keine einzige Erklärung verlangen?

Kapitel 34

Ein milder Frühling war in einen heißen Sommer übergegangen. Noch nie waren die Sonnenblumen so groß gewesen. Hans legte ein besonders großes Feld an, hinter dem er sich leicht mit einem Buch zurückziehen konnte, unsichtbar für Margje. Und für Kunden. Sosehr er sich nach einem regelmäßigen Einkommen sehnte und so dringend er das Geld benötigte – er entzog sich ohne allzuviel Mühe ihren Rufen, ihrem Suchen, verhielt sich still, ein Buch auf dem Schoß, die Hände locker verschränkt, und schaffte es, seine Lektüre fortzusetzen, nachdem sie, irritiert, niemanden anzutreffen, wieder gegangen waren.

Ein Sommertag mit viel Wind. Unaufhörlich mußte man gießen, sprengen. Morgens hatte er in den Primelbeeten Unkraut gejätet, dann zehn Jahre alte Mutterpflanzen umgetopft und zusammen mit Margje zu Mittag gegessen. Sie hatte in Velp ein Sakko mit einem Webfehler für ihn gekauft, stark heruntergesetzt. Er hatte es anprobiert. Es saß gut, stand ihm gut. Eigentlich stand ihm alles gut, fand sie. Der kleine Webfehler fiel gar nicht auf.

Nach dem Essen karrte er Abfall zum Zitronenapfelbaum. Margje kam gegen drei noch kurz zu ihm in die Werkstatt. Dort herrschte eine drückende Hitze, und sie setzten sich an den Rand des Wasserbeckens. Der starke Wind fiel auch ihr auf. »Als ob jemand mit den Fingernägeln am Glas kratzt.« Es war das wilde Peitschen eines in die Höhe geschossenen Zweigs vom Holunderstrauch an der Scheibe des Glashauses gewesen. Sie ging ins Haus zurück, wollte nachmittags ins Dorf, um etwas umzutauschen, was sie für sich gekauft hatte.

Er war allein, doch er hatte in diesem Augenblick das Bedürfnis, sich noch weiter von der Welt zurückzuziehen, wollte länger hinter dem Sonnenblumenfeld sitzen, außer Sicht, um nachzudenken, ein paar Zeilen zu lesen.

An der geschützten Stelle zwischen Sonnenblumenfeld und Zitronenapfelbaum stellte er die kleine Holzbank ab, setzte sich, schlug das Buch auf, betrachtete die Titelseite andächtig, las den Titel *Von der Nachfolge Christi*, dachte an das weit zurückliegende 15. Jahrhundert, in dem der Autor gelebt hatte, hörte dann trotz des strahlend klaren Himmels ein stark anschwellendes Rauschen. Er dachte noch: Da braut sich ein Unwetter zusammen, Fenster sichern, Glashaustüren schließen, Schilfmatten auslegen, hörte aus der Ferne ein dunkles Grollen näher kommen – hatte aber keine Ahnung, aus welcher Richtung –, und das tiefe Seufzen des Windes hoch oben in den Mammutbäumen und den Blutbuchen auf dem Friedhof. Staub wirbelte auf. Die Umrisse der Treibhäuser verschwammen; er konnte das Dach seines eigenen Hauses und das der Nachbarn nicht mehr auseinanderhalten. Er fand, das Licht schwebe wie Dampf über den Feldern mit den frisch geteilten Polsterpflanzen. Über der Gärtnerei breitete sich ein blasser Schein aus. Der Gegensatz zwischen Tag und Nacht schien aufgehoben und in ewiges Zwielicht übergegangen zu sein. Hans drehte den Kopf zu der Seite, aus der der Sturmwind kam, schützte die Augen mit der Hand, merkte, daß er kein Gefühl in den Händen hatte. Eine große Mattigkeit befiel ihn, er konnte kaum noch den Arm heben, den Kopf aufrecht halten. Alles kostete ihn unendliche Mühe. Es herrschte Dunkelheit, am hellichten Tag.

Er stand auf dem Teppich im kleinen Zimmer, und seine Mutter lächelte ihn an, weil es ihm gelang, die Pferde mit den fliegenden Mähnen aus dem Moor wegtraben zu lassen. Gleichzeitig sah er seinen Vater das Schwein mit grobem gelbem Salz einreiben und schrubben und danach den krausblättrigen grünen Wirsingkohl aus der Erde stemmen, zertreten, weil das Böse, die Sündhaftigkeit der Welt, hineingekrochen war. Der Himmel riß auf, und ununterbrochen zogen neue Szenen vorbei – der Schulhof in Lathum, die Emder Schiffer, die Bestrafung im Stall –, all das überflutet vom fahlen Licht der Abenddämmerung im Moor. Er spürte, daß er die Verbindung verlor, schaute, um besser sehen zu können, zwischen Daumen und Zeigefinger hindurch, erkannte klar die Schneckenspuren auf dem wilden Unterholz unter dem Apfelbaum, dann die strahlende, aber verachtenswerte Christusstatue, die über die Hecke hinausragte. Wieder die Schneckenspuren. Was für ein schmutziger Ort. Iltisse fanden hier eine Bleibe und streunende Katzen, die vom Friedhof gejagt wurden. Obwohl es ein perfekter Schlupfwinkel war, mied Ruben diese Ecke beim Versteckspiel. Die Geräusche von der Straße und aus dem Dorf klangen ihm wie ferne, nicht zu deutende Signale in den Ohren. Noch immer konnte er die Beete, die Frühbeetkästen, die geharkten Wege erkennen, doch er konnte sich nicht erinnern, jemals so müde gewesen zu sein. Seine Kleidung empfand er als lästig, ja sogar seinen Körper. Er lehnte sich nach hinten, als hätte die kleine Sitzbank eine Rückenlehne, sein Kopf begann zu glühen, das Blut pochte in seinen Schläfen. Er verlor jedes Gewicht. Jedes Gewicht verlor an Bedeutung, wurde unwichtig. Die Sonnenblumen wurden zu Sonnen, er sah Sonnen, Sterne, schrecklich kalte Sterne wie das Gesicht des papistischen

Götzenbildes, hörte die Stimme seiner Mutter, hörte das Klagen der Toten, die er gekannt hatte, ein Pferd tauchte aus dem Moor auf und galoppierte vorbei, alle Geräusche erstarben. Er wurde aufgehoben wie ein vom Wind hochgewirbeltes Blatt und nahte sich dem Dunkel, darinnen Gott war. In dieser dunklen Stille die Feuersäule. Die Feuersäule, die dem auserwählten Volk bei Nacht auf seinem Weg durch die Wüste leuchtete, und darin eine Stimme. Die Stimme.

»Hans Sievez.« Herrlich und beängstigend zugleich. Angst, denn wer konnte schon vor Seinem Angesicht bestehen? Und eine alles versengende Freude. »Ja, HErr. Hier bin ich!« Ein Feuerpfeiler oder eine Feuersäule. Feuer. Nochmals die Stimme. »Hans Sievez.« »Ja, HErr. Hier bin ich!« Das Feuer, das Schadrach, Meschach und Abed-Nego im Ofen von Nebukadnezar nicht verzehrte. Nicht einmal ihr Haupthaar war versengt. »Hans Sievez!« »Ja, HErr. Hier bin ich!« Er bekam eine Antwort. »Sei fortan mein Knecht!« Voll Ehrfurcht antwortete er. »Aber ich bin der geringste unter den Menschen …«

Kapitel 35

Der Junge schien einfach so im Garten hin und her zu gehen, als würde er dort nur ein wenig herumspazieren. Manchmal blieb er einen Augenblick stehen, sah sich um. Ein böiger leichter Sommerwind wehte, die Sonnenblumen wiegten sich, dann waren da noch die Stille des Sommertags und die Lichtblitze des Marmorkreuzes, die über die massive grüne Hecke schossen.

Als er einen der schmalen Durchgänge des hohen Sonnenblumenfelds betrat, beschleunigte er jedoch den Schritt. Er konnte die Gärtnerei nicht mehr sehen, das Wohnhaus nicht. Er kam aus einem der Gänge des Sonnenblumenlabyrinths und erblickte seinen Vater.

Unauslöschliche, heftige, verwirrende Eindrücke für einen zehnjährigen Jungen. Über ihm die Tiefe des Himmels und ein paar Schäfchenwolken über den Beeten mit den Polsterpflanzen, dem Zitronenapfelbaum, und der unvergeßliche Anblick des Vaters. Zu Boden gestürzt. Gestolpert vielleicht und dann gefallen. Der Junge kniete sich neben ihn, legte ihm eine Hand an den Puls, schaute auf das maskenhaft starre, unbewegliche Gesicht, auf sein zerzaustes Haar und fragte, ob er krank sei. Sein Vater hörte ihn nicht.

»Papa, jemand hat nach dir gefragt. Ich habe dich überall gesucht.«

Hans Sievez spürte ein sanftes Rütteln an seinem Arm, doch die Worte, die gesprochen wurden, drangen nicht zu ihm durch. Unverständliche Laute kamen aus seinem Mund. Er hätte den Kopf gern anders hingelegt, er hatte keine Ahnung, ob das störende harte Ding an seiner Schläfe ein Stein war oder etwas anderes. Das würde er sich gleich ansehen. Erst einmal ausruhen.

Wieder rüttelte jemand an seinem Arm, und er erkannte Rubens Stimme: »Vati, ich kann dich nicht verstehen. Was ist mit dir los?« Er spürte Rubens Hand auf seiner Stirn.

»Feuer vom Himmel, mein Junge«, artikulierte er so deutlich wie möglich. »Und darin war Gott.« Er wußte nicht, ob seine Worte verständlich waren. Hans öffnete die Augen, starrte verstört durch die dunklen Zweige des Zitronenapfelbaums zum Himmel, zu den tief durchhängenden Schrägseilen über dem Land. »Es hat ein Unwetter gegeben, mein Junge. Bestimmt ist eine Menge Glas kaputtgegangen.«

Was sagte Ruben da? Daß schon den ganzen Tag die Sonne schien? Aber da war doch das Rauschen von Sturm und Gewitter gewesen, und darin war die Stimme erklungen. Da hatte keine Sonne mehr geschienen. »Dunkelheit hat sich auf die Erde gesenkt, Ruben, und in der Dunkelheit fuhr die Feuersäule herab.« Hans Sievez dachte nach, versuchte sich zu erinnern. Auch Ruben dachte nach. Sein Vater hatte eine Stimme vom Himmel kommen hören. Der Zustand, in dem er sich befand, zeugte davon, daß er die Wahrheit sprach.

Ruben wischte das Gesicht seines Vaters ab. Hans erhob sich, es fiel ihm schwer, stehen zu bleiben, er stützte sich mit einer Hand auf den Jungen. Dieser half ihm, den Holzschuh anzuziehen, den er verloren hatte. Zusammen gingen sie ein paar Schritte. Hans spürte seine Beine nicht, sie fühlten sich an, als wären sie aus Eis und könnten jeden Moment brechen. Er drückte Rubens Hand und spürte seinen Ehering in dessen Handfläche.

Sie blieben stehen. Hans hatte kaum Gewalt über seine

Beine. Aus Angst, daß er umfallen könnte, packte Ruben ihn kräftig am Arm, doch das Gesicht seines Vaters strahlte vor Glück. Hans, der ihn anschaute und verblüfft den Kopf schüttelte, sagte, ihm sei etwas Wundervolles widerfahren. Das könne man nicht in Worte fassen. Er sprach auf eine sehr ernste, fast würdevolle Weise. Wieder versuchten sie, ein paar Schritte zu gehen. Zuerst mußten sie aus dieser feuchten, dunklen Ecke weg. Ruben griff nach seinem Handgelenk und schob seinen Hemdsärmel ein Stück hoch. »Schau mal, Vati!« Er hob den Arm seines Vaters. Das Glas seiner Armbanduhr war zerbrochen. Er hatte sie von Margje und Ruben zum Geburtstag geschenkt bekommen. Hans betrachtete sie gleichgültig. Die Zeiger standen unwiderruflich still, auf fünf nach halb vier. Zur Sicherheit legte Ruben das Ohr ans Handgelenk seines Vaters. Die Uhr tickte nicht mehr. Fünf nach halb vier.

Hans war beim Fallen mit der Hand auf den Boden geschlagen. Oder auf einen Stein. Hier waren überall Steine. Sein Daumen blutete, wahrscheinlich hatte er ihn sich an einem losen Nagel an der Sitzbank aufgerissen, die etwas weiter weg umgekippt dalag.

Der Junge sah seinen Vater bewundernd an.

»Eine Stimme vom Himmel ...« Das würde er gern auch einmal erleben. Er hoffte, daß sein Vater ihm noch Genaueres erzählte. Doch Hans Sievez schwieg.

Sie machten kleine Schritte. Als müsse er wieder laufen lernen. Ruben half ihm dabei. Der Vater wurde für einen Augenblick zum Sohn. Während Ruben die kleine Bank aufhob, versuchte Hans weiterzugehen, doch seine Beine trugen ihn noch immer nicht. Sein Sohn nahm ihn wieder beim Arm. Ein Stück entfernt, zwischen den Polsterpflanzen, fanden sie auch das Buch, das er gelesen hatte. Ruben hob die *Nachfolge* auf. Vorsichtig arbeiteten sie sich auf den Pfaden zwischen den Beeten mit Primeln und Brennender Liebe vor. Die Wege, die in der prallen Sonne lagen, führten auf die Südmauer mit den waagrecht und senkrecht erzogenen Schnurbäumen zu. Margje sah riesige Kerzenleuchter darin.

Sie ruhten sich an der jahrhundertealten Südmauer aus. Von hier aus hatte man einen guten Überblick über die Gärtnerei, die einem zu Füßen lag, als wäre sie auf einem Hügel gebaut. Mit den Gewächshäusern und Unterständen, die übereinander zu wachsen schienen, wirkte sie wie ein richtiges, von hohen Mauern und dichten, undurchdringlichen Hecken umgebenes Städtchen. Eine Festung, ein Bollwerk, und dort war Gott herabgefahren. Oder ein Engel Gottes. Und über dieser Miniaturstadt mit ihren sich kreuzenden Straßen, wie in der Kartusche auf einem alten Kupferstich, das Wohnhaus, von dem nur der erste Stock und das rote Dach zu sehen waren. Wenn Margje zufällig gerade aus dem Schlafzimmerfenster schaute, könnte sie sie sehen und würde denken, daß sie sich beratschlagten.

Gott hatte zu ihm gesprochen, doch im Garten hatte alles seine alte Ordnung beibehalten. Er strich mit dem Finger über den glänzenden Samt eines fast reifen Pfirsichs. Der Junge ahmte ihn nach, schaute ihn erwartungsvoll an, hatte noch nicht die Hoffnung aufgegeben, daß sein Vater ihm mehr über sein Erlebnis verriet. Er konnte nicht mehr darüber sagen. Er hatte Flammen gesehen. Eine Art Licht, eine Fackel oder, besser gesagt, eine langgezogene, von innen erleuchtete Wolke. Die Stimme, der Ruf waren fast menschlich gewesen, zugleich jedoch ganz anders, voller, heiliger, mehr als heilig. Hans spähte zum Schlafzimmerfenster. Margje würde das überhaupt nicht verstehen. Sie durfte gar nicht erst davon erfahren.

Er holte tief Luft, konnte vorsichtig wieder allein gehen. Ruben, der ihn von der Seite ansah, sagte, seine Hautfarbe sei wieder normal. Sie gingen nebeneinanderher über den breiten Hauptweg aus Schotter. Jetzt machte Hans größere Schritte, ging vor Ruben her. Besser wäre es gewesen, wenn sein Sohn ihn nicht gefunden hätte. Er hätte das Wunder dann leichter verheimlichen können. Oder war es Gottes Absicht, daß sein Sohn davon erfuhr, damit er später auch den Weg seines Vaters einschlug? Wie heiß es doch inmitten des glitzernden Glases war.

Hans kam als erster beim Wasserbecken an, drehte den Hahn auf, hielt die Hand wie eine Schale unter den Wasserstrahl, trank gierig. Trank und trank. Zusammen mit dem alten jüdischen Volk war er durch die Wüste gezogen, und Gott hatte Wasser aus dem Felsen geschlagen. Schließlich war sein Durst gelöscht. Das Wasser tropfte ihm von den Wangen, er wischte sich das Gesicht mit dem Ärmel ab, stand da, seinem Sohn halb zugewandt, ein bißchen abweisend, zündete sich zitternd eine Zigarette an. Am liebsten wäre es ihm gewesen, wenn Ruben ihn von selbst allein gelassen hätte, doch der Junge war immer bei ihm, half ihm nicht nur, Erde in die Schubkarre zu schaufeln, sondern übte auch unermüdlich die Unterschrift seines Vaters auf der Rückseite eines Notizblocks. Wegschicken konnte er ihn nicht, doch er bat ihn, unten am Bergweg ein Päckchen Gold Flake für ihn zu kaufen. Er gab ihm Geld. Wenn Ruben zurückkam, würde er ihn bitten, seiner Mutter nichts von alldem zu sagen.

Ruben würde das verstehen.

Kapitel 36

Sofort bemerkte sie die Risse in seiner Hose. Hans sagte, er sei wahrscheinlich an einem Brombeerstrauch hängengeblieben. Sie nahm seine Hand, sah die tiefen Schrammen. Dann die Armbanduhr.

»Was ist denn mit dir passiert?« Er redete sich schnell heraus, er sei gestolpert und unglücklich gestürzt. Ruben stand neben ihm, als er das sagte. Sie wusch ihm die Hand, tupfte die Wunde ab, bat Ruben, die Flasche Jodtinktur aus dem Medizinschränkchen oben zu holen. Margje tunkte Gaze in Jod, wickelte braune Taftseide um die Gaze. Hans ließ es geduldig über sich ergehen. Wie konnte er nur so komisch stürzen? Sie wollte, daß Ruben die Uhr gleich zum Juwelier in der Hoofdstraat brachte. Noch vor sechs Uhr. Beim Abendessen sagte Margje: »Du hättest auf den Kopf fallen können, dir eine Gehirnerschütterung holen. Da hätten wir schön in der Patsche gesessen! Wir haben keine Krankenversicherung.«

Auf der Spüle standen zwei Einmachgläser. Heute hatte sie Sauerkirschen gepflückt, entkernt und eingelegt. An dunklen Sonntagnachmittagen, zu Geburtstagen oder zu anderen festlichen Anlässen servierte sie selbstgemachte Kirschen in Branntwein.

Gegen halb zehn an diesem Abend ging sie zum Eßzimmerschrank, stellte die Karaffe mit dem letzten Rest der vorigen Ernte und zwei Likörgläser auf den Tisch. Sie wußte nicht, woher das festliche Gefühl kam, dachte darüber nach, doch ihr fiel nichts ein. Allerdings waren sie alle drei gesund, es war herrliches Wetter, und für die Jahreszeit liefen die Geschäfte nicht einmal so schlecht. Aus der

Schublade der Anrichte holte sie zwei Untersetzer. Sie füllte die Gläser und legte kleine Silberlöffel daneben. Er sah ihr beunruhigt zu.

»Warum?«

Sie küßte ihn.

»Weil mir der Sinn danach steht. Weil du in letzter Zeit so normal bist, du selbst, redest und lachst. Gestern habe ich dich plötzlich richtig ausgelassen lachen hören, ich weiß nicht einmal, warum. Hans? Was ist denn? Tut es noch weh? Solltest du nicht doch lieber morgen zum Arzt gehen?« Er saß an seinem Schreibtisch, ihr fast ganz zugewandt, sie löffelten die süßen, mit Branntwein getränkten Kirschen, tranken in kleinen Schlucken. Eine Stunde später schloß sie den Vorder- und Hintereingang ab, löschte das Licht. Er war schon nach oben gegangen, hatte sich rasch ausgezogen und lag im Bett, als er sie die Treppe hochkommen hörte. Seit sie verheiratet waren, lag er auf der Fensterseite. Er hielt den Blick auf die Holzstangen mit dem aufgerollten Verdunklungspapier aus dem Krieg geheftet. Es erfüllte keinen Zweck mehr, doch er war in all den Jahren noch nicht dazu gekommen, es abzunehmen. Vielleicht dachte er, daß es wieder einmal einen Krieg geben könnte.

Der Wärme wegen hatte er sich nur mit einem dünnen Laken zugedeckt. Er hörte, wie sie sich auszog, und blieb mit dem Rücken zu ihr liegen.

»Bekomme ich keinen Gutenachtkuß?« Sie wollte mit ihm schlafen, und er wollte nicht, daß sie ihn berührte. »Rühre mich nicht an«, sagte Jesus, »denn ich bin noch nicht aufgefahren in den Himmel!« Diese Worte des Heilands durfte er natürlich nicht auf sich beziehen, doch er verstand sie jetzt besser. Selbst wenn er gewollt hätte – er konnte nicht. Sein Fleisch war kraftlos.

Er wandte sich ihr zu, und sein – gespielt müder, todmüder – Blick traf auf ihre Brüste, die an ihrem zarten Körper schwer wirkten, feste Brüste trotz der zwei Schwangerschaften.

Margje löschte das Licht bei der Tür, schlüpfte im Dunkeln zu ihm, begann, ihn zu streicheln. Er ließ sie gewähren, wandte sich nicht ab von ihr, schob ihre Hand nicht weg, wollte sie nicht verletzen, wäre ihr gern entgegengekommen.

»Sag mal was. Etwas Zärtliches.« Sein Blick in der Dunkelheit war nicht abwesend oder kühl, sondern nach innen gerichtet. Das Gefühl von Scheu, das er jetzt empfand, hatte er noch nie erlebt. Scheu war ihnen unbekannt, sie waren beide mit Tieren aufgewachsen, mit Deckhengsten, Zuchtbullen und brünstigen Kühen.

Er liebte diesen Körper, hatte ihn schon auf dem Schulhof in Lathum liebgewonnen. Sie mußte sich denken, daß er heute wie versteinert war, sich wundern, daß er nicht auf ihre Leidenschaft einging.

Sie wurde ihrerseits auch verlegen, küßte ihn auf die Stirn, die Augen, versuchte, seinen Blick unter ihr zu ergründen, konnte jedoch nichts erkennen und ließ ihn los: »Morgen müssen wir früh aus den Federn.«

Seite an Seite lagen sie da. Unerreichbar weit voneinander entfernt.

Kapitel 37

Rubens Volksschule lag an der Jan Luykenlaan, in der Nähe des Bergwegs, und nahm eine ganze Seite der Straße ein. An diesem Mittwoch stand Hans Sievez in seinem hellgrauen Sommeranzug auf dem breiten Bürgersteig auf der gegenüberliegenden Straßenseite und wartete. Sein Blick schweifte über den noch leeren Schulhof. Er schaute auf die Uhr.

Er hatte eine Aufforderung von Mieras erhalten. Man erwartete ihn heute nachmittag gegen fünf Uhr in Lunteren. Der Gottesdienst würde mehrere Stunden dauern. Obwohl seine Gesundheit angegriffen war, würde Pastor Poort selbst diese wichtige Predigt halten. Hans hatte sich keinen Ruck geben müssen und war nicht unentschlossen gewesen – nein, ich gehe nicht, es ist zuviel zu tun –, er hatte auch nicht selbstsicher beschlossen hinzugehen. Nein, er ging einfach, er mußte gehen. Unmöglich, sich dem zu entziehen. Doch er fürchtete sich vor der Versammlung, bei der er »vor Gericht« stehen würde, und hatte zugleich tiefen Respekt vor allem, was mit ihm geschah.

Was sollte er Margje sagen? Wann würde er wieder zu Hause sein? Wenn er seine Sonntagskleidung anzog, würde sie ihm natürlich Fragen stellen, wenn er herunterkam: »Ach, gehst du weg? Das wußte ich ja gar nicht. An einem Wochentag? Und ich darf nicht mit?« Sie würde es überhaupt nicht verstehen oder so tun, als ob sie es nicht verstünde. Natürlich durfte sie nicht mit. Das wollte sie auch gar nicht. Sie konnte sowieso nicht mitkommen, jemand mußte in der Gärtnerei bleiben. Es würde eine Auseinandersetzung geben. Er würde sich verteidigen müssen, Worte finden für Dinge, die sich nicht in Worte fassen ließen. Dieser Konfrontation war er nicht gewachsen, und am Tag zuvor hatte er seine gute Kleidung schon mal in einem unbeobachteten Augenblick im ehemaligen Junggesellenhaus untergebracht. Er konnte über den Schonenbergsingel zur Hoofdstraat gehen und von dort den Bus in die Stadt nehmen.

Den ganzen Tag war er angespannt gewesen. Wetten, daß haargenau dann ein Kunde kam, wenn er losmußte? Auf Anweisung von Huib Steffen hatte er sich auf den Gottesdienst vorbereitet. Kurz bevor er sich auf den Weg machte, fiel ihm ein, daß er Ruben von der Schule abholen und ihn mitnehmen könnte. Zum Glück war Margje gerade nicht zu Hause, und er legte ihr eine kurze Nachricht auf den Küchentisch. »Bin bei einer Versammlung (er vermied das Wort Gottesdienst, um sie nicht zu reizen). Nehme Ruben mit.« So würde sie sich keine Gedanken machen. Dann rannte er regelrecht aus der Gärtnerei weg, bog vom Schonenbergsingel in die Koningstraat und mied so den Bergweg.

Er wartete auf das Klingeln der Schulglocke, von seinem Haus, dessen Stirnseite er sehen konnte, noch nicht einmal hundertfünfzig Meter Luftlinie entfernt, den Regenmantel über dem Arm, mit blasser Miene unter dem Schlapphut, eine Zigarette fast nonchalant zwischen den Lippen, reglos im Spätsommerlicht. Er trug auf Hochglanz polierte Schuhe, wie gelackt, ein weißes Hemd, eine dunkle Krawatte mit weißen Punkten – er war untadelig gekleidet, wie für ein Fest, einen Sonntagsausflug.

Die Glocke läutete, und einen Augenblick später öffneten sich die Türen, und die Kinder kamen schreiend auf den Schulhof gestürmt. Hans hielt Ausschau nach Ruben, er erblickte ihn. Er hob die Hand, gestikulierte, rief, daß er schnell kommen müsse, doch der Junge konnte ihn natürlich nicht verstehen. Das hatte er sich schon während seiner Lehrzeit in Den Haag angewöhnt: etwas mit der Zigarette im Mund zu rufen.

Jetzt hatte er ihn aus den Augen verloren. Nein, da war er! Ruben trennte sich von den anderen, rannte über den großen Hof. Nach dem Krieg hatte Margje vorgeschlagen, ihn wieder auf die christliche Schule zu schicken. Damals hatte Hans, eher aus Bequemlichkeit, gesagt: »Ach, er hat sich hier eingelebt, hat hier seine Freunde, und es ist nah.« Jetzt war er froh, daß Ruben auf eine öffentliche Schule ging, die christlichen Schulen waren in seinen Augen viel zu lasch, verkündeten alle eine Irrlehre. Zu Hause würde die reine Wahrheit verkündet werden, und er spürte, daß auch sein Sohn dafür aufgeschlossen war.

Der Junge stand vor ihm, erstaunt, seinen Vater in Sonntagskleidung zu sehen. Gingen sie aus? Und Mama?

»Komm mit.« Hans sprach mit gesenkter Stimme, kaum beherrscht vor Ungeduld. Er fürchtete, in Arnheim den Anschlußzug zu verpassen. Er war schon spät dran.

Ruben würde es ja sehen.

»Ist Mama schon vorgegangen?« Bei Ausflügen kam er üblicherweise mit Ruben nach, weil sie den Betrieb nicht lang allein lassen konnten. Statt seinem Sohn zu antworten, drückte er ihn an sich. Von der Jan Luykenlaan kamen sie auf die Rozendaalselaan. Ruben zeigte ihm Kaugummibildchen von Filmstars, die er in der großen Pause getauscht hatte, Roy Rogers, John Wayne und Cary Grant. Er schaute zu seinem Vater hoch.

»Du siehst genauso aus wie Cary Grant, Vati.« Die

Sirene des Gaswerks heulte. Sie war nach dem Krieg in Betrieb genommen worden und heulte jeden Samstag um zwölf Uhr.

»Warum wird sie jetzt angestellt?«

»Das wird wohl ein Probealarm sein.« Er machte größere Schritte, legte den Mantel anders über den Arm. Ruben kam kaum mit. Es war denkbar, daß sie Margje im Dorf begegneten. Erst kurz vor der Haltestelle wurde er ruhiger, merkte, daß der Junge neben ihm herrennen mußte, um mit seinem Tempo mitzuhalten. Hans nahm Rubens Hand, verlangsamte seinen Schritt. Er kniff die Lippen mit der Zigarette darin fest zusammen. Es war doch sehr ungewöhnlich, in Sonntagskleidung durch den Ort zu gehen, wenn alle anderen arbeiteten. Er hätte auch arbeiten sollen.

Hans las die Ankunfts- und Abfahrtszeiten, trat auf die Fahrbahn, um zu schauen, ob der Bus schon kam, blieb jedoch außer Sichtweite von Wielands Schaufenster, damit der Mann ihn nicht ansprechen konnte.

Zischend öffneten sich die vorderen und hinteren Bustüren. Hans' Fuß stand schon auf dem Trittbrett, bevor er überhaupt hineinkonnte. Ruben rannte zur freien Rückbank, während sein Vater Fahrkarten kaufte und den Fahrer fragte, wann der Bus in Arnheim sein würde, ob er Anschluß an den Zug hatte. Jetzt griffen seine Hände nach einer baumelnden Schlaufe, umklammerten die Stange einer Sitzbank.

»Du wirst schon sehen, wo wir hinfahren.« Der Junge würde begreifen, daß es mit dem Wunder zusammenhing.

Mit den Lippen schob er die Zigarette hin und her. Er zog kräftig daran, Rauch kringelte sich vor seinem Gesicht nach oben. War es eine gute Idee gewesen, Ruben mitzunehmen? Warum hatte er das getan? Hatte er mit ihm zusammen weniger Angst, fühlte er sich dann sicherer? Hoffte er, daß der Junge in seine Fußstapfen trat? Es war die Aufgabe der Eltern, ihre Kinder in Gottesfurcht zu erziehen. Der Hohepriester Eli hatte das versäumt. Seine beiden Söhne Hophni und Pinhas führten ein liederliches und gottloses Leben, wodurch ihr Vater das Gericht auf sich herabrief. Im Tempel fiel er von seinem hohepriesterlichen Stuhl und brach sich den Hals. In den letzten Wochen hatte Hans diese Passage aus dem ersten Buch Samuel mehrfach gelesen und auf sich bezogen. Kalter Schweiß stand ihm auf der Stirn, und er war froh, den warmen Körper des Jungen an seiner Seite zu spüren, gestand sich ein, daß er es sich ohne Ruben nicht getraut hätte. Außerdem würde Margje denken: Ach, wenn er Ruben mitnimmt, wird bei der Versammlung bestimmt eine lockere Atmosphäre herrschen. Dann begann er, sich Sorgen um die jungen Chrysanthemen zu machen, die er aus Poeldijk hatte kommen lassen. Bei der Wärme wurzelten sie nicht so leicht. Am Spätnachmittag würden sie wieder Wasser brauchen. Daraus würde jetzt nichts werden. Mieras, Steffen und Ibel konnten sich ganz ihrer Aufgabe im Weinberg des Herrn widmen, doch er hatte einen arbeitsintensiven Betrieb.

Der Bus erreichte die Vororte von Arnheim, der Fahrer rief die Namen der Haltestellen aus: Bronbeek, Huygenslaan, Steenstraat. Die Türen klappten auf, selbst wenn niemand wartete oder aussteigen wollte, sie waren die einzigen Fahrgäste. Auf der Straße lagen lauter scharf umrissene Schatten, sie sahen ihr Spiegelbild auf und ab ruckeln, wenn der Bus über Unebenheiten fuhr. Er hatte sich nie getraut, Margje zu fragen. War das Kind, das nicht hatte ausreifen dürfen, ein Mädchen gewesen? Nächste Haltestelle

Velperplein. Er nahm den Mantel vom Schoß, ging schon zum Ausstieg. Der Bus bog auf den Bahnhofsvorplatz ein.

Er sah auf die Uhr. »Komm, Ruben.« Auf dem Platz, von wo aus man das Bahnhofsrestaurant sehen konnte, liefen sie schnell zwischen den parkenden Bussen hindurch.

Kapitel 38

Sie gingen Treppen hinunter, stiegen Treppen hoch, bei dieser Beleuchtung sahen ihre Gesichter immer wieder anders aus: mal dunkel, mal hell. Hans' Blick flog über den Bahnsteig, ein Schild mit der Fahrtrichtung klappte rappelnd herunter: Wolfheze-Oosterbeek-Ede/Wageningen.

Noch knapp zehn Minuten. Also hatte er den Anschluß verpaßt. »Tja ...«, murmelte er vor sich hin. In der Wärme gingen sie ans Ende des Bahnsteigs, schauten auf die vielen roten und grünen Leuchtsignale des Rangiergeländes, das sich breit auffächerte, schauten zu einem Zug auf einem Nebengleis, der aussah, als würde er sich nie wieder in Bewegung setzen. Ein Stellwerk erinnerte ihn an das hohe alte Junggesellenhaus in seiner Gärtnerei. Pastor Poort würde – eine große Ausnahme – den Gottesdienst abhalten, bei dem er vor der Vierschar erscheinen sollte. Hans hatte ihn noch nie gesehen, doch er besaß ein Porträtfoto von ihm, das er in der Gärtnerei versteckt hatte. Er war ein strenger, erzväterlicher Typ, der speziell zu diesem Anlaß aus Den Haag angereist kam. Jozef Mieras hatte Hans Verhaltensregeln mit auf den Weg gegeben. Von großer Wichtigkeit war der genaue Zeitpunkt, der exakte Augenblick, in dem das Wunder sich an ihm vollzogen hatte.

Er spürte, daß ein kleiner Muskel an seiner Schläfe zuckte. Unwillkürlich nickte er, wiegte ernst den Kopf, als störe ihn etwas, ein derber Fluch, oder als beratschlage er etwas mit sich selbst.

Sie gingen zurück zum Klappschild. Kurz darauf legte er sich den Mantel über die Schulter, spazierte allein weiter, dachte nicht mehr an seinen Sohn, suchte den Horizont ab, hoffte, daß Chris Ibel, dieser abscheuliche, schmierige Zwerg, heute nachmittag nicht dasein würde, machte auf halbem Weg kehrt und stellte sich dicht neben seinen Sohn.

»Ich habe etwas für dich.«

Er holte eine Tafel Schokolade aus seiner Innentasche, brach sie in der Verpackung entzwei, gab Ruben die größere Hälfte. Den Rest steckte er wieder ein.

»Für nachher.«

»Papa, weißt du, woher der Name Velp kommt?«

Hans erinnerte sich dunkel, daß der Lehrer in Lathum ihnen das früher einmal beigebracht hatte, doch er wußte es nicht mehr. Velp kam von Phelipe, das habe der Lehrer heute morgen erklärt, und Phelipe bedeutete durchwatbare Stelle. Wo jetzt die reformierte Kirche stand, floß früher die Ijssel. Seit dem Mittelalter hatte der Fluß einen anderen Lauf genommen. Der Lehrer habe auch erzählt, daß die Achse der Kirche in Ost-West-Richtung verlief. Das nannte man in der Baukunst die heilige Linie.

Er ließ Ruben los, kramte in der Innentasche seines Sakkos, zog einen Umschlag hervor, auf dem eine Adresse und eine Telefonnummer in seiner Handschrift standen. Er studierte den Umschlag, zog hektisch an seiner Zigarette. Er erinnerte sich an die Worte des Laienpredigers Steffen. In diesem Land besaß die reformierte Kirche die Wahrheit nicht mehr, ebensowenig wie die altreformierte. Die Wahrheit war nur noch in den Schriften aus dem 16. und 17. Jahrhundert zu finden. In den Niederlanden verkündete die heutige Kirche eine Irrlehre. Selbst in Schottland, wo die Verkündigung lange Zeit rein geblieben war, schien es nur noch einige kleine Gruppen von Gläubigen zu geben.

Er steckte den Umschlag wieder ein. Der Zug fuhr durch eine weite Landschaft – Heide und Hügel am Horizont.

»Wir sind gleich da, Ruben.« Er gab ihm die restliche Schokolade. »Heute nachmittag kann es lange dauern. Ich glaube nicht, daß das etwas für Kinder ist. Du mußt dann draußen spielen gehen. Ich weiß nicht so recht ...« Er überlegte. »Nein, ich habe keine Ahnung, ob noch andere Kinder dasein werden. Vielleicht hätte ich dich besser nicht mitnehmen sollen.«

»Ich möchte lieber bei dir bleiben.«

Hans drückte den Zigarettenstummel an der Klappe des Aschenbechers aus.

»Wir müssen es auf uns zukommen lassen. Ich weiß nicht, wie es ablaufen wird.«

Der Zug raste durch die Landschaft. Ansichtskarten mit Schafherden darauf huschten am Fenster vorbei. Er legte eine Hand auf Rubens Knie. Mit der anderen strich er sich über die Wangen.

»Nein, ich habe es mir überlegt, du darfst nachher nicht dabeisein ...« Dann, ohne zu zögern, kurz angebunden, entschlossen: »Du gehst draußen spielen. Ich will nicht, daß du dabei bist.« Er sah natürlich, daß Ruben sich wunderte, nie verbot er ihm etwas. Selten klang seine Stimme so entschieden. Hans verschluckte sich, hustete, holte erneut den Umschlag heraus, schaute auf die Adresse und steckte ihn wieder ein. Er ließ den Hut um die Hand kreisen, löschte die Zigarette mit den Fingern.

Der Zug verlangsamte die Fahrt. Sie schauten auf die Backsteingebäude der Enka-Fabrik. Ruben erzählte, daß sie morgen zusammen mit der Klasse die Enka-Fabrik in Arnheim besuchen würden.

»Das ist schön, mein Junge«, sagte Hans, »ich hoffe nur für dich, daß es ein Morgen gibt.«

»Und ich werde alle achtundachtzig Strophen von Reimpsalm 119 für dich auswendig lernen.« Seit dem Gesicht seines Vaters sagte Ruben jeden Sonntagmorgen am Schreibtisch eine Strophe auf. Es war seine eigene Idee gewesen. Er wollte auch eine Stimme vom Himmel hören, am hellichten Tag Sterne sehen und in Ekstase geraten.

Hans betrachtete ihn ungläubig. Trieb der Junge seinen Spott mit ihm? Psalm 119 war der längste, den der HErr seinem Volk geschenkt hatte. Doch der Junge meinte es ernst, er wollte seinem Vater in allem folgen, ein vorbildlicher Sohn sein. Ob Ruben wirklich das Verlangen nach dem Wort kannte?

Der Zug hielt am Bahnhof Ede-Wageningen. Sie liefen schnell hintereinander durch den Gang, sprangen aus dem Wagen. Hans sah sich um, spähte durch die Fenster des Bahnhofsrestaurants, murmelte: »Wir waren doch hier verabredet.«

Nicht einen Augenblick stand er still, umkreiste unentschlossen eine Telefonzelle. Es gab genügend Platz für zwei, doch er bedeutete Ruben, draußen zu warten. Er schreckte vor diesem Gespräch zurück, legte dreimal wieder auf, wählte die Nummer auf dem Umschlag, drückte den Hörer dicht ans Ohr – er telefonierte ungern.

Ein Unbekannter nahm ab.

»Hier Sievez. Ich bin da. Am Bahnhof in Ede.«

Er legte auf. Sie würden ihn holen kommen. Einen Augenblick starrte er auf den schmuddligen Fußboden der Telefonzelle, als stünde dort ein Zeichen, das er lesen konnte.

Kapitel 39

Mieras und Steffen stiegen aus einem alten, mit Schlamm bespritzten Auto, unterhielten sich einen Augenblick unter dem einzigen Baum auf dem Bahnhofsvorplatz, ehe sie aus dem Schatten traten und auf dem warmen Bürgersteig auf Hans und seinen Sohn zukamen.

Sie waren ganz in Schwarz gekleidet, wie für ein Begräbnis. Hans wurde klar, daß sie seine Kleidung bestimmt zu hell, zu leger finden würden. Selbst wenn er einen unauffälligen dunklen Anzug besessen hätte, er hätte ihn nicht angezogen. Er fühlte sich wohl in seiner sommerlichen Kleidung.

Sie gaben einander die Hand. Jozef legte Hans freundschaftlich die Hand auf die Schulter.

»Du wirst schon sehnsüchtig erwartet, mein Junge. Wo warst du?« Es klang wohlwollend.

Huib Steffen beäugte ihn kritisch.

»Ich an deiner Stelle hätte mich etwas anders gekleidet.« Außerdem wäre es ihm ratsam erschienen, wenn Hans einen Zug früher genommen hätte. »Wir waren vor einer halben Stunde da und dachten schon, daß du mit jemand anderem mitgefahren bist. Wir waren um diese Zeit verabredet.«

Hans entschuldigte sich.

»Ich habe den Zug verpaßt. Ich konnte nicht früher von zu Hause weg.«

»Du hast deinen Sohn mitgebracht.«

»Ist das ein Problem?«

»In der Regel sind keine Kinder dabei, wenn man sich der Vierscharerfahrung unterzieht.«

»Dann geht Ruben eben solange spielen«, sagte Hans demütig. Ruben und er liefen ums Auto herum.

Schweigend sah Steffen Hans lange Zeit über den schmutzigen Wagen hinweg direkt in die Augen. Dann sagte er laut, als stünde Hans auf der anderen Seite eines Fußballfelds: »Es ist nicht Gottes Wille, Bruder, daß wir uns in einem schwankenden, befangenen, beklommenen Zustand befinden. Er will uns beständig und heilig sehen. Er verbietet uns, ängstlich zu sein.« Er faltete die Hände auf dem Autodach, zitierte aus dem Neuen Testament.

»Lasset die Kinder zu mir kommen, sprach der Herr Jesus. Du hast gut daran getan, den Jungen mitzubringen. Entscheide nachher selbst, ob du ihn dabeihaben willst.«

Steffen saß am Steuer, Mieras neben ihm. Steffen berichtete, daß Poort ins Den Haager Bronovo-Krankenhaus eingeliefert worden sei. »Es wird für ihn gebetet.« Jozef fügte hinzu: »Der leitende Laienprediger Steffen wird den Gottesdienst an seiner Stelle abhalten.« Dann drehte er sich um: »Wir freuen uns, daß du da bist. Wir haben uns schon Sorgen gemacht. Gott sei gelobt.«

Steffen wiederholte diese Worte, während Ruben fasziniert den Auswuchs an seinem Hals betrachtete.

Eine Zeitlang folgten sie einer Straße mit hohen Bäumen, deren ineinandergreifende Äste kein Licht durchließen. Als sie wieder aus dem Tunnel auftauchten, kurz vor dem Zentrum von Ede, bogen sie nach Lunteren ab. Steffen hielt auf einer Nebenstraße vor einem niedrigen Landarbeiterhäuschen; es war in einem so trostlosen Zustand, daß es einzustürzen drohte. Chris Ibel erwartete sie vor dem Haus. Sie mußten im Fond zusammenrücken. Ibel sagte: »Es ist ein Wunder vor unsern Augen, wir sehen, aber ergründen es nicht. Du bist ein anderer Mensch geworden,

Bruder Sievez. Aber vergiß nicht, daß du auch eine Seele am Anfang des Weges bist, nichts als ein Bekümmerter.«

Am Fuß des steilen Hangs blieben sie wieder stehen. Alle stiegen aus. Jozef erklärte, daß dies der Paasberg sei. Hier seien früher die heidnischen Osterfeuer angezündet worden, die weithin sichtbar waren.

Ein Pfad führte den Hügel hinauf. Der Weg war gesäumt von einer hohen, mit Brombeersträuchern bewachsenen Böschung, hinter der terrassenförmig kleine Felder angelegt waren. Hans lief mit den anderen Männern voraus, Ruben, der über glatte, blankgespülte Steine hüpfte, folgte ihnen. An der Spitze des Zuges blieb Chris Ibel plötzlich stehen, so daß Mieras mit ihm zusammenstieß. Nun hielten alle auf halber Höhe des Hügels an, nahmen die Hüte ab wie Ibel. Dieser hob den Kopf und betete: »O mein zerdroschenes und zertretenes Volk! Wir haben auf den Trümmern gesessen, und Du hast uns errettet. Hab Dank für die geistige Speisung.« Aus dem Tal drangen gedämpft Geräusche zu ihnen herauf, Eisen schlug auf Eisen, ein Auto wurde gestartet. Steffen setzte als erster den Hut wieder auf, die anderen taten es ihm gleich. Es wurde nicht mehr gesprochen. Der Raps auf den Feldern wimmelte von summenden Insekten. Hinter einer Wegbiegung tauchte ein Bauernhof auf, dessen Reetdach fast bis zum Boden reichte.

»Hier ist es«, sagte Jozef. Hans war etwas enttäuscht, dachte an die in der Offenbarung beschriebenen Straßen des Himmlischen Jerusalem, wo die Häuser aus reinem Gold waren. Eine niedrige Pforte führte auf einen Hof, dessen Pflastersteine gesprungen und schon halb im Boden versunken waren. In der Mitte des Hofs stand ein Brunnen mit einem Flaschenzug, an dem ein rostiger Eimer hing.

Aus einer Abflußrinne um den Misthaufen stieg ein säuerlicher Gestank. Sie traten durch eine zweite, noch niedrigere Pforte. Jozef mit seinem mächtigen Leib mußte sich mühsam hindurchzwängen. Durch einen Spülraum mit umgedrehten Eimern und Milchkannen auf Regalen gelangten sie zu einer kleinen, unten abgestoßenen Pendeltür.

Hans hörte Stimmen. Die plötzliche Dunkelheit in der Scheune blendete ihn. Er roch den schweren, faden Geruch von Jauche und altem Heu, folgte Jozef zwischen fast unsichtbaren Menschen hindurch über einen Backsteinboden, der hier und da speckig glänzte. Durch ein halbmondförmiges Stallfenster fiel Licht herein. Er sah zur Seite, konnte Ruben nicht mehr finden.

»Bruder Sievez, gelobt sei das Liebeswesen, die anbetungswürdige höchste Majestät, die mit unaussprechlichem Seufzen zu uns spricht.« Schatten erhoben sich. Hans wurde umringt, in eine Ecke gelotst, von Menschen verschluckt.

Er schüttelte Hände. Alle wollten ihn begrüßen, berühren. »Bruder! Bruder Sievez!« Ehrfurcht lag in den Stimmen, manchmal erkannte er jemanden. »Bruder, was hat Gott bloß mit der niederdeutsch-reformierten Kirche in den Niederlanden vor? Einer Kirche, die lehrt, daß die Gnade Gottes allen zuteil wird, Bruder. In diesem Fall wären alle selig, und die Hölle könnte ihre Pforten schließen.« Wurde er etwa selbst für einen Laienprediger gehalten? Lag hier ein Mißverständnis vor? Wo war Ruben? Er sah sich um, hörte hinter sich: »Worte suchen das Herz des Menschen. Gottes Worte sind hungrig.« Er spürte Rubens Hand in seiner. Zum Glück.

»Bleib so nah wie möglich bei mir, Ruben.« Er hörte:

»Sievez ist das Wunder teilhaftig geworden. Gott hat sich ihm zu erkennen gegeben.«

»Sie sprechen von dir, Papa!«

Ein alter Mann berührte ihn kurz an der Hand. »Hierzu paßt nur ehrerbietiges Schweigen. In diesen seichten Zeiten gibt sich der HErr nicht mehr so oft zu erkennen. Er hat den Hilferuf in deinem Herzen gehört. Mensch! Mensch! So aus dem Elend gezogen zu werden, daß du zu Lebzeiten schon kurz in Seiner Herrlichkeit sein durftest!« Der Mann wiegte leise den Kopf. Wer diese Worte aussprach, war kaum zu erkennen. Dann tippte ihm jemand auf die Schulter, und er drehte sich um und sah einem kleinen, sehnigen Mann mit tiefen Furchen auf der Stirn in die Augen. Dieser flüsterte mit rauher Stimme: »Das genügt mir.« Er verschwand im Halbdunkel.

»Sie sehen zu dir auf, Vati.«

»Ich verstehe das nicht.« Ihm stand ein schwerer Nachmittag bevor. Jozef hatte ihm sogar geraten, sich vorher auszuruhen.

»Mama hätte dabeisein sollen.« Ob sie sich in diesem Augenblick vorstellen konnte, daß er im Mittelpunkt der allgemeinen Bewunderung stand? Was tat sie gerade? Bediente sie einen Kunden?

»Das Begräbnis des alten Menschen, Bruder.« Hans' Augen verrieten seine Verwirrung.

Ruben war bei ihm, doch wo waren Mieras und die anderen geblieben? Er suchte sie mit dem Blick, fand sie nicht mehr. Im Halbdunkel konnte er nun Einzelheiten erkennen: eine Art Podium, eine Erhöhung aus Brettern, die auf Auktionskisten lagen, darauf ein Predigtpult, ein paar Stühle, ein Tisch – wie für ein Theaterstück. Ein schmaler Zwischenraum, in dem er eine Dreschmaschine und einen

Haufen Futterrüben wahrnahm, trennte das Podium von einigen Stuhlreihen, auf denen Leute saßen. Er glaubte, auch ein paar Frauen zu sehen, fast unsichtbar, so dunkel gekleidet, daß sie mit dem Dämmerlicht in der Scheune verschmolzen. Sie saßen in Grüppchen beisammen, die Hände im Schoß, mischten sich nicht unter die Männer, die herumstanden und miteinander redeten oder geschäftig hin und her liefen. Es war klar, daß irgendwelche Vorbereitungen getroffen wurden.

Hans wußte nicht, was er tun sollte, lehnte sich mit einer Hand an die Wand und schreckte zurück. Sie fühlte sich an wie die dicke, rauhe Haut eines mit grobem gelbem Salz eingeriebenen Schweins. Er sah, daß sie mit einer Schicht staubiger Jutesäcke bedeckt war.

»Ruben?«

»Ja, Papa.«

»Ach, ich dachte, du wärst weg.«

»Ich bleibe bei dir.«

Auf dem Podium war Jozef damit beschäftigt, Stühle zu verrücken, schob auch das Pult so zurecht, daß mehr Licht darauf fiel. Chris Ibel kam Hans holen.

»Geh jetzt draußen spielen«, sagte Hans zu seinem Sohn.

»Ich will hierbleiben.«

»Nein, das geht nicht.« Er spürte Schweißtropfen über sein Gesicht laufen. Er wollte nicht, daß sein Sohn dablieb. Ibel nahm den Jungen beim Arm.

»Es ist nicht gut, daß du hier bist«, sagte Hans bittend. Als er sah, daß Ruben gehorsam in Richtung Spülraum ging und hinter der kleinen Tür verschwand, ließ er sich von Ibel zu einem Stuhl führen, der auf dem unebenen Backsteinboden stand, einen halben Meter tiefer als das Podium, genau vor dem Predigtpult.

»Bleib hier stehen, bis Laienprediger Steffen dir ein Zeichen gibt, dich zu setzen.«

Hinter ihm erklang das Scharren von Stühlen.

Jetzt war es ganz still.

Eine kleine Prozession in tiefstem Schwarz betrat die Bühne. Vorneweg der leitende Laienprediger Steffen, hinter ihm Jozef und Chris. Mieras schüttelte Steffen lange die Hand und wünschte ihm Gottes wunderbaren Segen. Steffen begab sich zum Pult und setzte sich auf einen Schemel, Hans konnte sein Gesicht nicht mehr sehen. Die beiden anderen nahmen schräg hinter ihm auf Stühlen Platz und schauten in den Raum. Sie mußten sich vorher genau überlegt haben, wie sich das Ganze abspielen sollte, die Rollen verteilt, die dazugehörigen Gesten einstudiert haben.

Der Laienprediger erhob sich. Draußen war das Krähen eines Hahns zu hören. Auch der aus zwei Mann bestehende Kirchenrat stand auf, zusammen mit den Gläubigen. Huib Steffen hob die Hände schräg nach oben. Hans Sievez stand da, allein, unbeweglich, das braungebrannte Gesicht kreidebleich im einzigen Licht, das in den Raum fiel. Er glaubte, daß jemand ihn an der Schulter berührte, wußte jedoch gleichzeitig, daß das Einbildung war. Er erinnerte sich an den Lehrer in Lathum, der ihm einmal auf dem Schulhof auf die Schulter geklopft und ihn gelobt hatte.

Da begann er zu zittern wie von kleinen elektrischen Stromschlägen.

Kapitel 40

Der Prediger räusperte sich, forderte Bruder Sievez auf, sich hinzuknien. Hans kniete sich auf die rauhen, halb eingesunkenen Platten des Backsteinbodens.

Steffen rief den Herrn an, bat um die Auslegung des Wortes, stellte gleich anschließend die Frage, ob diese Bekehrung von Gott, Satan oder dem eigenen Geist zustande gebracht worden sei. Es ging um den unmittelbaren Zeitpunkt, den plötzlichen Einschlag, den Ruf von oben. Schließlich konnten nicht alle selig werden. Es gab Gnadenwahl und Verwerfung.

Nun richtete er sich an Hans, rief ihm in dem dunklen Loch zu: »Bist du leer? Nur dann kannst du von Ihm gefüllt werden. Hast du wirklich Christus gesehen?«

Steffens Stimme war beinahe zu hoch für seinen untersetzten Körper. Alle hielten nach seinen Worten den Atem an. Draußen schrie eine Elster, krähte ein Hahn.

Hans schwieg. Steffen wartete auf eine Antwort, fuhr dann fort: »Denn wir wissen auch, daß es Baal gibt, Beelzebub und Satan mit ihren süßen Einflüsterungen. Der Mensch Sievez ist von Natur aus eitel. Damit ist jede Stimme, die gehört wird, verdächtig. Prüfe dich also genau, Bruder, ganz genau.«

Der Laienprediger war nun sehr aufgeregt, schaute zur niedrigen Decke mit den Hahnenbalken, über denen ausgefranste Stricke hingen. »Gott gebietet es uns. Die Peitsche soll Satan und seine Handlanger treffen.« Seine kleinen, blassen Augen, sein Schädel glänzten genauso wie sein schwarzer Anzug. »Mit knallender Peitsche vertrieb Jesus die Wechsler und Vogelverkäufer aus dem Tempel.«

Er beherrschte die Szene.

Hans Sievez, eine nichtige Gestalt auf dem harten, nackten Steinboden, sah ehrerbietig hoch. Seine starren, ängstlichen, großen Augen – zu groß für ihre Höhlen – schmerzten.

»Ja, ich habe den Thron gesehen«, stieß er mühsam hervor, doch er erkannte diese schwache Stimme nicht. Sie klang sonderbar, ausdruckslos, aus ihm schien ein anderer zu sprechen.

Der Prediger kam hinter dem Pult hervor, der Lichtstrahl fiel auf seinen Kopf mit dem Auswuchs. Steffen trat an den Rand des Podiums, genau über ihm. »Bruder, uns bleibt nichts als ein schreckliches Warten auf das Gericht und das gierige Feuer, das die Widersacher verzehren wird. Wer hier unrein ist …«

Hans senkte den Blick, dachte an sein »Gesicht«. Die Stimme, die er gehört hatte, die hatte ihn aufgehoben, über die Gärtnerei hinausgetragen, war über ihn hinweggeflossen. Das Herrliche und Schreckliche, das er erlebt hatte, ließ sich nicht erzählen. Er fühlte sich leer und unwürdig.

»Bruder, einst wird das Sterben kommen. Und dann? Wir sind hier zu Gast, wir sind nur Fremdlinge, unser Verbleib auf Erden ist zeitlich, ein Bruchteil der Ewigkeit, ein Seufzer.«

Hans sah die weißen Manschetten des Predigers, seinen dicken, gewaltsam in den Kragen gepreßten Hals. Er fühlte sich leer wie eine ausgeräumte Wohnung, hohl und leer wie Margje nach der Fehlgeburt, wie sie sagte. In dieser Leere und voll Angst, doch nicht von diesem ehrfurchtgebietenden Ratschluß auserwählt zu sein, beugte Hans den Kopf. Er wußte nicht, ob er je wieder ein Wort über die Lippen bringen würde. Er beugte den Kopf fast bis zum

Boden, sammelte all seine Kräfte und murmelte: »Ich bin höllenwürdig, ich bin nichts, noch geringer als ein Staubkorn. Wie lang, o HErr, werde ich noch mit meinem Schöpfer hadern?« Seine Stimme war schwach und kaum zu verstehen, aber es war gesagt worden. Die Zuhörer hinter ihm, wie Vögel in einem Netz, blieben stumm, hielten sich zurück. Doch nun hob er den Kopf und brachte schon weniger hilflos heraus: »Ja, ich habe Seine Stimme vernommen, in einem Rauschen von Gewitter und Sturmwind, Er hat mich am Schlafittchen gepackt und zu Boden geworfen. Ich war von Sinnen. Mein Sohn hat mich gefunden. Er sah, daß meine Uhr stehengeblieben war, auf fünf nach halb vier.«

Eine lange Stille folgte. Draußen erklang eine Jungenstimme, die in den alten Brunnen rief: »Papa!« Das Echo hallte: »Papa!«

»Ich frage dich wieder: Hast du Christus gesehen?«

»Es war sehr hell. Was ich erlebt habe, war eine große Wonne.«

Seine Stimme war nicht mehr ängstlich, Schatten huschten über sein Gesicht.

»Wehe dem, der den HErrn und Seine heilige Gemeinde belügt. Es führt kein Weg daran vorbei: Wenn zwei an einem Ort sind, ist einer auserkoren und der andere verloren.« Steffen mußte sich unterbrechen, um Spucke zu schlucken, kreischte fast, mit schriller Stimme. »Das Heil kommt von Ihm, das Nicht-Heil auch. Zum dritten Mal frage ich dich: Hast du Christus gesehen, oder steht über die ganze Breite deiner Stirn geschrieben: Teufel? Antworte ehrlich.« Seine Stimme raste, drang in jeden Winkel, wollte sich über das Dach der Bauernscheune erheben.

Geduckt fragte sich Hans, ob er sich täuschte. Habe ich

mir das nur vorgestellt? War es Einbildung? Gehöre ich überhaupt hierher? Wenn Margje ihn so sähe, würde sie ihn beim Arm packen: Los, steh auf, was ist das denn für ein Unfug. Du gehörst nicht zu diesen Leuten, du gehörst zu mir, in die Gärtnerei! Er hätte im Erdboden versinken mögen.

Hast du damals nicht …? Hast du es nicht gehört? Außer den Worten des Laienpredigers waren da – in der glimmenden Dunkelheit mit den harten, verbissenen Gesichtern – das Rascheln, das Trappeln eines Vogels unter den Dachziegeln und die Schritte von Ruben zu hören, der nach Hause wollte. Gebrochenes Licht fiel durch die Mattglasscheibe in die unergründliche Tiefe dieser geschlossenen Welt. Dagegen war das Leben dort draußen – so schwer es oft schien – ganz einfach, leicht und selbstverständlich. Hast du keine Angst bekommen? Die schlimmste aller Ängste: für die es keinen Grund gibt und keine Rechtfertigung? Hast du dich noch einmal an die Zeit in deinem Leben erinnert, als du machtlos im Schweinestall hinter dem Haus gedemütigt und geschlagen wurdest? Hättest du nicht aufstehen wollen, um zu schreien: Laßt mich in Ruhe. Ich will nichts mehr mit euch zu tun haben! Hattest du nicht das Gefühl, daß man sich gegen dich, Hans Sievez, verschworen hatte? Daß diese so wunderbare Erscheinung im Garten – wer konnte daran heranreichen? – gegen dich benutzt wurde, daß sie dich in ihr geheimes Spiel hineinziehen wollten, aus dem es nach menschlichem Ermessen kein Entkommen mehr gab? Stieg nicht, zusammen mit dem dumpfen Pochen des Bluts in deinen Schläfen, eben jenes kindliche Gefühl von Abneigung und Haß in dir auf, das du so gut kanntest und noch immer in dir trägst?

»Antworte ehrlich«, wiederholte Steffen, und Hans Sievez nickte, bejahte mit einem undeutlichen »Ja«, worauf der Laienprediger feststellte, daß Bruder Sievez im Feuer gewesen, aber nicht verzehrt worden war. Der Zeitpunkt seiner Bekehrung war deutlich erwiesen. Gott hatte mit seiner Arbeit an diesem Menschen begonnen. Er vollführte eine Geste, fast als reichte er ihm die Hand. Hans Sievez durfte sich erheben. Er stand auf, schwankte, seine Knie waren steif. Lieber kniete er den ganzen Tag in einem Blumenbeet und pflanzte Stiefmütterchen.

Rundum erklangen nun Geräusche, den Vogel konnte man nicht mehr hören. Die Türen wurden geöffnet, man gratulierte ihm, klopfte ihm auf die Schulter. Verschwenderisch fiel helles Licht herein und schien zu sagen: Es ist gut, daß Licht sei auf den Dingen, die sich hier abspielen.

Kapitel 41

Margje stand wartend im Vorderzimmer, das nur von der Laterne auf der anderen Straßenseite erhellt wurde. Als sie aus Lunteren zurückkamen, sahen Hans und Ruben sie schnell ins hintere Zimmer huschen. Ruben rannte vor, war als erster im Haus, flog seiner Mutter um den Hals. Hans blieb auf der Schwelle zwischen Küche und Stube stehen, sah ihr müdes Gesicht.

»Wo wart ihr denn? Ich dachte, ihr kommt nie mehr nach Hause.«

Er gab zu, daß es später geworden war als erwartet.

Sie fragte, warum er den Jungen mitgenommen habe. Was hatte das Kind da zu suchen? Überhaupt nichts, oder? Das hätte er ihr alles erklären können, doch er preßte nur die Lippen fest zusammen, ging weiter in den Flur, um seinen Mantel aufzuhängen. Auf der Uhr sah er, daß es schon fast zehn war. Am liebsten wäre er gleich nach oben gegangen, hatte keine Lust, Rechenschaft abzulegen. Seine Worte würden nicht auf fruchtbaren Boden fallen.

Sie ging erst ziellos auf und ab, von der Stube zur Küche. Er, das Gesicht vom Zigarettenrauch umnebelt, blätterte in seiner Fachzeitschrift. Aus den Augenwinkeln schaute sie zu ihm hin, mit trockenen Augen und vor Angst entgleisten Zügen. Margje setzte sich ihm gegenüber, schien sagen zu wollen: Ich nehme an, daß ich dir keine Fragen stellen darf, sowieso keine Erklärung bekomme; doch sie schwieg. Beide hielten den Atem an, er schlug die Zeitschrift zu und legte sie neben seinen Stuhl auf den Boden.

Sie begann: »Der Teppich muß dringend erneuert werden …« Er drückte seine Zigarette aus, wollte aufstehen, blieb aber wie auf dem Stuhl festgeklebt sitzen, konnte sich nicht rühren. In ihrem schmalen kleinen Gesicht bewegten sich ihre Lippen wieder: »Es ist soviel … Ich weiß nicht … Ich weiß nicht, was ich tun soll … Du verschwindest, ohne etwas zu sagen. Verschwindest mitten am Nachmittag, zufällig finde ich einen Zettel, weiß nicht, wo du hin bist. Es könnte doch alles mögliche passiert sein. Oder?«

Sie erhob sich von ihrem Stuhl, blieb vor ihm stehen, stützte sich auf beide Armlehnen, beugte sich vertraulich zu ihm herunter, dachte vielleicht: Wenn ich nicht auf der Stelle sage, was ich davon halte, kann ich es nie mehr tun. Sie glaubte, daß er zu einer Bewegung ansetzte, um aufzustehen und wegzugehen, beugte sich fast bis zu seinem Gesicht herunter, als wollte sie ihn zurückhalten. Sie überlegte sich, was sie ihm sagen sollte und was lieber nicht. Ihn von sich wegstoßen, indem sie spottete und höhnte: Du würdigst dich herab, indem du dich mit diesen Leuten abgibst. Über die bist du doch erhaben. Sie durfte nicht die Beherrschung verlieren. Sie mußte ganz ruhig bleiben. Vielleicht war sie schon zu weit gegangen. Es stand fest, daß es noch viel zu retten gab, sie war überzeugt davon, daß sie ihn noch dazu bringen konnte, nicht mehr zu diesen Gottesdiensten zu gehen. Es war eine Laune, ein vorübergehender Anfall, eine momentane gesteigerte Empfänglichkeit. Sie mußte so tun, als handle es sich um einen ärgerlichen, aber nicht weiter wichtigen Zwischenfall.

»Ach ja, es sind noch ein paar Kunden dagewesen. Ich habe für knapp vierzig Gulden Blumen verkauft. Nicht schlecht, oder? Einen Zehner habe ich mir für die Haushaltskasse genommen, der Rest liegt in deiner Schublade. War es ein besonderer Gottesdienst?«

Soviel Interesse sie auch zeigte, er konnte ihr nichts über den Gottesdienst erzählen. Was da geschehen war, würde sie nicht begreifen. »Und«, fuhr sie fort, »es kam noch eine kleine Bestellung aus der Stadt, von Weidema. Zehn Blattbegonien.«

»Ja, die sind zur Zeit besonders schön. Dicht belaubt, buschig.«

»Aber Hans ...«

Sie berührte ihn, er schaute an ihr vorbei; er hatte dieser Ankunft zu Hause mit Sorge entgegengesehen. In großer Erregung war er zurückgefahren, Ruben war, an ihn gelehnt, eingeschlafen. Er hatte das Gefühl gehabt, daß der Zug viel schneller fuhr als auf dem Hinweg. Im Nu war er in Velp gewesen, auf dem Bergweg, zu Hause. »Aber Hans ... Wie ist es gekommen, daß du die Dinge jetzt so siehst? Geht das schon lange so, hätte ich es eher bemerken können, und es ist mir nur nicht aufgefallen? Ich will es verstehen.« Lieber hätte sie ihn einfach gefragt: Kam es aus heiterem Himmel, eines schönen (oder häßlichen) Tages, wie ein kräftiger, wohlriechender Windstoß, den du eines Morgens, eines Nachmittags, eingeatmet hast?

Was sollte er schon sagen? Sie würde es nicht verstehen. Er spürte ihren Blick, die Hand, die über sein Haar strich. Fehlte ihm etwas? Machte er sich über etwas Gedanken? War er unzufrieden? Weil er sie nämlich, sie könne es nicht anders sagen, im Stich gelassen hatte. Er habe ihr gemeinsames Kind mitgenommen, ohne zu fragen, was sie davon hielt. Sie sagte ihm auch, daß sie den Stall riechen könne und die Leute, mit denen sie zusammengewesen waren.

Rubens Gesicht und Hände hatte sie bestimmt dreimal gewaschen.

Margje setzte sich wieder.

Sie müsse ihm etwas sagen, sie wollte, daß er sie ansah. Unwillig hörte er ihr zu. Verstand er denn nicht, ohne daß sie weiterreden mußte? Nein, er wollte nicht verstehen. Heute nachmittag sei sie beim Arzt gewesen. Erriet er es jetzt? Natürlich verstand er, was sie ihm sagen wollte, doch in diesem Augenblick, nach diesem Nachmittag wollte er die Botschaft, die frohe Botschaft nicht hören. Nicht jetzt. Erst morgen. Überstürzt erhob er sich von seinem Stuhl, als hätte er wieder eine Stimme gehört, die ihn dringend rief – er wollte ihrem Blick entkommen. Nicht jetzt, morgen. Es war unmöglich für ihn, sie in diesem Augenblick in die Arme zu nehmen, sie vor lauter Glück mit Küssen zu bedecken.

Sie sah seine Verwirrung. Er war wie ein kleines Kind. Sie mußte ihn an die Hand nehmen. Sie schöpfte Trost aus seiner Verwirrung. Gut, dann würde sie sich eben die Botschaft für morgen aufheben. Nicht heute. Sie schauderte kurz. Wer weiß, vielleicht würde es ja schlecht enden, wenn sie es ihm heute erzählte. Morgen, das war die Garantie für Glück, für Unverwundbarkeit, dachte sie, und ihr wurde kurz schwindelig.

»Gute Nacht«, sagte er, als er aus dem Zimmer ging. Ruhig erwiderte sie, daß sie gleich nachkäme. Es war ihnen schon seit einer Weile zur Gewohnheit geworden, daß sie sich später schlafen legte als er. Die Blätter der Sträucher am Haus berührten das Fenster. Das Leben machte den Eindruck, als sei alles in bester Ordnung.

In dieser Nacht wachte Margje frierend auf. Etwas fehlte. Sein regelmäßiges Atmen. Ihre Hand suchte ihn tastend und fand nur das Bettlaken.

»Wo bist du, Hans?« Sie knipste das Licht an, er war

nicht da. Sie fand ihn halb liegend, halb kniend vor der Truhe auf dem Treppenabsatz. Sie sah die Wäsche, die sie noch zusammenlegen und in den Wäscheschrank räumen mußte. Seine Hände waren locker gefaltet, wie zwei helle Päckchen ineinandergeschoben, sein Kopf lag auf den Handtüchern. Über das kalte Linoleum ging sie zu ihm. Er schlief, war mitten im Gebet eingeschlafen. Sie schaute auf seinen schlanken braunen Hals, schüttelte den Kopf, fühlte Mitleid mit ihm und drückte ihm hockend, in ihrem weißen Nachthemd, die Lippen an den Hals. Er wimmerte und gab ein hohes Geräusch von sich, wie ein kleines Kind, das im Traum von einem wilden Tier verfolgt wird und es um Haaresbreite nicht schafft, rechtzeitig das Gartentor hinter sich zuzuziehen.

»Komm«, sagte sie. »Du bist eiskalt.« Sie nahm ihn beim Arm und führte ihn zum Bett. Er legte sich hin und schlief weiter.

Kapitel 42

Du wärst glatt an mir vorbeigelaufen, mein Junge.« Mieras grinste Hans an, zeigte seine großen, gepflegten Zähne. Er stand versteckt auf dem schmalen Weg zwischen zwei Gewächshäusern, außer Sichtweite des Hauses, den fast überquellenden Koffer zu seinen Füßen. Er gab seinem alten Freund die Hand, hielt sie fest, legte auch die Linke auf Bruder Sievez' Hand, musterte ihn forschend. Er hatte das Gefühl gehabt, daß es nötig war, sich wieder einmal blicken zu lassen.

»Oder täusche ich mich? Komm, laß uns eine geeignete Stelle suchen.«

Hans schob den Gedanken an all die Arbeit, die auf ihn wartete, beiseite, folgte Jozef, der, den Koffer über den Boden schleifend, zwischen den Freilandkästen hindurch auf die Stechpalmenhecke zusteuerte. Er suchte immer den Schatten, schwitzte von Natur aus übermäßig und roch unangenehm. Die in Fünferreihen stehenden Treibkästen waren durch einen schmalen Weg voneinander getrennt. Jozef setzte sich auf die höher gelegene Seite und bedeutete Hans, sich ihm gegenüber auf die niedrige zu setzen. Jozef saß mehr als einen halben Meter höher als Hans, ihre Füße berührten sich.

Mieras streckte den Arm aus, wies auf den blühenden Islandmohn, meinte, auf Gottes Erdboden gebe es keine schöneren Farbtöne, wiegte seinen schweren Kopf in tiefem Staunen. Der Schleier, der über dem Land lag. Ein göttlicher Schleier, doch wir sollten uns in acht nehmen: Der HErr sei in der Natur nicht erkennbar, nicht einmal in einem durchsichtigen Schleier, so berauschend dieser auch sein mochte. Der Herrgott sei nur im Sühneopfer, im heiligen Blutvergießen von Golgatha erkennbar.

Er ergriff Hans' Hände, drückte sie leicht aneinander, als liege etwas Zerbrechliches darin, das beschützt werden mußte, hielt sein sanftmütiges, rundes Gesicht liebevoll auf ihn gerichtet. Seit dem Vierschardienst war schon wieder so viel Zeit verstrichen. Es gab viel zu tun, die Zeit rann einem wie Sand durch die Finger. »Ich hätte früher kommen sollen.« Er trug ein untadeliges weißes Hemd und einen allem Anschein nach neuen schwarzen Anzug. Sollte die festliche Kleidung die Bedeutung dieser Begegnung unterstreichen? »Ich weiß, wie du dich fühlst, Hans. Mir bleibt nichts verborgen. Ich sehe an deiner Haltung, daß du enttäuscht bist. Dir kommen Zweifel. Vom HErrn merkst du seit der Verzückung nichts mehr.«

Er deutete hinüber zum Sonnenblumenfeld. Der Rausch war nicht mehr wiedergekommen, die Stimme in der Feuersäule verstummt, verschwunden. »Du fühlst dich verlassen, Bruder. Drücke ich mich richtig aus?«

Hans konnte seinen Worten nur zustimmen. Vom tiefen Hauch Gottes, den er hatte erfahren dürfen, war nichts übriggeblieben. Ja, er empfand es genauso, wie Jozef es ausdrückte. Doch Jozef Mieras, der ehemalige Gärtnergeselle, hatte Mitleid mit ihm. Ergriffen belehrte er ihn, wie Christus einst die Schar belehrt hatte. Gott habe wirklich mit seiner Arbeit an ihm begonnen, doch Hans' Kenntnis von Gott sei noch äußerst gering und bruchstückhaft. Er befinde sich im Anfangsstadium, auf der untersten Stufe der Leiter. Er müsse langsam aufsteigen, ein Stadium nach dem anderen erreichen: Erkenntnis des Elends, Berufung, dann die Erlösung. Ganz oben die Heiligung. Er könne es nur auf eine Art sagen: Die Seele befinde sich in diesem Augenblick geistlich gesehen im Todeszustand, lag buchstäblich in den letzten Zügen. »Es werden noch viele schwere Jahre vergehen, und du wirst dich wie der verlassenste aller Menschen fühlen.«

Die Stechpalme blühte dieses Jahr überreichlich. Es würde ein gutes Stechpalmenjahr werden. Sobald die Beeren Ende November beginnen würden, sich zu röten, würde er zusammen mit Margje und Ruben Netze über die Sträucher spannen. Rote Stechpalmenbeeren waren immer Mangelware. Niedergeschlagen schaute er auf die unscheinbaren weißen Stechpalmenblüten. Ihm wurde schwindelig vom gähnenden Abgrund zwischen dieser Welt und der aus Jozefs Worten. Er konnte sie nicht miteinander vereinbaren.

Jozef löste die Gurte, schnippte das Schloß auf, fischte eine Bibel mit Stockflecken aus dem Koffer. »Er hat begonnen, an dir zu arbeiten. Ich werde es dir zeigen. Schließ die Augen.« Er drückte ihm das Buch in die Hand. »Such dir irgendeine Seite aus.« Hans zögerte, Jozef ermunterte ihn. »Es kann ein Weg sein, den Er beschreitet!« Hans schlug das Buch irgendwo in der Mitte auf. »Und jetzt öffne die Augen und lies.« Hans las: »Euch aber, die ihr meinen Namen fürchtet, soll aufgehen die Sonne der Gerechtigkeit und ihr sollt springen wie die Mastkälber.« Jozef sagte, der HErr habe seine Hand geführt. »Er hat dich aus Maleachi lesen lassen, dem letzten Propheten des Alten Testaments. Dieser Name bedeutet ›Jahwes Bote‹. Der HErr schickt dir Seinen Boten.«

In diesem Moment verlor Hans jeden Zweifel. Was Jozef sagte, war wahr. Bei ihm fühlte er sich gut aufgehoben, er hatte nicht die strenge Predigtwut eines Steffen, interessierte sich nicht nur für das Göttliche, sondern auch für eine verwilderte Heidenelke, gewachsen aus einem Riß im Treibkasten. Jozef hielt in diesem Moment den Blick auf das reich blühende Pflänzchen gerichtet.

Um sie herum herrschte die friedliche Stille des Gartens; dunkel hoben sich die Umrisse der zwei Mammutbäume vom Himmel ab, der Mohn leuchtete hellrot, und Jozef spähte mit verklärter Miene nach oben. Sah er etwas? Die Szenerie war ernst, feierlich, religiös. Gott war da, ganz bestimmt. Und Jozef war sein Prophet. So in etwa empfand Hans es, und Margje konnte er das unmöglich erzählen.

Was sagte Jozef da? »Hans«, sagte er, »es gibt Tage, an denen will ich, so gesund ich bin, sterben, um den HErrn zu schauen. Jetzt schon.« Das war Hans zu viel, zu erhaben. Er dachte an seine schöne Frau, an die niedlichen Schwangerschaftsflecken auf ihren Wangen, neben ihrer Nase, an das Kind, das geboren werden würde. Zweifel ergriffen ihn. Jetzt sterben. Jozef hatte leise gesprochen, doch im stillen Garten schallte seine Stimme über die Primelbeete. Jozef forderte ihn auf, sich hinzuknien. Sie knieten nebeneinander, die gefalteten Hände auf dem Treibkasten. Jozef betete: »Wir suchen Dein Antlitz. Wir sind auserwählt, wir sind erlöst, doch wir wissen so gut wie nichts.« Nach diesen Worten schien Jozef für sich zu beten. Was er leise in sich hineinmurmelte, war unverständlich. Als er schwieg, verharrten beide in der knienden Haltung, um nicht abrupt zum viel irdischeren Stehen überzugehen. Hans wartete darauf, daß Jozef sich als erster erhob, obwohl ein Kieselstein sich in sein rechtes Knie bohrte.

»Jetzt ist Geduld am Platz. Es ist noch lange nicht soweit, daß die Seele als Braut mit Gott verkehren darf.« In diesem Augenblick bemerkte Hans, daß Ruben vom Wasserbecken aus zu ihnen herübersah. Was sollte er von seinem

Vater denken? Hans schaute von seinem Sohn zu Mieras und schämte sich. Mieras erhob sich aus seiner knienden Haltung, und Hans folgte ihm sofort.

»Da ist dein Sohn«, sagte Mieras. »Laß ihn zu uns kommen. Er braucht uns nicht aus der Ferne zuzusehen.«

Hans winkte. Ruben kam näher und gab Mieras die Hand. Dann begann dieser, Bücher aus dem Koffer zu holen und sie in kleinen Stapeln am Rand des Treibkastens aufzubauen. Es schien, als wollte er das Inventar des gesamten Koffers aufnehmen. Hans und sein Sohn schauten zu. Hans fragte sich, ob er Ruben wegschicken sollte, ihn bitten, eine Besorgung zu erledigen. Mieras stapelte weiter Bücher auf, stellte anscheinend Serien zusammen, bemerkte, daß der Mensch Seiner Absichten fast nie gewiß sei, daß in einem Menschenleben fast nichts wohlüberlegt geschehe und daß es ein Wunder sei, daß er gerade jetzt eine schöne Ausgabe des Böhmen Jan Hus in der Hand halte. Noch so ein wunderbarer Wegbereiter der Reformation. Er lobte dessen Werk, klopfte darauf und tippte daran, rieb über die Seiten, zählte die Wohltaten auf, die sich aus der Lektüre ergaben, fragte Ruben, ob er genauso gern lese wie sein Vater, fand in dem Koffer eine Predigt von Pastor Poort, von einem Zuhörer stenografiert und später ausgearbeitet. Hus und Poort, zwei Autoritäten. Hans dachte, daß er sie geschenkt bekommen würde, doch Jozef bot sie ihm zum Handelspreis an. Vierzig Gulden für beide zusammen. Weiter könne er nicht heruntergehen. »Sie zeigen, wie es um die heutige niederländisch-reformierte Kirche bestellt ist. Noch vor Luther wies Hus darauf hin, daß die römisch-katholische Kirche bereits im 15. Jahrhundert eine völlig verdorbene Institution war.«

Hans schaute in sein Portemonnaie, obwohl er genau

wußte, daß kaum Geld darin war. Seine Einnahmen von heute morgen waren gleich als Haushaltsgeld zu Margje gewandert.

Er hatte das Geld nicht. Er schaute weder Mieras noch Ruben an. Beide Bücher hätte er gern gehabt. Mieras sah seine Begierde, legte Hans eine Hand auf die Schulter: »Wir leiden. Es geht darum, daß wir in Demut leiden.« Und zu Ruben gewandt, mit einem leichten Zögern: »Ich habe deinen Vater früher einmal wahrhaftig *erkannt.*« Er beschloß, die Summe auf fünfunddreißig Gulden zu senken. Hans' Verstand arbeitete fieberhaft. Wie konnte er an Geld kommen? Indem er Ruben ins Haus schickte, damit er seiner Mutter ausrichtete, daß Hans schnell irgendeine Rechnung bezahlen mußte? Da wäre er bei Margje gerade richtig, sie würde es ganz genau wissen wollen!

Der Koffer lag offen auf dem Weg zwischen den Treibkästen, immer wieder drehte Hans die Bücher in den Händen. Ruben sagte, er habe Geld in seinem Zimmer, zusammengespart beim Ausliefern von Bestellungen für Blumenläden in der Stadt. Sein Vater protestierte leise. Nein, das Geld durfte er nicht anrühren.

Ruben war schon auf dem Weg ins Haus.

Aus heiterem Himmel, während er Hans dann und wann am Arm berührte, sagte Mieras zu ihm: »Du hättest mich umbringen können. Du hast mich zu Boden geworfen, und ich werde dich nie fragen, warum du so rasend warst, so außer dir, du, der du sonst so ruhig bist. Da war ich sicher, daß es nicht der Dämon war, der unsere Wege zusammengeführt hat. Nach außen hin war ich das Opfer … Damals habe ich begriffen, daß du leidest. Und ich wußte, daß es die Wahrheit gibt, daß sie aber gekreuzigt ist, zusammen mit uns.«

Ruben kam angerannt, gab Mieras die fünfunddreißig Gulden. Was für ein Betrag. Wieviel Farne? Doch das war nichts, verglichen mit dem Unabwendbaren, von dem Jozef sprach.

Ruben ging zum Wasserbecken, setzte sich und schaute ihnen weiter zu.

Mieras schloß seinen Koffer, forderte Hans auf, einmal über eine Tat nachzudenken. Das konnte zum Trost beitragen. Er nannte einige Beispiele. Ein Gebet in der Öffentlichkeit. Es durfte auch eine Tat im verborgenen sein. Hatte er Versicherungen für die Gärtnerei abgeschlossen? Man kam ohne aus, wenn man Vertrauen hatte.

Er ging fort.

Hans machte sich an die Arbeit, brachte Lauberde in die Werkstatt, begann, junge, bewurzelte Geranienstecklinge einzutopfen, drückte die Erde rundherum mit dem Daumen fest. Er arbeitete routiniert, den Blick auf seine sich bewegenden Hände gerichtet. Er arbeitete mit großem Ernst, einem tiefen, anhaltenden Ernst, der vielleicht nie wieder von einem Lachen unterbrochen werden würde. Sah Gott ihn jetzt? Hatte er gut daran getan, seinen Sohn bezahlen zu lassen? Es war viel Geld. Die Bücher waren es wert. Daran zweifelte er nicht. Er würde versuchen, ihre dunkle, komplizierte Sprache zu ergründen. Er hätte Ruben heraushalten sollen. Und dieser Rat, den Mieras ihm gegeben hatte?

Er trat durch die Zwischentür ins Glashaus, zog seine Schuhe und eine andere Jacke an und radelte kurze Zeit später über den Hauptweg zum Ausgang beim Schonenbergsingel. Er würde ein Zeichen setzen.

»Hans?« Sie drehte sich zu ihm um.

Sie lagen nebeneinander im Bett, im Dunkeln.

»Ja.«

»Hattest du heute Besuch in der Gärtnerei?«

Er ließ sie warten, wollte nicht antworten.

»War der Mann mit dem Koffer da? Du kannst es doch zugeben, wenn es so ist.«

»Ja, er war kurz da, hat sich ein bißchen umgesehen.«

»Ich hatte das Gefühl, daß er ziemlich lang geblieben ist.«

»Warum fragst du mich dann? Wenn du sowieso schon alles weißt ...«

»Du hast wieder neue Bücher gekauft, oder?«

»Hm.«

Er drehte sich auf die Seite, von ihr abgewandt. Vielleicht ließ sie ihn jetzt in Ruhe. Margje stand auf, lief auf dem Treppenabsatz hin und her. Dann hörte er sie nach unten gehen. So konnte er nicht einschlafen. Die Treppe knarrte, sie kam wieder hoch und legte sich im Dunkeln neben ihn.

»Aber ... danach warst du auch noch weg. Ich habe dich gebraucht. Dein Fahrrad war nicht da. Wo bist du gewesen?«

Er konnte nicht antworten, sagte nur, er habe keine Lust, auf eine solche Art über diese Dinge zu sprechen. Endlich konnte Hans einschlafen.

Kapitel 43

Hans wußte nicht, was er davon halten sollte. Ruben sagte eine Zeile nach der anderen auf.

Ich danke Dir, aus meines Herzens Grund …

Er beendete auch die vierte Strophe fehlerlos. Der Junge lernte leicht auswendig. An diesem Sonntagmorgen hatte er erst seinen Vater in die Gärtnerei begleitet, um die Gewächshäuser zu lüften, und dann angekündigt, daß er heute die achtundachtzig Verse von Reimpsalm 119 aufsagen würde.

Ruben wollte eine gute Tat tun, ein gutes Werk. Hans wußte sich keinen Rat. Steffen zufolge waren gute Werke papistisch und verboten. War es gottgefällig, einen Psalm so schnell herunterzuleiern? Hans wußte es nicht. Ihm war klar, daß Ruben ihm damit einen Gefallen tun wollte und hoffte, auf diese Weise das ewige Leben zu erlangen. Margje hatte Hans in den vergangenen Wochen schon darauf hingewiesen: »Der Junge paukt von morgens bis abends. Wozu soll die ganze Verselernerei gut sein?«

Draußen lag die friedliche, etwas unwirkliche Stimmung eines schönen Sonntagmorgens in der Luft. Hans sah auf die Pendeluhr. Ruben begann mit der siebten Strophe. Das war nicht der Sinn der Lobgesänge, die David unter freiem Himmel gegeben worden waren. Es war ein törichtes Unterfangen. Er mußte Ruben sagen, daß er damit aufhören solle. Das konnte nicht gottgefällig sein, aber der Junge gab sich eine solche Mühe. Er würde ihn tadeln müssen. Hans wandte sich ab, wollte nicht mehr hören, was Ruben sagte. Gleich würde Margje herunterkommen, und es gäbe vielleicht Streit. Mit dem Blick nach draußen auf die Gewächshäuser schüttelte er mißbilligend den Kopf.

Ruben hörte sofort auf, sah wahrscheinlich ein, daß es zuviel des Guten war.

»Es reicht«, sagte Hans. In dem Moment hörten sie Margje die Treppe herunterkommen.

Nach dem Frühstück las er im Thomas von Kempen. Er wußte schon jetzt, daß er nie mit diesem Buch fertig werden würde. Über jeden Satz konnte man stundenlang nachdenken. Über diesen zum Beispiel: »Eine Seele, die Gott liebt, verschmäht alles, was geringer ist als Gott.« Das Seitenfenster war gekippt. Über den Dächern der Glashäuser leuchtete der Himmel blendend glutrot, in den Fenstern spiegelten sich Flammen wie Feuerzungen wider. Wie gern hätte er in den alten Zeiten gelebt, als in Zungen geredet wurde und die Apostel sogar die Sprache des Paradieses sprechen konnten, die ursprüngliche Sprache der Menschheit. Hans starrte auf die stockfleckigen Seiten vor ihm und fühlte sich mit all denen verbunden, die ihm bei dieser Lektüre, mit der sie die ewige Seligkeit erlangen wollten, vorangegangen waren. Die sahen alles ganz anders als Margje.

In diesem Augenblick blieb sie kurz hinter ihm stehen und bemerkte, daß das Buch nicht gerade angenehm rieche. In seiner Konzentration gestört, schob er es demonstrativ von sich und wandte sich ihr zu. Sie trug ihr weißes Sommerkleid mit den großen, stilisierten orangefarbenen Blumen. Ihr dicker Bauch war gut zu sehen. In zwei Monaten würde das Baby kommen. Margje war sich fast sicher, daß es ein Mädchen war.

Ruben kam von draußen herein.

»Warum trägst du dein schönes Kleid, Mami? Gehen wir irgendwo hin?«

»Ach, ich hatte heute morgen Lust darauf, weil Sonntag ist und die Sonne scheint.« Und zu Hans: »Wie steht mir die Korallenkette? Du sagst gar nichts dazu!«

In diesem Moment klingelte es an der Haustür.

»Nanu, so früh?« rief Margje ängstlich. »Wer kann das sein?«

Hans ging in den Flur und schloß die über Nacht verriegelte Tür auf. Ein kurzes Gespräch, dann hörten sie die Tür wieder zugehen. Margje und Ruben waren sich sicher, daß Hans zusammen mit jemandem in die Stube kommen würde, doch er war allein, sagte nichts, obwohl sie ihn fragend anschauten, und setzte sich wieder an seinen Schreibtisch. »Wer war es denn? Dein Verhalten finde ich ja schon sehr komisch. Du brauchst ja niemanden hereinzubitten, aber erzähle uns wenigstens …«

Unwillig gab er zu, daß es ein Kunde gewesen sei. Jemand, der einen Blumenstrauß wollte. Um ihn ins Krankenhaus mitzunehmen. Das könne der sich doch auch samstags überlegen.

Margje war anderer Meinung.

»Man kann doch auch sonntags ins Krankenhaus eingeliefert werden? Wenn du am Sonntag kein Geld verdienen willst, dann verschenk den Strauß.«

»Oder die Leute bezahlen ein anderes Mal«, sagte Ruben.

»War es jemand, den wir kennen?« fragte Margje. Als Hans nicht antwortete, fuhr sie fort: »So kriegen wir ja einen guten Ruf.« Sie gestikulierte aufgeregt und sagte zu Ruben: »Schau doch mal, ob du noch jemanden siehst.« Der Junge trat aus dem Haus, schaute nach rechts und links, weit und breit niemand in Sicht. Als er wiederkam, murmelte Margje, sie sei nicht damit einverstanden. Kunden jage man nicht weg. So viele hatten sie nicht.

»Früher warst du nicht so!«

Jetzt wurde der Sonntag also durch solche ärgerlichen Kleinigkeiten gestört. Wie sollte er sich da in die schwierigen, dunklen Textstellen vertiefen können? Er versuchte, sich in sich selbst zurückzuziehen, flüsterte leise, als Margje in die Küche ging, den Satz: »Auch wenn in dir selbst eine Hölle von Traurigkeit und Versuchung wäre, gäbe es noch immer einen Grund, Ihn zu preisen, daß du nicht in der Hölle voll Pech und Schwefel bist. Trügest du eine Hölle auf dem Rücken und hättest eine andere in der Brust, gäbe es noch immer einen Grund, dankbar zu sein, daß du nicht in die Hölle zu den Teufeln geworfen wurdest …«

Danach schloß er sorgsam das Buch, schob es von sich, beugte sich vor, als würde er etwas Außergewöhnliches sehen – mit dem Tommymesser spielte sein Sohn allein hinter dem Haus Messerstechen –, stieß sich dann mit steifen Armen vom Schreibtisch ab, hörte Margje zu Ruben sagen: »Was Papa bei dem schönen Wetter bloß mit den Büchern will …«

Noch zögerte er. Er hatte diesem Sonntagmorgen mit großer Sorge entgegengesehen. Heute würde er Klarheit schaffen. Er schob den Stuhl zurück, öffnete die unterste Schublade seines Schreibtischs und holte dünne Büchlein heraus, lose in einen Einband gelegt, jedes von ihnen in einem hellbraunen, beinahe altrosa Umschlag und etwa zwanzig Seiten dick. Jetzt kam ein sehr schwieriger Moment, doch er hatte sich vorgenommen, sich von nichts abhalten zu lassen. Margje hatte keine Ahnung, was ihr bevorstand. Die Veränderung, die er in der Familie durchführen würde, war ihm vom Laienprediger nachdrücklich ans Herz gelegt worden. Sie würde auf großen Widerstand stoßen. Davor hatte er ihn gewarnt, doch Hans dürfe eines nicht vergessen: Es ging um das ewige Heil. Denn wir bestehen nur in der Erlösung durch Ihn. Wenn er sich das vor Augen hielt, werde ihm die Maßnahme leichtfallen. Hans umklammerte das Büchlein.

Hans hörte Margje die Kaffeetassen auf die Anrichte stellen, dann kam sie zu ihm: »Vielleicht sollte ich mal wieder in die Kirche gehen. Seit dem letzten Mal sind ein paar Monate vergangen. Du tust aber auch so schrecklich abweisend. Du bist nur mit dir selbst beschäftigt.« Sie unterbrach sich. »Was ist? Du siehst so blaß aus, warum schaust du mich so komisch an?«

Er wandte sich ihr ganz zu, das Büchlein in der Hand.

»Es ist mir lieber, wenn du heute zu Hause bleibst.« Seine Stimme war leise, aber energisch. Entschlossenheit und Starrsinn lagen darin. Er war nicht mehr von seinem Entschluß abzubringen.

Sie sah ihn verdutzt an, begriff nicht.

»Und das sagst du einfach so?«

»Ich hätte es schon früher sagen sollen. Gestern abend habe ich auf den richtigen Moment gewartet, aber du warst immerzu mit anderen Dingen beschäftigt, und ich wollte dich nicht dabei stören. In Zukunft wird der Sonntagmorgen anders verlaufen. Es wird eine Predigt gelesen, gebetet und gesungen. Die ganze Familie ist gehalten, dabei anwesend zu sein.«

Sie stand am Eßtisch, strich über das Tischtuch.

»Und wenn ich jetzt weggehen wollte ... Darf ich das etwa nicht mehr?« Ihre Stimme klang abschätziger als beabsichtigt, denn sie sah, wie er sich schwertat. Darum verbesserte sie sich: »Was stimmt denn nicht mit der Kirche? Wir haben dort geheiratet. Sie ist uns vertraut.« Da er spürte, daß die größte Hürde genommen war, erklärte er, daß die Kirche nicht mehr die alte Wahrheit besaß, die Wahrheit, wie sie ihnen aus dem 16. Jahrhundert überliefert war.

»Und wenn ich trotzdem gehe?« Das sagte sie in einem fast fröhlichen Ton, doch zugleich wußte sie, daß sie sich ihm nicht widersetzen würde, keinen Konflikt wollte.

Er sagte nichts, hoffte, daß sie sich fügen würde.

Ruben kam ins Zimmer. Er stellte sich instinktiv zwischen beide. Margje erklärte ihm, was Papa wollte. »Ich weiß nicht, was ich davon halten soll.« Sie sprach schnell, verhaspelte sich, stand noch immer am Eßtisch, auf den Hans jetzt zuging und die aufgeschlagene Predigt hinlegte, zwei engbedruckte Seiten aus grauem, stark holzhaltigem Papier.

Hans setzte sich auf seinen Stammplatz am Tisch. Inzwischen mußte sie doch verstanden haben, daß etwas mit ihm geschehen war, daß er ihr keine Erklärung schuldete.

Margje verfolgte die Bewegungen ihres Mannes, der mit ernster Miene auf die ersten Sätze der Predigt schaute. Die Korallenkette leuchtete auf ihrem weißen Kleid mit den orangefarbenen Blumen, ihr Gesicht war rot angelaufen, dunklere Flecken prangten auf den Wangenknochen.

Sie ging um den Tisch herum und setzte sich auf ihren Stuhl am Fenster. Ruben setzte sich in den Sessel seines Vaters, seiner Mutter gegenüber, auf der anderen Seite des Kaminsimses, mit dem Rücken zu den Schiebetüren. Er saß hinter seinem Vater.

Die Pendeluhr schlug halb zehn.

Vor lauter Beklommenheit hatte Hans die Psalmbücher vergessen, bat Ruben, sie aus der Schublade zu holen und auszuteilen. Er blätterte darin, in sich gekehrt, ein wenig bedrückt, auf der Suche nach dem in der Predigt angegebenen Psalm. Er fühlte keinerlei Freude, keinerlei seligen Trost. Margje, das geschlossene Psalmbuch achtlos im Schoß, stieß hervor: »Aber Hans, wir haben noch gar nicht weiter darüber gesprochen …« Statt zu antworten, gab er nach langem Schweigen die erste Strophe von Reimpsalm 119 an. Sie begann zu blättern, wollte nicht suchen, konnte sich jedoch nicht dagegen wehren, war in diesem Moment nicht einmal in der Lage dazu, wollte auch, weil Ruben dabei war, keinen Wortwechsel riskieren oder etwas anderes, das sich aus weiterem Widerstand ergeben würde.

Er schaute nicht zur Seite, um zu sehen, ob sie das Lied gefunden hatten. Unsicher setzte er ohne weitere Ankündigung ein:

Selig sind, die in Aufrichtigkeit …

Seine Stimme wurde fester, klang lauter, hallte. Margjes Lippen bewegten sich ein wenig, brachten jedoch keinen Laut hervor. Ruben war womöglich in einer noch heikleren Lage. Er sang dann und wann ein paar Noten.

Vor ihrem Gott zu wandeln sich bestreben …

Hans erflehte den Segen des Allerhöchsten für diese Versammlung. Ungefaltet lagen Margjes Hände übereinander in ihrem Schoß, auf dem Buch. Sie tat gleichgültig, obwohl sie mehr Widerstand hätte zeigen wollen.

Anschließend gab Hans eine kurze Erklärung. Diese Predigt des ehemaligen Pastors Poort beziehe sich auf einen Abschnitt aus dem Römerbrief: »Hasset das Arge.« Dieser Pfarrer sei vom Kirchenrat seines Amtes enthoben worden, weil er sich weigerte, ein Kind religiös freisinniger Eltern zu taufen. Er wurde in die Wüste geführt, wo der HErr sich die ganze Zeit seiner annahm.

Nach dieser Erklärung begann Hans zu lesen. Bei den ersten Sätzen war er noch angespannt, doch bald geriet er in den Bann der Worte, die er aussprach. »... der Mensch, einst das Juwel der Schöpfung, hat Gott aus der Welt verbannt. Der Mensch sagt nein. Doch kann er ohne Gott sein? Ein oberflächlicher Blick auf die Geschichte, und du kennst die Antwort auf diese Frage. Nein!«

»Du schreist ja, Mann. Man kann dich bis auf die Straße hören!«

Margje stand auf, schob die Türen fest aneinander.

Aus dem Konzept gebracht, starrte er bestürzt vor sich hin, wartete, bis sie sich wieder gesetzt hatte, schaute verärgert hinter sich. Es dauerte einen Moment, bis er wieder in den richtigen Ton, den Leserhythmus hineinfand. Warum mußte sie ihn unterbrechen? Sollte er etwa auf die Leute auf der Straße Rücksicht nehmen? Gegen zwölf beendete er die Andacht damit, daß er den zweiten Vers desselben Psalms angab.

Margje stand steif auf, um Kaffee zu kochen. Als sie wieder ins Zimmer kam, saß er noch immer da, das Gesicht reglos über der Predigt, für sich nachlesend, was er undeutlich ausgesprochen oder falsch betont hatte. Die Sätze waren lang, manche nahmen eine halbe Seite ein.

»Möchtest du den Kaffee draußen oder drinnen trinken?« Ihre Stimme klang monoton, gepreßt.

Er deutete auf den Tisch.

»Ich gehe nach draußen.« Weil er nichts sagte, drehte sie sich auf der Schwelle um: »Dieser Sonntag ist auf einmal ganz anders geworden.« Sie wartete kurz, hoffte, daß er ihr antworten würde, doch er sagte nichts. »Ich bin damit nicht einverstanden, Hans, das hast du doch wohl gemerkt. Ich bin ganz außer mir.« Er dachte, daß sie anfangen würde zu weinen.

Ruben stand abwartend am Tisch. Margje holte tief Luft. »Ja«, wiederholte sie, »der Sonntag ist anders geworden, alles ist anders geworden.«

Ruben sagte, er gehe neue Holunderspitzen für seine Pfeile schneiden. Letzte Woche hatte ihm sein Vater aus einem biegsamen Weidenzweig einen Bogen gemacht. »Ich gehe jetzt auf die Christusstatue schießen.«

»Das tust du nicht«, sagte sie.

Ruben rannte in den Garten.

»Warum sagst du nichts? Solche Dinge tut er deinethalben.«

Kapitel 44

Der Juwelier an der Hoofdstraat erklärte Hans und Ruben, daß Bernstein das fossile Harz einer ausgestorbenen Kiefernsorte sei, auch Succinit genannt. Hans hielt die durchsichtigen, goldbraunen Ohrringe gegen das Licht. Danach durfte Ruben sie in die Hand nehmen.

Sie saßen an einem kleinen, mit Filz bespannten Tisch zwischen Schaukästen voll Schmuck und Uhren. Ruben meinte, daß sie Mama gut stehen würden.

Hans erkundigte sich nach dem Preis. Der Juwelier wies nochmals darauf hin, wie fein die Ohrringe gearbeitet waren. Äußerst elegant. Nach der Beschreibung, die Hans ihm von seiner Frau gegeben hatte, würden sie ausgezeichnet zu ihr passen. Er machte auch darauf aufmerksam, daß er eine kleine Duftvase aus Bernstein im Angebot hatte. Für nur fünfundzwanzig Gulden. Zusammen mit den Ohrringen käme er auf hundertfünfzig Gulden. Fast geschenkt.

Nicht für Hans Sievez. Der Preis erschreckte ihn, er hatte mit einem Betrag von knapp hundert Gulden gerechnet.

Schon eine Weile spielte er mit dem Gedanken, Margje ein schönes Geschenk zu machen. Nicht, weil es irgend etwas Bestimmtes zu feiern gab, keinen Hochzeitstag (den er sowieso immer vergaß. Sie mußte ihn jedesmal daran erinnern: »Weißt du überhaupt, welcher Tag heute ist?«). Auch keinen Geburtstag. Nein, er fand einfach, daß sie es verdient hatte. Sie sorgte dafür, daß mit sehr wenig Haushaltsgeld jeden Tag Essen auf den Tisch kam. Er wollte fünfundsiebzig Gulden ausgeben. Vorausgesetzt, Ruben steuerte auch etwas bei. Ein Geschenk von ihnen beiden.

Für achtzig, neunzig Gulden sollte doch etwas Schönes zu finden sein.

Hans traute sich schon nicht mehr, die Ohrringe in die Hand zu nehmen. Aus dem Kauf würde nichts werden. Er ließ den Blick ein letztes Mal über die Schmuckstücke schweifen, wandte sich dann abrupt ab.

»Wir lassen es«, sagte er zu dem Verkäufer.

»Aber Sie können doch auch nur die Ohrringe kaufen«, versuchte es dieser.

Er schüttelte den Kopf. Nein, auch dann ging es noch nicht. Hans schämte sich. Immer war zuwenig Geld da. Meist ertrug er das, ohne zu murren, doch jetzt war ihm die Enttäuschung anzusehen. Er traute sich nicht mehr, jemanden anzuschauen, wollte so schnell wie möglich den Laden verlassen.

»Aber Papa ...« Ruben holte vierzig Gulden aus der Tasche. »Wir haben genug Geld.«

»So viel hast du noch?« Hans war froh, daß sie das Geschenk doch kaufen konnten. Er hatte es sich nun einmal in den Kopf gesetzt, und es fiel ihm schwer, darauf zu verzichten.

Mit manierierten Gesten legte der Juwelier die Ohrringe in ein dunkelgelbes Samtschächtelchen, verpackte es sorgfältig in Goldpapier, band eine Schleife aus Goldfaden darum.

Draußen versprach Hans seinem Sohn, ihm das Geld so schnell wie möglich zurückzuzahlen.

Zusammen gingen sie ums Haus, sahen durch das Küchenfenster, wie Margje gerade den Telefonhörer auflegte und etwas auf den Notizblock schrieb. Mit froher Miene empfing sie die beiden in der Küche. Weidema aus der Steenstraat hatte gerade angerufen: Im Theater wurde irgendeine Jubiläumsaufführung gegeben. »Er fragte, ob wir noch Calceolarien hätten. Ich habe ihm gleich gesagt: Schönere gibt es nicht. Hundert Stück will er haben. Er kommt sie heute nachmittag selbst mit dem Auto holen.«

Tränen stiegen Margje in die Augen, sie entschuldigte sich, wischte sie weg. Daß sie so schnell weinen mußte, hing bestimmt mit der Schwangerschaft zusammen, doch es lag auch an dem Glashaus voller blühender Pflanzen, die sich einfach nicht verkauften, was sie sehr bedrückte. Bei dem Wetter würden sie innerhalb einer Woche auf dem Misthaufen landen. Ach ja, und Weidema bestand darauf, daß die Töpfe gewaschen waren. Für sie selbst sei das Bücken jetzt mühsam ... Wieder kamen ihr die Tränen.

»Ruben hilft mir«, sagte Hans. »Setz du dich erst mal hin. Du bist ja ganz durcheinander.«

Alle drei setzten sie sich an den Küchentisch. Hans nickte seinem Sohn zu.

»Für dich, Mami.«

Leicht betreten saß sie mit dem Päckchen in den Händen da. Ruben ermunterte seine Mutter. »Mach es auf, Mami. Es ist von uns beiden.«

Behutsam schob sie das Band von der Schachtel, faltete das Papier ordentlich zusammen. Sie öffnete sie noch nicht. Nicht aus Angst vor einer Enttäuschung, sondern weil sie das Geschenk in vollen Zügen genießen wollte, behielt sie es in der Hand, wollte nicht wieder anfangen zu weinen – ihre beiden Männer am Tisch, dicht bei ihr, das Goldpapier, über das sie mit der Fingerkuppe strich –, sie konnte die plötzliche Wende noch gar nicht fassen: Erst die unerwartete, schöne Bestellung, mit der sie ihren Mann begrüßen konnte, und jetzt das – Dinge, an denen man sich festhalten konnte. Klar, sie träumte.

Erwartungsvoll schauten sie auf ihre starken Wangenknochen, die noch mehr hervortraten als sonst, ihre geschwungenen Augenbrauen, die bebenden Nasenflügel, die schimmernde Röte auf ihrem Haar im Licht, das durchs Küchenfenster hereinfiel.

Sie öffnete das Päckchen, ein Lächeln spielte um ihren weichen Mund. Margje stand auf, um beide zu küssen. Offenbar träumte sie doch nicht.

Mit den Ohrringen in der Hand ging sie zum halbblinden Rasierspiegel am Türpfosten des Hintereingangs, schob eine Haarsträhne zurück, hielt sie sich einen nach dem anderen ans Ohr. Sie schaute von so nah in den Spiegel, daß sie fast dagegenstieß, blieb unbeweglich stehen, konnte nur das verschwommene Spiegelbild ihres Gesichts hinter dem Schleier erkennen, drehte sich noch immer nicht um.

Das Telefon klingelte.

»Wenn sie nur nicht abbestellt werden ...«, sagte Margje. Es war zu viel Glück auf einmal. Hans nahm den Hörer ab. Es war wieder Weidema. Sie hörten seine kurzen, abgehackten Sätze. Doch was machte es schon aus, daß er platt und abgehackt redete? Schwitzend und verdutzt legte Hans auf. Weidema sollte auch das Foyer dekorieren, und er brauchte weitere hundert »Pantöffelchen«. Hans solle sie nicht einpacken. Auch die Töpfe müßten nicht gewaschen werden, er klopfte die Pflanzen sowieso heraus. Margje legte sich eine Hand auf den Bauch, strich sanft darüber. Schade, daß ihr Mädchen noch nicht da sei, sonst hätte es das miterlebt.

Zu dritt gingen sie zum Gewächshaus. Dieses Jahr hatte Hans die Calceolarien nicht im Freiland gezogen, sondern im Treibhaus. Hier konnte er sie länger kühl halten und die Blüte, wenn es heiß war, dadurch etwas hinauszögern. Sie kniffen die Augen zu, als sie ins Glashaus traten, so blendend gelb war es darin. Unzählige kleine Pantöffelchen.

»Nein, Hummeln«, sagte Ruben.

Hans und Ruben trugen die Blumen in die Werkstatt, stellten sie in Kisten voll Holzwolle. Ruben schob Papierkugeln dazwischen, damit sie mehr Halt hatten. Margje sah ihren Männern von der kleinen Bank aus zu. Wie herrlich es doch war, viel zu verkaufen. Es nicht zum Verrotten auf den Komposthaufen karren zu müssen. Hans zündete sich eine Zigarette an, sie schaute ihm in die schönen, vertrauensvollen hellblauen Augen. Weidema fuhr mit seinem Vauxhall-Lieferwagen vor. Es war herrlich, Kunden im eigenen Garten zu sehen. Zu sehen, daß die ganze Arbeit, der viele Koks, der darin steckte, sich schließlich doch bezahlt machten. Weidema hatte einen Blick für Qualität.

»Herrgott noch mal, das ist ja sagenhaft! Dein Mann da hat echt 'ne Ahnung vom Blumenzüchten.« Hans ignorierte den Fluch, runzelte nur den Bruchteil einer Sekunde die Stirn. Im übrigen ließ er sich nicht anmerken, wie sehr ihn dieser schreckliche Fluch auf seinem Territorium, in seinem Treibhaus verstörte. »Sievez«, rief er – Weidema war allein ins Treibhaus gegangen –, »Herrgott noch mal, ich will sie alle. Wie viele hast du noch auf den Kulturtischen stehen, was glaubst du?«

Hans trat zu ihm, sah sich um. Er hatte noch einige Regalfächer mit Pantoffelblumen in einem anderen Glashaus, in einem dunkleren Farbton, Maronenbraun.

»Alles in allem noch mal hundertfünfzig.« Hans rieb sich mit den Fingern über die Schläfe, merkte, daß das eine Geste war, die sein Vater immer gemacht hatte, wenn er nachdachte. Aus Angst vor einem weiteren Fluch wandte er sofort den Blick von Weidema ab, doch der sagte nur, daß er alle haben wolle. Lobte nochmals die Qualität, handelte trotz der Menge nichts herunter, half sogar beim Einpacken.

Hans schrieb die Rechnung. Ob er auch jetzt noch bar bezahlen würde? Es waren vierhundertzwanzig Stück. Im Verkauf kosteten sie einen Gulden. Vierhundertzwanzig Gulden. Weidema holte einen solchen Packen Geld aus der Tasche seines Kittels, daß sie die ganze Kohlenschuld damit bezahlen könnten. Die gut vierhundert Gulden waren ein Klacks für ihn. Hans tippte sich zum Dank an die Stirn. Das Geld war eine enorme Erleichterung, er konnte auch Ruben seins zurückzahlen. Das hatte es noch nie gegeben.

Dreihundert reichte er Margje. Um Geldangelegenheiten kümmerte sie sich. Sie ging ins Haus, um den Ohrschmuck anzulegen, nahm Ruben mit.

Hans folgte ihnen mit dem Blick, bis sie im Haus verschwunden waren, kehrte zum Treibhaus zurück, schloß die Zwischentür hinter sich. In den mittleren Regalfächern standen hohe Mutterpflanzen, hinter denen er nicht so bald gefunden werden würde. Er kniete sich auf die bloße Erde, faltete die Hände und bat Ihn um Vergebung für die derben Flüche, die hier unter diesem Glasdach erklungen waren. Er fühlte sich so schuldig, als wären sie aus seinem Mund gekommen, war auch schuldig, weil er Weidema nicht auf die Gotteslästerung hingewiesen hatte. »Vergib mir, o Herr der Heerscharen, daß ich nicht ununterbrochen Dein Angesicht suche und immer nur mit alltäglichen Mühsalen beschäftigt bin und die großen Angelegenheiten der Seele aus den Augen verliere. Ich danke Dir, daß Du

Dich um mich kümmerst. Bin ich Deiner Aufmerksamkeit überhaupt wert? Manchmal, gerade eben noch, mißfalle ich mir selbst, habe das Gefühl, geistlich tot zu sein.« Er wiegte den nach oben gewandten Kopf, tiefernst und demütig vor dem Ehrfurchtgebietenden, denn er wußte dessen Blick auf sich gerichtet.

Für die schöne Bestellung dankte er nicht. Mit solchen Dingen hatte der Himmel nichts zu tun. Unwillkürlich preßte er die gefalteten Hände derart zusammen, daß seine Knöchel weiß wurden. »O Gott«, murmelte er leise, »laste mir das Fluchen nicht an, sondern laß, wenn es Dir wohlgefällt, das Kind ausreifen, und laß es, wenn es Dein Wille ist, ein Mädchen werden.«

Im selben Moment bereute er diese Worte, und ihm rann der Schweiß in Bächen übers Gesicht. Hatte er gut daran getan, eine so konkrete Bitte zu äußern, zumal für eine Sache, die längst von oben entschieden war? In sich gekehrt blieb er sitzen, ein Lächeln auf dem Gesicht. Er hatte sich einen schönen Namen für sie ausgedacht. Diesmal würde seine Tochter Hanna heißen. Hanna bedeutete Lieblichkeit, Gnade, Grazie, Hanna, eine der zwei Frauen Elkanas und die Mutter Samuels. »Der HERR hebt auf den Dürftigen aus dem Staub und erhöht den Armen aus der Asche.« Der Lobgesang der Hanna: Er kannte keine schönere, gefühlvollere Stelle, keine, die ihm mehr aus dem Herzen sprach, jedenfalls nicht im Alten Testament. Für einen Jungen hatte er keinen Namen. Es würde ein Mädchen werden.

Am Schatten erkannte er, daß die Außentür des Glashauses geöffnet wurde. Es war Margje. Entspannt ging er ihr entgegen. Einen Moment lang musterte sie ihn forschend, wahrscheinlich aus Angst, daß er nicht allein war.

»Schau mal, wie schön sie sind. Ich hätte nie … Das war wirklich eine große Überraschung.« Sie schien sich ihre Befürchtungen übelzunehmen. Doch es war alles in Ordnung: Er war bei der Arbeit, wie es sich gehörte.

»Ich habe eine Idee.« Sie hielt seine Hand fest. Margje schlug vor, einen Ausflug zum Fluß zu machen. Sie wußte aber nicht, ob das Ausflugslokal beim Fährhaus Anfang Oktober noch geöffnet hatte.

Kapitel 45

Ihr Bauch war groß und rund. Sie legte seine Hand darauf: »Spürst du es? Es bewegt sich, es strampelt. Ein quicklebendiges Mädchen.« Er erinnerte sich an Hannas Worte aus Samuel: »Mein Herz ist fröhlich in dem HERRN, denn er tut wohl an mir. Außer dem HERRN ist keiner.« Den Lobgesang der Hanna kannte er auswendig.

Über der Gärtnerei war der Himmel weiß wie Zink, und die Dächer der Gewächshäuser waren glänzende Kuppeln. Die Wäsche hing vollkommen reglos an der Leine bei den Johannisbeersträuchern. Dann kam ein leiser Wind auf, der Himmel nahm allmählich den Farbton der Williamsbirne bei der Südmauer an, und danach wurde es schlagartig bedrohlich dunkel.

Er eilte unter der Wäsche hindurch in den Garten. Heulend sogen die geöffneten Gewächshaustüren den Wind hinein. Er schloß die Türen, verriegelte die Dachfenster, stürzte von einem Glashaus zum nächsten. Der Wind drückte gegen die Scheiben, eine Bö fuhr über die Hecke. Er zog den Stahldraht über den Holländerfenstern auf den Treibkästen straff.

Sturm kam auf. Die hohen Wipfel der Mammutbäume bogen sich in alle Himmelsrichtungen, der Wind pfiff um die Ecken der Gewächshäuser. Margje kam in den Garten, um ihm zu helfen. Er fand, daß sie lieber ins Haus gehen sollte, weg von alldem Glas. Doch das Unwetter war schneller als sie. Der Wind wuchs sich zum Orkan aus, die Schrägseile des Schornsteins wurden in die Luft geschleudert, die Stechpalmen bebten, wurden zu Boden gedrückt. Pflanzenstengel, Äste, Erdklumpen, Vogelfedern wirbelten durch die Luft. Im Zwielicht erklang ein schreckliches Krachen. Der Wipfel eines der Mammutbäume brach ab, landete hinter der Südmauer.

Er ergriff ihre Hand, und zusammen flüchteten sie sich in die Werkstatt. Hier waren sie ziemlich geschützt, weil er Schilfmatten auf das Glas gelegt hatte. Als Hans sie fragte, ob sie den Wetterbericht gehört habe, mußte er schreien, um den Lärm zu übertönen. Sie schüttelte den Kopf, rief, daß Ruben zum Glück noch in der Schule war, das Gebäude an der Jan Luykenlaan sei groß und stabil.

Sie deutete in den Himmel. Dort, wo er gerade eben noch pechschwarz gewesen war, tat sich nun ein hellerer Abgrund zwischen den Wolken auf. Würde man ein Senkblei dort hinunterlassen, stieße es niemals auf Grund. Daraus rollte sich ein roter Teppich aus, von einem hellen Rot, aus einer anderen Welt. »Als würde uns jemand die Zunge herausstrecken«, fand Margje und klammerte sich an ihren Mann. »Ich habe Angst.« Er sah etwas ganz anderes, eine rote Unendlichkeit, die in die Tiefe reichte, und darauf den Thron mit dem Lamm Gottes und bei dem Lamm die Hundertvierundvierzigtausend, auf deren Stirn der Name des Vaters stand, und eine Stimme war zu hören: »Dies sind meine Erkauften.« Beide glaubten, einen Himmel zu sehen, der nie mehr so sein würde wie früher.

Wieder ein dumpfes Krachen. Der Wipfel des zweiten Mammutbaums stürzte hinab, landete ebenfalls hinter der Südmauer. Ein schwerer Ast zerschmetterte die Orangerie. Gleichzeitig spürten sie, wie sich der Boden bewegte. Es schien, als ob die ganze Gärtnerei von tief unten aus der Erde hochgedrückt würde, sich anhob und reihenweise Holländerfenster mit sich riß. Die Dunkelheit nahm zu, das rote Licht verschwand. Aus dem Abgrund über ihnen fiel schwerer Regen, der vom Sturm weggeweht wurde – und zurückkehrte. Quer über dem Hauptweg des Gartens stand eine sich wölbende Regenwand, ein Vogelschwarm wurde gegen das Wasserbecken geschleudert. Er zog sie weg, weil ein Fensterkreuz sich wenige Meter von der Werkstatt entfernt durch das Dach des Glashauses bohrte. Gott war erzürnt. Der Allmächtige wirbelte seine Schöpfung durcheinander, weil er zuwenig Gerechte fand. Es war vorbei mit der Welt, das Gericht hatte begonnen. O Gott, wer würde dann bestehen? Hans faltete die Hände, bat um Errettung. Die schweren Fenster des Doppelkastens flogen leicht wie Federn durch die Luft. Glas barst. Er half Margje die steile Leiter hinunter, und sie zogen sich in die hinterste Ecke des Heizungskellers zurück, sechs Meter tief unter der Erde.

Margje sagte, es sei schlimmer als im Krieg. Bei schwerem Beschuß hatten sie sich hier versteckt. In der Schlacht von Arnheim lag Velp in der Schußlinie. Falls der Zugang zur Werkstatt von Trümmern versperrt wurde, konnten sie noch immer durch eines der beiden Schüttlöcher hinaus. Durch die zwei schwarzen und von altem Kohlenstaub rauhen Schächte fiel ein weißer Nebel feinen Regens, so fein, daß es Pulver zu sein schien.

Margje setzte sich auf die kleine Bank neben dem runden Kessel. Sie konnten nichts tun. Hans dachte an den Sturzregen über der Arche, der vierzig Tage und vierzig Nächte andauerte. Die Brunnen der großen Tiefe und die Fenster des Himmels waren aufgebrochen.

Der Sturm, wie war es möglich, wütete noch heftiger. Und legte sich plötzlich. Noch einige kurze Aufschreie, ein sachtes Rauschen. Sie küßte ihn auf die Stirn. Es war, als ob es ihn versengte.

Er ging ihr voran die Leiter hinauf, durch eine Nebelwolke, erfaßte den Schaden mit einem Blick. Kein einziges Treibhausfenster war heil geblieben. Die Scheiben lagen auf der zerfurchten Erde verteilt, ja hingen sogar in den Bäumen, im Zitronenapfelbaum, in der Hecke beim Friedhof, steckten aufrecht im Boden. Jungpflanzen waren zerstört, Stiele gebrochen.

Zusammen gingen sie über eine Schicht aus Glasscherben, hörten die Bäume nachträglich ächzen. Zwischen den Blutbuchen und den abgebrochenen Mammutbäumen wirbelte der Wind noch, doch der Himmel war wieder klar.

»Als hätte man es auf uns abgesehen«, sagte sie leise.

»So etwas darf man nicht sagen«, tadelte er sie. »Auch der Sturm wird vom HErrn gesandt.«

»Wir müssen wieder von vorn beginnen.« Sie wollte ihn trösten, doch er löste sich von ihr, dachte an die Tat, die er in Mieras' Auftrag verrichtet hatte.

Sie war schon beim Praktischen. Die Versicherung müsse sofort benachrichtigt werden. Sie würde sich darum kümmern, sie wußte, wo die Papiere lagen.

Er beschwor sie dazubleiben und geriet in Panik.

»Bleib du hier. Ich tue es. Es sind meine Angelegenheiten. Nein, nicht du.«

»Es sind auch meine Angelegenheiten, aber wenn du meinst ...«

»Ich kenne den Vertreter. Das kann bei der Abwicklung helfen.« Er wolle persönlich mit allen Papieren hingehen. Er sprach ungewohnt schnell und heftig, blieb unentschlossen stehen. Wie erstarrt stand er vor ihr, leichenblaß. Sie dachte, daß der Anblick des Schadens, der in den Grund gebohrten Holländerfenster, ihn wie am Boden festgenagelt hatte, ermunterte ihn, sich doch auf den Weg zu machen. Je früher jemand kam und sich umsah, desto besser. Sie würde inzwischen ein bißchen Glas aufräumen, obwohl sie nicht wußte, an welcher Stelle sie anfangen sollte.

Schweißüberströmt hörte er ihr zu. Sie sagte: »Ich glaube, du wirst krank.«

Sie kam hinter ihm her, wollte doch lieber mitgehen. Zu zweit hätten sie mehr Einfluß. Er schüttelte den Kopf, stürzte ins Haus.

Drinnen zog er die oberste Schublade seines Schreibtischs auf, gab vor zu suchen – sie stand in der Tür –, wußte, daß die Papiere nicht dort lagen. Die seit kurzem wertlosen Verträge hatte er zwischen seine alten Bücher in die unterste Schublade gesteckt.

Panisch schloß er die Schublade wieder, starrte durchs Fenster auf die Verwüstungen im Garten, tat erneut so, als würde er suchen, zog die andere Schublade auf, ließ sie offen, richtete sich auf, sagte resigniert, daß es keinen Sinn hätte, zum Versicherungsmakler zu gehen. Sie sah ihn verständnislos an. Er wiederholte, daß es keinen Sinn hätte, irgendwelche Schritte zu unternehmen.

»Ich habe die Glasversicherung gekündigt.«

Dunkle Wut hätte Besitz von ihr ergreifen können. Als sie diesen Mieras, diesen Steffen zum erstenmal traf, hatte sie ihnen alles mögliche antun wollen. Verspürte sie Trotz? Weder Zorn noch Aufbegehren. Vielleicht war kein Kraut dagegen gewachsen. Ein geringes Einkommen, hohe Kosten, das war das eine. Das hier war etwas ganz anderes. Sie warf es ihm auch nicht vor, schrie nicht, daß er verrückt sei, die Versicherung einfach zu kündigen, ohne sich mit ihr abzusprechen. Fragte sich nicht einmal, wie die Brüder, die ihn dazu gebracht hatten, es vor sich selbst rechtfertigen konnten. Bestimmt hätten sie auch darauf wieder irgendeine Antwort parat und würden Gottes strafende Hand anführen: Es gab keine Schicksalsschläge. Es machte Gott keine Freude, dem Menschen Schmerzen zuzufügen, aber es war ja so gut für die Seele und solcherlei Unsinn.

Schweigend standen sie da. Er stützte sich mit beiden Händen auf den Schreibtisch, als würde er sich den Kopf darüber zerbrechen, was man machen sollte, sie, ganz dicht bei ihm, glühend vor Angst, fragte sich, was sie bloß falsch gemacht hatte.

Wie soll, wie kann ein Jüngling weise seyn,
Den Alles reizt, und der so leicht kan gleiten?
Wenn er sich hält, nach Deinem Wort allein,
So wirst Du ihn auf glattem Wege leiten.
Dich sucht mein Herz, die Wahl wird nie mich reu'n
Laß Dein Gebot nur immer mich begleiten.
Psalm 119,5

FÜNF

Kapitel 46

Hans, ich bitte dich!« Er geriet ins Stocken, hörte auf zu lesen, schaute verstört zur Seite, von Margje zu seinem jüngeren Sohn neben ihr. Ruben war der einzige, der zur Freude seines Vaters aufmerksam zuhörte. Warum unterbrach Margje ihn wieder bei der Lektüre? Sie war dieser Predigt von Poort nicht würdig.

»Was ist?« fragte er, den Blick schon wieder auf den Text gerichtet. Natürlich wußte er, was los war. Er war zu laut.

»Na, du schreist fast. Die ganze Nachbarschaft kann dich hören!«

Aber diese ehrfurchtgebietenden Worte konnte man doch nicht flüstern, sie mußten von den Dächern verkündet werden. Es war Gottes Wort. Die Leute auf der Straße. Die Nachbarn. Margje bedauerte es, daß der gute Kontakt zu den Nachbarn – »ich dachte, du legst Wert darauf« – abgebrochen war. Früher hatten sie jeden Tag ein paar Worte gewechselt, sich auf einen Sprung besucht. Auf Margjes Schoß lag ein Kinderbuch. Während der Predigt las sie Tom leise daraus vor. Sie glaubte, daß es Hans nicht auffiel. Auch, um ihr Geflüster zu übertönen, mußte er noch lauter sprechen als sonst.

Die Pendeluhr schlug zwölf.

»Du bist jetzt seit zwei Stunden zugange. Denk doch an die Kinder.«

»Wenn das schon zuviel ist für eine ganze Woche. Eine zweistündige Lesepredigt.« Er starrte auf die Worte, dachte nach. Nein, so ging das nicht. Immer wieder herausgerissen zu werden. Es hatte keinen Sinn.

»Dann höre ich eben auf.« Er blieb am Eßtisch sitzen, versuchte, den Text für sich zu Ende zu lesen.

»Ist Papa uns böse?« fragte Tom in die Stille hinein.

»Unsinn«, sagte Margje, »natürlich ist Papa uns nicht böse. Aber wir haben schon so lange gelesen. Wir sind alle müde.« Und, die Hand auf dem blonden Lockenkopf des Jungen: »Soll ich Kaffee kochen? Mir ist inzwischen danach, und die Kinder wollen auch etwas trinken.« Ihr Ton war nicht feindselig, aber sie hatte einfach genug davon.

Noch schwieg er, zögerte, schob das Büchlein hin und her, sagte dann fest entschlossen: »Ich mache weiter. Eine Lesepredigt ist eine Lesepredigt. Man kann nicht einfach mittendrin aufhören.«

»Du bist ganz grau im Gesicht. Zwing dich und uns nicht dazu. Laß es für heute gut sein.«

Laut (aber leiser als zuvor) las er dort weiter, wo er aufgehört hatte, begriff die Dunkelheit der Sätze, die er aussprach. Seine Zunge wurde dick, sein Mund trocken, Schweißtropfen fielen von seinen Nasenflügeln auf die Seite. Er versank in Angst. Sinn der Sache war, das Wort Gottes in dieser Familie erklingen zu lassen, doch er spürte nur Abneigung, Gleichgültigkeit, Feindseligkeit. Starr schaute er auf den Text. Er mußte bis zum Ende der Predigt durchhalten. Um nicht schwach und hilflos zu klingen, räusperte er sich, setzte erneut an. Sollten sie es doch auf der Straße hören, er schämte sich nicht. »Wann ist es geschehen, daß der Bürge dein Bürge sein wollte? Wie erfolgte der Bundesschluß bei dir?«

»Papa liest wieder. Er ist uns nicht mehr böse.«

»Psst, mein Schätzchen.« Er wartete nicht, übertönte seinen Sohn: »Was bewegte deine Seele damals? Wann bist du ein Verbündeter des Heiligen Gottes geworden? Wann hat sich der Gott des Bundes, der Vermittler des Bundes, dir offenbart? Wann hast du begonnen zu weinen, zu rufen, zu seufzen, zu wimmern, wehzuklagen, um Bundesgenosse zu werden? Denk darüber nach, lieber Zuhörer. Amen. Ja, amen.«

Das Ende der Predigt war geschafft. Noch blieb er sitzen, völlig erschöpft, einen bitteren Geschmack auf der Zunge. Er wollte dem Kleinen gerade etwas Liebes sagen, als sie herausplatzte:

»Daraus kann doch kein normaler Mensch schlau werden.«

Er reagierte nicht. Auf den Schlußgesang verzichtete er heute, schob seinen Stuhl zurück, berührte kurz seinen älteren Sohn – »Du hast gut zugehört« – und stand auf, um Predigt und Psalmbuch auf den Schreibtisch zu legen. Seine Beine schmerzten, als hätte er sich gestoßen. Er atmete schwer. Warum ging es mit dem Lesen in dieser Familie so mühsam? Von Huib Steffen wußte er, daß es in Hardinxveld-Giessendam, in Lunteren, in Genemuiden Familien gab, wo auch die Ehefrau der Wahrheit anhing.

Sie ging in die Küche, Tom kuschelte sich im großen Lehnstuhl dicht an Ruben; Hans zog die unterste Schreibtischschublade auf, holte einen Pappschuber mit seinen Neuerwerbungen heraus: zwei sehr mitgenommene, in Pergament gebundene Gebetbücher aus dem 16. Jahrhundert, im Niederländisch jener Zeit geschrieben, die reinsten Texte überhaupt. Gott selbst hatte sie diktiert. Er war froh über diese Bücher und dankbar, sie zu besitzen.

Sie stellte seine Tasse neben ihn, sah die Gebetbücher auf der grünen Schreibunterlage mit den Kunstlederecken. Er wußte, daß Abscheu in ihrem Gesicht geschrieben stand. Bestimmt würde sie eine Bemerkung machen wie: Hast du immer noch nicht genug davon? Was hast du dafür bezahlt? Die fallen ja fast auseinander, diese dreckigen alten Dinger. Sie sagte nichts.

Ruben las seinem Bruder etwas vor, Hans rührte im Kaffee, schaute in seinen Garten. Nur die gekappten Mammutbäume erinnerten noch an die Katastrophe. Von dem Betrieb, der ihn immer belieferte, hatte er kostenlos leicht beschädigtes, abgeschriebenes Glas bekommen. Die Gemeinde steuerte aus einem Notfonds zweitausend Gulden für den Ankauf von jungem Pflanzgut bei. Mit Gottes Hilfe war mit der Gärtnerei alles wieder ins Lot gekommen. Er drehte sich um, betrachtete Toms zartes blondes Köpfchen. Beinahe ein Mädchen. »Thomas«, sagte er leise bei sich. Den Namen hatte Margje ausgesucht. Er war sofort damit einverstanden gewesen. Nein, es war keine Tochter geworden, keine Hanna. Oder eine Hanne, ein Name, der ihm noch lieblicher in den Ohren klang. Eine Hanne, die seiner Mutter geähnelt hätte. Mieras hatte er nach langem Zögern telefonisch von dem Schaden durch die Windhose erzählt, stotternd, mit schweißnassen Händen. Mieras hatte keinen Trost geboten: »Menschlich gesehen wünsche ich dir so etwas nicht. Aber wir können Gott nicht zur Rechenschaft ziehen. Wir mit unserem geringen Menschenverstand können nur annehmen, daß Er dir den Sturm geschickt hat. Mit Seinen Händen zerstört er und heilt er.«

Hans wandte sich von seiner Familie ab, begann, in einem der Gebetbücher zu blättern, betrachtete eine verzierte Initiale.

Kapitel 47

Das Papier war im Lauf der Jahrhunderte spröde geworden, die Seiten hatten sich teilweise aufgelöst. Er versuchte zu lesen, was übriggeblieben war. »... das murrende Klagen wird zum Schweigen gebracht werden.« Er ließ sich die Worte auf der Zunge zergehen, dachte intensiv nach. Wie waren diese Worte mit dem vorhergehenden, viel dunkleren Absatz zu vereinbaren? Er las weiter, vergaß Frau und Kinder, die Welt. »Gib, daß ich all diese unentbehrlichen Erhaltungsmittel des sterblichen Lebens mäßig gebrauche und nicht durch zu große Begierde bestrickt werde ...« Er hatte noch zu wenig gelesen, um Gottes Wort ganz und gar im Licht der Ewigkeit begreifen zu können.

Wenn er jetzt allein im Zimmer wäre – machten die anderen denn keine Anstalten, nach draußen zu gehen? –, könnte er ein Wort, einen Satz halblaut lesen und ihn so besser in sich aufnehmen. Gottes Wort ganz und gar zu ergründen war unmöglich. Das hatte Steffen ihm klargemacht. Gott war unerreichbar. Mose bestieg den Berg Sinai und nahte sich dem Dunkel, darinnen Gott war. Diese Worte sollten zum Teil dunkel bleiben. Das machten die Sätze aus dem 16. Jahrhundert deutlich. Licht würden sie erst dann verbreiten, wenn Er sein Licht darauf fallen ließ. Hans saß gebeugt an seinem Schreibtisch, die Hände flach auf den Tisch gelegt, unerreichbar weit weg. Allein.

Jetzt ging Margje hinter ihm vorbei. Etwas für die Kinder holen. Es war so schwer, sich zu konzentrieren. Einzelne Wörter lösten sich aus dem Gedankenwirrwarr, verschwanden wieder, ehe er sie fassen konnte.

Durch das Fenster zum Garten sah er ihren Schatten. Sie

kam wieder herein. Er konnte ihr mit dem Blick folgen, ohne sich von der Stelle zu bewegen.

Sie bat ihn, mit dem Lesen aufzuhören. Die Kinder wollten nicht immer nur seinen Rücken sehen. Und er solle seine Augen ein bißchen schonen.

Immer wurde er gestört. Immerzu durch Kleinigkeiten, durch gewollt scherzhafte Bemerkungen. Jetzt setzte sie ihren neckischen Ton ein, um ihn zur Ordnung zu rufen. Sie wollte ihm eine Hand, eine sengende Hand, auf die Schulter legen, doch im selben Moment beugte er sich über die nicht ganz zugeschobene Schublade. Gerade hätte er fast einen Passus begriffen, die Worte warteten in all ihrer Dunkelheit mit ihrer Bedeutung auf ihn. Wie sollte er auf diese Weise nur bei der Sache bleiben?

Margje war an diesem herrlichen Sonntagmorgen mit allem möglichen beschäftigt gewesen, mit Thomas, mit Bettenmachen, Aufräumen. Er hatte sein eigenes Buch und die Psalmbücher für die anderen schon aufgeschlagen, hatte immer wieder auf die Uhr geschaut. Es wurde halb zehn, es wurde zehn Uhr, zehn nach zehn. Ruben hatte als einziger dagesessen und gewartet.

Endlich war sie mit dem Jüngsten heruntergekommen, die Lippen mit dem Lippenstift, den er selbst ihr einmal geschenkt hatte, fast aggressiv rot geschminkt, die Bernsteinstecker im Ohr. Margje gab nicht auf. Bemerkte er überhaupt, daß sie die Ohrringe trug, bemerkte er, wie rot ihre Lippen waren? War das kein Grund, alles stehen und liegen zu lassen, auf die Hausandacht zu verzichten, zusammen auszugehen, ein Stückchen spazieren oder mit dem Fahrrad am Fluß entlang?

Sie sah phantastisch, verführerisch aus mit ihrem roten Mund, den goldbraunen Ohrringen, fast wie blühende

Kätzchen, ihrem blassen, müden Gesicht. Am liebsten hätte er sie in die Arme genommen, doch andere, wichtigere Dinge standen jetzt an. Es ging nicht, er konnte ihr nichts Liebes sagen, ihr keinen zärtlichen Blick zuwerfen.

Nein, er wartete, bis jeder an seinem Platz saß, voll Ungeduld und – das konnte man deutlich an seinem Gesicht erkennen – zugleich bemüht, nicht verdrossen oder ungehalten zu wirken. Nie begann die Andacht zur richtigen Zeit. War das denn zuviel verlangt?

Natürlich bemerkte er, daß sie das Märchenbuch in dem Moment auf den Schoß legte, als er die Predigt in die Hand nahm. Dann war es endlich soweit. Die Familie, vollzählig versammelt, um das heilige Wort zu hören. Das sollte bei jeder Familie in den Niederlanden selbstverständlich sein.

Nach der Andacht waren die Jungen nach draußen gegangen. Tom wollte seinem großen Bruder die von ihm gezogene Fuchsie zeigen. Im Kindergarten hatte jedes Kind einen Ableger bekommen. Sie sollten versuchen, eine große, blühende Pflanze daraus zu ziehen. Es war ausdrücklich verboten, den Ableger aus dem Topf zu holen und auszupflanzen. Das war eine Aktion des Ortsverbands von »Floralia«, einem Verein, der sich zum Ziel gesetzt hatte, Kindern und Jugendlichen die Natur näherzubringen. Im Lauf des Jahres würde bei einem Festakt die schönste Pflanze prämiert werden.

Ruben ging auf die Mittelschule. Er tat nichts, wurde jedes Jahr mit Hängen und Würgen versetzt. Keine Leuchte, wie es der Lehrer vorhergesagt hatte. Ein ausgesprochen mittelmäßiger Schüler, der nicht das geringste Anzeichen von Ehrgeiz aufwies.

Ihre Eltern schauten ihnen hinterher, bis sie bei den Gewächshäusern verschwunden waren.

Jetzt war er mit ihr allein. Weil sie nicht aus dem Zimmer ging, hinter ihm stehenblieb, räumte er die Bücher in eine Schublade, zog andere auf, kramte darin herum. Bestimmt wollte sie mit ihm sprechen, er spürte, daß sie an ihm vorbei nach draußen schaute, zu der Stelle, wo sie die Kinder aus den Augen verloren hatten.

Margje bat ihn, sie anzuschauen. Widerwillig tat er es. Sie sagte, es habe wenig Sinn, wieder davon zu sprechen. Nicht ohne Schuldgefühle sah er, daß die Augen in ihrem Gesicht immer größer wurden, es bestand nur noch aus Augen.

»Sag mal, sind die Hausierer diese Woche wieder dagewesen? Ich habe ein paar von ihnen weggeschickt, aber vielleicht kommen sie ja über den Friedhof in den Garten.«

Ungern gab er es zu. Warum mußte das jetzt besprochen werden? Sie fuhr fort, daß es ihr nicht einmal um diese Bücher gehe, um den kontinuierlichen Strom an Büchern, obwohl sie nichts damit anfangen könne. Wenn er glaubte, daß es ihn weiterbrachte, wenn er nicht ohne sie auskommen konnte – bitte, ihr gehe es um etwas anderes.

Er fühlte sich unbehaglich, bekam Angst. Worauf wollte sie hinaus? Er sah, daß sie rot anlief, sich zusammennahm.

Sie schien sich auch zu fürchten, vor dem zurückzuschrekken, was sie ihm sagen wollte.

»Die Kinder dürfen nie etwas davon erfahren, Hans, ich traue mich selbst kaum, es zu sagen.«

Er bemerkte ihre Ratlosigkeit, hoffte, daß sie sich zurückhalten würde, daß sie nicht weitersprach, wollte eingreifen. Sie holte tief Luft, sagte, daß er Ruben mehr liebte als seinen jüngeren Sohn.

»Ich sehe das. Ich spüre es in allem. Ruben merkt es auch, er hat mich von sich aus darauf angesprochen. Es ist, als würdest du Tom weniger beachten. Du hast dich durch diesen neuen Glauben, von dem ich nichts verstehe – du hast deinen eigenen Vater deswegen verabscheut, aber das wird wohl ein ewiges Rätsel bleiben, das nur nebenbei –, durch diese andere Sichtweise, so will ich es mal nennen, hast du dich in dich gekehrt. Hast dich in dir selbst verloren, meine ich damit. Uns nimmst du manchmal gar nicht mehr wahr.« Sie mußte zu Atem kommen, holte schnell Luft, fuhr fort: »Und Tom schon gar nicht.«

Er wandte den Blick ab.

»Sieh mich an. Ich will dir noch etwas sagen. Ich habe es dir nie gesagt. Tom ist nachmittags im Krankenhaus geboren worden. Du warst nicht dabei. Das nehme ich dir nicht übel. Die Wehen kamen unerwartet, und du mußtest eine Bestellung in der Stadt ausliefern. Du kamst zurück in den Garten, die Nachbarin erzählte es dir. Eine Nachbarin, die uns gern hat, aber seit den Gottesdiensten wegbleibt, sie kann nichts damit anfangen. Sie beglückwünschte dich zur Geburt eines gesunden Jungen. Du sahst sie verständnislos an, schienst fassungslos, erschüttert. Eines gesunden Jungen! Wie war das möglich?« Margje sagte das mit einem Schluchzer in der Stimme und sah ihn lange an. »Du warst so enttäuscht, daß du sie ganz vergessen hast und die Kiste mit Holzwolle, die du in der Hand hattest, auf den Boden warfst. Erst abends hast du uns im Krankenhaus besucht. Früher hast du es nicht geschafft.« Sie wartete kurz. »Du antwortest nicht. Was soll ich noch dazu sagen? Du denkst so oft, daß nicht zu reden die beste Lösung ist.«

Ja, er hatte diesen Schlag erst einmal überstehen müssen,

hatte sich die größte Mühe gegeben, das vor der Nachbarin zu verbergen.

»Guck nicht so an mir vorbei«, wies sie ihn zurecht. »Du schaust so, als wolltest du mich gar nicht sehen. Beim Aufstehen sagst du mir kaum noch guten Morgen. Reagierst trotzig, wenn ich dich anspreche. Willst du mich mit diesem Schweigen bestrafen? Nimmst du mir etwas übel? Manchmal wundere ich mich über mich selbst, Hans. Die Hausandachten, die Predigtlesungen zu Hause, die komischen Leute in der Gärtnerei, dein Schweigen, wenn ich dich etwas frage, nicht verschmerzen zu können, daß es kein Mädchen geworden ist.« Fast hätte sie hinzugefügt, daß es »Herrgott noch mal« vollkommen unmöglich sei, auf diese Art ein normales Leben zu führen.

»Sag was.«

Trotzdem.

Wenn sie doch nur aufhören könnte zu hoffen, daß er eines Tages wieder der alte war und das Leben ganz normal. Dann hätten sie noch immer genug Sorgen.

Die Kinder kamen angerannt.

»Ich liebe Tom genauso«, sagte er hastig. »Das weißt du ebensogut wie ich.«

»Es ist beinahe ein Mädchen«, sagte sie. »So zart, wie er ist.«

»Mama, eine Schnecke!« In seiner hohlen Hand hielt er eine Schnecke mit Haus.

»Tom hat sie beim Zitronenapfelbaum gefunden. Der ganze Stamm ist voll davon.«

Jetzt konnten sie nicht weiterreden, doch Margje war froh, daß sie es gesagt hatte.

Kapitel 48

Ein sechssitziger himmelblauer Schlitten mit amerikanischem Nummernschild kam in die Gärtnerei gefahren. Wim Maters, in einem langen offenen Kamelhaarmantel, blieb auf der Höhe des Wasserbeckens stehen, rief »Hallo Nachbar« und winkte Hans durchs offene Fenster zu. Und Hans dachte an den Herrn auf dem Winterdeich, der mit seinem Gutsverwalter die Pacht eintrieb oder eine Fahrt über seine Ländereien unternahm. Maters streckte die Hand durchs offene Fenster, um seinen Nachbarn zu begrüßen, stieg aus dem Auto, gab ihm nochmals die Hand, klopfte ihm jovial auf die Schulter. Wim Maters war ein Mann aus dem Volk, geboren im Arnheimer Stadtviertel Klarendal, der es weit gebracht hatte. Er war steinreich; als einfacher Anstreicher hatte er nach dem Krieg ein Bauunternehmen gegründet und gut am Wiederaufbau der verwüsteten Stadt in der Nachkriegszeit verdient. Seit zwei Jahren besaß er eine große Villa an der Hoofdstraat, sein parkähnlicher Garten grenzte an Hans Sievez' Gärtnerei. Das heruntergekommene Haus hatte er renovieren und modern einrichten lassen, der Garten war neu angelegt worden, und er hatte seinen hinteren Nachbarn mit der Bepflanzung beauftragt. Über zweihundert Geranien hatte Hans dafür gebraucht und jede Menge Kleinkram. Es war der beste Privatkunde, den er je gehabt hatte.

Maters war bodenständig geblieben. Zusammen gingen sie durch den Garten, er zeigte hier und da auf eine Partie Pflanzen, die er haben wollte. Er verströmte den Duft eines teuren Parfums.

»Was für einen schönen Betrieb du hast!«

Sie kamen zur scharfen Biegung am Hauptweg, wo die Gärtnerei an Wim Maters' Garten grenzte. Wegen der hohen Bäume in der Umgebung kam hier nur wenig Licht durch.

»Manchmal phantasiere ich so vor mich hin«, sagte Maters, »wenn ich auf meinen Garten schaue. Wie gern hätte ich das Stückchen von dir dahinten noch dazu. *Escht wahr.*« Er sprach noch immer den platten Dialekt seiner Jugend. »Früher gehörte das Stück Land zu meinem Garten, wußtest du das? Durch die Parzellierung ist es jetzt deins. Wenn du es je abtreten willst – hier wächst sowieso nicht viel –, laß es mich wissen. Ich habe Interesse dran.«

»Dann muß mir das Wasser schon bis zum Hals stehen. Hier scheint zwar nur wenig Sonne, aber ich brauche den Platz zum Einschlagen von Pflanzen.«

Maters klopfte ihm auf die Schulter.

»So würde ich an deiner Stelle auch denken. Aber vergiß nicht: Ich würde sehr gut dafür bezahlen, weit mehr als den Marktwert.«

Sie gingen zu seinem Auto. Er hatte es letzte Woche in Deutschland gekauft, von den amerikanischen Besatzern. Für einen Apfel und ein Ei. Aber es schluckte Unmengen Benzin, dreiunddreißig Liter auf hundert Kilometer.

Nachdem Maters gegangen war, kam ein kleines Mädchen in den Garten. »Hallo, hallo«, rief sie. Hans trat aus einem der Treibhäuser heraus. Das Kind war vier oder fünf Jahre alt. In der Hand hielt es eine 25-Cent-Münze. Es wollte seiner Mutter Blumen zum Geburtstag kaufen. »Komm mit.« Spontan gab sie ihm die Hand, und zusammen gingen sie zum Feld mit Skabiosen und Brennender Liebe. Sie durfte die Blumen selbst aussuchen. Er schnitt sie ab, band sie zu einem bunten Strauß, fragte währenddessen, wo sie wohnte, und sie zeigte auf eine der großen Villen am Schonenbergsingel. Er steckte noch Zierspargel zwischen die Blumen, verpackte das Gebinde. Ein solcher Strauß kostete bestimmt einen Gulden. Das Kind wollte ihm den Viertelgulden geben. »Laß nur, ich schenke dir die Blumen.« Er schaute ihr nach und hatte für einen Moment keine Lust, sich wieder an die Arbeit zu machen, setzte sich an den Rand des Wasserbeckens. Das kleine Mädchen hätte seine Tochter sein können. Während er zur Wegbiegung blickte, hinter der sie verschwunden war, fiel ihm der Vorschlag seines Nachbarn wieder ein, und er erinnerte sich an die Geschichte von König Ahab aus dem Buch der Könige. Das Land, auf dem sein Palast stand, grenzte an den Weinberg seines Nachbarn Naboth, und begehrlich sprach der König seinen Nachbarn an. Verkauf mir doch deinen Weinberg, er grenzt so schön an mein Land. Es ist genau das Stück, das mir noch fehlt. Ich werde dich gut dafür bezahlen. Doch Naboth sagte: Das kommt gar nicht in Frage. Der König legte sich verdrossen ins Bett, wollte nicht mehr essen. Seine Frau Isebel fragte ihn, was mit ihm los sei. Ach, ich möchte so gern Naboths Weinberg haben. Sie sagte: Ihr seid doch König. Es gehört doch alles Euch. Überlaßt die Sache mir. Königin Isebel ließ Mietlinge falsch Zeugnis wider Naboth ablegen, und er wurde gesteinigt, daß er starb. Ahab nahm den Weinberg in Besitz.

An diesem Nachmittag tauchte Maters wieder in der Gärtnerei auf, um seine Bestellung zu ergänzen. Hans erzählte ihm die Geschichte vom König und seinem Nachbarn.

Maters lachte, fand die Geschichte großartig, sah diesen Ahab vor sich, wie er stolz auf Naboths kleinem Stück Land auf und ab ging.

»Du bist ein gläubiger Mann, Sievez. Meine Familie ist katholisch, geht aber schon lange nicht mehr in die Kirche. Du brauchst keine Angst zu haben. Ich werde dich nie zu etwas zwingen.« Dann verabschiedete er sich nochmals, und Hans, ein Lächeln auf den Lippen, fast fröhlich, ging aufs Feld, um Stiefmütterchen in einem neuen Beet auszusetzen.

Kapitel 49

Die Sonne stand tief über dem weißgetünchten Glas, schien auf die Stelle um den Zitronenapfelbaum, wo Hans gerade Schnur abspulte, um ein neues Beet abzustekken. Erst hörte er unter der Hecke ein Knacken und kurze Zeit später eine Stimme, so hoch wie die eines Kindes: »Guten Tag, Sievez.« Mit seinem langen schwarzen Mantel kroch Chris Ibel durch das Loch in der Hecke, einen Koffer hinter sich herschleifend. Durch die Bahnen schräg einfallenden Sonnenlichts kam er zu Hans, klopfte den Dreck von seinem Mantel. Wieder fiel Hans auf, wie klein er war. Beinahe ein Zwerg. Ibel trug seine flache schwarze Kappe. Spucke klebte in seinen Mundwinkeln. Er sah sich beifällig um und murmelte: »Gott gebe dir von der Fettigkeit der Erde.« Er rieb noch immer geschäftig seinen groben Stoffmantel. »Hier hat sich Gott dir also zu erkennen gegeben?«

Hans nickte nur. »Gott sei gelobt.« Dann tauchte, flach über den Boden kriechend, Huib Steffen in dem Loch in der Hecke auf, gefolgt von Jozef Mieras. Sie hatten diesen Durchgang entdeckt, mieden so die Begegnung mit Hans Sievez' Frau.

Hans holte die kleine Bank aus der Werkstatt und ein paar alte Stühle aus dem Lagerschuppen. Er stellte Stühle und Bank im Kreis auf. Hier konnten sie ungestört miteinander reden. Seine Arbeit am Stiefmütterchenbeet würde er beenden, wenn sie wieder weg waren. Er kam nicht auf den Gedanken, ja, er untersagte sich den Gedanken, daß sie nicht willkommen sein könnten, daß im Garten noch sehr viel Arbeit auf ihn wartete. Jozefs langer schwarzer

Mantel war ebenfalls aus grobem Stoff, der des Laienpredigers Steffen aus glattem schwarzem Tuch.

Steffen sah sich um, während er Platz nahm. »Ja, Seelenfreund, ein wahrhaft paradiesischer Ort. Wir sind zu dir gekommen, weil du bestimmt Fragen hast. Wir kommen, um mit dir zu reden. Wir haben den Eindruck, daß du auf deinem Weg der Bekehrung zum Stillstand gekommen bist. Fast wie jemand, der nach einem schnellen, aber unüberlegten Start nicht weiß, wie es jetzt weitergehen soll. Doch laßt uns erst beten.«

Alle standen auf und hoben das Kinn zum Himmel.

Er sprach laut. Hans brauchte Margje nicht zu fürchten, sie war mit den Jungen in der Stadt. Peek & Cloppenburg hatte eine Anzeige für günstige, aber hochwertige Kleidung geschaltet: »Peek kleidet die Jugend ein.« Danach wollte sie mit ihnen im Lokal Rutex etwas trinken. Der Klang von Steffens Stimme trug weit. Es war ihm nicht möglich, leise zu sprechen. Das Gebet war dem Bösen in der Welt gewidmet. Steffen wetterte gegen die Institution Kirche. Die Kirche sei der Inbegriff des Bösen. Die Kirche sei ein Werk der Vernunft. Dieser Acker sei verflucht. Sie solle abgerissen werden. Die Glocken müßten aus den Türmen geholt werden. Hans sah seinen Vater vor sich, wie er die Kohlköpfe aus dem fetten Lehmboden stemmte, in denen sich das Böse eingenistet hatte. »Türme«, rief Steffen, »sind leer, sinnlos, es sind spitze Pfähle, die gegen Gott gerichtet sind. Jesus Christus hat keine sichtbare Kirche angeordnet. *Salus extra ecclesiam*. Die wahre Kirche hat keine greifbare Form. Es geht um ihre lebendigen Glieder.«

Ein kleines Hündchen schlüpfte durch das Loch in der Hecke, sprang auf einem schmalen Pfad auf die Männer zu. Steffen hatte das Gebet gerade beendet, doch nach seinem Amen rief er laut: »Dann werden wir springen vor Seelenfreude.« Auf allen Gesichtern erschien ein Lächeln der Rührung. Das Hündchen legte den Kopf auf Hans' Bein. Er streichelte es. Steffen stand noch immer. Sein Blick war voll Leidenschaft. In der Feuerglut der Gewächshäuser hinter ihm schien er in Flammen zu stehen. Er ignorierte den Hund und setzte sein Gebet mit der Bemerkung fort, daß die Menschen sündigten. Vor allem Kirchenmenschen. Schreckliches stand bevor. Selbst in Schottland und Ostfriesland waren keine Gerechten mehr zu finden. In der Kirche war es lausekalt oder drückend heiß. Nun setzte sich Steffen, erkundigte sich, wie Hans mit den Lesepredigten vorankomme.

»Laufen sie so ab, wie es sich gehört?«

»Nicht ganz«, gab Hans zu.

Steffen schlug vor, kommenden Sonntag die Andacht abzuhalten: »Gegen halb zehn werde ich dasein.« Er fragte Hans noch nach seiner Erinnerung an den Augenblick des Gesichts.

Auf diese Frage war Hans nicht gefaßt. Er fand es immer schwieriger, sich dieses Erlebnis ins Gedächtnis zu rufen, erzählte stockend, daß er damals die Welt von außen gesehen habe. Von außerhalb der Sterblichkeit, aus einem anderen, folgenden Leben.

Steffen bedeutete ihnen aufzustehen. Ein starker Wind wehte in den Mammutbäumen und in den Blutbuchen. Sonst war es vollkommen still. Sie standen da wie Statuen inmitten der Beete mit blauen Stiefmütterchen, Levkojen. Ihre Lippen in größtmöglichem Ernst zusammengekniffen, in ihren Mienen eine Abgewandtheit von allen eitlen Freuden des irdischen Lebens, die Gesichter im letzten Sonnenlicht, der Himmelsbogen über ihnen ein metallener Spiegel, der in den Scheiben der Glashäuser reflektiert wurde.

Sie verabschiedeten sich von Hans Sievez, sie würden sich, wenn ihnen die Zeit vergönnt war, bald wiedersehen.

Als die Brüder einer nach dem anderen durch die Hecke verschwunden waren, kniete Hans sich in das Stiefmütterchenbeet, faltete die Hände. Sollte Hans Sievez es noch nicht gewußt haben, nun stand es unumstößlich fest: Er gehörte zur Bruderschaft, hatte wirklich am Wunder teil.

Kapitel 50

In Gedanken versunken, stand er vor seinem Haus und schaute die Straße hinunter, die in dem dichter werdenden Nebel immer unwirklicher schien. Die Umrisse der Häuser auf der anderen Straßenseite verschwammen allmählich, zwischen den Gärten mit Ligusterhecken war die Straße eine graue Höhle. Die Straßenlaternen, die an diesem Sonntagmorgen brannten, verbreiteten ein seltsam bläuliches Licht. Genauso unwirklich war der angekündigte Besuch des begnadeten Laienpredigers Huib Steffen, des ehemaligen Metzgergesellen, der die Gabe des Wortes besaß und heute in seinem Haus den Gottesdienst halten würde. Es war eine Ehre für Hans. Würde der Nebel sein Kommen verhindern? Dann wäre er eine große Sorge los. Hatte er sich im Garten nicht zu schnell auf Steffens Vorschlag, die Lesepredigt zu übernehmen, eingelassen? Wäre es nicht besser gewesen, es noch eine Weile selbst weiter zu versuchen? Hätte er das nicht allein mit Margje lösen sollen? Daher hatte er in der vergangenen Woche versucht, mit Steffen und den anderen Kontakt aufzunehmen. Er hatte sie nicht erreicht. Notgedrungen ließ er es dabei bewenden. Huib Steffen würde heute die Andacht halten, doch Hans hatte Margje noch nichts davon gesagt. Jeden Moment konnte der Laienprediger aus dem Nebel auftauchen.

Gestern abend hatte er es ihr sagen wollen, doch plötzlich hatte Tom hohes Fieber bekommen; sie hatte Angst, er könnte die Nacht nicht überstehen – mit seinem zarten Knochenbau sah er aber auch sehr empfindlich aus. Im Lauf des Abends kam der Arzt. Es gab keinen Grund zur

Besorgnis. Kinder in diesem Alter, kurz vor der Einschulung, konnten schon mal plötzlich hohes Fieber bekommen, ohne jeden Anlaß. Der Arzt verschrieb ihm Nasentropfen, und Hans ging in die Apotheke. Danach traute er sich nicht mehr, das Thema zu erwähnen. Er würde am nächsten Morgen noch alle Zeit der Welt dazu haben. Doch der Mut fehlte ihm. Er sah schon ihr erstauntes Gesicht vor sich, hörte ihre vorwurfsvollen Worte: »Nanu, was sagst du? Ein Fremder in unserem Haus, am Sonntagmorgen? Was soll denn der Unfug?«

Er ließ es darauf ankommen.

Sie hatten gefrühstückt. Der kleine Tom war noch geschwächt, hatte keine Lust zu essen. Zusammen mit Ruben deckte Hans den Tisch ab und ging dann in den Garten, um das Nötigste zu erledigen: Schilfmatten auslegen, die Aussaatschalen mit lauwarmem Wasser benetzen. Wieder im Haus, legte er die Predigt, die Gesangbücher zurecht. Die Pendeluhr tickte auf dem Kaminsims. Es war schon nach halb zehn. Gequält schaute er aus dem Fenster des Vorderzimmers auf die Straße. Ruben bemerkte seine Nervosität, seine Aufregung.

»Was ist, Papa?«

»Nichts, mein Junge.«

Heute nacht hatte er zum erstenmal von seinem Vater geträumt. Ein Mann war im Dunkeln auf ihn zugekommen und erst allmählich sichtbar geworden. Er erkannte seinen Vater, der gerade aus der Grube stieg und seine Arbeitsstiefel trug. Sein Vater hatte ihm aufmunternd zugenickt. Hans war auf dem richtigen Weg. Eine glühende Hitze durchzog seine Glieder. Ein Schatten auf dem Weg. Eine dunkle Gestalt. Da war er. Steffen in seinem langen schwarzen Mantel, der ihm fast bis auf die Füße reichte, einen schwarzen Hut auf dem Kopf. Und jetzt tapfer sein, ermahnte er sich und verließ klopfenden Herzens das Vorderzimmer, schob die Türen zwischen beiden Räumen hinter sich zu. Die Klingel war laut. Von oben rief Margje: »Mach lieber nicht auf. Es sind bestimmt wieder die Zeugen Jehovas.« Hans reagierte nicht, öffnete die Tür. Steffen blieb auf der Eingangstreppe stehen, betrachtete den Spendenaufkleber auf dem Türpfosten: *Vrij Ambon.* »Für einen besseren Zweck als diesen kann man nicht spenden.« Hans sagte, daß sich seine Frau um diese Angelegenheiten kümmere.

»Komm rein.« Er half dem Laienprediger aus dem Mantel.

»Wer ist es?« rief Margje von oben.

»Komm runter. Es ist Steffen. Er wird heute morgen die Predigt lesen.«

Lange Zeit blieb es still.

»Steffen?« Ein Name, der ihr nichts sagte. »Ich komme.« Mit Tom an der Hand kam sie die Treppe herunter. Hans stellte ihr den Laienprediger vor. Margje gab ihm förmlich die Hand, war höflich. Steffen klopfte noch ein paar Nebeltropfen von seiner schwarzen Hose. Hans ging ihm voran in die Stube, wo er die Lampe über dem Eßtisch anknipste. Margje setzte sich auf ihren Stuhl beim Fenster, Tom neben sie auf sein Stühlchen, Ruben in den bequemen Sessel seines Vaters. Der Laienprediger nahm Hans' Platz so selbstverständlich ein, als täte er seit Jahren nichts anderes. Hans setzte sich ihm gegenüber. Die Anordnung war unfehlbar. Niemand hatte Einfluß darauf ausgeübt. Sie war schon irgendwo, außerhalb dieses Raums, weit im voraus festgelegt worden. Steffen strich mit dem behaarten Zeigefinger über das rauhe Papier des Buchs. Tom deutete auf den eiförmigen Auswuchs zwischen den glatten Wülsten an seinem Hals, doch Margje zog seine Hand weg. Sie tat so, als sei Steffens Gegenwart die normalste Sache der Welt. Ob sie dachte: So ist es nun mal, dann muß ich eben das Beste daraus machen?

Hans vermied es, sie anzusehen, traute sich nicht einmal, ihr heimlich von der Seite einen Blick zuzuwerfen. Er war angenehm überrascht. Steffen, der große Prediger, saß ihm gegenüber. Steffens Anwesenheit war eine Wohltat, und nun faltete der Wohltäter ohne Ankündigung die Hände auf dem Tisch, hob das Gesicht zur Decke, der unheimliche Auswuchs über dem Kragen bewegte sich, der Laienprediger kreuzte die Hände vor der Brust – Hans würde sich nie trauen, eine solche Geste in Margjes Gegenwart zu machen! –, legte sie wieder auf den Tisch. Dann, den Predigttext mit seinen großen, schwieligen Metzgergesellenhänden umklammernd, rief er aus: »Möge es in Deiner Gnade, o anbetungswürdige höchste Majestät, bestehen, daß wir an diesem Morgen noch zusammensein dürfen, in dem Bewußtsein, daß der Kleinste in der Gnade mehr weiß als der größte Gelehrte, wenn er nicht begnadet ist.«

Er schob die Predigt beiseite, sprach frei über die heiligende Gnade, die demütigende Gnade, die aufdeckende, lebend machende Gnade. Er hob den Kopf, senkte ihn, hob ihn, wiegte ihn hin und her. Nie war es bei einer Andacht so still gewesen. Steffen, das Gesicht vor unbändigem, leidenschaftlichem Glauben verzerrt, sprach manchmal in langgezogenen, hohen Tönen, manchmal in einem dumpfen, vollen, grimmigen Grollen, das abnahm und wieder anschwoll. Ohne Übergang sang er ein paar Psalmverse auf ganze Noten, ein kämpferisches Psalmgedicht des ehemaligen Priesters Petrus Dathenus, eines der ersten, die sich im 16. Jahrhundert der Reformation anschlossen. Das Lied klang wie das Poltern eines Karrens.

Tom war, an seine Mutter gelehnt, eingeschlafen, Margje konnte nur mit Mühe die Augen offenhalten, schrak manchmal auf, döste wieder ein. Wenn sie ihre Augen geöffnet hatte, starrte sie verträumt vor sich hin, streichelte Tom, betrachtete die beiden Männer im Licht der Lampe am Tisch, der eine laut schreiend wie für eine riesige Zuhörerschaft, der andere in Anbetung versunken. Dieser Anblick, zusammen mit der völligen Stille und dem Nebel draußen, machte sie schläfrig. Von der Außenwelt war nichts zu sehen, nicht einmal die Sträucher am Haus. Wie froh wäre sie, wenn diese Stimme schwieg. Doch davon konnte vorläufig keine Rede sein.

»Ist der Glaube, dieses große Geschenk der Gnade, liebe Zuhörer, nicht eigentlich zu groß für den Wurm namens Mensch?« Steffen kreischte, das Gesicht zur Decke erhoben. Der kleine Junge zog unwillkürlich den Kopf ein, das Vorlesebuch rutschte Margje vom Schoß. Als sie es aufhob, murmelte sie in Richtung Tisch: »Nicht so laut, Mann.« Der Prediger hörte sie nicht.

Demütig bestaunte Hans den Gottesgesandten. Ein Metzgergeselle, der nur zur Volksschule gegangen war, früher gestottert hatte wie Mose und der wie Aaron die sonderbare Gabe des Wortes besaß und Laienprediger geworden war. Hans sah, daß er von Licht umgeben war. Seine Silhouette zeichnete sich vor den zugezogenen Schiebetüren ab. Hans glaubte, Steffen sei ein Fels – nicht der Mensch, sondern der Laienprediger Steffen –, und das war ein Werk des HErrn. Und dieser Mann saß ihm gegenüber am Tisch, ließ sich dazu herab, sich an seinen Tisch zu setzen. Er war von Ihm, der das All beherrscht, hierhergesandt worden. Wie verzagt Hans doch in den letzten Tagen gewesen war, warum hatte er Margje nicht offen und stolz erzählt, daß ein Gesegneter ihr Haus betreten würde? Nicht einmal einen halben Meter war er von Gottes Gesandtem auf Erden entfernt.

Diesen Weg mußte er beschreiten. Keinen anderen. Alle Zweifel waren definitiv verschwunden. Seine hellblauen Augen hefteten sich auf Steffens Hand, die sich hob, auf seine Lippen, die immer weiter ohne einen vorbereiteten Text aus der Fülle des Herzens Worte formten, auf seinen Augenaufschlag.

Sein Blick löste sich für einen Moment von ihm, schweifte durch den Raum. Margje und sein jüngerer Sohn schliefen tief und fest, wie ohnmächtig, ohne jedes Bewußtsein, wo sie waren. Nun hörte er Margje sogar kurz schnarchen. Dann erschien ein Lächeln auf ihrem Gesicht. Dachte sie an andere Zeiten, an freundlichere Worte zurück?

Ruben schien zuzuhören, obwohl auch er ein aufgeschlagenes Buch neben sich auf der Armlehne liegen hatte. Auch für ihn war die Predigt zu lang. Trotzdem stand jener Sohn, obwohl er nicht bekehrt war, ihm in diesen heiligen Dingen noch am nächsten. Auch Ruben würde am Jüngsten Tag nicht gerettet werden, ebensowenig wie Margje und Tom. Oder konnten sie noch auserwählt werden? Zum Glück brauchte er diese Frage nicht selbst zu beantworten. In seiner unergründlichen Weisheit würde Gott das wohl selbst entschieden haben. War Margje schon hoffnungslos verloren? Eine Bekehrung war nämlich nach dem vierzigsten Lebensjahr so gut wie unmöglich. Von Steffen wußte er, daß der Herr ungefähr dort die Grenze gezogen hatte. War sie wirklich für immer verloren? An dieser Stelle kam er nicht weiter. Darauf hatte er keinen Einfluß. Das machte deutlich, wie nichtig der Mensch war. Bei der erstbesten Frage verzettelte er sich. O HErr, sprach er im stillen, ich, der ich schwach und bekümmert bin, will das Werkzeug sein in Deiner Hand.

Der Laienprediger brummte leise, brummte laut. Seine Stimme hatte unzählige Gesichter, und alle waren kräftig und voll. Was war er selbst schon wert, im Vergleich zu diesem Mann? Verzückt sah er zu, überzeugt, daß Gott, inmitten des ganzen verwirrenden Gedankendurcheinanders über das Unheil, das Margje und den Kindern bevorstand, an diesem Morgen anwesend war. Die kräftigen Sehnen des Predigers glänzten im Licht der Lampe. Steffen hatte Rinder und Schweine auf den Schultern getragen und sie entbeint.

Der Laienprediger legte den Kopf in den Nacken, spähte mit geschlossenen Augen, gewissermaßen durch die Decke, zum himmlischen Gott. Steffen war erschöpft, er zog das Sakko aus, krempelte die Ärmel auf. Sein Schädel war kahl bis auf einen schmalen Kranz grauer Locken, doch seine Arme waren dicht mit schwarzen Haaren bedeckt.

Margje versuchte, sich in der Küche ganz aufs Kaffeemahlen zu konzentrieren. Steffen und Hans hatten sich eine Zigarre angezündet.

Als sie zum zweitenmal eingeschenkt hatte, kam Hans ihr in die Küche nach, fragte, ob der Laienprediger mitessen könne.

»Und das fragst du mich jetzt?« Sie sprach, ohne ihn anzusehen. »Aber es ist in Ordnung.«

Hans hatte gestern abend die Kartoffeln geschält, die Bohnen abgezogen. Es war wichtig, sowenig wie möglich am Sonntag zu arbeiten. Pflanzen sonntags zu gießen war erlaubt. Die Natur war von Gott geschaffen. Sie mußte versorgt werden.

Er blieb bei ihr stehen.

»Ich bin froh, daß du mitmachst.«

»Das bißchen Fleisch müssen wir dann teilen. Ich will nicht, daß die Kinder zu kurz kommen.«

Kapitel 51

Hans tunkte eine Kugel Sphagnummoos in einen Wassereimer, Margje und die beiden Jungen sahen ihm zu. Tom fragte, warum Papa das tat. Margje erklärte ihm, daß das Moos sich mit Wasser vollsaugte, damit die Blumen, die man hineinsteckte, länger frisch blieben.

Sie standen in der Werkstatt. Der Duft sich lichtenden Nebels kam herein. Hans sagte, es würde ein herrlicher Tag werden. So wie jetzt – gelb und blau von den Beeten mit Stiefmütterchen, die langsam Farbe annahmen – fand Margje den Garten am schönsten. Sie sah nicht unglücklich aus. Hans schnallte die vor Feuchtigkeit triefende Kugel auf Toms Gepäckträger, steckte orangefarbene Tagetes ins Moos. Am vorderen Schutzblech befestigte er ein ebensolches Sträußchen. Gedämpft drangen Musikfetzen in die Werkstatt. Es war Königinnentag.

Über einen Privatkunden hatte Hans das kleine Fahrrad für ein paar Gulden erstehen können. Ein altes, verrostetes Ding, doch er hatte den Rost abgebürstet, es hellblau gespritzt. Toms Name war in perlgrauen Buchstaben in die Stange eingraviert. Das Orange der Tagetes hob sich scharf vom Blau ab, verlieh ihm noch mehr Glanz. Keiner von ihnen, der nicht dachte, daß Toms Fahrrad im Korso geschmückter Kinderräder einen Preis gewinnen würde. Margjes Meinung nach konnte es gar kein schöneres geschmücktes Fahrrad geben.

Nach dem Umzug sollten auf einem Landgut in der Nähe des Schonenbergsingel die von den Kindern gezogenen Fuchsien beurteilt werden. Der Ortsverband von Floralia war aktiv.

Heute morgen hatte Hans zusammen mit Tom die Pflanze hingebracht. Die Jury gab ihnen die Nummer 152. In den Topf steckten sie ein Schild mit einer Nummer und dem Namen des Besitzers: Tom Sievez. Wieder zu Hause, sagte Hans gleich, daß Toms Fuchsie bei weitem die schönste sei. Eine kleine, buschige Pflanze in voller Blüte mit unendlich vielen Knospen. Vielleicht waren sogar zwei Preise drin?

Margje beugte sich zu ihrem Mann, nahm seine Hand, drückte sie einen Augenblick an sich. Hans war guter Dinge, weniger schweigsam als sonst. Heute morgen hatte sie die beiden Hand in Hand den Weg entlanggehen sehen, um die Pflanze wegzubringen. Würde der böse Wind sich also doch noch legen?

Hans steckte einige Blumen um, benetzte sie mit der feinen Brause.

Margje schloß das Haus ab. Über der Eingangstür flatterte die Fahne. Es fiel auf, daß am oberen Ende der Straße, bei den kleinen Arbeiterwohnungen, keine Fahnen hingen. Dort wählten sie Rot. Sie gingen die Straße hinunter in Richtung Ortsmitte. Zwischen ihnen fuhr Tom auf seinem Fahrrad. Auf der Hoofdstraat stellten die Männer vom Oranjeverein den Zug zusammen. Sie trugen orangefarbene Rosetten im Knopfloch. Jedem Teilnehmer wurde eine Nummer auf den Rücken geheftet, die mit der am Fahrrad befestigten Nummer übereinstimmte. Die Musikkapelle spielte, der Zug setzte sich in Bewegung. Hans und Margje liefen auf dem Bürgersteig nebenher.

»Ich bin mal gespannt«, sagte Hans, als sie über die Rozendaalselaan und die Wilhelminastraat gegangen und wieder beim Start angekommen waren.

»Sein Fahrrad ist bei weitem das schönste. Aber die Jury

wird sich natürlich denken: Kein Wunder, es ist Sievez' Sohn.« Die Gewinner wurden per Lautsprecher bekanntgegeben. Toms Name war nicht darunter. Margje sagte, sie habe es schon geahnt. »Andere Eltern haben das Fahrrad von einem Blumenladen schmücken lassen!«

»Schade«, sagte Hans. »Ich hätte es Tom gegönnt.«

Sie aßen Eis in einem Eissalon an der Rosendaalselaan. Eine Chance hatte er noch.

»Und wenn daraus auch nichts wird?« fragte Margje sich laut.

»Dann bleibt ihm das schöne Fahrrad.«

Die Villa, die zum Landgut gehörte, war im letzten Kriegsjahr von einer V1 getroffen worden. Um die Ruine und auf dem schräg abfallenden Rasen zum Weiher hinunter, wo die Jungen im Winter Schlittschuh liefen, waren Hunderte von Pflanzen in einer anmutigen geschwungenen Reihe aufgestellt. Guter Laune, von der allgemeinen festlichen Stimmung angesteckt, folgte die Familie Sievez der vorgeschriebenen Route. Bald würden sie bei der Nummer 152 sein. Auf einem natürlichen Plateau mitten auf dem Rasen, an einem langen weißgedeckten Tisch mit einem Gesteck im barocken Stil, saß die Jury, dieselbe wie beim Zug durchs Dorf. Sie setzte sich aus Gärtnerkollegen und Mitgliedern des Oranjevereins zusammen. Hans und Margje begrüßten sie und erfuhren, daß die Blumenausstellung ein großer Erfolg und das Ziel, das Floralia sich gesteckt hatte, jetzt schon erreicht sei. Margje sagte zu Hans: »Ich dachte, sie würden eine nette Bemerkung über Toms Pflanze machen.«

»Das können sie nicht machen. Die Jury muß neutral bleiben.«

»Ich habe kein gutes Gefühl. Ich kann mich irren, aber ich fand sie ein bißchen ausweichend.«

Davon hatte Hans nichts gemerkt. Sie flanierten an den ausgestellten Pflanzen vorbei. Er zeigte darauf. Ihre Qualität enttäuschte ihn. Die Fuchsien waren alle kümmerlich gewachsen. Sein Sohn hatte die trockenen Blüten immer abgepflückt und die Triebe abgeschnitten, so daß seine Pflanze buschig und voll geworden war.

Vor jeder Fuchsie stand ein weißes Schild mit einer Nummer. Nun beschleunigten sie ihre Schritte, sie näherten sich der 152.

Das mußte ein Irrtum sein. Ihre Stengel hingen welk über den Topfrand. Die Pflanze war aus dem Topf geklopft worden, um das Wurzelwerk zu begutachten. Daran konnte man erkennen, ob sie wirklich nicht im Freiland gezogen worden war. Toms Fuchsie war nicht disqualifiziert worden, also erkannte die Jury an, daß er nicht betrogen hatte. Doch die Pflanze war völlig zerrupft, sah gar nicht gut aus.

»Ein übler Streich«, fand Margje. Er nahm seine Kollegen in Schutz, den Sohn eines Blumenzüchters mußten sie besonders streng behandeln. Er drehte sich um und schaute über den schräg abfallenden Rasen zum Jurytisch, auf dem die Preise standen. Mit keinem der Männer hatte er Streit, zu keinem von ihnen unterhielt er freundschaftlichen Kontakt.

»Ich brauche ihre Preise nicht.« Er war sehr gefaßt, zündete sich eine Zigarette an und nahm ein paar tiefe Züge.

Seine Söhne waren zum Wasser gegangen. Tom schien die Fuchsie schon vergessen zu haben, hockte da und schaute einem Schwarm Grundeln im klaren Wasser zu.

Hans kaute auf seiner Zigarette, inhalierte von neuem in

großer Erregung, starrte weiter auf die welke, mutwillig zerstörte Pflanze, spürte seine Brust sich weiten. Da drinnen setzte sich etwas in Gang, worüber er keine Kontrolle hatte, was ihm aber einen seltsamen, unbekannten Genuß verschaffte. Er starrte auf die Fuchsie mit ihren mitleiderregenden, fahlroten Blütenbüscheln, bückte sich, drehte sie immer wieder in seinen Händen, zornig bewegten sich die schlaffen Blüten. Er war ganz ruhig. Hans erhob sich. Für die anderen mußte es so aussehen, als wolle er zum Weiher gehen, um die Pflanze dort einzutauchen. Aber er hatte einen anderen Plan. Margje rief ihm nach, was er vorhätte.

Er ging auf den langen, weißgedeckten Tisch zu.

Ja, was hatte er vor? Da stand er mit der Fuchsie. Ruhig, fast verträumt musterte er die sechs Männer in ihren Sonntagsanzügen mit der Rosette im Knopfloch. Ihr habt also ..., dachte er und fragte sich, wo Margje und die Jungen waren, merkte, daß sie auf ihn zukamen. Wie trocken seine Kehle war. Er umklammerte den Topf. Wie schrecklich diese Pflanze aussah. Dabei war sie ein halbes Jahr lang liebevoll gehegt und gepflegt worden.

»Sievez, was gibt's?« hörte er einen der Männer fragen. Sievez, das war er. In diesem Moment die Gabe des Wortes zu haben. Wie Aaron. Wie Steffen.

»Mein Sohn ...«, setzte er an, doch weiter kam er nicht. Wieviel Platz doch in seiner Brust war, und wie weit diese Männer von ihm entfernt waren. »Mein Sohn ... Habt ihr wirklich geglaubt ...«

Er sah einen der Männer aufstehen, um den Tisch herumgehen und auf ihn zukommen. Hans warf mit aller Kraft, die in ihm steckte, zielte auf keinen im besonderen. Niemand hatte Zeit zurückzuschrecken, schon gar nicht der Mann, der nun dicht vor ihm stand. Der Blumentopf streifte seine Stirn. Wäre der Mann Goliath gewesen, mit Helm und Panzer, er hätte ihn genauso getroffen.

Aufruhr, es wurde nach einem Arzt gerufen. Mit einem Lächeln auf den Lippen sah Hans zu. Ein Landschaftsgärtner rief, daß das ernste Folgen haben werde. Wahrscheinlich würde er aus dem Berufsverband ausgeschlossen werden. Gleichgültig zuckte er die Achseln. Die Verbandstreffen? Da hatte er sich doch nie zugehörig gefühlt, hatte sich nur selten blicken lassen.

Margje und die Jungen hatten sich an seine Seite gestellt. Er spürte die Hände der Jungen und Margjes Lippen an seinem Hals.

Kapitel 52

Um drei Uhr tranken sie zusammen Tee, wie jeden Tag. Um vier Uhr, vielleicht etwas später, stand er wieder in der Küche und ging nach kurzem Zögern nach oben. Margje hörte ihn auf dem Treppenabsatz, hörte den Wäscheschrank quietschend aufgehen. Sie durchquerte das Zimmer, blieb im Flur am unteren Ende der Treppe stehen, rief nach ihm.

Keine Antwort. Sie stieg, eine Hand am Geländer, die Treppe halb hoch. Da glaubte Margje noch, daß sie ihn mit einem vernünftigen Wort aufhalten könne, daß das, daß alles noch möglich war. Sie betrat den Treppenabsatz.

»Hans?«

In der Schlafzimmertür blieb sie stehen. In Unterhose stand er vor dem Waschbecken, mit dem schmalen, nackten Rücken, der sich kreidebleich von seinem gebräunten Hals und den Unterarmen abhob, zu ihr. Er bürstete sich die Fingernägel, konnte Trauerränder nicht leiden.

»Ich gehe heute nachmittag weg, denke ich«, sagte er. Er hielt den Kopf weiterhin über die Hände gebeugt, wollte wohl ihr Gesicht im Spiegel nicht sehen. Sie strich sich mit den Fingern über die Stirn, eine Geste der Verzweiflung. Sein hellgrauer Sonntagsanzug, so anders als die der anderen Brüder – aber er paßte doch auch nicht zu diesen Hausierern und Predigern –, lag auf dem Bett, daneben ein weißes Hemd mit Manschettenknöpfen und eine Krawatte.

Er trocknete sich die Hände ab, begann, sich anzukleiden, band die Krawatte vor dem Spiegel. Aufmerksam verfolgte sie seine Bewegungen.

»Ich dachte ... Ich hatte gehofft ...«, setzte sie an, »seit dem Königinnentag ...« Da hatte sie wirklich geglaubt, daß sie ihr altes Leben wieder aufnehmen könnten, als habe sich wenig oder nichts verändert, als sei alles nur ein Intermezzo gewesen, ein Irrtum.

»Ich habe zugesagt, am späten Nachmittag dazusein.« Aus seiner Stimme war zu schließen, daß daran nichts zu ändern war. In seinem Gesicht stand dieser eigensinnige, verbissene Zug.

Da war der Ruf gewesen – diesmal in der höchst weltlichen Form eines Zettels auf dem Packtisch mit Jozefs Unterschrift. Ein Abendmahlgottesdienst. Der erste, den er bei den Brüdern erleben würde. Er konnte nicht fernbleiben. Das heilige Abendmahl war nur wenigen vorbehalten. Ein hochheiliges Ereignis, viel heiliger als gewöhnliche Predigten. Wie konnte er einem solchen Aufruf widerstehen?

»Wo mußt du hin?«

»Nach Lunteren.«

»Wo du damals mit Ruben warst?«

Er nickte. Sie sah, daß seine Krawatte nicht gut gebunden war, trat zu ihm. »Warte, ich helfe dir.« Sie löste die Krawatte, band sie von neuem, berührte sein Kinn, seine Wangen mit dem Handrücken, zog den Knoten fester. »So ist es besser«, sagte sie wie zu sich. Als hätte sie drei Kinder. Als müßte sie seine Kleidung richten, bevor er zu einer Schulfeier ging. Hans schaute in den Spiegel. Die Krawatte saß so, wie er es haben wollte. »Du gehst also nach Lunteren? Ich gehe mit. Dann müssen die Endivien eben warten. Ich möchte gern einmal einen solchen Gottesdienst erleben. Ich will wissen, was mein Mann treibt.«

Er bekam Angst. Das mußte er auf jeden Fall verhindern. Er ging im Schlafzimmer auf und ab.

»Das ist nichts für dich. Da gehörst du nicht hin.«

»Und du? Dann bleib du auch hier. Es gibt so viel zu tun. Du kannst mir helfen. Geh nicht.« Sie flehte ihn an. Er schlüpfte in sein Sakko. »Gleich kommen Ruben und Tom aus der Schule und fragen, wo du bist. Was soll ich dann sagen? Euer Vater hat alles stehen- und liegenlassen. Und warum? Was bringt es? Nein, euer Vater wird heute abend nicht zum Abendessen dasein.«

»Du gönnst es mir nicht.« Es war das einzige Argument, mit dem er sie zum Schweigen bringen konnte. Ein wirkungsvolles Argument, wie er fand, und er wußte auch, daß es nicht der Wahrheit entsprach.

Rückwärts entfernte sie sich aus dem Schlafzimmer, sah ihn verständnislos an, ging ebenfalls rückwärts die Treppe hinunter, eine Stufe nach der anderen, beide Hände am Geländer, bis sie wieder unten im kleinen Flur stand. Durch die gerippte Scheibe der Eingangstür fiel gelbliches Licht auf die Fliesen.

Er stand auf dem Treppenabsatz, lehnte sich über das Geländer. Sie schaute auf seine Schuhspitzen. »Das ist kein Benehmen. Was hast du bei diesen Leuten zu suchen? Ich halte das nicht aus. Du scheinst nur noch sie im Kopf zu haben.«

Sie wußte selbst nicht genau, was sie damit sagen wollte. »Ein Leben ganz für dich allein führst du. So ist es doch? Warum hast du dich verändert? Habe ich etwas falsch gemacht? Und was? So, wie wir früher gelebt haben. Das will ich. Daran denke ich andauernd. Warum sollte es nicht mehr gehen? Ich habe nichts dagegen, wenn du gewisse Dinge anders siehst als ich. Das will ich dir auch gar nicht wegnehmen, aber so, wie es jetzt ist … Es macht mir nicht einmal etwas aus, wenn du gelegentlich zu einer Versammlung gehst. Worum ich dich bitte, ist eigentlich furchtbar einfach.«

Sie blieb stehen, hoffte, daß ihre Worte etwas bewirken würden, hoffte, noch etwas ausrichten zu können. »Die Kinder wollen, daß du hierbleibst. Sag doch was! Wenn du nur sagen würdest: Ich kann nicht anders, es zieht mich dorthin. Du sagst nichts. Was muß denn eigentlich passieren, damit du hierbleibst?«

Margje trat in die Stube, zündete sich eine Zigarette an. Sie rauchte seit kurzem. Die Zigarette zwischen ihren schmalen kleinen Fingern plattdrückend, hörte sie ihn die Treppe herunterkommen. Sie hatte das Gefühl, daß es sehr lange dauerte. War das ein gutes Zeichen? Überlegte er es sich anders? Würden ihre Worte ihren Zweck erfüllen, und er sah von der Fahrt nach Lunteren ab?

»Na dann, ich geh mal los.« Er sagte es so nüchtern wie möglich, schien auf ein versöhnliches Wort von ihr zu warten. »Ich muß jetzt gehen.« Er sagte es, ohne mit der Wimper zu zucken, die Hand auf der Türklinke.

Sie schüttelte leicht den Kopf.

»Nein«, flüsterte sie, »du gehst nicht.« Sie redete mehr mit sich selbst als mit ihm. »Du bist zu gut dafür. Du darfst nicht nachgeben, darfst dich nicht mit so einem wie Ibel abgeben.« Sie wollte hinzufügen: Ich weiß ja, gegen Mißernten ist man auch nicht gefeit. Doch sie wollte ihn nicht verletzen. Sie traute sich nicht, ihn anzusehen, als sie sagte: »Das Komische ist, wenn du dann gleich weg bist ... Dann versuche ich, mir vorzustellen, wo du bist und mit wem du dort bist, und das ist so seltsam, so vollkommen unvorstellbar für mich, daß ich gar nicht daran denken mag und trotzdem an nichts anderes denken kann. Alles war gut. Abgesehen von den Geldsorgen, natürlich. Dann, eines Tages, schaut man überrascht: Nanu, was ist das? Ein Mann mit einem Koffer steht vor der Tür. Dann, eines Sonntagmorgens, ein Fremder in der Stube. Der deinen Platz einnimmt. Dich verdrängt. In jeder Hinsicht. Einfach so. Als normaler Mensch weiß man gar nicht, wie einem geschieht. Ein unansehnlicher Fremder, der sich einfach so in unserem Haus an unseren Tisch setzt und herumschreit. Als wäre es die normalste Sache der Welt. Ein Stammgast an unserem Tisch. ›Ach, Margje, versuch doch, das Essen, soweit es geht, am Samstag vorzubereiten!‹ Das kommt doch nicht von dir. Das hat dieser Steffen dir eingeflüstert ... Wenn du nur wüßtest, wie ungern ich darüber spreche ...«

Ruben und Tom kamen Hand in Hand ums Haus. Der Ältere hatte seinen Bruder vom Kindergarten des gemeinnützigen Vereins Maatschappij tot Nut van 't Algemeen in der Parkstraat abgeholt. Margje hätte ihn lieber in den christlichen Kindergarten geschickt, doch der lag auf der anderen Seite der immer stärker befahrenen Hoofdstraat. Hans wollte auf keinen Fall, daß er dort hinging, weil er die religiöse Erziehung niemand anderem überlassen wollte. Sie hatte sich dagegen gewehrt, aber schließlich um des lieben Friedens willen nachgegeben. Hätte sie sich durchgesetzt und Tom wäre unterwegs etwas zugestoßen, wäre es ihre Schuld gewesen.

»Geht Papa weg?« fragte der Jüngere. »Dürfen wir mit?«

Niemand antwortete.

»Ich gehe jetzt los«, sagte Hans.

Margje schien ihn nicht gehört zu haben, sie zog weiter heftig an ihrer Zigarette, während sie sich ein Bild ansah, das Tom gemalt hatte.

»Ich denke, daß ich jetzt losgehe«, sagte er wieder und legte sich den Regenmantel anders über den Arm. Er schaute in ihre Richtung. Niemand wünschte ihm eine gute Fahrt, einen schönen Nachmittag. Tom legte seinen Arm um Margjes Hals, küßte sie.

»Paß auf dich auf, Liebster!« Sie drückte die Zigarette im Aschenbecher aus. Wieder trat er in den Flur. Jetzt würde er den Vordereingang öffnen, das Haus verlassen. Doch er kam zurück – wenigstens etwas, es fiel ihm schwer zu gehen –, durchquerte das Zimmer, ging in die Küche, schloß die hintere Haustür, nahm auch nicht den schmalen Weg ums Haus, sondern den breiten Hauptweg durch die Gärtnerei.

Durchs Stubenfenster sah er Margje in den Flur und zur Vordertür stürzen.

Sie blieb im Vorgarten hinter dem Zaun stehen. Hans schaute starr geradeaus, als er vorbeiging – sie auch. Die Jungen standen hinter ihr. Nicht einmal einen kurzen Moment begegneten sich ihre Blicke.

Hans drückte seinen Mantel steif an sich, sie umklammerte den Zaun, bewegte die Lippen, als würde sie seine Gegenwart noch spüren. Ruben rief seinem Vater etwas hinterher, dieser verlangsamte kurz den Schritt. Ruben wollte zum Gartentor hinaus, ihm nach. Margje sagte: »Laß ihn gehen.«

Da ging er. Sie schauten ihm hinterher. Er war sorgfältig gekleidet. Für das heilige Abendmahl. Aber nicht schwarz. Hellgrauer Anzug, dunkelblaue Krawatte mit weißen Pünktchen, auf Hochglanz polierte Schuhe, ein gutaussehender Mann. Auf den man stolz sein konnte. Aber auch ein Mann, der in großer Verzweiflung war und noch immer das Gefühl hatte, »geistlich tot zu sein«. Fragte sich dieser Mann, warum er nicht jetzt noch auf dem Absatz kehrtmachte? Nun war er auf der Höhe des halbrunden

Platzes vor dem Friedhof mit den grauen Grabkapellen angekommen, in denen die Toten aufgebahrt wurden, dort, wo die Straße abschüssig wurde. Sie verloren ihn aus den Augen, als er mit großen Schritten rechts in die Wilhelminastraat einbog.

Kapitel 53

Seit dem »Gericht« war er nicht mehr in der Scheune gewesen. Inzwischen hatte er viele andere Gehöfte kennengelernt. Von Hardinxveld-Giessendam bis Genemuiden waren sie alle gleich dunkel, verströmten alle den gleichen intensiven, muffigen Geruch nach alter Schlacke. Er spürte, daß seine Nasenflügel sich anspannten. Die Luft roch anders als beim ersten Mal, die Dunkelheit wirkte noch dunkler, doch das konnte auch Einbildung sein. In den wenigen schwachen Lichtstrahlen sah es auf den ersten Blick so aus, als lägen weiße Laken auf dem Backsteinboden oder als wäre er gekalkt. Tatsächlich war der Boden weiß von ausgestreuten Sägespänen. Vermutlich, um das Scharren der Stühle zu dämpfen.

Die Männer, die sich schon auf die Stühle, Bänke, Schemel – es waren sogar alte Milchkannen dabei – gesetzt hatten, spuckten zur Seite oder zwischen ihren Beinen hindurch auf die Sägespäne. Hans Sievez wurde nicht umringt wie beim erstenmal. Jozef und Steffen begrüßten ihn kurz und zogen sich dann in einen Verschlag zurück, der als Kirchenratszimmer diente. Hans hatte keine Lust, sich zu den spuckenden Männern zu gesellen, und blieb in einiger Entfernung stehen. Ibel tippte ihm auf den Rücken.

»Komm mal mit, Sievez.« Auf dem Podium stand der Abendmahltisch mit Brot und Wein darauf. Hier war es etwas heller. Chris versuchte, sich einen naßgelutschten Zigarettenstummel von den Lippen zu pulen. »Wir haben schon öfter davon gesprochen, Sievez, das Abendmahl ist den tatkräftig Bekehrten vorbehalten. Dazu gehörst du. Das heißt aber nicht, daß der Gang zum Abendmahl selbstverständlich ist. Wehe dem Sünder, der sich unrein an den Tisch setzt. Gottes Zorn wird ihn treffen. Denk daran, wenn du gleich vor der Wahl stehst: Soll ich mich an den Tisch setzen oder nicht? Bedenke vor allem: Die Anwesenheit Christi hängt letztendlich nicht vom Glauben der Menschen ab. Auch die Ungläubigen haben in dieser Welt mit dem Leib und Blut Christi zu tun. Allerdings nur bis zu ihrem Gericht, wie der Apostel Paulus zu Recht bemerkt. Verbeuge dich tief. Gehe gebückt. Fürchte dich vor dem Abendmahl, vor der allerköstlichsten Mahlzeit, die man auf Erden zubereiten kann. Bedenke, daß es immer noch sein kann, daß du nur ein Namenschrist bist. Geh nicht hin. Meide es wegen seiner Heiligkeit. An dieser Stelle ist von unserer Seite nur eine warnende Predigt angebracht. Tu es nicht. Natürlich bist du bekehrt. Doch gehe in dich. Frage dich: Stehe ich nicht außerhalb von Ihm? In diesem Fall wäre es sehr vermessen, sich an den Tisch zu setzen. Dennoch fordert der ehrfurchtgebietende Gott dich dazu auf.« Ibels Oberlippe bewegte sich nach oben. Als würde er lächeln. Eine winzige Bewegung, nicht mehr als ein Schatten, der über sein Gesicht huschte. Ein schmutziges Taschentuch schaute aus Ibels Tasche, und seine speckige Krawatte war unordentlich gebunden. Ibel ließ ihn allein. Hans ging an sechs Stuhlreihen vorbei und fand etwas abseits einen Küchenstuhl. Er setzte sich, fragte sich, ob Chris Ibel überhaupt lächeln konnte.

Vier Männer, in tiefstes Schwarz gekleidet, kamen aus dem Kirchenratszimmer und bauten sich an den vier Ecken des Tisches auf. In einer kleinen Prozession folgten ihnen Steffen, Mieras und Ibel. Mieras gab Steffen die Hand. Diesmal war kein Pult da. Steffen stellte sich neben den Tisch.

Hinter sich hörte Hans die Türklinke des niedrigen Gartentors, bezwang den Impuls, sich umzudrehen. Zwei oder drei Nachzügler, wahrscheinlich das Grüppchen aus Goes. Beinahe geräuschlos schlüpften sie herein, fanden einen Platz beim Trog. Hans betete für sich, zur Vorbereitung. »Ich bin ein armer Sünder. Die Sünde haftet vorn und hinten an mir. Ich habe den Tod vor mir. Da muß ich durch. Ich ersticke. Ich ersticke schier vor Not. Mein Glaube ist schwach, meine Liebe kalt.«

Er hörte dem schreienden Steffen zu, dessen Stimme sich überschlug. »Gehe nicht über die Schwelle einer Kirche. Dann noch lieber ins Kino. Die niederländisch-reformierte Kirche ist eine Pflanzung Gottes. Von ihm selbst in den niederländischen Boden gesetzt. Wie das Volk Israel einst aus Ägypten floh, entkamen wir dem gottlosen Spanien.« Der Auswuchs an seinem Hals hüpfte auf und ab, erinnerte an einen Knoten am Ast eines kranken Baums. Man fand sie vor allem bei Pflaumenbäumen, bei Reineclauden. Hinter dem Stallfenster sah er eine verschleierte rote Glut. Spinnweben vor dem Fenster wehten auf wie Tüllgardinen.

Wie Säulen standen die Aufseher am Tisch. Auf Steffens kahlem Schädel glänzte der Schweiß. Ab und zu zog er ein Bauerntaschentuch hervor und wischte sich über den Kopf. Die Blicke der vier Aufseher waren stechend, als Huib Steffen den Tischgottesdienst ankündigte und es allen gleich darauf schier unmöglich machte, sich an den Tisch zu setzen, indem er daran erinnerte, daß Gottes Zorn all die treffen würde, die nicht unwürdig genug zu Tisch gingen. In diesem Fall würde Gott gewiß auf der Stelle zuschlagen. Der Laienprediger, in Fahrt gekommen, schilderte die Hölle als eine öde, heiße Grube, in der Dunkelheit herrschte und man nach einem Tropfen Wasser lechzte.

Hans senkte den Kopf.

»O HErr in der Ewigkeit«, murmelte er und fühlte sich von Gott verworfen. Dennoch waren Brot und Wein sichtbare Zeichen von Gottes Bemühen um den Menschen. Wie konnte er sich für den Tisch bereit machen? Man mußte mit leeren Händen kommen. Aber wie? Er hatte einen Betrieb, in dem jetzt alle Arbeit liegenblieb, Farnsporen austrockneten, von denen er sich Einkünfte versprach. Er hatte große Geldsorgen. Margje und die Kinder gingen ihm durch den Kopf. Leer werden für den HErrn. Sich mit der Speisung durch Gottes Wort begnügen. Nicht an das Brot von morgen denken. Wie doch die Augen der vier dunklen, identischen, weil gleich hoch aufgeschossenen und gleich mageren Aufseher stachen. Wie wurde man Aufseher am Tisch? Nein, ich gehe nicht. Ich bin geistlich tot. Was würde ich auf mich herabrufen?

Steffen hob die Hände, als wäre er Christus, der die Menschenmenge segnete. Er machte eine einladende Geste und sprach von den »hinführenden Wegen« und einem »Zuflucht nehmenden Glauben«. Kurz wurde ein Stuhl gerückt, die Hitze schwirrte vor dem Fenster. Die Blicke der Aufseher waren genauso hart wie ihre knochigen Gesichter, ihre beinernen Schädel. Sie strahlten marmorharte Unerbittlichkeit aus. Es waren Gottes persönliche Gesandte.

In der Schüssel das Weißbrot, der mit Wein gefüllte Krug. Jetzt war es vollkommen still. Jemand tippte mit dem Schuh an den Trog. Niemand machte Anstalten, nach vorn zu gehen. Hans bemerkte eine Pumpe mit Kupferschwengel, ein Pferdegeschirr, Stricke. Nicht einmal die Lippen der Aufseher am Tisch bewegten sich. Reglos wie Lots Weib.

Wie wurde man Aufseher? Natürlich mußte man geläutert sein und weit oben auf der geistlichen Leiter stehen.

Die Leiter der reformatorischen Mystik, die schon bei Ruysbroeck, Hus und Thomas von Kempen begann. Hans' Vater hatte sich gefragt, wie er in der Ziegelei Former werden könnte. Der Schöpfer von Ton. Warum dachte er jetzt an seinen Vater? Der Schweiß brach ihm aus. Saß sein Vater zur Rechten Gottes? Konnte sein Vater ihn sehen? Wie dunkel es doch in dieser Welt war, genauso dunkel wie in dieser alten Scheune. Wer hatte gesagt: Das Dunkel ist hell genug für mich?

Über den Hahnenbalken lagen Jutesäcke, ein aufgewickelter Strick. Steffens Blick war nicht fragend, nicht einladend, sondern streng beobachtend. Brachte jemand den Mut auf? Wer wagte es, unrechtmäßig das heilige Sakrament zu feiern, wer wagte es, zum Abendmahl zu gehen, und glaubte unbegründet, freimütig genug zu sein? Wem gelang es, die Furcht vor dem Abendmahl zu überwinden und zum »bestätigten« Gläubigen aufzusteigen?

Offensichtlich niemand.

Einige Männer machten kleine Bewegungen mit dem Kopf und den Händen, waren kurz davor aufzustehen, blieben doch sitzen. Nein, niemand brachte den Mut auf. Der Tisch war umsonst gedeckt, das Mahl umsonst zubereitet worden. Es war zu erschreckend.

Hans rang noch mit sich. Gehen. Nicht gehen. Er war noch immer benommen, als Steffens Gebet verklungen war und die Aufseher sich zurückgezogen hatten. Mit einem kräftigen Händedruck dankte Mieras Steffen für den Gottesdienst.

Hans blieb sitzen, mit einem Gefühl der Unzufriedenheit. Das Abendmahl war also umsonst eingesetzt worden, und das auch noch vom HErrn selbst, kurz vor Seinem Leidensweg. Er sah sich in der dunklen Wärme um, hörte ein leises Räuspern, das ihm bekannt vorkam, schaute genauer hin, erkannte die Jungen neben sich, erst Ruben, dann Tom. Hinter ihnen stand Margje. Mit schmerzlich verzogener Miene starrte er sie an, als seien es Fremde; ruckartig wandte er sich von ihnen ab, als hätte er im Traum etwas Schreckliches gesehen, einen verwesenden Tierkadaver, etwas Beschämendes. Am liebsten wäre er im Backsteinboden versunken. Sie hatten hier nichts zu suchen, gehörten nicht hierher. Das war sein Territorium.

Er blieb einfach auf dem wackligen Küchenstuhl sitzen, war nicht in der Lage, sie zu begrüßen. Sie mußten doch verstehen, wie er sich jetzt fühlte. Warum taten sie ihm das an? Margje und seine Söhne stellten sich um ihn herum. Margje sagte, sie hätten nicht zu Hause bleiben können. Ruben habe den Weg blind gefunden.

»Aber auf dem Trog saßen wir ein bißchen unbequem.«

Kapitel 54

Am Bahnhof gab er Ruben und Tom Geld, damit sie sich etwas kauften.

Sie saßen auf einer Bank in der Sonne und schauten auf die Enka-Fabrik. Er wagte es nicht, Margje anzusehen, fühlte sich unbehaglich. Sie rutschte zu ihm, legte ihm eine Hand aufs Knie.

»Wir haben genau hinter dir gesessen.«

»Ich weiß nicht, was ich davon halten soll.«

»Vom Abendmahl bei euch kapiere ich überhaupt nichts. Du wolltest es feiern, darum mußtest du heute nachmittag unbedingt weggehen, und gleichzeitig machen sie einem solche Angst, daß keiner sich traut«, sagte sie leicht spöttisch.

Er sah sie noch immer nicht an, würde ihrem Blick nicht standhalten können.

»Dazu sage ich nichts.«

»Diese Prediger, oder wie auch immer sie heißen, haben sich verzettelt. Und du mit ihnen.«

»Ich kann mit dir nicht darüber reden.«

Margje hatte ihr schönstes Sommerkleid angezogen, trug die braunen Ohrringe. Er kam damit nicht zurecht. Er wußte sich nicht mit dieser Frau zu helfen, die den großen Gott nicht kannte.

»Wir sind hereingekommen. Es war so ein dunkles Loch.« Sie ließ ihre Hand auf seinem Knie liegen, doch er konnte sie nicht berühren. »Du nimmst es mir übel, oder?« Nicht einmal das konnte er ihr sagen. Er nahm nur wahr, wie anziehend sie war, wußte nur, daß sein Verlangen nach ihr groß war. »Weißt du, was wir gesehen haben? Eine Handvoll Leute, die Theater spielten, aber sie hatten den Text vergessen.«

»Es ist so leicht zu spotten. Du hättest nicht kommen sollen.«

»Du hättest nicht gehen sollen.« Er schaute auf ihre Brüste, die beinahe zu schwer waren für ihren zarten Körper, auf ihre großen, dunklen Augen. »Du bist mir hinterhergekommen, hast mich in eine peinliche Lage gebracht.«

»Das tust du auch häufig. Ein Laienprediger, der einfach so sonntags vor der Tür steht. Ich wollte jetzt endlich mal wissen, wo du hingehst. Jetzt weiß ich es. Nein, es tut mir nicht leid. Und jetzt sitzen wir hier, draußen in der Sonne, mitten in der Woche. Sonst hätte ich in der Küche gestanden und Endivien geschnippelt.«

Sie versuchte, ihn zurückzuerobern, indem sie sich vernünftig gab, an sein Gewissen appellierte. Was hätte sie sonst tun sollen?

Die Jungen hatten ihr Eis aufgegessen. Margje machte eine Bemerkung über die unzähligen Fenster der Fabrik gegenüber. Für die Kinder war es gut, daß sie einfach nur ein bißchen miteinander redeten. Der Gottesdienst hatte sie nicht gerade heiter gestimmt, doch nun waren sie wieder zusammen.

Der Zug fuhr ein.

Tom setzte sich dicht zu Margje. Ruben setzte sich neben seinen Vater, ihnen gegenüber. Eine Familie, die von einem Ausflug zurückkam.

Zwei Stimmen. Ihre kräftig. Seine verschämt, sie manchmal murmelnd unterbrechend.

»Geh nicht mehr hin. Und sei es wegen der Kinder. Das weißt du noch gar nicht. Ruben ist diese Woche zweimal atemlos nach Hause gerannt gekommen. ›Wo ist Papa? Ist er da?‹ Und dann sieht er mich forschend an. In der Schule geht es nicht gut. Es ist die Frage, ob er die Abschlußprüfung überhaupt besteht. Er ist mit anderen Dingen beschäftigt. Ich glaube, daß er in der Schule unterfordert ist. Also gibt er sich gar keine Mühe.«

Margje lag auf dem Rücken, das Gesicht zu ihm gekehrt. Sie streichelte seine Brust, zog ihn an sich. »Diese düstere Scheune ... Als wir hereinkamen, war es wie in einem Laden voll Ramsch, in dem das Licht ausgefallen ist. Wir auf dem Schweinetrog. Ruben war der erste, der dich im Stockdunkeln entdeckt hat. Wir saßen ein Stückchen hinter dir, schauten auf deinen Rücken. Ich fand dich so mager, so bedauernswert. Und ich hatte Angst, ich wußte nicht, wie du reagieren würdest. Komm zu mir.«

Er schmiegte sich an sie, schob ihr Nachthemd hoch. Er war grob, vor lauter Unsicherheit gröber als sonst.

Sie, von Natur aus selbstsicher, war keine untergebene Bettgenossin, ergriff gern die Initiative, fühlte sich ein bißchen überlegen. Noch war ihre Haut straff, ihr Becken geschmeidig, ihre Augen klar und dunkelbraun. Die Männer drehten sich auf der Straße nach ihr um. Jetzt ließ sie ihn gewähren, gab sich bedingungslos hin. Er sollte das Gefühl bekommen, ihr überlegen zu sein.

»Psst, man kann nie wissen, ob die Kinder ...« Natürlich schliefen die Kinder. Das alte Bett quietschte und ächzte.

Er schlief danach sofort ein. Sie ging doch kurz nachschauen. Bei Tom war es still. Dann Ruben.

»Ich kann nicht schlafen, Mama.«

Kapitel 55

Die vier Männer standen im Garten und sprachen über die Predigt. Der Laienprediger war in Höchstform gewesen. Ruben half seiner Mutter beim Ausziehen des Tischs. So groß war die Gesellschaft noch nie gewesen. Um halb zehn hatten außer Steffen auch Mieras und Ibel vor der Tür gestanden. Margje deckte den Tisch, legte Besteck und Servietten in einem Serviettenring aus Holz mit ihren Namen darauf hin, einen silbernen Serviettenring für Huib, zu einem Dreieck gefaltete Servietten für die anderen. Margje bat Ruben, sie zum Essen zu rufen. »Sie müssen schließlich irgendwann fertig sein mit Reden.«

Die Männer, die sich als direkte Nachkommen der militanten Reformatoren aus dem 16. Jahrhundert empfanden, setzten sich an den Tisch, breiteten die Servietten aus. Margje schöpfte in der Küche Suppe auf die Teller, Ruben trug sie hinein. Steffen segnete die Mahlzeit. Margje warnte sie, daß die Suppe heiß sei. Kochend heiß. Chris Ibel führte den Löffel an die fleischigen Lippen, schlürfte die Suppe. Mieras wandte sich an Hans: »Der Heiland hat es bei Lukas gesagt.« Hans nickte. Mieras löffelte die Suppe, sagte, daß er gleich darauf zurückkommen werde. Steffen sprach vom Stab Aarons, der gegrünt hatte. »Lies es im Brief an die Hebräer nach!«

Mit lähmender Gleichgültigkeit hörte Margje zu. Sie aß ganz wenig, schob den Teller von sich. Sie hatte keinen Appetit. Ibel machte weiter schlürfende Geräusche. Dennoch zog sie kurze Zeit später den Teller wieder zu sich heran, aß noch ein bißchen Suppe und stand dann vom Tisch auf. Hans runzelte die Stirn, wandte den Blick ab. Sie sah sich um, schaute nach unten, auf den zerschlissenen Teppich unter ihren Füßen. Die Situation überstieg ihr Fassungsvermögen. Wie konnte sie dem noch entkommen? Sie sah ihren älteren Sohn an und wollte zu ihm sagen: Ich habe gegessen, aber ich glaube nicht, daß ich etwas geschmeckt habe.

»Setz dich, Mama, laß mich die Teller in die Küche bringen.«

Jozef wischte sich den Mund mit der Serviette ab. Der Laienprediger sagte, es habe ihm gut geschmeckt. Margje bat ihren Mann, das Fleisch zu schneiden. Ruben brachte die Schüssel mit den Kartoffeln herein. Steffen wiederholte, daß die Suppe ausgezeichnet gewesen sei. Wenn er nicht gerade predigte, betete oder sang, war seine Stimme ziemlich ausdruckslos.

Hans teilte das Essen aus. »Das muß für alle reichen«, sagte Margje.

Steffen zerdrückte die Kartoffeln mit der Rückseite des Löffels. Mit zu viel Bratensaft machte er einen dünnen Brei daraus. Er aß, das heißt, er schob sich ein Stück Fleisch in den Mund, kaute und schluckte. Alle drei oder vier Bissen, bei jedem dritten oder vierten Schlucken wiederholte er ehrerbietig: »Dem HErrn sei Dank.«

Chris Ibel aß nur mit der Gabel, die freie, linke Hand lag wie ein lebloses Ding neben seinem Teller. Dabei hatte er früher einmal an der Universität in Kampen Theologie studiert und war Pfarrer einer altreformierten Gemeinde gewesen. Steffen führte die Gabel immer wieder mit einer abrupten Bewegung zum Mund, als habe er Angst, daß das Essen vorher herunterfiel. Predigen macht hungrig. Eine Zeitlang sagte niemand etwas. Köpfe und Münder bewegten sich, manchmal wurde eine Hand gehoben. Es mußte unbedingt etwas Normales gesagt werden. Sie wandte sich an ihren jüngeren Sohn: »Schmeckt es dir?« Und zum Älteren: »Mußt du gleich noch etwas für die Schule tun?« Erklärte: »Ruben macht dieses Jahr seine Abschlußprüfung.«

»Und dann?« fragte Mieras.

»Ich weiß es noch nicht, Meneer.«

Ibel pulte mit dem kleinen Finger zwischen seinen Zähnen. »Der Gott von Abraham, Isaak und Jakob ...«, begann der Laienprediger. Margje saß blaß und klein da. Tom legte den Kopf in ihren Schoß, Ruben schaute sie besorgt an. Am Tisch mußten doch alle sehen, daß sie so blaß, so klein dasaß und daß ihre Augen jetzt viel zu groß waren. Sie erstickte vor lauter Ärger, Ekel, Wut, hätte am Tischtuch ziehen, die Suppenterrine und die Teller umkippen wollen, schreien, lauthals schreien: Soll das mein Haus sein? Soll das unser Sonntag sein? Diese Kerle an meinem Tisch! Und immerzu schwarz, schwarz, schwarz, auch wenn die Sonne noch so strahlend scheint. Ach, Hans, ich fühle mich krank.

Er weiß, daß sie erschöpft ist, steht auf. Komm, ich helfe dir. Es läuft nicht so, wie es sollte. Diese Leute kommen mir nicht mehr ins Haus. Er nimmt sie beim Arm, damit sie nicht weggehen kann, zerrt sie fast vom Stuhl, umarmt sie, küßt ihren Hals, ihren wohlgeformten Mund, drückt sie so fest an sich, daß sie keine Luft mehr bekommt. Sie begreift nicht, wie ihr geschieht – den verzogenen Mund hat sie halb abgewandt –, sie kann es noch nicht fassen.

Er ist aufgestanden, doch berührt hat er sie nicht, ist an ihr vorbei in die Küche gegangen. Dort hat er sich kurz auf der Spüle abgestützt, den Wasserhahn auf- und wieder zugedreht.

Er kehrte in die Stube zurück, blieb einen Augenblick neben ihrem Stuhl stehen. Setzte sich wieder und beugte den Kopf tief über den Teller, als ob es dunkel wäre.

Kapitel 56

Das Hotel-Restaurant Naeff bestellte fünfzig Gloxinien. Die Töpfe sollten mit Manschette geliefert werden. Margje schnitt weißes Kreppapier von der Rolle, kräuselte den Rand mit einer geschickten, raschen Bewegung, wickelte das Krepp um den Topf. Sie arbeitete mit Hingabe, band eine Schleife in derselben Farbe darum.

Hans packte die malvenfarbenen Blumen behutsam in weißes Seidenpapier, wickelte sie in durchsichtige Folie, heftete sie oben zu.

Während der Unterrichtszeit kam Ruben in den Garten gerannt, erblickte zu seiner großen Beruhigung beide Eltern. Er hatte eine Freistunde und kam, um ihnen zu erzählen, daß er seine Prüfungsnummer bekommen hatte. Nächste Woche begann das Mündliche. In letzter Zeit hatte er etwas mehr für die Schule getan. Er wollte die Prüfung bestehen. Am Schwarzen Brett im Gang hing ein Plakat von der pädagogischen Hochschule in der Stadt. Nach der Mittelschule dauerte die Ausbildung zum Grundschullehrer für alle Fächer fünf Jahre.

Margje küßte ihn. Ein festes monatliches Einkommen war sehr wichtig. Im Staatsdienst hatte man weniger Sorgen als mit einem eigenen Betrieb.

»Morgen hab ich einen Termin bei meinem Französischlehrer, ich muß das Gedicht für die Abschlußprüfung aufsagen.«

»Wenn es ein Morgen gibt«, war Hans' Reaktion, »nichts ist sicher.«

»Red doch nicht solchen Unsinn, natürlich wird es ein Morgen geben.«

Hans sagte nichts, er war sich überhaupt nicht so sicher und schaute instinktiv zum Himmel hoch. Wenn der Jüngste Tag anbrach, würde Gott auf den Wolken erscheinen und die Spreu vom Weizen trennen, die Mauern der Häuser würden einstürzen wie einst die Mauern von Jericho.

Ruben ging wieder in die Schule.

Sie machte mit den Manschetten weiter und wies ihn darauf hin, daß der weiße Krepp das Lila der Blumen betone, unterbrach sich.

»Ruben kam schauen, ob mit uns alles in Ordnung ist. Ob du da bist.« Sie bohrte: »Hast du das gemerkt?«

»Ihr tut so, als wäre ich ständig weg.«

»Nicht ständig. Aber zu häufig. Und wenn du da bist und mit dem Rücken zu uns am Schreibtisch sitzt, bist du auch nicht da. Wie schön die Gloxinien dieses Jahr doch sind!« Sie betrachtete eine Blüte von nahem, blickte hinein. Dort hatte der Blumenkelch eine dunkelglänzende Schattierung. Mit dem Zeigefinger strich sie bedächtig über die haarige, samtene Innenseite. Als wäre sie mit Öl bestrichen. Ihr Finger klebte ein bißchen.

Er folgte Margjes Zeigefinger, der den Boden des Kelchs erreicht hatte, mit dem Blick.

»So ein Kelch«, sagte sie träumerisch. »Wie eine Rutschbahn.«

Im Gegenteil, das Innere sei mit einer Art Leim versehen, der genau das verhindere, nämlich daß die Insekten keinen Halt hätten und hineinrutschten.

Sie nahm den klebrigen Finger aus dem Kelch, rieb ihn spielerisch an seinem Handrücken ab.

»Hast du das auf der Schule in Boskoop gelernt? Wir wollten immer mal hinfahren und uns ansehen, wo du Unterricht hattest.«

Er stellte die fertigen Pflanzen in eine Kiste. Wildenten flogen über den Garten. Ein Pärchen flog tiefer, landete mit viel Lärm auf dem Wasser des Beckens. Sie sahen ihnen beide zu. Margje hakte sich bei ihm unter.

»Um auf Ruben zurückzukommen ...«, begann sie. »Er ist zu jung, um sich für uns verantwortlich fühlen zu müssen. Das ist doch eine verkehrte Welt! Gestern abend wollte ich dir nichts davon sagen, Hans. Da hast du gerade gelesen. Ich mußte nach oben und schaute bei den Jungen herein. Tom schlief tief und fest. Ruben auch, aber nicht in seinem Bett. Vor dem Bett kniend. Beim Beten eingeschlafen. Das gefällt mir gar nicht. Und es ist nicht das erste Mal. Ich habe Ruben auch schon darauf angesprochen. Er hat zugegeben, daß ihn sein Abendgebet jeden Tag viele Stunden kostet, doch er zwingt sich, es in völliger Lauterkeit aufzusagen, seine Gedanken müßten ganz auf den Inhalt gerichtet sein. So hat er es mir erklärt. Dabei darf er nicht an seine Hausaufgaben, nicht an die Gärtnerei denken. Das gelingt ihm nicht. Also fängt er von vorn an. Vierzig-, fünfzigmal hintereinander geht das so. Allein vom Erzählen werde ich schon wirr im Kopf. Und morgens dasselbe Lied. Er steht deswegen früher auf, kommt todmüde herunter und muß dann in die Schule. Ruben erzählte mir auch, daß er versucht hat, das zu umgehen, indem er das Morgen- und das Abendgebet tagsüber zusammen spricht. Dann hätte er es hinter sich. Aber er hat Angst, daß Gott ihn für dieses respektlose Verhalten bestraft. Den ganzen Tag geht ihm das durch den Kopf. Ein Junge in seinem Alter sollte sich doch mit anderen Dingen beschäftigen, oder?«

Wim Maters' Amischlitten hielt vor der Werkstatt. Aus dem Auto rief er Hans zu: »Bring mir auch was davon.

Zehn Stück oder so.« Er zeigte auf die Kisten. »Hast du dir meinen Vorschlag durch den Kopf gehen lassen?«

»Darüber haben wir schon gesprochen, Maters. Daraus wird nichts. Ich denke nicht daran.«

»Ich schon. Ich baue eine Reitbahn oder einen Spielplatz für meine Kinder dorthin. Im Traum! Aber ihr habt zu tun. Ich auch.«

Leise rauschte das Auto über den Hauptweg. In der Kurve blieb er stehen, rief Hans von weitem zu, er solle einen großen Strauß Skabiosen dazutun. Für seine Frau. Hans nickte. In Ordnung.

»Was war das für ein Plan?« fragte Margje.

»Das habe ich dir nie erzählt, weil es völlig hirnrissig ist.« Er erklärte, was Maters vorgeschlagen hatte.

»Nanu? Wie kommt er auf die Idee? Das Stück Land gehört zur Gärtnerei, zu uns.«

War es die laue, feuchte Wärme in der Werkstatt, das weiche Seidenpapier, in das er jede Pflanze einzeln packte, Margjes kleiner, schmaler Finger mit dem gewölbten Nagel, die zwei schönen Bestellungen hintereinander nach einer langen Periode der Ruhe? Oder die Angst, er könnte eines Tages gezwungen sein, einen Teil seines Grundstücks zu verkaufen, die Geschichte, die sie gerade über Ruben erzählt hatte, oder das Schicksal, das ihn, kraftlos und unterlegen, mit einer Macht, die seinen Verstand überstieg, unentrinnbar mit den Brüdern verbunden hatte ... Der Drang, sie zu besitzen, das Verlangen, sie zu nehmen, brannten in ihm, so heftig, daß er errötete, sich ein paar Tränen aus den Augenwinkeln wischen mußte. Er spürte sein Blut rauschen, die Leidenschaft breitete sich mit einer enormen Gewalt aus, schwoll an, er schwitzte, schauderte. Beinahe hätte er die wunderschöne Pflanze, die er in der

Hand hielt, fallen gelassen. Er sah ihren Finger tief in dem dunklen Blütenkelch. Es fühlte sich an, als hätte der Finger seinen Hodensack gestreichelt, er stellte die Pflanze ab, drehte sich mit feuerrotem Gesicht zu ihr, packte sie und begann, sie zu küssen, sich dessen bewußt, was unausweichlich darauf folgen würde. Sein Unterleib zuckte.

»Nein, Hans, nicht jetzt, wir müssen die Pflanzen fertig machen.« Ein harter Schlag in das Becken seines intensiven Verlangens. Die Pflanzen konnten warten. Darauf verstand sie sich: Etwas Unwiderrufliches so trivial zu machen, daß es lächerlich wurde. Er ließ sich nicht beirren, zog sie hinter sich her ins Glashaus – willig ließ sie sich fortführen –, schloß die Zwischentür hinter ihnen. Hohe, tropfendnasse Farne wiegten sich im Luftzug der leicht geöffneten Dachfenster. Über den Kulturtischen mit den Gloxinien hing ein schwerer, süßer Duftschleier. Seine Augen sahen nur Dunst, auf dem rote und purpurne Blüten trieben. Er drückte sie an den hohen Rand des Kulturtischs, wagte es nicht, sie anzublicken, weil er sich ihrer noch nicht sicher war. Leise sagte Margje:

»Die Innenseite. Wie Blutflecke.« Da wußte er genug. Sie löste selbst ihre Schürze. Jetzt konnte er sie anschauen, sah ihre Augenlider mit den dunklen Adern beben, als er ihre Brüste entblößte und sich zu ihr beugte, um sie zu umschließen. Er hatte das Gefühl, die Begierde, die ihn niederzwang, niemals befriedigen zu können. Er beugte sich tiefer hinunter, schob ihre Beine auseinander, streichelte ihre Knöchel und ließ die Hand hochgleiten, dorthin, wo das Fleisch weich wurde, vergrub dort sein Gesicht. Als er aufschaute, sah er Margjes kleinen Kopf auf einem violetten Meer treiben. Er drückte sein glühendes Gesicht an ihren Hals, glitt wieder hinunter zu ihrer geschwollenen

Scham, ließ seine ganze Hand in den Härchen um die Scheide versinken, spürte Tränen aufsteigen, die er mühsam unterdrückte. Sie hob das Becken, kam ihm entgegen, doch er wagte es kaum, sich zu bewegen, aus Angst, daß er seinen Samen frühzeitig verlor, daß der Rausch nachlassen könnte.

Sie sagte, er sei zu gierig.

»Warte, so geht das nicht.«

Margje klammerte sich an ein Heizungsrohr, hievte sich auf den Rand des Kulturtischs mit dem Torfmull. Nun mußte er sich auf die Zehenspitzen stellen, sie war offener denn je. Doch die Welt hatte sich gegen sie verschworen. Sie machte eine plötzliche Bewegung, einen Moment, bevor er in sie eindrang, und er vergoß seinen Samen, ließ ihn auf die dunkle, schwammige Erde fallen wie Onan, der Sohn Judas und einer Kanaaniterin.

»Was steht da?« Durch die hohen, tropfenden Farne in der Mitte des Glashauses zeigte sie auf eine lange Reihe Bücher auf der gegenüberliegenden Seite.

»Wovon sprichst du?« Er wußte genau, wovon sie sprach. Er war so dumm gewesen, eine kleine Tür offenstehen zu lassen. Unter dem Kulturtisch auf der anderen Seite hatte er große Schrankfächer gezimmert, um seine immer größer werdende Büchersammlung unterzubringen.

»O Gott. All die Bücher!« Sie ließ sich vom Kulturtisch gleiten und brachte ihre Kleidung wieder in Ordnung.

Beschämt stand er neben ihr, mit schweißnassem Rükken. Er hätte sich vor den Kopf schlagen können. Er hatte vorgehabt, im Lauf des Tages in aller Ruhe ein Buch zu suchen … Ohne ihn anzusehen, sagte sie, neben den Bücherfächern kniend, sie habe sich schon gefragt, was er da so eifrig zimmerte. Einmal habe sie ihn auch direkt danach gefragt, jedoch nie eine richtige Antwort bekommen. Margje öffnete eine zweite Tür ein Stück weiter. Sie ließ den Blick über die Bücher schweifen und überschlug schnell, daß es um die fünf- oder sechshundert sein mußten. Dafür ging ihr Einkommen also drauf. Es war schon vorgekommen, daß sie mit Geld ins Dorf ging, das er ihr eine Stunde zuvor ins Portemonnaie gesteckt hatte. Jetzt glaubte sie, daß er es in einem unbeobachteten Augenblick ebenso schnell wieder herausholte.

Margje schimpfte nicht, stellte ruhig fest: »Mit dir brauche ich mir nicht vorzunehmen, Geld für irgend etwas zu sparen. Du steckst es doch nur alles in diese Bücher.«

Sie griff nach einem Folianten aus der Reihe. Der Titel lautete *Bräutigam der Seele* und war 1580 von einem Everardus van der Hooght geschrieben worden. Hans fühlte sich kraftlos und schwer. Sie hätte diesen geheimen Aufbewahrungsort niemals entdecken dürfen. Nur Ruben wußte davon.

»Ich bekomme wieder ein ganz komisches Gefühl, Hans. Worin kann ich mir bei dir sicher sein? Wenn du nicht im Haus bist, gehe ich davon aus, daß du im Glashaus arbeitest, aber du kaufst alle naselang Bücher, empfängst Hausierer, läßt dir alles mögliche aufschwatzen. Und das hinter meinem Rücken. Ich bin überflüssig. Ja, für die Kinder bin ich noch gut genug und um für den Haushalt zu sorgen ...«

Sie las den Titel nochmals, schlug das Buch auf, starrte auf eine beschädigte, halbvermoderte Seite. »Wie hätte ich ahnen können, daß ich die Frau eines *Bräutigams der Seele* werden würde? Was soll ich mir darunter vorstellen? Darunter kann man sich doch nichts vorstellen? Was ist mit meinem Mann geschehen? Ach ja, er ist bekehrt. Ein komischer Zufall. Nein, einfach blödes Pech.«

Sie stellte das Buch an seinen Platz zurück. »Einfach blödes Pech«, wiederholte sie für sich. »Keiner von uns kann etwas daran ändern.«

In der kühleren Werkstatt beendeten sie ihre Arbeit schweigend, luden zusammen die Kisten aufs Lastenfahrrad.

Alle Leichtigkeit war wie weggeblasen.

Kapitel 57

Es war früh und kalt, und er schlang die Arme um sich. Es war einer dieser Tage im November, an denen die Sonnenaufgänge am feurigsten sind. Die Mammutbäume färbten sich rot. Hans holte die Schubkarre aus dem Lagerschuppen, schlang wieder die Arme um sich, warf einen Blick auf das Außenthermometer. Minus sechs Grad. Die Dahlien mußten unbedingt ausgegraben werden. Das würde er heute erledigen. Ein paar Blätter wirbelten durch die kalte Morgenluft. Die dunklen Flecken, die man sah, waren die schwarzgefrorenen Stengel, die er noch untergraben mußte. Die Vorstellung, ganz allein im stillen Garten zu sein, gefiel ihm. Das war sein liebster Augenblick. Allein mit dem Herrgott. Er faltete für einen Augenblick die Hände. Dann schob er die Schubkarre über den Hauptweg, blieb erstaunt stehen. Vom Schornstein seines ehemaligen Junggesellenhäuschens stieg weißer Rauch auf. Er wollte hineilen, überlegte es sich jedoch anders. Statt direkt darauf zuzusteuern, machte er einen Umweg und ging hinter den Gewächshäusern entlang. Von hinten, im Schutz der Stechpalme, konnte er es unbemerkt erreichen.

Auf der Rückseite des hohen Gebäudes mit den zugenagelten Fenstern stand ein altes Fahrrad mit schwarzweiß gestreiften Spannbändern auf dem Gepäckträger. Chris Ibels Fahrrad. Auch das noch. Fassungslos ging er um das Gartenhaus herum, fand Holzscheite, die jemand aus dem Lagerschuppen geholt hatte. Die hatte Hans gestern abend für die Kessel gespalten. Er spitzte die Ohren, lauschte an der Tür, hörte nichts. Chris Ibel schlief den Schlaf der Gerechten.

In der Ferne sah er die Schubkarre mit der Forke. Er mußte sich unbedingt an die Arbeit machen. Doch er durfte nicht zulassen, daß jemand unaufgefordert die Nacht in der Gärtnerei verbrachte. Das war sein Territorium, er war hier der Chef. Der Kerl mußte raus hier. Ibel mochte er sowieso nicht. Er würde die Tür aufreißen und ihn hinauswerfen. Weg mit dir! Und einen Fußtritt bekäme er obendrein. Aber ein bißchen plötzlich. Worauf wartest du noch? Na, worauf wartest du? Raus hier! Er konnte auch die Tür aufreißen, gar nichts sagen und eine Ladung Wasser aus einer vollen Gießkanne hineinschleudern.

Die Dahlien mußten vor dem Abend ausgegraben sein. Hans ging zurück, zögerte, schaute zum Häuschen, sah Ibel mit seinen hohlen violetten Wangen und den hohen Wangenknochen in der Türöffnung stehen, oder sah er Gespenster? Er nahm die Schubkarre, schob sie zum Feld, schnitt die gefrorenen Stengel ab, schüttelte die Erde von den Knollen, warf diese in die Schubkarre, schaute auf das schwarzgeteerte Häuschen, das er zusammen mit Margje umgebaut und eingerichtet hatte, griff nach ein paar Knollen aus der Schubkarre; gesund waren sie, hart und saftig, und nach einem Winter unter dem Kulturtisch würden die ausgedörrten Knollen wie durch ein Wunder wieder orange- und lilafarbene Blüten treiben, und er würde daraus Sträuße zusammenstellen. Er warf sie auf den Boden, spaltete sie mit dem scharfen Spatenblatt. Gesund waren sie und verrottet. Verrottet waren sie, durch und durch verrottet und von Ungeziefer zerfressen. Mit dem Spaten hackte er sie klein, zerstampfte die Reste mit seinen Holzschuhen. Unnütze Knollen.

Er schämte sich, sah sich um, ob jemand seinen Wutausbruch gesehen hatte. Die Gärtnerei lag im Herbstnebel unter ihm; er zündete sich eine Zigarette an, zwang sich zur Ruhe, schon tat es ihm leid um die zerstörten Knollen, er rammte den Spaten tief in die Erde, legte eine Hand auf den Griff, wollte sich auf seine Arbeit konzentrieren, wollte Margje rufen. Das brauchte er sich doch nicht gefallen zu lassen! Jemand war in das Haus eingedrungen, in dem er die Pläne für die Gärtnerei entworfen hatte, lag vielleicht auf dem Sofa, auf dem er mit Margje geschlafen hatte. Stumm vor Schreck war er. Das war doch völlig undenkbar. Früher, im Moor, hatte ihn nach Freiheit gedürstet, und er hatte von einem eigenen Territorium geträumt. Sein ganzes Leben hatte er für seinen eigenen Grund und Boden gekämpft. Jetzt rüttelte jemand daran. Fest entschlossen stürzte er zur Tür.

Der Boden unter seinen Füßen war hart und knirschte. Es würde ein sonniger Morgen werden, mit vielen Vögeln und dem Geruch von umgegrabener Erde. Was hatte Margje neulich noch zu ihm gesagt? Es scheint fast, als würden diese Leute an dir kleben!

Einen Moment fürchtete er sich vor dem, was ihn drinnen erwartete, er klopfte leise an die Tür, riß sie gleich danach auf, schaltete das Licht an, sah unendlich viele Einzelheiten gleichzeitig: einen Mann auf seinem Sofa, einen brennenden Ofen, einen kleinen Kocher, senkrecht abgestellte Schilfmatten, den Koffer, hohe schwarze Schnürstiefel, Kleidungsstücke, ein offenes Buch auf dem Boden, Chris Ibel mit der Kappe auf dem Kopf, die Seitenklappen heruntergeschlagen.

Mit seinen kleinen, trüben Augen blickte er Hans an. Ein fahles Gesicht, eine schiefe Nase. Alles an ihm war mickrig und schief. Das Gesicht eines ältlichen Kindes und sein zwergenhafter Körper unter der Decke. Ein Zwerg in einem Märchenhaus. Ibel zog eine seiner Schultern bis zum Ohr hoch. Aus seinem dünnen roten Mund, rot von der Glut des Ofens, kamen die Worte: »Bruder, wie wir aus der Offenbarung wissen, wird das Zeichen, das die Auserwählten unterscheidet, auf ihrer Stirn sichtbar werden. Keine Sorge, ich werde dir nicht zur Last fallen. Ich hatte heute nacht keine Bleibe. Das kann vorkommen. Ein kleiner Spatz sorgt auch nicht für den anderen Morgen ... Ich konnte nirgends hingehen und wollte dich nicht wecken. Ich breche sobald wie möglich wieder auf.«

Hans besann sich. Eigentlich war es nicht schlimm, daß Ibel die Nacht hier verbracht hatte. Jesus selbst hatte gesagt: »Ich hatte kein Haus, und ihr habt mich beherbergt.«

»Aber du hast doch ein Haus!«

»Der HErr hat es abbrennen lassen. Ich habe gesündigt.« Er sprach sehr leise, die Decke bis zum Kinn hochgezogen. Hans hatte den Eindruck, daß Ibel sich hier wohl fühlte, daß hier sein Zuhause war. »Ich fürchte, daß ich für Gott verloren bin. Ich befürchte eine Strafe nach der anderen.« Jetzt waren nur noch seine Augen und die eingefallenen Wangen zu erkennen. Er tat Hans leid. Er war ein Mensch, wahrscheinlich allein auf der Welt. »Bruder, es geht nur um ein oder zwei Nächte.«

Was sollte Hans Sievez tun? Er hatte gedacht, daß Ibel heute noch gehen würde. Ein oder zwei Nächte. Das war äußerst unangenehm. Margje und die Kinder durften nichts davon erfahren. Doch er brachte es nicht übers Herz, ihn hinauszuwerfen. Wie er so dalag – eine abscheuliche Kreatur und zugleich ein Wehrloser, der Hilfe brauchte.

»Ich verstehe, in welcher Lage du steckst. Du kannst bleiben. Ich will, daß die Tür immer geschlossen ist und du dich nicht draußen blicken läßt. Nur gut, daß die Fenster vernagelt sind.«

»Ewige Seligkeit denen, die Herberge bieten.«

»Ich möchte es nicht bereuen.«

»Hast du eine Zigarette für mich?«

Hans gab ihm eine. »Paß bloß auf mit dem Feuer. Hier ist alles knochentrocken.« Der magere, schwarzbehaarte Arm auf der Decke erinnerte ihn an den eines Affen. Nach dem ersten Zug erschien ein zufriedener Ausdruck auf Ibels Gesicht. Hans warf einen Blick in den Ofen, sah, daß das Feuer fast aus war. Die behagliche Wärme würde schnell durch die Ritzen entweichen. Er holte eine Schütte teuren Anthrazits.

»Das brennt lange.«

»Ich wußte, daß du mich nicht hinauswerfen würdest. Dafür haben wir zuviel zusammen erlebt.« Er holte die andere Hand unter der Decke hervor, machte eine segnende Geste, behielt dabei die Zigarette im Mund. Hans stellte einen Blumentopfuntersetzer neben ihn. Ibel schnippte mit einer nahezu eleganten Geste die Asche hinein, nahm wieder einen langen Zug, blies den Rauch bedächtig nach oben, während Hans das Feuer im Ofen schürte. Wie ein Fürst lag Ibel da. Hans kam sich lächerlich vor. Er durfte sich nicht vorstellen, daß Margje ihn jetzt sah. Sie würde es nicht glauben können und dann sauer werden: »Was für ein peinlicher Auftritt. Schmeiß den Schmutzfink raus!«

Hans stand mit dem Rücken zum Bett, hatte das Gefühl, auf dem Grund und Boden eines anderen zu stehen. Wortlos zog er die Tür hinter sich zu und kehrte zurück zu seiner Arbeit.

Die Mammutbäume wirkten ungeheuer hoch und kalt. Das Morgenrot war beinahe vom Himmel verschwunden.

Vom Feld aus konnte er das Schlafzimmer sehen, in dem hinter dem zugezogenen Vorhang Licht brannte.

Er begann mit der Reihe Pompondahlien. Alle naselang schaute er zum Gartenhaus, das ihm jetzt beängstigend fremd vorkam. Dort drinnen war Chris Ibel. Dennoch verspürte er eine Art Bewunderung. Huib Steffen, Jozef Mieras und dieser Chris Ibel taten, was ihnen beliebte, zogen wie fahrendes Volk durchs Land, kannten kein Schamgefühl, beteten auffällig in aller Öffentlichkeit, drangen ins Haus eines anderen ein. Wovon ernährten sie sich? Wie kamen sie an Geld? Manchmal legten sie weite Strecken mit dem Taxi zurück, Steffen und Mieras trugen immer untadelige weiße Hemden. Sie führten ein geheimnisvolles Leben, ähnlich den Aposteln, die durch die frühere zivilisierte Welt reisten: Vorderasien, Korinth, Rom.

Da stehst du also, Hans Sievez! Warum hast du dich mit diesen zweitklassigen Aposteln des Heilands eingelassen? Dort, wo der Hausierer-Apostel Chris Ibel liegt und schnarcht und die knochentrockenen Schilfmatten in Flammen aufzugehen drohen bei dem Gerauche im Bett, blicktet ihr, Margje und du, über die neugegründete Gärtnerei. Sie war es, die anhand von winzigen Veränderungen bemerkte, daß der Tag zur Neige ging. Allmählich, ganz allmählich. Erst bildete das viele Licht über dem Land, unendlich, unvergänglich, ein solides Bauwerk, dann erschienen am späten Nachmittag kleine Sprünge in der Südmauer, blau, fast lila, danach in den Glashausscheiben. Die Sprünge wurden Spalten, tiefe Risse. Das umkippende Gebäude begann auseinanderzufallen, zerschmolz von innen heraus. Die Baumstämme nahmen eine andere Farbe an, und die ohnehin schon feinen Blätter der Skabiosen wurden noch schmaler, ihr Grün noch heller. Margje machte dich darauf aufmerksam, sie hatte einen Blick dafür, sie hatte ein Gespür für die Nuancen des Dunkelwerdens.

Du scheinst dich fast über diese Erinnerung an die Vergangenheit zu ärgern.

Schmeiß den Kerl raus, Hans! Mach kehrt!

Kapitel 58

Er vermied es, zum Märchenhaus hinüberzuschauen, als er die Werkstatt verließ. Lange vor der üblichen Zeit ging er zum Kaffeetrinken zu Margje. Sie machte gerade die Einkaufsliste für diese Woche, sagte zu ihm, es sei kein Cent mehr im Haus. Die Einkäufe der vergangenen Woche müßten noch bezahlt werden. Bei Wieland seien noch so viele Rechnungen offen. Warum er nicht versuche, dort etwas loszueisen.

»Schließlich ist es unser Geld!«

Er versprach, in den nächsten Tagen beim Blumenhändler vorbeizugehen.

»Warum nicht heute?«

»Vielleicht auch heute. Dir ist doch klar, daß es mir sehr unangenehm ist?«

»Mich kannst du nicht hinschicken. Und Ruben auch nicht.«

Sie ging nach oben, die Betten machen.

Er schenkte die Tasse wieder voll, schmierte ein Butterbrot mit Käse und ging mit diesem Frühstück in den Garten. Er traf Ibel angekleidet und Kaffee trinkend an. Sein Hemd war bis obenhin zugeknöpft, doch wie Hans' Vater früher trug er keinen Kragen. Dadurch war sein Hals nackt und wirkte streng, es unterstrich den dunklen Vogelhals.

Auf Hans' erstaunten Gesichtsausdruck hin deutete er auf den Boden, wo ein Päckchen Metatabletten und ein Glas löslicher Kaffee standen. Die habe er immer bei sich. Doch der frische Kaffee sei auch willkommen, und seine gierigen Schmutzfinger grabschten nach dem Käsebrot. Sofort biß er mit seinen vom Rauchen verfärbten Zähnen zu.

Hans verstand noch immer nicht, warum diese Hausierer und Prediger so ungepflegt waren. Besonders Ibel flößte ihm tiefen körperlichen Widerwillen ein.

Er bot ihm eine Zigarette an und gab ihm Feuer, wegen der Zugluft über die Flamme in seinen hohlen Händen gebeugt, den Kopf dicht bei dem des Eindringlings. Wäre ein Fremder hereingekommen, hätte er ihre Anwesenheit dort für die normalste Sache der Welt gehalten.

Ibel stank. Da war Mieras anders. Der verströmte zwar einen starken Körpergeruch, sah aber im übrigen nicht unappetitlich aus. Chris Ibel fummelte an seinem Kragenknopf, der gegen den Kehlkopf drückte. Endlich bekam er ihn auf und teilte Hans mit, daß sie Steffen eine Weile nicht sehen würden. Seinem Sohn gehe es nicht gut.

»Er hat es furchtbar schwer. Es wird für ihn gebetet. Das Gebet eines Gerechten vermag viel.«

»Ich wußte gar nicht, daß er Kinder hat.«

»Er spricht nicht gern über sein Privatleben. Einen Sohn hat er. Einen achtzehnjährigen Jungen mit dem Verstand eines Dreijährigen. Kann nichts anderes als herumliegen und erkennt die eigenen Eltern nicht. Ein Tier zeigt mehr Gefühle. Dennoch hat er eine Seele zu verlieren. Das müssen wir Gott überlassen.«

»Davon wußte ich nichts, sonst hätte ich mich nach ihm erkundigt.«

»Er will nicht, daß andere davon wissen. Er betrachtet diesen behinderten Sohn als Strafe für Sünden in seinem früheren Leben. Sprich ihn nicht darauf an. Es ist ein steter Dorn in seinem Fleisch.« Der Schweiß kribbelte Hans auf der Stirn. Er hatte zwei gesunde Söhne.

Er machte sich wieder an die Arbeit, behielt dabei die Tür im Auge, hinter der Ibel sich aufhielt. Wenn dieser es wagte, auch nur einen Schritt nach draußen zu setzen, würde er ihm eins auf seine abscheuliche Klappe (ein Ausdruck von Margje) geben, würde ihm die weiche Kappe vom Kopf schlagen. Da dürfte Margje dann dabeisein.

Er stach die Forke in die Erde, drückte sie mit dem Fuß tiefer hinein, erstarrte in einem Anfall von Kraftlosigkeit, schaute auf einen dicken, blassen Regenwurm, der sich neben seinem Holzschuh nach oben ringelte, fühlte sich einsam und hörte sich sagen: »Es ist einfach lächerlich.« Er sagte es beinahe unhörbar, jedoch fast in Margjes spitzem Ton. Wohin würde das führen? Würde Ibel von selbst weggehen? Vom würzigen Erdgeruch bekam er eine solche Sehnsucht, daß er sich ein verbittertes Lächeln nicht verkneifen konnte, als sei ihm nicht einmal mehr ein kurzer Augenblick des Glücks gegönnt. Ein kalter Wind ließ ihn schaudern. Er würde besser hart durcharbeiten und so tun, als sei alles in Ordnung.

Vom Hauptweg aus rief ihn eine Kundin. Die alte Dame hatte einen Sichelfarn dabei, der dringend neue Erde brauchte. Er topfte die Pflanze in der Werkstatt um; sie lobte die schöne Lage des Betriebs und sagte, daß sie die eigenartige Stimmung in den Gewächshäusern möge.

»Deshalb habe ich mir diesen Beruf ausgesucht«, antwortete er lächelnd. Für seine Arbeit wollte er nur fünfzig Cent haben. Er vernahm Geräusche. Ein leises Singen, gelegentliches Hüsteln, das Scheppern eines herunterfallenden Kochtopfs. Dort, in seinem alten Junggesellenhaus, das er als Abstellraum nutzte, entwickelte sich eine Art häusliches Leben. Das Blut wich aus seinem Gesicht. Dieser Ibel verschanzte sich da in aller Seelenruhe.

»Es kommt mir alles so vertraut, so geborgen vor. So idyllisch.«

Er begleitete die alte Dame zum Ausgang. Ihm war die vertraute Gärtnerei keineswegs mehr so vertraut. Hans sah, daß die Tür einen Spaltbreit offenstand, und stürzte direkt hin.

»Man kann es auch übertreiben! In der Werkstatt höre ich dich sogar singen. Warum machst du die Tür auf?«

»Weil ich frische Luft brauche, Sievez.« Er durchbohrte Hans mit seinem Blick, tippte mit einem Finger auf das vor ihm liegende Buch, trommelte mit den Fingern auf seinen Handrücken. »Hast du ein paar Zigaretten für mich?«

Hans gab ihm sein Päckchen mit der letzten Zigarette.

»Wir sind von Gott. Zu Ihm streben wir hin.«

Hans käme nicht auf die Idee, solche Worte so mir nichts, dir nichts zu gebrauchen.

Er karrte die Dahlienknollen über den Hauptweg, blieb stehen. Eines Tages würde die Welt untergehen. Niemand wußte, wie. Vielleicht würde es regnen, und der Regen würde nie mehr aufhören und am Ende die ganze Erde überschwemmen. Menschen und Tiere würden kläglich zugrunde gehen. Eine zweite Sintflut. Würde dann wieder eine Arche gebaut werden, und wäre er einer der wenigen Gerechten, die hineindurften? Würde er Chris Ibel dort treffen? Dürften Margje und die Kinder mit? Er weigerte sich weiterzudenken, schob die Schubkarre behutsam die drei Steinstufen zur Werkstatt hinunter.

Im Lauf des Tages kaufte er in einem unbeobachteten Moment Brot, Aufstrich und ein Päckchen Zigaretten. Ibel sollte nichts an ihm auszusetzen haben. Die Tür war einen Spaltbreit geöffnet, dennoch traute er sich nicht hinein, ohne anzuklopfen.

»Ja?«

»Darf ich hereinkommen?«

»Natürlich.«

Hans legte das Essen auf den Tisch und fünf Zigaretten daneben. Chris bedankte sich nicht, machte sogar einen verärgerten Eindruck.

»Hast du gar keine Zeit, mir einen Moment Gesellschaft zu leisten? Um über die Dinge des Geistes zu reden?«

Hans schaute auf den Boden, den er einmal verlegt hatte, aus so alten Planken, daß das Holz nicht mehr arbeitete und tiefe Furchen und Löcher von Astknorren darin waren. Dort hatten Margje und er auf dem Boden gegessen und einen Grundriß gezeichnet. Da hatten sie miteinander geschlafen, sich miteinander vergnügt. Noch immer der geringste derer im Stand der Gnade, mußte er vor Ibel im Staub kriechen. Ein Gläubiger, der als fünftes Rad am Wagen mitmachte. Ihm wurde schlecht vom muffigen, trockenen Schilfgeruch. Nach kurzem Zögern entfernte er sich, zog die Tür hinter sich zu. Beim Anblick der Reihen zusammengesackter, dunkelbrauner Dahlien überfiel ihn ein so starkes Verlangen nach einer anderen Zeit, nach der Zeit vor seiner Bekehrung, daß ihm Tränen in die Augen stiegen, daß er sich nach Margje sehnte, nach seiner Mutter, er spürte ihre Arme um seinen Körper, wenn sie ihn während eines seiner Erstickungsanfälle in ihr Bett holte, er sah Sträuße Kapuzinererbsen, die zum Trocknen auf Stangen steckten ... Er ließ die Hand, mit der er nach der Forke greifen wollte, machtlos sinken, bat ängstlich um Vergebung, stammelte Wörter, verlor jedoch den Faden. Er war noch nicht einmal mit zwei Reihen fertig. Beim Gedanken an all das, was noch unerledigt vor ihm lag, überkam ihn eine verzweifelte Müdigkeit.

Nach dem Abendessen schaffte er es nicht, sich wieder an die Arbeit zu machen, er versuchte, am Schreibtisch etwas zu lesen, lehnte das Buch gegen die Schreibtischlampe, drückte die Fäuste an seine Schläfen, biß die Zähne zusammen, um seine Gedanken zu sammeln. Die Sätze waren noch dunkler als sonst, und er wurde in keiner Weise »erleuchtet«. Bevor er sich schlafen legte, ging er bangen Herzens in die Gärtnerei, um die Kessel aufzufüllen. Als er wieder aus dem Heizungskeller kam, schlich er zu dem hohen, schmalen Gebäude, hörte die alten, verrosteten Federn unter dem Gewicht dieses kleinen Körpers quietschen. Seine Ohren und Wangen begannen zu glühen. Sich mit einemmal von diesem abstoßenden Ungetüm zu befreien! Es auf den Mund zu schlagen, sein Gesicht mit Blut beschmiert. So, wie er einmal von seinem Vater geschlagen worden war, als der stechende Schmerz von seinem Kiefer aus nach unten zog und er den Mund nicht mehr öffnen konnte, um zu rufen, zu schreien.

Am nächsten Tag stand er früher auf, rasierte sich. Er begann zu weinen. Erstaunt schaute er im Rasierspiegel neben der Küchentür auf sein Gesicht. Er war nicht darauf gefaßt gewesen, die Tränen hatten einfach so angefangen zu fließen.

Zartes Rot am Himmel; einen Augenblick glaubte er, es sei das Blut Christi, und hielt inne, meinte dann, gedämpfte Stimmen zu hören. Es durfte nicht noch schlimmer kommen. Licht brannte im Märchenhaus, war deutlich durch die Ritzen zu sehen, schien in schmalen Strahlenbündeln auf die Stechpalme.

Hans setzte sich in Bewegung. So vorsichtig er auch auftrat, der Rauhreif knackte. Hatte man ihn drinnen gehört?

Die Tür wurde geöffnet, und Jozef Mieras kam heraus, erblickte Hans, begrüßte ihn herzlich, hielt seine Hände fest.

»Gut, daß du dich um Chris gekümmert hast. Bis jetzt hatte der Mann ein trauriges Leben auf Erden, hat keine Bleibe mehr. Ich will dich nicht damit belästigen. Er ist ein Kind Gottes.« Sein Ton war fürsorglich, dankbar. Den Arm um seine Schultern gelegt, führte Jozef Hans vom Seitenpfad zum Hauptweg, fuhr fort: »Ich war heute nacht bei ihm. Er brauchte sofort Hilfe, um mit dem HErrn wieder ins Reine zu kommen. Jetzt geht es erst einmal um Vergebung.« Jozef schaute hoch, als suche er dort oben im Himmel eine Bestätigung für seine Worte.

»Was ist denn passiert? Etwas Schlimmes …?«

»Er hat gezweifelt. Seine Gedanken waren unrein. Gott hat ihn sofort geschlagen. Ich gehe gleich wieder zu ihm, Steffens Aufgabe wahrnehmen, der nicht kommen konnte. Ich hoffe, daß er noch ein paar Tage bleiben kann.«

»Er hat gezweifelt, und Gott hat ihn sofort geschlagen?« Hans' Stimme versagte.

»Er muß büßen. Seine ganze Habe ist er los. Der Himmel ist für ihn verschlossen.«

Sie waren an der Wegbiegung angelangt. Ein erster Lichtfleck auf einem Fenster. »Mach du dich an die Arbeit«, sagte Jozef.

»Ich tue mich nicht leicht damit«, sagte Hans verschämt. »Meine Familie darf nichts davon erfahren.«

»Ich verstehe. Er wird auf keinen Fall länger als drei Tage bleiben.«

Nach diesem halben Versprechen machte Hans sich an die Arbeit. Erst stieg er die Leiter in den Keller hinunter und kümmerte sich um die Kessel. Mit dem meterlangen Haken holte er Schlacke aus der Glut, in die er selbst einmal kommen würde, ohne je verzehrt zu werden. Er schaufelte neue Kohlen ins Feuer. Diesen Herbst hatte man ihm den Koks nur in kleinen Portionen geliefert, weil er mit der Bezahlung so sehr im Rückstand war. Man hatte ihm geraten, auf Öl oder Gas umzustellen, doch auch für eine neue Anlage war kein Geld da. Als er die Kesseltüren schloß, fühlte er sich so hoffnungslos, daß er sich fragte, ob es nicht besser war, die Gärtnerei einfach aufzugeben und sich als Geselle bei einem Kollegen zu verdingen. Doch das würde bedeuten, daß er den letzten Rest Freiheit, an der ihm so viel lag, aufgab. Er erwog einen Moment, Margje Bescheid zu sagen und mit ihr zusammen, notfalls mit Gewalt, das Junggesellenhaus zu räumen. Er spürte Wut aufsteigen, begriff, daß er unentrinnbar mit den dreien verbunden war, daß er Teil der Bruderschaft bleiben mußte, um sich die Aussicht auf ein anderes Leben zu bewahren, und daß er diese Verbindung nicht abbrechen durfte.

Doch es waren keine Freunde. Er stieg die Leiter hoch. Von der Werkstatt aus konnte er das Gartenhaus sehen, vermied es jedoch, in die Richtung zu schauen. Nie hatte er sich auf seinem eigenen Boden gefürchtet, weder nachts, wenn er die Kessel kontrollierte, noch im Krieg, als er im Heizungskeller untergetaucht war. Er spitzte einen Halm mit dem Messer an, kerbte die Spitze ein, hob eine mit dem bloßen Auge kaum erkennbare Farnspore aus der Aussaatschale, setzte sie in die Pikierkiste, drückte sie vorsichtig mit dem Daumen an. Dafür brauchte man feinfühlige Finger, keine zittrigen. Die Arbeit fiel ihm schwer. In zwei Jahren würden die Farnspore ausgewachsen sein. Wie würde es dann um seinen Betrieb stehen? Um ihn? Um Margje und die Kinder? Er verließ die Werkstatt, sah sich verstohlen um.

Er lauschte an der Tür. Schnarchen. Jozef hatte sich wahrscheinlich auf die Bank gelegt, die an der Wand befestigt war.

Er machte kehrt. Ruben und Tom waren es gewohnt, ihm im Garten guten Morgen zu sagen, ehe sie in die Schule gingen. Wie gestern fing er sie ab, bevor sie zu ihm kamen. Gegen zehn ging er zum Kaffeetrinken ins Haus. Margje musterte ihn forschend.

»Jetzt schon? Du bekommst doch keinen Besuch, oder? Kümmerst du dich heute um die Rechnungen? Ich weiß, daß es dir unangenehm ist.«

»Ich war gestern da«, log er, »aber er hatte viel zu tun. Ich soll heute wiederkommen.«

Gleich mußte er also zu Wieland gehen. Hans fragte sich, ob die zwei im Junggesellenhaus von ihm erwarteten, daß er für Essen sorgte. Er dachte nicht daran. Er konnte es sich nicht einmal leisten. Grübelnd wollte er sich wieder an die Arbeit machen, doch dann sah er Mieras aus der Gärtnerei wegradeln. Bestimmt ging er einkaufen. Chris Ibel war allein. Hans stieß mit der Gießkanne durch die dünne Eisschicht auf dem Wasserbecken, tauchte sie unter, ließ sie vollaufen.

Sein Angriff kam so unerwartet, daß der Hausierer rücklings aufs Bett fiel. Hans zerrte an seinem mageren Arm, umklammerte ihn so kräftig, daß er die Knochen knirschen hörte.

»Raus! Auf der Stelle! Pack deinen Kram!« Die Gelegenheit gab er ihm dann doch. Mit dem Fuß schob Hans einen Pullover und Schuhe in seine Richtung, warf ihm den Mantel zu. Ibel wehrte sich nicht, beeilte sich auch nicht, keuchte schwer, zeigte dümmlich grinsend die unregelmäßigen Schneidezähne.

Hans folgte ihm bis zum Ausgang am Schonenberg-singel. Dort sprach Ibel die ersten Worte: »Ja. Ich lag dir schwer im Magen.« Hans wußte nicht, ob seine Worte wie eine Drohung klingen sollten. Es war ihm im Augenblick auch egal. Erst mußte dieser Mann aus dem Garten verschwinden.

Sie sahen Mieras von der Hoofdstraat in den Singel einbiegen, das Fahrrad schiebend. Mit seinem massigen Körper schaffte er es nicht, Steigungen hochzuradeln. Sie warteten auf ihn.

Jozef nahm Ibel beiseite. Mitten auf der Straße sprachen sie kurz miteinander. Daraufhin kam Ibel, gehorsam wie ein Kind, zu Hans, bedankte sich für die Unterkunft und machte sich dann auf den Weg, die Straße hinunter.

Wohin ging so jemand? Als er um die Ecke bog, wandte Jozef sich mit einem Lächeln an Hans: »Nein, so ging es wirklich nicht weiter.« Er klopfte ihm wohlwollend auf die Schulter. »Weißt du schon, daß Steffen es im Moment sehr schwer hat? Sein Sohn wird es nicht schaffen.«

Kapitel 59

Wieland, in seinem grünen Kittel, band gerade einen Blumenstrauß. Hans Sievez betrat das Geschäft durch den Lieferanteneingang, grüßte höflich, doch der Blumenhändler tat, als habe er ihn nicht gehört. Hans, das Bündel Rechnungen in der Hand – einige davon schon zwei Jahre alt; Margje hatte recht: man belieferte den Kerl und mußte ihm dann des eigenen Geldes wegen hinterherlaufen –, sah auf Wielands breiten Speckrücken, schaute zum Glasdach hoch. Dort hingen Blumenkörbe unterschiedlicher Form und Größe an einem Flaschenzug, die sich sanft im Luftzug wiegten. Die Türglocke bimmelte, das Telefon klingelte. Bei Wieland liefen die Geschäfte gut. Eine solche Betriebsamkeit, wie sie hier herrschte, hatte Hans nie gekannt. Er war nicht neidisch, wäre schon zufrieden gewesen, wenn heute ein Teil der Rechnungen bezahlt würde.

Ohne sich zu Hans umzudrehen, sagte der Blumenhändler: »Sag mal, Sievez, habe ich eigentlich etwas bestellt? Ich glaube nicht.«

Hans schaute auf den Hinterkopf des säumigen Zahlers. Am unteren Rand klebten hier und da rötliche Strähnen lockigen, dünnen Flachshaars, wie versengt. Wielands Hinterkopf ging nahtlos in seinen Hals über. Er ähnelte einem Seelöwen. Der Blumenhändler fluchte leise.

»Ich habe mehrere Jahre alte Rechnungen bei mir.«

»Du siehst doch, daß ich viel zu tun habe.«

Wieland band das Arrangement fertig, zupfte hier und da noch ein wenig, benetzte den Strauß mit dem Zerstäuber. Hans schaute auf einige der Rechnungen, die in seiner

Hand warm und schmuddelig geworden waren. Rosen- und Nelkengroßhändler aus Aalsmeer ließen sich die Lieferung bar bezahlen. Sonst kamen sie nicht. Hans Sievez' Geschäft war zu klein, um derartige Forderungen zu stellen. Er war einer der sehr kleinen Lieferanten. Mit denen konnte Wieland umspringen, wie er wollte. Hans machte es im allgemeinen nichts aus, klein zu sein. Jetzt stand er mit alten Rechnungen über insgesamt siebenhundertzwölf Gulden in den Händen da.

»Du siehst doch, daß ich wahnsinnig viel zu tun habe. Ich habe einen ganzen Haufen Bestellungen, die vor zwölf Uhr fertig sein müssen.«

Es war schade, daß Ruben nicht bei ihm war. Dann fühlte Hans sich stärker. Trotzdem hatte er keine Lust, sich heute ohne Geld wegschicken zu lassen.

»Ich habe zu Hause auch zu tun, Wieland. Ich stehe hier und warte auf mein eigenes Geld.« Er wunderte sich selbst über seine Worte.

Der Blumenhändler ließ gerade das Seil mit den Körben herunter und streckte den Arm nach einem Korb aus, an dem noch eine alte vergilbte Schleife baumelte. Erstaunt betrachtete er Sievez über den Arm hinweg.

»Junge, Junge, du bist ja wie ausgewechselt.« Während er die Schleife vom Henkel riß, musterte er ihn von Kopf bis Fuß. »Bist doch sonst so still und bescheiden. So große Töne habe ich dich noch nie spucken hören. Na, dein Geld sollst du kriegen – so hinter meinem Rücken herumzulungern!« Er warf den leeren Blumenkorb auf den Arbeitstisch. »Wieviel ist es?«

Hans blieb ruhig.

»Alles in allem, Wieland, sind es siebenhundertzwölf Gulden und fünfzig Cent. Damit ist alles abgegolten.« Er sprach gefaßt, aber das »so hinter meinem Rücken herumzulungern« klang ihm noch in den Ohren. Trotzdem wäre es schön, wenn er mit dem Geld nach Hause käme. Ein Ausgleich für das Elend der letzten Tage.

Der Mann ging in eine fensterlose Kammer zwischen Werkstatt und Geschäft, wo die Blumen eingepackt und abkassiert wurden. Wieland kurbelte am Hebel einer silbernen Kasse, deren Schublade mit einem Klingeln aufschoß. Mit dem Rücken zu Hans fragte er nochmals barsch nach dem Betrag. Hans, damit beschäftigt, an einem freien Platz auf dem zinkbeschlagenen Arbeitstisch die Rechnungen dem Datum nach auszubreiten, wiederholte den Betrag langsam, behielt Wieland im Auge, der ein paarmal in die Kasse griff und mit einer Handvoll Banknoten zu ihm kam.

Hans zeigte auf den Tisch.

»Ich habe alles nachgerechnet. Für beide Seiten ist es angenehm, reinen Tisch zu machen.«

»Wirst mich schon nicht reinlegen. Bist doch ein gläubiger Mann, oder?« Der Ladenbesitzer hielt ihm das Geld hin, doch bevor Hans danach greifen konnte, ließ er das Päckchen Geldscheine los. Sie wirbelten langsam herunter, wehten kurz in der Zugluft, die aus dem Geschäft kam, auf, verteilten sich in alle Richtungen und landeten dann auf dem Boden, sogar unter dem Arbeitstisch, im Abfall.

Es gab genügend Momente, in denen irdische Dinge Hans Sievez fremd waren. Doch das Dreckzeug unter dem Tisch erinnerte ihn an den Kram, den ihm andere Blumenhändler aufhalsten. Abfall voll gemeiner, spitzer Tonscherben mit messerscharfen Bruchstellen. Die Brüder hatten sich seinen Garten unrechtmäßig angeeignet. Alles Mißbrauch. Er hätte nicht gedacht, daß man ihn noch mehr demütigen konnte. Er schaute auf seine Hände, mit denen er die Rechnungen ordentlich dem Datum nach hingelegt hatte. Er betrachtete die alten Narben verheilter Wunden, Erinnerungen an die schmutzigen Scherben.

Es waren noch immer nicht alle Scheine auf dem Boden gelandet, leicht wie Federn wehten sie weit unter den Arbeitstisch. Hier wurde er ebenfalls lächerlich gemacht, anders als in der eigenen Gärtnerei, aber auf eine ebenso grausame Weise.

»Das hebe ich nicht auf. Man kann mir das Geld auch anständig in die Hand geben.«

»Dann laß es eben liegen.«

»Es ist mein Geld, das du auf den Boden geworfen hast.« Hans hatte sich lange nicht mehr so stark gefühlt. Er war sicher, daß er mit dem Geld nach Hause kommen würde, und er war im Recht. Hier hing derselbe überwältigend süße Duft wie in den Treibhäusern. Das Glasdach über ihm glänzte wie ein Emailleteller. Vielleicht überkam ihn deshalb ein Gefühl von Hochmut. Das Geld war greifbar nahe, lag zu seinen Füßen. Er konnte es einfach einstecken und weggehen.

Wieland machte sich wieder an die Arbeit.

»Überleg dir, was du damit machen willst, aber an deiner Stelle würde ich mir nicht allzuviel Zeit lassen.«

Auf dem Boden hockend, hob Hans die Geldscheine auf, mußte unter den Arbeitstisch kriechen, stach sich an Dornen. Er zählte laut. Es fehlten sieben Gulden fünfzig.

Der Blumenhändler band eine neue gelbe Schleife um den Henkel des Korbs, tat, als habe er nichts gehört.

Hans sagte, daß ihm noch siebeneinhalb Gulden fehlten. Er begann, neben Wieland am Arbeitstisch sein Kürzel unter alle Rechnungen zu setzen, mit Ausnahme von einer. Eine Rechnung über einen Zehner für Spitzenschleier. Er notierte, daß zweieinhalb Gulden davon bezahlt waren.

Wortlos ging Wieland zur Kasse, die gelbe Schleife, die er am Korb befestigen wollte, in der Hand. Er nahm einen Zehner heraus und drückte ihn Hans in die Hand mit den Worten: »Und jetzt raus mit dir!«

Hans Sievez, vornübergebeugt an dem mit Zink beschlagenen, sechs Meter langen Arbeitstisch – seiner zu Hause war knapp zwei Meter lang und aus Fichte – neben Wieland stehend, zeichnete die Rechnung ab und legte ihm zwei Gulden fünfzig hin. Er war nicht mehr in der Lage, etwas zu sagen, zum Beispiel: Da, das Wechselgeld. Jetzt ist alles geregelt. Endlich.

Er sah Wielands große, blasse Hand sich bewegen, den Stapel Rechnungen und das Kleingeld zusammenlegen und beiseite schieben. Ein Gulden fiel vom Tisch, rollte ein Stück, bis er gegen einen Eimer stieß. Hans blickte den Mann an, sah zu ihm auf, weil der andere größer und kräftiger war. Das Glas über ihm hörte nicht auf, grelles Licht zu reflektieren. Das Geld war in seiner Tasche, die Tür zum schmalen Gang, der auf die Hoofdstraat führte, stand offen. Es gab nichts mehr zu tun, alle Rechnungen waren beglichen, nichts hielt ihn davon ab, nach Hause zu gehen, Margje zu beglücken.

Auf dem Gesicht des Blumenhändlers lag ein arrogantes Lächeln. Mit einer Hand stützte Hans sich auf dem Arbeitstisch ab, die andere hob er.

Das Lächeln verwandelte sich in ein verdutztes Grinsen. Hans schlug ihm erst auf die Wange, dann auf den Mund, und wer da zuschlug, konnte man nicht mit Sicherheit sagen, vielleicht sogar der kleine Junge, der kleine, nichtige Asthmatiker aus dem Schweinestall – ein Gemetzel, aus dem er auf wundersame Weise ohne ernste körperliche Verletzungen hervorgegangen war.

Das Grinsen war noch immer in Wielands Gesicht eingegraben, als er stolperte, schwankte und mit einem dumpfen Plumps auf den Boden aufschlug. Hans ließ noch nicht von ihm ab, er schleuderte den Korb, einen Blumentopf, Scherben, eine Rolle Stanniolpapier, den ganzen herumliegenden Abfall hinterher.

Hans Sievez war schon fast zu Hause, doch die Hand, mit der er zugeschlagen hatte, glühte noch immer. Was für eine Kraft steckte darin! Noch immer schaffte er es, die schwere Scheibe eines doppelten Frühbeets allein hochzuheben und zu tragen.

»Und?« fragte Margje. »Ich sehe dir an, daß etwas passiert ist. Du sagst ja gar nichts, Hans.«

Er sagte, sie hätten einen Kunden verloren, doch Margje und Ruben sahen ihm an, daß ihn dieser Verlust nicht weiter bekümmerte.

Ruben fand, daß er hocherfreut aussehe.

Ruhig legte er das Geld auf den Tisch, fächerte die Scheine auf, damit es nach mehr aussah.

Margje war erstaunt. Wie hatte er das bloß geschafft?

Sie brauchten das Geld so dringend. Für neue Kokosmatten in der Küche, für viele andere Dinge, deren Anschaffung sie immer wieder aufgeschoben hatte.

»Aber Vati, wie hast du das denn geschafft?«

Er zögerte, doch dann erzählte er, er habe einfach gesagt, wie die Lage sei. Wieland habe eingesehen, daß eine so lange ausstehende Schuld nicht akzeptabel war, er sei zur Kasse gegangen und habe ihn bezahlt, wie es sich gehörte. Vorläufig behielt er es für sich, daß es besser war, wenn sie nicht bei der Haltestelle »Blumenland Wieland« in den Bus stiegen.

Im Lauf des Abends rückte er mit der Sprache heraus, erzählte, was beim Blumenhändler vorgefallen war. Margje hörte ihm andächtig zu.

»Da wäre ich gern dabeigewesen …« Sie kniete sich neben ihn. »Deine plötzlichen Wutausbrüche … Als ich dich gebeten habe hinzugehen, hast du gleichgültig reagiert, ergeben, mal sehen, und dann gehst du doch hin, und es passiert so etwas! Ich bin froh über das Geld. Aber manchmal denke ich, daß so ein Anfall von Raserei … du bist dann fast außer dir, ich weiß nicht, ob ich mich nicht irre, aber vielleicht richtet sich der Anfall ja auch gegen … na ja, gegen die Kerle, die dir immerzu in den Ohren liegen, die versuchen, dich einzuwickeln, dich mir abspenstig zu machen. Tief in deinem Innern willst du das nicht, du stehst über ihnen …«

Er wollte nicht, daß sie solche Dinge sagte, es bewies wieder einmal, wie sehr sie sich voneinander entfernt hatten. Anstatt ihn auf seinem schmalen, fast unbegehbaren Weg zu unterstützen, versuchte sie, ihn mit Worten und lieben Gesten davon abzubringen.

Du sprichst zu mir, Dein Wort bewahre ich,
Es werde tief mir in das Herz geschrieben!
Daß ich, o Herr, nie sünd'ge wider Dich.
(O wär ich Dir doch immer treu geblieben!)
Gelobet sey Dein Name, lehre mich,
Daß ich Dein Recht mög' über alles lieben.
Psalm 119,6

SECHS

Kapitel 60

Am Tisch erhob sich eine Stimme, ungewohnt, unbescheiden, schamlos, laut wie in einer überfüllten Kirche. Huib Steffen platzte schier vor Begierde, das Wort Gottes zu verkünden. Noch nie war seine Stimme so über den kleinen Eßtisch hinweggefegt. Der Laienprediger war außer sich, wußte nicht mehr, wo er war. Selbst wer für die Wahrheit dieser Worte empfänglich war, verkrampfte sich innerlich, um nicht ganz und gar zerrieben, zermalmt zu werden. Aschgrau und niedergeschlagen saß Hans am Tisch. Der Friseur hatte ihm das Haar zu kurz geschnitten. Er sah wehrlos aus.

Rätselhafte, grausame Worte: »Lieber Gott, anbetungswürdige Majestät, ich will nicht, daß Du mich siehst, ich will noch eine Weile verdammt bleiben. Zwinge mich, an Dir vorbeizugehen, zwinge mich zur Gotteslästerung, damit ich gekreuzigt werden kann. Sieh mich nicht an, o Gott, noch nicht, o Gott. Die Wonne. Noch nicht!« Worte, die den Laienprediger selbst verstörten, zur Verzweiflung brachten. Zischend kamen sie aus seinem Mund, verletzten, klagten, verführten so, daß jedes Denken einfach aufhören mußte.

Von Ehrfurcht erfüllt, wagte Hans es nicht, ihn anzusehen. Er roch den Geruch des Laienpredigers, den so vertrauten Geruch am Sonntag, den starken Körpergeruch, der den Rest des Tages im Haus hängenblieb. Der Laienprediger predigte, predigte die Bibel, wiederholte sich. Seine Hände waren groß, breit, heilig. Steffen hatte es auf die höchste für den Menschen auf Erden erreichbare Stufe geschafft. Ganze drei Mal schon hatte er ein Nachtgesicht gehabt. Er war ein Schriftgelehrter, von oben unterrichtet über das Königreich der Himmel. Huib hatte einen Einblick in Gottes Plan bekommen. Was in den alten Zeiten einem Micha, einem Hesekiel widerfahren war. Gott hatte ihn Dinge sehen lassen, die bis dahin verborgen geblieben waren. Nachtgesichte standen weit höher als Taggesichte. Steffen war ein von Gott bewilligter, ein begnadeter Mann. Wenn er sprach, wurde alles klarer, dunkler, wahrer. Erklärte das, warum Hans Sievez selbstverständlich auf die unterste Sprosse der Leiter zur Heiligung gestellt worden und seither kaum aufgestiegen war?

Margje schaute auf den Mund, der all diese gewichtigen, ewigen Worte formte, schaute auf ihren Mann, senkte den Blick, konnte diese verbissene Aufmerksamkeit für das Unsichtbare nicht ertragen – erschütterte, verbissene Gesichter, zum Gesicht, Seinem Angesicht erhoben. Nein, sie würde niemals das Heil erlangen.

Huib Steffen faltete die Hände, betete jedoch noch nicht, verkündete, daß Eltern für ihre Kinder verantwortlich seien. »Wer sie in eine Kirche mitnimmt, in der eine falsche Lehre verkündigt wird, ist für ihren Untergang verantwortlich.« Nun schloß er die Augen. Er betete für die, die »draußen« waren, für die, die »drinnen« waren. Für die Verdammten, für das Salz der Erde. Im Leierton, mit langgezogenen Silben, unergründlich immer wieder dasselbe. Konnte ein Mensch das ergründen? »Nicht der Mensch bewegt sich auf den HErrn zu, sondern Er sich auf uns. Jede Anstrengung, um den Weg aus eigener Kraft zurückzulegen, mißfällt Ihm. Du, o HErr, hast trotz des Sündenfalls in Deiner unendlichen Liebe beschlossen, einige wenige auszuerwählen.«

Über der Gärtnerei hing Nebel, der einen heißen Tag

ankündigte. Sie wandte sich ab, schaute nach draußen und konnte dennoch dem Vollmondgesicht, dem kahlen Schädel, dem scheußlichen Auswuchs nicht entkommen.

»Amen, ja, amen.« Danach, den Kopf mit ehrfurchtgebietendem Ernst wiegend, forderte er die winzige Gemeinde auf, Reimpsalm 119 aufzuschlagen. Er achtete nicht darauf, ob alle ihn gefunden hatten, setzte hart und unsauber an:

Selig sind, die in Aufrichtigkeit ...

Hans stimmte zögernd ein. In den Händen sein Psalmbuch mit Goldschnitt, Abdrücke von Daumen und Zeigefinger auf dem speckig gewordenen, vom Zigarettenrauch vergilbten, von seinen Erdfingern fast schwarzen Papier. Er sang auch daraus, wenn er, auf einer alten Kokosmatte kniend, Stiefmütterchen aussetzte. Er sang demütig. Ab und zu hörte er die eigene Stimme.

Hans dachte, daß der Gottesdienst nach der ersten Strophe beendet wäre, schlug leise das Psalmbuch zu, auch die anderen schlossen ihres. Doch Steffen tat so, als habe er nichts gehört, und begann schon mit dem zweiten Vers. Hans blätterte schnell, fand den Psalm wieder, sang mit. Margje ließ ihr Buch geschlossen. Ruben zögerte, schaute von seiner Mutter zu seinem Vater. Der Laienprediger sang immer weiter, die dritte, die vierte Strophe.

Hans sang weiter mit. Margje schaute mit gerunzelter Stirn auf ihren älteren Sohn. Das hatte sie noch nie erlebt. Um ihren Unmut zu äußern, seufzte sie tief. Vielleicht wollte er ja alle achtundachtzig Strophen singen? Vielleicht hörte das Singen überhaupt nie mehr auf, würde Steffen bis zum Ende der Erde weitersingen, würde er singend zum

Himmel auffahren. Margje sah ihren Mann an. Große Schweißperlen standen Hans auf der Stirn, fielen auf sein Psalmbuch.

> Ich thue froh mit meinen Lippen kund
> Dein hohes Recht ...

Das war erst die siebte Strophe. Hans, über sein Gesangbuch gebeugt, war ganz in sich gekehrt, wagte nicht mehr, den Laienprediger anzusehen. Auch er fragte sich, wohin das führen würde.

Margje machte Ruben auf die Pendeluhr aufmerksam. Es war fast halb eins.

Steffen hörte auf zu singen. Sekundenlang blieb er mit geschlossenen Augen sitzen, die Hände über dem Tisch erhoben, schob dann den Stuhl zurück, stand auf, blieb – noch meilenweit vom Alltag entfernt (eine Frau, zwei Jungen, ein aufrichtiger Zuhörer) – schweigend, außer Atem, mitten im Zimmer stehen. Hans blickte zu ihm auf, die anderen sahen den getrockneten Schlamm auf seinen halbhohen Schnürstiefeln.

»Puh«, entfuhr es Margje, »geht es nicht ein bißchen kürzer? Was sollen die Kinder denn davon haben? Ich weiß nicht, wozu das gut sein soll. Sieben Strophen, das habe ich noch nie erlebt.«

Steffen tadelte sie: In unserer tiefen Blindheit verstünden wir nichts von selbst.

»Ich versuche, Sie mit Gesang zu füllen, aber erst müssen Sie leergebetet sein.«

Hans blieb stumm. Margje entgegnete nichts. Der Laienprediger machte eine wegwerfende Geste.

»Wir verstehen erst, wenn wir unser Herz öffnen.«

Der Laienprediger ließ den Blick über die Suppenteller schweifen, zitierte auswendig: »Jakob gab Esau Brot und ein Gericht Linsen. Esau aß und trank.« Das Essen dampfte, er faltete die Hände hoch über dem Tisch. Sie zitterten. Er erbat den Segen für dieses reichliche Mahl: »Nichts ist von uns.«

Margje wünschte allen guten Appetit. Der Geruch des Mannes ihr gegenüber vermischte sich mit dem der Linsensuppe. Ihr Magen krampfte sich zusammen.

Sie drehte sich so weit wie möglich von ihm weg. Hans wandte sich an den Prediger. »Esau kehrte vom Feld zurück, sah die Linsen und erklärte seinem Bruder, ›von dem Roten, dem Roten da‹ essen zu wollen.« Hans' Ton war unterwürfig, doch es fiel ihm leicht, aus der Schrift zu zitieren.

Tom merkte, daß seine Mutter sich nichts von der Suppe nahm.

»Schmeckt es dir nicht, Mami?«

»Achte nicht auf mich, mein Schätzchen. Ich habe gerade keinen Appetit.« Sie errötete, weil ihr Sohn es gemerkt hatte. Ihr wurde schlecht.

Ruben blickte seine Mutter an, während er gleichzeitig dem Gespräch zwischen seinem Vater und Steffen über die Zwillingsbrüder Esau und Jakob aufmerksam folgte. Esau bedeute »dicht behaart«. Hans nickte zustimmend. Der Laienprediger nahm einen Löffel Suppe, versuchte, ihn zum Mund zu führen. Das Zittern seiner Hände, das immer nur kurz andauerte und meistens direkt nach der Lesung auftrat, verstärkte sich. Er schnappte zu, verschüttete eine Menge Suppe.

Obwohl sie sich von ihm abgewandt hatte, beobachtete Margje ihn neugierig. Ihr Magen begann jetzt ernsthaft zu rebellieren, doch sie musterte ihn weiter. Vor der dunklen Wand wirkte sein Kopf größer und runder denn je. Margje kniff unter dem Tisch mit den Fingernägeln in ihren Handteller. Huib Steffen rühmte den hohen Nährwert von Linsen. Im alten Israel seien sie auch als Mus gegessen und zu Teig verarbeitet worden. Das könne man alles bei Samuel nachlesen.

»Mami, dein Essen wird kalt.« Tom streichelte kurz den Arm seiner Mutter. Nun griff sie zum Löffel, wollte sich beweisen, daß sie noch etwas festhalten konnte, daß es ihr nicht aus der Hand fiel.

Der Laienprediger Steffen schlürfte.

Auch das Klappern von Besteck war zu hören.

Margje versuchte, ein wenig zu essen, legte den Löffel jedoch schnell wieder weg. Sie mußte fast würgen, es war besser, wenn sie vom Tisch aufstand. Vorsichtig nahm sie den Suppenteller in beide Hände, um ihn in die Küche zu tragen.

Ruben kam hinter ihr her.

»Was machst du?« Ihre Kehle war trocken, ihre Zunge wie gelähmt. Sie warf einen Blick auf den Tisch. Alle sahen sicher die dunklen Ringe unter ihren Augen.

Sie schien Angst zu haben zu straucheln, machte rasch einen Schritt über die Schwelle. Niemand sah genau, wie es passierte. Stolperte sie? Der Teller fiel ihr aus den Händen. Suppe spritzte an ein Tischbein, den Küchenschrank, auf die neu angeschaffte Kokosmatte. Margje verlor einen Schuh. Ihr älterer Sohn konnte sie gerade noch auffangen und half ihr, sich auf einen Stuhl zu setzen.

Sie entschuldigte sich, sagte, sie würde heute nichts mehr essen.

»Ich weiß nicht, was mit mir los ist.« Sie war verzweifelt.

Das sahen die anderen auch. Durch den offenen Hintereingang schien die Sommersonne in die Küche. Zitternd und zähneklappernd saß sie in der warmen Sonne.

»Aber Mami, du bist ja krank«, sagte Tom. Er kniete sich neben sie, während die anderen sich um sie herum aufbauten. »Wir bringen dich gleich ins Bett«, sagte ihr jüngerer Sohn und streichelte ihre Knie.

»Ich habe das Gefühl zu ersticken, wenn ich auch nur Essen sehe.«

Vor Abscheu kniff Steffen die Augen zusammen. So dürfe man nicht über Speisen reden, für die man Gottes Segen erbeten hatte.

Margje sah sich in der vertrauten Küche mit den hellgrün gestrichenen Schränken um, die noch aus der Zeit vor dem Krieg stammten, mit dem steinernen Ausguß, in dem noch Splitter von einem Volltreffer im letzten Kriegsjahr steckten, und dem verbeulten Emailleteller, in dem sie Petersilie trocknete. Sie schaute hinunter auf die Matte, die Hans gerade saubermachte, sagte, ihr Herz klopfe so, daß sie vielleicht nie mehr würde essen können, daß sie sich nicht mehr an den Tisch setzen wolle. So unerwartet kam der Schwall, daß sie den Laienprediger von oben bis unten vollspuckte.

Margje übergab sich. Viele Male hintereinander. Sie hörte gar nicht mehr auf damit. Es tat einem schon vom Zusehen weh. Alle hörten ihr Schlucken und Spucken, standen hilflos daneben.

Als nichts mehr zum Übergeben da war, glättete sich ihr Gesicht. Wehmut lag in ihrem Blick.

Margje schüttelte langsam den Kopf, schaute starr auf eine Stelle auf dem Boden: »Ich halte es nicht mehr aus.«

Sie schluchzte.

Ein kaum unterdrücktes Schluchzen, das eigentlich niemand hören durfte, das sich nicht zurückhalten ließ. Margje hatte das Gefühl, die glühende Hitze über der Gärtnerei zu spüren, in einem Haus, das sie nicht wiedererkannte, wo Worte ausgesprochen wurden, die sie nicht hören, nicht verstehen wollte, aus dem Mund eines für sie unerträglichen Fremden. Mit gesenktem Blick stand Hans daneben. Er wollte etwas tun, nahm ihre Hand. Sie ließ es zu. Passiv lag ihre Hand in seiner.

Kapitel 61

Die Stirn an die beschlagene Scheibe des Vorderzimmers gelegt, sah Margje auf die Straße. Ein Windstoß bewegte die schon so oft gewaschenen Vorhänge. Margje überkam die Gewißheit, daß etwas Unaussprechliches, Schreckliches bevorstand, sie schlug die Hände vors Gesicht, unterdrückte mit Mühe einen Aufschrei. Sie entfernte sich vom Fenster, ging ins hintere Zimmer, blieb neben seinem Schreibtisch stehen. Sie mußte sich an gewisse Dinge erinnern, verspürte die Notwendigkeit, den Zusammenhang zwischen Ereignissen in der Vergangenheit und ihren jetzigen Gefühlen zu begreifen, versuchte es.

An seinem Schreibtisch schrieb sie auf die Rückseite einer Rechnung eine kurze Nachricht für ihn, legte sie auf den Küchentisch und ging nach oben.

Sie saß aufrecht im Bett, lehnte den Kopf ans Holz, starrte am Fußende vorbei auf die Wand, lauschte im Dunkeln den nächtlichen Geräuschen. Lange Zeit hatte sie gedacht, alles würde sich schon irgendwie wieder einrenken. Von Zeit zu Zeit strich sie sich über die Lippen, die sich rauh anfühlten, murmelte laut: »Es ist vorbei.« Den Zettel, den sie auf den Küchentisch gelegt hatte, konnte sie ebensogut wieder wegnehmen, bevor er nach Hause kam, vielleicht wäre es sogar besser, ihn wegzunehmen, doch sie blieb regungslos sitzen.

Da war er.

Der Schein der Straßenlaterne beleuchtete nur eine Seite des Bergwegs. Erst als Hans kurz vor seinem Haus stand, das Gartentor öffnen wollte, sah er zu seiner Beruhigung durch den dichten Nebel einen Lichtschimmer zwischen den halb zugezogenen Vorhängen. Margje hatte die Wandlampe im Vorderzimmer angelassen, ein Zeichen, daß sie auf seine Rückkehr wartete, ihm sein spätes Nachhausekommen nicht allzu übelnahm.

Er ging ums Haus herum, drückte den Zigarettenstummel an der Wand aus, schaute nach oben und bemerkte, daß das Schlafzimmerfenster dunkel war. Das war eine Enttäuschung. Doch er glaubte fest daran, daß sie noch wach war. Margje würde nicht schlafen gehen, ehe er zurück war. Leise sprach er ihren Namen aus, sehnte sich nach ihr. Den vorletzten Bus aus der Stadt hatte er knapp verpaßt. Er hatte früher zurück sein wollen. Sein Regenmantel lag über seinem Arm, er drückte ihn fest an sich.

Die Predigt zum Text »Dein Stecken und Stab trösten mich« heute abend in Zwartsluis war tröstlich gewesen. Er hatte Gottes Anwesenheit erfahren, war bei den flammenden Worten in eine seltsame Verzückung geraten, war ins Richthaus und in den Weinkeller geführt worden. Überraschend war, daß er bei der seligmachenden Predigt an Margjes Beine hatte denken müssen. Mitgerissen vom Strom heiliger Worte, sah er sie auf dem Rasen hinter dem Haus auf dem blauen Liegestuhl liegen, die schlanken Beine übereinandergeschlagen und fast bis zum Halbdunkel entblößt. Einer ihrer Füße wippte auf und ab. Ihre weiße Sandale baumelte an einem Zeh. Er kniete nieder, um ihre schönen Beine zu liebkosen, faßte nach dem Knöchel des sich bewegenden Fußes, um ihn anzuheben, an sich zu ziehen. Mit beseligtem Blick spreizte sie die Beine. Margje – nachgiebig, heiß.

Noch ganz im Bann dieser Gedanken, besessen von der Vorstellung, ihren Körper mit seinem zu bedecken, öffnete er den Hintereingang, kleidete sich unten aus, kniete sich hin, die Hände auf dem Küchenstuhl gefaltet, dankte Ihm für diesen Tag, sang leise und ziemlich schnell, schneller als erlaubt:

> Daß bald Sein Ruhm die Welt erfülle,
> Von allen Zungen fließ',
> Und Jeder feyerlich und stille
> Mit Amen, Amen, schließ.

Ein kürzeres Gebet, ein schnelleres Lied als sonst, doch immerhin wiegte er dabei ernst den Kopf. Erst als er wieder aufstand, bemerkte Hans den zusammengefalteten Zettel zu seinen Füßen. In ihrer gestochenen Handschrift las er:

»Liebst du *mich* überhaupt noch?«

Leichter Ärger erfaßte ihn. Er steckte den Zettel unter sein Hemd auf dem Küchenstuhl. »Deine Brüste gleichen den Weintrauben«, schrieb Salomo im Hohenlied. Während des Gottesdienstes hatte er sie ständig vor Augen gehabt.

Mit wenigen Schritten durchquerte er das Zimmer, schaltete das Licht im Vorderzimmer aus. Salomos Lied, der reinste Genuß. »Brüste wie Weintrauben.« »Deine Schläfen sind wie eine Scheibe vom Granatapfel.«

Die Schlafzimmertür stand offen; er konnte das helle Rechteck des Fensters sehen, ging auf Zehenspitzen ums Bett, erkannte undeutlich Margjes Gestalt und über ihr an der Wand den glänzenden Mahagonirahmen, in dem in Frakturschrift die Worte des Dichters Guido Gezelle standen:

Zu mir spricht jede Blume
Für mich lebt jedes Blatt
Mich grüßen alle Wesen
Die Gott erschaffen hat.

Leise flüsterte er ihren Namen, schlüpfte gleich zu ihr, wollte sich an sie schmiegen, tastete nach ihrem Bauch und merkte, daß sie aufrecht im Bett saß.

Sie schob seine Hand weg.

»Was ist?« fragte er, und ihm wurde klar, daß er die Antwort längst kannte. Ach, wenn sie so abweisend reagierte, brauchte er auch nichts über den Zettel auf dem Küchentisch zu sagen. Sie nahm ihm die Chance, seine Gefühle zu äußern. Doch sein Verlangen wurde nur noch größer, er rüttelte im Dunkeln an ihrer Schulter: Margje!

»Du tust mir weh!« flüsterte sie. Er drückte ihre schmalen Handgelenke nach unten. »Du brauchst nicht mehr zu mir ins Bett zu kommen.« Ruhig und hart sagte sie es.

Das war schlimm. Augenblicklich ließ er sie los. Sie fügte hinzu: »Jetzt lieber nicht.« Wollte sie die Bitterkeit ihrer Ablehnung mildern? Allerdings nahm sie damit seiner leidenschaftlichen Raserei, die von weit her kam, die Spitze. Mißmutig, verständnislos, aufrecht am Kopfende des Bettes sitzend, begann er, gehetzt zu atmen, als bekäme er wieder einen Asthmaanfall, ihm fielen die alten Worte ein, die er heute abend gehört hatte: willig sein, Willigmachung, Bewilligung. Worte, mit denen Margje nichts anfangen konnte, die sich auf den Geist bezogen. Aber doch auch auf den Körper? Beide waren in Dunkelheit, in Kummer gehüllt. Er überlegte, ob er das Licht anzünden sollte, fürchtete sich jedoch vor ihrem kalten, abweisenden Blick. Er versuchte, das Glücksgefühl von vorhin wieder wachzurufen, rückte näher zu ihr und berührte sie vorsichtig am Bauch. Einen Augenblick dachte er, gewonnen zu haben. Doch wieder schob sie seine Hand weg.

Hatte er sie denn nicht richtig verstanden?

»Eine ganze Woche lang nichts zu sagen, nur das Allernotwendigste, und dann wegzugehen, dich um nichts und niemanden zu kümmern ... Ich habe keine Lust, lieb zu sein.« Ihr Ton war beherrscht, unerträglich kühl und distanziert. Sie gab zu, daß dieser Steffen seither nicht mehr dagewesen war. Das war immerhin eine Erleichterung. »Aber dafür bist du unter der Woche viel öfter weg. Ich weiß gar nicht, was ich schlimmer finde.«

Er saß aufrecht, den Kopf abgewandt, und hörte ihr zu, sein Blick schweifte zur Dunkelheit neben dem Fenster. Er hörte ihre Stimme.

»Denkst du manchmal noch an mich? Spiele ich überhaupt noch eine Rolle? Hinter meinem Rücken höre ich dich nach oben gehen und weiß schon, woher der Wind weht. Der Herr zieht seinen guten Anzug an, macht sich aus dem Staub. Tagsüber. Allein.«

Sie starrte in dieselbe Dunkelheit wie er, sagte, sie habe lange Zeit geglaubt, irgendwo in ihm gäbe es noch eine heile, unversehrte Stelle, an die dieser schonungslose Glaube nicht rühren könne. »Mit der Zigarette im Mund gehst du weg, Hans, und das Verrückte ist: Immer habe ich das Gefühl, daß *ich* etwas falsch mache, das Gefühl, daß es meine Schuld ist. Aber woran soll ich schuld sein? Du läßt uns im Stich, und ich bin diejenige, die sich schuldig fühlt. Was mache ich denn falsch? Sag doch etwas! Heute abend, als ich auf dich gewartet und hinausgeschaut habe, habe ich mir gesagt, daß es besser ist, wenn ich weggehe. Hast du den Zettel unten gefunden?«

Sie ließ sich hinuntersinken, stützte sich mit einem Ellbogen aufs Kissen, das Gesicht ihm zugewandt.

»Einen ganzen Abend zu warten und sich Sorgen zu machen. Nicht zu wissen, wann du nach Hause kommst. Als du heute nachmittag gegangen bist, hast du mich angeschaut, als hättest du ganz vergessen, wer da vor dir steht. Ja, das war ich. Immer nur hoffen, daß es wieder gut wird. In letzter Zeit habe ich das Gefühl, auf ein anderes Leben zurückzuschauen, aber es ist so langsam vor sich gegangen, daß ich nicht sagen könnte, wo das eine Leben aufgehört und das andere angefangen hat. Weißt du noch, daß du früher mit den Hasen und Fasanen geredet hast, mich auf deinen Schultern trugst, Glockenblumen für mich pflücktest? Du warst glücklich mit mir. Laß die Kerle doch, Hans. Wirf die dreckigen alten Bücher weg. Ich sehe dich die Straße hinunterlaufen und bin immer noch stolz auf dich. Ich bin schon so weit mit dir mitgegangen ...«

Sie streckte den Arm aus, legte ihre kleine Hand auf seine Stirn.

»Dieser frühere Freund von dir, dieser Mieras, das mußt du mir mal erklären ... Den habe ich so oft aus dem Garten verjagt. Ich klopfte ans Fenster, er schrak zusammen, ging zurück, blieb wartend beim Gartentor stehen. Wenn ich dann einen Augenblick nicht aufpaßte, versuchte er es wieder, wie ein kleiner Straßenbengel. Einmal bin ich ihm sogar hinterhergelaufen und habe ihm verboten, weiter Kontakt zu dir aufzunehmen. Aber eines Tages habe ich mich gefragt, ob er nicht doch ein wenig Sympathie verdient. Früher war er doch mit dir befreundet und ist es in gewisser Weise wieder. Diesen Mann habe ich gedemütigt, weggejagt, habe ihm zu verstehen gegeben, daß ich nichts von ihm wissen wollte. Schließlich sah ich ihn weggehen und wußte, daß er trotzdem über den Friedhof den Weg zu dir finden würde. Ein Mann, der immerzu damit beschäftigt ist, auf andere einzureden, sie zu bedrängen ... Seltsam. Ein seltsamer Mensch. Sosehr ich auch suchte, Hans, ich fand keine Erklärung ... Es übersteigt meine Vorstellung ... Du hast dich von ihm einwickeln lassen. Erkläre du es mir.« Sie legte sich hin, bettete die Beine anders. Er hörte ihrer Stimme in der Dunkelheit zu, hoffte, daß ihm eine einfache Antwort einfallen würde.

Sie fragte ihn, warum er nichts sagte. Weil er auch auf diese Frage nicht reagierte, fuhr sie fort: »Ich frage mich, wie das abläuft ... Du bist im Garten bei der Arbeit, schneidest einen Blumenstrauß, pikierst oder setzt Pflanzen aus ... Was passiert dann mit dir? Kommt dir ein bestimmter Gedanke? Hörst du eine Stimme, die dich ruft? Immerzu stürzt du abgehetzt ins Haus, läßt alles stehen und liegen, gehst dich umziehen. Nichts kann dich aufhalten. Und ich frage mich zum soundsovielten Mal: Wie ist es möglich, daß ich das aushalte? Weißt du, wie das möglich ist? Hast du meine Nachricht gefunden?«

Er spürte ihren Blick auf sich ruhen.

»Liebst du mich noch?«

Er wartete noch mit seiner Antwort – nicht, weil er darüber nachdenken mußte, sondern weil sie die Antwort kannte. Diese Frage brauchte sie ihm nicht zu stellen.

Kapitel 62

Einige Wochen später. Sie schenkte Tom, der gerade aus der Schule gekommen war, Limonade ein. Er zeigte seiner Mutter ein Blatt mit Rechenaufgaben, das der Lehrer ihm zurückgegeben hatte. Sie sah es sich aufmerksam an. Er hatte eine Eins dafür bekommen, in allen Fächern war er einer der Klassenbesten und würde dieses Jahr die Aufnahmeprüfung für die Oberschule machen. Ohne daß es ihn die geringste Mühe kostete, war er besser als Ruben damals. Verliebt betrachtete sie ihren Jüngsten, ihren Benjamin, strich dem hübschen, zarten Jungen über die blonden Locken, küßte ihn auf den Kopf, ließ ihren Mund einen Augenblick dort ruhen.

Hans kam herein, wunderte sich, daß er sie im Haus antraf.

»Ich dachte, ihr hättet einen Termin in der Schule, Tom und du!«

»Das ist erst nächste Woche, Hans. Wir haben gestern noch darüber geredet. Du tust ja gerade so, als wärst du uns lieber nicht begegnet.« Sie gab ihm das Blatt mit den Rechenaufgaben. Er warf einen Blick darauf, bemerkte die Eins kaum, stand unbeholfen da und drehte es in den Händen, offensichtlich nicht in der Lage, Interesse für irgend etwas zu zeigen, legte das karierte Blatt auf den Küchentisch, sagte, Tom gebe sich wirklich Mühe.

»Ich glaube nicht einmal, daß er sich so viel Mühe gibt«, antwortete Margje, »und trotzdem bekommt er so gute Noten. Es fliegt ihm nur so zu. Bist du nicht mächtig stolz? Du dürftest ruhig mal ein bißchen netter zu ihm sein.«

Es war ihm nicht möglich, lieb und nett zu sein. Er war

mit den Gedanken woanders. Sie schenkte Tee ein, schob ihm eine Tasse hin, glaubte wohl, er sei deswegen aus dem Garten herübergekommen. Doch er wollte keinen Tee, hatte keine Zeit für Tee. Wie unangenehm, daß er die zwei in der Küche angetroffen hatte. Er war sicher gewesen, daß sie heute wegmußte, um mit dem Klassenlehrer zu besprechen, in welche Schule Tom gehen würde. Wie hatte er sich nur so irren können?

Er ging in die Stube, wollte gerade die Tür zum Flur öffnen, als sie ihm hinterherrief: »Was hast du vor?«

Er blieb in der dunkelsten Ecke der Stube stehen. Ihr Blick wanderte von ihm zu seinem jüngeren Sohn und gleich darauf wieder zu ihm, als wollte sie ihn auf andere Gedanken bringen. »Ach nein, Hans ... Du gehst doch nicht weg?« Sie hörte ihn laut und unruhig atmen.

Er war nervös, sah den langen Weg vor sich, den er zurücklegen mußte. Es war nicht einfach, das Haus zu verlassen, es in Frieden zu verlassen, und wenn er erst unterwegs war, mußte er einen Bus, einen Zug und noch einen Bus nehmen, um nach Hardinxveld-Giessendam zu kommen. Aber da gab es nichts zu überlegen, er kannte kein Zögern. Er ließ sich durch nichts aufhalten.

Er ging die Treppe hinauf, hörte sie in den Flur kommen. Goldgelbe Sonnenstrahlen fielen durch die geöffnete Falltür des Dachbodens herein, sie zeichneten das Geländer der Treppe auf der Wand und auf der Schlafzimmertür nach. Das Glas des Dachfensters war alt und dick, das Licht, das hindurchkam, schien flüssig zu sein. Vom Treppenabsatz aus wirkte der Flur unten dunkel. Dort stand sie mit ihrem Jüngsten, sie schauten beide hoch. In dem Augenblick, als er das Schlafzimmer betrat, fiel Licht auf seine beiden Schultern.

Er mußte gehen. Seit Tagen schon hatte er mit großen Schuldgefühlen zu kämpfen. War er überhaupt mit Christus versöhnt? Jegliche Sicherheit war verschwunden. Was sollte aus ihm werden, wenn er schon bei sich selbst mangelndes Vertrauen in den Heiland feststellte? Er verspürte das starke Bedürfnis, unter Gleichgesinnten zu sein.

Hans zog ein weißes Hemd an, seinen Sonntagsanzug, band die Krawatte, dachte in der Zwischenzeit daran, daß er unten das Psalmbuch und seine Zigaretten einstecken mußte. Rasiert hatte er sich schon in der Werkstatt. Er dachte auch an die Buszeiten, die Zugzeiten, die Anschlüsse, traf im Kopf Vorbereitungen. Er wollte pünktlich sein. Pünktlichkeit wurde vorausgesetzt.

Er hörte sie zwar die Treppe hochkommen, doch er ließ sich nicht ablenken. Sie blieb mit Tom auf der Schwelle zum Schlafzimmer stehen. Er steckte das Hemd in die Hose, kämmte sich sorgfältig das Haar und versuchte vergeblich, sein anderes Schuldgefühl zu vertreiben. Er wäre gern zu Hause geblieben, doch wenn er nicht ging, machte es ihm das Leben noch schwerer. Das gehörte zur Versuchung, wie Jozef es ihm vor kurzem vor Augen geführt hatte.

Ihr Blick traf seinen im Spiegel. Er versuchte, sich davon zu lösen, kämmte sich weiter. Von seinem Atem beschlug der Spiegel. Gleich mußte er versuchen, aus dem versperrten Zimmer herauszukommen.

Verstimmt sagte er: »Wenn du wüßtest, wie es um mich bestellt ist, würdest du mich unterstützen. Oder dich mir jedenfalls nicht in den Weg stellen.«

Hans wünschte sich, daß diese Frau nicht mehr da sei. Die Hüfte ans Waschbecken gelehnt, malte er sich einen Moment lang aus, daß sie nie mehr sprechen würde, nie mehr fragte, wohin er ging, was er tat, was er las, das alles.

Für den Bruchteil einer Sekunde träumte er von ihrer endgültigen Abwesenheit, hätte sich fast umgedreht und den mordgierigen Blick auf sie gerichtet. Er spülte den Kamm unter dem Wasserhahn ab.

Sie sagte: »Es ist schrecklich.«

Sie wiederholte ihre Worte. »Es ist schrecklich. Vielleicht gehe ich auch weg und komme nie mehr zurück.«

Er blieb noch immer vor dem Spiegel stehen, obwohl sein Haar, seine Krawatte gut saßen. Er kämpfte gegen diese unerträgliche Vorstellung. Eine hungrige Elster flog am Fenster vorbei. Der Augenblick, sich eilig umzudrehen, war gekommen. Margje und der Junge machten sich klein. Um den Anschein zu wahren, berührte er Tom kurz, blieb auf dem Treppenabsatz stehen.

»So kann ich nicht weggehen. Das verstehst du doch? Ich will so doch nicht weggehen.« Sie standen sich gegenüber. Margje wandte sich von ihm ab.

»Du gehörst hierher.«

»Ich will keine Auseinandersetzung. Ich kann es dir nicht erklären, weil du dich dagegen sperrst.«

Ihr Blick war abweisend. Sehr abweisend. Dann drehte sie den Kopf zu ihm, doch er wandte sich ab, schaute über den hellerleuchteten Treppenabsatz, spürte die Unnahbarkeit ihres Blicks. So mußte sie ausgesehen haben, als sie Jozef Mieras aus dem Garten verjagte.

»Du traust dich nicht einmal, mir in die Augen zu schauen. Es war doch alles gut?« Margje wußte, daß sie ihn nicht aufhalten konnte. Während er zur Treppe ging, sagte sie: »Ich hätte früher etwas unternehmen sollen. Bevor ich es überhaupt richtig gemerkt habe, war es schon zu spät. Wann hat diese schreckliche Flut eigentlich begonnen? Wäre alles anders gewesen, wenn du diesen Mieras nicht kennengelernt hättest, wenn du nicht von Lathum nach Den Haag gegangen wärst? Oder hättest du auf jeden Fall jemanden kennengelernt ...«

Auf halber Treppe sagte er: »Gottes Plan kann man nichts dazusetzen und nichts davontun.«

Er hielt sich vor Augen, daß ihn die ewige Wonne erwartete. Was konnte das im Zeitlichen aufwiegen? Er hätte ihr sagen können, was der Apostel Paulus schrieb: »Viele Frauen bekehrten sich.« Also war das möglich. Doch Margje war dem Wort Gottes abgeneigt. Genauso, wie sie manchmal abgeneigt war, mit ihm zu schlafen, eine Binde anlegte, vorgab, ihre Regel zu haben, um ihn von sich fernzuhalten. Sich ihm verweigerte.

Darüber war er insgeheim wütend – er, der die kurze, heftige Befriedigung liebte und nicht mit einem Liebesspiel umgehen konnte, bei dem sie sich langsam in zügellose Wildheit hineinsteigerte, weil er sich minderwertig fühlte und sich dann noch mehr vor den Stoffbinden fürchtete, innen aus rauher Wolle, an den Rändern glatt und selbst dann noch geheimnisvoll, wenn sie saubergewaschen zum Trocknen an der Leine hingen.

Sie stand mit ihrem Liebling oben an der Treppe und sagte, halb zu Tom, halb zu sich: »Da geht er. Ein Bekehrter. Ein Erlöster. Was ist das eigentlich? Wir wissen es von den Lesungen: ein Wiedergekehrter, ein Gekehrter, ein Verwandelter. Das bringt uns richtig weiter.«

In ihrer Stimme lag nicht einmal Spott. Er sah hoch, gequält und das Gesicht so glühend, als würde er in der Gluthitze zwischen den Treibhäusern stehen, und machte eine Geste mit der Hand, in der große, aber ratlose Hast lag.

Sie wollte sagen: »Zum Essen bist du also nicht da?« Doch sie sagte: »Dabei dachte ich, daß das Schlimmste vorbei ist.« Eine Sekunde lang schauten sie sich an, kürzer sogar. Sie sah, daß er sich durch nichts aufhalten lassen würde. Wer konnte noch etwas tun?

Sie hat also noch Hoffnung, dachte er. »So möchte ich doch nicht weggehen«, sagte er. »Das kannst du mir doch nicht antun?«

So nervös hatte sie ihn noch nie gesehen. Nervös wie ein Hund, dem eine Fliege um die Schnauze schwirrt.

Er eilte die letzten Treppenstufen hinunter, öffnete die Haustür, überlegte es sich anders, zog sie wieder zu und ging durchs Vorderzimmer in die Stube. So war er schneller am Schreibtisch, wo er sein Psalmbuch, die Zigaretten holte. So hatte er einen Grund, noch einen Augenblick länger im Haus zu bleiben. Er hörte Margje und Tom die Treppe herunterkommen. Sein Sohn rief ihm zu, daß er zu Hause bleiben solle. Er nahm das glatte schwarze Psalmbuch in die Hand. Fast vierhundert dünne Seiten umfaßte es, weil es auch den Heidelberger Katechismus und das Glaubensbekenntnis nach den Dordrechter Lehrsätzen enthielt.

Nun tat er wieder so, als wolle er in den Flur gehen, legte, die noch nicht angezündete Zigarette im Mund, die Hand auf die Klinke der Flurtür, drückte sie hinunter. Dahinter war es auf einmal vollkommen still, als seien durch die Berührung der Tür alle dahinter in einen Bann geraten oder nicht mehr am Leben. Nur die Tür trennte sie voneinander. Verwirrt, weil er nicht wußte, ob er sie noch sehen wollte – er hoffte inständig auf ein zärtliches Wort von Margje, es würde allen Schmerz auf einen Streich wegnehmen, wenn er sie jetzt umarmen könnte –, ließ er die Klinke los, eilte durch das Haus hinaus, zündete sich draußen die Zigarette an, nahm ein paar schnelle, kurze Züge.

Er stand schon auf dem Hauptweg, hatte jedoch den

Hintereingang offengelassen. Er ging zurück, um ihn zu schließen.

Sie öffnete ihn gleich wieder und rief ihm nach: »Was ist passiert? Was tust du uns an? Warum mußtest du dich ändern?« Sie klang heiser, erschöpft, hatte fast keine Stimme mehr. Er mochte diese Stimme nicht und entfernte sich mit ein paar Schritten von ihr, wollte ihre Worte nicht hören. Er stand auf dem breiten Hauptweg, in der Sonne, zwischen den Ligusterhecken. Wie er da stand – die Zigarette zwischen den Lippen, den Mantel über dem Arm, gebräunt und dennoch blaß vor Entschlossenheit. Ein schöner Gott. Ein Sohn Gottes.

Sie ging ins Haus, er sah sie die Stube zum Flur hin durchqueren. Er mußte sich beeilen, wollte am Haus vorbeisein, bevor sie draußen war. Mit wenigen Schritten erreichte er die Straße, als sie im selben Augenblick die Eingangstreppe hinunterlief, einen letzten Versuch unternahm und den Arm nach ihm ausstreckte. Er ignorierte sie, blickte starr geradeaus. Sie öffnete das Gartentor, griff nach seiner Hand. Er riß sich los. Den Bruchteil einer Sekunde, noch kürzer, sahen sie sich an. Im grellen Licht wirkten beide durchsichtig. Er widerstand ihrem Blick, mußte ihm widerstehen. Kurze Zeit später sah er Margje nicht mehr, sie ihn ebensowenig. Zwischen ihnen gab es nur noch einen kalten, verlassenen Raum, abwechselnd sonnig und schattig.

Sie ging rückwärts zu dem gepflasterten Weg, der zur Haustür führte. Zwischen ihnen drang das Sonnenlicht in die Pflastersteine. Sie zog das Gartentor zu, klammerte sich am Eisenzaun fest, um ihr Zittern zu unterdrücken.

Tom stand neben ihr.

Kapitel 63

Ein unbekannter Prediger aus Noordeloos leitete den Gottesdienst. Er sprach und bewegte sich langsam, als sei er über alle menschliche Zeit erhaben. »Oh, ich gehe hart gedrücket, krumm gebücket.« Was sagte der Prediger da? Hans' Gedanken schweiften immer wieder ab. »Mit Blut gereinigt stehen wir da. Sind das nicht wunderschöne Aussichten, liebe Gemeinde?« Auf dem Hinweg, im leeren Bus, hatte er immer wieder erwogen, bei der nächsten Haltestelle auszusteigen und den Bus zurück nach Hause zu nehmen. Er ließ die Haltestellen vorbeiziehen. Steffen und Mieras hatten ihn beschworen, diesem wichtigen Gottesdienst beizuwohnen. Er kam sowieso nur unregelmäßig. Wie sich herausstellte, hatte Steffen sich wegen Krankheit abgemeldet. Jozef ließ sich auch nicht blicken. Immerhin wußte man, daß Chris Ibel ins Krankenhaus gekommen war.

Hans hätte ebensogut zu Hause bleiben können. Durfte er während der Predigt weggehen? Würde ihm das als Sünde angerechnet werden? Er wollte doch die Leiter zur Vervollkommnung emporsteigen, oder? »Es gibt so viele Menschen«, fuhr der Prediger fort, »hier in Alblasserwaard, die glauben, zur Seligkeit erleuchtet zu sein, die meinen, Christus getroffen zu haben. Sie sind in einem furchtbaren Irrtum befangen.«

Der Gottesdienst in dieser dunklen Scheune würde noch Stunden dauern. Ihm kam ein schändlicher Gedanke. Er konnte so tun, als ob er sich plötzlich unwohl fühlte. Mit feuerrotem Gesicht blickte er sich um. Harte, knochige Schädel, die sich mit unbeschreiblichem Ernst im Rhythmus der Worte wiegten, dunkle Augen, die ihn beobachteten. Er traute sich nicht aufzustehen. »Dann gehe ich eben weg«, hatte Margje gesagt. »Ich gehe weg. Ich halte es nicht mehr aus.« Er stellte sich ihr Schlafzimmer vor. Margje suchte Kleidung zusammen, die sie mitnehmen wollte, legte kleine Stapel aufs Bett. Sie bat Ruben, den Koffer vom Dachboden zu holen. Tom fragte, wohin sie gingen. »Ich weiß es noch nicht, mein Schätzchen. Suchst du selbst zusammen, was du mitnehmen möchtest?« Und zu Ruben: »Jemand muß zu Hause bleiben. Kümmerst du dich um Papa? Für mich ist es vorbei. Er hat sich ganz verrückt machen lassen von diesen Kerlen ...« Der Schweiß brach ihm aus. Gott kannte doch seine Gedanken.

Das Verlangen, nach Hause zu gehen, überfiel ihn so unerwartet und so stark, daß ihn schwindelte. Wie sollte er weitermachen, wenn es Margje zuviel wurde? Was sollte aus der Gärtnerei werden? Er erinnerte sich daran, wie Steffen und Mieras einmal im Garten gewesen waren. Als er weiterarbeiten wollte, tauchte Margje auf. »Das waren sie wieder, oder? Ganze zwei Stunden haben sie dich von der Arbeit abgehalten. Heute morgen hast du es selbst noch gesagt: Ich will heute versuchen, die Stiefmütterchenbeete fertig zu bekommen. Die verlorene Zeit muß aufgeholt werden.« Ein ungezogenes Kind, das getadelt wurde. Doch dann legte sie ihm die Hand auf den Unterarm. Verwirrt und gerührt von der warmen Berührung, hatte er sich nicht getraut, sich zu bewegen, aus Angst, sie von sich wegzustoßen. Er suchte nach einer Antwort. Die war nicht schwer zu finden. Margje konnte reden, soviel sie wollte. Zeit, darauf verwendet, das Zeitliche zu überwinden, war keine verlorene Zeit.

Er rief zu Hause an. Keiner da. Es war halb neun. Um diese Zeit war sie immer zu Hause. Zwei Stunden später versuchte er es vom Bahnhof in Arnheim aus noch einmal. Ruben nahm ab.

»Ich habe eben schon mal angerufen, Ruben.« Sein Ton war ängstlich, klagend. Ein kleiner Junge, der sich davor fürchtet, bestraft zu werden.

»Ich habe Mama und Tom zum Bus gebracht, Vati. Ich weiß nicht, wo sie hin sind.« Rubens Ton war ernst, zurückhaltend, beinahe eisig.

»Um wieviel Uhr sind sie weggegangen? Hat Mama noch etwas gesagt?«

»Komm jetzt nach Hause, Vati.« Ein scharfes Messer begann, in Hans' Gehirn zu stochern und große Verwüstungen anzurichten. Jetzt kam das Unheil mit Riesenschritten auf ihn zu.

»Mama hat immerzu wiederholt, daß sie weggeht. Ich gehe. Ich gehe. Das hat sie endlos wiederholt.«

Hans saß am Küchentisch. Ruben hatte ihm bei seiner Heimkehr einen flüchtigen Kuß gegeben und stand nun, den Rücken zu ihm, an der Anrichte und schenkte Kaffee ein. »Mama sagte auch: ›Ein netter, frohgemuter Mann, der sich solchen Leuten mit Haut und Haaren verschreibt. So ein blödes Pech aber auch. Für uns alle.‹ Das hat sie gesagt. ›Angefleht habe ich ihn. Es ist schrecklich, und es wäre zum Lachen, wenn man es nicht besser wüßte. Warum bleibe ich noch? Warum? Ja, am Samstagabend darf ich das Essen vorbereiten. Und mit diesem Jozef Mieras hat alles begonnen. Sitzt der Mann eines Tages bei mir am Küchentisch, ein freundlich lächelnder Mann mit einem gutmütigen Gesicht, rund und voll Sommersprossen. Dieser Mann schüttelt mir die Hand und gibt mir zu verstehen, wie sehr er sich freut, mich kennenzulernen. Und immer nur lächeln. So liebenswürdig. So vertrauenerweckend. Ich gehe kurz mit ihm in den Garten, um Papa zu suchen. Er bleibt da, setzt sich auf den Rand des Wasserbeckens.

Im Lauf des Tages gehe ich nachschauen. Sitzt er immer noch da, hat alle Zeit der Welt. Abends sage ich zu Papa: Was wollte der Mann von dir? Er wollte dich unbedingt sehen! Kurze Zeit später treffe ich sie zusammen an, bei der Stechpalmenhecke, wie sie sich am Rand der Treibkästen gegenübersitzen. Mieras redet aufgeregt auf ihn ein. Papa sitzt da und gafft ihn an, verzückt – so verzückt, so demütig. Ich verstecke mich hinter dem Wasserbecken und sehe sie mir an und weiß nicht, was ich davon halten soll. Mit Miere, der Ameise, hat alles angefangen. Im nachhinein betrachtet, ist er noch der normalste von allen Schwarzmänteln. Mieras, der dickliche Gärtnergeselle neben Papa auf dem Foto, den Arm um seine Schultern gelegt, gute Kollegen oder Busenfreunde, ein Foto, das eines Tages spurlos verschwand, beiseite geschafft von meinem eigenen Mann, nehme ich an, weil ich es kurze Zeit vorher noch gesehen hatte. Und bald kamen andere dazu, Steffen, Ibel und noch mehr, deren Namen ich nie erfahren habe. Mit diesen Kerlen, die nicht ganz bei Trost sind, hat er sich selbst erniedrigt ...‹«

»Das alles hat sie gesagt?«

Ruben nickte.

»Sie saß dort, wo du jetzt sitzt. Aber dann hat sie nicht mehr lange überlegt, hat in sich hineingemurmelt: ›Ja, ich gehe weg. Es geht nicht mehr anders.‹ Und sie hat mich gebeten, den kleinen Koffer vom Dachboden zu holen.«

Ich thue froh mit meinen Lippen kund
Dein hohes Recht nach heil'gen Reichsgesetzen,
Hoch sey gerühmt das Wort aus Deinem Mund!
Dein Zeugniß ist mein herzliches Ergötzen.
Ich hab mehr Freud' an Deinem Weg und Bund,
Als an der Welt und allen ihren Schätzen.
Psalm 119,7

SIEBEN

Kapitel 64

Der Besitzer des Hauses, in dem Hans und Margje wohnten, war gestorben. Seine Tochter schrieb ihnen, sie wolle das Haus am Bergweg verkaufen. »Zu seinen Lebzeiten habe ich mit meinem Vater darüber gesprochen. Er war Ihnen wohlgesonnen: Sie haben das Vorkaufsrecht. In Kürze wird Ihnen ein Makler ein sehr günstiges Angebot unterbreiten. Ich hoffe, Sie gehen darauf ein, damit die Kontinuität gewahrt bleibt. Mein Vater erzählte mir, Sie hätten ihn während des Kriegs großzügig mit Obst und Gemüse versorgt. Aus Pietät meinem Vater gegenüber würde ich es gern sehen, wenn Sie weiterhin am Bergweg wohnen könnten.«

Das Haus sollte sechzigtausend kosten. Sie bekamen eine Woche Zeit, über das Angebot nachzudenken. Geld hatten sie keines. Selbst wenn sich eine Bank fand, die ihnen etwas leihen würde, wäre die Belastung zu groß.

»Was sollen wir nur tun?« fragte Margje sich laut. »Es kann also sein, daß in ein paar Monaten andere Leute hier in der Küche sitzen. Und wir? Wo sind wir dann?«

»Es steht nicht fest, daß der neue Besitzer selbst in dem Haus wohnen will.«

Doch es konnte sein. Dann saßen sie in der Patsche. Sie wußten sich keinen Rat.

»Ob Ruben uns helfen könnte?« fragte Hans sich laut.

Beide dachten an die Zeit, als sie zusammen mit Tom aus dem Haus geflüchtet war. Wie lange war das her? Über fünf Jahre. Damals hatte Ruben in einer Familienpension südlich von Dieren ein Zimmer für sie gemietet. Tom war einen Tag später wieder nach Hause gekommen. Er konnte die Schule nicht ausfallen lassen. Margje blieb gut zwei Wochen weg. Ruben trug die Kosten.

Doch dieses Problem konnte ihr älterer Sohn nicht lösen.

Allein schon, daß er in seinem Alter noch immer bei seinen Eltern wohnte und jeden Monat für Kost und Logis zahlte, war schön. Auf das Geld konnten sie nicht verzichten.

Ruben hatte in Ijzerloo, einem Weiler nahe der deutschen Grenze, eine Stelle bekommen. Für die ersten drei Jahrgänge der Zweiklassenschule hatte man keine Lehrkraft finden können. Er wurde vom Militärdienst freigestellt, wenn er sich verpflichtete, mindestens sechs Jahre dort zu bleiben. Diese Zeit war nun fast vorbei. Vorläufig wollte er die weit entfernte Schule nicht aufgeben, obwohl sie mit öffentlichen Verkehrsmitteln nur schwer erreichbar war. Von der staatlichen Förderprämie, die er erhalten hatte, als er seine Lehrberechtigung als Grundschullehrer für alle Fächer erwarb, hatte er sich einen gebrauchten Renault Dauphine gekauft.

Hans stand auf, um in den Garten zu gehen. Es gab keine Lösung. Er wollte Margje sagen: Darauf haben wir keinen Einfluß … Sorgen sich die Vögel um den andern Morgen, darum, was sie essen und trinken werden? Er behielt diese Worte, die in ihren Ohren ärgerlich und wenig hilfreich geklungen hätten, für sich.

In der Werkstatt bückte er sich zu dem kleinen Schrank hinunter, in dem er Notizblöcke, Etiketten und Schreibzeug aufbewahrte. Er fand Jozef Mieras' Nachricht, die er dort versteckt und die Jozef kurz nach Margjes Rückkehr geschrieben hatte. Ruben hatte zwischen seinen Eltern vermittelt. Sie wollte keine Lesepredigten mehr,

»Miere« und Konsorten wollte sie nie mehr sehen, er sollte sich von ihnen distanzieren. An seinem Glauben wollte sie nicht rütteln. Ruben hatte ihn davon überzeugt, auf diese Bedingungen einzugehen. »Mama möchte gern zurückkommen. Wenn du dein altes Leben weiterlebst, geht sie endgültig weg.« Hans schrieb Mieras und Steffen einen Brief, in dem er ihnen die Lage erklärte und sie bat, keinen Kontakt mehr zu ihm aufzunehmen, und ließ Ruben den Brief lesen. Bald darauf fand Hans eine Nachricht auf dem Packtisch, von Jozef Mieras im Namen aller Brüder unterzeichnet.

Nur ein Satz: »Der HErr ist groß, er verrichtet Sein Werk auch ohne Menschenhand.«

Seither hatte er nichts mehr von ihnen gehört. Hans suchte sie auch nicht auf, doch heute morgen in aller Frühe, noch vor der besorgniserregenden Nachricht von dem Haus, hatte er einen Zettel in der Werkstatt gefunden. Prediger Steffen schrieb, daß Chris Ibel nach langer und qualvoller Krankheit den Weg alles Irdischen gegangen sei. Vielleicht könne das ja nach so langer Zeit der Anlaß für ein Treffen sein? Er schlug Zeit und Ort – das Bahnhofsrestaurant in Arnheim – vor. Hans räumte beide Nachrichten wieder weg, öffnete die Zwischentür zum Treibhaus, kniete sich vor den Kulturtisch. An diesem Tag trug er seine braune Manchesterhose und ein am Hals offenes Hemd mit hochgekrempelten Ärmeln. Hals und Arme waren dunkelbraun gebrannt, aber mager. Kein Gramm Fett zuviel. Mit seinem schmalen, gebeugten Rücken – sein jüngerer Sohn hatte seine Figur – in der etwas zu weiten Kleidung (heute morgen noch hatte Margje gesagt: »Ich kaufe dieselbe Größe wie immer ... und du ißt gut ...«) war er eine kleine, nichtige Gestalt. Dem, der vom Himmel auf ihn schaute, mußte diese Nichtigkeit besonders auffallen, er mußte Mitleid mit ihm haben.

Er betete lange Zeit, durch das weißgetünchte Glas des Gewächshauses abgeschirmt von der Außenwelt. Allein. Er betete so lange, weil er sich am Rand des Abgrunds wußte, weil er mit den Gedanken nicht dabeibleiben konnte. In den vierzehn Tagen, die Margje an einem geheimen Ort verbrachte (erst sehr viel später enthüllte sie ihm ihren Aufenthaltsort: das Hotel, wo sie früher als Zimmermädchen gearbeitet hatte, um sich etwas dazuzuverdienen), war jeder Kontakt zwischen ihnen über Ruben gelaufen.

Er wollte sie besuchen, doch sein Sohn sagte, daß sie ihn nicht sehen wolle, noch nicht, daß sie in diesem Moment auch noch nicht wisse, ob sie je wieder nach Hause käme.

Schon beim Gedanken an die Sonntage spürte sie ihren Magen. Doch eines Tages nahm sie die Fähre bei Dieren, überquerte die Ijssel und spazierte zum ältesten und kleinsten Städtchen der Niederlande. Allein auf der Terrasse eines Lokals gegenüber der Kirche von Bronkhorst, umgeben von Touristen, sehnte sie sich unerwarteterweise so sehr nach ihm, daß sie zu Hause anrief; er ging ans Telefon.

Inzwischen etwas ruhiger, flüsterte Hans zu Ihm, der die Welt in Seiner Hand hält, glaubte, eine Antwort zu bekommen. Auf Steffens Bitte würde er nicht eingehen. Noch eine Weile kniete er auf dem Boden und starrte mit offenen Augen erst nach oben, dann hinunter auf die trockene Erde unter dem Kulturtisch, wo er im Winter die Dahlienknollen lagerte.

Ein paar Kellerasseln wanderten zu einer feuchten Stelle. Hans schüttelte den Kopf. Der Allmächtige beobachtete alles Gewimmel auf Erden, auch das dieser unansehnlichen Geschöpfe. Wie lange lebten sie? Ein paar Monate? Ein halbes Jahr? Doch wenn sie starben, hatten sie keine Seele zu verlieren. Das war der große Unterschied. Die Grenzen waren klar gezogen. Da gab es nichts zu deuteln. Und der tote Chris Ibel, wo war der nun? Es war kein angenehmer Zeitgenosse gewesen, dennoch traf es Hans tief, daß im Brief keine Trauer, kein Mitleid mitschwang. Hatte Ibel eine Frau gehabt, hatte er Kinder in die Welt gesetzt? Auch Ibel war einmal ein verspielter kleiner Junge gewesen.

Hans' Hände waren schweißnaß. Seine Seele! Auf naiven Abbildungen wurde sie als Taube dargestellt. Das war eine heidnische Vorstellung. Doch wie sollte man sich die Seele sonst vorstellen?

Er erhob sich, streckte die Beine, wischte die feuchten Hände am Handtuch ab, rückte ein Usambaraveilchen im Torfmull zurecht. Immerhin war eines seiner Probleme gelöst. Er schrieb Steffen einen kurzen Brief, zog eine Jacke an, um ihn am unteren Ende des Schonenbergsingels einzuwerfen, hielt plötzlich den Atem an …

Maters war zu Hause. Der Bauunternehmer führte ihn in sein Büro mit Blick auf den Garten und, in größerer Entfernung, Hans' Grundstück, bot ihm eine flache ägyptische Zigarette aus seinem silbernen Etui an, eine Dubecq mit goldenem Filter, erkundigte sich, was ihn herführte. Hans fragte seinen Nachbarn, ob er noch Interesse an dem Stück Land hätte, das an seinen Garten grenzte.

»Ich denke daran, es zu verkaufen.«

»Woher der Sinneswandel, mein Junge? Ehrlich gesagt hatte ich meinen schönen Plan schon fast aufgegeben. Dein Standpunkt war eindeutig.«

War es klug, Maters zu erzählen, warum er Geld brauchte? Würde er sich mit seiner Ehrlichkeit nicht ins eigene Fleisch schneiden?

»Na, warum hast du deine Meinung so plötzlich geändert?« bedrängte ihn Maters. Hans war ehrlich. Er brauchte Geld, um das Wohnhaus zu kaufen, erklärte ihm die heikle Lage. Maters nickte, schnippte die helle Asche von seiner Zigarette, erkundigte sich, was das Haus kosten solle. Zögernd nannte Hans den Betrag. Maters ließ sich nicht anmerken, ob er ihn für hoch oder niedrig hielt, sagte, er wolle es sich in Ruhe überlegen, schaute auf seinen weitläufigen Garten hinterm Haus, den er gern vergrößern wollte.

»Ich melde mich heute noch bei dir, Nachbar. Bist du in der Gärtnerei?«

»Ich bin zu Hause.«

»Wir sehen uns noch heute.«

Über den Singel ging Hans zurück, hielt bei dem Stück Land inne, das er zum Verkauf angeboten hatte. Es war nur fünfzig Quadratmeter groß, und zur Zeit waren geteilte Polsterpflanzen dort eingeschlagen. Wenn es nicht mehr ihm gehörte, würde er zu diesem Zweck einen anderen, sonnigeren Teil des Gartens opfern müssen. Bei der Arbeit überlegte er sich, wieviel Geld Maters wohl bieten würde, falls er das Land noch haben wollte. Wieviel war es eigentlich wert? Viel für jemanden, der wirklich Interesse daran hatte. Würde er ihm die Hälfte dessen bieten, was für das Haus verlangt wurde? Mehr, weniger? Hans hatte keine Ahnung. Das war nun wirklich etwas, worauf er keinen Einfluß hatte. Er hatte etwas unternommen. Außerdem hatte er noch die Hypothek bei der Bank, die Schulden beim Kohlenhändler. Er würde das Haus nicht einmal dann kaufen können, wenn sein Nachbar vierzigtausend bot.

Maters tauchte am späten Nachmittag auf, bot ihm gleich eine Zigarette an, gab ihm mit einem goldenen Feuerzeug, das mit Diamanten besetzt war, Feuer.

»Ich glaube, wir können handelseinig werden.«

Er habe das Stück Land schätzen lassen. Es lag nicht an der Straße, stand nicht im Flächennutzungsplan der Gemeinde. Beim heutigen Grundstückspreis sei es knapp zehntausend wert. Und das sei ziemlich hoch geschätzt. Der enorme Wert für ihn hänge natürlich damit zusammen, daß das Grundstück direkt an seinen weitläufigen Garten grenze. Das steigere den Wert seines Hauses an der Hoofdstraat. »Aber das alles nur am Rande, Sievez. Ich habe mir folgendes ausgedacht. Erstens mag ich dich, und zweitens will ich das Grundstück. Und jetzt paß auf. Von mir kriegst du – ja, du glaubst zu träumen, aber es ist mein Ernst – das Sechsfache! Ich habe mit dem Makler gesprochen, der sich um den Verkauf deines Hauses kümmert. Ich habe ihn um fünftausend heruntergehandelt. Mit dem Geld kannst du also dein Haus kaufen, die Kosten für den Notar und ähnliches begleichen und behältst noch etwas übrig. Dafür will ich den Teil des Wegs vom Grundstück zum Singel. Du bekommst das Durchgangsrecht, solange du die Gärtnerei betreibst. Ein besseres Angebot kannst du gar nicht kriegen. Überleg es dir. Der Weg ist meine einzige Bedingung. Ohne den wird nichts aus dem Handel.«

Hans schloß einen Moment die Augen. Sechzigtausend, eine ungeheure Summe. Damit war das Wohnhaus gesichert. Ein Teil der Kohlenschuld konnte abbezahlt werden. Oder er konnte die schadhaften Heizungsrohre reparieren lassen beziehungsweise auf Öl umstellen.

»Sievez.« Maters schlug ihm auf die Schulter. »Laß es dir in Ruhe durch den Kopf gehen. Besprich es mit deiner Frau, deinen Söhnen. Zieh andere zu Rate. Triff keine voreiligen Entscheidungen. Etwas zu verkaufen, was einem gehört, woran einem etwas liegt, ist nicht leicht. Nochmals: Triff keine voreiligen Entscheidungen.«

»Und ist es wirklich unumgänglich«, fragte Hans betreten, »daß ich den Weg aufgebe?«

Der Bauunternehmer bestand darauf.

»Ehe ich es vergesse, hast du noch ein paar Gloxinien? Die violetten mit den weißen Tupfen? Meine Frau liebt sie über alles. Bring morgen oder übermorgen, wenn du dich entschieden hast, sechs oder sieben Stück vorbei. Ja, den Weg brauche ich. Nur das letzte Stückchen, ab dem Knick. Also ungefähr fünfzig Meter. Wenn das der Hinderungsgrund sein sollte, Sievez … Dann biete ich dir eben fünfundsechzigtausend.«

Hans nickte kaum merklich. Er würde es machen. War er sicher? Er war sicher. Was blieb ihm auch anderes übrig?

»Komm mit«, sagte Wim Maters, einen Arm um seine Schultern gelegt, und zusammen gingen sie den Hauptweg entlang, durchquerten das Grundstück, zwängten sich mühsam durch die dichte Koniferenhecke an der Grenze zu Maters' Garten. (Letzterer drückte eine Konifere beiseite, damit Hans leichter durchkam!) In seinem Büro ließ er Hans einen Augenblick allein, besprach in einem Nebenraum etwas mit seiner Sekretärin, kam kurz darauf mit Gläsern und einer Flasche Whisky wieder. Sie stießen miteinander an. Maters trank sein Glas in einem Zug aus. Hans nippte an seinem. Margjes Kirschen in Branntwein waren ihm lieber.

Maters' Sekretärin kam mit einer Stange Dubecq-Zigaretten herein.

»Die ist für dich, mein Junge«, sagte Maters. »Und darauf rauchen wir erst mal eine!« Mit seinem kräftigen Kiefer zog Maters an der Zigarette, inhalierte tief, meinte, für sie beide seien gute Zeiten angebrochen. Hans werde es nicht bereuen. Er half seinem Nachbarn, und sein Nachbar half ihm. Dafür war man auf der Welt. Das hatte sein katholischer Vater ihm beizeiten beigebracht. Fasziniert betrachtete Hans die Stange mit den zwanzig Zigarettenpäckchen, und ein Gefühl von Angst und Freude kam in ihm auf. Noch nie hatte er so viele Päckchen gleichzeitig gekauft. Wim Maters machte Witze, redete über alles mögliche. Die Sekretärin kam mit einem vorläufigen Kaufvertrag. Hans kniff sich in die Hand, beruhigte sich etwas, schaute nur auf den ausgefüllten Betrag.

Erleichtert, wieder draußen zu sein, jedoch nicht froh, sondern mit einem mulmigen Gefühl – er hatte doch nicht anders handeln können, stand doch mit dem Rücken zur Wand! –, schaute er zum Wohnhaus, das ihnen nun bald gehören würde.

Margje kam ihm entgegen.

»Kommst du zum Essen?« Ruben blieb wegen eines Elternabends in der Schule. Tom war noch nicht da. Gestern war er auch nicht dagewesen, war erst gegen Mitternacht nach Hause gekommen. Tom ging in die zehnte Klasse des Thorbecke-Gymnasiums.

Sie hakte sich bei ihm ein. An der Regenrinne rankte eine Klematis mit großen weißen Blüten empor, gepflanzt zur Geburt ihres jüngeren Sohns. Margje sagte, sie mache sich schon länger Sorgen um Tom. Nach der Schule treibe er sich in der Stadt herum. Sie kenne seine Freunde nicht. Heute zerbreche sie sich auch noch den Kopf über das Haus. Beim Gedanken daran, daß in ein paar Monaten vielleicht andere Leute hier wohnten ... Das könne sie sich nicht vorstellen.

»Ich habe noch mal über Maters nachgedacht, Hans. Der wollte doch das Stück Land kaufen? Wenn uns das aus der Patsche hilft ... Vielleicht könntest du ihn darauf ansprechen. Dann bleibt noch immer die Frage, ob so ein bißchen Land genug abwirft, es ist gut möglich, daß es zuwenig ist, um uns zu helfen.«

Sie legte ihm die Hand auf den Mund, als er ihr den Betrag nannte, den Vertrag zeigte. Sie drückte die Lippen an seinen Hals, ließ sie einen Augenblick dort. Wieder küßte sie ihn und flüsterte ihm ins Ohr: »Ich bin ganz aus dem Häuschen. Ich bin wirklich enorm erleichtert und sehr aufgeregt. Mir ist richtig schwindelig davon. So eine Menge Geld! Wie herrlich, daß wir im Haus bleiben und die furchtbare Kohlenschuld abbezahlen können. Eine kleine Verschnaufpause.« Sie seufzte tief. »Aber ich weiß nicht recht. Bald spazieren andere Leute über dein Land, und wir müssen über einen Weg, der jemandem anders gehört, zum Singel.«

»Was den Weg angeht, wird sich in Wirklichkeit gar nichts ändern.«

Margje wiederholte, daß der Betrag unerhört hoch sei.

»Es ist so viel, Hans. Ob er etwas im Schilde führt?«

»Maters ist kein Betrüger. Er ist ein pünktlicher Zahler. Sofort bezahlen heißt seine Devise.«

»Aber ... Beim Wiederaufbau nach dem Krieg hat er so viel Geld verdient.«

»Ihm ist es gut ergangen. Er will das Land haben, Geld spielt keine Rolle.«

Sie waren eine Weile still.

»Wir müssen etwas essen. Aber ich habe keinen Appetit. Man stellt sich doch vor, daß manche Dinge für immer so bleiben, wie sie sind. Man kann es drehen und wenden, wie man will, wir geben etwas auf. Ich kann mich noch erinnern, wie ich zum erstenmal mit einem Makler hier herumging. Du wußtest damals noch nicht einmal, daß es das Grundstück gibt.«

Sie stand auf, küßte ihn. Es war eine Chance, er hatte sie ergriffen. Und er hatte das Problem innerhalb eines Tages gelöst! Wenn dieser Wim Maters kein Interesse mehr an dem Grundstück gehabt hätte, wäre ihre Lage aussichtslos gewesen.

Nach dem Essen gingen sie zusammen zum verkauften Stück Land, betrachteten es, wie man einen Grabstein betrachtet – mit gemischten Gefühlen. Beim Ausgang am Schonenbergsingel stand das kleine blaue Schild »Privatweg«, das Hans vor langer Zeit dort aufgestellt hatte. Es konnte stehenbleiben, galt noch immer, nun aber für einen anderen. Das tat weh. Für die Außenwelt änderte sich nichts.

Er las mehr, seit er den Kontakt zu den Brüdern abgebrochen hatte. Dann saß er an seinem Schreibtisch vor dem Fenster zum Garten, mit dem Rücken zu ihnen, und versuchte, die dunklen Textstellen zu ergründen. Gelegentlich drehte er sich um, schaute zu ihnen oder beteiligte sich mit einem kurzen Satz am Gespräch. Kurz vor dem Zubettgehen räumte er sein Buch weg, setzte sich zu ihr.

»Wo Tom wohl bleibt?«

»Wenn es wieder so spät wird, Hans, rede ich mit ihm. Er hätte zumindest kurz anrufen können. In der neunten Klasse ist er schon sitzengeblieben, jetzt geht es wieder nicht gut. Er behauptet, daß er seine Hausaufgaben bei seinen Freunden macht …«

Kapitel 65

Mit dem verkauften Land war noch nichts geschehen. Die eingeschlagenen Pflanzen hatte Hans zur schattigen Stelle unter dem Zitronenapfelbaum gebracht.

Eines Samstagabends lief er Maters über den Weg.

»Weißt du schon, was du damit machen willst?«

»Erst wollte ich nur meinen Garten vergrößern, aber in letzter Zeit schwebt mir ein einfaches Schwimmbecken für meine beiden Töchter vor. Und mir, lieber Nachbar, würden ein paar Bahnen täglich auch nicht schaden.« Er klopfte sich auf den dicken Bauch. »Uns geht es zu gut. Aber ich halte dich auf dem laufenden.«

Am nächsten Morgen saß Tom nicht am Frühstückstisch, er war spät von einer Fete zurückgekommen.

»Eine komische Vorstellung, so ein Schwimmbad auf unserem alten Grundstück«, bemerkte Ruben. »Wie groß soll es werden?«

»Er hat etwas von einem einfachen Schwimmbecken gesagt.«

»Mir wäre es lieber gewesen, wenn das Grundstück einfach so geblieben wäre«, sagte Margje, »oder wenn er Rasen dort ausgesät hätte. Ein Schwimmbecken kann einen Haufen Ärger machen. Hat er auch gesagt, wann er mit dem Bau beginnen will? Ich hoffe doch, daß es sich noch Jahre hinzieht.« Sie schaute von Ruben zu ihrem Mann. »Du sagst gar nichts, Papa.«

»Ich finde, daß Tom beim Frühstück dabeisein sollte.«

»Ich war gerade oben und habe nachgesehen. Er schläft tief und fest.«

»Eigentlich ist es mir auch lieber, wenn er mir nicht unter die Augen kommt.«

»Sag doch so was nicht«, meinte sie beschwichtigend, »du wirst ja selbst ganz garstig davon.«

»Bei Tisch wendet er sich von mir ab, und wenn ich ihn nach etwas frage ... nach seinen Fortschritten in der Schule, bekomme ich keine Antwort!«

Sie aßen schweigend, Margje schenkte Tee nach, wandte sich an Ruben: »Papa hat heute nacht auf ihn gewartet. Tom ist Papa gegenüber ausfallend geworden. Was er genau gesagt hat, tut nichts zur Sache, jedenfalls wollte er keine Vorwürfe zu hören bekommen, wenn es mal spät wird.«

»Er hat nach Alkohol gestunken«, sagte Hans.

»Vielleicht wußte er ja nicht, was er sagte«, beschwichtigte Margje ihn wieder.

»Das wußte er ganz genau, zum Donnerwetter«, sagte Ruben streng.

Letztes Jahr hat es angefangen, dachte Margje. Immer war er der folgsamste Schüler seiner Klasse gewesen. Bei Elternabenden lobten ihn die Lehrer. In der neunten Klasse hat sich das schlagartig geändert. Wie oft ich den stellvertretenden Direktor am Telefon hatte. Er wurde aus dem Unterricht geworfen, schwänzte, machte keine Hausaufgaben, vergaß seine Bücher. Natürlich, es sei das schwierige Alter, sagte der Studiendirektor, doch bei ihm setze die Pubertät sehr spät und dafür um so heftiger ein.

Hans beschloß das Frühstück mit der Lektüre eines unbereimten Psalms; sie falteten die Hände zum Gebet.

Einen Moment blieben sie noch sitzen.

»Der Junge macht mir überhaupt keine Freude«, sagte Hans.

Margje tadelte ihn. Kinder waren nicht dazu da, einem Freude zu machen.

»Kinder sind einfach da. Tom ist dein Sohn.«

Ruben öffnete das Tor der Gärtnerei und fuhr den Renault Dauphine auf die Straße. Margje ging nach oben, zog ihren Sonntagsmantel an. Seit es keine Hausandachten mehr gab, ging sie wieder jeden Sonntag in die reformierte Kirche in der Kerkstraat. Heute begleitete Ruben sie. Letzten Sonntag war er mit seinem Vater zu Hause geblieben. Er leistete ihnen gewissenhaft im Wechsel Gesellschaft.

Als sie losgefahren waren, setzte Hans sich an seinen Schreibtisch, schlug die *Nachfolge Christi* beim Lesezeichen auf. Es war sein Lieblingsbuch geworden. Lange vor Luther kündigte es vorsichtig die Reformation an und war in seiner Naivität vielleicht sogar reiner als die Reformatoren selbst.

Im Haus war es totenstill. Tom würde sich in den nächsten Stunden nicht blicken lassen. Weit weg, am oberen Ende der Straße, hörte Hans dumpfes Jubelgeschrei von den Fußballplätzen. Er zog die Übergardine halb zu, drehte den Stuhl so, daß er dem Lärm noch mehr den Rücken zukehrte. Es war falsch gewesen, mit den Lesepredigten aufzuhören. Nun wurde der reine Glaube, der Glaube der Alten Väter, nicht mehr in diesem Haus verkündet. Das betrachtete er als seine eigene Schwäche, und er bat täglich viele Male um Vergebung dafür. Es kam vor, daß er, wenn er mit dem Lastenfahrrad Pflanzen in die Stadt brachte, auf halbem Weg, ungefähr auf der Höhe des Landguts Bronbeek, stehenblieb, die Hände auf dem Lenker zusammenlegte und die Augen schloß.

Während der Verkehr an ihm vorbeirauschte, suchte er

Kontakt zum himmlischen Vater, bat darum, nicht für diese Sünde bestraft zu werden. Er betete auch für Steffen und Mieras. Nicht weil ihm die Brüder fehlten. Es war die Ermutigung, die ihm fehlte. Er konnte mit niemandem über diese Dinge sprechen. Er war allein. Auch mitten im Verkehr auf dem Velperstraatweg. Noch ließ er die Augen geschlossen. Es kostete ihn Mühe, sich von dieser anderen Welt zu lösen.

Einmal hatte er in den letzten Jahren der Versuchung nachgegeben, Kontakt mit Jozef aufgenommen und sich mit ihm verabredet. Nachdem er bei Weidema Pflanzen abgeliefert hatte, war er zum Bahnhofsvorplatz weitergeradelt, hatte das Lastenfahrrad mit den leeren Kisten vor dem Eingang des Bahnhofsrestaurants abgestellt, wo Mieras ihn erwartete. Hans hatte ihn lange nicht gesehen. Er hatte sichtlich abgenommen, seine Wangen waren eingefallen. Betrübt starrte er vor sich hin, doch seine Miene hellte sich auf, als er Hans auf sich zukommen sah. Er nahm seine beiden Hände, hielt sie lange fest. »Ich freue mich so, dich zu sehen, Bruder, ich kann dir gar nicht sagen, wie sehr ich dich schätze.« Bei einer Tasse Kaffee beruhigte Jozef ihn. Lesepredigten seien nicht von Gott verordnet, sondern eine menschliche, aus der Not geborene Einrichtung. Alle trauerten noch um den charismatischen Pastor Poort, der früher der kleinen Herde wöchentlich zugesprochen hatte. Natürlich vertrete Prediger Steffen ihn, so gut es eben ging, doch er sei kein richtiger Nachfolger. Poort sei ein von Gott höchstpersönlich eingesetzter Prophet gewesen, niemand würde je seine Nachfolge antreten können. Deshalb sei es die beste Lösung, Poorts Gedankengut zu Hause zu lesen. Seine Anhänger bekamen den Beinamen »Zuhausesitzer« und waren stolz darauf.

»Aber«, hatte Hans damals eingeworfen, »bei mir zu Hause wird das Wort Gottes nicht mehr verkündet. Was hält Gott davon?«

»Lieber Hans, deine Frau und deine Söhne sehen dich Smijtegelt lesen, Kohlbrügge, Thomas von Kempen. Es steht uns nicht zu zu fragen, ob Er ihre Herzen öffnet. Laß es mich noch einmal so zusammenfassen: Ein Anhänger Poorts ist ein Zuhausesitzer und zudem unkirchlich. Das Heil ist nur außerhalb der Kirchenmauern zu finden.«

Jetzt, im stillen Haus, mußte er beinahe lächeln. Was hatte Tom doch kürzlich wieder gesagt, als Hans nach dem Essen sagte: »Gib mir bitte das Buch.« Mit einer gleichgültigen Geste hatte er seinem Vater die Bibel gegeben, mit den Worten: »Die Kirchen sollten alle dem Erdboden gleichgemacht werden.« Margje hatte sofort gekontert: »Der Meinung ist Papa auch.« Tom, sein reicher Nachbar Wim Maters und viele andere Menschen auf der Welt gehörten zu einer im voraus verdammten Sorte unkirchlicher Menschen.

Hatte Mieras also recht? Genügte es, wenn er nichts anderes tat, als zu lesen? Begnügte Gott sich mit einer derart passiven Einstellung? Margje und Ruben saßen in der reformierten Kirche und lauschten einer falschen Predigt. Toms Herz verhärtete sich immer mehr. Würde Hans also wie der Hohepriester Eli schwer bestraft werden, weil es ihm nicht gelang, seine Söhne unter Kontrolle zu bringen?

Sein Herz zog sich zusammen. Ängstlich sah er hoch – das Zimmer seines jüngeren Sohns lag genau über der Stube – und wurde sich seiner nervösen Anspannung bewußt. Er versuchte, an etwas anderes zu denken, beugte sich wieder über die *Imitatio Christi*: »Der vertraute Umgang mit Gott allein und seinen Engeln sei immer der liebste Wunsch deines Herzens; den unnötigen Umgang mit Menschen aber meide.« Klingelte es an der Haustür? Jemand, der Blumen für einen Krankenbesuch kaufen wollte? Auf Geld, das auf diese Weise verdient wurde, konnte kein Segen liegen. Mucksmäuschenstill sitzen bleiben. Sie würden denken, daß niemand da war. Er hörte schnelle, kräftige Schritte ums Haus herum. Es war sein Nachbar von der Hoofdstraat.

Hans öffnete den Hintereingang für Maters.

»Guten Morgen, Sievez, ich muß dich mal kurz bei deinen religiösen Betrachtungen stören. Entschuldige bitte. Das Gattertor an meinem Ausgang ist verschlossen. Selbst schuld«, fügte er gleich hinzu. »Wir hatten ausgemacht, daß ich mir den Schlüssel bei dir hole.«

»Der liegt in der Werkstatt.« Zusammen gingen sie in die Gärtnerei.

»Überlaß es doch in Zukunft mir, das Tor abzuschließen, Sievez.«

»Du hast recht, es ist deine Ausfahrt.«

Mit einem mulmigen Gefühl kehrte Hans ins Haus zurück. Bis jetzt hatte er immer noch so getan, als sei es seine Ausfahrt, hatte das Ritual des Abschließens am Samstagmittag beibehalten. Die Erkenntnis, daß er Weg und Ausfahrt nur nutzen durfte, war unangenehmer als die Störung bei der Lektüre am Sonntagmorgen.

Er blieb mitten im Raum stehen, konnte sich nicht mehr dazu durchringen weiterzulesen. Oben war alles still. Er ging die Treppe hoch. Die Tür zu Toms Zimmer stand offen. Auf halbem Weg nach oben konnte er durch die Gitterstäbe des Geländers hineinschauen. Er roch einen Hauch von Alkohol. Sollte er seine väterliche Autorität geltend machen? Im Zimmer seines Jüngsten war die Luft stickig, der Alkoholgeruch stärker. Der Junge, der ein Mädchen hätte werden sollen, lag auf dem Rücken. Blonde Locken umrahmten sein zart gezeichnetes Gesicht. Hans streckte den Arm aus, um ihn zu wecken, hielt jedoch in der Bewegung inne. Sollte er ihn lieber rufen? Er brachte den Namen seines Sohnes nicht über die Lippen. Unerhört, den kostbaren Sonntagmorgen derart zu verschlafen. Den Verkauf des Grundstücks hatte dieser Sohn nur mit einem Achselzucken quittiert. Ruben hatte ihn dafür getadelt. »Dort haben wir früher den Drachen steigen lassen, den Papa für uns gebaut hat, da wächst der Holunder, von dem wir Spitzen für unsere Pfeile abgeschnitten haben.«

Der Vater machte kehrt, ließ ihn schlafen.

Es war Zeit, die Gewächshäuser zu lüften. Auf dem Weg hinter der Biegung hörte er laute Stimmen. Die von Maters übertönte alle anderen. Er wollte nicht nachsehen, es ging ihn nichts an, doch etwas zog ihn unwillkürlich dorthin. Es war nicht möglich, sich ungesehen zu nähern. Maters beratschlagte sich mit drei Herren in teuren Anzügen und hob grüßend die Hand in Hans' Richtung. Dieser blieb in der Wegbiegung stehen. Eine himmelblaue Limousine parkte auf dem Weg. Dahinter noch zwei Autos, in Silbergrau.

Die Herren betraten Hans' ehemaliges Land, Maters kam zu ihm.

»Das Schwimmbad ist genehmigt, Nachbar. Der Zugang ist unpraktisch, zu schmal. Die Hecken zu beiden Seiten müssen weg. Der Zaun verschwindet. Statt dessen kommt etwas anderes hin. Meinen Bekannten und Verwandten, die auch ein paar Bahnen schwimmen wollen, muß der Zugang zum Schwimmbad erleichtert werden.« Einer der Männer rief ihm etwas zu.

»Servus, mein Junge.«

Hans hörte es sich schweigend an, alle Farbe wich aus seinem Gesicht. Über ihm strich der Wind rauschend durch die Mammutbäume. Oder waren es Engel, die ihm zuriefen, daß er Ruhe bewahren solle? Hätte er nicht besser daran getan, sich nach einem anderen Haus in der Nähe umzusehen? Zur Not das Junggesellenhaus wieder bewohnbar zu machen? Ruben und Tom würden sowieso bald ausziehen. Hatte der Verkauf ihn nicht in unabsehbares, noch größeres Elend gestürzt? Als er zum Haus zurückging, fühlte er sich zutiefst niedergeschlagen.

Er kochte Kaffee. Margje und Ruben konnten jeden Moment zurückkommen. Er sehnte sich nach ihnen, hörte den kleinen Renault seines älteren Sohns.

Margjes erste Frage: »Ist Tom schon unten?«

Kapitel 66

Die Bewohner der monumentalen Villen am Schonenbergsingel hatten keine Ahnung, was sie erwartete, als der Sattelzug mit dem Schild »Convoi exceptionnel« vor dem Eingang der Gärtnerei Sempervirens stehenblieb. Ladeklappen wurden geöffnet.

Die Bagger waren so breit, daß sie den Zaun zertrümmerten und die dichten Hecken rechts und links – von Hans kurz nach dem Kauf der Gärtnerei gepflanzt – zerstörten, die gutgedüngte Erde zerfurchten. Mehr Maschinen wurden herbeigeschafft. Einige waren so groß, daß sie unter Protest der Bewohner mit einem Hebekran über ein benachbartes Haus gehoben werden mußten.

Eine Delegation vom Singel besuchte Hans in seiner Werkstatt und erkundigte sich, was da vor sich gehe. Der Bauunternehmer habe sich nicht dazu äußern wollen.

Hans sagte, er sei umständehalber gezwungen gewesen, Maters ein Stück Land zu verkaufen. Er habe ihn so verstanden, daß dort ein kleines Schwimmbad für die Familie gebaut werden solle.

»Das wird aber ein ziemlich großes Familienbad«, bemerkte einer der Villenbewohner, den Hans regelmäßig mit Pflanzen für Haus und Garten belieferte, ein Mitglied der Geschäftsleitung der Kunstseidenfabrik AKU. Die Baugrube reichte weit in Maters' Garten hinein. Margje gesellte sich zu ihnen.

»Meinem Mann und mir wäre es anders auch lieber gewesen. Er hätte das Grundstück lieber nicht verkauft.«

»Ist es denn indiskret zu fragen«, erkundigte sich der Mann, »weswegen Sie verkaufen mußten?«

Das wollten die anderen auch gern wissen. Hans zögerte, schaute Margje an.

»Warum solltest du es ihnen nicht erzählen, Hans? Es ist kein Geheimnis.« Er erzählte es, nannte den benötigten Betrag, obwohl es sie natürlich nichts anging. Doch in diesem Moment betrachtete er sie als Verbündete.

Die vier vornehmen Herren mit Seidenschals und feinen Taschentüchern sahen sich an. Der Wortführer:

»Aber bester Meneer Sievez, verehrte Mevrouw Sievez, hätten Sie uns das doch nur wissen lassen, es wäre eine Kleinigkeit gewesen, Ihnen den Betrag zinsfrei zu leihen, damit Sie in Ihrem Haus bleiben können. Hier in der Gegend geht uns nichts über Kontinuität!«

Hans schüttelte den Kopf.

»Wie hätten wir auf die Idee kommen sollen?« Und er dachte: Wäre ich mit der Geschichte zu ihnen gegangen, hätten sie mich ausgelacht. Tickt der Blumenmann noch richtig?

Die Bewohner gründeten ein Aktionskomitee und forderten Hans auf, sich daran zu beteiligen. Es galt, den Bau des Schwimmbads zu verhindern. Aufgrund alter Dokumente aus der Zeit vor der Parzellierung war eine Bedingung an den ehemaligen Grund des Landguts Schonenberg geknüpft: Es durfte nicht bebaut werden. Das Land sollte der Blumenzucht und dem Gemüseanbau dienen. Man trieb sogar alte Anbaugenehmigungen auf. Die Chancen standen sehr gut. Eine solche Bedingung konnte nicht einfach ignoriert werden.

Ihr Ansinnen lag Hans schwer im Magen. Maters hatte die fünfundzwanzig Jahre alte Rosenhecke zerstört, tiefe Furchen in den Weg gegraben. Eigentlich sollte er sich am

Aktionskomitee beteiligen. Es war kaum möglich, neutral zu bleiben. Doch was, wenn er den Bauunternehmer gegen sich aufbrachte?

Er beriet sich mit Margje und Ruben. Beide waren der Meinung, daß er es nicht tun sollte.

»Bring Maters nicht auf die Idee, daß du dich ihm in den Weg stellen willst«, sagte Margje. »Und die Typen vom Singel können jetzt leicht sagen: Das Geld hätten wir euch gern gegeben. Da wären wir bei ihnen gerade richtig gewesen. Aber ich bin ganz schön sauer auf Maters. Wie übel der Weg jetzt zugerichtet ist!«

Hans teilte dem Mitglied der Geschäftsleitung persönlich mit, daß er sich lieber nicht beteiligen wolle.

»Sie sind doch jetzt schon betroffen!«

»Ich möchte mich aber trotzdem heraushalten«, sagte Hans verlegen. Er stand in der großzügigen Diele der Villa. Am Garderobenständer hing ein langer Pelzmantel. In das Mattglas einer Zwischentür waren Girlanden graviert.

»Dazu kann ich nur eins sagen, Sievez. Das bedeutet den Verlust einer Reihe von Privatkunden.«

»Das läßt sich dann eben nicht ändern. So leid es mir tut.«

Er stand in der Biegung und schaute den Arbeiten zu. Der Hauptweg war ganz und gar mit Baracken und Baumaterialien vollgestellt. Dabei hatte Maters ihm versprochen, daß der Durchgang frei bliebe. Das war nun überhaupt nicht der Fall. Für Lieferungen in die Stadt mußte Hans den Umweg über den Bergweg nehmen. Margje sagte zu ihm: »Geh hin. Red mit Maters, sag ihm, daß das keine Art ist. Du hast da ein Wörtchen mitzureden. Seit Monaten geht das nun schon so.« Er wollte abwarten, Streit vermeiden. Wenn das Schwimmbad fertig war, würde der Weg wieder frei werden. »Dann erkundige dich, wie lange es noch dauert. Passanten, die einen Blumenstrauß kaufen wollen, machen sich bestimmt nicht auf die Suche nach einem anderen Eingang. Wir verlieren Einkünfte. Oder wir bitten Ruben, zu ihm zu gehen. Du mußt protestieren …« Er stand tief in Gedanken versunken da, sah dann auf, weil er glaubte, seinen Namen zu hören.

Vor ihm stand Maters.

»Kopfzerbrechen? Es ist für uns alle eine schwierige Zeit. Ich hoffe, die Unannehmlichkeiten soweit wie möglich einschränken zu können. Laß es mich wissen, wenn du durch diese Situation finanzielle Verluste hast.«

Die Worte taten ihm gut. Auf Maters konnte man sich verlassen, er kam von selbst auf ihn zu.

»Schwer zu sagen. Möglich ist es …«

»Und wenn ich dir nun dreihundert Gulden gebe … Reicht das als Ausgleich?«

»Auf jeden Fall.«

Er zog drei Hunderter aus der Innentasche. Hans verwahrte sie sorgfältig, dachte: Hiermit kann ich mich zu Hause sehen lassen. Margje wird sehr zufrieden sein.

Die beiden Männer schauten zu, wie Dutzende von Metern einer mit roter Mennige gestrichenen Stahldachkonstruktion durch die Luft transportiert wurden.

»Bist du von den Bewohnern des Singels angesprochen worden, Sievez?«

»Ja.«

»Und?«

»Sie haben gefragt, ob ich einen Protest unterschreiben würde. Ich habe mich geweigert. Ich habe ihnen gesagt, daß ich klare Vereinbarungen mit dir getroffen habe, daß ich dir vertraue.«

Maters legte kurz die Hand auf Hans' Schulter.

»Die glauben, daß sie einfache Burschen wie uns unterkriegen können. Auf solche wie die spucke ich, Sievez!« Das sah Hans nicht so. Er hatte immer zu ihnen aufgesehen, doch sie hatten ihn bitter enttäuscht.

»Ich bin sie als Kunden los.«

»Was sagst du da?«

»Weil ich nicht mitmachen wollte ...«

»Das sind mir ja feine Leute.«

»So gesehen erleide ich eindeutig Verluste. Es waren Kunden dabei, die schon seit Jahren zu mir kamen. Die sehe ich nicht wieder.«

»Hör zu. Das Schwimmbad wird zu gegebener Zeit – und das dauert höchstens noch fünf, sechs Wochen – festlich eröffnet. Dafür brauche ich viele blühende Pflanzen. Du darfst alles liefern. Ich will dir auch verraten, was es genau wird. Das weiß noch niemand. Nicht einmal die Gemeinde. Ein Wellenbad kommt da hin. Ich lasse die allermodernsten Maschinen aus Amerika kommen.«

»So etwas wie das Wellenbad in Doorwerth? Da ist meine Frau mit den Kindern hingegangen, als sie klein waren.«

»Meine auch. Das hier wird schöner, moderner. Mit einem Palmenstrand und einem Dach, das sich bei schönem Wetter aufschieben läßt. Die Maschinen können bis zu sieben Meter hohe Wellen produzieren.«

»Dann sind wir mit dem Bus nach Oosterbeek gefahren und zu Fuß nach Doorwerth gegangen. Wenn die Sirene losheulte«, erinnerte sich Margje, »begannen die Wellenmaschinen zu dröhnen, und ihr ranntet zum Bekken.«

Ruben konnte sich noch an die Uhr mit dem roten Zeiger

erinnern, der ruckweise vorwärts sprang. Die Wellen kamen zu jeder vollen Stunde und dauerten nur fünf Minuten. Weil es so teuer war.

»Ich hatte immer Angst, daß euch etwas zustößt. Und jetzt so ein Schwimmbad nebenan. Ich weiß nicht, was ich davon halten soll.« Sie faltete die drei Hunderter zusammen.

Ruben konnte sich erinnern, daß man seine Anziehsachen in einen flachen Holzkasten legen mußte. Der wurde in einem dämmrigen Raum in ein Regal geschoben. »Wenn wir im Wellenbad gewesen waren, hatte ich nachts immer Alpträume. Der dämmrige Raum war die Hölle. Alle Menschen lagen in ihren flachen Holzkästen und waren tot. Aber wenn eine neue Kiste dazugeschoben wurde, spähten sie über den Rand.«

»Es gefällt mir nicht«, sagte Margje. »Ich weiß nicht, was ich davon halten soll. Erst müssen wir fast ausziehen, dann regnet es unverhofft Geld, und auf unser Grundstück kommt auf einmal ein Schwimmbad. Was für Ärger wird das noch nach sich ziehen?«

Vielleicht hatten sie sich ins eigene Fleisch geschnitten. Man konnte nicht alles vorhersehen. Doch sie fühlten sich betrogen. So ein Schwimmbad hatte nichts mit dem ursprünglichen Plan zu tun. Ein öffentliches Bad. Von weit her würde es Leute anlocken.

Bei der Arbeit schaute Hans so wenig wie möglich in diese Richtung. Immerzu war es laut, mit Flutlicht wurde bis spätabends gearbeitet. Eines frühen Morgens, als er gerade Stiefmütterchen aussetzte, sah er Kräne riesige Metallschaufeln heben. Sie sahen aus wie Schiffsschrauben. Das mußten Teile der Wellenmaschinen sein. In diesem Moment hörte Hans in der Ferne Streit; Maters' Stimme war am lautesten. Kurze Zeit später wurden alle Arbeiten gestoppt, aller Lärm verstummte.

Die Polizei und Mitglieder des Aktionskomitees besetzten den Singel. Maters richtete sich aufgeregt an Hans: »Die haben überhaupt keine Chance. Und wenn sie noch so lange an der Spitze der AKU-Fabrik stehen oder Spezialist im Krankenhaus sind, einer von denen ist sogar General a. D., und wenn sie sich einen noch so guten Anwalt nehmen und glauben, damit Erfolg zu haben. Kurzzeitiger Erfolg, Sievez. Ich lasse sie kurz in dem Glauben …« Eilig entfernte er sich.

Im Abendlicht waren die riesigen Metallschrauben wie die Cherubim aus der Berufungsvision Hesekiels: »Jeder von ihnen hatte vier Flügel mit Menschenhänden darunter und Füße wie die eines Kalbs und darüber ein Thron aus Oleasterholz und Lasurstein, auf dem der HErr thronte …« Obwohl es windstill war, wiegten sie sich so sanft wie Islandmohn, sie funkelten wie poliertes Kupfer.

»Herrlich ruhig«, fand Margje. Im Garten ging die Arbeit besser voran. Die Stillegung dauerte bereits eine Woche. Sie war gespannt, wie es weitergehen würde.

»Wenn er mit dem Bau gegen das Gesetz verstößt«, meinte Hans, »wird er letzten Endes verlieren und alles abreißen lassen müssen.«

»So verrückt es auch klingt«, sagte Margje, »ich bin eher für Maters. Ich kann es noch immer nicht fassen, daß diese Kerle ihre Kundschaft aufgekündigt haben. Wäre doch nur alles beim alten geblieben.«

Nach anderthalb Wochen wurden die Bauarbeiten wieder aufgenommen. Die Wellenmaschinen wurden installiert, das Becken gefliest, das Bad vollendet und der verbreiterte Weg asphaltiert. Der offizielle Eingang lag an der Hoofdstraat, doch der Ausgang der Bar, die zum künstlichen Strand gehörte, führte auf den Hauptweg.

Unruhig sah sich Hans im außergewöhnlich stillen Treibhaus um nach einer Stelle, um Gottes Angesicht zu suchen, als ein Schatten durch die Scheiben fiel. Er erkannte Maters. Sein Nachbar rief: »Wo steckst du, Sievez?«

Aus Angst vor noch mehr Ärger kam Hans heraus. Maters gab ihm die Hand. In einer Woche finde die offizielle Eröffnung des Schwimmbads statt. Er wollte Palmen und hohe Farne für die Terrasse.

»Schau mal, was du dahast. Miet Palmen für mich, wenn du keine hast. Tu für die Bar blühendes Zeug im Wert von fünf- oder sechshundert Gulden dazu. Haut das hin? Komm mal mit. Dann kannst du dir ansehen, wie es geworden ist.«

Wie alte Freunde gingen sie zusammen über den Hauptweg, die drei Stufen hinauf, die zur Bar führten. Gerade wurde der Name des Wellenbads an der Fassade angebracht.

»Es wird Phelipe heißen. Kennst du das Wort?«

»Es ist der alte Name von Velp und bedeutet durchwatbare Stelle.«

Maters sah ihn bewundernd an.

»Das hätte ich dir gar nicht zugetraut.«

Mit einer ausladenden Geste deutete er auf die Bar.

»Ist die Bar sonntags geschlossen?« Hans hatte sagen wollen: Aber es ist doch nicht in Ordnung, Maters, es sollte ein kleines Schwimmbad für die Familie werden.

Maters lachte.

»Nein, nein, Nachbar, am Sonntagmorgen trainiert das Wasserpoloteam Neptun und nachmittags sind dann Spiele. Du wirst keine Unannehmlichkeiten dadurch haben. Für Samstag abends habe ich von der Gemeinde eine Schankerlaubnis bis drei Uhr bekommen. Schau nicht so verschreckt. Du wirst nichts davon merken.«

Maters hielt ihm eine Tür in der Glaswand auf, die Bar und Terrasse vom Schwimmbecken trennte, zeigte ihm die Wellenmaschinen, die Tribüne, das Dach, das sich öffnen ließ.

Hans äußerte sein Erstaunen über die ganze Technik, allen Luxus, doch der Rundgang dauerte ihm zu lang. Er war drauf und dran zu sagen: »Trotzdem ...«

Maters erzählte ihm, daß das Becken morgen gefüllt werden würde.

»Dann lassen wir die Wellenmaschinen probelaufen.«

Als sie wieder draußen standen, sagte Hans unvermittelt: »Trotzdem ist es nicht in Ordnung ...«

»Was soll nicht in Ordnung sein?« Alle Freundlichkeit war schlagartig verschwunden. Maters' Ton war mit einemmal schärfer, seine Stimme gröber.

»Es ist nicht das, was du ursprünglich gesagt hast!«

Maters dachte einen Augenblick nach.

»Bester Sievez, jetzt hör mir mal gut zu«, und er legte ihm beide Hände auf die Schultern und sah ihm tief in die Augen. »Ich habe keine Lust, böse zu werden, und werde bestimmt auch nicht meine schöne Bestellung zurückziehen wie das Gesocks da«, er zeigte auf die Villen, die die Baumwipfel überragten, »aber wenn du darüber nachdenkst«, er drückte seine Hände auf Hans' magere Schultern, »bist du mir dann nicht ein kleines bißchen dankbar?« Wim Maters, der die Treppe hinaufgefallene Anstreicher aus dem Arbeiterviertel Klarendal, ließ seine Hände liegen, mußte Hans' Knochen spüren. Hatte ihn fest in seinem

Griff. »Nu, denk mal drüber nach.« Dann ließ er los, gab ihm einen leichten Klaps auf die Seite des Kopfes, wie man es bei einem Hund zur Wiedergutmachung nach einer Zurechtweisung macht. »Schaff dein Zeug frühzeitig her, ein paar Tage vor der Eröffnung, die Terrasse soll einen mediterranen Touch kriegen, du darfst es auch schon morgen bringen, und laß uns diesen Zwischenfall vergessen, okay? Ich mag dich, das weißt du.«

Fahnen mit der Aufschrift »Wellenbad Phelipe« flatterten auf dem Dachfirst. Der rote Zeiger der Uhr rückte vor, eine Sirene heulte los, langsam und mit einem leisen Dröhnen setzten sich die Metallschaufeln in Bewegung, wurden schneller, das Dröhnen wurde zu einem tiefen Brummen. Kunstspringer machten Saltos vom hohen Sprungbrett, Wasserpolospieler ließen sich auf den hohen Wellen treiben, warfen sich den Ball zu, schienen an die Wellen gekettet, aus den Lautsprechern kam das Heulen eines Sturms, Wellen brachen sich rauschend an den Beckenwänden.

»Ich fühle mich hier nicht wohl«, sagte Margje. »Laß uns gehen. Wir gehören nicht hierher.«

Kapitel 67

Der Himmel war lichtdurchflutet, Jauchzen ertönte aus dem Bad, die Wellenmaschinen brummten dumpf und dunkel, der rote Lichtschein auf dem Land rührte von der Barbeleuchtung her.

Es regnete leise, das Schlafzimmerfenster war einen Spaltbreit geöffnet. Im dunklen Zimmer standen sie nebeneinander. Margje fand, daß es mit den vielen Fenstern aussehe wie ein erleuchtetes Schiff. Er dachte an die auf dem Berg Ararat gestrandete Arche Noahs. Sein Vater war Grubenmann gewesen, hatte es nie zum Lehmtreter oder Former gebracht. Aber Hans war auf dem richtigen Weg gewesen. Ein langsamer Anstieg zum kleinen Gewerbetreibenden, Kinder, die studierten und es weiterbringen würden als ihre Eltern.

»Du zitterst ja. Laß uns ins Bett gehen. Ich finde, du hast heute abend da drüben furchtbar müde ausgesehen.«

Würde er seinen Vater später im Himmel treffen? Würde dieser ihn in die Arme nehmen und ihn für das, was er ihm im Schweinestall angetan hatte, um Vergebung bitten? Würde er Hans noch ebensoviel Angst einflößen wie an dem Abend, als er ihn in den Stall mitgenommen hatte? Sein Vater trug sein kragenloses Hemd, ganz oben am Hals mit einem Kragenknopf aus Perlmutt zugeknöpft. Daran spielte er herum, wenn ihm etwas nicht paßte …

»Wir haben verloren«, sagte er. Sie zog ihn an sich, roch den Duft des Regens im Zimmer oder den seines tränennassen Gesichts. Sie wischte sein Gesicht, das sie nicht sehen konnte, behutsam ab, küßte ihn. Beschämt drehte er sich von ihr weg, wollte noch einmal sagen, daß alles verloren sei, schwieg jedoch, noch immer von ihr abgewandt. Vom Schwimmbad kam Jauchzen. Sie erhob sich wieder, um das Fenster ganz zu schließen.

Hatte er alles verloren?

Margje kam zu ihm auf seine Seite des Bettes, küßte sein Gesicht, flüsterte, daß sie ihn liebe, flüsterte, daß er in seinem hellen Anzug besser ausgesehen habe als alle anderen, daß sie zu ihm aufsehe.

Hatte er alles verloren? Das Leben währte ewig. Da gab es das kleine Stückchen hier, voll Mühsal und Kummer, das Zeitliche, doch dann ging es weiter, im Jenseits. Wo man hinkam, bestimmte der richtende Gott. Es gab eine Chance, daß er gerettet wurde. O Gott aller Götter. Margje bedeckte ihn mit Küssen. Mit ihr konnte er nicht über diese Dinge reden. Sie küßte ihn, schmiegte ihr Gesicht an seinen Hals. Sie wußte nichts von diesen Dingen. Hatte er alles verloren? Aber es gab doch den Gewinn in Christus? Also war nichts verloren. Margje sagte: »Wir hatten keine Wahl, Liebster.« Konnte er überhaupt verlorengehen? Ich habe Ihn gefunden. Kann Er mir wieder genommen werden? Von Jozef wußte er, daß kaum ein Bekehrter vom Glauben abfiel. »Woran denkst du, Hans?«

Kapitel 68

Die Sonne stand hoch am Himmel, das Dach des Schwimmbads war geöffnet. Der Lärm der Badegäste und, noch lauter, der der Wellenmaschinen durchdrang gellend die Nachmittagshitze. Hans brach gerade Dahlien aus.

Badegäste kamen aus der Bar, spazierten laut redend, ein zusammengerolltes Handtuch unter dem Arm, mit ihren Plastikbadelatschen durch die Gärtnerei, dachten in ihrer Naivität, daß dieses Stück Land zum Schwimmbad gehörte. Wer Schutz vor der Sonne suchte, setzte sich im Schatten der Stechpalmenhecke auf den Rand eines Treibkastens. Oder sie setzten sich im Gegenteil in die Sonne und schmierten sich mit Sonnenöl ein. Sie hatten eine Flasche Bier oder Cola dabei, die sie auf dem Rand stehenließen, wenn sie wieder gingen. Der Blumengarten wurde als willkommenes Anhängsel des Schwimmbads angesehen, als zusätzlicher Ort zum Entspannen.

Hans ging ruhig auf die Badegäste zu, bat sie freundlich, das Gelände zu verlassen, und wies dabei auf die Schilder hin, die Ruben an zwei Stellen auf einem Pfahl aufgestellt hatte: »Zutritt verboten.«

Sie entschuldigten sich, sagten, sie hätten nicht gewußt, daß das Land jemand anderem gehörte, zogen ab. Kurze Zeit später nahmen andere ihren Platz ein, rauchten Zigaretten, warfen die Kippen zwischen das Saatgut, tranken Bier, spazierten über die Pfade, hatten keinen Blick für frisch eingesäte Beete, zertrampelten zarte junge Primeln, die die ersten Knospen ansetzten. Es war wie mit dem Regen, der Sonne. Es wiederholte sich in einem natürlichen Rhythmus, wie ein langer Atemzug.

»Entschuldigen Sie, dies ist ein Privatgrundstück ...«

Manchmal sagte er nicht einmal etwas, es wollte kein Ende nehmen, er gab vor, die Eindringlinge nicht zu bemerken, hielt es eine Weile durch. Bis es ihm zu bunt wurde. Sie grabschten unreifes Obst von den Spalierbäumen, pinkelten hinter die Gewächshäuser. Er hatte sie auch schon in der Werkstatt angetroffen, breitbeinig in der Türöffnung stehend, als wären sie hier der Chef, eine Zigarette oder Pfeife lose zwischen den Lippen. Er verjagte einige von ihnen, schleuderte einem sogar eine volle Gießkanne hinterher. Drei Neue rückten an seiner Stelle nach.

Sie wurden immer dreister. Er hätte eine Abgrenzung hinstellen sollen, doch dann schnitt er sich definitiv den Durchgang zum Singel ab und gab offen zu, daß er jede Verfügungsgewalt über den Hauptweg verloren hatte.

Eines Tages sprach Ruben Maters an, der offen und spendabel tat, ihm etwas zu trinken und eine Zigarette aus seinem silbernen Etui anbot.

Sie setzten sich auf die Terrasse. Ruben lobte das Schwimmbad, erwähnte das Bad in Doorweerth, in dem er als Kind gewesen war.

»Was ist das Problem?« fragte Wim Maters.

»Die Badegäste schwärmen über das Land meines Vaters aus. Es geht viel kaputt.«

»Mein lieber Freund ... Du bist genau wie dein Vater.«

»Alle Probleme wären gelöst, wenn Sie den Ausgang der Bar schließen würden.«

»Was meine Gäste in ihrer Freizeit tun, geht mich nichts an. Stellt einen Zaun auf.«

»Sie zwingen meinen Vater, den Weg aufzugeben. Er hat

das Recht, ihn zu benutzen. Sie haben ihn einfach reingelegt.«

»Ich habe gutes Geld dafür bezahlt. Zu viel.« Er redete so laut, daß auch der Barkeeper und die Badegäste in ihren Liegestühlen im weißen Sand unter den Palmen ihn hören konnten. »Dein Vater? Klagen! Nichts als Klagen! Und dazu ist er auch noch gläubig. Hundertmal schlimmer als die Altreformierten. Ein richtiger Hundertfünfzigprozentiger! Mach die Fliege! Aber dalli!«

Am liebsten hätte Ruben ihn, zusammen mit dem ganzen Schwimmbad, kurz und klein getreten. Alles war erlaubt. Sie waren Feinde, in einen heftigen Kampf verwickelt. Ob das so schlau wäre? Sein Blick fiel auf Rotweingläser auf einem kleinen Tisch im weißen Sand. Am liebsten hätte er sie am Beckenrand zerschmettert, bedachte aber rechtzeitig die Konsequenzen.

Der Barkeeper war hinter der Theke hervorgekommen, um seinem Chef beizustehen, die Badegäste sahen belustigt zu. Es war nicht nur ein schönes Schwimmbad, es war sogar etwas los.

Ruben stand allein da. Man ließ ihn unbehelligt gehen, rief ihm nicht einmal etwas nach.

Am nächsten Tag machten Hans und sein Sohn sich an den Bau eines hohen Zauns aus spitzen Holzlatten. Sie spannten Stacheldraht darüber, pflanzten Berberitzen und Brombeeren davor. Die Kosten wurden von dem Geld gedeckt, das Hans für seine letzte Lieferung von Maters bekommen hatte.

Sie betrachteten ihr Werk von weitem. Es waren nur fünfzig Quadratmeter, die sie verkauft hatten, doch es schien ihnen, als sei es das halbe Grundstück. Das kam auch durch den überwältigenden Eindruck, den das Schwimmbad machte. Zusammen mit dem Weg hatten sie tatsächlich bestimmt hundert Quadratmeter verloren. Doch es war gut, daß sie diesen Teil des Grundstücks definitiv aufgegeben hatten. In Zukunft hätte es nur mehr Ärger gegeben. Aber sie empfanden ein Gefühl der Nacktheit und des Schmerzes, als hätten sie sich den eigenen Arm abgehackt.

Sie zündeten sich beide eine Gold Flake an, gingen zusammen in Richtung Werkstatt. Ruben hoffe darauf, mit seiner Lehrberechtigung für Französisch eine Stelle an einer Realschule zu bekommen, sagte er. »Und noch was, Papa … Du bist der erste, dem ich es erzähle. Ich habe eine Freundin. Bald wirst du sie kennenlernen.«

Kapitel 69

Bei Familie Sievez wurde unter der Woche nur zum Abendessen ein Kapitel aus der Bibel gelesen, sonntags beim Mittag- und Abendessen. Es hatte sich eingebürgert, daß beide Söhne abwechselnd vorlasen. So versuchte Hans, sie an Gottes Wort heranzuführen. Heute, es war ein Freitag, war Tom an der Reihe.

Sie aßen in der Küche.

»Ach, mein Junge«, sagte Hans, »nimm doch das Buch zur Hand.« Der Siebzehnjährige tat erstaunt.

»Welches Buch?«

Seine Miene, seine Haltung – die Beine weit unter den Tisch gestreckt – drückten Unlust aus. Mit einem langen Blick gab Margje ihm ein Signal: Setz dich aufrecht hin und benimm dich, bitte.

Das Buch, Hans' und Margjes Hochzeitsbibel, stand im Regalfach hinter ihnen. Tom streckte die Hand danach aus, als könne er von seinem Platz aus herankommen. Er mußte aufstehen, tat so, als wäre er todmüde.

Hans bemerkte seine Anstellerei zwar, sagte jedoch nichts. Er verstand, daß diese Abwehrhaltung geistlichen Dingen gegenüber sich gegen ihn richtete. Zum Glück griff Ruben ein, stand auf, nahm das Buch und legte es vor seinen jüngeren Bruder.

»Nun mach schon, Tom.« Ruben schlug es für ihn beim Lesezeichen auf. Tom begann sofort zu lesen, schaute nicht hoch, um zu sehen, ob alle bereit waren, las so schnell und undeutlich, daß die Wörter kaum verständlich waren. Es war ein Abschnitt aus Psalm 89:

Aber nun hast du verstoßen und verworfen
Du hast zerbrochen den Bund mit deinem Knecht

»Da fehlt eine Zeile«, sagte Hans.

»Ach, stimmt ja: ›Und zürnst mit deinem Gesalbten.‹ Es ist aber auch alles so ein gottserbärmlicher Unsinn.«

»Wie bitte?« brachte Margje heraus. »Wo hast du denn das Wort her?«

»Vielleicht habe ich es ja zu Hause gehört.«

Mit Tom war nichts anzufangen. Es gab keine Hoffnung, daß er seinen abweisenden Ton, seine überhebliche Haltung aufgeben würde. Hans hielt es nicht mehr aus. Da trieb sein eigenes Kind Spott mit Gottes Wort. Ein Wunder, daß ihr Dach nicht vom Blitz getroffen wurde oder einstürzte.

»Hör lieber auf damit. Wer hat auf diese Weise etwas davon? Du willst es nicht richtig lesen. Du läßt absichtlich Dinge aus und vergißt, das ›Sela‹ zu lesen.«

»Weil ›Sela‹ nichts bedeutet. Unsinn lasse ich sowieso weg. Also bleibt nichts übrig.«

Margje bat ihn, nicht in einem solchen Ton mit seinem Vater zu sprechen. Hans erklärte – nicht zum erstenmal –, daß »Sela« sehr wohl etwas bedeute. Wortwörtlich stehe da: »Erhebt euch.« Es sei eine Angabe für den Chorleiter oder den Dirigenten im Tempel. Sozusagen der Abschluß eines bestimmten Abschnitts. »Gib mal her.«

Tom schlug das Buch zu, verzog das Gesicht und reichte es seinem Vater. Hans gab es Ruben mit den Worten: »Lies du vor. Tom findet Gefallen daran, Heiliges zu verspotten. Es wird ein böses Ende mit ihm nehmen.«

»Übrigens begreife ich überhaupt nicht, warum der hohe Zaun mit dem Stacheldraht da hingekommen ist. Wenn ich in die Stadt will, muß ich den Umweg über den Bergweg nehmen.«

»Nun komm schon!« Ruben machte eine versöhnliche Geste, streckte den Arm nach seinem Bruder aus. Er hatte gerade die Seite wiedergefunden, als Tom aufstand und wegging. Sie hörten ihn die Treppe hochsteigen, in seinem Zimmer hin und her laufen, die quietschende Schranktür öffnen.

»Warte mal kurz«, sagte Hans. Das Wasser rauschte in der Leitung, die durch den Einbauschrank in der Küche verlief.

»Ich glaube, er zieht sich um. Dabei hatte ich gehofft, daß er heute abend zu Hause bleibt.«

»Nur die paar Zeilen«, sagte Hans und deutete darauf. Ruben las einen Absatz. »So, das reicht für heute. Der Lobgesang Gottes ist sowieso gestört. Selbst das ist in dieser Familie zuviel verlangt: eine Lesung von wenigen Minuten. Ich weiß nicht, wo das hinführen soll.« Er sah niemanden Bestimmtes an. Ruben stellte das Buch zurück.

»Was ist nur mit ihm los?« fragte Margje. »Früher hätte man sich keinen netteren Jungen vorstellen können.«

»Er führt ein sinnloses Leben.«

»Das darfst du so nicht sagen, Papa«, wies sie ihn zurecht. »Er hat viele Freunde. Immer, wenn das Telefon klingelt, ist es für ihn.«

»Dann sage ich eben nichts.« Er beschloß die Mahlzeit mit einem Gebet. Die Stufen knarrten, eine lose Treppenstange klapperte. In dem Leinenanzug, den Margje ihm bei Peek & Cloppenburg im Schlußverkauf gekauft hatte und der seinen zarten Körperbau betonte, kam Tom in die Küche. Sie schaute ihn fast verliebt an: »Du mußt deine Krawatte ein bißchen fester binden.« Sie stand auf, half ihm. Der Anzug stand ihm gut. Alles stand ihm gut, selbst die allerbilligsten Sachen. Solche Leute gab es.

»Bleibst du heute abend nicht bei uns?«

»Ich gehe kurz in die Stadt.«

Kurz, höhnte Hans im stillen. Seiner Mutter gab Tom schnell einen Kuß, seinen Vater und seinen großen Bruder ignorierte er. Er ging über den Hauptweg zur Straße, warf keinen Blick zurück in die Küche, winkte nicht. Sie stürzte ins Vorderzimmer. Tom sah seine Mutter, warf ihr einen Handkuß zu, zwinkerte mit den Augen, lächelte. Als sie zurückkam, blieb sie hinter dem Stuhl ihres Mannes stehen, er konnte die Tränen in ihren Augen nicht sehen. Erst sagte sie nichts, suchte nach Worten. »Das eine Mal, als du weggingst und Tom dir auf seinem Dreirad folgte und dich nicht einholen konnte. Und später beim Gartenzaun. Weißt du noch …?«

Er zündete sich eine Zigarette an, behielt sie im Mund, starrte gequält vor sich hin.

»Er kennt weder Gott noch Gebot. Der breite Weg führt ins Verderben.«

»Du weißt genau, was ich damit sagen will.«

Sie begann, den Tisch abzudecken. Er half ihr. Für Tom schien jede Hoffnung auf Erlösung verloren. Ruben war zwar nicht bekehrt, aber auch nicht gleichgültig. Würde er wegen seines einen Sohnes – des älteren – doch verschont werden? Die Angst versengte ihm den Kopf. Hätte er zwischen den Treibhäusern gestanden oder bei den Beeten, in der Gluthitze, hätte er gedacht: Die Sonne versengt mir den Kopf.

In der Ferne war das Wummern der Maschinen zu hören. Man gewöhnte sich daran. Über dem Garten lag die träge, etwas unwirkliche Stimmung eines warmen Herbstabends. Wenn man sich die Schwimmbadgerüche wegdachte, konnte man meinen, man sei im Paradies … Der Löwe weidete zusammen mit dem Lamm, die Schwerter waren zu Pflugscharen umgeschmiedet worden.

Über der Christusstatue und dem glitzernden Laub leuchtete der Himmel blendend rot. »O HErr, ich bin nicht wie die Papisten, die Bilder verehren. Du sollst dir kein Bildnis noch irgend Gleichnis machen, weder von dem, was oben im Himmel, noch von dem, was unten auf Erden, noch von dem, was im Wasser unter der Erde ist: Bete sie nicht an und diene ihnen nicht.« Die orangefarbenen Blüten des Mittagsgolds und die des Eiskrauts hatten sich schon geschlossen. Das letzte Licht fiel auf die frisch umgegrabenen Beete, die Erde war kühl und dunkel. »O Gott, wer kann vor Deinem Angesicht bestehen? Ich habe gesündigt, ich bin es nicht wert, daß Du mich bemerkst. O Gott von Abraham, Isaak und Jakob, mein Mund fließt über von Deiner Ehre.« Es stand fest, daß er schuldig war. Unabhängig von Tom. An Tom wollte er am liebsten überhaupt nicht denken. Der Junge war eine Enttäuschung für ihn. Er war in einem tieferen, geistlichen Sinn schuldig. Es gab kein Entrinnen. Er verdiente es, bestraft zu werden.

Hans Sievez warf Schnittholz auf den Haufen unter dem Zitronenapfelbaum, ging gebückt unter einem weit überhängenden Ast des Baums hindurch, blieb in der dunklen Ecke dahinter stehen. Jetzt kam keine Stimme zu ihm, auch keine Feuersäule. Da war nur das sanfte Rauschen des Winds in den hohen Bäumen, wie kochendes Wasser. Hatte er damals auf eine bestimmte Stelle am Himmel geschaut? Auch im Rauschen dort oben konnte Er sein. Es war der himmlische Atem. In den alten Zeiten machte Gott öfter von sich reden. Heutzutage kam unmittelbares Eingreifen nur noch äußerst selten vor. Daraus ließ sich schließen, daß die Zeit fast erfüllt war. Lange würde es die Welt nicht mehr geben. Gott war schon dabei, die Kelter voll vom Wein des grimmigen Zornes zu treten. Von Ruben hatte er erfahren, daß Gethsemane »Grotte der Olivenpresse« bedeutet. In dieser Höhle hatte der Heiland einen schweren inneren Kampf geführt, Sein Schweiß wie Blutstropfen. Auf dem Ölberg dürften heute noch Bäume stehen, die Zeugen der Leiden Christi waren.

Hans harkte die Wege, bis es zu dunkel dafür wurde.

Kapitel 70

Zuerst bedeckte er die frostempfindlichen Polsterpflanzen mit einer Schicht Stroh und Torfmull. Dann schaufelte er Koks mit der Koksgabel vom Kohlenhaufen auf die Schubkarre, schob diese zum Schüttloch, kippte sie um, wich der dunklen Staubwolke aus. Damit war er ein paar Stunden beschäftigt. Wochenlang hatte es mal gefroren, mal getaut, doch für heute nacht war strenger Frost angekündigt. Hans schloß das Schüttloch mit dem Lukendeckel, stieg gegen fünf Uhr am selben Nachmittag in den Heizungskeller hinab, öffnete die Klappe des ersten Kessels. Darin glühte es heiß und weiß an den Rändern. Er legte Kohlen nach, die Koksgabel schabte durchdringend über den Betonfußboden. Hier war das Schwimmbad nicht zu hören. Aus dem zweiten Kessel, schräg hinter dem ersten, holte er eine dicke Schicht Asche und Schlacke. Dieser Kessel zog schlechter als der andere, gab weniger Wärme ab. Eigentlich sollte er ausgetauscht werden. Hans öffnete die Klappe so weit wie möglich, legte von Hand Briketts aufs fast erloschene Feuer, wartete, bis sie zu glühen anfingen, und traute sich dann erst, Koks darauf zu werfen. Bei beiden Kesseln kontrollierte er nach einer Weile das Thermometer, sah seinen Schatten an den hohen, rußigen Wänden, die aufgebrochen waren an Stellen, wo früher Nägel gesteckt hatten, hörte über sich den eiskalten Wind um die Gewächshäuser pfeifen, traute sich noch nicht, die Kessel allein zu lassen, und setzte sich auf die schmale Bank an der Wand neben den Schlackenhaken. In die kleinen Schränke darunter hatte er auch Bücher geräumt. Er besaß eine wahre Bibliothek. Die Bücher waren nicht dem Alphabet nach geordnet, doch hätte jemand danach gefragt, hätte er Smijtegelts *Pastoralen Abendbesuch* und die *Gedanken* von Blaise Pascal mit verbundenen Augen gefunden.

Hans schaute auf die dunkle, wie durch ein Feuer geschwärzte Wand ihm gegenüber, auf das Wirrwarr von Rohren und Leitungen und dachte an Tom. Nachdem er eine Büchse gestohlen hatte, mit der Spenden zugunsten eines Krankenhauses für Leprakranke an der Elfenbeinküste gesammelt wurden, war er endgültig vom Thorbecke-Gymnasium geflogen. Weil der Junge noch schulpflichtig war, würde die Schule sich bemühen, ihn woanders unterzubringen. Ruben war zum Lorentz-Gymnasium gegangen, um sich für die Aufnahme seines Bruders einzusetzen.

Aus einem der Schränke holte er ein dünnes Büchlein des schottischen Pietisten James Smith. Es hatte keine Titelseite. Er hatte noch nicht herausgefunden, wie es hieß. Doch es war ein herrliches kleines Werk, leicht verständlich, enthielt für jeden Tag eine kurze Betrachtung. Er schlug den heutigen Tag auf, den 18. Januar, und las folgenden Satz: »So finde ich, daß das Böse mir anhanget, der ich will das Gute tun.« Er überflog die Seite, auf der er ganz zu Anfang des Jahres schon mit rotem Buntstift Korrekturen angebracht hatte. Der Übersetzer hatte »Herr« geschrieben anstelle von »HErr«. Das verbesserte Hans im ganzen Buch. Es wirkte ehrfürchtiger, das großgeschriebene E drückte Respekt aus. Pro Seite mußte er im Schnitt zwölfmal den Buchstaben E korrigieren. Das Buch hatte hundertneunzig Seiten. Er hatte das Gefühl gehabt, eine nützliche und notwendige Arbeit zu verrichten. Auch am Rand machte er Anmerkungen.

Hans blätterte weiter zum 13. Februar, dem Tag von Rubens Geburt. Dort stand: »Ruben geb. Strenger Frost.«

Beim 1. März: »Thomas. Ein Junge!« Sein Herz zog sich zusammen. Es fiel ihm nicht schwer, sich an seine Reaktion auf die Geburt zu erinnern. Hatte Margje ihrem Benjamin diese Geschichte erzählt? Sie hatte es mit aller Entschiedenheit geleugnet. »Natürlich nicht.« Sie war fast böse geworden. Doch sie vermutete: »Vielleicht spürt er es unbewußt.« Margje hatte ihm versichert, auch nicht mit Ruben darüber gesprochen zu haben.

Bevor er wieder hochging, warf er einen letzten Blick in die Kessel. Der Koks glühte friedlich vor sich hin. Wenn es keinen Rohrbruch gab, würde er die Gewächshäuser warmhalten können.

Heute nacht würde er bestimmt zweimal zur Kontrolle hinausgehen müssen. Gegen zwei und gegen fünf Uhr.

Als er den Lichtschalter umlegen wollte, klopfte es an der Glastür. Ein Kunde, auf den letzten Drücker. Er hatte heute nicht viele Kunden gesehen. Bei Frost kam der Verkauf sofort völlig zum Erliegen. Zumindest in seinem Geschäft. Die Leute waren mit anderen Dingen beschäftigt. Erst erkannte er die Gestalt, dann das Gesicht von Jozef Mieras.

»Darf ich kurz hereinkommen? Guten Tag, Bruderfreund, ich hoffe, ich störe nicht. Was für eine Kälte, und so unerwartet.« In dem dünnen, fadenscheinig gewordenen dunklen Mantel bot er einen traurigen Anblick, er war schmaler geworden, besonders im Gesicht. Er keuchte, klopfte sich den Rauhreif vom Ärmel, setzte den schwarzen Hut ab. »Hallelujah, Bruder. Ich wollte dich besuchen, aber es paßt dir, glaube ich, nicht so gut.« Sein Mantel und seine Knie waren voll trockener Blätter. Er war durch das Loch in der Hecke gekrochen.

»Meine Frau hat gerufen. Ich wollte gerade zum Essen gehen.«

»Geh nur. Ich habe es nicht eilig. Hier bei dir ist es schön warm.«

Dann würde Jozef also allein in der Werkstatt zurückbleiben. Das war ihm nicht recht. Jozef hatte versprochen, sich nicht mehr blicken zu lassen. Eine friedliche Mahlzeit, einen Abend in Ruhe in der Werkstatt konnte er vergessen. Jozef war nicht willkommen.

»Ich war sehr gespannt, wie es dir geht, Hans.« Er setzte sich auf die kleine Bank. »Heute nacht wird es bitterkalt werden.« Die Worte sprach er in einem Atemzug aus, als hingen sie zusammen.

Hans war nervös. »Die Kerle machen dich nervös«, hatte Margje einmal gesagt. Jozef hätte wegbleiben sollen. Hans schaute durch das Glas in die Dunkelheit. Mit kurzen Knackgeräuschen begann es, sich auszudehnen. Das Glas war spröde wie die von der Kälte steif gewordenen Stengel der Stauden draußen. Er selbst fühlte sich kalt und spröde.

»Bleib ruhig. Es ist mir nur lieber, wenn du in den Keller gehst. Dort ist es wärmer.« Er wollte auf keinen Fall, daß jemand Mieras in der Werkstatt fand. Hans ging als erster die steile Leiter hinunter, Jozef folgte ihm, auch er rückwärts. Hans hielt unten die Leiter fest, die mit Haken in den breiten Fugen des Werkstattbodens eingehängt war. Ängstlich tat Jozef einen Schritt nach dem anderen, tastete immer erst die Sprossen mit dem Fuß ab, sein dünner schwarzer Mantel wehte in einem warmen Luftzug auf. Ein massiger, schwarzer Engel fuhr herab.

Hans gab ihm die Hand, zeigte ihm die Bank, auf die er sich setzen konnte, seine Büchersammlung. Jozef schnalzte ein paarmal mit der Zunge.

Seine Schwäche ärgerte ihn. Er sah das Licht im Haus, blieb bei den Johannisbeersträuchern stehen. Warum hatte er Jozef nicht weggeschickt? Er konnte immer noch kehrtmachen, den Mann vor die Tür setzen, offen sprechen: So war es nicht ausgemacht, Jozef. Komm raus, um meiner Gemütsruhe willen ist es mir lieber, wenn du gehst. Und jetzt raus mit dir! Er erschrak, glaubte, die Worte laut ausgesprochen zu haben. Einen Augenblick überfiel ihn ein so tiefer Widerwille gegen diesen alten, untrennbar mit ihm verbundenen Freund, daß er hinaus auf die Straße rennen wollte und nie mehr zurückkommen. In seinem Widerwillen sah er die beiden Kessel mit ihrem Vorhang aus verzehrenden Flammen vor sich, das Feuer, das still vor sich hin strahlte.

Mieras, das hatte er gesehen, als er unten angekommen war und den Mantel auszog, trug unter dem Sakko ein bis obenhin zugeknöpftes Hemd ohne Kragen. Zum erstenmal sah Hans ihn so nachlässig gekleidet. Hinter dem Stall hatte Vater die kranken und gesunden Kohlköpfe aus der Erde gestemmt. Mieras … Mieras war unvorsichtig, öffnete neugierig einen der Kessel, warf zum Spaß oder aus Langeweile knochentrockenes Holz oder Holzwolle aufs Feuer, fing selbst Feuer. Sein Ärmel brannte, sein Arm, seine Hand. Er versuchte, zur Leiter zu gelangen. Hans sah ein Flammenmeer im Keller vor sich, Mieras' verkohlte Leiche am Fuß der Leiter. Es war ein Tagtraum, doch jede Einzelheit stand ihm deutlich vor Augen, in einem kalten Licht. In seinem Schädel gab es kein einziges schattiges Eckchen, wo seine Gedanken zur Ruhe kommen konnten. Mieras' verkohlte Leiche im Abgrund des Heizungskellers, ungeheuer deutlich.

Hans drückte sich beide Hände an die Stirn. Mieras in

dem Loch unter dem Boden, Mieras, der nicht lockerließ, ihn, mit Margjes Worten, »in der Zange hatte«.

Mutlos ging er aufs Wohnhaus zu. Margje würde verärgert sein, weil er sich wieder hatte aufhalten lassen.

Kapitel 71

Margje war nicht verärgert, bemerkte nur, daß das Essen kalt wurde. Sie saßen sich – ohne die Kinder – am Tisch gegenüber. Seine Hände zitterten.

»Das mit Tom wurmt dich.«

»Ich versuche, nicht daran zu denken.«

»Du zitterst ...« Die geschwollenen Adern an seinen Händen fielen ihr auf. Seine Hände schienen kleiner geworden zu sein. »Ruben hat mir versprochen, mit Tom zu reden. Ich kann es nicht leiden, wenn er dich ignoriert. Das habe ich ihm vor kurzem erst wieder gesagt. Er antwortete, daß er dich sehr wohl liebt. Da habe ich ihm gesagt: ›Das mußt du Papa dann auch zeigen.‹ Darauf hat er nicht reagiert.«

Sie streckte die Hand über den Tisch. Er berührte sie kurz – lang genug für sie, um zu bemerken, daß seine Hand eiskalt war.

»Du wirst krank. Wir werden Ruben bitten, sich heute nacht um die Kessel zu kümmern. Ich würde es ja selbst machen, aber ich kriege nicht einmal eine volle Koksgabel hoch.«

Hans dachte: Ich würde nicht wollen, daß sie nachts in den Garten geht, auch nicht unter normalen Umständen. »Nein, ich mache das. Vielleicht habe ich mich heute nachmittag beim Abdecken erkältet. Es ist nichts.« Mehr konnte er nicht sagen. Zum Denken war er überhaupt nicht mehr in der Lage. Worte fielen ihm ein, die er bei einem Gottesdienst gehört hatte. »Der schmerzliche Kampf, den wir im Augenblick führen, wird in ewigem Frieden enden.« Und auch dieses Zitat kam ihm in den Sinn: »Gott sei

Dank, wenn das Leben Euch zur Last fällt, denn der Sieg ist unser, durch Christus.«

Er schöpfte keinen Trost aus diesen Worten des Leids. Margje sagte noch einmal, sie könne es nicht ausstehen, wenn Tom ihm gegenüber gleichgültig tat, sie finde es seltsam, daß er nie in die Gärtnerei ging, um ein Schwätzchen mit seinem Vater zu halten. »Zu mir ist er allerdings auch nicht immer freundlich ...«

»Er ist allem gegenüber so ungeheuer gleichgültig«, wetterte Hans auf einmal heftig los. »Womit haben wir das verdient?«

»Eines Tages ist er so geworden. Er sieht die Dinge anders als Ruben. Aber irgendwann ... Unser Jüngster hat keinen Vater wie alle anderen, vergiß das nicht. Ehrlich gesagt bin ich heilfroh, daß das mit den Kerlen im Garten vorbei ist. Das ist schon eine enorme Erleichterung. Und das mit Tom wird auch werden.«

Nach dem Abendessen ging er mit großem Widerwillen zurück in der Gärtnerei, wiederholte, was er sagen würde: Du kannst noch ein paar Stunden bleiben. In Gedanken sprach er diesen Satz, ohne zu stocken, aus und wiederholte ihn noch einmal, als wolle er etwas wiedergutmachen. Das ständige bedrohliche Knacken des Glases – als ließe eine Hand große Kieselsteine vom Himmel herabregnen, eine Scheibe zersprang tatsächlich – vermischte sich mit dem Heulen der Wellenmaschinen. Noch bevor er die Werkstatt betrat, hörte er durch die Ritzen im Lukendeckel des Schüttlochs Stimmen, leise, aber deutlich, die den Lärm im Garten übertönten. Angst im Herzen, stieg er die Leiter hinunter. Die Stimmen verstummten.

Erst sah Hans niemanden. Der Heizungskeller verengte

sich nach hinten. Am anderen Ende stand der runde Kessel. Dort waren die dicken Heizungsrohre mit den Druckmessern. Einige davon waren so eingestaubt, daß man die Zeiger nicht mehr erkennen konnte. Im Lauf der Jahre hatten sie ihre Funktion verloren. In diese hinterste Ecke kam Hans nie. Es war so dunkel wie in einem Grab, doch in dieser Dunkelheit wimmelte es von reflektierenden Lichtstäbchen. Es war auch die wärmste Stelle. Dort sah er Jozef Mieras, bequem auf einem Bett aus plattgedrückten Kartons, alten Zeitungen und Holzwolle ruhend. Neben ihm saß ein Mann, den Hans noch nie gesehen hatte. Er hatte einen langen, spitzen Kopf und dunkle, stechende Augen. Beide erhoben sich. Jozef stellte ihm den anderen vor.

»Das ist Taverne. Er ist gerade angekommen. Ich glaube, du hast ihn schon einmal bei einer Gesellschaft in Genemuiden getroffen. Oder in Lunteren.« Hans konnte sich nicht an ihn erinnern. Taverne trug einen bodenlangen, schmutzigen Mantel. Er hatte sich seit Tagen nicht rasiert. »Wir sind auf dem Weg in den Osten«, fuhr Jozef fort. »Morgen hoffen wir in Gendringen anzukommen, Laienprediger Steffen holt uns morgen früh hier ab, und dann reisen wir zusammen weiter. Für heute nacht suchen wir noch eine Unterkunft.« Er schaute von Taverne zu Hans und sagte dann: »Ach nein, stimmt ja, du kannst Taverne noch gar nicht getroffen haben. Er ist erst vor kurzem übergetreten.«

Wieder wunderte sich Hans über das undurchsichtige Vagabundenleben, das diese Männer führten, bei dem in keiner Weise von normaler Arbeit die Rede sein konnte.

Er bot ihnen an, über Nacht zu bleiben, bat sie, so leise wie möglich zu sein.

Jozef dankte ihm und schlug vor, zusammen das Gebet des HErrn zu beten. Jozef sprach vor, die beiden anderen murmelten es ihm nach.

»Amen. Amen. Amen. Nichtswürdig sind wir ohne ihn. Mit seinem Blut hat Er uns freigekauft. Er hat ein großes Wunder an uns verrichtet.«

Bei jedem Geräusch von oben spitzte Hans die Ohren. Taverne sagte, es hätte ihn auch nicht gewundert, wenn er nicht auserwählt gewesen wäre, woraufhin Jozef erwiderte, Gott habe ungeachtet des Sündenfalls im voraus beschlossen, zu seiner Ehre eine Reihe von Menschen zu erwählen und die übrigen zu verwerfen.

Es war also nicht so, daß die anderen sich die Verwerfung durch Ungehorsam aufgehalst hatten. Hans stellte sich die monderhellte Gärtnerei vor, die jungen Farne, die er heute abend hatte eintopfen wollen, dachte an die Schärfe in Margjes Ton, wenn sie gewußt hätte, was er hier trieb. Er bekam einen Hustenanfall vor Nervosität.

Er machte sich an die Arbeit, doch seine Hände zitterten so, daß er keinen Blumentopf festhalten konnte, die Pflanzen schief in die Erde setzte, nicht in der Lage war, *Adiantum fragrans* auf ein Etikett zu schreiben. Unter sich hörte er leisen Gesang. Er erkannte die Melodie von Reimpsalm 25. Da saßen sie in der Wärme, machten sich keinerlei Sorgen, taten nichts, ja, sie lagen sogar singend herum. Machen die Lilien auf dem Feld sich Sorgen um den andern Morgen …? Bei seiner Erdenwanderung hatte Jesus ebenfalls Menschen um sich versammelt, die alles aufgaben und Ihm folgten.

Bevor er ins Haus zurückkehrte, ging er nochmals hinunter, um einen Blick auf die Kessel zu werfen. Die beiden

Männer saßen auf der Bank. Hans stocherte im Feuer herum, Funken stoben auf. Jozef Mieras sagte:

»Glaube, der befreit, ist ein ewiges Feuer.«

Hans schloß die Kessel. Jozef fragte, ob er noch einen Augenblick Zeit hätte, sich zu ihnen zu setzen. Sie rückten nach rechts und links, um ihm Platz zu machen. Wie ein Gefangener saß er zwischen den beiden, die Hände auf den Knien. Taverne sagte: »Gott ist Feuer, und die Gerechten brennen vor Liebe, in ewiger Freude, doch die Verworfenen brennen vor Angst. Schreckliches steht ihnen bevor! Die Dämonen versammeln sich schon im Pandämonium!« Jozef erklärte, daß Bruder Taverne allem Anschein nach der natürliche Nachfolger von Laienprediger Steffen werden würde, falls diesem etwas zustieß. »Aus Bruder Taverne kann ein großer Bußprediger werden.« Das dichtbehaarte Gesicht desjenigen, dessen Loblied gesungen wurde, blieb vollkommen ausdruckslos.

Benommen, erschöpft kam Hans ins Haus.

»Du bist krank«, sagte Margje. »Soll ich dir eine Wärmflasche machen? Leg dich ins Bett. Wenn Ruben nach Hause kommt, bitte ich ihn, sich heute nacht um die Kessel zu kümmern.«

»Nein, ich mache es selbst. Bei dem Wetter möchte ich es niemand anderem überlassen.«

»Auf wann soll ich den Wecker stellen?«

»Zwei Uhr.«

»Tom ist noch immer nicht da.«

»Ach ja, Tom.« Er hatte den ganzen Abend nicht an ihn gedacht.

In den frühen Morgenstunden fand er sie, gemütlich ausgestreckt, nebeneinander liegend vor. Im Krieg war er hier mit zwei Männern aus der Straße untergetaucht und hatte genau an dieser Stelle geschlafen. Hans öffnete die Klappen der Kessel, das Flammenmeer erleuchtete sie. Es war ganz normal, daß sie dalagen und ihm im Halbschlaf zusahen, mit den Augen blinzelten. Vielleicht hätte er sich nicht einmal gewundert, wenn sich ihnen noch ein Dritter, ein Vierter angeschlossen hätte, um ihnen in der Nacht Gesellschaft zu leisten. Sie waren schläfrig, murmelten irgend etwas zur Antwort, als Hans ihnen eine gute Nacht wünschte. Der Keller war eine sichere, warme Unterkunft.

Um fünf Uhr morgens war er wieder da. Mieras und Taverne lagen im Tiefschlaf. Einer von ihnen gab langgezogene Schnarchtöne von sich. Fast schon gerührt schaute er auf sie hinunter, erinnerte sich an Jesu Worte im Garten von Gethsemane: »Könnet ihr denn nicht *eine* Stunde mit mir wachen?« War er mit ihnen verbunden? Liebte er sie? Sah er zu ihnen auf? Verdienten sie Respekt?

Er wußte es nicht, wußte es nicht mehr. Auf der kleinen Bank sitzend, musterte er sie, lauschte dem auflodernden Feuer und ihrem Atem. »Wann habe ich Dich beherbergt und gespeist, o HErr?« Er beherbergte Heilige, Gesandte in der Welt, die sich zugleich außerhalb der Welt befanden. Inmitten von Millionen hatten sie ihren Blick auf ihn fallenlassen. Er hatte nie verstanden, woher die Lichtstäbchen inmitten des Wirrwarrs von Röhren stammten, sie waren wie das Flimmern, das man sah, wenn man die Augen so fest wie möglich zukniff, wie das Flimmern früher in der Dunkelheit im Moor.

Gegen sieben Uhr morgens brachte er ihnen Kaffee und Brot. Kurz darauf erschien Huib Steffen. Es war nicht so, daß Hans die Anwesenheit dieser Leute einfach nur aushielt, nein, er liebte sie, stand ihnen nahe. Steffen betete nach dem Frühstück: »O Gott, Du hältst mit Dir Rat, um unsere sündigen, jedoch auserwählten Seelen bei der Heiligung mit Deiner zu vereinen. Dazu hast Du damals mit Deinem Sohn den Bund des vergossenen Bluts geschlossen. O Lamm ...«

Hans verteilte den letzten Kaffee, Steffen erwähnte noch das Abscheidungsmotiv, das sie mit einem Mönch wie Thomas von Kempen verband, Gottes Bemühen um diese Welt. Hans senkte den Kopf, fühlte sich bei weitem als der geringste von ihnen.

Plötzlich hatten sie es eilig. Man war nicht auf Erden, um seine Zeit zu vergeuden. Hans begleitete sie bis zur Hecke. Hintereinander krochen sie hindurch, halfen sich auf der anderen Seite beim Aufstehen, klopften sich gegenseitig ab. Hans sah ihnen durch die vom trockenen Laub raschelnde Hecke nach. Wie sie sich mit ihren langen schwarzen Mänteln einen Weg zwischen den Gräbern mit den hohen Grabsteinen hindurch bahnten, sich gegenseitig auf einen Engel aus Travertin aufmerksam machten, auf ein Kruzifix, auf den weißmarmornen Christus in der Mitte – tiefer Abscheu mußte auf ihren Gesichtern geschrieben stehen.

Kapitel 72

Als Rubens Freundin das erste Mal zu ihnen kam, stellte Margje Kapuzinerkresse in die kleine orangefarbene Vase, die Ruben zur Abdankung von Königin Wilhelmina in der Volksschule bekommen hatte. Die Blumen standen auf dem niedrigen runden Tisch im Vorderzimmer. Dort saßen Margje, Ruben und Johanna Dornseiffer zusammen. Margje zündete sich eine Zigarette an.

»Der Geselligkeit halber«, erklärte sie. Seit sie die Hausierer und Laienprediger nicht mehr zu Gesicht bekam und Hans zu Hause blieb, rührte sie keine Zigaretten mehr an. Sie betastete ihr Kleid, strich es auf dem Oberschenkel glatt, eine unbewußte Geste.

Johanna erzählte, daß ihre Eltern im Hoogkamp-Viertel wohnten. Von ihrem Haus aus blicke man auf den Sonsbeek-Park.

Hans saß an seinem Schreibtisch vor dem Fenster zum Garten, mit dem Rücken zu ihnen, die *Konkordanz* von Abraham Trommius offen vor sich, um unbekannte Begriffe darin nachzuschlagen, beide Arme auf dem Tisch, die Hände auf einer Seite von *Brot vom Himmel. Ein Führer zu Gott und Seiner Herrlichkeit.* Mit glühendem Gesicht, als hätte er Fieber, murmelte er etwas vor sich hin, wiederholte seine Worte, folgte ihnen, um nicht in der Zeile zu verrutschen, mit dem Finger. Er las von neuem. Wieder gerieten seine Gedanken auf Abwege, und die Welt war plötzlich voll Ablenkungen, die seinen Geist unaufhörlich in alle möglichen Richtungen lockten. Zum Moor von früher mit dem rot blühenden Sauerampfer. Zum Moor im Spätfrühling, in Feuer und Flammen gekleidet. Er las. Sein

Blick war woanders. Als würde er in großer Ferne ein Lied hören.

Konzentriere dich, ermahnte er sich. »Ihm ist alle Macht im Himmel und auf Erden gegeben. Herrlicher, lieber Herr Jesus, hilf mir!« Er wollte diese Worte ergründen, wollte sie in Reinheit aufnehmen, wiederholte sie leise, ließ sie sich auf der Zunge zergehen, erfaßte sie mit dem Kopf, empfand nichts. Es drehte sich um Christus, doch Christus war nicht in ihm. Hatte Gott überhaupt etwas mit ihm vor? Im Fleisch begonnen, im Fleisch fortgesetzt. Ohne Gott. War er überhaupt wiedergeboren? Hatte er das Licht, das seligmachende Licht, gesehen? Oder war er im Irrtum befangen, in einem noch schlimmeren Irrtum als seine Söhne und Margje und die junge Frau mit ihrer hellen Stimme im Vorderzimmer?

Sie studierte an der Universität von Leiden. Alte Sprachen, wie ihr Vater. Wie kam Ruben an ein Mädchen aus gehobenen Kreisen? Hans kannte die Villen im steilen Hoogkamp-Viertel. Sein Lastenfahrrad mit den Bestellungen anderer Blumenhändler schiebend, hatte er die Hügel erklommen.

»Schade, daß Tom noch nicht da ist«, sagte Margje. »Ich erwarte ihn jeden Augenblick.« Sie hatten ihn das ganze Wochenende noch nicht gesehen.

»Von Tom habe ich dir schon erzählt«, sagte Ruben. »Er geht aufs Lorentz-Gymnasium in der Stadt.« Dort hätten sie ihn erst nicht nehmen wollen, doch Ruben sei in die Schule gegangen und habe sich für seinen Bruder eingesetzt. Es war nicht leicht gewesen, Tom dort unterzubringen. Man hatte Erkundigungen eingezogen. Als Schüler hatte er wirklich jedes Vertrauen verspielt, er hatte gelogen, gestohlen, geschwänzt, hatte sich in den letzten Monaten kaum in der Schule blicken lassen, dafür aber Briefe mit der gefälschten Unterschrift seines Vaters beim Hausmeister abgegeben. Er war unter strengen Auflagen angenommen worden. Beim geringsten Verstoß würde er auch von dieser Schule geworfen werden. Tom hatte seinem großen Bruder Besserung gelobt und ihm dabei so aufrichtig in die Augen gesehen, daß Ruben ihm geglaubt hatte.

Margje schenkte Kirschen in Branntwein ein. Sie legte die Holzuntersetzer mit kleinen, roten, eingelegten Steinen auf den niedrigen Tisch und stellte die etwas zu groß geratenen Likörgläser darauf.

Johanna kam ins hintere Zimmer.

»Du liest immerzu ... Genau wie mein Vater.« Er drehte sich zu ihr um, sie zog einen Stuhl heran, setzte sich zu ihm. »Darf ich einen Blick darauf werfen?«

»Ach, Kind, das sind nicht die richtigen Bücher für eine junge Frau.«

»Das weißt du nicht.«

Während sie in der *Konkordanz* blätterte und einen Blick auf *Das Brot vom Himmel* warf, sagte er: »Für dich sind ... andere Bücher da.« Fast hätte er gesagt: bessere Bücher. Weltlichere.

»Meine Eltern und besonders mein Vater wollen nichts mit Religion zu tun haben. Aber ich bin nicht ihrer Meinung. Trotz allem meinten sie, daß ich zur Sonntagsschule gehen sollte. Man braucht biblische Geschichten, um Bücher und Gemälde zu verstehen. Aber mein Vater läßt sich nicht von der Vorstellung abbringen, daß die Religionen viel Unheil gestiftet haben.«

Hans schob beide Bücher zur Seite, sie waren im Augenblick zu nichts nütze, schaute. Schaute. Starrte. Ihre Finger waren schlank, die Nägel dunkelblau, ihre Augenlider ebenfalls. Diese junge Frau, erst ein paar Stunden im Haus und schon so vertraut. Dunkle Locken, noch dunklere Augen in einem hübschen, lebhaften Gesicht. Eine elegante junge Dame aus einem anderen Milieu, wo die Villen reetgedeckt waren. Wie ein Laufbursche hatte er vor den Haustüren gestanden und die Bestellungen abgeliefert.

Er nickte.

»Ja, so ist das«, gab er zu. »Fast alle Religionen sind falsch. Sie stiften viel Unheil in den Herzen.«

»Die äußersten Gegensätze berühren sich«, rief Ruben lachend im Vorderzimmer, wo er nun allein mit seiner Mutter saß.

»Aber ich bin gar nicht mit meinem Vater einverstanden. Auf dem Gebiet ist er sehr verbissen.«

Diese Stimme würde er nie mehr vergessen. Sie sprach mit einer leichten Trägheit, unterbrochen von plötzlicher Eile, beinahe unüberlegter Begeisterung – als ließe sie sich von ihren eigenen Worten mitreißen –, die schnell wieder unterdrückt wurde. »Ich …« Angefangene Sätze beendete sie mit einer Geste. Dann schlug sie kurz die Augen nieder.

»Johanna, Papa«, rief Margje, »eure Gläser stehen hier!«

»Komm, Papa!« Johanna nahm ihn beim Arm.

Im Vorderzimmer stießen sie auf diese Tochter an.

Die Luft war so durchsichtig, daß man die Insekten herumschwirren sah. Hans zeigte ihr den Anzuchtschrank mit den Aussaatschalen, hob eine mit Kondenswasser beschlagene Glasscheibe hoch.

»Frisch aufgekeimte Farnsporen, Vorkeime oder Prothallien genannt.«

»Man sieht nur einen grünen Schleier.« Sie beugte sich über den Kulturtisch.

»Trotzdem sind es einzelne Pflänzchen. In jeder Aussaatschale stehen bestimmt tausend Vorpflanzen. Man muß sie alle einzeln pikieren.«

Er schnitt einen neuen Halm, kerbte die Spitze ein, die durchsichtige Haut des Halms löste sich ab, wehte weg. Hans führte ihr das Pikieren vor, hob geschickt mit einer präzisen Geste den fast unsichtbaren Vorkeim heraus. Sie, dicht neben ihm, sah zu. Er führte es ihr noch einmal vor. »Schau, so geht das.« In seinen offenen blauen Augen lag jetzt nur noch Hingabe. Er räumte ihr das Feld, und sie versuchte, es ihm so gut wie möglich nachzumachen, schaffte es, einen Keim umzusetzen, zu pflanzen, doch sie drückte ihn anschließend so fest an, daß das winzige Ding unter der Erde verschwand.

Er erklärte es ihr nochmals ausführlich. Margje und Ruben standen verwundert daneben. Sie hatten ihn lange nicht mehr so viel reden hören.

»Aber wann ist so etwas denn ausgewachsen?«

»Das dauert mindestens zwei Jahre, und dann ist der Farn noch immer nicht größer als zehn Zentimeter. Farne wachsen langsam. Und ganz zu Anfang besteht die Gefahr, daß sie vermodern. Sie gehen ein. Durch zuviel Feuchtigkeit. Oder zuwenig. Das erfordert viel Feingefühl.«

Zu viert gingen sie durch alle Gewächshäuser, und Johanna sah sich die Kulturtische voll Gloxinien, Kalanchoen, Calceolarien an.

Margje führte ihr in der Werkstatt vor, wie man Krepppapier kräuselte, Ruben zeigte ihr, wie der Zerstäuber funktionierte.

»Es duftet überall so angenehm süß«, sagte Johanna, den Blick vor allem auf Hans gerichtet. Er bemerkte, daß sie die Gewohnheit hatte, ihr Gesicht leise mit dem Ringfinger zu berühren, ehe sie sich an jemanden wandte. Ob das seinem älteren Sohn auch schon aufgefallen war? Schließlich gingen sie ins größte Glashaus, wo im Augenblick nur Asparagus-»Spitzenschleier« gezüchtet wurde. Die langen Triebe waren für Brautsträuße, die kürzeren für Ansteckstäußchen. Hans versprach, zu gegebener Zeit den Brautstrauß für sie zu machen. Sie warf Ruben einen verliebten Blick zu, zog ihn an sich. Sein Sohn hatte eine gute Wahl getroffen. Zum Glück waren ihre Eltern mit dieser Beziehung einverstanden. Die zwei küßten sich.

»Das Schwimmbad sehen wir uns nicht an«, sagte Ruben. Zusammen mit Johanna gesellte er sich wieder zu Hans und Margje, die auf dem Hauptweg auf sie warteten.

Johanna blieb zum Essen. Margje sagte, sie verstehe nicht, was Tom treibe. Hans interessierte das kaum mehr. Sie blieb da. In ihren dunklen Augen waren kleine orange Pünktchen. Er konnte den Blick nicht von ihr wenden, war erstaunt über ihre Schönheit. Ruben beugte sich über seine Freundin. Hans freute sich für seinen älteren Sohn, sah, daß er glücklich war.

Nach dem Essen bat er Ruben, das Buch zu holen. Dieser öffnete die Bibel beim Lesezeichen. Da schlug Hans vor, vom festen Schema abzuweichen und nicht das ganze Buch Kapitel für Kapitel, sondern Johanna zu Ehren ein paar Verse vom Hohenlied zu lesen. Kapitel sieben, wollte er vorschlagen: »Dein Leib ist wie ein Weizenhaufen, umsteckt mit Lilien. Deine beiden Brüste sind wie junge Zwillinge von Gazellen.« Doch die Wahl der Stelle überließ er Ruben, der las: »Du bist schön, meine Freundin, lieblich wie Jerusalem, ich bin hinabgegangen in den Nußgarten …«

An diesem Sonntag kam Tom gegen zehn Uhr abends nach Hause. Johanna und Ruben waren gerade gegangen. Tom blieb einen Augenblick mit einem leicht erstaunten Lächeln im Zimmer stehen, umarmte seine Mutter dann stürmisch, ging mit einer Zigarette im Mund nach oben.

»Er hat wieder getrunken«, sagte Hans.

Sie habe den starken Alkoholgeruch auch bemerkt, wollte ihn am nächsten Tag darauf ansprechen.

»Mir macht es natürlich auch Kummer.«

»Den ganzen Sonntag hat er in der Kneipe verbracht. Bedauernswert.« Hans blätterte in der *Konkordanz*: im Altpersischen Ufrata, im Griechischen Euphrates, der größte Strom Vorderasiens, einer der vier Flüsse, die Mesopotamien umschlossen, wo das Paradies gelegen haben sollte. »Wo das Paradies mit Sicherheit lag«, murmelte er.

In der abgelegensten Ecke des mondbeschienenen Treibhauses kniete er sich auf den nackten Boden und sprach mit erhobenem Kopf, nicht in Worten, sondern mit unaussprechlichem Seufzen, das soviel bedeutete wie: Rette mich. Schenke mir den Stand der Gnade, den Du aufrichtigen Sündern versprochen hast. Denn was ist das Königreich Gottes anderes als der Stand der Gnade, das heißt, Dein Angesicht erblickt zu haben? Das ist das Königreich. Nichts anderes, und Hans dachte an die junge Frau. Der er in Gedanken ein Lächeln schenkte. Sie ist an einem anderen Ort. Er sieht die Frau an, die vor ihm steht, die Hand nach ihm ausstreckt, ihn berührt, ihre Augen unsichtbar hinter den gesenkten Lidern. Er zündet sich eine Zigarette an, fühlt sich seltsam stark, selbstsicher, sieht, die Zigarette lässig im Mundwinkel, die blaue Ader an ihrer rechten Schläfe pochen. Hier, im tiefsten Dämmerlicht, haben sie sich doch noch gefunden! Ihr Mund bewegt sich, formt sich zum Kuß. Ein voller Mund, nicht breit, von Natur aus rot. Sie zieht ihn an sich, küßt ihn, er kommt wieder zu Atem, wartet auf einen zweiten Kuß, ist bereit, ihn aufmerksamer zu erwidern. Der erste kam zu unerwartet, dauerte nicht lang genug, ging zu schnell vorbei. Eine verpaßte Gelegenheit. Nun bleibt nur noch das unmittelbare, ängstliche Verlangen. Er kniete noch immer, konnte nicht aufhören, an sie zu denken, war verwirrt, herrlich beschämt. Im Zwielicht war seine Gestalt kaum noch von den hohen Farnen zu unterscheiden. Er empfand sie als eine alte Bekannte, eine Frau, von der er früher einmal gehört hatte, jemand aus einem anderen Leben. David ließ seinen Befehlshaber Uria auf niederträchtige Weise aus dem Weg räumen und ging zu Bathseba, dessen Frau, und wohnte ihr bei. Bathseba hatte stattliche Brüste, die stolz hervorragten. David wohnte ihr bei. Der König wohnte ihr bei. Hans konnte sich nicht von diesen Worten lösen, wiederholte sie laut, als er aufstand und auf die tiefen Kuhlen starrte, die seine Knie in der weichen Erde hinterlassen hatten.

Sein Geschlecht war so hart, daß es schmerzte. In der Werkstatt knöpfte er die Hose auf. Beträufelte es mit reinem Nikotin. Das Ding schrumpelte zusammen, schien zu versengen wie Zigarettenpapier. Er schrie auf, hielt es unter den Wasserhahn. Doch er hatte es ihm heimgezahlt. Die Hitze war gebändigt. Er konnte wieder ins Haus gehen.

Kapitel 73

Ein paar Tage nach seinem fünfundfünfzigsten Geburtstag, als er gerade junge Dahlienstecklinge goß und sich über lauten Applaus aus dem Schwimmbad ärgerte – auf dem Hauptweg standen Armeelaster, Hans hatte gehört, daß das Militär heute Schwimmwettkämpfe austrug –, fiel ihm die volle Gießkanne aus den Händen, zerknickte einige frisch bewurzelte, bei der Hitze jedoch noch kaum angewachsene Stecklinge. Das Wasser floß weg, ohne seinen Zweck erfüllt zu haben, auf der heißen, staubigen Erde bildeten sich erdbedeckte Wasserperlen. Dieser Vorfall war ärgerlich, doch es ängstigte ihn nicht, weil er glaubte, eine falsche Bewegung gemacht zu haben.

Allerdings spürte er einen leichten Schmerz im rechten Arm, nicht schlimm, fast kein Schmerz, eher eine Andeutung von Schmerz, einen sanften Druck. Nichts Beunruhigendes, er hätte es nicht einmal bemerkt, wenn ihm nicht die Gießkanne aus der Hand gefallen wäre. Mit einiger Mühe bekam er die fast vollständig ausgelaufene Zwölfliterkanne zu fassen, doch hochheben konnte er sie nicht. Die Arme darum gelegt, ging er zum Wasserbecken, stellte die Kanne auf den Boden, legte äußerst verunsichert seine beiden kraftlosen Hände auf den Rand des Beckens.

Kurze Zeit später, auf die Frage eines Kunden, der einen selbstgepflückten Strauß bezahlen wollte, ob alles in Ordnung sei, antwortete Hans mit einem Lächeln: »Ich habe mir beim Gießen den Arm ein bißchen verdreht. Es ist nichts weiter.« Doch als der Kunde ihm einen Zweieinhalb-Gulden-Schein gab, konnte Hans ihn nicht greifen, seine Finger weigerten sich, sich um die Banknote zu schließen.

Sie flog weg. Wechselgeld herauszugeben war vollkommen unmöglich.

Er bekam nicht einmal das Portemonnaie aus der hinteren Hosentasche, geschweige denn, daß er die schwierige Bewegung ausführen konnte, um es aufzuschnipsen. Er mußte sich helfen lassen. Um seine linke Hand war es ebenso schlecht bestellt.

Er machte Übungen – öffnete die Hände und schloß sie wieder, knickte die Finger einen nach dem anderen und streckte sie wieder. Vor Erstaunen zog er die Augenbrauen weit hoch. Was passierte mit ihm? Er hatte Lust auf eine Zigarette. Mit dem Handgelenk schob er das Päckchen aus der Innentasche, mit den Zähnen bekam er eine zu fassen, doch kein Gedanke daran, sie anzuzünden. Am Tabak zwischen seinen Lippen lutschend, bückte er sich, griff nach dem Henkel der Gießkanne. Er bekam sie keinen Zentimeter vom Boden.

So traf Ruben ihn an, als er mit seinem alten Renault in die Gärtnerei gefahren kam.

Er nahm die Hände seines Vaters in die eigenen, drehte sie, betrachtete sie von allen Seiten. Sie waren schmal, leicht wie Frauenhände und braungebrannt. Narben auf der Innenseite verrieten unsanften Kontakt mit gemeinen Glasscherben. So sahen Hans' Hände immer aus.

»Versuch es noch mal, Vati.«

Hans hob die Gießkanne einen halben Meter vom Boden.

»Das ging gerade eben nicht.«

»Und jetzt ein Stückchen höher.«

Hans hob sie mühsam bis zum Rand des Wasserbeckens. Er legte die Gießkanne auf die Wasseroberfläche, ließ ein wenig Wasser hineinlaufen, schaffte es, sie wieder aus dem Wasser zu heben und vorsichtig auf den Boden zu stellen.

Seine Kraft kehrte langsam zurück. Ruben tippte auf einen eingeklemmten Nerv, obwohl es merkwürdig war, daß er sich in beiden Armen oder Händen gleichzeitig einen Nerv eingeklemmt haben sollte.

»Erzwinge heute nichts. Ich gieße die Dahlien gleich und mache alles, was sonst noch gemacht werden muß.« Ruben zündete ihm eine Zigarette an, das schaffte Hans noch nicht. Die Zigarette zwischen den Lippen, sah er vom Bekkenrand aus zu, wie sein älterer Sohn mit zwei schweren Gießkannen zum Dahlienfeld ging und Wasser in die Mulden mit Stecklingen laufen ließ. Als Ruben damit fertig war, kam er und setzte sich zu Hans.

»Geht es dir wieder besser?« Erneut betrachtete er die Hände seines Vaters. »Sonst gehen wir zum Arzt. Vati, ich muß dir etwas erzählen.«

»Über Johanna?« Rubens Ton war plötzlich so ernst.

»Nein, es hat nichts mit Johanna zu tun. Nächsten Sonntag kommt sie wieder her. Sie fühlt sich bei uns wohler als zu Hause, sagt sie. Es geht um Tom. Heute mittag war ich in der Stadt mit ihm verabredet. Ich habe über eine Stunde auf ihn gewartet, er ist nicht gekommen. Ich bin zu seiner Schule gegangen und habe dort vom stellvertretenden Direktor erfahren, daß er auch vom Lorentz geflogen ist. Ihr bekommt noch einen Brief. Ich hatte gehofft, daß er zu Hause wäre.«

Hans hörte sich Rubens Worte an, erstarrte wie ein kleines, in die Ecke getriebenes Tier, schaute auf seine Hände.

»Tom? Aus dem Jungen wird nichts. Er verachtet mich. Was er auch tut oder nicht tut, es ist gegen mich gerichtet.« Tom hatte eine tiefe Abneigung gegen ihn. Wann war dieser Abscheu entstanden? Hing das mit seinem Haß auf alles, was mit Religion zu tun hatte, zusammen? Jedenfalls war es kein Zufall. Sein jüngerer Sohn wurde von etwas getrieben, das keinen Namen hatte.

»Warum? Woran liegt es? Nichts interessiert ihn mehr. Ich kann mich nicht erinnern, daß er je einfach so zu mir in den Garten gekommen wäre.«

Ruben wich der Frage aus. Ein peinliches Schweigen entstand.

»Nein, Vati, keine Verachtung, das glaube ich nicht. Aber er ist patzig zu dir, ungerecht. Und nicht nur zu dir.«

»Das mag sein, aber ich fühle mich nicht wohl, wenn Tom in der Nähe ist. Er sagt nichts, und wenn ich aufblicke, sitzt er da und schaut mich komisch, feindselig an. Er geht einfach weg, ohne etwas zu sagen. Er sieht auf mich herab, auf seinen eigenen Vater.«

»Letzte Woche habe ich mit Tom gesprochen. Ich habe ihn gefragt, warum er dich ignoriert. Er sagte, daß er in deinen Augen sowieso nie gut genug sei.«

»Das hat er gesagt?«

»Genau so sagte er es, ja.«

»Er führt ein sinnloses Leben.«

»Das kann man so nicht sagen.«

»Was meint er eigentlich zu Johanna?«

»Er hat mir gratuliert. So eine Freundin will er später auch haben.«

Sie hörten die hintere Haustür aufgehen. Margje kam zu ihnen, rief ihrem älteren Sohn aus der Ferne zu:

»Sagst du mir auch noch guten Tag?«

»Erzähl du Mama das mit Toms Schule.« Hans sagte, es sei noch eine kleine Bestellung gekommen. Die passe aufs Lastenfahrrad. Ob Ruben sich wohl darum kümmern könne? Mit seinen Händen traute er es sich jetzt nicht zu.

Kapitel 74

An manchen Stellen – über den Gewächshäusern, über dem Glas der Treibkästen –, schien die Sonne im Winter selbst bei bewölktem grauem Himmel so strahlend, daß man das Gefühl hatte, es sei Anfang August. Hochsommer im Dezember, doch draußen strich eisige Kälte um die Glashäuser.

An diesem Sonntag spürte er weder die Kälte, als er die Werkstatt verließ, noch den dumpfen, ständigen Schmerz in seinen Händen und Füßen. Inzwischen waren sie nicht mehr taub, sondern extrem überempfindlich. Als hätte er sie sich irgendwo eingeklemmt. Eine Zigarette im rechten Mundwinkel, das Auge halb zugekniffen wegen des Rauchs, der sich nach oben kringelte, nahm er einen der schmalen Seitenpfade zum Märchenhaus. Ein Sonntag. Ein Sonntag mit Johanna. Hans fühlte sich trotz der Schmerzen leicht und frohgemut. Margje hatte schon ein paarmal gesagt, Johanna sei ein schönes und feines Mädchen. Es hatte ein bißchen eifersüchtig geklungen.

Bevor er die aus den Angeln gehobene Tür weiter öffnete, blickte er um sich, ob ihn auch niemand sah. Drinnen schob er Pechblöcke, einen Topf Kitt, eine Schilfmatte beiseite. Auf einem alten Tuch lag das liebevoll eingepackte Schmuckstück, das er Johanna heute nachmittag schenken wollte. Es war nicht ihr Geburtstag, sie hatte auch keine Prüfung bestanden. Doch am Rand seines Buches, des *Pastoralen Abendbesuchs*, hatte er sich das Datum – den 12. Mai – und ihren Namen notiert. Nein, es gab keinen besonderen Anlaß, außer vielleicht, daß sie vor einem Jahr und zehn Tagen zum erstenmal in den Bergweg gekommen war. Am liebsten hätte er ihr das Geschenk ohne die anderen überreicht. Dann könnte er sich am meisten an ihrem überraschten Gesicht erfreuen. Wenn er wegen eines plötzlichen Wetterumschwungs am Sonntagnachmittag in den Garten mußte – lüften, Schilfmatten auslegen –, war sie ihm schon gelegentlich hinterhergekommen, hatte sich bei ihm untergehakt. »Ich komme kurz mit.« Sie interessierte sich sehr für seine Arbeit, half ihm bei Kleinigkeiten wie dem Besprühen der Aussaatschalen.

Hans deckte das Geschenk zu, schob die Schilfmatte, den Kitt und das Pech wieder davor, blieb einen Augenblick im Windschatten der geöffneten Tür stehen. Die Sonne schien auf die Scheiben. Spielerisch kniff er die Augen zusammen, gelbe und rote Sterne tanzten auf dem Glas, er öffnete die Augen einen Spaltbreit, und die Sterne verwandelten sich in einen großen Feuerball, der übers Glas der Gewächshäuser hüpfte und sprang. Da steht sie, und sein Verlangen wird ungeheuer groß; seine Hände brennen. Es ist kein anderes Geräusch zu hören als das seiner eigenen rasenden Atemzüge und das pfeifende Rauschen des Windes.

Die Wellenmaschinen hörte er nicht, er wollte sie nicht hören, ebensowenig wie das Flattern der Fahnen mit dem Namenszug »Phelipe« darauf. Neben Johanna war im Augenblick nichts wichtig. Den Demütigungen verschloß er sich. Er spähte auf die Fata Morgana mit dem Blick eines Menschen, der nie log, aber dennoch versuchte, sich etwas auszudenken. Als er die Augen wieder öffnete, floß das Licht zurück, strömte über die Glashäuser hinweg.

Auf dem Kirchturm sah er, daß es drei Uhr war. Sie konnte jeden Moment kommen, meist war sie zum Tee da. Margje und Ruben würden im Zimmer zur Straße sitzen, mit geöffneten Schiebetüren. An den Sonntagen, an denen

Johanna kam, heizten sie auch das Vorderzimmer. Heute morgen hatte er sich besonders gründlich rasiert.

Im Treibhaus goß er eine Reihe trockener Pflanzen. Hier herrschte eine unvergleichliche Stille. Nur das geheimnisvolle Murmeln in den Heizungsrohren und das leise Platschen des schmelzenden Schnees, der von den Scheiben tropfte, waren zu hören.

Tom hatte versprochen, rechtzeitig dazusein. Heute nacht hatte er auswärts übernachtet, bei Freunden in der Stadt, doch er hatte Ruben versichert, daß er im Lauf des Nachmittags nach Hause kommen würde.

Zweimal schon war Hans vors Haus gegangen, um nach ihr zu sehen. Er schaute die Straße hinauf und hinunter, war sich der Blicke aus dem Haus bewußt. Es war ihm egal. Auf dem Rückweg in die Gärtnerei schien es ihm besser, das Geschenk doch nicht im Junggesellenhaus liegenzulassen, sondern es entweder in die Tasche zu stecken oder in einem Schrank in der Werkstatt zu verstauen. Es war nicht undenkbar, daß eine Ratte oder ein Iltis das Päckchen fand und es wegschleppte. Er eilte zurück – Margje würde sagen: »Was hat der Mann nur?« –, tastete nach dem in Seidenpapier eingewickelten Schmuckschächtelchen mit der Schleife aus Goldfaden. Darin das Schmuckstück, auf dunkelblauen Samt gebettet. Er wollte es kurz in die Hand nehmen, bevor er es ihr schenkte. Eine Perlenkette. Den Verdienst einer ganzen Woche hatte er dafür ausgegeben. Es hätte auch mehr kosten dürfen. Geld spielte keine Rolle. Nervös steckte er die Schachtel ein, verbarg sie hinter den Büchern in der Werkstatt, steckte sie doch in die Tasche, hielt auf der Höhe der Johannisbeersträucher inne ... Der Prophet Nathan! Der zornige Prophet auf dem Bild in der alten Bibel, der David Gottes Zorn ankündigte. Der Name war ihm einfach so eingefallen. Nicht einfach so. David hatte mit Bathseba die Ehe gebrochen. Der Prophet war gekommen, um dem König die Strafe Gottes anzukündigen. Das Kind, das er mit ihr gezeugt hatte, würde mit Krankheit geschlagen werden und sterben.

Gab es heutzutage noch Propheten und Richter wie zu Zeiten des jüdischen Volkes? War Huib Steffen eine Art Prophet? Oder Jozef Mieras?

Johanna war noch immer nicht da. In der Stube stehend, fragte er mit kindlicher Stimme, einem hohen Fiepen: »Wo bleibt mein Mädchen nur?«

»Stell dich nicht so an«, sagte Margje. »Hör doch auf damit. Sie ist kein kleines Kind mehr, sie kann jeden Moment kommen.«

Er ging zu seinem Schreibtisch. Margje wandte sich an Ruben: »Papas Stimme ist ganz anders, wenn Johanna in der Nähe ist.« Er hörte ihre Worte und sah auch ihre verärgerte Geste.

Er schlug Hesekiel auf. Vielleicht konnte der seherische Prophet ihm in dieser Zeit des Wartens Trost bringen? Der Himmel tat sich auf, und es war wie eine Himmelsfeste, wie ein Kristall, und über der Feste war ein Thron, und auf dem Thron saß einer, der aussah wie ein Mensch. Und als ich das gesehen hatte, fiel ich auf mein Angesicht ... Er stand wieder auf, blieb unschlüssig neben dem Schreibtisch stehen.

»Papa«, sagte Ruben, »Johanna kommt nie vor vier Uhr.«

»Bleib doch sitzen, Mann«, sagte Margje.

»Ich gehe doch mal kurz schauen.« Scheinbar desinteressiert schlenderte er zum großen Gattertor, öffnete es, schaute die Straße hinauf und hinunter, ging Johanna ein Stück entgegen, bis zum Friedhof, zum Enkweg, zur Wilhelminastraat, machte kehrt, blickte sich immer wieder um. Er dachte an ihre Eltern. Den hohen Wuchs hatte sie von ihrem Vater, die dunklen Augen von ihrer Mutter. Es war ihnen auf den ersten Blick anzusehen, daß sie Akademiker waren. Sie hatte einen Magisterabschluß, er einen Doktor. Titel, die Ruben auch anstrebte. Ihre Eltern mochten zwar antireligiös sein, doch beim Kennenlernbesuch waren sie freundlich und liebenswürdig gewesen, gar nicht von oben herab. Bevor er wieder den Weg zum Haus betrat, warf er einen letzten Blick auf die Straße, schloß dann das Gattertor.

Kaum saß er wieder an seinem Schreibtisch, hörte er Schritte auf dem Kies. Da war sie. Er wischte sich über die Stirn. Johanna lief in einem langen, feuerroten Wintermantel ums Haus. Er blieb sitzen, winkte. Ruben ging ihr entgegen. Hans nahm allen Mut zusammen. Margje lief zur Küche. Er erhob sich, blieb allein im Zimmer stehen. Ihre langen Beine. Wieder wischte er sich über die Stirn, konnte seine Verwirrung nicht mehr unterdrücken, konnte sich ihrem Zauber nicht entziehen. »Mein Mädchen«, flüsterte er leise. »Mein Mädchen.« Nicht der richtige Ton für einen zukünftigen Schwiegervater. Nicht mehr er selbst, blieb er stehen und wartete. In der Küche wurde gelacht, ihr Lachen übertönte das der anderen. Demütig wartete er, bis es ihr beliebte, an ihn zu denken, er hörte: »Aber ich habe noch gar nicht alle begrüßt«, und dann kam sie in dem langen feuerroten Mantel in die Stube, eine Feuersäule. Sie küßte ihn auf beide Wangen, sie roch nach frischer Luft, er drückte sie mit kaum beherrschter Leidenschaft an sich, glaubte auf diese Weise seine sündigen, lustvollen Gedanken besänftigen zu können. Wie sollte er dieser Wärme widerstehen? Etwas unbeholfen blieb er stehen, vergaß alle

Schmerzen in den Armen, Beinen und Händen, überwältigt, benommen von den Gedanken, die die Berührung ihrer Lippen bei ihm hervorgerufen hatten. Salomo, nur Salomo, hatte Worte dafür gefunden: »Du hast mir das Herz genommen mit einem einzigen Blick deiner Augen, mit einer einzigen Kette an deinem Hals.«

»Du bist da«, sagte er leise. »Endlich.« Üppige Rundungen, ein animalisch weicher Körper. Ruben hatte eine gute Wahl getroffen. Sie ging in den Flur, spontan folgte er ihr. Hans half ihr aus dem Mantel, hängte ihn auf, blieb noch einen Augenblick dicht bei ihr stehen.

»Vielen Dank. Ich glaube, ich höre Tom!«

Kapitel 75

Lachend erzählte Tom Johanna, wie er es geschafft hatte, sich um den Militärdienst zu drücken. Indem er tat, als würde er die Fragen des Musterungsoffiziers bei der Eignungsprüfung nicht verstehen, und sie absichtlich falsch beantwortete.

»Dabei fällt dir das Lernen so leicht«, unterbrach ihn Margje. Wie jeden Sonntag trug sie ihre Bernsteinohrringe, sie fühlte kurz, ob sie die Verschlüsse fest genug zugedrückt hatte. Hans, an seinem Schreibtisch, konnte eine solche Haltung ebensowenig gutheißen wie sie. Andere, die sich nicht so anstellten, mußten sehr wohl zwei Jahre lang ihren Militärdienst ableisten. Doch er hielt sich heraus. Ruben warf nachdrücklich erst seiner Mutter, dann von weitem auch Hans einen Blick zu. Es war eindeutig: Tom war ziemlich angeheitert, immerzu nahm er Johanna beim Arm, lachte glucksend, sein schmales Gesicht glühte vom Alkohol. Seine Zukunft? Ach, noch so weit weg, nichts, worüber man sich jetzt Gedanken machen müsse, er habe alle Zeit der Welt, sich etwas einfallen zu lassen.

Von Hans aus hätte sein jüngerer Sohn an diesem Tag ruhig wegbleiben können. Es war lange her, daß er an einem Sonntagnachmittag zu Hause gewesen war. Was machte er hier? Alle Aufmerksamkeit auf sich ziehen, hektisch herumfuchteln. Ob Hans wohl noch die Chance bekäme, ihr sein Geschenk auf eine angemessene Weise zu überreichen?

Nach dem Tee sagte Hans, er wolle noch kurz in den Garten gehen. Vielleicht, daß sie ihm hinterherkam. Hans lief um die Glashäuser herum, über schmale, moosbewachsene Pfade lief er zwischen ihnen hindurch, bemerkte, daß der

Zement von schiefstehenden Gewächshausmauern bröckelte, die Verbindungsstellen verrottet waren und die Rahmen fast aus dem Leim gingen. Das ständige Flicken brachte nichts mehr. Aus einem tiefen Riß wuchsen schon wildes Moos und Eberesche hervor. Er wartete gespannt auf ein Geräusch vom Hintereingang her, drückte mit dem Daumen einen Streifen Fensterkitt fest. Sein Profil zeichnete sich auf den mit Schilfmatten bedeckten Treibhäusern ab, sein Sonntagshemd als weißer Fleck. Er spürte ihren Atem auf seinem Rücken, ihre gespreizten Finger auf seiner Schulter. Unvermutet küßte sie ihn auf den Hals. Reglos wartete er auf einen zweiten Kuß.

»Wo bleibst du nur?« nörgelte Margje, als er wieder ins Haus kam. Tom bückte sich, nahm irgendein Buch vom Stapel unter dem niedrigen Tisch, schaute hinein, begann laut zu lesen. »Gut zuhören, Leute! Die Geschichte heißt: *Der Schneider im Himmel.* ›Es trug sich zu, daß der liebe Gott an einem schönen Tag in dem himmlischen Garten sich ergehen wollte, und alle Apostel und Heiligen mitnahm, also daß niemand mehr im Himmel blieb als der heilige Petrus. Der Herr hatte ihm befohlen, während seiner Abwesenheit niemand einzulassen ...‹«

Hans, dem Vorderzimmer zugewandt am Schreibtisch sitzend, sagte: »Ich habe Einwände dagegen ...« Ruben, dem schon die Andeutung eines Streits, der in der Luft lag, zuviel war, bat seinen Bruder, mit dem Lesen aufzuhören.

»Ich würde aber gern erfahren, was für Einwände mein Vater gegen die Geschichte hat.«

»Märchen bringen Kinder auf falsche Gedanken.«

»Mama hat sie uns selbst vorgelesen.«

»Hörst du jetzt auf?« Ruben berührte ihn über den Tisch hinweg einen kurzen Augenblick. »Was bringt das denn?«

Doch Tom ignorierte Ruben.

»Das stimmt doch, Mami, oder?«

Margje antwortete nicht. Tom wandte sich wieder an sein Opfer.

»Warum, Papa?«

»Weil sie nicht der Wahrheit entsprechen.«

»Aber deine Bücher tun das?«

»Hört doch bitte beide auf«, flehte Margje sie an, und Ruben machte eine versöhnliche Geste, bat mit einem Blick um Nachgiebigkeit. Tom wandte jedoch ein, daß er ernsthaft mit seinem Vater diskutieren wolle.

»Das willst du überhaupt nicht. Du sollst aufhören.« Ruben versuchte es nochmals, kam jedoch nicht an seinen Bruder heran. Dieser verkündete, er wolle das ganze Märchen vorlesen. Eine andere Art Märchen als die, an die sein Vater glaube. Mit hochrotem Kopf stand Ruben auf, wollte ihm das Buch aus den Händen reißen. Tom hielt es hoch, ließ es hinter sich auf den Boden fallen. Die Gardine vor den offenen oberen Fenstern schlängelte sich wie ein Tier. Ruben hob das Buch auf, legte es auf den Stapel zurück.

»Da komme ich schon mal nach Hause, will es mir mit euch gemütlich machen. Immerzu muß ich vorlesen, und auf einmal darf ich, Gott verdammich, nicht mehr vorlesen. Wer soll das denn kapieren?«

Niemand sah ihn an. Ebenso unangenehm war es ihnen, sich gegenseitig anzusehen. »Nun denn, wenn mich niemand mehr beachtet, geh ich eben wieder.«

»Bleib da, Tom. Du verdirbst alles.«

Tom schaute seinen großen Bruder an.

»Nicht ich verderbe alles. Das tut er«, sagte er und deutete auf seinen Vater. »Tschüß, Mami, tschüß, Bruderherz, tschüß, Johanna.« Ruhig ging er aus dem Zimmer, und sie hörten ihn die Haustür hinter sich zuziehen. Ohne sie eines Blickes zu würdigen, lief er dicht am Haus entlang. Seufzend sagte Margje, sie habe sich den Nachmittag anders vorgestellt.

»Der geht wieder in die Kneipe«, sagte Hans. »Er verplempert den kostbaren Sonntag in der Kneipe.«

Margje fand, daß er lieber nichts gegen Märchen hätte einwenden sollen. »Du hattest doch nie etwas dagegen?« Er hatte keine Lust zu antworten.

»Vergiß seine Worte, Vati. Bald wird es ihm leid tun.« Doch auch Margje gegenüber hatte Tom sich verändert. Mit seinen anhänglichen Momenten, gelegentlichen unerwarteten Küssen – manchmal hatte er seine Mutter hochgehoben und war kurz mit ihr durchs Zimmer getanzt – war es vorbei. Tom würde bestimmt nicht Vernunft annehmen.

Ob das wohl der richtige Augenblick war? An seinen Sohn wollte er keinen Gedanken mehr verschwenden. Doch wenn er jetzt aufstand, wäre er der einzige, der sich rührte.

»Tja, unser Mädchen weiß bestimmt nicht, was es davon halten soll.« Seine Stimme klang hoch und schrill vor Rührung. Es war ihm vollkommen unmöglich, die eigene Stimme wiederzuerkennen.

»Papa«, sagte Ruben, »weißt du noch, wie du einen Weidenzweig zwischen den Knien gebogen hast, eine Schnur an beiden Enden festgemacht und lange gerade Pfeile geschnitzt hast?«

Hans schaute zu Johanna. Er verweigerte sich dem Gedanken: In dieser Situation kann ich ihr nichts schenken. Für ihn stand fest, daß er es tun würde, die Frage war nur, wie. Mit welchen Worten? Und wann genau?

»Gib mir mal eine Zigarette«, sagte Margje zu Ruben. Sie nahm einen langen Zug. »Ich weiß auch nicht mehr weiter …«

Draußen gingen die Straßenlaternen an. Das Licht der Laterne vor ihrem Haus flackerte, und die Schatten der Sträucher im Vorgarten schienen sich in der Dunkelheit zu wiegen. Margje erhob sich, um den Vorhang im Zimmer zur Straße zuzuziehen, Johanna knipste die Schirmlampen an. Hans steckte die Hand in die Innentasche seines Sakkos, kramte in seiner Hosentasche. Er war sicher, daß er das Geschenk eingesteckt hatte. Oder hatte er es auf dem Packtisch in der Werkstatt liegenlassen?

»Was suchst du, Papa?«

Er stammelte: »Gerade eben hatte ich es noch. Dann muß es im Garten liegen. Ich habe etwas für Johanna. Du bist genau die richtige …« Seine Stimme erstarb. Daß ihm das passieren mußte. Hans hätte nicht sagen können, ob ihn jemand anschaute.

Er nahm überhaupt nichts mehr wahr.

Das Geschenk lag nicht auf dem Packtisch. Er fand es auf dem Pfad zwischen den Gewächshäusern, es glitzerte auf dem Moos.

»Bitte schön, das ist für dich.« Er stand dicht vor ihr, sie erhob sich, um das Geschenk entgegenzunehmen. Er spürte Margjes Blick in seinem Rücken, Ruben schaute von seinem Vater zu Johanna.

»Papa, du hast doch gerade gesagt, sie sei genau die richtige … Beende den Satz doch mal.«

Er nahm Ruben diese Worte übel, wußte selbst nicht, warum. Ruben wollte ihn zwingen, etwas zu sagen, was er nicht sagen konnte. Mit gesenktem Blick stand er vor ihr.

Wären sie allein gewesen, hätte er sie erst um einen Kuß gebeten oder ihr die Wange hingehalten. Die ungeheure Verlegenheit in der Stube, die unhörbare Stille dieses winzigen Augenblicks, das Ticken der Pendeluhr auf dem Kaminsims, das er bis dahin nicht gehört hatte. Johanna bewunderte die Schleife, das changierende Papier, das sie vorsichtig vom Schächtelchen schob, sah die Perlenkette, spürte die Verlegenheit im Raum, konnte jedoch nicht anders, mußte die Kette in die Hand nehmen, sie sich an den Hals halten, um ihn nicht zu enttäuschen.

»Was für eine Überraschung! Ich freue mich sehr darüber.«

Abwartend, demütig stand er da. Johanna tat, als wundere sie sich nicht, fragte nicht nach dem Grund für dieses außergewöhnliche Geschenk. Mit Vergnügen hätte sie seinen verschwitzten Kopf zwischen die Hände genommen, doch sie ließ es bleiben. Ruben gab sich interessiert, doch Margje nahm kaum Notiz vom Geschehen, strich verbissen über ihr Kleid, als würde ihr Oberschenkel jucken, und schaute in die andere Richtung. Sie hatte nichts damit zu tun. Johanna wiederholte, daß sie sich sehr darüber freue, daß die Kette bestimmt schön aussehen würde, und sie küßte ihn auf die Wange. Wäre sie allein mit ihm gewesen, hätte sie ihm ihre Dankbarkeit und Zuneigung deutlicher gezeigt, denn sie fand, daß er ein sympathischer, nicht unattraktiver Mann war, und obwohl sie allem Vagen abgeneigt war, hatte sie das Gefühl, daß er ein Mann war, der sie mit innerlichen Augen sah.

»Ich lege die Kette mal um«, sagte sie, während er noch auf einen weiteren Kuß wartete, und trat vor den Spiegel im Flur.

»Woher hast du das Geld, Mann?« fragte Margje. Ruben bedeutete ihr mit einem Blick, nicht darauf herumzureiten.

Hans setzte sich an seinen Platz vor dem Fenster zum Garten, konnte so die Zimmertür im Auge behalten.

Johanna kam zurück.

»Schön, nicht? Aber es ist ein viel zu großes Geschenk.«

»Die Kette steht dir sehr gut«, sagte Margje, die ihren Ärger unterdrückt hatte. »Das hat Papa richtig erkannt.« Ruben ging auf seine Freundin zu, befühlte die Perlen, wandte sich an seinen Vater.

»Vati, du hast eine phantastische Wahl getroffen.« Als wolle er etwas wiedergutmachen. Bevor er ins Vorderzimmer zurückging, legte er seinem Vater den Arm um die Schultern.

Sie dachten an das unerhörte Geschenk und an Tom.

»Wo er jetzt wohl ist?« fragte sich Margje. »Der Junge ist völlig durcheinander.«

»Er ist ganz in der Nähe«, sagte Ruben. »Eines Tages würdet ihr es ja doch erfahren. Seit er vom Lorentz geflogen ist, arbeitet er in der Bar des Schwimmbads.«

»Was sagst du da? Das finde ich nicht in Ordnung. Er weiß genau, was vorgefallen ist. Hat er denn überhaupt keinen Anstand? Was sagst du dazu, Papa?«

»Was soll ich schon dazu sagen? Er hat da nichts zu suchen.«

»Mich schaudert bei dem Gedanken«, sagte Margje. »Ich schenke uns mal etwas ein.« Doch statt zum Schrank zu gehen, verschwand sie in der Küche.

»Margje weint«, sagte Johanna zu Hans und ging ihr nach. Er schaute durch das Fenster zum Garten in die Küche. Johanna drückte Margje an sich.

Woraus sollte er noch Trost schöpfen? Sein Blick schweifte über das massive, bedrohliche Gebäude mit der Bar, die rotes Licht auf den Weg warf. Er lag lange auf den Knien, und die Feuchtigkeit des durchnäßten Bodens zog in seine Beine. Mühsam richtete er sich auf, rieb seine Hose so gut wie möglich mit einem ausgewaschenen Handtuch trokken. In der Werkstatt notierte er die Ereignisse des Tages mit einem einzigen Wort auf dem Umschlag eines aufgebrauchten Schreibblocks, legte ihn in die *Nachfolge*. Später, beim Durchblättern und Lesen, würde er sich den Tag wieder ins Gedächtnis rufen können.

Johanna blieb noch den ganzen Abend, küßte alle zum Abschied, bedankte sich für das Geschenk, sagte auf der Türschwelle, daß sie sich hier wohl fühle. Ihre Eltern saßen jeder immer in seinem eigenen Zimmer und arbeiteten.

Kapitel 76

Der Wind blies ihm direkt ins Gesicht, brannte wie eiskaltes Feuer auf seiner Stirn. Die Wolken am Himmel waren schmutziggraue Fahnen, ein verrostetes Schrägseil schlug an den Schornstein. Heute nachmittag hatte er zusammen mit Ruben alte Teppiche und Treppenläufer, die sie für einen Apfel und ein Ei erstanden hatten, auf die Scheiben gelegt. Obendrauf Schilfmatten. Er fürchtete, die Glashäuser heute nacht nicht frostfrei halten zu können.

Drinnen kontrollierte er das Thermometer. Im dämmrigen Gewächshaus waren die weißen Zyklamen helle Flecken auf den Kulturtischen. Mit Seilen an den Regalfächern darüber aufgehängt, schaukelten friedlich rote und weiße Begonien in tiefen Blumenampeln. Es ging auf Weihnachten zu. Dann war diese Ware gefragt. Wenn die Leitungen nicht standhielten, wäre die Arbeit eines ganzen Jahres umsonst gewesen. Hinter den Glashäusern lagen die von der Kälte erstarrten Blumenbeete.

Mitternacht. Wieder schaute er aufs Thermometer. Das Licht in der Werkstatt reichte nicht weiter als bis zum Wasserbecken. Gelächter war in der Schwimmbadbar zu hören, die wochentags um zwölf Uhr schloß. Musik schwappte in Wellen zu ihm herüber. Die roten Lampen in der Bar brannten noch, ebenso die im Schwimmbad, das wie überbelichtet wirkte. Durch die Glasscheiben der Werkstatt sah er eine Gestalt an der Südmauer entlanggehen, auf der Höhe der Orangerie. Hans erkannte seinen jüngeren Sohn. Jetzt bahnte er sich einen Weg durch die Stauden, die, spröde vom Frost, knackten und abbrachen.

Hans wollte nicht hinsehen, zog die schlecht schließende

Zwischentür fest zu. Hatte sein Sohn ihn gehört? Durch das Fenster der Außentür spähte er in die Werkstatt. Er schien seinen Vater zu suchen. Ein Schatten fingerte an der Türklinke herum, er bekam die Tür nur schwer auf.

»He, Väterchen, wo steckst du? Ich habe dich doch gesehen, Alter.« Triefend naß stand Tom da. Ob er in seinem Suff ins Schwimmbad gesprungen oder ins Wasser geworfen worden war? So hatte Hans ihn noch nie erlebt. Sein Blick war trübe, die Augen blutunterlaufen. Heute morgen um zehn Uhr war er aus dem Haus gegangen. Bis sechs hatte er in der Bar gearbeitet und war dann dort hängengeblieben.

Leise sagte Hans: »Ich sehe, daß du getrunken hast«, und dachte an das, was Laienprediger Steffen zu ihm gesagt hatte: »Nach der Bekehrung werden noch viele Schrecknisse kommen. Mutlosigkeit, wenn der Glaube noch sehr klein ist, gehört zu den geringsten. Die Schrecknisse sind ein Zeichen, daß die siegreiche Kraft des Heiligen Geistes am Werk ist.« Hans schaute auf die mitleiderregende Gestalt vor ihm, auf das erhitzte Gesicht, die zu einem Grinsen verzogenen zarten Züge. Der hübsche, immer elegant gekleidete Sohn. »Alles steht ihm«, sagte Margje so oft voller Stolz. »Saufbold, Rotzlöffel«, murmelte Hans und spürte den kalten Wind durch die Ritzen dringen. Er wußte nicht, was er mit ihm anfangen sollte, hoffte, Margje oder Ruben würden aus der Dunkelheit auftauchen.

»Das hast du doch bestimmt nicht vergessen, Väterchen, wie ich auf meinem Dreirad hinter dir hergestrampelt bin. Du hattest es eilig. Hast mich ignoriert.« Er stieß die Worte langsam, aber klar verständlich hervor. »Und du hast gesagt: ›Bis hierher und nicht weiter.‹ Aber Tommie war ungehorsam, folgte dir weiter. Jemand rief dich, winkte. Du hörtest nichts, sahst nichts, liefst noch schneller weiter. Und ich strampelte mir einen ab, um mit dir mitzuhalten. Du hast nicht geschaut, dich nicht umgedreht, ich blieb zurück.« Tom wischte sich die Tropfen vom Gesicht. »Du hast mich nicht gesehen, hattest mich ganz vergessen, erst als du stehengeblieben bist, um dir schnell eine Zigarette anzuzünden, holte ich dich wieder ein. ›Geh zurück.‹ Du warst mir nicht böse, wolltest mich nur einfach nicht sehen.« Nun sprach er sehr förmlich, übertrieben deutlich, gestikulierte wie vor einem großen Publikum. »Du ranntest los, als wäre dir der Teufel auf den Fersen. Woran dachtest du? Nur an eines: *Deine* Seele zu retten. Du mußtest zu so einem verdammten Gottesdienst. Gott sah dich, und Er sah, daß du gut handelst. Die Belohnung würde für die Ewigkeit sein. Alles dreht sich immer nur um dich. Um deine sogenannte Auserwählung, deine Rettung. Was für eine Rettung? Hier gibt es nichts zu retten. Ein Egoist bist du. Ich habe dich gehen lassen, habe dir hinterhergeschaut, bis du bei der Wilhelminastraat um die Ecke gebogen warst. Schaute meinem eigenen Vater hinterher ... Warum sollte ich dich lieben? Warum sollte ich nett zu dir sein? Was bedeuten schon der Floralia-Verein, ein blumengeschmücktes Fahrrad und sechseckige Drachen? Mama hast du allein am Zaun stehenlassen, ihre ausgestreckte Hand weggestoßen. Nicht nur einmal, sondern unendlich viele Male ... Und jetzt bist du in deine Schwiegertochter verliebt, ja, ja. Aber das ist verzeihlich. Ach, deine erste Tochter im Haus, das erste Mädchen, und dazu nicht gerade häßlich, das hast du gut erkannt ... Oder, geiler alter ...« Weiter kam er nicht. Er war weit genug gekommen. Tom übergab sich. Nicht besonders laut. In kleinen Wellen schwappte es aus seinem Mund auf seinen Kragen, auf sein Hemd. Er schien es erst nicht zu merken, machte eine Geste, um sich ein wenig Rotz vom Kinn zu wischen, versuchte, einfach weiterzureden: »Ich habe einen Vater, der errettet werden will. Ob die anderen im ewigen Feuer brennen, nach einem Tropfen Wasser lechzen, ist ihm ganz egal. Er hat eine Stimme gehört, wir nicht.«

Hans sah, wie Tom wegen des säuerlichen Erbrochenen an seinem Mund ein angewidertes Gesicht machte. Er ächzte laut, lehnte sich gefährlich weit zum Kellerloch hinüber, das Echo hallte laut im Heizungskeller wider. Tom drohte vornüberzufallen, doch sein Vater war unfähig, ihn zu berühren, er schob die kleine Bank zwischen seinen Sohn und das Kellerloch.

Dieser übergab sich hingebungsvoll, sein Vater lauschte dem Würgen, dem Röcheln, dem stoßweisen Atem. Leichenblaß blieb Tom vornübergebeugt stehen. Seine schmalen Schultern bebten. Er spuckte noch etwas Hartes, Unverdauliches aus, das mit einem leisen Geräusch auf dem Boden landete und das Hans mit dem Holzschuh zum Rand des Lochs schob. Noch ein paar kleine, lächerliche Geräusche.

Hans schaute zu Boden.

Tom setzte sich und sah sich selbst mit den Augen seines Vaters, seines Versager-Vaters, einen betrunkenen Versager-Sohn, der litt und wehrlos war, der spürte, wie schmachvoll dieses Leiden war.

»Du verachtest mich«, sagte Hans.

»Ehrlich, Papa, meinetwegen könnte dich der Schlag treffen. Das ist mein Ernst. Ich habe einen Grund für mein Betrunkensein. Ich weiß auch schon, daß mein lieber Bruder nachher sagen wird: ›Das ist unverzeihlich. Ich will nicht, daß du so über Vater sprichst. Er liebt uns.‹ Ruben kann es nicht leiden, weil er weiß, daß ich recht habe. Was hast du Mama angetan? Und mir? Und dir? Ich kotze nie, wenn ich betrunken bin. Heute schon. Ich kotze wie ein Reiher. Woher das wohl kommt?«

»Geh nach Hause. Versuch, nach Hause zu kommen.« Hans sagte es leise und sachlich, doch er brachte es nicht fertig, ihm irgendwie beizustehen, den Arm um ihn zu legen. Der Gedanke schoß ihm durch den Kopf: Ich ziehe definitiv die Hand von ihm ab. Solche Worte sind eine regelrechte Versuchung. Er hatte sich nicht mehr unter Kontrolle, wußte, daß Margje es ihm nie verzeihen würde: »Du hättest nie geboren werden dürfen«, begriff sofort, daß er zu weit gegangen war, bat seinen Sohn um Vergebung. Dem eigenen Kind so etwas zu sagen. Hans ließ den Kopf hängen. Die Tränen auf seinen Wangen glitzerten wie ausgestreuter Flitter.

Kapitel 77

Er blätterte einige Seiten zurück, legte den Finger auf den Text, schaute von seinem Buch auf, einer am 2. August 1739 von Johannes Groenewegen in der Kirche von Aarlanderveen gehaltenen Predigt. »Ich habe den bösen Tag nicht herbeigewünscht, das weißt Du: Was aus meinem Munde kam, geschah vor Deinem Angesicht.«

An diesem zweiten Weihnachtstag fiel gräuliches Licht in die Werkstatt. Kalkreste, die sich im Regen auflösten, tropften vom Glas, hinterließen an Stellen, wo der Kitt bröckelte oder eine Strebe verrostet war, weiße Spuren auf den Kulturtischen. Der Kokshaufen draußen war eine dunkle Wand, die Stechpalmenhecke dahinter eine zweite. Er konnte sich noch nicht dazu durchringen weiterzulesen. Den Blick auf die Zwischentür mit dem Muttertagsplakat des Jahres gerichtet – Ruben hatte es aufgehängt: ein fröhlicher kleiner Junge, der einen Blumenstrauß für seine Mutter hinter dem Rücken versteckt hielt –, dachte er an seinen älteren Sohn und an Johanna, die heute Verlobung feierten. Auf dem Packtisch lag ein Sträußchen roter Zyklamen, mit einem Zweiglein zarten Spitzenschleiers gebunden, in weißes Seidenpapier gewickelt. Er würde den passenden Moment finden, um es ihr zu überreichen. Es war für ihr Studentenzimmer in Leiden gedacht.

Er hustete und legte eine Hand auf die Brust, um den Schmerz zu unterdrücken. Sein leichtes, aber andauerndes Hüsteln der letzten Monate war in einen schmerzhaften Husten übergegangen. Margje hatte ihm eine Flasche Hustensaft gekauft. Das linderte für eine Weile die Schmerzen. »Geh doch mal zum Arzt«, hatte sie schon mehrmals gesagt. »Ich mache mir Sorgen.« Doch er schob den Arztbesuch vor sich her, sehnte sich nach dem Frühling, der Frühlingssonne, die den Garten erwärmen, den lästigen Husten vertreiben würde. Das war nicht seine einzige Sorge. Gerade eben, als er die Aussaatschalen im Anzuchtschrank vorsichtig besprenkelt hatte, war ihm die kleine Gießkanne – die kleinste, die er besaß – einfach so aus der Hand gefallen und hatte eine tiefe Bresche in die zarten Vorkeime geschlagen. Der Schmerz in seinen Händen und Füßen war verschwunden, aber sie waren wieder ganz taub.

Sein gebräuntes, doch eingefallenes Gesicht wurde einen Augenblick von seiner aufglühenden Zigarette erhellt. Schon eine Weile zündete er sich nicht mehr gedankenlos Zigaretten an und ließ sie beim Pikieren oder Eintopfen im Mundwinkel herunterbrennen. Zigaretten schmeckten ihm nicht mehr, er hatte nur noch den bitteren Geschmack kalter Asche im Mund. Der Genuß beim Kettenrauchen war vorbei. Auch das würde möglicherweise im Frühling wiederkommen.

Die Regenschleier waren nun so dicht, daß das Wasserbecken und die Treibhäuser auf der anderen Seite des Wegs nicht mehr zu sehen waren. Das himmlische Gefühl – doch Hans würde das Wort »himmlisch« nie im Zusammenhang mit Wetter benutzen, ebensowenig wie das Wort »Mist«, denn jedes Wetter kam von oben! – von Sicherheit, das Regen ihm sonst immer gab, stellte sich nicht ein.

Bevor er in den schlammigen Garten gegangen war, um sich einen Augenblick zurückzuziehen – Johanna und ihre Eltern würden im Lauf des Vormittags kommen –, hatte er seine guten Schuhe gegen die Pantinen getauscht. Jetzt, durch den Vorfall mit der kleinen Gießkanne, der bestimmt knapp tausend frisch aufgekeimte Farne zerstört hatte, fiel ihm auf, daß er die Holzschuhe gar nicht spürte, als wären seine Füße eingeschlafen. Er streckte den rechten Fuß, ließ die Pantine hinabgleiten, rieb über die Socke, kitzelte die Fußsohle. Er spürte nichts. Als wäre sein Fuß abgestorben. Er zog den anderen Holzschuh aus. Durch den Spalt eines Dachfensters fielen Regentropfen herein, die seine Stirn kühlten. Er hatte Angst. Bei seinem anderen Fuß ging es kein bißchen besser. Hans zog die Socken aus. In den dicken, gelben Hornhautknubbeln auf dem Spann und oben auf den Zehen – Holzschuhträgerhornhaut – hatte er nie etwas gespürt. Mit nackten Füßen rutschte er über den bröckeligen Zementboden und sah sich selbst dabei zu, mit dem naiven Erstaunen, mit dem Erwachsene das eigene, unabwendbare Ende betrachteten, so wie Schaulustige sich um einen Unfall drängten. Niedergeschlagen bewegte er die blassen, schwieligen Zehen. Er wollte gerade die Socken wieder anziehen und in Groeneweges frommer Predigt weiterlesen, als er Schritte hörte. Ruben sagte, daß Johanna und ihre Eltern gekommen seien.

»Tom ist sogar auch da.«

Er kniete sich neben seinen Vater, nahm beide Füße in die Hände.

»Meine Füße sind ganz taub. Und die kleine Gießkanne konnte ich auch nicht festhalten.«

»Dabei ist es doch eine Weile gutgegangen.«

»Fahr mal mit einem spitzen Gegenstand drüber. Mit einem Nagel oder so.«

Ruben kramte auf dem Regal über dem Arbeitstisch herum und fand den Weihwasserpinsel, den sein Vater in eine alte Zigarrenschachtel gesteckt hatte.

»Ach, das Ding«, sagte Hans. »Ich dachte, ich hätte es längst weggeworfen.«

Ruben strich mit dem spitzen Ende des Griffs über die Fußsohle. Der kleine Kratzer auf der Haut verblaßte nicht. Sein Vater spürte nichts. Ruben schlug vor, morgen zum Arzt zu gehen.

»Aber was ist, wenn er etwas findet und ich ins Krankenhaus muß ... Ich kann doch nicht alles stehen- und liegenlassen!«

»Wer sagt denn, daß du ins Krankenhaus mußt. Es wird schon nichts Ernstes sein.« Doch sein Sohn glaubte seine eigenen Worte ganz offensichtlich nicht.

Die Schiebetüren waren geöffnet, auch im Vorderzimmer brannte der Ofen. Margje stellte ihn etwas höher, weil Kälte mit hereingekommen war. Tom war kurz vor Ankunft des Besuchs aus dem Haus gegangen, um am unteren Ende der Straße Zigaretten zu holen. Er hatte seiner Mutter ehrlich versprochen, in ein paar Minuten zurück zu sein.

Hans drehte seinen Stuhl zum Familienkreis. Margje servierte Kaffee und Kuchen. Aus der Küche kam der Duft von Tomatensuppe und Rollbraten. Ihrem Mann zuliebe hatte sie so viel wie möglich am ersten Weihnachtstag gekocht. Mit dem Gemüse, den Kartoffeln, dem Nachtisch – heiße Dörräpfel mit Vanillepudding – hatte sie an Heiligabend begonnen. Hans hatte es nicht übers Herz gebracht, ihr an einem Feiertag zu helfen, jedoch keine Bemerkung fallenlassen, ja, er hatte ihr sogar wohlwollend bei den Vorbereitungen zugeschaut.

Auf seinem Schreibtisch lag die aufgeschlagene Bibel, obwohl er den Text, den er gleich lesen wollte, auswendig kannte. Johannas Vater, ein vornehmer Herr mit dickem, welligem grauem Haar und einem grünen Seidentüchlein statt einer Krawatte, sprach über seine eigene Verlobungszeit, die wegen des Kriegs mehr als neun Jahre gedauert hatte. Im nachhinein, meinte er, hätte er lieber auf die Ehe verzichten sollen. Doch auf Johannas dringende Bitte hin sah er von Scherzen über die Religion ab.

Hans lächelte schwach, beteiligte sich nicht am Gespräch, rieb sich die müden Augen, legte den Mittelfinger an die Schläfe und behielt ihn dort, um sich zu konzentrieren.

Seine Miene war verschlossen.

»Du bist so still, Vater«, bemerkte Johanna besorgt.

Nun richtete sich alle Aufmerksamkeit auf ihn.

»Ach«, sagte er und lächelte leise, dankbar. Er war angespannt. »Toms Kaffee wird kalt«, sagte Margje, und mit einem Lächeln an Johannas Mutter gewandt: »Er kann jeden Moment zurück sein.« Hans versuchte vergeblich, nach der aufgeschlagenen Bibel zu greifen, erhob sich. Ihm gegenüber auf der anderen Seite des Kreises saß Johannas Vater, der über den verhängnisvollen Einfluß promoviert hatte, den die Religion seiner Meinung nach auf die westliche Kultur ausgeübt habe, vermittelt durch die griechischen Tragödiendichter. Neben ihm seine Frau, die die Auffassung ihres Mannes teilte. Hans Sievez setzte an: »Und sie gingen hinein in das Grab und sahen einen Jüngling zur rechten Hand sitzen, der hatte ein langes weißes Kleid an, und sie entsetzten sich.« Seine Stimme zitterte, doch sie war klar. »Keine Hüter, kein Siegel, kein Stein vor dem Grab, sondern ein Engel, der im Grab die Ankunft der Frauen erwartete. Der Engel saß da. Er lief nicht, flog nicht hin und her. Nein, er war ganz ruhig. Ach, warum sollte er auch nicht ruhig gewesen sein? Seine Haltung strahlte Ruhe aus, lieber Zuhörer. Ruhe, kennst du das Wort? Gibt es auf der Welt Ruhe? Nein. Der Gottlose kennt keine Ruhe.« Er zitierte auswendig, assoziierte frei, sagte, was ihm in den Sinn kam, ohne zu stocken, in kunstvollen Sätzen, geschult durch jahrelange Lektüre, ließ sich die Worte auf der Zunge zergehen, überlegte. Hans Sievez sprach über die Leere im Herzen der Menschen. »Diese Leere ist für Gott bestimmt. Ihm müssen wir einen Platz bereiten, auf daß das Wort in uns wohne, einen Platz, wo das Wort sein Zelt aufschlagen kann.«

Johannas Eltern lauschten erstaunt, voll Bewunderung für die schöne Sprache, die er verwendete, die archaische Ausdrucksweise. Hier sprach jemand, der seine eigenen Interessen hintansetzte, sich auslöschte, sich für das Nichtsein entschied und sich eben dadurch in den Vordergrund rückte. »Laßt uns um unserer selbst willen der Barmherzigkeit des HErrn gedenken. Das wird das murrende Klagen zum Schweigen bringen, Dankbarkeit hervorrufen, die Hoffnung zu neuem Leben erwecken.« Er sprach mit großer Entschlossenheit, energisch, artikulierte deutlich, nichts verriet seine Abstammung aus dem Landstrich jenseits der Ijssel. Gelegentlich versagte seine Stimme. Das verlieh dem heiligen Wort um so mehr Tiefe. Er sprach über Dinge, die sie radikal leugneten: die Ewigkeit, das Heil, den Heiland, den Himmel. Die Gnade. Den Verstand beleidigende Dinge für sie, die zum positivistischen Denken erzogen waren. Ihrer Meinung nach mußte alles Religiöse mit Feuer und Schwert bekämpft werden, mußten Gläubige mit ihrem beschränkten Horizont verspottet und lächerlich gemacht werden.

Ein seltsamer Anblick für den, der ahnungslos zum Fenster hineinschaute. Was ging da vor sich? Eine Versammlung. Der Redner: Hans Sievez, ein Bekehrter, ein bekümmerter Bekehrter, ein von Gott Bewegter, Getroffener, der bei dieser Gelegenheit fast gegen den eigenen Willen sprach, ohne festen Plan, geradezu lustvoll, jedoch ohne jede Siegesfreude, denn nichts war von ihm selbst. Seine Haltung: sowohl nach außen als auch nach innen gerichtet. So auch sein Blick. Eigentlich war es völlig selbstverständlich, daß er da stand und über das kommende Heil sprach. Wer ihn sich ansah, bemerkte, daß etwas in seiner Miene schlummerte, was kurz davor war, sich zu manifestieren, etwas, dessen er sich selbst kaum bewußt war. Er sprach wie ein Kind Gottes. Der Ewige, der Unsichtbare selbst gab ihm die Worte ein.

Margje stockte der Atem. Wo sollte das hinführen? Er war furchtbar blaß, seine Wangen so eingefallen. Wie lange würde er noch weiterreden? Nur gut, daß Tom wegblieb, und sie betete darum, daß er nicht vor Ende der Ansprache zurückkam. Margje hielt die Kaffeetasse so fest in den Händen, daß das Blut unter ihren Nägeln wich. »Die mit dem HErrn hadern, sollen zugrunde gehen. Der Höchste im Himmel wird sie zerschmettern, der HErr wird richten.«

Er sprach. Nicht nervös, nicht salbungsvoll, nicht mit geziert ineinander verflochtenen Fingern. Dafür gewichtig, dunkel, ernst. Tiefernst. Es ging ja auch um bedeutende Dinge. Voll Respekt vor dem Schöpfer des Himmels und der Erde, in mystischer und mysteriöser Verzückung hob er den Kopf, voll innerer Aufmerksamkeit für die Worte, die er aussprechen durfte, die für ihn gefunden wurden. Hans wußte, daß er wie die begabtesten seiner Mitbrüder sprach. Zum erstenmal fühlte er sich ihnen ebenbürtig. Alles um ihn herum war von dem hier anwesenden Unsichtbaren berührt. Er konnte sich kaum auf den Beinen halten.

Margje, zart in ihrem festlichen dunklen Kleid, das sie für diesen Anlaß gekauft hatte, bewunderte ihn und machte sich Sorgen, mußte sich beherrschen, um nicht nach seiner Hand zu greifen. Sie sah ihn in der niedrigen Stube stehen, am Rand des Teppichs mit den hier und da fehlenden Fransen, sah zu ihm auf, sah ihn auf dem Schulhof in Lathum farbige Tücher aus einer zerlumpten Einkaufstasche holen und vor sich ausbreiten, schlüpfte unvermittelt von diesem Bild hinüber ins Moor, über das sie mit leichten Schritten ging, die Füße hoch anhebend. Margjes Blick schweifte über die versunkene Weide, den Berg Sinai. »Und Mose bestieg den Berg und nahte sich dem Dunkel, darinnen Gott war.«

Er sang – allein, weil niemand den Mut hatte einzustimmen – laut für das verlobte Paar. Margje, Ruben, Johanna, ihre Eltern schauten betreten zu Boden. Er war nicht in der Lage, sein Psalmbuch festzuhalten, doch er kannte den Text auswendig:

> … in seinem Haus,
> und segne dich von Zion aus,
> der Himmel schuf und Erd und Meer.
> Jauchzt, er ist aller Herren Herr!

Leichenblaß, die mageren Schultern zitternd wie die eines Hundes, wollte Hans zum Schluß noch einige besondere Worte sagen. Noch während er Johannas und Rubens Namen aussprach und einen Satz begann, entfielen ihm die Worte. Ein ungestümer Wind kam von Norden, der ihn zum Thron über der Himmelsfeste mitnahm, und darauf saß einer, der aussah wie ein Mensch, umgeben von Feuer und Glanz ringsumher. Das mußte die Herrlichkeit des

Herrn sein, und als er sie schaute, fiel er auf sein Angesicht, hörte noch von weitem Margjes Stimme: »Papa geht es nicht gut, Ruben.« Und noch leiser: »Seine Kleider. In letzter Zeit sind sie ihm viel zu weit geworden ...« Dann verstummte jeder Laut.

Kapitel 78

Drei Autos schwenkten vom Bergweg in die Zufahrt zur Gärtnerei ein, Autotüren wurden geöffnet. Fünf Männer, allesamt mit Aktentasche, stiegen aus.

»Das sind die von der Gemeinde«, sagte Margje. »Unglaublich, zu fünft! Was das wohl alles kostet?« Hans schaute auf seine dünnen und bleichen Hände auf dem Küchentisch. Während seines wochenlangen Aufenthalts auf der Rheumastation des örtlichen Krankenhauses hatten sie keine Sonne zu sehen bekommen. Margje saß dicht bei ihm, gab ihm etwas zu trinken. Im Krankenhaus hatten sie nichts für ihn tun können, hatten ihn mit Glyphanan und anderen Schmerzmitteln nach Hause geschickt. Goldinjektionen wären besser gewesen, doch das zahlte die Kasse nicht.

»Ich habe da so meine Zweifel«, hatte Margje den Kindern gegenüber schon mehrmals geäußert. »Wenn da mal nichts anderes dahintersteckt.« Sie fand, daß sein Zustand sich zusehends verschlechterte, bei der geringsten Bewegung geriet er außer Atem, nahm ab, war ständig heiser. Immerhin war der Husten besser geworden.

Hans betrachtete seine Hände, als seien sie schlaffe, leblose Tiere. Er dachte an den Tag, als er allein zu Hause gewesen war. Das Telefon hatte geklingelt, da schaffte er es noch, den Hörer abzunehmen, doch bevor er etwas sagen konnte, fiel er ihm aus der Hand und schlug, am Ende der langen Schnur baumelnd, leise gegen die Wand. Die Hände vor sich auf der Anrichte, hatte er nach draußen gestarrt und begriffen, daß er nie mehr würde arbeiten können. Morgens kleidete Margje ihn an. An seinem Schreibtisch blätterte er die Seiten der *Stacheln und Nägel* mit den Handgelenken um.

Draußen auf dem Weg debattierten die Männer miteinander. Sie klopften an den Hintereingang.

»Wir kommen vom *Sociale Dienst*. Sie haben einen Antrag gestellt. Paßt Ihnen unser Besuch?«

»Es paßt nie«, sagte Margje ziemlich spitz.

Hans sah kurz mit seinen verblaßten blauen Augen zu ihr auf, fast flehentlich. Nicht in dem Ton, Margje! Damit erreichst du nichts, im Gegenteil.

Margje rückte mehr Stühle heran, die Herren setzten sich.

Ein bißchen von ihnen abgewandt, fragte sie mit einem Blick auf die Runde am Tisch kurz angebunden, ob alle Kaffee wollten. Der wichtigste Beamte, der das Wort führte, antwortete im Namen aller. Sie wollten gern Kaffee. Dann fragte Margje, den Rücken zu ihnen, ob sie überhaupt offiziell befugt seien. »Man hört so komische Geschichten.« Mit würdevoller Miene zeigte der Wortführer ihr einen Ausweis. Margje warf nicht einmal einen Blick darauf.

Am Tisch wurde ein Formular mit Durchschlag ausgebreitet.

»Es wird nicht lange dauern«, sagte der Beamte, »wir möchten nur ein paar Informationen einholen und uns etwas mit Ihnen unterhalten.« Margje setzte sich an die Schmalseite des Tischs neben ihren Mann. Hans hielt den Blick auf den Hauptweg gerichtet. Heute nacht hatte es einen netten kleinen Schauer gegeben. Wachstumsförderndes Wetter. Über dem ganzen Garten lag ein grüner Schleier. Wäre er gesund, würde er jetzt auf der Erde knien, die Beete neu abstecken, Schnur von der Haspel abwickeln. Scheu wandte er sich von den Männern ab. Auch von Margje, die herausplatzte: »Mein Mann war immer selbständig, wir waren nie auf irgend jemanden angewiesen.« Vor lauter Aufregung mußte sie erst wieder zu Atem kommen. Hans sah, daß sie klein und müde geworden war, unter den Schlägen geschrumpft. »Mein Mann«, fuhr sie fort, »war gerade beim Gießen, als die Gießkanne ihm einfach so aus der Hand fiel. Wir dachten alle, es sei ein Nervenkrampf, aber kurze Zeit später konnte er gar nichts mehr tun. Er kann nicht einmal mehr eine Buchseite umblättern. Wer hätte gedacht, daß es so weit kommen würde. Wir hängen an unserer Freiheit.«

Hans verspürte nicht das Bedürfnis, diesen Worten etwas hinzuzufügen. Lieber wäre es ihm gewesen, wenn Margje gar nichts von seiner Krankheit erzählt hätte. Das ging sie nichts an. Die Beamten hörten aufmerksam zu, rührten schweigend in ihrem Kaffee, der älteste strich Absätze durch. Nicht zutreffend. Genau in dem Moment, als er den Mund öffnete, um etwas zu sagen, konnte Margje es sich nicht verkneifen zu fragen: »Warum kommen Sie zu fünft? Wer bezahlt das?«

Der Mann antwortete, Mevrouw könne davon ausgehen, daß sie alle fünf in dieser Situation von Nutzen waren.

»Wir sind hier, um Ihnen zu helfen. Ihre Lage ist nicht gerade rosig.« Seine Kollegen verzogen keine Miene, tranken ihren Kaffee aus, sahen sich in der Küche um, als würden sie diese auf ihren möglichen Verkaufswert hin schätzen. Der Wortführer fuhr ruhig fort: »Wenn ich es richtig verstanden habe, gibt es keine Einkommensquelle. In diesem Fall greift das allgemeine Sozialhilfegesetz.«

Margje schaute zu Hans, der sich dem Tisch nur halb zugewandt hatte.

»Damit haben mein Mann und ich nichts zu tun. So ist das doch, Hans, oder? Dieses Wort wollen wir erst gar nicht hören.« Margje erhob sich, um die Gardine vor dem Küchenfenster ganz zuzuziehen.

»Das geht keinen etwas an.«

Der Beamte schob ihr ein neues Formular über den Tisch zu. Sie solle es im Lauf der nächsten Woche zusammen mit ihrem Mann ausfüllen.

»Wenn Sie einen Buchhalter haben, können Sie ihn darum bitten.«

»Nein, es gibt keinen Buchhalter, wir machen alles selbst.« Sie warf einen schnellen Blick auf das Formular. »Dachte ich es mir doch.« Erschrocken sah sie Hans an. »Papa, sie wollen die Bücher einsehen. Wir müssen uns ganz und gar bloßstellen. Sie verstehen: Wir haben nichts zu verbergen, aber unser Einkommen geht niemanden etwas an.«

Hans sagte nichts, hoffte, daß es bald vorbei wäre. Er war mit Margje einer Meinung, stand zu ihr, doch den scharfen Ton nahm er ihr übel.

Zu allem Überfluß erzählte der Beamte noch, ihr älterer Sohn habe ihn über viele unbezahlte Rechnungen unterrichtet: Holländerfenster, junges Pflanzgut, Floristenzubehör. Dann wären da noch die Fixkosten. Sie müßten doch auch etwas essen. Sie sollten mitarbeiten. »Wir werden die Lage jetzt inspizieren.« Sie, höchst erstaunt: »Inspizieren? Aber was wollen Sie denn inspizieren? Vertrauen Sie unseren Aussagen denn nicht?«

Einer der Herren sagte, als Katasterbeamter müsse er die exakte Lage des Betriebs kennen.

Margje verzog den Mund, lachte vor Angst.

»Wir müssen eine peinlich genaue Schätzung vornehmen.

Wir arbeiten gern präzise. Sonst kommt nichts dabei heraus.«

Die Beamten waren schon eine ganze Weile im Garten beschäftigt. Margje öffnete den Hintereingang.

»Eben habe ich sie noch gesehen. Was sie wohl treiben?« Sie stellte sich auf die Zehenspitzen, um über die Johannisbeersträucher hinwegschauen zu können, doch sie war zu klein. »Ich werde hingehen.«

»Ich komme mit.«

»Schaffst du das? Probieren wir es einfach. Wir gehen ganz langsam.«

Er stand auf, sie nahm seine Hand. Mit der anderen stützte er sich auf der Anrichte ab. Er tat einen Schritt. Das Gehen fiel ihm immer schwerer. Mal hob er den Fuß zu hoch und stellte ihn in einer seltsamen, verqueren Stellung wieder ab, mal schob er die Füße nur über den Boden. Er hatte sie nicht mehr in seiner Gewalt. Seine Füße waren tote Dinge. Gestern abend hatte Margje auf seine Bitte hin mit einer Haarnadel hineingestochen. Sie waren völlig taub. Was das wohl mit Rheuma zu tun hat? hatte sie sich gefragt.

Die wenigen Schritte, um nach draußen zu kommen, hatten sie nun hinter sich. Hand in Hand standen sie hinter dem Haus, ruhten sich aus, legten wieder ein paar Meter zurück. Das Wasserbecken war noch weit weg. Die Frage war, ob die Entfernung zu überbrücken war. Sie konnten gerade mal bis zu den ersten Glashäusern sehen, deren Wände durch die Absenkung des Bodens schief standen. Zement bröckelte ab, aus tiefen Rissen wuchsen Birke und Holunder hervor. Eine zerschlissene Schilfmatte war von den Scheiben gerutscht, Streben bogen sich durch, Farbe blätterte ab und stand in Ringeln hoch wie Waldfarn, der gerade aus der Erde kommt. Immer hatte er repariert, geflickt. Geld für Neuerungen war nie dagewesen. Von den Beeten zwischen den ersten Gewächshäusern und dem Komposthaufen stieg Nebel auf. Die Primeln blühten üppig. Durch den Nebel war ein Beet mit blühender Iris nicht zu sehen. Der Garten wirkte heute vergleichsweise klein. In der Ferne die Beamten mit Notizblöcken, von einem Glashaus zum anderen gehend, beratschlagend, als würde das Grundstück ihnen gehören.

»Ruben und ich haben gestern noch den Hauptweg geharkt. Es muß doch ordentlich bleiben.«

Sie schaute ihn an. Sein Gesicht war so abgemagert, daß es lang wirkte. Margje lauschte seinem keuchenden Atem.

Hans merkte, daß die Gärtnerei ihm völlig gleichgültig geworden war. Es gab keine Gärtnerei mehr. Es gab nur noch die fünf Männer, die über die Beete stiegen, den Schmerz und das taube Gefühl, die schlackernden Füße. Der HErr ist mein Hirte, sagte er in Gedanken und hoffte, aus diesen paar Worten Trost zu schöpfen. Er fand keinen Trost. Was Er tut, ist wohlgetan. Kein Trost. Aber Gottes Wort war trostreich. Den Trost nicht anzunehmen kam schon einem Sakrileg und dem Leugnen von Gottes Blutvergießen gleich. Er legte die Hände ineinander, weil er sie nicht mehr falten konnte, und hob den Kopf. »Der HErr ist mein Hirte«, sagte er laut. »Der HErr ist mein Hirte.« Diesen Satz wiederholte er immer wieder. Es half, spendete Trost. Er merkte, daß er sich von Margje abgewandt hatte und ihr den Rücken zukehrte. Den Satz von König David – er hatte Milliarden Menschen vor ihm getröstet, eine Wolke von Zeugen, die ihm vorangegangen waren – wiederholte er wieder und wieder mit immer höherer und dünnerer Stimme.

Als er, noch immer von ihr abgewandt, verstummte und totenstill dastand, dachte sie, daß er geräuschlos weinte, und sie drehte sich ganz zu ihm um, doch er starrte nur ergeben, furchtsam, mit großen Augen, auf den Weg. Zusammen schauten sie auf den Weg, und die Einsamkeit, die sie empfanden, war anders als die in früheren Augenblicken.

Sie machten kehrt. Die Entfernung war nicht zu überbrücken. Hans wollte sowieso nichts mehr sehen. Zehn Minuten brauchten sie, um die zehn Meter zum Hintereingang zurückzulegen. Erschöpft kamen sie in der Küche an. Sie half ihm, sich in einen Lehnstuhl in der Stube zu setzen. Auf die breite Armlehne paßte ein Buch. Sie wollte ihn noch fragen, ob sie ihm ein Buch geben solle und wenn ja, welches, doch Hans war schon eingeschlafen, atmete geräuschvoll. Sie legte die *Nachfolge* auf die Armlehne. Bald würden sie ein Bett unten im Zimmer zur Straße aufstellen müssen. Dann würde – Margje schaute über ihren schlafenden Mann hinweg ins Vorderzimmer – das Teeschränkchen mit dem Hochzeitsservice ins obere Stockwerk verschwinden.

Die Beamten standen vor dem Hintereingang. Der Wortführer meldete, sie hätten die Lage des Betriebs detailliert aufgenommen, die Inspektion sei beendet. Sie würden benachrichtigt werden. Margje mußte etwas unterschreiben. Auf dem Hauptweg fielen Autotüren zu. Rückwärts fuhren die Autos auf die Straße.

Als sie in die Stube zurückkam, bemerkte sie, daß er aufgewacht war. Er hatte etwas mehr Farbe im Gesicht. »Inspektion beendet!« Sie sprach abgehackt, imitierte den Beamten, verzog das Gesicht. »Als das Schwimmbad gebaut wurde und wir den Weg abgezäunt haben, haben sie sich nicht blicken lassen. Schlimm, daß wir sie in den Garten lassen mußten. Am liebsten hätte ich sie weggeprügelt. Vor solchen Typen habe ich keinen Respekt.«

Hans schloß ermattet die Augen. Margjes Ausbruch hatte keinen Sinn mehr.

Sie kam mit einer Scheibe Brot und einem Glas Milch zu ihm, fütterte ihn.

»Aber du hast dich jedenfalls gefreut, daß Tom heute morgen so nett war.«

»Stimmt, das war mal eine angenehme Überraschung.« Hans hatte seinen Rasierapparat fallen gelassen. In dem Moment kam Tom ins Zimmer, hob ihn auf und rasierte seinen Vater, ließ sich viel Zeit dabei, holte sogar oben in seinem Zimmer eine Creme und massierte sanft seine Haut. Margje hatte in der Küche weinen müssen. »Ja, das hat mir gutgetan«, sagte Hans.

Im Lauf des Nachmittags kam Johanna. Margje sagte: »Ich weiß nicht, wie es weitergehen soll. Laufen kann er fast gar nicht mehr. Gestern hat auch sein Magen gestreikt. Ob das von all den Schmerzmitteln kommt? Er hat nichts drinbehalten, dabei hatte Papa immer einen starken Magen.«

Johanna setzte sich zu ihm.

»Soll ich dir etwas vorlesen?«

»Ach, Kind …«, war seine Reaktion. Damit meinte er: Du mit deinem schönen, gesunden Körper … Das meinte er in etwa damit und noch etwas anderes: sein enormes Unvermögen. Doch ihre Ungläubigkeit meinte er nicht. Johannas Ungläubigkeit erhöhte sie sogar, extrem ausgedrückt, erhob sie über alle anderen. Er konnte es sich selbst nicht erklären. Ja, nickte er. Ja, sie sollte ihm sehr gern etwas vorlesen.

»Hast du eine Vorliebe für ein bestimmtes Kapitel?« Sie durfte es sich selbst aussuchen, blätterte kurz in dem Buch und las: »Niemand hat je wie ein Kind vor Gott weinen können, der Ihn nicht als seinen versöhnenden Vater kennt.« Und sie las auch: »Der HErr ist nicht verpflichtet, das Gebet eines Ungläubigen zu erhören, doch Er ist ein Gott, der selbst die jungen Raben hört, wenn sie ihn rufen; so könnte er auch dich hören, wenn du um seinen Segen bittest.« Seine hellblauen Augen waren auf sie gerichtet.

»Dann hoffe ich, daß er dich gesund macht.«

»Du betonst schön beim Lesen.«

Sie las noch einen Abschnitt, seine Lippen bewegten sich mit. Margje kam herein.

»Laßt euch nicht stören. Wenn du bei Papa bleiben würdest, Johanna, könnte ich einkaufen gehen.«

»Ich bleibe den ganzen Abend da.«

»Das freut mich.«

Margje schob das Fahrrad am Haus entlang, schaute zum Fenster herein, winkte.

Johanna las: »Die Sünde gebiert die Krankheit, sagt der Große Heilmeister ...« Abrupt hörte sie auf zu lesen.

»Damit bin ich nicht einverstanden. Als ob deine Krankheit etwas mit Sünde zu tun hätte!«

Ein schwaches Lächeln erschien auf Hans Sievez' Gesicht. Darüber konnten sie nicht miteinander diskutieren.

»Ach, Mädchen«, sagte er, »ich möchte dich um etwas bitten. Würdest du jemandem Bescheid sagen, daß ich krank bin? Einfach nur mit deinen eigenen Worten erzählen, wie es um mich steht. Ganz kurz.« Er zeigte auf die unterste Schreibtischschublade. Unter den Büchern lag Mieras' Telefonnummer. »Würdest du ihn jetzt anrufen? Damit würdest du mir einen großen Gefallen tun.«

Sie kniete sich neben den Schreibtisch, fand die Telefonnummer in der untersten Schublade. Als sie gerade in die Küche gehen wollte, bat er sie, Margje nichts davon zu erzählen.

Kapitel 79

Monate vergingen. Ruben trug die Kosten für den Lebensunterhalt. Unerwartet kam ein Schreiben von der Gemeinde. Der auf den Namen H. Sievez lautende Betrieb, im Grundbuch als Flur F, Flurstück Nr. 2058 eingetragen, kam für eine Sanierung in Betracht. Der Grundstückswert war hoch genug – die Bebauung hingegen war offenbar nichts mehr wert –, um einen wöchentlich ausbezahlten zinslosen Vorschuß von der Gemeinde zu bekommen. Es handelte sich dabei nicht um eine Schenkung oder um Sozialhilfe, die Gemeinde leistete nur einen Vorschuß, solange Hans Sievez noch am Leben war. Zu gegebener Zeit würden die Schulden bei der Gemeinde mit dem Erlös des Verkaufs verrechnet werden.

»Das ist irgendwie nicht ehrlich«, sagte Margje. »In diesem Land ist man besser dran, wenn man gar nichts besitzt. Erst müssen wir alles durchbringen, wofür wir uns unser ganzes Leben abgerackert haben.« Bedingung für die Sanierung war die offizielle Schließung des Betriebs. Es durften keine Blumen mehr gezogen werden. In den kommenden Wochen war es wichtig, so viel wie möglich von dem, was es noch an Wertvollem in den Gewächshäusern und an Stauden im Freiland gab, zu verkaufen. Ruben besuchte Kollegen seines Vaters. Die meisten waren bereit, zu einem fairen Preis zu kaufen. Ein Alteisenhändler baute die Kessel und Leitungen aus. Unbenutzte Schilfmatten vom Speicher des Märchenhauses brachten auch etwas ein. Alles in allem knapp neunhundert Gulden. Nicht viel. Aber immerhin etwas. Ruben und Johanna brachten Hans' Bibliothek auf den Dachboden des Wohnhauses. Man vereinbarte einen Tag für die offizielle Schließung.

Diesmal bog nur ein einziges Auto in den Weg ein, und zwei Beamte stiegen aus. Da waren sie also. Ruben fuhr seinen Vater bis zur Werkstatt. Er hätte auch Margje bevollmächtigen können. Einer von ihnen mußte die Schließung mit eigenen Augen sehen. Doch das hätte den Beginn der Auszahlung mindestens um eine weitere Woche verzögert.

Bei seinem Sohn und seiner Schwiegertochter eingehakt, stand er in der Werkstatt auf dem Boden, den man mit Brechstangen aufgebrochen hatte. Aufkäufer hatten gehofft, Bleirohre darunter zu finden. Doch dafür war nie genügend Geld dagewesen. Er schaute auf einen Streifen Staub hinter einem weggerückten Schrank, einen nutzlosen Nagel im Türpfosten, an dem immer der Naturbast gehangen hatte, einen entzweigebrochenen Anzuchtkasten mit einem Rest vermoderter Farnsporen, eine vertrocknete gelbe Kugel Sphagnummoos und einen kleinen Vorrat eingekerbter Pikierhalme auf dem Regal. Manche von ihnen waren sogar noch von der eingerissenen Haut bedeckt. Fürs Pikieren brauchte man feine Finger. Die hatte er, das hatte sein Lehrer beim Abendkurs Gartenbau in Boskoop gesagt. Sein Blick schweifte über die abgeräumten Kulturtische, die Regale mit leeren Blumentopfuntersetzern darauf, die Reihe Mutterpflanzen ganz hinten, die niemand hatte haben wollen. Jahrelang hatten sie ihm Stecklinge geliefert.

Er schaute. Seine Augen waren so hell. Wie vom Licht geblendet.

»Ach, Hans«, sagte Margje.

Aus dem Schwimmbad kam Geschrei. Die Wellen rollten

über sie hinweg. Verständnislos wiegte er den Kopf. Sein Kummer und seine Angst waren unermeßlich. Er wandte sich Margje zu und hielt ihr die Hand hin. Sie schauten einander immer weiter an, sagten nichts. Das Schweigen bedeutete: Die Gärtnerei ist nicht mehr zu retten. Es war einmal und ist nicht mehr, und du bist zu müde, weiter darüber nachzudenken.

Es pochte in seinen Schläfen.

Die Beamten versiegelten die Tür zur Werkstatt und die der anderen Gewächshäuser, sogar die des ehemaligen Junggesellenhäuschens. »Tja, sie haben kein allzu großes Vertrauen zu uns«, ließ Margje fallen.

Papierstreifen mit dem Stempel der Gemeinde wurden über die Türritzen geklebt. »Ich kann es noch nicht fassen«, sagte Margje. »Wir werden nie lernen, damit zu leben.« Sie halfen Hans ins Auto, wendeten beim Komposthaufen und fuhren zurück zum Wohnhaus. Nein, sie würden nie lernen, damit zu leben.

Kapitel 80

Sozialhilfe! Sie bekamen doch keine Sozialhilfe? Was also hatten sie mit dem gelben Gebäude an der Kastanjelaan zu tun, wo der *Sociale Dienst* der Gemeinde untergebracht war und das Geld jede Woche abgeholt werden mußte? »Wenn man bedenkt …!« Doch Margje beendete den Satz nicht. »Wir sind doch nicht irgendwer …« Ja, ihren Stolz hatte sie. Die erste Zahlung erhielten sie noch nicht einmal, weil sie ein falsches Formular ausgefüllt hatten. Sozialhilfe. Der *Sociale Dienst* der Gemeinde. Wie Staub rieselten diese Worte auf ihr Alltagsleben. Tagaus, tagein konnte man unaufhörlich fegen, wischen, bohnern. Und kaum hatte man sich abgewandt, war wieder eine neue Schicht da. Wo das nur alles herkam …?

Hans verkaufte die Anbaugenehmigungen für Zierpflanzen. Es gab ja keinen Nachfolger für den Betrieb. Er war sicher gewesen, sie verkaufen zu dürfen. Die Gemeinde kam dahinter. Bei der Schätzung waren sie übersehen worden. Der Erlös, zwölfhundert Gulden, ging an die Gemeinde. Nichts gehörte mehr einem selbst. Sie hatten jegliche Verfügungsgewalt über das Territorium verloren. Margje fehlten die Worte. Und warum konnte der wöchentliche Betrag nicht einfach überwiesen werden, warum konnte man niemanden bevollmächtigen? Hans' Schritte wurden immer unsicherer. Er schaffte kaum noch den Weg von der Eingangstreppe in das gewaltige Gebäude. Nein, hier konnte man niemanden bevollmächtigen, die Unterstützung mußte man sich persönlich abholen.

In der Zwischenzeit verschwand alles, was nicht niet- und nagelfest war, aus der Gärtnerei. Das an das Schwimmbad, an die vielen Villengärten grenzende Land war wehrlos, nicht zu verteidigen. Übersehene Polsterpflanzen wurden gestohlen, alte, verschimmelte Teppiche, Blumentöpfe, Glas, Rahmen von Holländerfenstern, ein Schleifstein aus Sandstein, bis hin zu den Pflastersteinen des Hauptwegs und der alten Leiter des Gartenhauses. Der Garten selbst war bei dem wachstumsfördernden Wetter innerhalb kürzester Zeit von harter Rauke und anderem Unkraut überwuchert, doch wenn man genau hinschaute, waren unter dem Chaos noch die exakt abgesteckten Beete zu erkennen. Weil kein Unkraut mehr gejätet wurde, bekamen Samen, die von draußen auf den Kulturtischen landeten, die Chance zu keimen. In den halbverfallenen Glashäusern blühten die wundersamsten Blumen.

Sonne in der Küche, auf dem Tisch, der Anrichte. Hans, dem Ruben ins Auto geholfen hatte, wollte am liebsten Margjes Namen brüllen, bis er keine Stimme mehr hatte. Er erinnerte sich, wie sie in seiner Moorhütte auf ihren Haaren gekaut hatte.

In seinem Mantel in den Sitz geduckt, sah er durch das Autofenster zu Margje, hob eine kleine blasse Hand, während Ruben das Auto über den in der prallen Sonne liegenden Weg lenkte.

Hans schaute auf seine erstarrten Hände und erzählte Ruben, er hätte heute nacht geträumt. »Im Glashaus blühten die Gloxinien. Die lilafarbenen hatten mindestens fünf oder sechs Blüten. Beste Qualität. Es kam eine Bestellung. Ich suchte die schönsten Blumen aus und packte sie in weiches Seidenpapier, um sie zu schützen. Ich sog den Duft von Blumen und feuchtem Torf ein. Es war alles so echt …«

Ruben erinnerte sich an den überwältigenden Duft der Gloxinien in ihrem Glashaus und legte seinem Vater die rechte Hand aufs Knie, steuerte das Auto mit der anderen in die Kastanjelaan. Um ihn abzulenken, begann er, einen der achtundachtzig Verse von Reimpsalm 119 aufzusagen, den er für ihn auswendig gelernt hatte. »Das war selbst dir zuviel.« Ein leises Lächeln erschien auf Hans' Gesicht.

Ruben dachte an die Zeit, als sein Vater gesund und stark gewesen war. Er sehnte sich zurück nach der Zeit, als er in der Gärtnerei gespielt hatte. In dieser Stimmung traute er sich, von der Feuersäule anzufangen, die Stimme, die darin erklungen war. Diese Ekstase würde er in seinem Leben auch gern erleben.

Hans schwieg. Was sollte er dazu sagen? Über die Feuersäule und die Stimme Gottes konnte er nicht nachdenken. Vor dem Herrscher über alles fühlte er sich wie ein kleines Kind. Es gab ihn nicht, er hatte keinen eigenen Willen. Hans konnte nicht auf Ruben eingehen, weil dieser Sohn bei all seiner Hilfsbereitschaft gleichzeitig sein geistlicher Widersacher war.

Die klotzige gelbe Villa beherrschte die ganze Umgebung. Wo früher ein Rasen mit geschwungenen Rabatten gewesen war, erstreckte sich heute ein Kiesplatz. Auf Schildern stand, daß hier nur Mitarbeiter parken durften. Im Schritttempo fuhr Ruben am Gebäude vorbei, blieb knapp hundert Meter weiter stehen, gerade außer Sichtweite des Gebäudes.

Hans verzog das Gesicht, legte seine Hand einen Augenblick auf Rubens Arm, als hätte er Angst, man könnte ihm etwas antun. Diesem wöchentlichen Gang sah er mit wachsender Sorge entgegen.

Ruben ließ den Motor laufen, stieg aus.

Durch das Fenster beruhigte er seinen Vater.

»Es ist heute, glaube ich, nicht so voll. Ich bin gleich wieder da.«

Ruben rannte zur Villa. Der Vater schaute ihm durchs Heckfenster nach. Die Familie, die vor dem Krieg in dieser Villa wohnte, hatte er jahrelang mit Pflanzen beliefert. Er sah seinen Sohn die Stufen zur monumentalen Eingangstür hochlaufen. Ruben würde einen Blick in die Halle werfen, wo die Schalter und ein Warteraum mit Bänken waren, die an der Wand befestigt waren.

Im Frühling, wenn in der Gärtnerei besonders viel los war, hatte Hans oft Saisonarbeiter zum Umgraben und für andere schwere Arbeiten angeheuert. Leute, die Sozialhilfe bekamen und sich etwas dazuverdienen wollten. Er schaute nicht auf sie herab, schämte sich jedoch, wenn er sie hier wiedertraf. Ihre Situation war gleichgeblieben, er war gesunken.

Ruben rannte zum Auto zurück. Die Luft sei rein. Er fuhr im Rückwärtsgang bis kurz vors Gebäude, half seinem Vater beim Aussteigen. Daß es soweit hatte kommen müssen. Stütze bekommen. Ein Körper, der nicht mehr wollte.

Schritt für Schritt, schwer an seinen Sohn gelehnt, erreichte Hans die Eingangstür. Ruben drückte sie auf, suchte zur Sicherheit nochmals die Halle ab. Keine bekannten Gesichter. Der Parkettboden glänzte. Hans' neue Schuhe, die er kaum getragen hatte, knarzten.

Sie kamen sofort an die Reihe. Jedesmal schien es mit der Auszahlung länger zu dauern. Auf immer neue Formulare mußten Stempel und Unterschriften gesetzt werden.

Seine Unterschrift war völlig unkenntlich geworden, der Stift rutschte ihm in alle Richtungen weg. Ruben hielt seine Hand fest. Nachdem er das Geld erhalten hatte, fragte er den Schalterbeamten, ob es möglich sei, kurz nach Schalterschluß zu kommen. Davon konnte natürlich nicht die Rede sein. Dienstschluß war Dienstschluß. Da seien nicht nur die Türen geschlossen, sondern auch die Kasse.

Kapitel 81

Ein Fremder stand am Gartentor zum Bergweg. Sie bemerkte ihn, als sie die Vorhänge des Zimmers zur Straße zuzog, das zum Krankenzimmer hergerichtet war.

Er hatte ein spitzes Gesicht, trug einen schwarzen Hut und einen langen schwarzen Mantel und mußte zur Gruppe um Steffen und Mieras gehören. Sie kramte herum, wanderte um das Bett, das mitten im Zimmer auf hohen grauen Klötzen aus Metall stand, strich ihrem vor sich hin dösenden Mann über die Wange. Ein ermüdender Hustenanfall war endlich vorbei. Margje streichelte seinen kahlen Kopf. Durch die Therapie hatte er innerhalb weniger Tage all sein Haar verloren. Es war immer so dicht gewesen. Sie hatte es geahnt. Es war kein Rheuma. Vielleicht hatte Rheuma am Anfang mitgespielt. Die Ärzte des örtlichen Krankenhauses hatten Lungenkrebs diagnostiziert. Der Tumor befand sich an einer Stelle, wo man nicht operieren konnte.

Warum hatte man alles immer aufs Rheuma geschoben? Der Husten, die Kurzatmigkeit hätten den Arzt doch mißtrauisch machen müssen? Dann hätte man vielleicht noch etwas tun können. Nach einem einwöchigen Krankenhausaufenthalt war er wieder nach Hause geschickt worden.

In seinem unruhigen Schlaf keuchte er.

»Papa«, sagte sie leise, beugte sich über ihn, drückte ihm einen Kuß auf die Wange.

Margje öffnete den Vorhang ein wenig. Der Mann rührte sich nicht, betrat weder den Weg zum Haus noch öffnete er das Gartentor, um zu klingeln. Sollte sie zu ihm gehen und ihn fragen, was er da tat? Sie sah ihn aufmerksam die

Straße hinunterschauen, eine Hand heben. Im Licht der Straßenlaterne tauchte Jozef Mieras auf. Die beiden Männer begrüßten sich, Jozef betrat als erster den Weg. Margje fing sie am Hintereingang ab. Sie sprach Mieras erst mit »Meneer« an, tat so, als würde sie ihn nicht kennen, sagte dann: »Ach ja, natürlich, Entschuldigung. Jetzt erkenne ich Sie.« Jozef Mieras war ebenfalls viel dünner geworden. Als er den Hut abnahm, sah sie, daß er eine letzte dünne Haarsträhne glatt über den Schädel gekämmt hatte.

Heute hatte er keinen Koffer dabei. Er stellte ihr den anderen vor, Taverne. Unter dem offenen schwarzen Mantel trug er ein kariertes Bauernhemd mit einer vorgeknüpften Krawatte. Ihn hatte sie noch nie gesehen. Der Blick seiner dunklen, fast schwarzen Augen in dem dichtbehaarten Gesicht war klar, stechend. Sie schätzte ihn nicht älter als dreißig. Also gab es in der Bewegung Nachwuchs.

Sie wußten, daß es Bruder Sievez nicht gutging.

»Aber woher wissen Sie denn ...?«

»Ach, das spricht sich herum.« Mehr wollte Mieras nicht sagen.

»Ach so«, sagte Margje. Sie stand mit den Männern in der offenen Tür, versuchte, tief durchzuatmen. Hinter ihnen sah sie den verlassenen, verwahrlosten Garten, betrachtete die Männer, als seien es seltene Tiere aus Burgers Zoo, mit offenem Mund, ängstlichem Staunen.

»Ich hätte nicht gedacht, daß ich Sie je wiedersehen würde.« Doch sie wollte keinen Streit. Sie dachte an die letzten dünnen Haarsträhnen, die sie in der Hand gehalten hatte, als sie Hans vorsichtig kämmte. Jozef kniff die Augen zusammen und wirkte dadurch noch sanftmütiger und freundlicher. Sie möchten Hans besuchen, sie möchten nur sein Bestes.

Jozef sagte: »Wir wissen, daß Ihr Mann uns erwartet. Laienprediger Steffen muß von weit her anreisen, doch er wird sich heute abend zu uns gesellen. Wir möchten Ihrem Mann in diesen schwierigen Stunden beistehen. Wir haben seinen Ruf vernommen.« Jozef hielt den Kopf gesenkt, doch Tavernes stechender Blick war noch immer auf sie gerichtet. Jozefs gutmütiges Grinsen war inzwischen dem leisen, nach innen gekehrten Lächeln eines Menschen gewichen, der wie selbstverständlich in ständigem engen Kontakt mit dem Unsichtbaren stand und sich der Unwissenheit des Rests der Welt bewußt war.

Beide Männer, Jozef voran, strebten geradewegs in den Flur, um ihre Mäntel und Hüte abzulegen. Als wären sie hier zu Hause.

Margje eilte durch die Stube zu Hans: »Aufwachen, Papa, Besuch für dich.«

Über dem von rosa Nebel verschleierten Moor ging die Sonne auf. War das der Himmelsrand, der rote Teppich des Himmlischen Jerusalem, wo morgens eine andere Sonne schien, wie auf dem Bild in der alten Bibel im Buch der Offenbarungen? Und wird keine Nacht mehr sein, und sie werden nicht bedürfen einer Leuchte oder des Lichts der Sonne; denn Gott der Herr wird sie erleuchten von Ewigkeit zu Ewigkeit. Hans blickte darauf.

»Aufwachen, Papa, schau mal, wer da ist!«

Lächelnd schlug er die Augen auf, noch ganz erfüllt von dem, was er gesehen hatte.

War es richtig gewesen, daß sie die Männer ins Haus gelassen hatte? Wäre sie nicht allein gewesen, hätte sie vielleicht anders gehandelt. Sie zog sich ins hintere Zimmer zurück, blickte ins Vorderzimmer, lauschte. War sie diesmal zu nachgiebig gewesen und hatte sich zu sehr vom Ernst der Lage beeinflussen lassen? Die Männer richteten Hans so gut wie möglich auf und ließen sich rechts und links von ihm nieder, die Hände auf der Bettdecke gefaltet. Sein Blick war auf Margje gerichtet, doch er schien sie nicht zu sehen. Vielleicht reichte sein Augenlicht nicht mehr? Die Krankheit griff alles an.

Jozef sagte: »Ich werde die Worte für dich finden. Sprich mir nach: ›HErr, ich bin schwach. Ich bin kein Mensch, ich bin ein Wurm.‹« Jozef betonte jede Silbe. Hans flüsterte, konnte kaum mehr artikulieren. »Ich bin schwach …«

Margje schaute die beängstigenden Besucher an und dachte: Es war nicht richtig, ich hätte sie nicht ins Haus lassen sollen.

Die Männer warteten geduldig, wiederholten die Worte, und Hans, todkrank und wieder in sich zusammengesunken, sprach ihnen nach: »… kein Mensch …« Dann wurde sein Stammeln unhörbar.

Margje horchte auf die Schritte auf dem Weg. Die Vorhänge in der Stube ließ sie immer offen, weil man vom großen Fenster aus die Straße sehen konnte. Um zu wissen, wer in die Gärtnerei kam. Es war Huib Steffen. Auch er strebte direkt in den Flur, hängte Mantel und Hut auf, begrüßte alle und setzte sich in einen alten Lehnstuhl, den Ruben, seit Hans krank war, von oben geholt hatte. Steffen hatte eine schwarze, flache Tasche dabei, aus der er ein Blatt Papier nahm. Er machte sich Notizen. Hatte er schon andere kranke Gläubige besucht, verfaßte er einen Lagebericht? Er war dicker geworden, besonders im Gesicht. Der Auswuchs über dem Kragen war noch da, genau wie früher, unverändert, abscheulich, ein Fingerstummel am Hals.

Steffen erhob sich, löste Mieras mit einer kaum wahrnehmbaren Kopfbewegung ab.

»Sprich mir nach, Bruder Sievez: Ich will Dir, o HErr, mein Gott, dienen.« Seine Stimme klang hoch, dünn und schrill.

Hans, der treu zu Huib aufschaute, wiederholte: »Ich will Dir dienen, o HErr.«

»In mir ist die freudvolle Regung, alles zu geben, o anbetungswürdige höchste Majestät.«

»In mir ...« Hans Sievez' Stimme versagte. Er bekam kein Wort mehr heraus. Er war völlig erschöpft.

Warum hatte sie die Männer ins Haus gelassen? Warum jagte sie sie nicht jetzt noch fort?

Steffen betete, die gefalteten Hände weit von sich gestreckt, über dem Kranken. Aus voller Kehle brüllend, rief er den HErrn an, sprach von äußerlichen, innerlichen und innewohnenden Sünden. Hans schrak zurück, drückte sich ins Kissen, bewegte die Lippen, betete so gut wie möglich mit, mußte mitbeten, mußte die Augen nicht nur auf Christus heften, sondern besonders auf den Laienprediger.

»Lebe dich, der du ungehorsam und trägen Herzens bist, in Christi Wunden ein und gehe mit ihm in die Hölle hinab.« Keuchend vor Anstrengung stieß Hans noch ein halbes Wort hervor. Im Nebenzimmer zog Margje nervös an einer Zigarette. Im Halbdunkel der zur Wand gedrehten Lampe neben dem Bett hatten die Gesichter der drei Männer alle denselben bleiern ernsten Ausdruck und waren zugleich völlig ausdruckslos.

Auf Steffens Geste hin löste Taverne ihn ab: »... das Bündnis mit Gott, die Seele unter der Zucht des Gesetzes, der Bekehrte, der zu Recht leidet, der eben darum leiden muß, weil er unter dem Siegel der Auserwählung steht ...«

Sie lauschte, schaute auf ihren Mann, der die Augen geschlossen hielt, auf die Fratzen über dem Bett. Wenn es nicht so durch und durch grausam gewesen wäre, hätte es geradezu faszinierend sein können. Sie benebelten einen regelrecht, man vergaß zu denken. Der Neue mit der spitzen Schnauze: eine Maus. Jeder einzelne von ihnen hatte gerade noch so viel Charakteristisches, daß ein Wort genügte: die Maus, der Auswuchs, und Mieras war für sie schon lange »Miere«, die Ameise. Chris Ibel, nicht mehr am Leben, wäre das Ekel oder der Zwerg gewesen. Mein armer Mann. Sie können ihn einfach nicht in Ruhe lassen. Er will nicht, daß sie ihn in Ruhe lassen. Seine Miene hatte sich erhellt, als er die Brüder erblickte. Von ihnen erwartete er, wenn schon nicht körperliche, dann doch geistliche Rettung.

Steffen kam in die Stube.

»Ihr Mann hat es schwer. Wir können nicht viel für ihn tun, wir stehen ihm bei, so gut wir können. Es muß von Ihm dort oben kommen.« Auf diese Worte hin trat er in den Flur, ging zur Toilette.

»Kehre um, Abtrünniger, und Ich werde dich von deiner Abtrünnigkeit heilen!« Taverne sprach. Jozef strich sich über die Wangen. Die Stehlampe verbreitete sanftes Licht. Hans schien zu schlafen, benommen, zermürbt. Wenn sie zurückdachte ... Sie sah ihn im Flur den Mantel anziehen, ihn wieder ausziehen, über den Arm hängen, den Hut aufsetzen. Wenn sie daran zurückdachte ... Ich bin so oft die Straße hinuntergegangen, habe auf den Bus aus der Stadt gewartet, um zu schauen, ob er darin saß ... Wie er damals auf der Straße an mir vorbeiging, mich nicht sah, den Mantel über dem Arm ... Huib Steffen kam zurück, sah sie an, als hätte sie ihm eine Frage gestellt.

»Soll ich Kaffee kochen?«

»Noch nicht. Aber ich glaube, schon bald werden wir uns darüber freuen.«

Er nahm seinen Platz wieder ein. Sein Blick wanderte umher, dann standen alle drei Männer auf, riefen im Chor das fürchterliche Wort aus dem Matthäus-Evangelium: »Bekehre dich, sonst wirst du ausgestoßen in die Finsternis hinaus; da wird sein Heulen und Zähneklappern.« Die Worte waren wie Peitschenhiebe.

Hans wagte nicht, die Augen zu öffnen. Doch er mußte den Laienprediger Steffen im Blick behalten, mit geistlichen Augen, sonst wäre er rettungslos verloren. Ihm hatte er, zumindest auf Erden, sein ganzes Vertrauen geschenkt. Die Worte des Evangelisten schallten bis an die Innenseite seines Schädels, hallten darin wider. Hans glaubte. Christus war da. Er mußte glauben. Mehr denn je kam es darauf an, sich Ihm auszuliefern – so rein wie möglich. Denn der Tod kam auf leisen Sohlen näher. Mit Angst und Schrecken sah er dem Ende entgegen. Ja, Gott war da. Oder war es Christus, Sein eingeborener Sohn? Oder der Heilige Geist?

Etwas Unsichtbares huschte durchs Zimmer, etwas strich geduckt im Schatten der Schiebetüren, bei der Tür zum Flur …

Am Bett ertönte leises Gemurmel. Jozef Mieras drehte den abgemagerten Hals, der am Revers seines Sakkos entlangschabte, sein Blick schweifte geistesabwesend umher. Er meditierte. Steffen kaute auf seinen Lippen, machte Schmatzgeräusche mit der Zunge.

»Ach, möge der Kelch an diesem sündigen, an diesem ungehorsamen Kind vorübergehen!« Es war Taverne, der diese Worte unaufhörlich wiederholte. Hans wimmerte leise. Ihm tat alles weh, bis hin zu den Härchen auf den Fingern.

»Dieses Gerede, das ganze Trara«, murmelte Margje. »Aber ein menschliches Wort über die Lippen zu bringen, ein einziges Wort des Trostes? Auf keinen Fall!« Sie stand auf, ging in die Küche, um Kaffee zu kochen und Brote zu schmieren. Gleich würden die Kerle Hunger haben.

Kapitel 82

Margje dachte: Er ist schon lange nicht mehr *mein* Mann.

Im Zimmer zur Straße herrschte die Gemeindeschwester, eine stramme, ungehobelte Person mit kurzen Schneidezähnen, die kaum ein Wort sagte. Sie wusch Hans, machte ihn sauber, fönte seinen wundgelegenen Hintern. Im Gegensatz zu ihr durfte die Schwester in seine Nähe kommen, ihn berühren. Margje beobachtete sie vom hinteren Zimmer aus.

Als die Frau mit ihrer Arbeit fertig war, bedeutete sie ihr, daß sie sie sprechen wolle. Im Flur sagte sie dann: »Wenn ich mir Ihren Mann so ansehe, denke ich, daß er bald hinüberschlummern wird.« Ihr Ton war ausdruckslos, nicht gerade mitfühlend, als wäre ihre Bemerkung nicht weiter wichtig. »Sie können mich jederzeit anrufen.«

»Was sagen Sie da?« Margje schluckte. Es war kein Wort, das die Brüder verwenden würden. Darin lag Gleichgültigkeit, Verniedlichung. Der Ausdruck war wohl bei Gemeindeschwestern beliebt.

»Ich wollte Ihnen nur sagen, daß Sie mich jederzeit anrufen können.« Die Schwester öffnete selbst die Haustür, zog sie hinter sich zu.

Auch Hans hörte die Tür gehen. Er starrte über das Fußende des Betts hinweg ins hintere Zimmer, lauschte Margjes Schritten im Flur. Gleich würde sie ins Vorderzimmer kommen, sich rasch, am liebsten so, daß er sie nicht sehen konnte, dem Bett nähern, ganz leicht mit der Hand über seine Wange, seine Stirn streichen, fast ohne seine Haut zu berühren, noch bevor er dazu kam, den Kopf wegzudrehen. Er wußte nie, von welcher Seite sie sich ihm nähern würde, um ihm munter zuzureden: »Ich bleibe mal ein bißchen bei dir. Kann ich was für dich tun? Warte, ich mache die kleine Lampe an, draußen ist es so dunkel.«

Sie setzte sich zu ihm, doch er wandte sich ab, schloß die Augen. »So, das ist besser.« Margje legte das Buch gerade hin, glättete das Laken. »Soll ich dir etwas vorlesen?«

Er gab nicht nach. Es war angenehm, ihre kleine Hand auf der Stirn zu fühlen, doch er durfte es sich nicht anmerken lassen. Er hörte sie das Buch zur Hand nehmen und ihre Worte wiederholen: »Soll ich dir etwas vorlesen, Papa?« Nein, das ging nicht. Steffen hatte es ausdrücklich verboten. Erst recht nicht in dieser Phase seines Lebens. Sie nicht an sich heranlassen. Seine Nächsten ausschließen. Keinen Unbekehrten Gottes Wort lesen lassen. Das war ein strenges Gebot. Weder Margje noch Ruben. Beide hatten es ihm angeboten. Bei Ruben hatte er gezweifelt. Er stand ihm in diesen Dingen noch am nächsten. »Aber Papa«, hatte Ruben ihm leise vorgeworfen, »Johanna darf dir doch auch vorlesen!«

Er hatte es ihm nicht erklären können und nur gesagt: »Johanna hat eine helle Stimme.« Das war zwar richtig, doch es ging um etwas anderes. Johanna konnte nichts dafür, daß sie nicht bekehrt war. Sie kam aus einer Familie, in der Gottes Wort nicht verkündigt wurde, außerdem war Johanna eben Johanna.

Margje bückte sich im Lampenlicht, kramte, um etwas zu tun, einen Vorwand zu haben, bei ihm zu sein, in seiner Schublade.

»Schön sauber bist du wieder. Und frische Bettwäsche hast du auch.« Sie hatte sich einen munteren Umgangston angewöhnt. Er lag auf dem Rücken – er konnte sich nicht mehr aus eigener Kraft auf die Seite drehen –, mit dem Gesicht zur Flurtür. Er durfte Margje nicht in die Augen sehen. Sie rückte ihren Stuhl näher, legte den Kopf an seine Wange, als hoffe sie, zwischen zwei keuchenden Atemzügen ihren Namen zu hören. Er ließ die Liebkosung so gleichgültig wie möglich über sich ergehen. Sie beugte sich über ihn, als wolle sie seinem Gesicht noch näher kommen, er verfolgte ihre Bewegungen.

»Sag etwas zu mir!«

Doch er schwieg. Er fühlte sich schuldig, aber mit ihr zu sprechen – besonders mit ihr –, würde seine Schuld nur vergrößern. Wenn ein Unbekehrter im Augenblick des Übergangs mit ihm sprach, wäre er für immer verloren.

»Bitte, Hans!« Um ihre dumpfe, gestaltlose Angst zu vertreiben, sah sie sich um, auf der Suche nach etwas, ganz egal was, woran sie sich festklammern konnte.

Er döste nicht, war bei vollem Bewußtsein, vielleicht gerade, weil sein ausgezehrter Körper kurz davor war, ihm den Dienst zu versagen. Er stand am Rand. Schwefel und das ewige Feuer oder die ewige Lobpreisung Gottes. Sie setzte sich auf die andere Seite des Betts, berührte ihn. Es wäre völlig unmöglich, jetzt den Kopf abzuwenden – wenn er es überhaupt geschafft hätte –, also schloß er fest die Augen. Sie streichelte seinen Handrücken, lauschte seinem gehetzten Atem, flüsterte: »Trotzdem bleibe ich noch ein bißchen bei dir.« Und kurze Zeit später: »Ich glaube, ich höre Johanna.«

»Was soll ich lesen?« Hans zeigte auf die kleine schwarze Taschenbibel. Johanna schlug sie beim Lesezeichen auf. »Ich schreie zu Dir, aber Du antwortest mir nicht.« Er lauschte, das Gesicht ihr zugewandt.

Margje beobachtete sie von der Küchenschwelle aus. Johanna stand hoch im Kurs.

Johanna bemerkte Margjes Blick.

»Komm doch, Mutter.«

Margje zögerte, blieb jedoch im Nebenzimmer.

»Komm, setz dich neben mich.«

»Nein, nein. Es ist gut so. Ich lasse euch allein, ich bin schon froh, daß er ein bißchen Ablenkung hat.« Margje rang nervös die Hände, ihre Wangen bebten.

Johanna kam zu ihr, nahm sie in den Arm.

Zusammen gingen sie in die Küche, damit Hans sie nicht hören konnte.

»Warum macht er das?«

»Er hat etwas gegen mich, mein liebes Kind. Ich werde nicht schlau aus ihm. Dabei tut er mir so leid. Er ist todkrank. Immer hat er so schönes, dickes Haar gehabt, und jetzt ist er kahl wie Huib Steffen. Es ist ohnehin schon schwer. Und jetzt noch das. Ich will in seiner Nähe sein, aber er weist mich ab.«

Margje fror vor innerer Kälte, biß sich auf die Lippen. »Geh du nur zu ihm. Mir gegenüber ist er mißtrauisch, tut so, als ob ich nicht hierhergehöre.«

Es dämmerte. Auf dem Weg ertönten Geräusche. Da waren sie wieder, früher als sonst. Einer nach dem anderen tauchten sie beim Gartentor auf. Ihre Sammelstelle. Sie berieten sich, verteilten die Aufgaben. Jozef Mieras war da, die Arme hinter dem Rücken verschränkt wie der Junge auf dem Muttertagsplakat in der Werkstatt. Auch Taverne, die Maus, der mit den Fingern einer Hand auf den Handrücken der anderen trommelte wie früher Ibel.

Sie standen dicht beisammen, Schulter an Schulter, im

letzten Abendlicht und im Schein der Straßenlaterne. Steffen kam hinzu und noch zwei Neue mit so tief heruntergezogenen schwarzen Hüten, daß ihr Gesicht im Schatten lag. Ganoven, Wegelagerer, Mitglieder einer Räuberbande. Noch zwei weitere stießen hinzu. Unzählige Männer, alle dunkel gekleidet. Sie würde mehr Stühle herbeischaffen müssen.

Die Männer warteten, ruhig, ihrer Sache sicher, alle aus dem gleichen Holz geschnitzt und außer Mieras aus derselben Bevölkerungsschicht: Arbeiter, untere Mittelschicht. Alle teilten sie dieselbe Besessenheit: einen Menschen vom Strick des Jägers zu erretten, einem Menschen bei seinem Übergang in das andere Leben beizustehen. Alle trugen sie abgenutzte schwarze Mäntel und glatte, halbhohe Schuhe. Ihre Umrisse waren scharf und deutlich. In weiter Ferne und sehr weit oben war ein leises Rauschen in den Mammutbäumen zu hören.

Noch einer. Wie viele würden noch hereinspaziert kommen? Sie gehörten dazu. Es wäre seltsam gewesen, wenn sie nicht gekommen wären. Sie gehörten dazu, wurden gebraucht, dringend gebraucht, doch zuerst zog Margje die Vorhänge des Zimmers zur Straße hin zu. Es ging die Außenwelt nichts an.

Kapitel 83

O HErr, sieh dieses sündige Kind in Deinem gnädigen Erbarmen an.« Jozef betete im Stehen am Fußende des Bettes, mit dem Rücken zur Stube. Auf der einen Seite des Bettes standen Steffen und Taverne, auf der anderen, ihnen gegenüber, sechs Unbekannte. So viele waren noch nie gleichzeitig dagewesen. Die Neuen hatten getan, als kämen sie seit Jahren hierher, waren geradewegs in den Flur gelaufen, hatten die Mäntel ausgezogen, die schwarzen Filzhüte abgesetzt und waren ins Vorderzimmer weitergegangen. Margje, die am Tisch in der Stube zwischen ihrem älteren Sohn und Johanna saß, beachteten sie kaum.

»Amen, ja, amen«, beteten alle im Chor und nickten mit den Köpfen. Kleine Flecken Licht von der Straßenlaterne, nicht größer als der Nagel eines kleinen Fingers, fielen durchs obere Fenster auf die Seitenwand.

»Denn siehe, es kommt ein Tag, der brennen soll wie ein Ofen. Da werden alle Verächter und Gottlosen Stroh sein, und der kommende Tag wird sie anzünden, spricht der Herr der Heerscharen.« Aus Hans' Mund kam kein Wort der Zustimmung, nur ein lautes, ununterbrochenes Keuchen.

Jozef beugte sich tief über das Kopfende und fragte abrupt: »Ist der HErr da?« Kaum merklich schüttelte Hans den Kopf.

»Schrecklich«, sagte Margje. »Wie kann man nur auf solche Gedanken kommen?«

Mieras und der Laienprediger tauschten Blicke. Steffen löste ihn ab: »O Gott von Abraham, Isaak und Jakob, sieh ihn an! Sieh ihn an! Sieh ihn an!« Margje murmelte: »Das ganze Haus riecht nach Bibelauslegern, nach Predigern.«

Auf Zehenspitzen kam Jozef Mieras zu ihr, flüsterte leise, mit traurigem Blick – doch seine großen braunen Hundeaugen sahen immer traurig aus! –, daß es ein sehr schwerer Kampf sei. Er müsse noch mehr getrennt werden. Von allem, was ihn hier binde, all dem Seinen. »Er muß in sich selbst kraftlos sein. Ihr Mann und Vater und Ihr Schwiegervater, wenn ich es richtig verstanden habe, ist noch nicht bereit. Der Wechsel zwischen hellen und dunklen Momenten im Stand der Gnade ist noch zu groß. Der Laienprediger betet. Wir lassen ihn nicht fallen. Darauf können Sie sich verlassen.«

Sie schauten an seiner dunkelglänzenden Gestalt vorbei ins Vorderzimmer.

»Hört mein Vater die Worte, die Sie sprechen?« fragte Ruben. »Wir möchten gern dabeisein.«

»Er ist bei vollem Bewußtsein. Das ist auch besser so. Und was Ihre letzte Frage betrifft: Das geht nicht, es darf nicht sein. Er bereitet sich vor.«

»Wir sitzen hier nur herum«, sagte Margje flehentlich, »wir tun nichts, dürfen nichts tun. Darf ich kurz zu ihm?«

»Ich habe es Ihnen schon gesagt, Mevrouw, dem kann ich nicht zustimmen. Ein Wort von Ihnen im Augenblick des Sterbens kann ihn sein Seelenheil kosten. Wir wissen so wenig. Deshalb dürfen wir kein Risiko eingehen.«

Johanna schenkte Jozef Kaffee ein. Sie lösten sich beim Beten, beim Kaffeetrinken, beim Gang zur Toilette ab. Jozef setzte sich zu ihnen, schlug die Beine übereinander. Er trug seinen dunkelsten Anzug mit einer schwarzen Krawatte und hohe schwarze Schnürstiefel. Alles an ihm glänzte vor Alter und Verschleiß.

»Dies ist die Stunde des Verlassens. Seine Seele muß gelaugt, kasteit, gezüchtigt werden.«

»Hol doch mal ein paar Kekse«, sagte Margje. Johanna brachte ein Schälchen ins Vorderzimmer.

Die Pendeluhr schlug Mitternacht.

Margje wandte sich an Ruben.

»Tom ist noch nicht da. Hast du ihm gesagt, daß er nach Hause kommen soll?«

»Er hat es mir versprochen. Ich habe sehr darauf gedrungen. Einige Sekunden lang hat er mich so aufrichtig angeschaut, daß ich ihm einfach glauben mußte.«

»Da ist er jedenfalls noch nicht.«

»Ich habe gesagt, daß Papa ... daß es Papa nicht gutgeht, daß er es sein Leben lang bereuen würde ...«

»Ist er in der Schwimmbadbar?«

Ruben nickte. Doch er verschwieg ihr, daß Toms hübsches Gesicht von einem provozierenden Grinsen, vor Erregung, Blasiertheit entstellt gewesen war.

»Er hockt also da drüben und trinkt. Noch nicht einmal zweihundert Meter von hier entfernt.«

Huib Steffen hielt die Hände über das Gesicht des Sterbenden: »Wahrlich, ich sage dir, wenn du glaubest und nicht zweifelest, wirst du zum Berge Serubabel sagen: Hebe dich und wirf dich ins gläserne Meer. Glaube, Bruder Sievez, sonst wirst du ausgestoßen in die Finsternis hinaus; da wird sein Heulen und Zähneklappern.«

Jozef, der neben ihnen am Tisch saß, betete laut mit, zog dann das Sakko aus. Schweiß hatte große feuchte Flecken auf dem Hemd gebildet, so daß darunter seine Haut zu sehen war.

Margje zündete sich eine Zigarette mit der Glut der anderen an. Seit Wochen schon kam sie nicht mehr ohne Zigaretten aus. Während die eintönige Aneinanderreihung von Bittgebeten im Vorderzimmer fortgesetzt wurde – und

Margje manchmal, wegen des hektischen Wechsels von Licht und Schatten durch die ununterbrochene Bewegung der Köpfe und Hände der Brüder, den Eindruck hatte, als würde Hans, der ohnehin erhöht lag, sich bewegen, sich heben –, erklärte Mieras, daß der Ausgang des dort geführten Kampfes ungewiß sei und nicht feststehe. Nachdrücklich sah er jeden einzelnen von ihnen an, schürzte, Speichel sprühend, die Lippen. Dann wurde er sachlich: »Nach dem Übergang müssen wir alles weitere Ihm überlassen. Dann ist das irdische Leben vorbei. Bleibt noch eines, das wir nicht vergessen dürfen. Ich möchte Sie bitten, sich zu gegebener Zeit mit uns wegen des Textes für den Grabstein zu beraten.« Und mit Nachdruck: »Keinesfalls darf darauf stehen ›Er starb sicher in Jesu Armen‹ oder ›Er hat die ewige Seligkeit erlangt‹! Das ist nicht unsere Sache. Wir dürfen uns nicht anmaßen, ein Urteil zu fällen und als Mensch zu richten. Das Letzte Gericht wird am Jüngsten Tag stattfinden, wenn die Gräber geöffnet werden, und nicht früher. Wer wird dann bestehen? Übrigens wäre ein neutraler Text wie ›Der HErr ist mein Hirte‹ durchaus akzeptabel.«

Wie gelähmt starrten sie Mieras an. Sie rührten sich nicht, nickten geistesabwesend, als handle es sich selbstverständlich um ein wichtiges Problem und als erfordere dieses eine praktische Lösung, die einvernehmlich gefunden werden mußte. Margjes Schultern bebten, Johanna nahm ihre Hand. Doch Margje gab sich keine Blöße, wischte die Tränen weg. Mieras kehrte ins Vorderzimmer zurück.

»Ich will nur eines: zu ihm gehen.«

»Ach, wenn es nur so sein möge …«, war aus dem Mund des Laienpredigers zu hören. Die anderen stimmten ein. Ein tiefes Grollen drang ins hintere Zimmer. Margje murmelte vor sich hin, daß er sich im Lauf der Jahre schon so viel hatte aufschwatzen lassen.

»Und wir haben das alles zugelassen ... Man glaubt, daß es schon nicht so schlimm sein wird, sich schon alles wieder einrenkt. Hätten wir hart durchgreifen sollen ...? Manchmal schien er selbst genug zu haben, distanzierte sich davon.«

»O HErr, laß den Kelch an diesem Kind vorübergehen!« Steffens Stimme überschlug sich.

Unter der Decke bewegten sich die Füße des Kranken. Er wimmerte leise.

Taverne war mit dem Kaffeetrinken an der Reihe. Er blieb stehen und sagte, ohne daß jemand ihn angesprochen hatte: »Sievez ist noch nicht soweit, daß er fragt: HErr, wann kommst Du? Ich will es. Ich sehne mich danach. In seinem Gewissen ist noch zuviel Angst. Er steckt mitten in seinem Gethsemane.« Er hob den mageren, dunklen Kopf, alles an ihm war schwarz – die Augen, die Augenbrauen, seine Haut. Margje erinnerte er an das Bild eines Spaniers im Geschichtsbuch, der sich geißelte. Taverne hielt es für möglich, daß die Seele sich genau in diesem Augenblick kraftlos mache, entwurzle und freimache.

»Bruder Sievez!« rief ihn der Laienprediger Steffen drängend. »Erfährst du den HErrn Gott und Seinen Heiland, den Gekreuzigten?«

Margje konnte nicht erkennen, ob Hans die Augen aufschlug, doch sie stand auf und hörte ihn flüstern, daß seine Seele verdorrt sei, daß er nichts empfinde. Seine heisere, aber helle Stimme klang resigniert und verzweifelt. Margje kam bis zur Schwelle der Schiebetüren, wurde dann jedoch von zwei Brüdern aufgehalten. Taverne begleitete sie ins hintere Zimmer zurück.

»Gott hält mit sich Rat, Mevrouw!«

Margje sagte zu den Kindern, es sei ein Wunder, daß Papa sich überhaupt noch so normal verhalten hätte. Den Kerlen wäre es am liebsten gewesen, wenn er alles aufgegeben hätte. Sie schaute auf die Pendeluhr. Es ging auf eins zu. Tom war noch immer nicht da. »Er will nicht zu Hause sein. Papa ist zu Hause.«

Ruben stand auf.

»Ich schaue noch einmal nach. Wenn Tom ja sagt, meint er nein.« Je nachdem, wie es ihm gerade paßte, sagte er die Wahrheit oder log, das eine ebenso mühelos wie das andere. »Diesmal bringe ich ihn mit nach Hause.«

Einen Augenblick später hörten sie Ruben ums Haus gehen. In einer einzigen Bewegung beugten sich alle Brüder übers Bett.

Die Frauen sahen von weitem zu.

Kapitel 84

Es war kalt für die Jahreszeit, in dieser Nacht des 19. August, kälter als an den Tagen zuvor und windig, der Wind peitschte gegen die leeren Gewächshäuser. Die Kälte drang durch die Ritzen und die kaputten Scheiben, das Unkraut, das auf den Kulturtischen wucherte und an den Streben emporrankte, wehte in der Zugluft, und eine vergilbte Papiertüte mit Farnsporen flog hoch. In den himmelhohen Mammutbäumen ertönte ein Wehklagen.

Der Laienprediger Steffen blieb einen Augenblick vor dem Fenster zum Garten stehen und sprach über die unermeßliche Unzulänglichkeit des Kosmos, in dem die Sterne kalt und unwissend seien. Alle paar Sätze lösten sie sich nun ab. »Unsere Seele ist betrübt bis an den Tod. Er ist in Gethsemane. In seinem Herzen ist nur Leid. O Friedensfürst, hol dieses Kind nach Hause! Ach, befreit zu werden und mit Christus zu sein. Mit Christus zu sein. Mit Christus zu sein. Hol ihn nach Hause!«

Immer gehetztere Litaneien. »Nichts kann uns scheiden von der Liebe Gottes, die in Christus Jesus ist. Denn unsre Trübsal, die zeitlich und leicht ist, schafft eine ewige und über alle Maßen wichtige Herrlichkeit uns.«

Darauf flüsterte Hans mit schwacher Stimme »Amen«.

Margje gab Johanna ein Zeichen. Beide standen gleichzeitig auf. Margje ging als erste über die Schwelle. Hans erkannte sie vage in einem Wirbel plötzlicher Bewegungen und Schatten, unternahm einen letzten Versuch, den Kopf von ihr abzuwenden, hatte nicht genügend Kraft dazu, sah ihr einen Augenblick direkt in die Augen.

Steffen und Taverne hielten Margje und Johanna kopfschüttelnd zurück.

»Nein, nein! So begreifen Sie doch, daß die Dinge in dieser Angelegenheit, der Sterbensangelegenheit, nicht auf normale Weise vonstatten gehen. Lassen Sie ihn in Gottes Namen in Ruhe.« Steffen führte Margje zurück, eine Hand leicht auf ihrer Schulter. Sie schüttelte ihn ab. Er blieb bei ihr, bis sie sich wieder setzte. »Josefs Wagen sind aus Ägypten unterwegs, um ihn zu holen, Mevrouw. Als Mensch können wir niemals ruhigen Herzens die Schrecknisse des Letzten Gerichts abwarten. Machen Sie es ihm nicht schwerer, als es ohnehin schon ist. Ihm ist fast keine Zeit mehr vergönnt.«

Taverne führte Johanna behutsam, doch ohne Umschweife, an ihren Platz zurück. In der Zwischenzeit gingen die Bittgebete am Bett weiter.

»Bruder Sievez, du mußt begreifen, daß du außerhalb dieses Bündnisses mit Gott in einer höchst unheilvollen Lage bist, der vermutliche Erbe ewiger Verdammnis, weil du dem Fluch des Gesetzesbruchs unterliegst. Verflucht sei der, der sich nicht an all das Geschriebene hält. Der, ja, der wird sich anhören müssen das Grauenerregende: Hinfort mit dir, Verfluchter, hinfort mit dir!«

Die Nacht schritt voran. Der Wind legte sich, leiser Regen fiel. Ein schöner, wachstumsfördernder Sommerregen hätte Hans gesagt, als er noch gesund war, durch den die Felder mit Skabiosen und Brennender Liebe noch mehr leuchteten.

Hans Sievez hörte den Regen nicht, obwohl eines der oberen Fenster offenstand und das Fenster zum Garten gekippt war. Die wenige Aufmerksamkeit, die er noch aufbringen konnte, galt den Worten, die über ihn ausgeschüttet wurden. Seinem zerschundenen Leib war es nicht möglich, sie alle zu verstehen, er gab sich die größte Mühe, den Tonfall konnte er deuten, manchmal drang ein Wort, der Teil eines Satzes zu ihm durch, und er hatte lang genug mit diesen Worten gelebt, um sie zueinander in Beziehung setzen zu können. Doch es war vor allem die Angst, die ihn daran hinderte, richtig zuzuhören. Wenn doch nur die Angst ein wenig gemildert werden könnte. Wo war der Hirte an den kühlen Wasserbächen, von dem er so oft gesungen hatte? Der könnte ihn doch ans Ufer dieses frischen Wassers führen? Er hatte doch auch in der Feuersäule gesprochen, beim Zitronenapfelbaum. Warum schwieg er jetzt? Ich habe Angst. Ich habe unermeßlich große Angst. Mose nahte sich dem Dunkel, darinnen Gott war. Höre! Die Mammutbäume! Im Winter knackend unter der Last des Schnees, das Brausen im Herbst und im Sommer das Raunen und Säuseln. Der Sauerampfer im Moor blüht, die Sonne brennt ihm im Nacken, auf der Haut unter dem dünnen, abgetragenen Hemd. Bärenklau treibt auf ihn zu, er kann auf Hirtentäschel springen, eine Regenwolke fegt über die Lagunenlandschaft, durch das Blau. Ich will so liegen bleiben. Was ist das für ein Schmerz? Was drückt denn so? Ist es ein Zweig von der versunkenen Weide oder etwas anderes? Es ist nicht einmal ein richtiger Schmerz, ich bin nur so müde. Gleich, wenn ich ein bißchen ausgeruht bin, werde ich mich umdrehen. Ich rieche den starken Geruch dunklen Moorwassers und einen anderen, zarteren Duft. Hier zwischen dem wogenden Sauerampfer muß ein Büschel blauer Glockenblumen wachsen. Wenn ich ein bißchen mehr Kraft habe, werde ich ein Sträußchen für Margje pflücken und mir überlegen, was ich sagen werde, wenn ich es ihr gebe. Für dich. Dich, meine Allerliebste.

Später will ich nicht in der Ziegelei arbeiten, kein Bauernknecht werden. Die Sonne ist noch nicht ganz im Moor untergegangen. Mein Schatten liegt lang auf der Erde, und ich betrachte ihn gedankenverloren. Unter dem Moorwasser hausen die schwarzen Schlangen – Zeichen des Tiers –, und noch tiefer, unter den bitteren Alraunwurzeln verborgen und darin gefangen, die Erinnerung an den Vater im Schweinestall. Der Schmerz in meinen Beinen ebbt ab. Noch einen Moment, dann schlage ich die Augen auf. Wenn ich kurz warte, bin ich wieder ganz gesund und kann mich an die Arbeit machen. Ich sehe die Kreidestriche, die Margje auf dem Schulhof gemalt hat. Sie schaut mir von der höchsten Stufe aus zu. Das warme Kaninchen an mich gedrückt, springe ich von Taubnessel auf Hirtentäschel. Mutter ist auf einem niedrigen Karren zur Fähre gebracht worden. Das Moor leuchtet. Das Flimmern dort? Sie bedrohen Mutter ...

»Er ist jetzt ruhiger, Mevrouw. Vermutlich ist Christus bei ihm. Ihn an seiner Seite zu wissen bedeutet ewige Geborgenheit. Der Mensch mag seine Meinung ändern und sein Wort brechen, doch nimmer Gott. Er ist getreu.«

Der Laienprediger Steffen nahm einen tüchtigen Schluck Kaffee, aß ein Stück Honigkuchen. Er fuhr fort: »Aber ein Augenblick der Unaufmerksamkeit, und der Teufel erobert seine Rechte zurück. Der Kampf darf nicht leicht sein, er muß unerträglich schwer sein, desto leichter ist die Ewigkeit.«

Er zündete sich eine Willem-II an und setzte sich an den Eßtisch auf Hans' Platz. Auf den Tisch legte er zwei schmale Bände. Der eine hieß *Das gelöste Seelenrätsel*, und der Titel des anderen, noch dünneren war *Tausend kleine*

Holzschnipsel. Falls jemand Interesse daran habe. Mieras setzte sich ebenfalls an den Tisch. Sie tranken in aller Ruhe Kaffee, ließen sich den dick mit Butter bestrichenen Honigkuchen schmecken, schauten gelegentlich zum Vorderzimmer hinüber, wo die anderen weitermachten. »Dazu sandte er Seinen Eingeborenen Sohn und schloß mit Seinem Sohn den Bund der Erlösung, als Garantie. Der HErr hat wohlgetan. Der HErr ist gut.« Schatten huschten über die Wände. Ohne den Sterbenden wäre es fast wie auf einem Geburtstagsfest mit Verwandten und Bekannten gewesen.

Steffen blätterte in dem dünneren Buch: »Wir dürfen nicht vergessen, daß Satan bis zum letzten Moment beteiligt ist. O Tod, wo ist dein Stachel? Im Angesicht des Endes wird die Sicherheit, gerettet zu sein, immer geringer. Anstelle des Glaubens kommt die Angst vor dem Verderben.« Weil es hinter ihm unruhig wurde, trat er ans Bett, schlug einen anderen Ton an, erhob die Stimme, nahm Hans' Hände in seine großen Metzgergesellenpranken. »Oh, zermürbe Bruder Sievez' abtrünniges Herz. O Christus, halte beim Allmächtigen Fürsprache für diesen großen Sünder, diesen Kleingläubigen!« Er wandte sich an seine Mitgläubigen: »Es ist nur noch wenig Zeit.«

Margje mußte sich bestimmt dreimal räuspern, ehe sie ein Wort herausbrachte.

»Manchmal habe ich es nicht mehr ausgehalten und gesagt: Geh weg! Dann blieb er innerlich zerrissen stehen.« Sie trank einen Schluck Wasser, um nicht in Tränen auszubrechen. »Schau doch, wie er jetzt daliegt. In ein paar Tagen hat er Geburtstag.« Sie schwieg. Tom war noch immer nicht da. Inzwischen waren alle Kneipen geschlossen.

Ruben war noch einmal durch die Straßen in der Nachbarschaft gerannt, in der Hoffnung, ihm zufällig über den Weg zu laufen.

»Zufall gibt es nicht, wenn ich so frei sein darf«, unterbrach ihn Jozef. »Bereits in Den Haag wurde der Weg Ihres Vaters mit dem meinen zusammengeführt.«

»Wo kann der Junge nur sein?« fragte sich Margje.

Steffen rief mit lauter Stimme: »Wo ist Gott? Der Psalmen gibt in der Nacht!«

Es war vier Uhr morgens. Die Gewächshäuser verblaßten allmählich im Morgenlicht. Ein Vogel sang. Noch einer. Die Dachfirste der Treibhäuser hoben sich schwarz vom Himmel ab. Margje glaubte, Tom zu hören.

»Hörst du denn nicht, Bruder Sievez, die Engel, Cherube und Cherubim, die Gottes Sohn begleiten?« Alle hielten die gefalteten Hände weit von sich übers Bett gestreckt. »Nur Du allein gibst Sicherheit!«

Margje stand auf der Schwelle zum Vorderzimmer, Ruben und Johanna neben ihr. Sie sagte: »Auf Wiedersehen, Papa, auf Wiedersehen.« Unter dem Laken sah man eine kleine, zuckende Bewegung. Sie beteten weiter. »Auf Wiedersehen, Papa.« Das Gebet hörte auf. »Ihr Mann ist dahingegangen, Mevrouw. Nun kann man mit Beten nichts mehr erreichen. Wir wollen hoffen, daß dieser Sterbetag sein glücklichster Tag ist.«

Sie streichelte seine noch warme Stirn, seine Wangen. Dann ertönten unregelmäßige Schritte. Ein Schatten glitt am Fenster des hinteren Zimmers vorbei.

Er lehnte sich schwer an die Mauer, eine Hand flach auf den Backsteinen, machte einen Schritt und bewegte gleichzeitig die andere Hand vorwärts, versuchte, Halt zu finden, zog dabei die Schultern jedesmal hoch, erreichte betrunken stolpernd das Küchenfenster, die Küchentür. Niemand ging ihm entgegen.

»Ein Wunder, daß er nicht hinfällt«, sagte Margje.

Im Flur zogen die Brüder ihre Mäntel an. In dieser Familie gab es für sie nichts mehr zu tun. Vielleicht würden sie morgen, übermorgen, in Goes, in Hardinxveld-Giessendam, in Wekerom oder Genemuiden dieselbe Errettung bringen. Ihr Interesse an dieser Familie war geschmolzen wie Schnee in der Sonne.

Tom erschien winkend im Hintereingang, das Gesicht rot glühend, in seinem Palmbeach-artigen Aufzug, verschmutzt, die Augen klein und blutunterlaufen. Sie sahen ihn an. »Papa ist tot«, sagte Margje. »Eben hat er noch geatmet. Und jetzt ist er tot.«

Margje schaute den Brüdern hinterher, wie sie in einer Prozession zu zweit nebeneinander über den breiten Weg zur Straße gingen.

Sie blickte auf ihren toten Mann, dachte: Jetzt gehört er mir ganz allein, legte den Arm um Tom, schaute von Ruben zu Johanna rechts und links des Bettes und sagte: »Jetzt gehört er uns allein, und wir bestimmen, was auf dem Stein stehen soll.«

Sie hörten, wie sich die Tür des Hintereingangs öffnete. Jozef Mieras kam zurück. »Ich bin tief betrübt, Mevrouw. Hans, Ihr Mann, war nicht irgend jemand.« Er trat ans Bett, legte die gefalteten Hände auf die Stange am Fußende und betete leise: »Gott, unser Leben ist kurz wie das Gras, unsere Tage sind eine Handbreit bei Dir, o HErr, und sie fahren dahin wie ein Schatten. Laß diesen Tod einen triumphierenden, einen besiegten sein.« Das Amen war unhörbar. Mieras verstummte. Er hielt die Augen noch eine

Weile geschlossen, dann verabschiedete er sich zum zweitenmal.

Margje hörte, wie er die Tür hinter sich zuzog.

Der Steinmetz pries einen dunkelgelben Travertin an, der chic wirke, auf dem das Licht sommers wie winters changiere und der verhältnismäßig günstig sei.

»Chic braucht er nicht zu wirken«, sagte Margje leicht verärgert. »Und auch nicht billig. Es soll ein einfacher Stein sein, der zu meinem Mann paßt.«

Sie sahen sich an, berieten kurz, entschieden sich für den Travertin. Hans hätte ihn schön gefunden, dachte Margje. Er hatte ein Auge für schönes Licht. Und auf dem Grab sollte viel Platz für die Bepflanzung sein. Auch eine Steckvase für Schnittblumen wollte sie.

In einem Musterbuch fiel Toms Blick auf eine zarte dunkle Schrift, die gut zum Travertin passen würde.

Seine Mutter sagte: »Wir schließen uns Toms Wahl an.« Sie zog ihren jüngeren Sohn an sich.

Unter dem Namen des Verstorbenen und seinem Geburts- und Todestag sollte folgender Text stehen:

IM HERRN ENTSCHLAFEN

Ruben fragte, wann der Stein fertig sei. Es konnte gut drei Monate dauern.

»So lange?« Margje dachte an die Ewigkeit, in der Hans jetzt war. »Ach ja, das ist in Ordnung.«

Sie würden benachrichtigt werden.

Zwischen den roten und grauen Marmorplatten hindurch liefen sie an den Grabsteinen vorbei zum Ausgang, Margje und Johanna Arm in Arm, dicht nebeneinander, die beiden Brüder hinter ihnen.

»Kurz nach Papas Tod hatte ich einen Traum«, sagte Tom. »Ich wurde gezwungen, Glas zu zerbeißen. Alle meine Zähne brachen dabei ab.« Der Traum sei jetzt in aller Klarheit wieder dagewesen.

»Wenn ich so zurückdenke an die Zeit …«, sagte Margje zu Johanna. »Gut, daß das jetzt geregelt ist. Papa konnte es nicht leiden, wenn Dinge liegenblieben. Ich habe diesem Gang mit großer Sorge entgegengesehen. Mehr können wir nicht tun.«

An jenem Abend gingen Tom und seine Schwägerin in den leeren, verwahrlosten Garten. Margje sagte, sie habe dort nichts mehr verloren. Ruben blieb bei ihr.

»Mama«, begann er, »ich habe mich gefragt …« Er wußte nicht, ob er weiterreden sollte. Ruben, der vorbildliche Sohn, wollte Worte des Trostes sprechen, wollte sie wissen lassen, daß sie, auch mit all ihren Erinnerungen, nicht allein war. »Mami, für dich …«

Sie sah ihn fragend an.

Sollte er aussprechen, was er auf dem Herzen hatte? Er war sich auf einmal nicht mehr sicher, erinnerte sich an seine Angst in der Schule, sah seinen Vater vor sich, der im Sonntagsanzug die Straße entlanghetzte, seine Mutter in der Küche, die Hände auf der Anrichte.

»Du hast es doch auch oft schwer gehabt mit Papa …«

Er brach ab.

Margje sah ihn an, verstand ihn nicht, wollte ihn nicht verstehen. Wovon sprach er? Sie starrte an ihm vorbei durch das Fenster in den Garten, sah die dunklen Dächer der Treibhäuser mit den zerbrochenen Scheiben. Wie konnte Ruben so etwas sagen? Zwischen Papa und ihr war immer alles in Ordnung gewesen. Warum mußte ihr älterer

Sohn jetzt darauf zu sprechen kommen? Sie hob den Kopf, blickte sehnsüchtig nach draußen, um zu sehen, ob ihr Jüngster schon zurückkam.

Später sehe ich Hans wieder, dachte sie. Ich sehe ihn wieder.

Ganz bestimmt.

Zur deutschen Übersetzung
Anmerkungen und Dank

Um dem Originaltext bei der Übersetzung in vollem Umfang gerecht zu werden, galt es, alles, was im entferntesten biblisch klingt oder vom religiösen Kontext beeinflußt sein könnte, gründlich zu recherchieren.

Der Autor zitiert in den meisten Fällen aus der *Statenbijbel* von 1951. In der deutschen Übersetzung stammen diese Zitate und Paraphrasen aus der 1964 vom Rat der Evangelischen Kirche in Deutschland veröffentlichten Fassung der Lutherbibel. Zur Entscheidung, diese Bibelausgabe zu benutzen, hat mir Hanke Immega, Bibliothekar an der Johannes a Lasco Bibliothek in Emden, verholfen. Hierfür sowie für die Beschaffung der Reimpsalme, die aus dem 1818 in Amsterdam publizierten Psalter von Matthias Jorissen, *Psalmen und Gesänge für die reformirten teutschen Gemeinen im Grafenhaag und Amsterdam* stammen, möchte ich ihm herzlich danken.

Pastor Dr. Gerrit Jan Beuker von der Evangelisch-altreformierten Kirche in Niedersachsen hat die Ausdrucksweise der Laienprediger geprüft und ihre sprachlichen Eigenheiten an die deutschen Gepflogenheiten angepaßt, wofür ich ihm nicht dankbar genug sein kann.

In den im Buch dargestellten strengcalvinistischen Kreisen verwendete man als Anrede für Gott das altertümliche niederländische Wort *Heere* statt des modernen *Heer*. Um diese Unterscheidung kenntlich zu machen, wurde im Deutschen die altertümliche Schreibweise »HErr« gewählt.

Die Zitate aus Thomas von Kempen, *Das Buch von der Nachfolge Christi*, sind der 1950 im Reclam Verlag erschienenen Ausgabe entnommen. Die Passage aus *Der Schneider im Himmel* auf S. 455 stammt aus den *Wahren Märchen der Brüder Grimm* in der Ausgabe des Fischer Taschenbuch Verlags, Frankfurt am Main 1989.

Zu guter Letzt möchte ich Maria Csollány für ihre Übersetzung des Vierzeilers von Guido Gezelle auf S. 362 danken.

Bettina Bach

Margriet de Moor im dtv

»Ich möchte meinen Leser genau in diesen zweideutigen Zustand versetzen, in dem die Gesetze der Wirklichkeit aufgehoben sind.«
Margriet de Moor

Morgendämmerung
Erzählungen
Übers. v. Rotraut Keller
ISBN 978-3-423-**08231**-0

Erst grau dann weiß dann blau
Roman
Übers. v. Heike Baryga
ISBN 978-3-423-**12073**-9

Der Virtuose
Roman
Übers. v. Helga van Beuningen
ISBN 978-3-423-**12330**-3

Ich träume also
Erzählungen
Übers. v. Helga van Beuningen
ISBN 978-3-423-**12576**-5

Herzog von Ägypten
Roman
Übers. v. Helga van Beuningen
ISBN 978-3-423-**12716**-5

Die Verabredung
Roman
Übers. v. Helga van Beuningen
ISBN 978-3-423-**12958**-9

Kreutzersonate
Eine Liebesgeschichte
Übers. v. Helga van Beuningen
ISBN 978-3-423-**13226**-8
und dtv großdruck
ISBN 978-3-423-**25272**-3

Rückenansicht
Erzählungen
Übers. v. Rotraut Keller
ISBN 978-3-423-**12101**-9

Doppelporträt
Drei Novellen
Übers. v. Rotraut Keller
ISBN 978-3-423-**08433**-8

Sturmflut
Roman
Übers. v. Helga van Beuningen
ISBN 978-3-423-**13635**-8

Der Jongleur
Ein Divertimento
Roman
Übers. v. Helga van Beuningen
ISBN 978-3-423-**13869**-7